Edward Müller

Dhammasangani

Edward Müller

Dhammasangani

ISBN/EAN: 9783337385330

Printed in Europe, USA, Canada, Australia, Japan

Cover: Foto ©Andreas Hilbeck / pixelio.de

More available books at **www.hansebooks.com**

Pali Text Society.

THE

DHAMMASAṄGAṆI.

EDITED BY

EDWARD MÜLLER. Ph.D.

LONDON:
PUBLISHED FOR THE PALI TEXT SOCIETY.
BY HENRY FROWDE.
OXFORD UNIVERSITY PRESS WAREHOUSE, AMEN CORNER, E.C.

1885.

INTRODUCTION.

In editing the Dhammasaṅgaṇi I used a copy made for the Pâli Text Society by Dr. O. Frankfurter from a Burmese manuscript in the possession of the India Office, and besides a Siahaleso manuscript from the Vanavâsa Vihâra in Bentota, Ceylon. Although both these manuscripts are not very correct, I believe that my text will be found comparatively free from mistakes, as the frequent repetition of words, sentences and paragraphs throughout the book enabled me to control each passage by one or several others.

In order to facilitate the use of the book, the questions have been numbered, and, besides, an alphabetical index of words has been added at the oud, which contains every word with the first and one or two more passages where it occurs, but does *not* pretend to give *all* the passages. Words like dhamma, rûpa and others, which occur almost in every paragraph, have been wholly omitted.

The principal part of the Dhammasaṅgaṇi comprises the questions 1–1367, and of this part alone a summary is given in the so-called Mâtikâ at the beginning of the book. The second part, questions 1368–1599, contains a mere recapitulation of the most important paragraphs in the first part sometimes verbo tenus, as, for instance, 1014 = 1398, 1016 = 1400, 1017 = 1401, but more often with slight modifications. The terminus technicus asaṅkhatâ dhâtu 'the immaterial element,' which occurs frequently in the first part, is always replaced by nibbâna in the second; thus, for instance, in No. 1018 we have sabhaü ca rûpaṃ asaṅkhatâ ca dhâtu, while the corresponding question 1402 has rûpaü cu nibbânaü ca.

The first part begins with the question katame dhammâ kusalâ, and in this very first question a sort of programme is given containing all the subjects dealt with in the questions up to No. 57. This paragraph is thus translated by Gogerly in the "Ceylon Friend" for 1874, p. 21 :—" If at any time a virtuous disposition be brought into existence in the worlds of desire, pleasing and according to wisdom, with reference to objects of corporeal form, of sounds, of odours, of flavour, of touch or of mind, or with reference to anything of any kind; at that time there is contact, sensation, perception, thought, mind, reflection, investigation, joy, happiness, mental excitement; the sense of faith, perseverance, thoughtfulness, tranquillity, wisdom, intellectuality, pleasure, and of life. There are orthodoxy in opinion, correct reasoning, holy conversation, etc., etc., or whatever other mental sensation may be produced, these are virtuous actions."

All these subjects are explained in the answers to questions 2–57. With No. 58 a new section opens. The subjects dealt with in this and the following paragraphs are:

1) The four khandhas or 'aggregates,' viz. vedanâ 'sensations,' saññâ 'perceptions,' saṅkhârâ 'confections,' viññânaṃ 'consciousness.'[1] 59–63.

---

[1] In other texts we always meet with five khandhâs, rûpakkhandha 'material form,' being the first; see, for instance, Dharmasaṅgraha, No. XXII., Abhi-dhammatthasaṅgraha VII. 6. In the Dhammasaṅgaṇî the five khandhas are mentioned for the first time at No. 1033.

2) The two âyatanas or 'objects of sense.'[1]   Nos. 64-66.

3) Tho two dhâtus or 'principles.'[2]   67-69.

4) The three âhâras or 'nutriments.'   70-73.[3]

5) The eight indriyas or 'moral qualities.'   74-82.[4]

6) Tho five-fold meditation.   83-88.[5]

7) The five-fold path.   89-94.[6]

8) The seven forces.   95-102.[7]

9) Tho three motives.   103-106.[8]

In Nos. 121-145 the same subjects are repeated, omitting only the numbers of the khandhas, âyatanas, dhâtus, etc. At the end of No. 147 we have again a repetition of the same subjects, but with different numbers, viz. seven indriyas,

---

[1] Other texts mention twelve âyatanas, of which tho manâyatanaṃ is the sixth, and the dhammâyatnaṃ the twelfth.   See Dharmasaṅgraha XXIV. and Dharmasaṅgaṇi 1335.

[2] Other texts give eighteen dhâtus, of which the dhammadhâtu and mano-viññânadhâtu are the seventeenth and eighteenth respectively.   See Dharma-saṅgraha XXV., Abhidhammatthasaṅgraha VII. 8, and Dhammasaṅgaṇi 1333.

[3] Other texts give four âhâras, viz. in addition to those given here, the kabaliṅkâra âhâra; this will bo found later on in No. 585, 616, 653, 816, etc. Soo Dharmasaṅgraha LXX., Abhidhammatthasaṅgraha VII. 4.

[4] Tho number of indriyas given in other texts is generally five, see Dharma-saṅgraha XLVII., Aṅguttara-Nikâya I. xxvii. 5.   Abhidhammatthasaṅgraha VII. 4, however, has 22.

[5] Dharmasaṅgraha LXXII. has only four stages of meditation, but Abhi-dhammatthasaṅgraha VII. has seven.

[6] This comprises: sammâdiṭṭhi 'right views,' sammâsaṅkappa 'right aims,' sammâvâyâma 'perseverance in well-doing,' sammâsati 'intellectual activity,' sammâsamâdhi 'earnest meditation.'   Besides these there are three more divisions of the 'noble eight-fold path,' as it is called in other texts, viz. sammâvâcâ 'right speech,' sammâkammanta 'right conduct,' sammâ-âjîva 'right livelihood'; these are not mentioned here, but form Nos. 299-301 of the Dharmasaṅgaṇi. See Dharmasaṅgraha L., and Frankfurter in the Journal of the Royal Asiatic Society, xii. 555.

[7] Other texts have only five balas, omitting hiribala and ottappabala; see Dharmasaṅgraha XLVIII.   Aṅguttara-Nikâya I. xxvii. 5, omits also satibala. Abhidhammatthasaṅgraha VII. 4, has nine balas.

[8] The hetus are not mentioned in any other text except Abhidhammattha-saṅgraha VII. 4, where we find six.   See Dhammasaṅgaṇi Nos. 1053-1082.

the four-fold path, six balas, two hetus, while in No. 154 we
have a four-fold meditation and a five-fold path, and in 157
a four-fold meditation and a four-fold path. Later on, in
No. 358 (528, 552), we have the lokuttara magga, lokuttara
satipaṭṭhāna, lokuttara iddhipâda, lokuttara indriya, bala,
bojjhaṅga, etc. The satta bojjhaṅgâ 'seven kinds of
wisdom' are mentioned in No. 1355. See Dharmasaṅgraha
XLIV., XLV., XLVIII.

The terminology in the answers of Nos. 160 and 161,
Yasmiṃ samaye rûpûpapattiyâ maggaṃ bhâveti vivicc' eva
kâmehi etc., and Yasmiṃ samaye rûpûpapattiyâ maggaṃ
bhâveti vitakkavicârânaṃ vûpasamâ etc., seems to be a
common one in Abhidhamma and other books, as we meet
with it again in the Aṅguttara-Nikâya II. 2, 3, and Puggala-
Paññatti, p. 59. The same may be said about the terminology
in Nos. 204 ff., which is almost identical with Aṅguttara-
Nikâya I. xxvii. 8, and Mahânidânasutta ap. Grimblot,
Sept Suttas Pâlis, p. 261. Nos. 244–247 correspond to the
passage in the Mahâpariaibhânasutta, ed. Childers, p. 30,
beginning: Aṭṭha kho imâni Ânanda abhibhâyatanâni kata-
mâni aṭṭha? 'Now these, Ânanda are the eight positions of
mastery. What are the eight?'[1] Nos. 248–250 correspond
to the first three of the eight vimokkhas in Mahâpariaibhâna-
sutta, p. 32:[2] Rûpî rûpâni passati, 'A man possessed with the
idea of forms sees forms.' Ajjhattaṃ arûpasaññî bahiddhâ
rûpâni passati, 'Without the subjective idea of form, he sees
forms externally.' Subhanti [eva adhimutto hoti], 'With
the thought "it is well" he becomes intent.' The 4th–7th

---

[1] Rhys Davids' translation in Sacred Books, XI. 51 f. The expressions
uddhumâtakasaññâsahagata, etc., in Nos. 263 and 264, occur again in Abhidham-
matthasaṅgraha IX. 2.
[2] See Dharmasaṅgraha LIX.

vimokkha are contained in Nas. 265-268; the 8th is missing in the Dhammasaṅgaṇi.

At Na. 365 begins the chapter about the akusalā dhammā. The answer to the introductory question is very nearly the same as that af No. 1, only with this difference, that, instead af ñānasampayuttaṃ, we have here diṭṭhigatasampayuttaṃ; further, instead of sammādiṭṭhi, sammāsaṅkappo, sammāvāyāmo, sammāsamādhi, we have respectively micchādiṭṭhi, micchāsaṅkappa, micchāvāyāmo, micchāsamādhi; instead of hiribalaṃ and ottappabalaṃ, ahirikabalam and anattappabalaṃ; instead of alabbho, adaso and amaha, labha, dosa and moha, etc.

The answers ta the questians fram 366-397 generally correspond to those from 2-57 mutatis mutandis. No. 381 occurs also at Puggala-Paññatti II. 9, in answer ta the question, Tattha katamā diṭṭhivipatti? and No. 390 at Puggala-Paññatti II. 8, in answer to the question, Tattha katamaṃ asampajaññaṃ?

The third chapter, containing tha avyākatā dhammā, begins at Na. 431. Here again we hava a repetition af the terms phasso, vedanā, saññā, cetanā, cittaṃ, upekkhā, cittass' ekaggatā, manindriyaṃ, upekkhindriyaṃ, jīvitindriyaṃ, ta which ara added, in No. 443, sukhaṃ and sukhindriyaṃ, and, in No. 455, vitakko and vicāro.

No. 584 introduces a new subject: Tattha katamaṃ sabhaṃ rūpam? to which the answer is given: Cattāro ca mahābhūtā catunnañ ca mahābhūtānaṃ upādāyarūpaṃ. This corresponds to the Abhidhammatthasaṅgraha VI. 2, where wa read: Cattāri mahābhūtāni catunnam ca mahābhūtānam upādārūpaṃ. Tha sabhaṃ rūpaṃ cansists af twenty-eight subdivisians, af which the first faur are called bhūtarūpaṃ 'elementary matter,' and the remainder upādāyarūpaṃ 'accidental matter.' Tho faur mahābhūtas are paṭhavidhātu,

âpodhâtu, tejodhâtu, vâyodhâtu (see No. 588, and Dharma-
sañgrahe XXVI. and XXXIX.); and of tho twenty-four
upâdâs, twenty-three are given in No. 596. The list as quoted
by Childers, *s.v.* Rûpa, from the Visuddhimagga, contains one
more, viz. hadayavatthu, and the one given by Hardy, Manual
of Buddhism, p. 414, inserts the phoṭṭhebbâyetanaṃ after tho
rasâyatanaṃ, hut omits the kabaḷiṅkâro âhâro et tho end.

The latter part of No. 584 is identical with No. 595. Tho
following paragraphs, heginning with duvidhena rûpasañgaho,
tividhena rûpasañgaho, etc., contain each tho programme for
a number of paragraphs in tho sequel. The following list
will show this:

No. 585 contains the programme for Nos. 596—741.
No. 586   ,,   ,,   742—876.
No. 587   ,,   ,,   877—961.
No. 588   ,,   ,,   962—966.
No. 589   ,,   ,,   967.
No. 590   ,,   ,,   968—69.
No. 591   ,,   ,,   970.
No. 592   ,,   ,,   971—73.
No. 593   ,,   ,,   974—77.
No. 594   ,,   ,,   978—80.

More especially Nos. 596–646 give an explanation of tho
twenty-three constituents of the upâdârûpaṃ, 647–652 of the
phoṭṭhabbâyatanaṃ (which is considered here as a con-
stituent of the rûpaṃ no upâdâ, see above, p. ix), and of tho
âpodhâtu.

The chapter concerning rûpaṃ closes at No. 980, after
which the discussion about the dhammas is taken up again.
The question ahout the pleasant, unpleasant, and indifferent
sensation in Nos. 984–986, occurs again in the Mahânidâna-
sutta, ed. Grimhlot, p. 257. No. 1002 hrings the three

saññojanas or 'fetters,' viz. sakkâyadiṭṭhi 'delusion of self,' vicikicchâ 'doubt,' and sîlabbataparâmâsa 'dependence on rites.'[1] Sakkâyadiṭṭhi may be held in twenty different ways, which is confirmed by the Samyutta-Nikâya, see Alwis, Nirvâna, p. 72.

Nos. 1053–1082 deal with the hetus. We have three kusalahetus or 'meritorious actions,' three akusalahetus, viz. lobho, doso, moho, and three avyâkatahetus. A parallel passage occurs in Abhidhammatthasaṅgraha III. 4, 5.

No. 1096 begins the chapter of the four âsavas or 'passions,' viz. kâmâsavo 'sensual pleasure,' bhavâsavo 'lust after life,' diṭṭhâsavo 'delusion,' avijjâsavo 'ignorance.' No. 1099 is identical with a passage of the Brahmajâlasutta ap. Grimblot, p. 36, and is also found in the Mahânidânasutta, p. 259.

Nos. 1113–1134 deal with the ten sañûojanas, viz. besides the three mentioned in 980, seven more. The list given here does not quite correspond with the one drawn up by Childers, s.v. Saññojana, as, instead of rûparâgasañûojana, arûparâgasañûojana, uddhaccasañûojana, we have bhavarâgasañûojana, issâsañûojana, macchariyasañûojana. The last two we find mentioned in the Dharmasaṅgraha, No. LXIX., among the caturviñçatir upakleçâh or 'twenty-four minor evil passions.' Both lists are given in the Abhidhammatthasaṅgraha VII. 2, the second with the addition abhidhammo, which shows that it belongs especially to the Abhidhamma books. Nos. 1121 and 1122 are identical with Puggala-Paññatti II. 3.

The next chapter, 1135–1150, is about the ganthas, then follow the oghas, yogas, and nîvaraṇas, 1152–1173. The number of the oghas and yogas is not given here, but we

---

[1] Compare also the pañca drishṭayah, Dharmasaṅgraha LXVIII.

learn from Abhidhammatthasaṅgraha that there are four of each kind corresponding to the four âsavas (see above, p. xi). All these seem to be expressions belonging only to the terminology of the Abhidhamma texts, as we do not find them elsewhere.

Diṭṭhiparâmâsa is one of the pañca dṛishṭayaḥ, Dharmasaṅgraha LXVIII.

No. 1213 brings the four upâdanas: kâmupâdâna 'sensuality,' diṭṭhupâdâna 'delusion about the soul,' sîlabbatupâdâna 'ritualism,' attavâdupâdâna 'delusion of self,' and No. 1229 the ten kilesas: 'greed, hatred, pride, ignorance, heresy, doubt, idleness, vanity, impudence, recklessness.'

Question 1296, which is identical with 1599, closes the section of the Dhammasaṅgani, which is repeated in an abbreviated form in the second part (Nos. 1368—1599). The questions 1297—1367 are not repeated any more afterwards.

The terms adhivacanapatha, niruttipatha, paññattipatha, in Nos. 1306, 1307, 1308, occur again in the Mahânidânasutta, ed. Grimblot, p. 255, where they are translated 'qui ouvre la voie de la dénomination, de la désignation, de l'indication.'

No. 1309 introduces a new collective term for the four khandhas already mentioned at No. 59 (see above, p. vi), viz. nâma, and No. 1310 supplies the fifth khandha, viz. rûpa.[1]

From 1313 to 1320 some of the diṭṭhis or heresies are mentioned, as the sassataditṭhi, the belief that the world is everlasting, which belief, according to the Mahâvaṃsa, originated as early as the time of king Devânampiya Tissa; and its contrary, the ucchedadiṭṭhi.[2]

---

[1] Parallel passages from the Sammâdiṭṭhi-suttanta, Vibhaṅga and Nettipakaraṇa are quoted by Oldenberg, "Buddha," p. 450.

[2] See Rhys Davids' note, "Sacred Books," xi. 149.

Nos. 1325 and 1326 are identical with Puggala-Paññatti II. 6; Nos. 1327 and 1328 with Puggala-Paññatti II. 16. In No. 1336 we have the paṭiccasamuppâda or 'chain of causation' composed of the twelve nidânas, one of the fundamental doctrines of Buddhism, comp. Dharmasaṅgraha XLII.

The second part of No. 1343 occurs again in a passage of the Puggala-Paññatti, p. 57 of Dr. Morris's edition; 1345 and 1346 are identical with Puggala-Paññatti II. 7, 1347 with Puggala-Paññatti II. 17 (repeated IV. 24, p. 58), and a passage of the Sâmaññaphalasutta ap. Grimblot, Sept Suttas Pâlis, p. 135; 1348 again with the second part of Puggala-Paññatti II. 17, and Milindapañha, p. 366. Nos. 1349 and 1350 = Puggala-Paññatti II. 8; 1361 and 1362 = Puggala-Paññatti II. 9; 1363 and 1364 = Puggala-Paññatti II. 19. No. 1385 mentions the cattâro âruppâ, or, as they are generally called, arûpabrahmalokas 'the four heavens peopled by formless or incorporeal brahmas.' These are, âkâsânañcâyatana, viññânañcâyatana, âkiñcaññâyatana, nevasaññânâsaññâyatana. The arûpabrahmaloka is opposed to the kâmaloka, which includes all that lies between the great hell Avîci and the heaven Paranimmitavasavatti (see No. 1281), and to the Rûpabrahmaloka (Hardy, Manual of Buddhism, p. 26). The four arûpabrahmalokas are placed in a parallel with the four jhânas in the Brahmasaṃyutta of the Saṃyuttanikâya, p. 158 (see also Burnouf's Lotus, p. 800 ff.). The term âruppa seems to be an Abhidhamma expression: we find it only once in Abhidhammatthasaṅgraha IX. 2.

I trust that this edition of the Dhammasaṅgaṇi will prove useful to all students of Buddhism, as it is one of the most important books of the Abhidhammapiṭaka. I had hoped to see Dr. Morris's edition of the whole of tho Aṅguttara-Nikâya finished before completing this, as I know that ho has been working at it for some timo; but unfortunately this hope has not heen fulfilled, and I must leave to tho reader to draw a parallel hetween these two hooks, which, although belonging to different piṭakas, still show a great deal of similarity.

E. MÜLLER.

BERNE, *September*, 1886.

LIST OF ERRATA.

Page 2, l. 13 from top, *read* uppâdino.
" 7, l. 7 from bottom, *read* khantî *instead of* kanti.
" 13, l. 1 from top, *read* viriyabalaṃ.
" 40, l. 9 from bottom, *read* Yasmiṃ *instead of* Tasmiṃ.
" 55, l. 9 from bottom, *read* atthaṅgamâ nânatta° in two words.
" 65, l. 3 from bottom, *read* katame *instead of* khatamo.
" 69, l. 12 from bottom, *read* neva saññûnâsaññâyatanasahagataṃ.
" 84, l. 17 from bottom, *read* caṇḍikkaṃ *instead of* caṇḍittaṃ.
" 85, l. 2 from bottom, *read* apariyogûhanâ.
" 97, l. 2 from bottom, *read* atthaṅgamâ nânatta° in two words.
" 93, l. 4 from top, *read* arûpâvacarassa *instead of* rûp°.
" 98, l. 2 from bottom, *read* neva saññûnâsaññâyatanasahagataṃ.
" 123, l. 7 from bottom, *read* atthaṅgamâ nânatta° in two words.
" 125, l. 11 from bottom, *read* ajjhattikaṃ.
" 133, l. 9 from bottom, *read* na upekkhâsahagataṃ.
" 170, l. 4 and 6 from bottom, *read* dhammâyatanapariyâpannaṃ.
" 180, l. 2 from top, *read* sampayutto *instead of* sabbayutto.
" 180, l. 17 from top, *read* asaṅkhatâ.
" 181, l. 5 from bottom, *read* asaṅkilitthâsaṅkilesikâ.
" 184, l. 18 from top, *read* kusalâkusalâvyâkatâ.
" 192, l. 8 and 10 from bottom, *read* na hetû sahetukâ.
" 193, l. 15 from top, *read* dhammâyatanapariyâpannaṃ.
" 201, l. 11 and 13 from top, *read* asaññojaniyâ.
" 205, l. 11 from top, *read* yaṃ *instead of* taṃ.
" 210, l. 15 from top, *read* yaṃ *instead of* taṃ.
" 234, l. 18 from top: the paragraph number 1367 should stand in line 5 from the top before Saṃvego ti jâtibhayaṃ, etc.

DHAMMA-SAṄGAṆI.

Namo tassa Bhagavato Arahato Sammāsambuddhassa.

MATIKĀ.

Kusalā dhammā, akusalā dhammā, avyākatā dhammā.

Sukhāya vedanāya sampayuttā dhammā, dukkhāya vedanāya sampayuttā dhammā, adukkham-asukhāya vedanāya sampayuttā dhammā.

Vipākā dhammā, vipākadhammadhammā, nevavipāka-navipākadhammadhammā.

Upādiṇṇupādāniyā dhammā, anupādiṇṇupādāuiyā dhammā, anupādiṇṇa-anupādāniyā dhammā.

Saṅkiliṭṭha-saṅkilesikā dhammā, asaṅkiliṭṭha saṅkilesikā dhammā, asaṅkiliḷiṭṭha-asaṅkilesikā dhammā.

Savitakka-savicārā dhammā, avitakka-vicāramattā dhammā, avitakka-avicārā dhammā.

Pīti-sahagatā dhammā, sukha-sahagatā dhammā, upekkhā-sahagatā dhammā.

Dassanena pahātabbā dhammā, bhāvanāya pahātabbā dhammā, neva dassanena na bhāvanāya pahātabbā dhammā.

Dassanena pahātabba-hetukā dhammā, bhāvanāya pahātabba-hetukā dhammā, neva dassanena na bhāvanāya pahātabba-hetukā dhammā.

1

Âcaya-gâmino dhammâ, apacaya-gâmino dhammâ, nevâcayagâmino na apacayagâminn dhammâ.

Sekkhâ dhammâ, asekkhâ dhammâ, neva sekkhâ nâsekkhâ dhammâ.

Parittâ dhammâ, mahaggatâ dhammâ, appamânâ dhammâ.

Parittârammanâ dhammâ, mahaggatârammanâ dhammâ, appamânârammanâ dhammâ.

Hînâ dhammâ, majjhimâ dhammâ, panîtâ dhammâ.

Micchattaniyatâ dhammâ, sampattaniyatû dhammâ, aniyatâ dhammâ.

Maggârammanâ dhammâ, maggahetukâ dhammâ, maggâdhipatino dhammâ.

Uppannâ dhammâ, anuppannâ dhammâ, upâdino dhammâ.

Atîtâ dhammâ, anâgatâ dhammû, paccuppannâ dhammû.

Atîtârammanâ dhammâ, anâgatârammanâ dhammâ, paccuppannârammanâ dhammâ.

Ajjhattâ dhammâ, bahiddhâ dhammâ, ajjhatta-bahiddhâ dhammâ.

Ajjhattârammanâ dhammâ, bahiddhârammanâ dhammâ, ajjhatta-bahiddhârammanâ dhammâ.

Sanidassana-sappaṭighâ dhammâ, anidassana-sappaṭighâ dhammâ, anidassana-appaṭighâ dhammâ.

Tikaṃ niṭṭhitaṃ.

Hetû dhammâ, na hetû dhammâ.

Sahetukâ dhammâ, ahetukâ dhammâ.

Hetu-sampayuttâ dhammâ, hetu-vippayuttâ dhammâ.

Hetû c'eva dhammâ sahetukâ ca, sahetukâ c'eva dhammâ na ca hetû.

Hetû c'eva dhammâ hetu-sampayuttâ ca, hetu-sampayuttâ c'eva dhammâ na ca hetû.

No hetû kho pana dhammâ sahetukâ pi ahetukâ pi.

Hetu-gocchakaṃ.

Sappaccayâ dhammâ, appaccayâ dhammâ.

Saṅkhatâ dhamma, asaṅkhatâ dhammâ.

Sanidassanâ dhammâ, anidassanâ dhammâ.
Sappaṭighâ dhammâ, appaṭighâ dhammâ.
Rûpino dhammâ, arûpino dhamma.
Lokiyâ dhammâ, lokuttarâ dhammâ.
Kenaci viññeyyâ dhammâ, kenaci na viññeyyâ dhammâ.

Cûḷantara-dukaṃ.

Âsavâ dhammâ, no âsavâ dhammâ.
Sâsavâ dhammâ, anâsavâ dhammâ.
Âsava-sampayuttâ dhamma, âsava-vippayuttâ dhammâ.
Âsavâ c'eva dhammâ sâsavâ ca, sâsavâ c'eva dhammâ no ca âsavâ.
Âsavâ c'eva dhammâ âsava-sampayuttâ ca, âsava-sampa-yuttâ c'eva dhammâ no ca âsavâ.
Âsava-vippayuttâ kho pana dhammâ sâsavâpi anâsavâpi.

Âsava-gocchakaṃ.

Saññojanâ dhammâ, no saññojanâ dhammâ.
Saññojaniyâ dhammâ, asaññojaniyâ dhammâ.
Saññojana-sampayuttâ dhammâ, saññojana-vippayuttâ dhammâ.
Saññojanâ c'eva dhammâ saññojaniyâ ca, saññojaniyâ c'eva dhammâ no ca saññojanâ.
Saññojanâ c'eva dhammâ saññojana-sampayuttâ ca, sâññojana-sampayuttâ c'eva dhammâ no ca saññojanâ.
Saññojana-vippayuttâ kho pana dhammâ saññojaniyâ pi asaññojaniyâ pi.

Saññojana-gocchakaṃ.

Ganthâ dhammâ, no ganthâ dhammâ.
Ganthaniyâ dhammâ, aganthaniyâ-dhammâ.
Gantha-sampayuttâ dhammâ, gantha-vippayuttâ dhammâ.
Ganthâ c'eva dhammâ ganthaniyâ ca, ganthaniyâ c'eva dhammâ no ca ganthâ.
Ganthâ c'eva dhammâ gantha-sampayuttâ ca, gantha-sampayuttâ c'eva dhammâ no ca ganthâ.

Gantha-vippayuttâ kho pana dhammâ ganthaniyâ pi aganthaniyâ pi.

Gantha-gocchakaṃ.

Oghâ dhammâ, no oghâ dhammâ.
Oghaniyâ dhammâ, anoghaniyâ dhammâ.
Ogha-sampayuttâ dhammâ, ogha-vippayuttâ dhammâ.
Oghâ c'eva dhammâ oghaniyâ ca, oghaniyâ c'eva dhammâ no ca oghâ.
Oghâ c'eva dhammâ ogha-sampayuttâ ca, ogha-sampayuttâ c'eva dhammâ no ca oghâ.
Ogha-vippayuttâ kho pana dhammâ oghaniyâ pi anoghaniyâ pi.

Ogha-gocchakaṃ.

Yogâ dhammâ, no yogâ dhammâ.
Yoganiyâ dhammâ, ayoganiyâ dhammâ
Yoga-sampayuttâ dhammâ, yoga-vippayuttâ dhammâ.
Yogâ c'eva dhammâ yoganiyâ ca, yoganiyâ c'eva dhammâ no ca yogâ.
Yogâ c'eva dhammâ yoga-sampayuttâ ca, yoga-sampayuttâ c'eva dhammâ no ca yogâ.
Yoga-vippayuttâ kho pana dhammâ yoganiyâ pi ayoganiyâ pi.

Yoga-gocchakaṃ.

Nîvaraṇâ dhammâ, no nîvaraṇâ dhammâ.
Nîvaraṇiyâ dhammâ, anîvaraṇiyâ dhammâ
Nîvaraṇa - sampayuttâ dhammâ, nîvaraṇa - vippayuttâ dhammâ.
Nîvaraṇâ c'eva dhammâ nîvaraṇiyâ ca, nîvaraṇiyâ c'eva dhammâ no ca nîvaraṇâ.
Nîvaraṇa-vippayuttâ kho pana dhammâ nîvaraṇiyâ pi anîvaraṇiyâ pi.

Nîvaraṇa-gocchakaṃ.

Parâmâsâ dhammâ, no parâmâsâ dhammâ.

Parâmatthâ dhammâ, aparâmatthâ dhammâ.

Parâmâsa-sampayuttâ dhammâ parâmâsa - vippayuttâ dhammâ.

Parâmâsâ c'eva dhammâ parâmatthâ ca, parâmatthâ c'eva dhammâ no ca parâmâsâ.

Parâmâsa-vippayuttâ kho pana dhammâ parâmatthâ pi aparâmatthâ pi.

Parâmâsa-gocchakaṃ.

Sârammaṇâ dhammâ, anârammaṇâ dhammû.

Cittâ dhammâ, no cittâ dhammâ.

Cetasikâ dhammû, acetasikâ dhammâ.

Citta-sampayuttâ dhammâ, citta-vippayuttâ dhammâ.

Citta-saṃsatthâ dhammâ, citta-visaṃsatthâ dhammâ.

Citta-samutthânâ dhammâ, no citta-samutthânâ dhammâ.

Citta-sahabhuno dhammâ, no citta-sahabhuno dhammâ.

Cittânuparivattino dhammâ, no cittânuparivattiao dhammâ.

Citta-saṃsattha-samutthânâ dhaiamâ, no citta-saṃsattha-samutthânâ dhammâ.

Citta-saṃsattha-samatthâna-sahabhuno dhammâ, no citta-saṃsattha-samutthâna-sahabhuno dhammâ.

Citta-saṃsattha-samutthânâuparivattiao dhammâ, no citta-saṃsattha-samutthânâânuparivattiuo dhammâ.

Ajjhattikâ dhammâ, bâhirâ dhammâ.

Upâdâ dhammâ, no upâdâ dhammâ.

Upâdiṇṇâ dhammâ, anupâdiṇṇâ dhammâ.

Mahaatara-dukaṃ.

Upâdânâ dhammâ, no upâdânâ dhammû.

Upâdâniyâ dhammâ, anupâdâniyâ dhammâ.

Upâdâna-sampayuttâ dhammâ, upâdâna-vippayuttâ dhammâ

Upâdânâ c'eva dhammâ upâdâniyâ ca, upâdâniyâ c'eva dhammâ no ca upâdânâ.

Upâdânâ c'eva dhammâ upâdâna-sampayuttâ ca, upâdâna-sampayuttâ c'eva dhammâ no ca upâdânâ.

Upâdâna-vippayuttâ kho pana dhammâ upâdâniyâ pi anu-
pâdâniyâ pi.

Upâdâna-gocchakaṃ.

Kilesâ dhammâ, no kilesâ dhammâ.
Saṅkilesikâ dhammâ, asaṅkilesika dhammâ.
Saṅkiliṭṭhâ dhammâ, asaṅkiliṭṭhâ dhammâ.
Kilesa-sampayuttâ dhammâ, kilesa-vippayuttâ dhammâ.
Kilesâ c'eva dhammâ saṅkilesikâ ca, saṅkilesikâ c'eva
dhammâ no ca kilesâ.
Kilesâ c'eva dhammâ saṅkiliṭṭhâ ca, saṅkiliṭṭhâ c'eva
dhammâ no ca kilesâ.
Kilesâ c'eva dhammâ kilesa-sampayuttâ ca, kilesa-sampa-
yuttâ c'eva dhammâ no ca kilesâ.
Kilesa-vippayuttâ kho pana dhammâ saṅkilesikâ pi asaṅki-
lesikâ pi.

Kilesa-gocchakaṃ.

Dassanena pahâtabhâ dhammâ, na dassanena pahâtabhâ
dhammâ.
Bhâvanâya pahâtabhâ dhammâ, na bhâvanâya pahâtabhâ
dhammâ.
Dassanena pahâtabha-hetukâ dhammâ, na dassanena pahâ-
tahba-hetukâ dhammâ.
Bhâvanâya pahâtabha-hetukâ dhammâ, na bhâvanâya
pahâtahba-hetukâ dhammâ.
Savitakkâ dhammâ, avitakkâ dhammâ.
Savicârâ dhammâ, avicârâ dhammâ.
Sappîtikâ dhammâ, appîtikâ dhammâ.
Pîti-sahagatâ dhammâ, na pîti-sahagatâ dhammâ.
Sukha-sahagatâ dhammâ, na sukha-sahagatâ dhammâ.
Upekkhâ-sahagatâ dhammâ, na upekkhâ-sahagatâ dhammû.
Kâmâvacarâ dhammâ, na kâmâvacarâ dhammâ.
Rûpâvacarî dhammâ, na rûpâvacarâ dhammâ.
Arûpâvacarâ dhammâ, na arûpâvacarâ dhammâ.
Pariyâpannâ dhammâ, apariyâpannâ dhammâ.
Niyyânikâ dhammâ, aniyyânikâ dhammâ.

MÂTIKÂ.

Niyatâ dhammâ, aniyatâ dhammâ.
Sa-uttarâ dhammâ, anuttarâ dhammâ.
Saraṇâ dhammâ, asaraṇâ dhammâ.

Piṭṭhi-dukaṃ.

Abhidhamma-mâtikâ.

Vijjâbhâgino dhammâ, avijjâbhâgino dhammâ.
Vijjûpamâ dhammâ, vajirûpamâ dhammâ.
Bâlâ dhammâ, paṇḍitâ dhammâ.
Kaṇhâ dhammâ, sukkâ dhammâ.
Tapanîyâ dhammâ, atapanîyâ dhammâ.
Adhivacanâ dhammâ, adhivacanapathâ dhammâ.
Nirutti dhammâ, niruttipathâ dhammâ.
Paññatti dhammâ, paññattipathâ dhammâ.
Nâmañ ca rûpañ ca.
Avijjâ ca bhavataṇhâ ca.
Bhavadiṭṭhi ca vibhavadiṭṭhi ca.
Sassatadiṭṭhi ca ucchedadiṭṭhi ca.
Antavâdiṭṭhi ca anantavâdiṭṭhi ca.
Pubbantânudiṭṭhi ca aparantânudiṭṭhi ca.
Ahirikañ ca anottappañ ca.
Hiri ca ottappañ ca.
Dovacassatâ ca pâpamittatâ ca.
Sovacassatâ ca kalyâṇamittatâ ca.
Âpatti-kusalatâ ca âpatti-vuṭṭhâna-kusalatâ ca.
Samâpatti-kusalatâ ca samâpatti-vuṭṭhâna-kusalatâ ca.
Dhâtu-kusalatâ ca manasikâra-kusalatâ ca.
Âyatana-kusalatâ ca paṭiccasamuppâda-kusalatâ ca.
Ṭhâna-kusalatâ ca aṭṭhâna-kusalatâ ca.
Ajjavo ca maddavo ca.
Kanti ca soraccañ ca.
Sâkhalyañ ca paṭisanthâro ca.
Indriyesu agutta-dvâratâ ca bhojane amattaññutâ ca.
Indriyesu gutta-dvâratâ ca, bhojane mattaññutâ ca.
Muṭṭhasaccañ ca, asampajaññañ ca.
Sati ca sampajaññañ ca.
Paṭisaṅkhâna-balañ ca bhâvanâ-balañ ca.

Samatho ca vipassanâ ca.

Samatha-nimittaü ca paggâha-nimittaü ca.

Paggâho ca avikkhepo ca.

Sîlavipatti ca diṭṭhivipatti ca.

Sîlasampadâ ca diṭṭhisampadâ ca.

Sîlavisuddhi ca diṭṭhivisuddhi ca.

Diṭṭhi-visuddhi kho pena yathâ diṭṭhissa ca padhânaṃ.

Saṃvego ca saṃvejaniyesu ṭhânesu saṃviggassu ca yoniso padhânaṃ.

Asantuṭṭhitâ ca kusalesu dhammesu, appaṭivânitâ ca padhânasmiṃ.

Vijjâ ca vimutti ca.

Khaye ñâṇaṃ anuppâde ñâṇan ti.

Suttanta- mâtikâ.

MÂTIKÂ NIṬṬHITÂ.

1. Katame dhammâ kusalâ ?

Yasmiṃ samaye kâmâvacaraṃ kusalaṃ cittaṃ uppannaṃ hoti, somanassasahagataṃ ñâṇasampayuttaṃ rûpârammaṇaṃ vâ saddârammaṇaṃ vâ gandhârammaṇaṃ vâ rasârammaṇaṃ vâ phoṭṭhabhârammaṇaṃ vâ dhammârammaṇaṃ vâ yaṃ yaṃ vâ panârahhba, tasmiṃ samaye phasso hoti, vedanâ hoti, saññâ hoti, cetanâ hoti, cittaṃ hoti, vitakko hoti, vicâro hoti, pîti hoti, sukhaṃ hoti, cittass' ekaggatâ hoti, saddhindriyaṃ hoti, viriyindriyaṃ hoti, satindriyaṃ hoti, samâdhindriyaṃ hoti, paññindriyaṃ hoti, maniudriyaṃ hoti, somanassindriyaṃ hoti, jîvitiudriyaṃ hoti, sammâdiṭṭhi hoti, sammâsaṅkappo hoti, sammâvâyâmo hoti, sammâsati hoti, sammâsamâdhi hoti, saddhâbalaṃ hoti, viriyabalaṃ hoti, satibalaṃ hoti, samâdhibalaṃ hoti, paññâbalaṃ hoti, hiribalaṃ hoti, ottappabalaṃ hoti, alobho hoti, adoso hoti, amoho hoti, anabhijjhâ hoti, avyâpâdo hoti, sammâdiṭṭhi hoti, hiri hoti, ottappam hoti, kâyapassaddhi hoti, cittapassaddhi hoti, kâyalahutâ hoti, cittalahutâ hoti, kâyamudutâ hoti, cittamudutâ hoti, kâyakammaññatâ hoti, cittakammaññatâ hoti, kâyapâguññatâ hoti, cittapâguññatâ hoti, kâyujjukatâ hoti, cittujjukatâ hoti, sati hoti, sampajaññaṃ hoti, samatho hoti, vipassanâ hoti, paggâho hoti, avikkhepo hoti, yo vâ pana tasmiṃ samaye aññe pi atthi paṭicca samuppannâ arûpino dhammâ—ime dhammâ kusalâ.

2.[1] Katamo tasmiṃ samaye phasso hoti ?

Yo tasmiṃ samaye phasso phusanâ samphusanâ samphusitattaṃ—ayaṃ tasmiṃ samaye phasso hoti.

3. Katamâ tasmiṃ samaye vedanâ hoti ?

Yaṃ tasmiṃ samaye tajjâ manoviññâṇadhâtu[2] samphassajaṃ cetasikam sâtaṃ cetasikaṃ sukhaṃ cetosamphassajaṃ

---

sâtaṃ sukhaṃ vedayitaṃ cetosamphassajâ sâtâ sukhâ vedanâ
—ayaṃ tasmiṃ samaye vedanâ hoti.

4. Katamâ tasmiṃ samaye saññâ hoti?

Yâ tasmiṃ samaye tajjâ manoviññâṇadhâtu samphassajâ
saññâ sañjânanâ sañjânitattaṃ—ayaṃ tasmiṃ samaye saññâ
hoti.

5. Katamâ tasmiṃ samaye cetanâ hoti?

Yâ tasmiṃ samaye tajjâ manoviññâṇadhâtu samphassajâ
cetanâ saṃcetanâ saṃcetayitattaṃ—ayaṃ tasmiṃ samaye
cetanâ hoti.

6. Katamaṃ tasmiṃ samayo cittaṃ hoti?

Yaṃ tasmiṃ samaye cittaṃ mano mânasaṃ hadayaṃ
paṇḍaraṃ mano manâyatanaṃ manindriyaṃ viññânaṃ
viññâṇakkhandho tajjâ manoviññâṇadhâtu—idaṃ tasmiṃ
samaye cittaṃ hoti.

7. Katamo tasmiṃ samaye vitakko hoti?

Yo tasmiṃ samaye takko vitakko saṅkappo appanâ-
vyappanâ cetaso abhiniropanâ sammâsaṅkappo—ayaṃ tas-
miṃ samayo vitakko hoti.

8. Katamo tasmiṃ samaye vicâro hoti?

Yo tasmiṃ samaye câro vicâro anuvicâro upavicâro cittassa
anusaadhanatâ anupekkhanatâ—ayaṃ tasmiṃ samayo vicâro
hoti.

9. Katamâ tasmiṃ samaye pîti hoti?

Yâ tasmiṃ samaye pîti pâmojjaṃ âmodanâ pamodanâ
hâso pahâso vitti odagyaṃ attamanatâ cittassa—ayaṃ
tasmiṃ samaye pîti hoti.

10. Katamaṃ tasmiṃ samaye sukhaṃ hoti?

Yaṃ tasmiṃ samaye cetasikaṃ sâtaṃ cetasikaṃ sukhaṃ
cetosamphassajaṃ sâtaṃ sukhaṃ vedayitaṃ cetosamphassa-
jâ sâtâ sukhâ vedanâ—idaṃ tasmiṃ samaye sukhaṃ hoti.

11. Katamâ tasmiṃ samayo cittass' ekaggatâ hoti?

Yâ tasmiṃ samaye cittassa ṭhiti saṇṭhiti avaṭṭhiti avisâhâro
avikkhepo avisâhaṭamânasatâ samatho samâdhindriyaṃ samâ-
dhibalaṃ sammâsamâdhi—ayaṃ tasmiṃ samaye cittass' eka-
ggatâ hoti.

12. Katamaṃ tasmiṃ samaye saddhindriyaṃ hoti?

Yâ tasmiṃ samaye saddhâ saddahanâ okappanâ abhippasâdo saddhâ saddhindriyaṃ saddhâbalaṃ — idaṃ tasmiṃ samaye saddhindriyaṃ hoti.

13. Katamaṃ tasmiṃ samaye viriyindriyaṃ hoti?

Yo tasmiṃ samayo cetasiko viriyârambho nikkamo parakkamo uyyâmo vâyâmo ussâho ussoḷhi thâmo dhiti asithilaparakkamatâ anikkhittachandatâ anikkhittadhuratâ dhurasampaggâho viriyaṃ viriyindriyaṃ viriyabalaṃ sammâvâyâmo—idaṃ tasmiṃ samaye viriyindriyaṃ hoti.

14. Katamaṃ tasmiṃ samayo satindriyaṃ hoti?

Yâ tasmiṃ samayo sati anussati paṭissati sati saraṇatâ dhâraṇatâ apilâpanutâ asammussanatâ sati satindriyaṃ satibalaṃ sammâsati—idaṃ tasmiṃ samaye satindriyaṃ hoti.

15. Katamaṃ tasmiṃ samaye samâdhindriyaṃ hoti?

Yâ tasmiṃ samaye cittassa ṭhiti saṇṭhiti avaṭṭhiti avisâhâro avikkhepo avisâhaṭamânasatâ samatho samâdhindriyaṃ samâdhibalaṃ sammâsamâdhi—idaṃ tasmiṃ samaye samâdhindriyaṃ hoti.

16. Katamaṃ tasmiṃ samayo paññindriyaṃ hoti?

Yâ tasmiṃ samaye paññâ pajânanâ vicayo pavicayo dhammavicayo sallakkhaṇâ upalakkhaṇâ paccupalakkhaṇâ paṇḍiccaṃ kosallaṃ nepuññaṃ vebhavyâ cintâ upaparikkhâ bhûrî medhâ pariṇâyikâ vipassanâ sampajaññaṃ patodo paññâ paññindriyaṃ paññâbalaṃ paññâsatthaṃ paṇṇâpâsâdo paññâ-âloko paññâ-obhâso paññâpajjoto paññâratanaṃ amoho dhammavicayo sammâdiṭṭhi—idaṃ tasmiṃ samaye paññindriyaṃ hoti.

17. Katamaṃ tasmiṃ samaye manindriyaṃ hoti?

Yaṃ tasmiṃ samaye cittaṃ mano mânasaṃ hadayaṃ paṇḍaraṃ mano manâyatanaṃ manindriyaṃ viññâṇaṃ viññâṇakkhandho tajjâ manoviññâṇadhâtu. idaṃ tasmiṃ samaye manindriyaṃ hoti.

18. Katamaṃ tasmiṃ samaye somanassindriyaṃ hoti?

Yaṃ tasmiṃ samaye cetasikaṃ sâtaṃ cetasikaṃ sukhaṃ cetosamphassajaṃ sâtaṃ sukhaṃ vedayitaṃ cetosamphassajâ sâtâ sukhâ vedanâ—idaṃ tasmiṃ samaye somanassindriyaṃ hoti.

19. Katamaṃ tasmiṃ samaye jîvitindriyaṃ hoti?

Yo tesaṃ arûpînaṃ dhammânaṃ âyu ṭhiti yapanâ yâpanâ

iriyanâ vattanâ pâlanâ jîvitaṃ jîvitindriyaṃ hoti — idaṃ tasmiṃ samaye jîvitindriyaṃ hoti.

20. Katamâ tasmiṃ samaye sammâdiṭṭhi hoti?

Yâ tasmiṃ samaye paññâ pajânanâ vicayo pavicayo dhammavicayo sallakkhaṇâ upalakkhaṇâ paccupalakkhaṇâ paṇḍiccaṃ kosallaṃ nepuññaṃ vebhavyâ cintâ upaparikkhâ bhûrî medhâ pariṇâyikâ vipassanâ sampajaññaṃ patodo paññâ paññindriyaṃ paññâbalaṃ paññâsatthaṃ paññâ-pâsâdo paññâ-âloko paññâ-obhâso paññâ-pajjoto paññâratanaṃ amoho dhammavicayo sammâdiṭṭhi — ayaṃ tasmiṃ samaye sammâdiṭṭhi hoti.

21. Katamo tasmiṃ samaye sammâsaṅkappo hoti?

Yo tasmiṃ samaye takko vitakko saṅkappo appanâ vyappanâ cetaso abhiniropanâ sammâsaṅkappo — ayaṃ tasmiṃ samaye sammâsaṅkappo hoti.

22. Katamo tasmiṃ samaye sammâvâyâmo hoti?

Yo tasmiṃ samaye cetasiko viriyârambho nikkamo parakkamo uyyâmo vâyâmo ussâho ussoḷhi thâmo dhiti asithilaparakkamatâ anikkhittachandatâ anikkhittadhuratâ dhurasampaggâho viriyaṃ viriyindriyaṃ viriyabalaṃ sammâvâyâmo — ayaṃ tasmiṃ samaye sammâvâyâmo hoti.

23. Katamâ tasmiṃ samayo sammâsati hoti?

Yâ tasmiṃ samayo sati anussati paṭissati sati saraṇatâ dhâraṇatâ apilâpanatâ asammussanatâ sati satindriyaṃ satibalaṃ sammâsati — ayaṃ tasmiṃ samaye sammâsati hoti.

24. Katamo tasmiṃ samaye sammâsamâdhi hoti?

Yâ tasmiṃ samaye cittassa ṭhiti saṇṭhiti avaṭṭhiti avisâhâro avikkhepo avisâhaṭamânasatâ samatho samâdhindriyaṃ samâdhibalaṃ sammâsamâdhi — ayaṃ tasmiṃ samaye sammâsamâdhi hoti.

25. Katamaṃ tasmiṃ samaye saddhâbalaṃ hoti?

Yâ tasmiṃ samaye saddhâ saddahanâ okappanâ abhippasâdo saddhâ saddhindriyaṃ saddhâbalaṃ — idaṃ tasmiṃ samaye saddhâbalaṃ hoti.

26. Katamaṃ tasmiṃ samaye viriyabalaṃ hoti?

Yo tasmiṃ samaye cetasiko viriyârambho nikkamo parakkamo uyyâmo vâyâmo ussâho ussoḷhi thâmo dhiti asithilaparakkamatâ anikkhittachandatâ anikkhittadhuratâ dhurasaṃ-

paggâho viriyaṃ viriyindriyaṃ viriyabalalaṃ sammâvâyâmo
—idaṃ tasmiṃ samayo viriyabalaṃ hoti.

27. Katamaṃ tasmiṃ samaye satibalaṃ hoti ?

Yâ tasmiṃ samaye sati anussati paṭissati sati saraṇatâ
dhâraṇatâ apilâpanatâ asaṃmussanatâ sati satindriyaṃ sati-
balaṃ saṃmâsati—idaṃ tasmiṃ samaye satibalaṃ hoti.

28. Katamaṃ tasmiṃ samaye samâdhibalaṃ hoti ?

Yâ tasmiṃ samaye cittassa ṭhiti saṇṭhiti avaṭṭhiti avisâ-
hâro avikkhepo avisâhaṭamânasâtâ samatho samâdhindriyaṃ
samâdhibalaṃ sammâsamâdhi—idaṃ tasmiṃ samayo samâdhi-
balaṃ hoti.

29. Katamaṃ tasmiṃ samaye paññâbalaṃ hoti ?

Yâ tasmiṃ samaye paññâ pajânanâ vicayo pavicayo dham-
mavicayo sallakkhaṇâ upalakkhaṇâ paccupalakkhaṇâ paṇḍi-
ccaṃ kosallaṃ nepuññaṃ vebhavyâ cintâ upaparikkbâ bhûrî
medhâ pariṇâyikâ vipassnnâ sampajaññaṃ patodo paññâ
paññindriyaṃ paññâbalaṃ paññâsattbaṃ paññâpâsâdo paññâ-
âloko paññâ-obhâso paññâ-pajjoto paññâratanaṃ amoho
dhammavicayo sammâdiṭṭbi—idaṃ tasmiṃ samaye paññâ-
balaṃ hoti.

30. Katamaṃ tasmiṃ samaye hiribalaṃ hoti ?

Yaṃ tasmiṃ samaye hiriyati hiriyitabbena hiriynti pâpa-
kânaṃ akusalânaṃ dhammânaṃ samâpattiyâ—idaṃ tasmiṃ
samaye hiribalaṃ hoti.

31. Katamaṃ tasmiṃ samaye ottappabalaṃ hoti ?

Yaṃ tasmiṃ samaye ottappati ottappitabbena ottappati
pâpakânaṃ akusalânaṃ dhammânaṃ samâpattiyâ—idaṃ
tasmiṃ samaye ottappabalaṃ hoti.

32. Katamo tasmiṃ samaye alobho hoti ?

Yo tasmiṃ samaye alobho alubbhanâ alubbhitattaṃ asâ-
râgo asârajjanâ asârajjitattaṃ anabhijjhâ alobbo kusalamû-
laṃ—ayaṃ tasmiṃ samaye alobho hoti.

33. Katamo tasmiṃ samaye adoso hoti ?

Yo tasmiṃ samaye adoso adussanâ adussitattaṃ avyâpâdo
avyâpajjo adoso kusalamûlaṃ—ayaṃ tasmiṃ samaye adoso
hoti.

34. Katamo tasmiṃ samaye amoho hoti ?

Yâ tasmaṃ samaye paññâ pajânanâ vicayo pavicayo

dhammavicayo sallakkbaṇâ upalakkhaṇâ paccupalakkbaṇâ paṇḍiccaṃ kosallaṃ nepuññaṃ vebbavyâ cintâ upaparikkbâ bhûrî medbâ pariṇâyikâ vipassanâ sampajaññaṃ patodo paññâ paññindriyaṃ paññâbalaṃ paññâsatthaṃ paññâpâsâdo paññâ-âloko paññâ-obhâso paññâpajjoto paññâratanaṃ amoho dhammavicayo sammâdiṭṭhi amoho kusalamûlaṃ — ayaṃ tasmiṃ samayc amoho hoti.

35. Katamâ tasmiṃ samaya anabhijjhâ hoti ?

Yo tasmiṃ samaye alobbo alubbhanâ alubbhitattaṃ asârâgo asârajjanâ asârajjitattaṃ anahbijjbâ alobho kusalamûlaṃ ayaṃ tasmiṃ samaya anabhijjhâ hoti.

36. Katamo tasmiṃ samayo avyâpâdo hoti ?

Yo tasmiṃ samayc adoso adussanâ adussitattaṃ avyâpâdo avyâpajjo adoso kusalamûlaṃ — ayaṃ tasmiṃ samayc abyâpâdo hoti.

37. Katamâ tasmiṃ samayc sammâdiṭṭhi hoti ?

Yâ tasmiṃ samaya paññâ pajânanâ vicayo pavicayo dhammavicayo sallakkhaṇâ upalakkhaṇâ paccupalakkhaṇâ paṇḍiccaṃ kosallaṃ nepuññaṃ vebhavyâ cintâ upaparikkbâ bhûrî medbâ pariṇâyikâ vipassanâ sampajaññaṃ patodo paññâ paññindriyaṃ paññâbalaṃ paññâsatthaṃ paññâpâsâdo paññâ-âloko paññâ-obhâso paññâpajjoto paññâratanaṃ amoho dhammavicayo sammâdiṭṭhi — ayaṃ tasmiṃ samaya sammâdiṭṭhi hoti.

38. Katamâ tasmiṃ samaya hiri hoti ?

Yaṃ tasmiṃ samaye hiriyati hiriyitabbena hiriyati pâpakânaṃ akusalânaṃ dhammânaṃ samâpattiyâ — ayaṃ tasmiṃ samayc hiri hoti.

39. Katamaṃ tasmiṃ samayc ottappaṃ hoti ?

Yaṃ tasmiṃ samaya ottappati ottappitabbena ottappati pâpakânaṃ akusalânaṃ dhammânaṃ samâpattiyâ — idaṃ tasmiṃ samaye ottappaṃ hoti.

40. Katamâ tasmiṃ samayc kâyapassaddbi hoti ?

Yâ tasmiṃ samaya vedanâkkbandhassa saññâkkhandbassa saṅkhârakkhandhassa passaddbi paṭipassaddhi passambhanâ paṭipassambhanâ paṭipassambhitattaṃ — ayaṃ tasmiṃ samaya kâyapassaddhi hoti.

41. Katamâ tasmiṃ samayc cittapassaddhi hoti ?

Yâ tasmiṃ samaye viññâṇakkhandhassa passaddhi paṭipassaddhi passambhanâ paṭipassambhanâ paṭipassambhitattaṃ —ayaṃ tasmiṃ samaye cittapassaddhi hoti.

42. Katamâ tasmiṃ samaye kâyalahutâ hoti ?

Yâ tasmiṃ samaye vedanâkkhandhassa saññâkkhandhassa saṅkhârakkhandhassa lahutâ lahupariṇâmatâ adandhanatâ avitthanatâ—ayaṃ tasmiṃ samaye kâyalahutâ hoti.

43. Katamâ tasmiṃ samaye cittalahutâ hoti ?

Yâ tasmiṃ samaye viññâṇakkhandhassa lahutâ lahupariṇâmatâ adandhanatâ avitthanatâ—ayaṃ tasmiṃ samaye cittalahutâ hoti.

44. Katamâ tasmiṃ samaye kâyamudutâ hoti ?

Yâ tasmiṃ samaye vedanâkkhandhassa saññâkkhandhassa saṅkhârakkhandhassa mudutâ maddavatâ akakkhalatâ akaṭhinatâ—ayaṃ tasmiṃ samaye kâyamudutâ hoti.

45. Katamâ tasmiṃ samaye cittamudutâ hoti ?

Yâ tasmiṃ samaye viññâṇakkhandhassa mudutâ maddavatâ akakkhalatâ akaṭhinatâ—ayaṃ tasmiṃ samaye cittamudutâ hoti.

46. Katamâ tasmiṃ samaye kâyakammaññatâ hoti ?

Yâ tasmiṃ samaye vedanâkkhandhassa saññâkkhandhassa saṅkhârakkhandhassa kammaññatâ kammaññattaṃ kammaññabhâvo — ayaṃ tasmiṃ samaye kâyakammaññatâ hoti.

47. Katamâ tasmiṃ samaye cittakammaññatâ hoti ?

Yâ tasmiṃ samaye viññâṇakkhandhassa kammaññatâ kammaññattaṃ kammaññabhâvo — ayaṃ tasmiṃ samaye cittakammaññatâ hoti.

48. Katamâ tasmiṃ samaye kâyapâguññatâ hoti ?

Yâ tasmiṃ samaye vedanâkkhandhassa saññâkkhandhassa saṅkhârakkhandhassa paguṇatâ paguṇattaṃ paguṇabhâvo— ayaṃ tasmiṃ samaye kâyapâguññatâ hoti.

49. Katamâ tasmiṃ samaye citta-pâguññatâ hoti ?

Yâ tasmiṃ samaye viññâṇakkhandhassa paguṇatâ paguṇattaṃ paguṇabhâvo—ayaṃ tasmiṃ samaye cittapâguññatâ hoti.

50. Katamâ tasmiṃ samaye kâyujjukatâ hoti ?

Yâ tasmiṃ samaye vedanâkkhandhassa saññâkkhandhassa

saṅkhârakkhandhassa ujutâ ujukatâ ajimhatâ avaṅkatâ akuṭilatâ—ayaṃ tasmiṃ samaye kâyujjukatâ hoti.

51. Katamâ tasmiṃ samaye cittujjukatâ hoti?

Yâ tasmiṃ samaye viññûâṇakkhandhassa ujutâ ujjukatâ ajimhatâ avaṅkatâ akuṭilatâ—ayaṃ tasmiṃ samaye cittujjukatâ hoti.

52. Katamâ tasmiṃ samaye sati hoti?

Yâ tasmiṃ samaye sati anussati paṭissati sati saraṇatâ dhâraṇatâ apilâpanatâ asammussanatâ sati satiadriyaṁ satibalaṃ sammâsati—ayaṃ tasmiṃ samaye sati hoti.

53. Katamaṃ tasmiṃ samaye sampajaññaṃ hoti?

Yâ tasmiṃ samaye paññâ pajânanâ vicayo pavicayo dhammavicayo sallakkhaṇâ upalakkhaṇâ paccupalakkhaṇâ paṇḍiccaṃ kosallaṃ aepuññaṃ vebhavyâ cintâ upaparikkhâ bhûrî medhâ pariṇâyikâ vipassanâ sampajaññaṃ patodo paññâ paññiadriyaṃ paññâbalaṃ paññâsatthaṃ paññûâpâsâdo paññâ-âloko paññâ-ohhâso paññâpajjoto paññâratanaṃ amoho dhammavicayo sammâdiṭṭhi—idaṃ tasmiṃ samaye sampajaññaṃ hoti.

54. Katamo tasmiṃ samaye samatho hoti?

Yâ tasmiṃ samaye cittassa ṭhiti saṇṭhiti avaṭṭhiti avisâhâro avikkhepo avisâhaṭamânasatâ samatho samâdhiadriyaṃ samâdhihalaṃ sammâsamâdhi—ayaṃ tasmiṃ samaye samatho hoti.

55. Katamâ tasmiṃ samayo vipassanâ hoti?

Yâ tasmiṃ samaye paññâ pajânanâ vicayo pavicayo dhammavicayo sallakkhaṇâ upalakkhaṇâ paccupalakkhaṇâ paṇḍiccaṃ kosallaṃ aepuññaṃ vebhavyâ cintâ upaparikkhâ bhûrî medhâ pariṇâyikâ vipassanâ sampajaññaṃ patodo paññâ paññiindriyaṃ paññâbalaṃ paññâsatthaṃ paññûâpâsâdo paññâ-âloko paññâ-ohhaso paññâpajjoto paññâratanaṃ amoho dhammavicayo sammâdiṭṭhi—ayaṃ tasmiṃ samaye vipassanâ hoti.

56. Katamo tasmiṃ samaye paggâho hoti?

Yo tasmiṃ samaye cetasiko viriyârambho nikkamo parakkamo uyyâmo vâyâmo ussâho nssoḷhi thâmo dhiti asithila-parakkamatâ anikkhitta-chaṇdatâ anikkhittadhuratâ dhurasampaggâho viriyaṃ viriyaadriyaṃ viriyabalaṃ sammâvâyâmo—ayaṃ tasmiṃ samaye paggâho hoti.

57. Katamo tasmiṃ samayo avikkhepo hoti ?

Yâ tasmiṃ samaye cittassa ṭhiti saṇṭhiti avaṭṭhiti avisâhâro avikkhepo avisâhaṭamânasatâ samatho samâdhindriyaṃ samâdhibalaṃ sammâsamâdhi—ayaṃ tasmiṃ samaye avikkhepo hoti. Ye vâ pana tasmiṃ samaye aññe pi atthi paṭiccasamuppannâ arûpiao dhammâ ime dhammâ kusalâ.

Pada-bhâjaniyaṃ niṭṭhitaṃ.

PAṬHAMA-BHÂṆAVÂRAṂ.

58. Tasmiṃ kho pana samayo cattâro khandhâ honti, dvâyatanâni honti, dve dhâtuyo honti, tayo âhârâ honti, aṭṭhindriyâni honti, pañcaṅgikaṃ jhânaṃ hoti, pañcaṅgiko maggo hoti, satta balâni honti, tayo hetû honti, eko phasso hoti, ekâ vedanâ hoti, ekâ saññâ hoti, ekâ cetanâ hoti, ekaṃ cittaṃ hoti, eko vedanâkkhandho hoti, eko saññâkkhando hoti, eko saṅkhârakkhandho hoti, eko viññâṇakkhandho hoti, ekaṃ manâyatanaṃ hoti, ekaṃ manindriyaṃ hoti, ekâ mano-viññâṇadhâtu hoti, ekaṃ dhammâyatanaṃ hoti, ekâ dhammadhâtu hoti, ye vâ pana tasmiṃ samaye aññe pi atthi paṭiccasamuppannâ arûpiao dhammâ—ime dhammâ kusalâ.

59. Katame tasmiṃ samaye cattâro khandhâ honti ?

Vedanâkkhandho saññâkkhandho saṅkhârakkhandho viññâṇakkhandho.

60. Katamo tasmiṃ samaye vedanâkkhandho hoti ?

Yaṃ tasmiṃ samaye cetasikaṃ sâtaṃ cetasikaṃ sukhaṃ cetosamphassajaṃ sâtaṃ sukhaṃ vedayitaṃ cetosamphassajâ sâtâ sukhâ vedanâ—ayaṃ tasmiṃ samaye vedanâkkhandho hoti.

61. Katamo tasmiṃ samaye saññâkkhandho hoti ?

Yâ tasmiṃ samaye saññâ sañjânanâ sañjânitattaṃ—ayaṃ tasmiṃ samaye saññâkkhandho hoti.

62.[1] Katamo tasmiṃ samaye saṅkhârakkhandho hoti ?

Phasso cetanâ vitakko vicâro pîti cittass' ekaggatâ sad-

---

[1] Compare 342 and 401.

dhindriyaṃ viriyindriyaṃ satindriyaṃ samâdhindriyaṃ paññindriyaṃ jîvitindriyaṃ sammâdiṭṭhi sammâsankappo sammâvâyâmo sammâsati sammâsamâdhi saddhâbalaṃ viriyabalaṃ satibalaṃ samâdhibalaṃ paññâbalaṃ hiribalaṃ ottappabalaṃ alobho adoso amoho anabhijjhâ avyâpâdo sammâdiṭṭhi hiri ottappaṃ kâyapassaddhi cittapassaddhi kâyalahutâ cittalahutâ kâyamudutâ cittamudutâ kâyakammaññatâ cittakammaññatâ kâyapâguññatâ cittapâguññatâ kâyujjukatâ cittujjukatâ sati sampajaññaṃ samatho vipassanâ paggâho avikkhepo ye vâ pana tasmiṃ samaye aññe pi atthi paṭiccasamuppannâ arûpino dhammâ ṭhapetvâ vedanâkkhandhaṃ ṭhapetvâ saññâkkhandhaṃ ṭhapetvâ viññâṇakkhandaṃ ayaṃ tasmiṃ samaye sankhârakkhandho hoti.

63. Katamo tasmiṃ samaye viññâṇakkhandho hoti?

Yaṃ tasmiṃ samaye cittaṃ mano mânasaṃ hadayaṃ paṇḍaraṃ mano manâyatanaṃ manindriyaṃ viññâṇaṃ viññâṇakkhandho tajjâ manoviññâṇadhâtu—ayaṃ tasmiṃ samaye viññâṇakkhandho hoti.

Ime tasmiṃ samaye cattâro khandhâ honti.

64. Katamâni tasmiṃ samaye dvâyatanâni honti?

Manâyatanaṃ, dhammâyatanaṃ.

65. Katamaṃ tasmiṃ samaye manâyatanaṃ hoti?

Yaṃ tasmiṃ samaye cittaṃ mano mânasaṃ hadayaṃ paṇḍaraṃ mano manâyatanaṃ manindriyaṃ viññâṇaṃ viññâṇakkhandho tajjâ manoviññâṇadhâtu—idaṃ tasmiṃ samaye manâyatanaṃ hoti.

66. Katamaṃ tasmiṃ samaye dhammâyatanaṃ hoti?

Vedanâkkhandho saññâkkhandho sankhârakkhandho—idam tasmiṃ samaye dhammâyatanaṃ hoti.

Imâni tasmiṃ samaye dvâyatanâni honti.

67. Katamâ tasmiṃ samaye dve dhâtuyo honti?

Manoviññâṇadhâtu, dhammadhâtu.

68. Katamâ tasmiṃ samaye manoviññâṇadhâtu hoti.

Yaṃ tasmiṃ samaye cittaṃ mano mânasaṃ hadayaṃ paṇḍaraṃ mano manâyatanaṃ manindriyaṃ viññâṇaṃ viññâṇakkhandho tajjâ manoviññâṇadhâtu—ayaṃ tasmiṃ samaye manoviññâṇadhâtu hoti.

69. Katamâ tasmiṃ samaye dhammadhâtu hoti?

Vedanâkkhandho saññâkkhandho sankhârakkhandho ayaṃ tasmiṃ samaye dhammadhâtu hoti.

Imâ tasmiṃ samaye dve dhâtuyo honti.

70. Katame tasmiṃ samayo tayo âhârâ honti?

Phassâhâro, manosañcetanâhâro, viññâṇâhâro.

71. Katamo tasmiṃ samaye phassâhâro hoti?

Yo tasmiṃ samaye phasso phusanâ samphusanâ samphusitattaṃ—ayaṃ tasmiṃ samaye phassâhâro hoti.

72. Katamo tasmiṃ samaye manosañcetanâhâro hoti?

Yâ tasmiṃ samayo cetanâ sañcetanâ saṃcetayitattaṃ—ayaṃ tasmiṃ samaye manosañcetanâhâro hoti.

73. Katamo tasmiṃ samaye viññâṇâhâro hoti?

Yaṃ tasmiṃ samayo cittaṃ mano mânasaṃ hadayaṃ paṇḍaraṃ mano manâyatanaṃ manindriyaṃ viññâṇaṃ viññâṇakkhandho tajjâ manoviññâṇadhâtu—ayaṃ tasmiṃ samaye viññâṇâhâro hoti.

Ime tasmiṃ samaye tayo âhârâ honti.

74. Katamâni tasmiṃ samaye aṭṭhindriyâni honti?

Saddhindriyaṃ, viriyindriyaṃ, satindriyaṃ, samâdhindriyaṃ, paññindriyaṃ, manindriyaṃ, somanassindriyaṃ, jîvitindriyaṃ.

75. Katamaṃ tasmiṃ samaye saddhindriyaṃ hoti?

Yâ tasmiṃ samaye saddhâ saddahanâ okappanâ abhippasâdo saddhâ saddhindriyaṃ saddhâbalaṃ—idaṃ tasmiṃ samaye saddhindriyaṃ hoti.

76. Katamaṃ tasmiṃ samayo viriyindriyaṃ hoti?

Yo tasmiṃ samaye cetasiko viriyârambho nikkamo parakkamo uyyâmo vâyâmo ussâho ussoḷhi thâmo dhiti asithila-parakkamatâ anikkhitta-chandatâ anikkhitta-dhuratâ dhurasampaggâho viriyaṃ viriyindriyaṃ viriyabalaṃ sammâvâyamo—idaṃ tasmiṃ samaye viriyindriyaṃ hoti.

77. Katamaṃ tasmiṃ samaye satindriyaṃ hoti?

Yâ tasmiṃ samaye sati anussati paṭissati sati saraṇatâ dhâraṇatâ apilâpanatâ asammussanatâ sati satindriyaṃ satibalaṃ sammâsati—idaṃ tasmiṃ samaye satindriyaṃ hoti.

78. Katamaṃ tasmiṃ samaye samâdhindriyaṃ hoti?

Yâ tasmiṃ samaye cittassa ṭhiti saṇṭhiti avaṭṭhiti avisâhâro avikkhepo avisâhaṭamânasatâ samatho samâdhindriyaṃ samâ-

dhibalaṃ sammâsamâdhi—idaṃ tasmiṃ samaye samâdhindri-
yaṃ hoti.

79. Katamaṃ tasmiṃ samaye paññindriyaṃ hoti ?

Yâ tasmiṃ samaye paññâ pajânanâ vicayo pavicayo dham-
mavicayo sallakkhaṇâ upalakkhaṇâ paccupalakkhaṇâ paṇ-
ḍiccaṃ kosallaṃ nepuññaṃ vebhavyâ cintâ upaparikkhâ
bhûrî medhâ pariṇâyikâ vipassanâ sampajaññaṃ patodo
paññâ paññindriyaṃ paññâbalaṃ paññâsatthaṃ paññâpâsâdo
paññâ-âloko paññâ-obhâso paññâpajjoto paññâratanaṃ amoho
dhammavicayo sammâdiṭṭhi—idaṃ tasmiṃ samaye paññin-
driyaṃ hoti.

80. Katamaṃ tasmiṃ samaye manindriyaṃ hoti ?

Yaṃ tasmiṃ samaye cittaṃ mano mânasaṃ hadayaṃ
paṇḍaraṃ mano manâyatanaṃ manindriyaṃ viññâṇaṃ
viññâṇakkhandho tajjâ manoviññâṇadhâtu — idaṃ tasmiṃ
samaye manindriyaṃ hoti.

81. Katamam tasmiṃ samayo somanassindriyaṃ hoti ?

Yaṃ tasmiṃ samaye cetasikaṃ sâtaṃ cetasikaṃ sukhaṃ
cetosamphassajaṃ sâtaṃ sukhaṃ vedayitaṃ cetosamphassajâ
sâtâ sukhâ vedanâ—idaṃ tasmiṃ samaye somanassindriyaṃ
hoti.

82. Katamaṃ tasmiṃ samaye jîvitindriyaṃ hoti ?

Yo tesaṃ arûpînaṃ dhammânaṃ âyu ṭhiti yapanâ yâpanâ
iriyanâ vattanâ pâlanâ jîvitaṃ jîvitindriyaṃ—idaṃ tasmiṃ
samaye jîvitindriyaṃ hoti.

Imâni tasmiṃ samaye aṭṭhindriyâni honti.

———

83. Katamaṃ tasmiṃ samayo pañcaṅgikaṃ jhânaṃ hoti ?
Vitakko, vicâro, pîti, sukhaṃ, cittass' ekaggatâ.

84. Katamo tasmiṃ samaye vitakko hoti ?

Yo tasmiṃ samaye takko vitakko saṅkappo appanâ vyappanâ
cetaso abhiniropanâ sammâsaṅkappo—ayaṃ tasmiṃ samayo
vitakko hoti.

85. Katamo tasmiṃ samaye vicâro hoti ?

Yo tasmiṃ samaye câro vicâro anuvicâro upavicâro cittassa
anusandhanatâ anupekkhanatâ—ayaṃ tasmiṃ samaye vicâro
hoti.

86. Katamâ tasmiṃ samaye pîti hoti ?

Yā tasmiṃ samaye pîti pâmojjaṃ âmodanâ pamodanâ hâso pahâso vitti odagyaṃ attamanatâ cittassa—ayaṃ tasmiṃ pîti hoti.

87. Katamaṃ tasmiṃ samaye sukhaṃ hoti?

Yaṃ tasmiṃ samaye cetasikaṃ sâtaṃ cetasikaṃ sukhaṃ cetosamphassajaṃ sâtaṃ sukhaṃ vedayitaṃ cetosamphassajâ sâtâ sukhâ vedanâ—idaṃ tasmiṃ samaye sukhaṃ hoti.

88. Katamâ tasmiṃ samaye cittass' ekaggatâ hoti?

Yâ tasmiṃ samaye cittassa ṭhiti saṇṭhiti avaṭṭhiti avisâhâro avikkhepo avisâhaṭamânasatâ samatho samâdhiadriyaṃ samâdhihalaṃ sammâsamâdhi—ayaṃ tasmiṃ samaye cittass' ekaggatâ hoti.

Idaṃ tasmiṃ samaye pañcaṅgikaṃ jhânaṃ hoti.

---

89. Katamo tasmiṃ samaye pañcaṅgiko maggo hoti?

Sammâdiṭṭhi, sammâsaṅkappo, sammâvâyâmo, sammâsati, sammâsamâdhi.

90. Katamâ tasmiṃ samaye sammâdiṭṭhi hoti?

Yâ tasmiṃ samaye paññâ pajânanâ vicayo pavicayo dhammavicayo sallakkhaṇâ upalakkhaṇâ paccupalakkhaṇâ paṇḍiccaṃ kosallaṃ nepuññaṃ vebhavyâ cintâ upaparikkhâ bhûrî medhâ pariṇâyikâ vipassanâ sampajaññaṃ patodo paññâ paññindriyaṃ paññâbalaṃ paññâsatthaṃ paññâpâsâdo paññâ-âloko paññâ-obhâso paññâpajjoto paññâratanaṃ amoho dhammavicayo sammâdiṭṭhi—ayaṃ tasmiṃ samaye sammâdiṭṭhi hoti.

91. Katamo tasmiṃ samaye sammâsaṅkappo hoti?

Yo tasmiṃ samaye takko vitakko saṅkappo appanâ vyappanâ cetaso abhiniropanâ sammâsaṅkappo—ayaṃ tasmiṃ samaye sammâsaṅkappo hoti.

92. Katamo tasmiṃ samayo sammâvâyâmo hoti?

Yo tasmiṃ samaye cetasiko viriyârambho nikkamo parakkamo uyyâmo vâyâmo ussâho ussoḷhi thâmo dhîti asithilaparakkamatâ anikkhittachandatâ anikkhittadhuratâ dhurasampaggaho viriyaṃ viriyindriyaṃ viriyabalaṃ sammâvâyâmo—ayaṃ tasmiṃ samayo sammâvâyâmo hot.

93. Katamâ tasmiṃ samaye sammâsati hoti?

Yâ tasmiṃ samaye sati anussati paṭissati sati saraṇatâ dhâraṇatâ apilâpanatâ asammussanatâ sati satindriyaṃ satibalaṃ sammâsati—ayaṃ tasmiṃ samaye sammâsati hoti.

94. Katamo tasmiṃ samaye sammâsamâdhi hoti?

Yâ tasmiṃ samaye cittassa ṭhiti saṇṭhiti avaṭṭhiti avisâhâro avikkhepo avisâhaṭamânasatâ samatho samâdhindriyaṃ samâdhibalaṃ sammâsamâdhi—ayaṃ tasmiṃ samaye sammâsamâdhi hoti.

Ayaṃ tasmiṃ samaye pañcaṅgiko maggo hoti.

—————

95. Katamâni tasmiṃ samaye satta balâni honti?

Saddhâbalaṃ, viriyabalaṃ, satibalaṃ, samâdhibalaṃ, paññâbalaṃ hiribalaṃ, ottappabalaṃ.

96. Katamaṃ tasmiṃ samaye saddhâbalaṃ hoti?

Yâ tasmiṃ samaye saddhâ saddahanâ okappanâ abhippasâdo saddhâ saddhindriyaṃ saddhâbalaṃ—idaṃ tasmiṃ samaye saddhâbalaṃ hoti.

97. Katamaṃ tasmiṃ samaye viriyabalaṃ hoti?

Yo tasmiṃ samayo cetasiko viriyârambho nikkamo parakkamo uyyâmo vâyâmo ussâho ussoḷhi thâmo dhiti asithilaparakkamatâ anikkhittachandatâ anikkhittadhuratâ dhurasampaggâho viriyaṃ viriyindriyaṃ viriyabalaṃ sammâvâyâmo.

Idaṃ tasmiṃ samayo viriyabalaṃ hoti.

98. Katamaṃ tasmiṃ samaye satibalaṃ hoti?

Yâ tasmiṃ samaye sati anussati paṭissati sati saraṇatâ dhâraṇatâ apilâpanatâ asammussanatâ sati satindriyaṃ satibalaṃ sammâsati—idaṃ tasmiṃ samayo satibalaṃ hoti.

99. Katamaṃ tasmiṃ samaye samâdhibalaṃ hoti?

Yâ tasmiṃ samaye cittassa ṭhiti saṇṭhiti avaṭṭhiti avisâhâro avikkhepo avisâhaṭamânasatâ samatho samâdhindriyaṃ samâdhibalaṃ sammâsamâdhi—idaṃ tasmiṃ samaye samâdhibalaṃ hoti.

100. Katamaṃ tasmiṃ samaye paññâbalaṃ hoti?

Yâ tasmiṃ samaye paññâ pajânanâ vicayo pavicayo dhammavicayo sallakkhaṇâ upalakkhaṇâ paccupalakkhaṇâ paṇḍiccaṃ kosallaṃ nepuññaṃ vebhavyâ cintâ upaparikkhâ bhûri medhâ pariṇâyikâ vipassanâ sampajaññaṃ patodo paññâ paññindriyaṃ paññâbalaṃ paññâsatthaṃ paññâpâsâdo paññâ-

âloko paññâ-obhâso paññâpajjoto paññâratanaṃ amoho dham-
mavicayo sammâdiṭṭhi—idaṃ tasmiṃ samaye paññâbalaṃ
hoti.

101. Katamaṃ tasmiṃ samaye hiribalaṃ hoti?

Yaṃ tasmiṃ samaye hiriyati hiriyitabbena hiriyati pâpa-
kânaṃ akusalânaṃ dhammânaṃ samâpattiyâ—idaṃ tasmiṃ
samaye hiribalaṃ hoti.

102. Katamaṃ tasmiṃ samaye ottappabalaṃ hoti?

Yaṃ tasmiṃ samaye ottappati ottappitabbena ottappati
pâpakânaṃ akusalânaṃ dhammânaṃ samâpattiyâ — idaṃ
tasmiṃ samaye ottappabalaṃ hoti.

Imâni tasmiṃ samayo satta balâni honti.

———

103. Katame tasmiṃ samaye tayo hetû honti?
Alobho, adoso amoho.

104. Katamo tasmiṃ samayo alobho hoti?

Yo tasmiṃ samaye alobho alubbhanâ alubbhitattaṃ asârâgo
asârajjanâ asârajjitattaṃ anabhijjhâ alobho kusalamûlaṃ—
ayaṃ tasmiṃ samaye alobho hoti.

105. Katamo tasmiṃ samayo adoso hoti?

Yo tasmiṃ samaye adoso adussanâ adussitattaṃ avyâpâdo
avyâpajjo adoso kusalamûlaṃ—ayaṃ tasmiṃ samaye adoso
hoti.

106. Katamo tasmiṃ samaye amoho hoti?

Yâ tasmiṃ samayo paññâ pajânanâ . . . pe (34) . . .
amoho dhammavicayo sammâdiṭṭhi—ayaṃ tasmiṃ samaye
amoho hoti.

Ime tasmiṃ samayo tayo hetû honti.

———

107. Katamo tasmiṃ samaye eko phasso hoti?

Yo tasmiṃ samaye phasso phusanâ samphusanâ samphusi-
tattaṃ—ayaṃ tasmiṃ samaye eko phasso hoti.

108. Katamâ tasmiṃ samaye ekâ vedanâ hoti?

Yaṃ tasmiṃ samaye cetasikaṃ sâtaṃ cetasikaṃ sukhaṃ
cetosamphassajaṃ sâtaṃ sukhaṃ vedayitaṃ cetosamphassa-
jâ sâtâ sukhâ vedanâ—ayaṃ tasmiṃ samaye ekâ vedanâ
hoti.

109. Katamâ tasmiṃ samaye ekâ saññâ hoti?

Yā tasmiṃ samaye saññā sañjānanā saññānitattaṃ—ayaṃ tasmiṃ samaye ekā saññā hoti.

110. Katamā tasmiṃ samayo ekā cetanā hoti ?

Yā tasmiṃ samaye cetanā sañcetanā cetayitattaṃ—ayaṃ tasmiṃ samaye ekā cetanā hoti.

111. Katamaṃ tasmiṃ samaye ekaṃ cittaṃ hoti ?

Yaṃ tasmiṃ samaye cittaṃ mano mānasaṃ hadayaṃ paṇḍaraṃ mano manāyatanaṃ manindriyaṃ viññāṇaṃ viññāṇakkhandho tajjā manoviññāṇadhātu—idaṃ tasmiṃ samaye ekaṃ cittaṃ hoti.

112. Katamo tasmiṃ samaye eko vedanākkhandho hoti ?

Yaṃ tasmiṃ samaye cetasikaṃ sātaṃ cetasikaṃ sukhaṃ cetosamphassajaṃ sātaṃ sukhaṃ vedayitaṃ cetosamphassajā sātā sukhā vedanā—ayaṃ tasmiṃ samayo eko vedanākkhandho hoti.

113. Katamo tasmiṃ samaye eko saññākkhandho hoti ?

Yā tasmiṃ samaye saññā saññjānanā saññānitattaṃ—ayaṃ tasmiṃ samaye eko saññākkhandho hoti.

114. Katamo tasmiṃ samaye eko saṅkhārakkhandho hoti ?

Phasso vedanā vitakko vicāro pīti cittass' ekaggatā saddhindriyaṃ viriyindriyaṃ satindriyaṃ samādhindriyaṃ paññindriyaṃ jīvitindriyaṃ sammādiṭṭhi sammāsaṅkappo sammāvāyāmo sammāsati sammāsamādhi saddhābalaṃ viriyabalaṃ satibalaṃ samādhibalaṃ paññābalaṃ hiribalaṃ ottappabalaṃ alobho adoso amoho anabhijjhā avyāpādo sammādiṭṭhi hiri ottappaṃ kāyapassaddhi cittapassaddhi kāyalahutā cittalahutā kāyamudutā cittamudutā kāyakammaññatā cittakammaññatā kāyapāguññatā cittapāguññatā kāyujjukatā cittujjukatā sati sampajaññaṃ samatho vipassanā paggāho avikkhepo—ye vā pana tasmiṃ samayo aññe pi atthi paṭiccasamuppannā arūpino dhammā, ṭhapetvā vedanākkhandhaṃ ṭhapetvā saññākkhandhaṃ ṭhapetvā viññāṇakkhandhaṃ—ayaṃ tasmiṃ samaye eko saṅkhārakkhandho hoti.

115. Katamo tasmiṃ samaye eko viññāṇakkhandho hoti ?

Yaṃ tasmiṃ samaye cittaṃ mano mānasaṃ hadayaṃ paṇḍaraṃ mano manāyatanaṃ manindriyaṃ viññāṇaṃ viññāṇakkhandho tajjā manoviññāṇadhātu—ayaṃ tasmiṃ samayo eko viññāṇakkhandho hoti.

116. Katamaṃ tasmiṃ samayo ekaṃ manâyatanaṃ hoti ?

Yaṃ tasmiṃ samayo cittaṃ mano mânasaṃ hadayaṃ paṇḍaraṃ mano manâyatanaṃ manindriyaṃ viññaṇaṃ viññâṇakkhandho tajjâ manoviññâṇadhâtu—idaṃ tasmiṃ samaye ekaṃ manâyatanaṃ hoti.

117. Katamaṃ tasmiṃ samaye ekaṃ manindriyaṃ hoti?

Yaṃ tasmiṃ samaye cittaṃ mano mânasaṃ hadayaṃ paṇḍaraṃ mano manâyatanaṃ manindriyaṃ viññâṇaṃ viññâṇakkhandho tajjâ manoviññâṇadhâtu—idaṃ tasmiṃ samaye ekaṃ manindriyaṃ hoti.

118. Katamâ tasmiṃ samaye ekâ manoviññâṇadhâtu hoti ?

Yaṃ tasmiṃ samaye cittaṃ mano mânasaṃ hadayaṃ paṇḍaraṃ mano manâyatanaṃ manindriyaṃ viññâṇaṃ viññâṇakkhandho tajjâ manoviññâṇadhâtu—ayaṃ tasmiṃ samaye ekâ manoviññâṇadhâtu hoti.

119. Katamaṃ tasmiṃ samaye ekaṃ dhammâyatanaṃ hoti?

Vedanâkkhandho saññâkkhandho saṅkhârakkhandho—idaṃ tasmiṃ samayo ekaṃ dhammâyatanaṃ hoti.

120. Katamâ tasmiṃ samaye ekâ dhammadhâtu hoti?

Vedanâkkhandho saññâkkhandho saṅkhârakkhandho—ayaṃ tasmiṃ samayo ekâ dhammadhâtu hoti.

Ye vâ pana tasmiṃ samaye aññe pi atthi paṭiccasamuppannâ arûpino dhammâ—ime dhammâ kusalâ.

Koṭṭhâsavâraṃ.

121. Tasmiṃ kho pana samayo dhammâ honti, khandhâ honti, âyatanâni honti, dhâtuyo honti, âhârâ honti, indriyâni honti, jhânaṃ hoti, maggo hoti, balâni honti, hetû honti, phasso hoti, vedanâ hoti, saññâ hoti, cetanâ hoti, cittaṃ hoti, vedanâkkhandho hoti, saññâkkhandho hoti, saṅkhârakkhandho hoti, viññâṇakkhandho hoti, manâyatanaṃ hoti, manindriyaṃ hoti, manoviññâṇadhâtu hoti, dhammâyatanaṃ hoti, dhammadhâtu hoti, yo vâ pana tasmiṃ samayo aññe pi atthi paṭiccasamuppannâ arûpino dhammâ—ime dhammâ kusalâ.

122. Katame tasmiṃ samaye dhammâ honti ?

Vedanâkkhandho, saññâkkhandho, saṅkhârakkhandho, viññâṇakkhandho—ime tasmiṃ samaye dhammâ honti.

123. Katame tasmiṃ samaye khandhâ honti?

Vedanâkkhandho, saññâkkhandho, saṅkhârakkhandho, viññâṇakkhandho—ime tasmiṃ samayo khandhâ honti.

124. Katamâni tasmiṃ samaye âyatanâni honti?

Manâyatanaṃ dhammâyatanaṃ—imâni tasmiṃ samaye âyatanâni honti.

125. Katamâ tasmiṃ samaye dhâtuyo honti?

Manoviññâṇadhâtu dhammadhâtu, imâ tasmiṃ samaye dhâtuyo honti.

126. Katamo tasmiṃ samayo âhârâ honti?

Phassâhâro manosañcetanâhâro viññâṇâhâro—ime tasmiṃ samaye âhârâ honti.

127. Katamâni tasmiṃ samaye indriyâni honti?

Saddhindriyaṃ, viriyindriyaṃ, satindriyaṃ, samâdhindriyaṃ paññindriyaṃ, manindriyaṃ, somanassindriyaṃ, jîvitindriyaṃ—imâni tasmiṃ samaye indriyâni honti.

128. Katamaṃ tasmiṃ samaye jhânaṃ hoti?

Vitakko vicâro pîti sukhaṃ cittass' ekaggatâ—idaṃ tasmiṃ samayo jhânaṃ hoti.

129. Katamo tasmiṃ samaye maggo hoti?

Sammâdiṭṭhi sammâsaṅkappo sammâvâyâmo sammâsati sammâsamâdhi—ayaṃ tasmiṃ samaye maggo hoti.

130. Katamâni tasmiṃ samaye balâni honti?

Saddhâbalaṃ, viriyabalaṃ, satibalaṃ, samâdhibalaṃ, paññâbalaṃ, hiribalaṃ, ottappabalaṃ—imâni tasmiṃ samaye balâni honti.

131. Katame tasmiṃ samayo hetû honti?

Alobho adoso amoho—ime tasmiṃ samaye hetû honti.

132–145. The questions repeated with . . . po (107–120) . . . phasso vedanâ saññâ cetanâ cittaṃ vedanâkkhandho saññâkkhandho saṅkhârakkhando viññâṇakkhandho manâyatanaṃ manindriyaṃ viññâṇadhâtu dhammâyatanaṃ dhammadhâtu ye vâ pana tasmiṃ samaye aññe pi atthi paṭiccasamuppannâ arûpino dhammâ—ime dhammâ kusalâ.

Suññatavâro. Paṭhamacittaṃ.

146.[1] Katame dhammâ kusalâ?

---

[1] Compare 411 and following.

Yasmiṃ samaye kâmâvacaraṃ kusalaṃ cittaṃ uppannaṃ
hoti, somanassasahagataṃ ñâṇasampayuttaṃ sasaṅkhârena
rûpârammaṇaṃ vâ . . . pe (147) . . . dhammârammaṇaṃ
vâ, yaṃ yaṃ vâ pan' ârabbha tasmiṃ samaye phasso hoti
. . . pe (147) . . . avikkhepo hoti . . . pe (147) . . . ime
dhammâ kusalâ.

Dutiyaṃ.

147. Katame dhammâ kusalâ ?

Yasmiṃ samaye kâmâvacaraṃ kusalaṃ cittaṃ uppannaṃ
hoti, somanassasahagataṃ ñâṇavippayuttaṃ rûpârammaṇaṃ
vâ saddârammaṇaṃ vâ gandhârammaṇaṃ vâ rasârammaṇaṃ
vâ phoṭṭhabhârammaṇaṃ vâ dhammârammaṇaṃ vâ, yaṃ yaṃ
vâ pan'ârabbha tasmiṃ samaye phasso hoti, vedanâ hoti,
saññâ hoti, cetanâ hoti, cittaṃ hoti, vitakko hoti, vicâro hoti,
pîti hoti, sukhaṃ hoti, cittass' ekaggatâ hoti, saddhindriyaṃ
hoti, viriyindriyaṃ hoti, satindriyaṃ hoti, samâdhindriyaṃ
hoti, manindriyaṃ hoti, somanassindriyaṃ hoti, jîvitindriyam
hoti, sammâdiṭṭhi hoti, sammâsaṅkappo hoti, sammâvâyâmo
hoti, sammâsati hoti, sammâsamâdhi hoti, saddhâbalaṃ hoti,
viriyabalaṃ hoti, satibalaṃ hoti, samâdhibalaṃ hoti, hiribalaṃ
hoti, ottappabalaṃ hoti, alobho hoti, adoso hoti, anabhijjhâ
hoti, avyâpâdo hoti, hiri hoti, ottappaṃ hoti, kâyapassadhi
hoti, cittapassaddhi hoti, kâyalahutâ hoti, cittalahutâ hoti,
kâyamudutâ hoti, cittamudutâ hoti, kâyakammaññatâ hoti,
cittakammaññatâ hoti, kâyapâguññatâ hoti, cittapâguññatâ
hoti, kâyujjukatâ hoti, cittujjukatâ hoti, sati hoti, samatho
hoti, paggâho hoti, avikkhepo hoti, ye vâ pana tasmiṃ sa-
mayo aññe pi atthi paṭiccasamuppannâ arûpino dhammâ—
ime dhammâ kusalâ. Tasmiṃ kho pana samaye cattâro
khandhâ honti; dvâyatanâni honti, dve dhâtuyo honti, tayo
âhârâ honti, sattindriyâni honti, pañcaṅgikaṃ jhânaṃ hoti,
caturaṅgiko maggo hoti, cha balâni honti, dve hetû honti,
eko phasso hoti . . . po (58) . . . ekaṃ dhammâyatanaṃ
hoti, ekâ dhammadhâtu hoti, ye vâ pana tasmiṃ samaye
aññe pi atthi paṭiccasamuppannâ arûpino dhammâ—ime
dhammâ kusalâ.

Tatiyaṃ.

. 148. Katamo tasmiṃ samaye saṅkhârakkhandho hoti?

Phasso . . . po (62) . . . saṅkhârakkhandho hoti . . . pe . . . ime dhammâ kusalâ.

149. Katame dhammâ kusalâ?

Yasmiṃ samaye kâmâvacaraṃ kusalaṃ . . . pe (147) . . . avikkhepo hoti . . . pe (147) . . . imo dhammâ kusalâ.

Catutthaṃ.

150. Katame dhammâ kusalâ.

Yasmiṃ samaye kâmâvacaraṃ . . . po (156) . . . avikkhepo hoti . . . pe . . . ime dhammâ kusalâ.

151. Katamo tasmiṃ samaye phasso hoti?

Yo tasmiṃ samaye phasso phusanâ samphusanâ samphusitattaṃ—ayaṃ tasmiṃ samaye phasso hoti.

152. Katamâ tasmiṃ samaye vedanâ hoti?

Yaṃ tasmiṃ samaye tajjâ manoviññâṇadhâtu samphassajaṃ cetasikaṃ neva sâtaṃ nâsâtaṃ cetosamphassajaṃ adukkhamasukhaṃ vedayitaṃ cetosamphassajâ adukkhamasukhâ vedanâ—ayaṃ tasmiṃ samaye vedanâ hoti . . . po . . .

153. Katamâ tasmiṃ samayo upekkhâ hoti?

Yaṃ tasmiṃ samayo cetasikaṃ neva sâtaṃ nâsâtaṃ cetosamphassajaṃ adukkhamasukhaṃ vedayitaṃ cetosamphassajâ adukkhamasukhâ vedanâ—ayaṃ tasmiṃ samaye upekkhâ hoti . . . po . . .

154. Katamaṃ tasmiṃ samaye upekkhindriyaṃ hoti?

Yaṃ tasmiṃ samaye cetasikaṃ . . . pe (153) . . . vedanâ idaṃ tasmiṃ samaye upekkhindriyaṃ hoti . . . pe . . . ye vâ pana tasmiṃ samayo aññe pi atthi paṭiccasamuppannâ arûpino dhammâ—ime dhammâ kusalâ.

Tasmiṃ kho pana samaye cattâro khandhâ honti dvâyatanâni honti, dvc dhâtuyo honti, tayo âhârâ honti, aṭṭhindriyâni honti, caturaṅgikaṃ jhânaṃ hoti, pañcaṅgiko maggo hoti, satta balâni honti, tayo hetû honti, eko phasso hoti . . . pe (58) . . . ekaṃ dhammâyatanaṃ hoti, ekâ dhammadhâtu hoti, ye vâ pana tasmiṃ samaye aññe pi atthi paṭiccasamuppannâ arûpino dhammâ—ime dhammâ kusalâ . . . pe . . . (59-61)

155. Katamo tasmiṃ samaye saṅkhârakkhandho hoti?
Phasso . . . po (62) . . . saṅkhârakkhandho hoti.

Imo dhammâ kusalâ.

Pañcamaṃ.

156. Katame dhammâ kusalâ?
Yasmiṃ samayo kâmâvacaraṃ kusalaṃ cittaṃ uppannaṃ
hoti upekkhâsahagataṃ ñâṇasampayuttaṃ sasaṅkhâreṇa rûpâ-
rammaṇaṃ vâ . . . pe . . . dhammârammaṇaṃ vâ, yaṃ yaṃ
vâ pan' ârabhha tasmiṃ samaye phasso hoti . . . po . . .
avikkhepo hoti . . . ime dhammâ kusalâ.

Chaṭṭbaṇı.

157. Katame dhammâ kusalâ?
Yasmiṃ samaye kâmâvacaraṃ kusalaṃ cittaṃ uppannaṃ
hoti upekkhâsahagataṃ ñâṇavippayuttaṃ rûpârammaṇaṃ
vâ saddârammaṇaṃ vâ gandhârammaṇaṃ vâ rasârammaṇaṃ
vâ phoṭṭhabbârammaṇaṃ vâ dhammârammaṇaṃ vâ, yaṃ yaṃ
vâ panârabbha, tasmiṃ samaye phasso hoti, vedanâ hoti, saññâ
hoti, cetanâ hoti, cittaṃ hoti, vitakko hoti, vicâro hoti,
upekkhâ hoti, cittass' ekaggatâ hoti, saddhindriyaṃ hoti,
viriyindriyaṃ hoti, satindriyaṃ hoti, samâdhindriyaṃ hoti,
ñâṇindriyaṃ hoti, upekkhindriyaṃ hoti, jîvitindriyaṃ hoti,
sammâsaṅkappo hoti, sammâvâyâmo hoti, sammâsati hoti,
sammâsamâdhi hoti, saddhâbalaṃ hoti, viriyabalaṃ hoti, sati-
balaṃ hoti, samâdhibalaṃ hoti, hiribalaṃ hoti, ottappabalaṃ
hoti, alobho hoti, adoso hoti, anabhijjhâ hoti, avyâpâdo hoti,
hiri hoti, ottappaṃ hoti, kâyapassaddhi hoti, cittapassaddhi
hoti, kâyalahntâ hoti, cittalahutâ hoti, kâyamudutâ hoti,
cittamudutâ hoti, kâyakammaññatâ hoti, cittakammaññatâ
hoti, kâyapâguññatâ hoti, cittapâguññatâ hoti, kâyujjukatâ
hoti, cittujjukatâ hoti, sati hoti, sampajaññaṃ hoti, samatho
hoti, paggâho hoti, avikkhopo hoti; yo vâ pana tasmiṃ sama-
ye aññe pi attbi paṭiccasamuppannâ arûpino dhammâ—imo
dhammâ kusalâ. Tasmiṃ kho pana samaye cattâro khandhâ
honti, dvâyatanâni honti, dvo dhâtuyo honti, tayo âhârâ

honti, sattindriyâni honti, caturañgikaṃ jhânaṃ hoti,
catarañgiko maggo hoti, cha balâni honti, dve hetû honti,
eko phasso hoti . . . pe (58) . . . ekaṃ dhammâyatanaṃ hoti,
ekâ dhammadhâtu hoti—ye vâ pana tasmiṃ samaye aññe pi
atthi paṭiccasamuppannâ arûpino dhammâ — ime dhammâ
kusalâ . . . pe . . . (59–61)

158. Katamo tasmiṃ samaye saṅkhârakkhandho hoti?

Phasso cetanâ vitakko vicâro cittass' ekaggatâ saddhindri-
yaṃ viriyindriyaṃ satindriyaṃ samâdhiadriyaṃ jîvitindri-
yaṃ sammâsaṅkappo, sammâvâyâmo, sammâsati, sammâsa-
mâdhi, saddhâbalaṃ, viriyabalaṃ, satibalaṃ, samâdhibalaṃ,
hiribalaṃ ottappabalaṃ, alobho, adoso, anabhijjhâ, avyâpâdo,
hiri, ottappaṃ, kâyapassaddhi, cittapassaddhi, kâyalahutâ,
cittalahutâ, kâyamudutâ, cittamudutâ, kâyakammaññatâ, cittn-
kammaññatâ, kâyapâguññatâ, cittapâguññatâ, kâyujjukatâ,
cittujjukatâ, sati, samatho, paggâho, avikkhepo, ye vâ pana
tasmiṃ samaye añño pi atthi paṭiccasamuppannâ arûpino
dhammâ, ṭhapetvâ vedanâkkhaadhaṃ, ṭhapetvâ saññâkkhand-
haṃ, ṭhapetvâ viññâṇakkhandhaṃ; ayaṃ tasmiṃ samaye
saṅkhârakkhandho hoti, yo vâ pana tasmiṃ samayo aññe pi
atthi paṭiccasamuppannâ arûpino dhammâ — ime dhammâ
kusalâ.

Sattamaṃ.

159. Katame dhammâ kusalâ?

Yasmiṃ samaye kâmâvacaraṃ kusalaṃ cittaṃ uppannaṃ
hoti, upekkhâsahagataṃ ñâṇavippayuttaṃ sasaṅkhârena rû-
pârammaṇaṃ vâ . . . pe (147) . . . dhammârammaṇaṃ vâ,
yaṃ yaṃ vâ panârabbha tasmiṃ samaye phasso hoti . . . po
(147) . . . avikkhepo hoti . . . pe (147) . . . ime dhammâ
kusalâ.

Aṭṭhamaṃ.

Kâmâvacara-aṭṭhamahâcittâni.

DUTIYAṂ BHÂṆAVÂRAṂ.

160. Katame dhammâ kusalâ ?

Yasmiṃ samaye rûpûpapattiyâ maggaṃ hhâveti vivico' eva kâmehi vivicca akusalohi dhammehi savitakkaṃ savicâraṃ vivekajaṃ pîtisukhaṃ paṭhamaṃ jhânaṃ upasampajja viharati pathavîkasiṇaṃ tasmiṃ samayo phasso hoti ... pe (147) ... avikkhepo hoti—ye và pana tasmiṃ samaye aññe pi atthi paṭiccasamuppannâ arûpino dhammâ—ime dhammâ kusalâ.

161. Katame dhammâ kusalâ ?

Yasmiṃ samaye rûpûpapattiyâ maggaṃ hhâveti vitakka-vicârânaṃ vûpasamâ ajjhattaṃ sampasâdanaṃ cetaso ekodi-hhavaṃ avitakkaṃ avicâraṃ samâdhijaṃ pîtisukhaṃ duti-yaṃ jhânaṃ upasampajja viharati pathavîkasiṇaṃ, tasmiṃ samaye phasso hoti, vedanâ hoti, saññâ hoti, cetanâ hoti, cittaṃ hoti, pîti hoti, sukhaṃ hoti, cittass' ekaggatâ hoti, sadd-hindriyaṃ hoti, viriyindriyaṃ hoti, satindriyaṃ hoti, samâ-dhindriyaṃ hoti, paññindriyaṃ hoti, manindriyaṃ hoti, soma-nassiadriyaṃ hoti, jîvitindriyaṃ hoti, sammâdiṭṭhi hoti, sam-mâvâyâmo hoti ... pe (157) ... paggâho hoti, avikkhepo hoti —ye và pana tasmiṃ samayo aññe pi atthi paṭiccasamuppannâ arûpino dhammâ—ime dhammâ kusalâ.

Tasmiṃ kho pana samaye cattâro khandhâ honti dvâya-taaâni honti dve dhâtuyo hoati tayo âhârâ honti aṭṭhindriyâni honti tivaṅgikaṃ jhânaṃ hoti caturaṅgiko maggo hoti satta balâni honti tayo hetû honti eko phasso hoti ... po ... ckaṃ dhammâyatanaṃ hoti, ekâ dhammadhâtu hoti, ye và pana tasmiṃ samaye aññûc pi atthi paṭiccasamuppannâ arû-pino dhammâ—ime dhammâ kusalâ ... pe.

162. Katamo tasmiṃ samaye saṅkhârakkhandho hoti ?

Phasso cetanâ pîti cittas' ekaggatâ saddhindriyaṃ viri-yindriyaṃ satindriyaṃ samâdhiadriyaṃ paññindriyaṃ jîvi-tindriyaṃ sammâdiṭṭhi sammâvâyâmo ... pe (158) ... paggâ-ho avikkhepo ye và pana tasmiṃ samayo aññe pi atthi paṭicca-samuppannâ arûpino dhammâ, ṭhapetvâ vedanâkkhandhaṃ ṭhapetvâ saññâkkhandhaṃ ṭhapetvâ viññâṇakkhaadhaṃ— ayaṃ tasmiṃ samaye saṅkhârakkhaadho hoti ... pe ... ime dhammâ kusalâ.

163. Katame dhammâ kusalâ ?

Yasmiṃ samaye rûpûpapattiyâ maggaṃ bhâveti pîtiyâ ca virâgâ upekkhako ca viharati sato ca sampajâno sukhañ ca kâyena paṭisaṃvedeti yaṃ taṃ ariyâ âcikkhanti upekkhako satimâ sukhavihârîti tatiyaṃ jhânaṃ upasampajja viharati pathavîkasiṇaṃ—tasmiṃ samaye phasso hoti vedanâ hoti saññâ hoti cetanâ hoti cittaṃ hoti sukhaṃ hoti cittass' ekaggatâ hoti saddhindriyaṃ hoti viriyindriyaṃ hoti samâdhindriyam hoti paññindriyaṃ hoti manindriyaṃ hoti somanassindriyaṃ hoti jîvitindriyaṃ hoti sammâdiṭṭhi hoti sammâsati hoti sammâvâyâmo hoti ... pe (157) ... paggâho hoti avikkhepo hoti ye vâ pana tasmiṃ samaye añño pi atthi paṭiccasamuppannâ arûpino dhammâ—ime dhammâ kusalâ ... pe ... Tasmiṃ kho pana samaye cattâro khandhâ honti dvâyatanâni honti dve dhâtuyo honti tayo âhârâ honti aṭṭhindriyâni honti duvaṅgikaṃ jhânam hoti caturaṅgiko maggo hoti satta balâni honti tayo hetû honti eko phasso hoti ... po ... ckaṃ dhammâyatanaṃ hoti ekâ dhammadhâtu hoti—ye vâ pana tasmiṃ samaye aññe pi atthi paṭiccasamuppannâ arûpino dhammâ—imo dhammâ kusalâ ... pe ...

164. Katamo tasmiṃ samaye saṅkhârakkhandho hoti ?

Phasso cetanâ cittass' ekaggatâ saddhindriyaṃ viriyindriyaṃ satindriyaṃ samâdhindriyaṃ paññindriyaṃ jîvitindriyaṃ sammâdiṭṭhi sammâvâyâmo ... pe (148) ... paggâho avikkhepo, ye vâ pana tasmiṃ samaye aññe pi atthi paṭiccasamuppannâ arûpino dhammâ ṭhapetvâ vedanâkkhandhaṃ ṭhapetvâ saññâkkhandhaṃ ṭhapetvâ viññâṇakkhandhaṃ— ayaṃ tasmiṃ samaye saṅkhârakkhandho hoti—ye vâ pana tasmiṃ samaye aññe pi atthi paṭiccasamuppannâ arûpino dhammâ—ime dhammâ kusalâ.

165. Katame dhammâ kusalâ ?

Yasmiṃ samaye rûpûpapattiyâ maggaṃ bhâveti sukhassa ca pahânâ dukkhassa ca pahânâ pubb' eva somanassadomanassânaṃ atthaṅgamâ adukkhamasukhaṃ upekkhâ satipârisuddhiṃ catutthaṃ jhânaṃ upasampajja viharati pathavîkasiṇaṃ, tasmiṃ samaye phasso hoti vedanâ hoti saññâ hoti cetanâ hoti cittaṃ hoti upekkhâ hoti cittass' ekaggatâ hoti saddhindriyaṃ hoti viriyindriyaṃ hoti satindriyaṃ hoti samâdhindriyaṃ hoti paññindriyaṃ hoti manindriyaṃ hoti

upekkhiadriyaṃ hoti jîvitindriyaṃ hoti sammâdiṭṭhi hoti
sammâvâyâmo hoti . . . po (157) . . . paggâho hoti avikkhepo
hoti—yo vâ pana tasmiṃ samaye aññe pi atthi paṭiccasamuppaaaâ arûpino dhammâ—ime dhammâ kusalâ . . . pe . . .
tasmiṃ kho paaa samaye cattâro khandhâ honti dvâyataaâui
honti dvo dhâtuyo honti tayo âhârâ honti aṭṭhindriyâni honti
duvaṅgikaṃ jhâaaṃ hoti caturaṅgiko maggo hoti satta halâni
honti tayo hetû hoati eko phasso hoti . . . pe (58) . . . ckaṃ
dhammâyatanaṃ hoti ekâ dhammadhâtu hoti ye vâ pana
tasmiṃ samaye aññe pi atthi paṭiccasamuppaanâ arûpino
dhammâ—ime dhammâ kusalâ . . . po . . . (59–61)

166. Katamo tasmiṃ samaye saṅkhârakkhandho hoti ?

Phasso cetaaâ cittassekaggatâ saddhindriyaṃ viriyindriyaṃ samâdhindriyaṃ paññindriyaṃ jîvitindriyaṃ sammâdiṭṭhi sammâvâyâmo . . . pe . . . paggâho avikkhepo ye vâ
pana tasmiṃ samaye aññe pi atthi paṭiccasamuppanaâ arûpino
dhammâ ṭhapetvâ vedanâkkhandhaṃ ṭhapetvâ saññâkkhandhaṃ ṭhapetvâ viññâṇakkhandhaṃ—ayaṃ tasmiṃ samayo
saṅkhârakkhaadho hoti . . . pe . . . ime dhammâ kusalâ.

Catukkanayo.

167. Katame dhammâ kusalâ ?

Yasmiṃ samayo rûpûpapattiyâ maggaṃ bhâveti viviccova
kâmehi . . . pe . . . paṭhamaṃ jhâaaṃ upasampajja viharati pathavîkasiṇaṃ tasmiṃ samaye phasso hoti . . . pe . . .
avikkhepo hoti . . . pe . . . ime dhammâ kusalâ.

168. Katamo dhammâ kusalâ ?

Yasmiṃ samaye rûpûpapattiyâ maggaṃ bhâveti avitakkaṃ
vicâramattaṃ samâdhijaṃ pîtisukhaṃ dutiyaṃ jhânaṃ upasampajja viharati pathavîkasiṇaṃ tasmiṃ samaye phasso hoti
vedaaâ hoti saññâ hoti cetaaâ hoti cittaṃ hoti vicâro hoti
pîti hoti sukhaṃ hoti cittass' ekaggatâ hoti saddhindriyaṃ
hoti viriyindriyaṃ hoti satindriyaṃ hoti samâdhiadriyaṃ
hoti paññiadriyaṃ hoti maaindriyaṃ hoti somaaassindriyaṃ
hoti jîvitiadriyaṃ hoti sammâdiṭṭhi hoti sammâvâyâmo hoti
. . . pe . . . paggâho hoti avikkhepo hoti ye vâ paaa tasmiṃ
samaye aññe pi atthi paṭiccasamuppaaaâ arûpino dhammâ—

3

ime dhemmâ kusalâ . . . pe . . . Tasmiṃ kho pana semaye cattâro khendhâ honti dvâyatanâni honti dve dhâtuyo honti tayo âhârâ honti aṭṭhindriyâni honti caturaṅgikaṃ jhânaṃ hoti caturaṅgiko maggo hoti satta belâni honti tayo hetû honti eko phesso hoti . . . pe . . . ekaṃ dhammâyatanem hoti ekâ dhammadhâtu hoti—ye vâ pana tasmiṃ samaye aññe pi atthi paṭiccasamuppennâ erûpino dhemmâ—imo dhammâ kusalâ . . . po . . . (59–61)

169. Katamo tasmiṃ samaye saṅkhârakkhandho hoti?

Phasso cetanâ vicâro pîti cittass' ekaggatâ saddhindriyem viriyindriyaṃ satindriyaṃ samâdhindriyaṃ paññindriyaṃ jîvitindriyaṃ sammâdiṭṭhi sammâvâyâmo . . . pe . . . paggâho avikkhepo ye vâ pana tasmiṃ samaye aññe pi atthi paṭiccasamuppannâ arûpino dhammâ ṭhapetvâ vedanâkkhandham ṭhâpetvâ saññâkkhandham ṭhapetvâ viññânekkhandham ayaṃ tasmiṃ samaye saṅkhârakkhandho hoti . . . po . . . ime dhammâ kusalâ.

170. Katame dhammâ kusalâ?

Yasmiṃ samaye rûpûpapattiyâ maggaṃ bhâveti vitakka-vicârânem vûpasamâ . . . pe . . . tatiyaṃ jhânaṃ upasam-pajja viharati pathavîkasiṇaṃ tesmiṃ samaye phasso hoti vedanâ hoti saññâ hoti cetanâ hoti cittaṃ hoti pîti hoti sukhaṃ hoti cittass' ekaggatâ hoti saddhindriyaṃ hoti viriyindriyaṃ hoti satindriyaṃ hoti samâdhindriyaṃ hoti paññindriyaṃ hoti manindriyaṃ hoti somenassindriyem hoti jîvitindriyaṃ hoti sammâdiṭṭhi hoti sammâvûyâmo hoti . . . pe . . . paggâho hoti avikkhepo hoti ye vâ pena tasmiṃ sameyo aññe pi atthi paṭiccasamuppannâ arûpino dhammâ—ime dhammâ kusalâ . . . pe . . . (157)

Tasmiṃ kho pana samaye cattâro khandhâ honti dvâyata-nâni honti dve dhâtuyo honti tayo âhârû honti aṭṭhindriyâni honti tiveṅgikaṃ jhânaṃ hoti caturaṅgiko maggo hoti satta balâni honti tayo hetû honti eko phasso hoti . . . pe . . . ekaṃ dhammâyatanaṃ hoti, ekâ dhammadhâtu hoti ye vâ pana tasmiṃ samayo eûñe pi atthi paṭiccasamuppannâ arû-pino dhemmâ—ime dhammâ kusalâ . . . pe . . . (59–61)

171. Katamo tasmiṃ sameye saṅkhârakkhandho hoti?

Phasso cetanâ pîti[sukhaṃ] cittass' ekaggatâ saddhindri-

yaṃ viriyindriyaṃ satindriyaṃ samādhindriyaṃ paññindri-
yaṃ jîvitiadriyaṃ sammādiṭṭhi sammâvâyâmo . . . pe . . .
paggâho avikkhcpo yc vâ pana tasmiṃ samaye aññe pi
atthi paṭiccasamuppannâ arûpino dhammâ, ṭhapetvâ vedanâ-
kkhandhaṃ ṭhapetvâ saññâkkhandhaṃ, ṭhapetvâ viññâṇa-
kkhandhaṃ ayaṃ tasmiṃ samaye saṅkhârakkhandho hoti
. . . pe . . . imo dhammâ kusalâ.

172. Katame dhammâ kusalâ ?

Yasmiṃ samaye rûpûpapattiyâ maggaṃ bhâveti pîtiyâ
ca virâgâ . . . po . . . catutthaṃ jhânaṃ upasampajja vi-
haruti paṭhavîkasiṇaṃ tasmiṃ samaye phasso hoti vedanâ
hoti saññâ hoti cctanâ hoti cittaṃ hoti sukhaṃ hoti cittass'
ekaggatâ hoti saddhiadriyaṃ hoti viriyindriyaṃ hoti sa-
tindriyaṃ hoti samâdhindriyaṃ hoti paññindriyaṃ hoti
manindriyaṃ hoti somanass' indriyaṃ hoti jîvitindriyaṃ
hoti sammâdiṭṭhi hoti sammâvâyâmo hoti . . . pe . . .
paggâho hoti avikkhcpo hoti ye vâ pana tasmiṃ samayo aññe
pi atthi paṭiccasamuppannâ arûpino dhammâ—ime dhammâ
kusalâ . . . pc . . . tasmiṃ kho pana samaye cattâro
khandhû honti dvâyatanâni honti dve dhâtuyo honti tayo
âhârâ honti aṭṭhindriyâni honti duvaṅgikaṃ jhânaṃ hoti
caturaṅgiko maggo hoti satta balâni honti tayo hetû honti
eko phasso hoti . . . pe . . . ekaṃ dhammâyatanaṃ hoti
ekâ dhammadhâtu hoti yo vâ pana tasmiṃ samaye aññe pi
atthi paṭiccasamuppannâ arûpino dhammâ—ime dhammâ
kusalâ . . . po . . . (59-61)

173. Katamo tasmiṃ samaye saṅkhârakkhandho hoti?

Phasso cetanâ citass' ekaggatâ saddhindriyaṃ viriyindri-
yaṃ satindriyaṃ samâdhindriyaṃ paññindriyaṃ jîvitindri-
yaṃ sammâdaṭṭhi sammâvâyâmo . . . pe . . . paggâho
avikkhcpo yo vâ pana tasmiṃ samaye aññe pi atthi paṭicca-
samuppannâ arûpino dhammâ ṭhapetvâ vedanâkkhandhaṃ,
ṭhapetvâ saññâkkhandhaṃ ṭhapetvâ viññâṇakkhandhaṃ—
ayaṃ tasmiṃ samayo saṅkhârakkhandho hoti . . . pe . . .
imo dhammâ kusalâ.

174. Katamo dhammâ kusalâ?

Yasmiṃ samayo rûpûpapattiyâ maggaṃ bhâveti sukhassa
ca pahânâ . . . pe . . . pañcamaṃ jhânaṃ upasampajja

viharati pathavîkasinam tasmim samaye phasso hoti vedanâ hoti saññâ hoti cetanâ hoti cittam hoti upekkhâ hoti cittass' ekaggatâ hoti saddhindriyam hoti viriyindriyam hoti satindriyam hoti samâdhindriyam hoti paññindriyam hoti manindriyam hoti upekkhindriyam hoti jîvitindriyam hoti sammâdiṭṭhi hoti sammâvâyâmo hoti . . . pe . . . paggâho hoti avikkhepo hoti ye vâ pana tasmim samaye aññe pi atthi paṭiccasamuppannâ arûpino dhammâ—ime dhammâ kusalâ . . . pe . . . (157) tasmim kho pana samaye cattâro khandhâ honti dvâyatanâni honti dve dhâtuyo honti tayo âhârâ honti aṭṭhindriyâni honti duvangikam jhânam hoti caturangiko maggo hoti satta balâni honti tayo hetu honti eko phasso hoti . . . pe . . . (58) ekam dhammâyatanam hoti ekâ dhammadhâtu hoti, ye vâ pana tasmim samaye aññe pi atthi paṭiccasamuppannâ arûpino dhammâ—ime dhammâ kusalâ . . . pe . . . (59–61)

175. Katamo tasmim samaye sankhârakkhandho hoti?

Phasso cetanâ cittass' ekaggatâ saddhindriyam viriyindriyam satindriyam samâdhindriyam paññindriyam jîvitindriyam sammâdiṭṭhi sammâvâyâmo . . . pe . . . paggâho avikkhepo ye vâ pana tasmim samaye aññe pi atthi paṭiccasamuppannâ arûpino dhammâ ṭhapetvâ vedanâkkhandham ṭhapetvâ saññâkkhandam ṭhapetvâ viññânakkhandham ayam tasmim samayo sankhârakkhandho hoti . . . pe . . . imo dhammâ kusalâ.

Pañcakanayo.

176. Katame dhammâ kusalâ?

Yasmim samaye rûpûpapattiyâ maggam bhâveti vivicceva kâmehi . . . pe . . . paṭhamam jhânam upasampajja viharati dukkhâpaṭipadam dandhâbhiññam pathavîkasinam— tasmim samaye phasso hoti . . . pe . . . avikkhepo hoti . . . pe . . . ime dhammâ kusalâ.

177. Katamo dhammâ kusalâ?

Yasmim samaye rûpûpapattiyâ maggam bhâveti vivicceva kâmehi . . . pe . . . paṭhamam jhânam upasampajja viharati dukkhâpaṭipadam khippâbhiññam pathavîkasinam tas-

miṃ samayo phasso hoti . . . pa . . . avikkhepo hoti . . .
pe . . . imo dhammā kusalā.

178. Katame dhammā kusalā ?

Yasmiṃ samaya rûpûpapattiyâ maggaṃ bhâveti viviccova
kâmehi . . . pe . . . paṭhamaṃ jhânaṃ upasampajja viha-
rati sukhâpaṭipadaṃ dandhâbiññaṃ pathavîkasiṇaṃ tasmiṃ
samaye phasso hoti . . . pe . . . avikkhepo hoti . . . pe
. . . ime dhammâ kusalâ.

179. Katame dhammâ kusalâ ?

Yasmiṃ samayo rûpûpapattiyâ maggaṃ bhâveti viviccova
kâmehi . . . pe . . . paṭhamaṃ jhânaṃ upasampajja viha-
rati sukhâpaṭipadaṃ khippâbhiññâṃ pathavîkasinaṃ tasmiṃ
samayo phasso hoti . . . pa . . . avikkhepo hoti . . . imo
dhammâ kusalâ.

180. Katama dhammâ kusalâ ?

Yasmiṃ samaya rûpûpapattiyâ maggaṃ bhâveti vitakka-
vicârânaṃ vûpasamâ . . . pe . . . dutiyaṃ jhânaṃ . . . pe
. . . tatiyaṃ jhânaṃ . . . po . . . catutthaṃ jhânaṃ . . .
pe . . . paṭhamaṃ jhânaṃ . . . pe . . . pañcamaṃ
jhânaṃ upasampajja viharati dukkhâpaṭipadaṃ dandhâ-
bhiññâṃ pathavîkasiṇaṃ . . . pe . . . dukkhâpaṭipadaṃ
khippâbhiññâṃ pathavîkasiṇaṃ . . . pe . . . sukhâpaṭi-
padaṃ dandhâbhiññâṃ pathavîkasinaṃ . . . po . . . sukhâ-
paṭipadaṃ khippâbhiññaṃ pathavîkasiṇaṃ—tasmiṃ samaya
phasso hoti . . . pe . . . avikkhepo hoti . . . pe . . . imo
dhammâ kusalâ.

Catasso paṭipadâ.

181. Katame dhammâ kusalâ ?

Yasmiṃ samaya rûpûpapattiyâ maggaṃ bhâveti viviccova
kâmehi . . . pa . . . paṭhamaṃ jhânaṃ upasampajja viha-
rati parittaṃ parittârammaṇaṃ pathavîkasiṇaṃ, tasmiṃ
samaya phasso hoti . . . pa . . . avikkhepo hoti . . . po
. . . ime dhammâ kusalâ.

182. Katamo dhammâ kusalâ ?

Yasmiṃ samaye rûpûpapattiyâ maggaṃ bhâveti viviccova
kâmehi . . . pa . . . paṭhamaṃ jhânaṃ upasampajja viha-
rati parittaṃ appamâṇârammaṇaṃ pathavîkasiṇaṃ—tasmiṃ

samaye phasso hoti . . . pe . . . avikkhepo hoti . . . pe
. . . ime dhammâ kusalâ.

183. Katamo dhammâ kasalâ ?

Yasmiṃ samaye rûpûpapattiyâ maggaṃ hhâvoti vivicceva kâmohi . . . pe . . . paṭhamaṃ jhâaṃ upasampajja viharati appamâṇaṃ parittârammaṇaṃ pathavîkasiṇaṃ—tasmiṃ samaye phasso hoti . . . pe . . . avikkhepo hoti . . . pe . . . ime dhammâ kusalâ.

184. Katamo dhammâ kusalâ ?

Yasmiṃ samaye rûpûpapattiyâ maggaṃ bhâveti viviccova kâmehi . . . pe . . . paṭhamaṃ jhânaṃ upasampajja viharati appamâṇaṃ appamâṇârammaṇaṃ pathavîkasinaṃ tasmiṃ samaye phasso hoti . . . pe . . . avikkhepo hoti . . . pe . . . ime dhammâ kusalâ.

185. Katame dhammâ kusalâ ?

Yasmim samaye rûpûpapattiyâ maggaṃ hhâveti vitakkavicârânaṃ vûpasamâ . . . pe . . . dutiyaṃ jhânaṃ . . . pe . . . tatiyaṃ jhânaṃ . . . pe . . . catutthaṃ jhânaṃ . . . pe . . . paṭhamaṃ jhânaṃ upasampajja viharati parittaṃ parittârammaṇaṃ pathavîkasiṇaṃ . . . pe . . . parittaṃ appamânârammaṇaṃ pathavîkasiṇaṃ . . . pe . . . appamâṇaṃ parittârammaṇaṃ pathavîkasiṇaṃ . . . pe . . . appamâṇaṃ appamâṇârammaṇaṃ pathavîkasiṇaṃ, tasmiṃ samaye phasso hoti . . . pe . . . avikkhepo hoti—ime dhammâ kusalâ.

Cattâri ârammaṇâni.

186. Katame dhammâ kusalâ ?

Yasmiṃ samaye rûpûpapattiyâ maggaṃ hhâveti vivicceva kâmehi . . . pe . . . paṭhamaṃ jhânaṃ upasampajja viharati dukkhâpaṭipadaṃ dandhâbhiññaṃ parittaṃ parittârammaṇaṃ pathavîkasiṇaṃ tasmiṃ samaye phasso hoti . . . pe . . . avikkhepo hoti—ime dhammâ kusalâ.

187. Katame dhammâ kusalâ ?

Yasmiṃ samayo rûpûpapattiyâ maggaṃ hhâveti viviccova kâmehi . . . pe . . . paṭhamaṃ jhânaṃ upasampajja viharati dukkhâpaṭipadaṃ dandhâbhiññaṃ parittaṃ appamânârammaṇaṃ pathavîkasiṇaṃ, tasmiṃ samaye phasso hoti . . . pe . . . avikkhepo hoti . . . pe . . . ime dhammâ kusalâ.

188. Katame dhammâ kusalâ ?

Yasmiṃ samaye rûpûpapattiyâ maggaṃ hhâveti viviceeva kâmehi . . . pe . . . paṭhamaṃ jhânaṃ upasampajja viharati dukkhâpaṭipadaṃ dandhâbhiññaṃ appamâṇaṃ parittârammaṇaṃ pathavîkasiṇaṃ—tasmiṃ samaye phasso hoti . . . pe . . . avikkhepo hoti . . . pe . . . ime dhammâ kusalâ.

189. Katame dhammâ kusalâ ?

Yasmiṃ samaye rûpûpapattiyâ maggaṃ hhâveti viviceeva kâmehi . . . pe . . . paṭhamaṃ jhânaṃ upasampajja viharati dukkhâpaṭipadaṃ dandhâbhiññaṃ appamâṇaṃ appamâṇârammaṇaṃ paṭhavîkasiṇaṃ tasmiṃ samayo phasso hoti . . . pe . . . avikkhepo hoti . . . po . . . ime dhammâ kusalâ.

190. Katamo dhammâ kusalâ ?

Yasmiṃ samayo rûpûpapattiyâ maggaṃ hhâveti viviceeva kâmehi . . . pe . . . paṭhamaṃ jhânaṃ upasampajja viharati dukkhâpaṭipadaṃ khippâbhiññaṃ parittaṃ parittârammaṇaṃ paṭhavîkasiṇaṃ tasmiṃ samaye phasso hoti . . . pe . . . avikkhepo hoti . . . po . . . ime dhammâ kusalâ.

191. Katame dhammâ kusalâ ?

Yasmiṃ samaye rûpûpapattiyâ maggaṃ hhâveti viviceeva kâmehi . . . pe . . . paṭhamaṃ jhânaṃ upasampajja viharati dukkhâpaṭipadaṃ khippâbhiññaṃ parittaṃ appamânârammaṇaṃ paṭhavîkasiṇaṃ, tasmiṃ samayo phasso hoti . . . pe . . . avikkhepo hoti . . . pe . . . imo dhammâ kusalâ.

192. Katame dhammâ kusalâ ?

· Yasmiṃ samaye rûpûpapattiyâ maggaṃ hhâveti viviceeva kamehi . . . pe . . . paṭhamaṃ jhânaṃ upasampajja viharati dukkhâpaṭipadaṃ khippâbhiññaṃ appamâṇaṃ parittârammaṇaṃ paṭhavîkasiṇaṃ tasmiṃ samayo phasso hoti . . . pe . . . avikkhepo hoti . . . pe . . . ime dhammâ kusalâ.

193. Katame dhammâ kusalâ ?

Yasmiṃ samayo rûpûpapattiyâ maggaṃ bhâveti viviceeva kâmehi . . . pe . . . paṭhamaṃ jhânaṃ upasampajja vi-

harati dukkhâpaṭipadaṃ khippâbhiññaṃ appamâṇaṃ appa-
mânârammaṇaṃ paṭhavîkasiṇaṃ, tasmiṃ samaye phasso hoti
. . . pe . . . avikkhepo hoti . . . pe . . . ime dhammâ
kusalâ.

194. Katame dhammâ kusalâ ?

Yasmiṃ samaye rûpûpapattiyâ maggaṃ bhâveti viviceva
kâmehi . . . pe . . . paṭhamaṃ jhânaṃ upasampajja viha-
rati sukhâpaṭipadaṃ dandhâbhiññaṃ parittârammaṇaṃ
pathavîkasiṇaṃ—tasmiṃ samaye phasso hoti . . . pe . . .
avikkhepo hoti . . . pe . . . ime dhammâ kusalâ.

195. Katame dhammâ kusalâ ?

Yasmiṃ samaye rûpûpapattiyâ maggaṃ bhâveti viviceva
kâmehi . . . pe . . . paṭhamaṃ jhânaṃ upasampajja viha-
rati sukhâpaṭipadaṃ dandhâbhiññaṃ parittaṃ appamânâ-
rammaṇaṃ pathavîkasiṇaṃ tasmiṃ samaye phasso hoti . . .
pe . . . avikkhepo hoti . . . pe . . . ime dhammâ kusalâ

196. Katame dhammâ kusalâ ?

Yasmiṃ samaye rûpûpapattiyâ maggaṃ bhâveti viviceva
kâmehi . . . pe . . . paṭhamaṃ jhânaṃ upasampajja viha-
rati sukhâpaṭipadaṃ dandhâbhiññaṃ appamâṇaṃ parittâ-
rammaṇaṃ pathavîkasiṇaṃ tasmiṃ samaye phasso hoti . . .
pe . . . avikkhepo hoti . . . pe . . . ime dhammâ kusalâ.

197. Katame dhammâ kusalâ ?

Yasmiṃ samaye rûpûpapattiyâ maggaṃ bhâveti viviceva
kâmehi . . . pe . . . paṭhamaṃ jhânaṃ upasampajja viha-
rati sukhâpaṭipadaṃ dandhâbhiññaṃ appamâṇaṃ appamânâ-
rammaṇaṃ pathavîkasiṇaṃ tasmiṃ samaye phasso hoti . . .
pe . . . avikkhepo hoti . . . pe . . . ime dhammâ kusalâ.

198. Katame dhammâ kusalâ ?

Tasmiṃ samaye rûpûpapattiyâ maggaṃ bhâveti viviceva
kâmehi . . . pe . . . paṭhamaṃ jhânaṃ upasampajja viha-
rati sukhâpaṭipadaṃ khippâbhiññaṃ parittaṃ parittâramma-
ṇaṃ pathavîkasiṇaṃ tasmiṃ samaye phasso hoti . . . pe . . .
avikkhepo hoti . . . pe . . . ime dhammâ kusalâ.

199. Katame dhammâ kusalâ ?

Yasmiṃ samaye rûpûpapattiyâ maggaṃ bhâveti viviceva
kâmehi . . . pe . . . paṭhamaṃ jhânaṃ upasampajja viha-
rati sukhâpaṭipadaṃ khippâbhiññaṃ parittaṃ appamânâ-

rammaṇaṃ pathavîkasiṇaṃ tasmiṃ samaye phasso hoti
. . . pe . . . avikkhepo hoti . . . pe . . . ime dhammâ
kusalâ.

200. Katame dhammâ kusalâ ?

Yasmiṃ samaye rûpûpapattiyâ maggaṃ bhâveti vivicceva
kâmehi . . . pe . . . paṭhamaṃ jhânaṃ upasampajja viharati
sukhâpaṭipadaṃ khippâbhiññaṃ appamânaṃ parittâramma-
ṇaṃ pathavîkasiṇaṃ tasmiṃ samaye phasso hoti . . . po . . .
avikkhepo hoti . . . pe . . . ime dhammâ kusalâ.

201. Katame dhammâ kusalâ ?

Yasmiṃ samaye rûpûpapattiyâ maggaṃ bhâveti viviccova
kâmehi . . . pe . . . paṭhamaṃ jhânaṃ upasampajja viharati
sukhâpaṭipadaṃ khippâbhiññaṃ appamânaṃ appamânaram-
maṇaṃ pathavîkasinaṃ tasmiṃ samaye phasso hoti . . . po
. . . avikkhepo hoti . . . pe . . . ime dhammâ kusalâ.

202. Katame dhammâ kusalâ ?

Yasmiṃ samaye rûpûpapattiyâ maggaṃ bhâveti vitakkavi-
cârânaṃ vûpasamâ . . . pe . . . dutiyaṃ jhânaṃ . . . pe
. . . tatiyaṃ jhânaṃ . . . pe . . . catutthaṃ jhânaṃ . . .
pe . . . paṭhamaṃ jhânaṃ . . . pe . . . pañcamaṃ jhânaṃ
upasampajja viharati dukkhâpaṭipadaṃ dandhâbhiññaṃ
parittaṃ parittârammaṇaṃ pathavîkasiṇaṃ . . . po . . .
dukkhâpaṭipadaṃ dandhâbhiññaṃ parittaṃ appamânâramma-
ṇaṃ pathavîkasiṇaṃ . . . po . . . dukkhâpaṭipadaṃ dandhâ-
bhiññaṃ appamânaṃ parittârammaṇaṃ pathavîkasiṇaṃ . . .
po . . . dukkhâpaṭipadaṃ dandhâbhiññaṃ appamânaṃ
appamânârammaṇaṃ pathavîkasiṇaṃ . . . po . . . dukkhâ-
paṭipadaṃ khippâbhiññaṃ parittaṃ parittârammaṇaṃ patha-
vîkasiṇaṃ . . . po . . . dukkhâpaṭipadaṃ khippâbhiññaṃ
parittaṃ appamânârammaṇaṃ pathavîkasiṇaṃ . . . pe . . .
dukkhâpaṭipadaṃ khippâbhiññaṃ appamânaṃ parittâramma-
ṇaṃ pathavîkasiṇaṃ . . . po . . . dukkhâpaṭipadaṃ khippâ-
bhiññaṃ appamânaṃ appamânârammaṇaṃ pathavîkasiṇaṃ
. . . pe . . . sukhâpaṭipadaṃ dandhâbhiññaṃ parittaṃ
parittârammaṇaṃ pathavîkasiṇaṃ . . . pe . . . sukhâpaṭi-
padaṃ dandhâbhiññaṃ parittaṃ appamânârammaṇaṃ patha-
vîkasiṇaṃ . . . po . . . sukhâpaṭipadaṃ dandhâbhiññaṃ
appamânaṃ parittârammaṇaṃ pathavîkasiṇaṃ . . . po . . .

sukhâpaṭipadaṃ dandhâbhiññaṃ appamâṇaṃ appamâṇâram-
maṇaṃ pathavîkasiṇaṃ . . . pe . . . sukhâpaṭipadaṃ khippâ-
bhiññaṃ parittaṃ parittârammaṇaṃ pathavîkasiṇaṃ . . .
pe . . . sukhâpaṭipadaṃ khippâbhiññaṃ parittaṃ appamâ-
ṇârammaṇaṃ pathavîkasiṇaṃ . . . pe . . . sukhâpaṭipadaṃ
khippâbhiññaṃ appamâṇaṃ parittârammaṇaṃ paṭhavîkasi-
ṇaṃ . . . pe . . . sukhâpaṭipadaṃ kbippâbhiññaṃ appamâ-
ṇaṃ appamâṇârammaṇaṃ pathavîkasiṇaṃ—tasmiṃ samaye
phasso hoti . . . pe . . . avikkhepo hoti . . . pe . . . ime
dhammâ kusalâ.

Soḷasakkhattakaṃ.

203. Katame dhammâ kusalâ ?

Yasmiṃ samaye rûpûpapattiyâ maggaṃ bhâveti viviccera
kâmehi . . . pe . . . paṭhamaṃ jhânaṃ upasampajja viharati
âpokasiṇaṃ . . . pe . . . tejokasiṇaṃ . . . pe . . . vâyo-
kasiṇaṃ . . . pe . . . nîlakasiṇaṃ . . . pe . . . pîtakasi-
ṇaṃ . . . pe . . . lohitakasiṇaṃ . . . pe . . . odâtakasi-
ṇaṃ—tasmiṃ samaye phasso hoti . . . pe . . . avikkhepo
hoti—ime dhammâ kusalâ.

Aṭṭhakasiṇaṃ soḷasakkhattukaṃ.

204. Katame dhammâ kusalâ ?

Yasmiṃ samaye rûpûpapattiyâ maggaṃ bhâveti ajjhattam
arûpasaññî bahiddhâ rûpâni passati parittâni tâni abhi-
bhuyya jânâmi passâmîti viviccera kâmehi . . . pe . . .
paṭhamaṃ jhânaṃ upasampajja viharati—tasmiṃ samaye
phasso hoti . . . pe . . . avikkhepo hoti . . . pe . . . ime
dhammâ kusalâ.

205. Katame dhammâ kusalâ ?

Yasmiṃ samaye rûpûpapattiyâ maggaṃ bhâveti ajjhattam
arûpasaññî bahiddhâ rûpâni passati parittâni tâni abhibhuyya
jânâmi passâmîti vitakkavicârânaṃ vûpasamâ . . . pe . . .
dutiyaṃ jhânaṃ . . . pe . . . tatiyaṃ jhânaṃ . . . pe
catutthaṃ jhânaṃ . . . pe . . . paṭhamaṃ jhânaṃ . . . pe
pañcamaṃ jhânaṃ upasampajja viharati—tasmiṃ samaye

phasso hoti . . . pe . . . avikkhepo hoti . . . pe . . . ime dhammâ kusalâ.

206. Katama dhammâ kusalâ?

Yasmiṃ samaya rûpûpapattiyâ maggaṃ hhâveti ajjhattaṃ arûpasaññî hahiddhâ rûpâni passati parittâni tâni ahhihhuyya jânâmi passâmîti vivicceva kâmehi . . . pe . . . paṭhamaṃ jhânaṃ upasampajja viharati dukkhâpaṭipadaṃ dandhâbhiññaṃ tasmiṃ samaye phasso hoti . . . pe . . . avikkhepo hoti . . . pa . . . ime dhammâ kusalâ.

207. Katama dhammâ kusalâ?

Yasmiṃ samaye rûpûpapattiyâ maggaṃ bhâveti ajjhattaṃ arûpasaññî bahiddhâ rûpâni passati parittâni tâni ahhibhuyya jânâmi passâmîti vivicceva kâmehi . . . pe . . . paṭhamaṃ jhânaṃ upasampajja viharati dukkhâpaṭipadaṃ khippâbhiññaṃ tasmiṃ samaye phasso hoti . . . pe . . . avikkhepo hoti . . . pe . . . ima dhammâ kusalâ.

208. Katamo dhammâ kusalâ?

Yasmiṃ samaye rûpûpapattiyâ maggaṃ bhâveti, ajjhattaṃ arûpasaññî bahiddhâ rûpâai passati parittâni tâni abhibhuyya jânâmi passâmîti vivicceva kâmehi . . . pe . . . paṭhamaṃ jhânaṃ upasampajja viharati sukhâpaṭipadaṃ dandhâbhiññaṃ—tasmiṃ samaya phasso hoti . . . pe . . . avikkhepo hoti—ime dhammâ kusalâ.

209. Katame dhammâ kusalâ?

Yasmiṃ samayo rûpûpapattiyâ maggaṃ bhâveti ajjhattaṃ arûpasaññî hahiddhâ rûpâui passati parittâni tâni ahhibhuyya jânâmi passâmîti vivicceva kâmehi . . . pa . . . paṭhamaṃ jhânaṃ upasampajja viharati sukhâpaṭipadaṃ khippâbhiññaṃ tasmiṃ samaye phasso hoti . . . pe . . . avikkhepo hoti . . . pe . . . ime dhammâ kusalâ.

210. Katama dhammâ kusala?

Yasmiṃ samaye rûpûpapattiyâ maggaṃ hhâveti ajjhattaṃ arûpasaññî hahiddhâ rûpâui passati parittâni tâni abhibhuyya jânâmi passâmîti vitakkavicârâaṃ vûpasamâ . . . pe . . . dutiyaṃ jhânaṃ . . . pa . . . tatiyaṃ jhânaṃ . . . pe . . . catutthaṃ jhânaṃ . . . pe . . . paṭhamaṃ jhânaṃ . . . pa pañcamaṃ jhânaṃ upasampajja viharati dukkhâpaṭipadaṃ dandhâbhiññaṃ . . . pe . . . dukkhâpaṭipadaṃ khippa-

bhiññaṃ . . . pe . . . sukhâpaṭipadaṃ dandhâbhiññaṃ . . .
pe . . . sukhâpaṭipadaṃ khippâbbiññaṃ tasmiṃ samaye
phasso hoti . . . pe . . . avikkhepo hoti . . . pe , . . ime
dhammâ kusalâ.

Catasso paṭipadâ.

211. Katame dhammâ kusalâ ?

Yasmiṃ samaye rûpûpapattiyâ maggaṃ bhâveti ajjhattaṃ
arûpasaññî hahiddhâ rûpâni passati parittâni tâni abhibhuyya
jânâmi passâmîti viviceva kâmehi . . . pe . . . paṭhamaṃ
jhânaṃ upasampajja viharati parittaṃ parittârammaṇaṃ
tasmiṃ samaye phasso hoti . . . pe . . . avikkhepo hoti
. . . pe . . . ime dhammâ kusalâ.

212. Katame dhammâ kusalâ ?

Yasmiṃ samaye rûpûpapattiyâ maggaṃ bhâveti ajjhattaṃ
arûpasaññî bahiddhâ rûpâni passati parittâni tâni abhi-
bhuyya jânâmi passâmîti viviceva kâmehi . . . pe . . .
paṭhamaṃ jhânaṃ upasampajja viharati appamâṇaṃ parittâ-
rammaṇaṃ—tasmiṃ samaye phasso hoti . . . pe . . . avi-
kkhepo hoti . . . pe . . . ime dhammâ kusalâ.

213. Katame dhammâ kusalâ ?

Yasmiṃ samaye rûpûpapattiyâ maggaṃ bhâveti ajjbattaṃ
arûpasaññî bahiddhâ rûpâni passati parittâni, tâni abhi-
bhuyya jânâmi passâmîti vitakkavicârânaṃ vûpasamâ . . .
pe . . . dutiyaṃ jhânaṃ . . . pe . . . tatiyaṃ jhânam
. . . pe . . . catutthaṃ jhânaṃ . . . pe . . . paṭhamaṃ
jhânaṃ . . . pe . . . pañcamaṃ jhânaṃ upasampajja viha-
rati parittaṃ parittârammaṇaṃ . . . pe . . . appamâṇaṃ
parittârammaṇaṃ tasmiṃ samaye phasso hoti . . . pe . . .
ime dhammâ kusalâ.

Dve ârammaṇâni.

214. Katame dhammâ kusalâ ?

Yasmiṃ samaye rûpûpapattiyâ maggaṃ bhâveti ajjhattaṃ
arûpasaññî hahiddhâ rûpâni passati parittâni tâni abbi-
bhuyya jânâmi passâmîti viviceva kâmehi . . . pe . . .
paṭhamaṃ jhânaṃ upasampajja viharati dukkhâpaṭipadaṃ
dandhâbhiññaṃ parittaṃ parittârammaṇaṃ tasmiṃ samaye

phasso hoti . . . pe . . . avikkkepo hoti . . . po . . . ima dhammâ kusalâ.

215. Katama dhommâ kusalâ?

Yasmiṃ samaye rûpûpapattiyâ maggaṃ hhâveti ajjhattaṃ arûpasaññî bahiddhâ rûpâai passati parittâni, tâai ehhibhuyya jânâmi passâmîti vivicceva kâmehi . . . pe . . . paṭhamaṃ jhânaṃ upasampajja viharati dukkhâpaṭipedaṃ daadhâbhiññaṃ appamâṇaṃ parittârammaṇaṃ — tasmiṃ samaya phasso hoti . . . pe . . . avikkhepo hoti . . . pe . . . ime dhammâ kusalâ.

216. Katama dhommâ kusalâ?

Yasmiṃ samayo rûpûpapattiyâ maggaṃ hhâveti ajjhattaṃ arûpasaññî bahiddhâ rûpâai passati parittâni, tâai abhibhuyya jâaâmi passâmîti vivicceva kâmehi . . . po . . . paṭhamaṃ jhânaṃ upasampajja viharati dukkhâpaṭipadaṃ khippâhhiññaṃ parittaṃ parittârammaṇaṃ — tasmiṃ samaye phasso hoti . . . pe . . . avikkhepo hoti . . . pe . . . ima dhammâ kusalâ.

217. Katame dhommâ kusalâ?

Yasmiṃ samaye rûpûpapattiyâ maggaṃ hhâveti ajjhattaṃ arûpasaññî bahiddhâ rûpâni pessati parittâni tâni abhibhuyya jâaâai passâmîti vivicceva kâmehi . . . pa . . . paṭhamaṃ jhûaaṃ upasampajja viharati dukkhâpaṭipadaṃ khippâhhiññaṃ appamâṇaṃ parittârammaṇaṃ : tasmiṃ samaye phasso hoti . . . pa . . . avikkhepo hoti . . . pa . . . ima dhammâ kusalâ.

218. Katame dhammâ kusalâ?

Yasmiṃ samaye rûpûpapattiyâ maggaṃ hhâveti ajjhattaṃ arûpasaññî bahiddhâ rûpâni passati parittâni ; tâni abhibhnyya jânâmi passâmîti vivicceva kâmehi . . . pe . . . paṭhamaṃ jhânaṃ upasampajja viharati sukhâpaṭipadaṃ dandhâbhiññaṃ parittaṃ parittârammaṇaṃ : tasmiṃ samaya phasso hoti . . . pe . . . avikkhepo hoti . . . pe . . . ime dhammâ kusalâ.

219. Katame dhammâ kusalâ?

Yasmiṃ samayo rûpûpapattiyâ maggaṃ hhâveti ajjhattaṃ arûpasaññî bahiddhâ rûpâai passati parittâni tâai ebhibhuyya jâaâmi passâmîti vivicceva kâmchi . . . pe . . .

paṭhamaṃ jhānaṃ upasampajja viharati, sukhâpaṭipadaṃ
dandhâbhiññâṃ appamâṇaṃ parittârammaṇaṃ tasmiṃ
samaye phasso hoti . . . pe . . . avikkhepo hoti . . . pe
. . . ime dhammâ kusalâ.

220. Katame dhammâ kusalâ ?

Yasmiṃ samaye rûpûpapattiyâ maggaṃ bhâveti ajjhattaṃ
arûpasaññî bahiddhâ rûpâni passati parittâni tâni abhibhuyya
jânâmi passâmîti vivicceva kâmehi . . . pe . . . paṭhamaṃ
jhânaṃ upasampajja viharati sukhâpaṭipadaṃ khippâbhiññâṃ
parittaṃ parittârammaṇaṃ tasmiṃ samaye phasso hoti . . .
pe . . . avikkhepo hoti—ime dhammâ kusalâ.

221. Katame dhammâ kusalâ ?

Yasmiṃ samaye rûpûpapattiyâ maggaṃ bhâveti ajjhattaṃ
arûpasaññî bahiddhâ rûpâni passati parittâni tâni abhibhuyya
jânâmi passâmîti vivicceva kâmehi . . . pe . . . paṭhamaṃ
jhânaṃ upasampajja viharati sukhâpaṭipadaṃ khippâbhiññâṃ
appamâṇam parittârammaṇam : tasmiṃ samaye phasso hoti
. . . pe . . . avikkhepo hoti—ime dhammâ kusalâ.

222. Katame dhammâ kusalâ ?

Yasmiṃ samaye rûpûpapattiyâ maggaṃ bhâveti ajjhattaṃ
arûpasaññî bahiddhâ rûpâni passati parittâni tâni abhibhuyya
jânâmi passâmîti vitakkavicârânaṃ vûpasamâ . . . pe . . .
dutiyaṃ jhânaṃ . . . pe . . . tatiyaṃ jhânaṃ . . . pe . . .
catutthaṃ jhânaṃ . . . pe . . . paṭhamaṃ jhânaṃ . . . pe
. . . pañcamaṃ jhânaṃ upasampajja viharati dukkhâpaṭi-
padaṃ dandhâbhiññâṃ parittaṃ parittârammaṇaṃ . . . pe
. . . dukkhâpaṭipadaṃ dandhâbhiññâṃ appamâṇaṃ parittâ-
rammaṇaṃ . . . pe . . . dukkhâpaṭipadaṃ khippâbhiññâṃ
parittaṃ parittârammaṇaṃ . . . pe . . . dukkhâpaṭipadaṃ
khippâbhiññâṃ appamâṇaṃ parittârammaṇaṃ . . . pe . . .
sukhâpaṭipadaṃ dandhâbhiññâṃ parittaṃ parittârammaṇaṃ
. . . pe . . . sukhâpaṭipadaṃ dandhâbhiññâṃ appamâṇaṃ
parittârammaṇaṃ . . . pe . . . sukhâpaṭipadaṃ khippâ-
bhiññâṃ parittaṃ parittârammaṇaṃ . . . pe . . . sukhâ-
paṭipadaṃ khippâbhiññâṃ appamâṇaṃ parittârammaṇaṃ—
tasmiṃ samaye phasso hoti . . . pe . . . avikkhepo hoti
. . . pe . . . ime dhammâ kusalâ.

Aṭṭhakkhattuṃ.

223. Katame dhammâ kusalâ?

Yasmiṃ samayo rûpûpapattiyâ maggaṃ bhâvcti ajjhattaṃ arûpasaññî bahiddhâ rûpâni passati parittâni suvaṇṇaduhbaṇṇâni tâni abhibhuyya jânâmi passâmîti viviccava kâmchi ... pe ... paṭhamaṃ jhânaṃ upasampajja viharati tasmiṃ samaye phasso hoti ... pe ... avikkhepo hoti ... pe ... imc dhammâ kusalâ.

224. Katame dhammâ kusalâ?

Yasmiṃ samayc rûpûpapattiyâ maggaṃ bhâvcti ajjhattaṃ arûpasaññî bahiddhâ rûpâni passati parittâni suvaṇṇadubbaṇṇâni tâni abhibhuyya jânâmi passâmîti vitakkavicârânaṃ vûpasamâ ... po ... dutiyaṃ jhânaṃ ... pe ... tatiyaṃ jhânaṃ ... pe ... catutthaṃ jhânaṃ ... po paṭhamaṃ jhânaṃ ... pe ... pañcamaṃ jhânaṃ upasampajja viharati: tasmiṃ samaye phasso hoti ... pe ... avikkhepo hoti ... pe ... ime dhammâ kusalâ.

Idaṃ pi aṭṭhakkhattuṃ.

225. Katame dhammâ kusalâ?

Yasmiṃ samaye rûpûpapattiyâ maggaṃ bhâveti ajjhattaṃ arûpasaññî bahiddhâ rûpâni passati appamâṇâni: tâni abhibhuyya jânâmi passâmîti viviccava kâmehi ... pe ... paṭhamaṃ jhânaṃ upasampajja viharati—tasmiṃ samayo phasso hoti ... pe ... avikkhepo hoti ... po ... imo dhammâ kusalâ.

226. Katame dhammâ kusalâ?

Yasmiṃ samayo rûpûpapattiyâ maggaṃ bhâvcti ajjhattaṃ arûpasaññî bahiddhâ rûpâni passati appamâṇâni: tâni abhibhuyya jânâmi passâmîti vitakkavicârânaṃ vûpasamâ ... pe ... dutiyaṃ jhânaṃ ... pe ... tatiyaṃ jhânaṃ ... pe ... catutthaṃ jhânaṃ ... pe ... paṭhamaṃ jhânaṃ ... pe ... pañcamaṃ jhânaṃ upasampajja viharati: tasmiṃ samayo phasso hoti ... po ... avikkhepo hoti ... pe ... ime dhammâ kusalâ.

227. Katame dhammâ kusalâ?

Yasmiṃ samaye rûpûpapattiyâ maggaṃ bbâvcti ajjhattaṃ arûpasaññî bahiddhâ rûpâni passati appamâṇâni: tâni abhihhuyya jânâmi passâmîti viviccova kâmchi . . . pe : . . . paṭhamaṃ jhânaṃ upasampajja viharati dukkhâpaṭipadaṃ dandhâbhiññuṃ: tasmiṃ sameye phasso hoti . . . pe . . . evikkhepo hoti . . . pe . . . ime dhammâ kusalâ.

228. Katame dhammâ kusalâ ?

Yasmiṃ samaye rûpûpapattiyâ maggaṃ hhâveti ajjhattaṃ arûpasaññî hahiddhâ rûpâi passati appamâṇâni: tâni ebhibhuyya jânâmi passâmîti viviccova kâmchi . . . pe . . . paṭhamaṃ jhânaṃ upasampajja viharati dukkhâpaṭipadaṃ khippâbhiññaṃ tasmiṃ samayo phasso hoti . . . pe . . . avikkhepo hoti . . . pe . . . ime dhammâ kusalâ.

229. Katame dhammâ kusalâ ?

Yasmiṃ samaye rûpûpapattiyâ maggaṃ bhâveti ajjhattaṃ arûpasaññî hahiddhâ rûpâni passati appamâṇâni tâni abhihhuyya jânâmi passâmîti viviccova kâmehi . . . pe . . . paṭhamaṃ jhânaṃ upasampajja viharati—sukhâpaṭipadaṃ dandhâbhiññaṃ tasmiṃ samaye phasso hoti . . . pe . . . avikkhepo hoti . . . pe . . ime dhammâ kusalâ.

230. Ketame dhammâ kusalâ ?

Yasmiṃ samaye rûpûpapattiyâ maggaṃ hhâveti ejjhattaṃ arûpasaññî hahiddhâ rûpâni passati appamâṇâni tâni abhihhuyya jânâmi passâmîti viviccova kâmehi . . . pe . . . paṭhamaṃ jhânaṃ upasampajja viharati—sukhâpaṭipadaṃ khippâhhiññaṃ tasmiṃ samayo phasso hoti . . . pe . . . avikkhepo hoti . . . pe . . . ime dhammâ kusalâ.

231. Katame dhammâ kusalâ ?

Yasmiṃ samaye rûpûpapattiyâ maggaṃ hhâveti ajjhattaṃ arûpasaññî bahiddhâ rûpâni passati appamâṇâni: tâni abhihhuyya jânâmi passâmîti vitakkavicârûṇaṃ vûpasamâ . . . pe . . . dutiyaṃ jhânaṃ . . . pe . . . tatiyaṃ jhânaṃ . . . pe . . . catutthaṃ jhânaṃ . . . pe . . . paṭhamaṃ jhânaṃ . . . pe . . . pañcamaṃ jhânaṃ upasampajja viharati dukkhâpaṭipadaṃ dandhâbhiññaṃ . . . pe . . . dukkhâpaṭipadaṃ khippâhhiññaṃ . . . pe . . . sukhâpaṭipadaṃ dandhâbhiññaṃ . . . pe . . . sukhâpaṭipadaṃ khippâbhiññaṃ—tasmiṃ samaye phasso hoti . . . pe . . . avikkhepo hoti . . . pe . . . ime dhammâ kusalâ.

Catasso paṭipadâ.

232. Katame dhammâ kusalâ?

Yasmiṃ samayo rûpûpapattiyâ maggaṃ bhâvoti ajjhattaṃ arûpasaññî bahiddhâ rûpâni passati appamâṇâni: tâni abhibhuyya jânâmi passâmîti vivicceva kâmehi . . . pe . . . paṭhamaṃ jhânaṃ upasampajja viharati parittaṃ appamâṇârammaṇaṃ: tasmiṃ samaye phasso hoti . . . pe . . . avikkhepo hoti . . . pe . . . ime dhammâ kusalâ.

233. Katame dhammâ kusalâ?

Yasmiṃ samayo rûpûpapattiyâ maggaṃ bhâveti ajjhattaṃ arûpasaññî bahiddhâ rûpâni passati appamâṇâni: tâni abhibhuyya jânâmi passâmîti vivicceva kâmehi . . . pe . . . paṭhamaṃ jhânaṃ upasampajja viharati appamâṇaṃ appamâṇârammaṇaṃ tasmiṃ samaye phasso hoti . . . pe . . . avikkhepo hoti . . . pe . . . ime dhammâ kusalâ.

234. Katamo dhammâ kusalâ?

Yasmiṃ samaye rûpûpapattiyâ maggaṃ bhâveti ajjhattaṃ arûpasaññî bahiddhâ rûpâni passati appamâṇâni: tâni abhibhuyya jânâmi passâmîti vitakkavicârânaṃ vûpasamâ . . . pe . . . dutiyaṃ jhânaṃ . . . pe . . . tatiyaṃ jhânaṃ . . . pe . . . catutthaṃ jhânaṃ . . . pe . . . paṭhamaṃ jhânaṃ . . . pe . . . pañcamaṃ jhânaṃ upasampajja viharati parittaṃ appamâṇârammaṇaṃ . . . pe . . . appamâṇaṃ appamâṇârammaṇaṃ tasmiṃ samaye phasso hoti . . . pe . . . avikkhepo hoti . . . pe . . . ime dhammâ kusalâ.

Dve ârammaṇâni.

235. Katame dhammâ kusalâ?

Yasmiṃ samaye rûpûpapattiyâ maggaṃ bhâveti ajjhattaṃ arûpasaññî bahiddhâ rûpâni passati appamâṇâni tâni abhibhuyya jânâmi passâmîti vivicceva kâmehi . . . pe . . . paṭhamaṃ jhânaṃ upasampajja viharati dukkhâpaṭipadaṃ dandhâbhiññaṃ parittaṃ appamâṇârammaṇaṃ tasmiṃ samaye phasso hoti . . . po . . . avikkhepo hoti . . . pe ime dhammâ kusalâ.

236. Katame dhammâ kusalâ?

Yasmiṃ samaye rûpûpapattiyâ maggaṃ bhâveti ajjhattaṃ arûpasaññî bahiddhâ rûpâni passati appamâṇâni: tâni abhi-

4

bbuyya jânâmi passâmîti viviccava kâmehi . . . pe . . .
pathamaṃ jhânaṃ upasampajja viharati dukkhâpaṭipadaṃ
dandhâbhiññaṃ appamâṇaṃ appamâṇârammaṇaṃ : tasmiṃ
samaye phasso hoti . . . pe . . . avikkhepo hoti . . . pe
. . . ime dhammâ kusalâ.

237. Katame dhammâ kusalâ ?

Yasmiṃ samaye rûpûpapattiyâ maggaṃ bhâveti ajjhattaṃ
arûpasaññî bahiddhâ rûpâni passati appamânâni : tâni abhi-
bhuyya jânâmi passâmîti viviccava kâmehi . . . pe . . .
pathamaṃ jhânaṃ upasampajja viharati dukkhâpaṭipadaṃ
khippâbhiññaṃ parittaṃ appamâṇârammaṇaṃ : tasmiṃ
samaye phasso hoti . . . pe . . . avikkhepo hoti . . . pe
. . . ime dhammâ kusalâ.

238. Katame dhammâ kusalâ ?

Yasmiṃ samaye rûpûpapattiyâ maggaṃ bhâveti ajjhattaṃ
arûpasaññî bahiddhâ rûpâni passati appamâṇâni : tâni abhi-
bhuyya jânâmi passâmîti viviccava kâmehi . . . pe . . .
pathamaṃ jhânaṃ upasampajja viharati dukkhâpaṭipadaṃ
khippâbhiññaṃ appamâṇaṃ appamâṇârammaṇaṃ : tasmiṃ
samaye phasso hoti . . . pe . . . avikkhepo hoti . . . pe
. . . ime dhammâ kusalâ.

239. Katame dhammâ kusalâ ?

Yasmiṃ samayo rûpûpapattiyâ maggaṃ bhâveti ajjhattaṃ
arûpasaññî bahiddhâ rûpâni passati appamâṇâni : tâni abhi-
bhuyya jânâmi passâmîti viviccava kâmehi . . . pe . . .
pathamaṃ jhânaṃ upasampajja viharati sukhâpaṭipadaṃ
dandhâbhiññaṃ parittaṃ appamâṇârammaṇaṃ — tasmiṃ
samaye phasso hoti . . . pe . . . avikkhepo hoti . . . pe
. . . ime dhammâ kusalâ.

240. Katame dhammâ kusalâ ?

Yasmiṃ samaye rûpûpapattiyâ maggaṃ bhâveti ajjhattaṃ
arûpasaññî bahiddhâ rûpâni passati appamâṇâni : tâni abhi-
bhuyya jânâmi passâmîti viviccava kâmehi . . . pe . . .
pathamaṃ jhânaṃ upasampajja viharati sukhâpaṭipadaṃ
dandhâbhiññaṃ appamâṇaṃ appamâṇârammaṇaṃ : tasmiṃ
samaye phasso hoti . . . pe . . . avikkhepo hoti . . . pe
. . . ime dhammâ kusalâ.

241. Katame dhammâ kusalâ ?

Yasmiṃ samaya rûpûpapattiyâ maggaṃ hhâveti ajjhattaṃ
arûpasaññî bahiddhâ rûpâni passati appamâṇâni: tâni abhi-
hhuyya jânâmi passâmîti vivicceva kâmchi ... po ...
paṭhamaṃ jhânaṃ upasampajja viharati sukhâpaṭipadaṃ
khippâhhiññaṃ parittam appamâṇârammaṇaṃ : tasmiṃ
samayo phasso hoti ... pe ... avikkhepo hoti ... pe
... ime dhammâ kusalâ.

242. Katamn dhammâ kusalâ ?

Yasmiṃ samaya rûpûpapattiyâ maggaṃ hhâveti ajjhattaṃ
arûpasaññî bahiddhâ rûpâni passati appamâṇâni: tâni ahhi-
bhuyya jânâmi passâmîti vivicceva kâmchi ... pa ...
paṭhamaṃ jhânaṃ upasampajja viharati sukhâpaṭipadaṃ
khippâhhiññaṃ appamâṇaṃ appamâṇârammaṇaṃ : tasmiṃ
samaya phassn hoti ... pa ... avikkhepo hoti ... ima
dhammâ kusalâ.

243. Katamn dhammâ kusalâ ?

Yasmiṃ samaya rûpûpapattiyâ maggaṃ hhâveti ajjhattaṃ
arûpasaññî hahiddhâ rûpâni passati appamâṇâni tâni abhi-
bhuyya jânâmi passâmîti vitakkavicârânaṃ vûpasamâ ...
pe ... dutiyaṃ jhânaṃ ... pe ... tatiyaṃ jhânaṃ ...
pe ... catutthaṃ jhânnṃ ... pe ... paṭhamaṃ jhânaṃ
... pe ... pañcamaṃ jhânaṃ upasampajja viharati duk-
khâpaṭipadaṃ dandhâhhiññaṃ parittaṃ appamâṇâramma-
ṇaṃ ... pa .'.. dukkhâpaṭipadaṃ dandhâhhiññaṃ appa-
mâṇaṃ appamâṇârammaṇaṃ ... pe ... dukkhâpaṭipadaṃ
khippâhhiññaṃ parittaṃ appamâṇârammaṇaṃ ... pe ...
dukkhâpaṭipadaṃ khippâbhiññaṃ appamâṇaṃ appamâṇâ-
rammaṇaṃ ... pe ... sukhâpaṭipadaṃ dandhâhhiññaṃ
parittam appamâṇârammaṇaṃ ... po ... sukhâpaṭipadaṃ
dandhâbhiññaṃ appamâṇaṃ appamâṇârammaṇaṃ ... pe
sukhâpaṭipadaṃ khippâhhiññaṃ parittam appamâṇâramma-
ṇaṃ ... pe ... sukhâpaṭipadaṃ khippâhhiññaṃ appa-
mâṇaṃ appamâṇârammaṇaṃ—tasmiṃ samaye phassn hoti
... pe ... avikkhepn hoti ... pe ... ime dhammâ
kusalâ.

Aparaṃ pi aṭṭhakkhattukam.

244. Katame dhammâ kusalâ ?

Yasmiṃ samaye rûpûpapattiyâ maggaṃ bhâveti ajjhattaṃ arûpasaññî bahiddhâ rûpâni passati appamâṇâni auvaṇṇaduhhaṇṇâni: tâni abhibhuyya jânâmi passâmîti viviccera kâmehi ... pe ... paṭhamaṃ jhânaṃ upasampajja viharati: tasmiṃ samaye phasso hoti ... pe ... avikkhepo hoti ... pe ... ime dhammâ kusalâ.

245. Katame dhammâ kusalâ ?

Yasmiṃ samaye rûpûpapattiyâ maggaṃ hhâveti ajjhattaṃ arûpasaññî bahiddhâ rûpâni passati appamâṇâni auvaṇṇaduhhaṇṇâni tâni abhibhuyya jânâmi passâmîti vitakkavicârânaṃ vûpasamâ ... pe ... dutiyaṃ jhânaṃ ... pe ... tatiyaṃ jhânaṃ ... pe ... catutthaṃ jhânaṃ ... po paṭhamaṃ jhânaṃ ... pe ... pañcamaṃ jhânaṃ upasampajja viharati: tasmiṃ samaye phasso hoti ... pe ... avikkhepo hoti ... pe ... ime dhammâ kusalâ.

idam pi aṭṭhakkhattukaṃ.

246. Katame dhammâ kusalâ ?

Yasmiṃ samaye rûpûpapattiyâ maggaṃ hhâveti ajjhattaṃ arûpasaññî bahiddhâ rûpâni passati nîlâni nîlavaṇṇâni nîlanidassanâni nîlanihhâsâni tâni abhibhuyya jânâmi passâmîti viviccera kâmehi ... pe ... paṭhamaṃ jhânaṃ upasampajja viharati: tasmiṃ samaye phasso hoti ... pe ... avikkhepo hoti ... pe ... ime dhammâ kusalâ.

247. Katame dhammâ kusalâ ?

Yasmiṃ samaye rûpûpapattiyâ maggaṃ hhâveti ajjhattaṃ arûpasaññî bahiddhâ rûpâni passati pîtâni pîtavaṇṇâni pîtanidassanâni pîtanihhâsâni ... po ... lohitakâni lohitakavaṇṇâni lokitakanidassanâni lohitakanihhâsâni ... pe ... odâtâni odâtavaṇṇâni odâtanidassanâni odâtanihhâsâni tâni abhibhuyya jânâmi passâmîti viviccera kâmehi ... pe ... paṭhamaṃ jhânaṃ upasampajja viharati: tasmiṃ samayo phasso hoti ... pe ... avikkhepo hoti ... pe ... ime dhammâ kusalâ.

Imâni pi abhibhâyatanâni soḷasakkhattukâni.

248. Katame dhammâ kusalâ ?

Yasmiṃ samaye rûpûpapattiyâ maggaṃ hhâveti rûpî rû-
pâni passati vivicceva kâmehi ... po ... paṭhamaṃ jhânaṃ
upasampajja viharati: tasmiṃ samayo phasso hoti ... po
... avikkhepo hoti ... pe ... ime dhammâ kusalâ.

249. Katame dhammâ kusalâ ?

Yasmiṃ samaye rûpûpapattiyâ maggaṃ bhâveti ajjhattaṃ
arûpasaññî hahiddhâ rûpâni passati vivicceva kâmehi ... pe
... paṭhamaṃ jhânaṃ upasampajja viharati: tasmim sa-
maye phasso hoti ... po ... avikkhepo hoti ... pe ... ime
dhammâ kusalâ.

250. Katame dhammâ kusalâ ?

Yasmiṃ samaye rûpûpapattiyâ maggaṃ bhâveti suhhanti
viviceva kâmehi ... pe ... paṭhamaṃ jhânaṃ upa-
sampajja viharati: tasmiṃ samayo phasso hoti ... pe ...
avikkhepo hoti ... pe ... ime dhammâ kusalâ.

Imâni pi tîṇi vimokkhâni soḷasakkhattukâni.

251. Katame dhammâ kusalâ ?

Yasmiṃ samaye rûpûpapattiyâ maggaṃ bhâveti vivicceva
kâmehi ... pe ... paṭhamaṃ jhânaṃ upasampajja viha-
rati mettâsahagataṃ: tasmiṃ samayo phasso hoti ... pe ...
avikkhepo hoti ... pe ... ime dhammâ kusalâ.

252. Katame dhammâ kusalâ ?

Yasmiṃ samaye rûpûpapattiyâ maggaṃ hhâveti vitakka-
vicârânaṃ vûpasamâ ... pe ... dutiyaṃ jhânaṃ upasam-
pajja viharati mettâsahagataṃ: tasmiṃ samayo phasso hoti
... pe ... avikkhepo hoti ... pe ... ime dhammâ kusalâ.

253. Katame dhammâ kusalâ ?

Yasmiṃ samaye rûpûpapattiyâ maggaṃ hhâveti pîtiyâ ca
virâgâ ... pe ... tatiyaṃ jhânaṃ upasampajja viharati
mettâsahagataṃ: tasmim samayo phasso hoti ... pe ...
avikkhepo hoti ... pe ... ime dhammâ kusalâ.

254. Katame dhammâ kusalâ ?

Yasmiṃ samaye rûpûpapattiyâ maggaṃ hhâveti vivicceva
kâmehi ... pe ... paṭhamaṃ jhânaṃ upasampajja viha-
rati mettâsahagataṃ: tasmiṃ samayo phasso hoti ... pe
... avikkhepo hoti ... pe ... ime dhammâ kusalâ.

255. Katame dhammâ kusalâ ?

Yasmiṃ samayo rûpûpapattiyâ maggaṃ hhâveti avitakkavicâramattaṃ samâdhijaṃ pîtisukhaṃ dutiyaṃ jhânaṃ upasampajja viharati mettâsahagataṃ: tasmiṃ samaye phasso hoti . . . pe . . . avikkhepo hoti . . . pe . . . ime dhammâ kusalâ.

256. Katame dhammâ kusalâ ?

Yasmiṃ samaye rûpûpapattiyâ maggaṃ bhâveti vitakkavicârânaṃ vûpasamâ . . . pe . . . tatiyaṃ jhânaṃ upasampajja viharati mettâsahagataṃ: tasmiṃ samaye phasso hoti . . . pe . . . avikkhepo hoti . . . pe . . . ime dhammâ kusalâ.

257. Katame dhammâ kusalâ ?

Yasmiṃ samaye rûpûpapattiyâ maggaṃ bhâveti pîtiyâ ca virâgâ . . . pe . . . catutthaṃ jhânaṃ upasampajja viharati mettâsahagataṃ: tasmiṃ samaye phasso hoti . . . pe . . . avikkhepo hoti . . . pe . . . ime dhammâ kusalâ.

258. Katame dhammâ kusalâ ?

Yasmiṃ samaye rûpûpapattiyâ maggaṃ bhâveti vivicceva kâmehi . . . pe . . . paṭhamaṃ jhânaṃ upasampajja viharati karuṇâsahagataṃ: tasmiṃ samaye phasso hoti . . . pe . . . avikkhepo hoti . . . pe . . . ime dhammâ kusalâ.

259. Katame dhammâ kusalâ ?

Yasmiṃ samaye rûpûpapattiyâ maggaṃ bhâveti vitakkavicârânaṃ vûpasamâ . . . pe . . . dutiyaṃ jhânaṃ . . . pe . . . tatiyaṃ jhânaṃ . . . pe . . . paṭhamaṃ jhânaṃ . . . pe . . . catutthaṃ jhânaṃ upasampajja viharati karuṇâsahagataṃ tasmiṃ samaye phasso hoti . . . pe . . . avikkhepo hoti . . . pe . . . ime dhammâ kusalâ.

260. Katame dhammâ kusalâ ?

Yasmiṃ samaye rûpûpapattiyâ maggaṃ bhâveti vivicceva kâmehi . . . pe . . . paṭhamaṃ jhânaṃ upasampajja viharati muditâsahagataṃ tasmiṃ samaye phasso hoti . . . pe . . . avikkhepo hoti . . . pe . . . ime dhammâ kusalâ.

261. Katame dhammâ kusalâ ?

Yasmiṃ samaye rûpûpapattiyâ maggaṃ bhâveti vitakkavicârânaṃ vûpasamâ . . . pe . . . dutiyaṃ jhânaṃ . . . pe . . . tatiyaṃ jhânaṃ . . . pe . . . paṭhamaṃ jhânaṃ . . . pe . . . catutthaṃ jhânaṃ upasampajja viharati muditâsahagataṃ tasmiṃ samaye phasso hoti . . . pe . . . avikkhepo hoti . . . pe . . . ime dhammâ kusalâ.

262. Katame dhammâ kusalâ.

Yasmiṃ samaye rûpûpapattiyâ maggaṃ bhâveti sukhassa ca pahânâ . . . pe . . . catutthaṃ jhânaṃ upasampajja viharati upekkhâsahagataṃ: tasmiṃ samaye phasso hoti . . . pe . . . avikkhepo hoti . . . ime dhammâ kusalâ.

Cattâri brahmavihârajhânâni soḷasakkhattukâni.

263. Katame dhammâ kusalâ ?

Yasmiṃ samaye rûpûpapattiyâ maggaṃ bhâveti vivicceva kâmehi . . . pe . . . paṭhamaṃ jhânaṃ upasampajja viharati uddhumâtakasaññâsahagataṃ: tasmiṃ samaye phasso hoti . . . pe . . . avikkhepo hoti . . . pe . . . ime dhammâ kusalâ.

264. Katame dhammâ kusalâ ?

Yasmiṃ samaye rûpûpapattiyâ maggaṃ bhâveti vivicceva kâmehi . . . pe . . . paṭhamaṃ jhânaṃ upasampajja viharati vinîlakasaññâsahagataṃ . . . pe . . . vipubbakasaññâsahagataṃ . . . pe . . . vichiddakasaññâsahagataṃ . . . pe . . . vikkhâyitakasaññâsahagataṃ . . . pe . . . vikkhittakasaññâsahagataṃ . . . pe . . . hatavikkhittakasaññâsahagataṃ . . . pe . . . lohitakasaññâsahagataṃ . . . pe . . . puḷavakasaññâsahagataṃ . . . pe . . . aṭṭhikasaññâsahagataṃ . . . pe . . . tasmiṃ samaye phasso hoti . . . pe . . . avikkhepo hoti . . . pe . . . ime dhammâ kusalâ.

Asubhajhânaṃ soḷasakkhattukaṃ.

RÛPÂVACARAKUSALAṂ.

265. Katame dhammâ kusalâ ?

Yasmiṃ samaye arûpûpapattiyâ maggaṃ bhâveti sabbaso rûpasaññânaṃ samatikkamâ paṭighasaññânaṃ atthaṅgamânânattasaññânaṃ amanasikârâ âkâsânañcâyatanasaññâsahagataṃ sukhassa ca pahânâ . . . pe . . . catutthaṃ jhânaṃ upasampajja viharati upekkhâsahagataṃ tasmiṃ samaye phasso hoti . . . pe . . . avikkhepo hoti . . . pe . . . ime dhammâ kusalâ.

266. Khatame dhammâ kusalâ ?

Yasmiṃ samaye arûpûpapattiyâ maggaṃ bhâveti sabbaso âkâsânañcâyatanaṃ samatikkamâ viññâṇañcâyatanasaññâsahagataṃ sukhassa ca pahânâ . . . pa . . . catnttham jhânaṃ upasampajja viharati upekkhâsahagataṃ: tasmiṃ samayе phasso hoti . . . pa . . . avikkhеpo hoti . . . pe . . . ime dhammâ kusalâ.

267. Katame dhammâ kusalâ ?

Yasmiṃ samaya arûpûpapattiyâ maggaṃ hhâveti sahhaso viññânañcâyatanaṃ samatikkamâ âkiñcaññâyatanasaññâsahagataṃ sukhassa ca pahânâ . . . pe . . . catuttham jhânaṃ upasampajja viharati upekkhâsahagataṃ tasmiṃ samayo phasso hoti . . . pe . . . avikkhepo hoti . . . pa . . . ima dhammâ kusalâ ?

268. Katame dhammâ kusalâ ?

Yasmiṃ samayo arûpûpapattiyâ maggaṃ hhâvoti sahhaso âkiñcaññâyatanaṃ samatikkamâ nevasaññânâsaññâyatanasaññâsahagataṃ sukhassa ca pahânâ . . . pa . . . catuttham jhânaṃ upasampajja viharati upekkhâsahagataṃ tasmiṃ samaye phasso hoti . . . pe . . . avikkhepo hoti . . . pa . . . imе dhammâ kusalâ.

Cattâri arûpajjhânâni soḷasakkhattukâni.

269. Katame dhammâ kusalâ ?

Yasmiṃ samaya kâmâvacaraṃ kusalaṃ cittaṃ uppannaṃ hoti somanassasahagataṃ ñânasampayuttaṃ hînaṃ . . . pe majjhimaṃ . . . pe . . . paṇitaṃ . . . pa . . . ohandâdhipateyyaṃ . . . pa . . . viriyâdhipateyyaṃ . . . pe . . . cittâdhipateyyaṃ . . . po . . . vimaṃsâdhipateyyaṃ . . . pe . . . chandâdhipateyyam hînaṃ . . . pe . . . majjhimaṃ . . . pe . . . paṇitaṃ . . . po . . . viriyâdhipateyyaṃ hînaṃ . . . pe . . . majjhimaṃ . . . pa . . . paṇitaṃ . . . pe . . . cittâdhipateyyam hînaṃ . . . pa . . . majjhimaṃ . . . pe . . . paṇitaṃ . . . pa . . . vimaṃsâdhipateyyaṃ hînaṃ . . . pa . . . majjhimaṃ . . . pe . . . paṇitaṃ tasmiṃ samayе phasso hoti . . . pe . . . avikkhepo hoti . . . pe . . . ima dhammâ kusalâ.

270. Katame dhammâ kusalâ ?

Yasmiṃ samaye kâmâvacaraṃ kusalam cittaṃ uppannaṃ hoti somanassasahagataṃ ñânasampayuttaṃ sasaṅkhârеṇa

. . . pe . . . somanassasahagataṃ ñāṇavippayuttaṃ . . .
pe . . . somanassasahagataṃ ñāṇavippayuttaṃ sasaṅkhārena
. . . pe . . . upekkhāsahagataṃ ñāṇasampayuttaṃ . . . pe
. . . upekkhāsahagataṃ ñāṇasampayuttaṃ sasaṅkhārena . . .
pe . . . upekkhāsahagataṃ ñāṇavippayuttaṃ . . . pe . . .
upekkhāsahagataṃ ñāṇavippayuttaṃ sasaṅkhārena hīnaṃ
. . . pe . . . majjhimaṃ . . . pe . . . paṇītaṃ . . . pe
. . . chandādhipateyyaṃ . . . pe . . . viriyādhipateyyaṃ
. . . . pe . . . cittādhipateyyaṃ . . . pe . . . chandādhi-
pateyyaṃ hīnaṃ . . . pe . . . majjhimaṃ . . . pe . . .
paṇītaṃ . . . pe . . . viriyādhipateyyaṃ hīnaṃ . . . pe
majjhimaṃ . . . pe . . . paṇītaṃ . . . pe . . . cittādhipa-
teyyaṃ hīnaṃ . . . pe . . . majjhimaṃ . . . pe . . . paṇī-
taṃ: tasmiṃ samaye phasso hoti . . . pe . . . avikkhepo
hoti . . . pe . . . imo dhammā kusalā.

Kāmāvacarakusalaṃ.

271. Katame dhammā kusalā ?

Yasmiṃ samaye rūpūpapattiyā maggaṃ bhāveti viviccova
kāmehi . . . pe . . . paṭhamaṃ jhānaṃ upasampajja viha-
rati pathavīkasiṇaṃ hīnaṃ . . . pe . . . majjhimaṃ . . .
pe . . . pe . . . paṇītaṃ . . . pe . . . chandādhipateyyaṃ
. . . pe . . . viriyādhipateyyaṃ . . . pe . . . cittādhipa-
teyyaṃ . . . pe . . . vimaṃsādhipateyyaṃ . . . chandādhi-
pateyyaṃ hīnaṃ . . . pe . . . majjhimaṃ . . . pe . . .
paṇītaṃ . . . . pe . . . viriyādhipateyyaṃ hīnaṃ . . . pe
. . . majjhimaṃ . . . pe . . . paṇītaṃ . . . pe . . . cittā-
dhipateyyaṃ hīnaṃ . . . pe . . . majjhimaṃ . . . pe . . .
paṇītaṃ . . . pe . . . . vimaṃsādhipateyyaṃ hīnaṃ . . .
pe . . . majjhimaṃ . . . pe . . . paṇītaṃ . . . pe . . .
tasmiṃ samaye phasso hoti . . . pe . . . avikkhepo hoti
. . . pe . . . imo dhammā kusalā.

272. Katame dhammā kusalā.

Yasmiṃ samaye rūpūpapattiyā maggaṃ bhāveti vitakka-
vicārānaṃ vūpasamā . . . pe . . . dutiyaṃ jhānaṃ . . . pe
. . . tatiyaṃ jhānaṃ . . . pe . . . catutthaṃ jhānaṃ . . .
pe . . . paṭhamaṃ jhānaṃ . . . pe . . . pañcamaṃ jhā-

naṃ upasampajja viharati paṭhavîkasiṇaṃ hînaṃ ... pe ...
majjhimaṃ ... pe ... paṇîtaṃ ... pe ... chandâdhipateyyaṃ
... pe ... viriyâdhipateyyaṃ ... pe ... cittâdhipateyyaṃ ... pe
... vimaṃsâdhipateyyaṃ ... pe ... chandâdhipateyyaṃ
hînaṃ ... pe ... majjhimaṃ ... pe ... paṇîtaṃ
... pe ... viriyâdhipateyyaṃ hînaṃ ... pe ... majjhi-
maṃ ... pe ... paṇîtaṃ ... pe ... cittâdhipateyyaṃ
hînaṃ ... pe ... majjhimaṃ ... pe ... paṇîtaṃ ...
pe ... vimaṃsâdhipateyyaṃ hînaṃ ... pe ... majjhimaṃ
... pe ... paṇîtaṃ tasmiṃ samaye phasso hoti ... pe
... avikkhepo hoti ... pe ... ime dhammâ kusalâ.

Rûpâvacara-kusalaṃ.

273. Katame dhammâ kusalâ?

Yasmiṃ samaye arûpûpapattiyâ maggaṃ hhâveti sabbaso
rûpasaññânaṃ samatikkamâ paṭighasaññânaṃ atthaṅgamâ-
nânattasaññânaṃ amanasikârâ âkâsânañcâyatanasaññâsaha-
gataṃ sukhassa ca pahânâ ... pe ... catutthaṃ jhânaṃ
upasampajja viharati hînaṃ ... pe ... majjhimaṃ ...
pe ... paṇîtaṃ ... pe ... chandâdhipateyyaṃ ... pe
... viriyâdhipateyyaṃ ... pe ... cittâdhipateyyaṃ ...
pe ... vimaṃsâdhipateyyaṃ ... pe ... chandâdhipa-
teyyaṃ hînaṃ ... pe ... majjhimaṃ ... pe ... paṇî-
taṃ ... pe ... viriyâdhipateyyaṃ hînaṃ ... pe ...
majjhimaṃ ... pe ... paṇîtaṃ ... pe ... cittâdhi-
pateyyaṃ hînaṃ ... pe ... majjhimaṃ ... pe ...
paṇîtaṃ ... pe ... vimaṃsâdhipateyyaṃ hînaṃ ... pe
... majjhimaṃ ... pe ... paṇîtaṃ tasmiṃ samaye
phasso hoti ... pe ... avikkhepo hoti ... pe ...
ime dhammâ kusalâ.

274. Katame dhammâ kusalâ.

Yasmiṃ samaye arûpûpapattiyâ maggaṃ hhâveti sabbaso
âkâsânañcâyatanaṃ samatikkamâ viññâṇañcâyatanasaññâsa-
hagataṃ sukhassa ca pahânâ ... pe ... catutthaṃ
jhânaṃ upasampajja viharati hînaṃ ... pe ... majjhi-
maṃ ... pe ... paṇîtaṃ ... pe ... chandâdhipateyyaṃ
... pe ... viriyâdhipateyyaṃ ... pe ... cittâdhipa-

teyyaṃ ... pe ... vimaṃsâdhipateyyaṃ ... pe ...
chandâdhipateyyaṃ hînaṃ ... pe ... mejjhimaṃ ...
pe ... paṇîtaṃ ... pe ... viriyâdhipateyyaṃ hînaṃ
... pe ... majjhimaṃ ... pe ... paṇîtaṃ ... pe ...
cittâdhipateyyeṃ hînaṃ ... pe ... majjhimeṃ ... pe
... paṇîtaṃ ... pe ... vimaṃsâdhipateyyaṃ hînaṃ
... pe ... majjhimaṃ ... pe ... paṇîtaṃ: tasmiṃ
samayo phasso hoti ... pe ... avikkhcpo hoti ... po
... ime dhammâ kusalâ.

275. Katame dhammâ kusalâ ?

Yasmiṃ samaye arûpûpapattiyâ maggaṃ bhâveti sabbaso
viññâṇañcâyatanaṃ samatikkamâ âkiñcaññâyetanasaññâsaha-
gataṃ sukhessa ca pahânâ ... pe ... catutthaṃ jhânaṃ
upasampajja viharati hînaṃ ... pe ... majjhimaṃ ...
pe ... paṇîtaṃ ... pe ... chandâdhipateyyaṃ ... pe
... viriyâdhipateyyaṃ ... pe ... cittâdhipatcyyaṃ
... pe ... vimaṃsâdhipateyyaṃ ... pe ... chandâ-
dhipateyyaṃ hînaṃ ... pe ... majjhimaṃ ... pe ...
paṇîtaṃ ... pe ... viriyâdhipateyyaṃ hînaṃ ... pe
... mejjhimaṃ ... pe ... paṇîtaṃ ... pe ... cittâ-
dhipateyyaṃ hînaṃ ... pe ... vimaṃsâdhipeteyyaṃ
hînaṃ ... pe ... majjhimaṃ ... pe ... paṇîtaṃ
tasmiṃ samaye phasso hoti ... pe ... avikkhcpo hoti
... pe ... ime dhammâ kusalâ.

276. Katamo dhammâ kusalâ ?

Yasmiṃ samaye arûpûpapettiyâ meggaṃ bhâveti sabbaso
âkiñcaññâyatanaṃ samatikkamâ nevasaññânâseññâyatana sañ-
ñâsehagetaṃ sukhasse ca pahânâ ... pe ... catutthaṃ
jhânaṃ upasampajja viharati hînaṃ ... pe ... majjhi-
maṃ ... pe ... paṇîtaṃ ... pe ... chandâdhipa-
teyyaṃ ... pe ... viriyâdhipateyyaṃ ... pe ...
cittâdhipateyyaṃ ... pe ... vimaṃsâdhipateyyaṃ ...
pe ... chendâdhipateyyeṃ hînaṃ ... pe ... mejjhi-
maṃ ... pe ... paṇîtaṃ ... pe ... viriyâdhipateyyaṃ
hînaṃ ... pe ... majjhimaṃ ... pe ... paṇîtaṃ
... pe ... cittâdhipatcyyaṃ hînaṃ ... pe ... majjhi-
maṃ ... po ... paṇîtaṃ ... pe ... vimaṃsâdhipa-
oyyeṃ hîneṃ ... po ... mejjhimaṃ ... pe ... paṇî-

taṃ tasmiṃ samaye phasso hoti . . . po . . . avikkhepo
hoti . . . pe . . . ime dhammâ kusalâ.

Arûpâvacarakusalaṃ.

277. Katame dhammâ kusalâ ?

Yasmiṃ samaye lokuttaraṃ jhânaṃ hhâveti niyyânikaṃ
apacayagâmiṃ diṭṭhigatânaṃ pahânâya paṭhamâya hhummiyâ-
pattiyâ vivicceva kâmehi . . . pe . . . paṭhamaṃ jhânaṃ
upasampajja viharati dukkhâpaṭipadaṃ dandhâbhiññaṃ : tas-
miṃ samayo phasso hoti vedanâ hoti saññâ hoti cetanâ hoti cit-
taṃ hoti vitakko hoti vicâro hoti pîti hoti sukhaṃ hoti cittass
ckaggatâ hoti saddhindriyaṃ hoti viriyindriyaṃ hoti satin-
driyaṃ hoti samâdhindriyaṃ hoti paññindriyaṃ hoti manin-
driyaṃ hoti somanassindriyaṃ hoti jîvitindriyaṃ hoti anaññâ-
taññassâmîtindriyaṃ hoti, sammâdiṭṭhi hoti sammâsaṅkappo
hoti sammâvâcâ hoti sammâkammanto hoti sammââjîvo hoti
sammâvâyâmo hoti sammâsati hoti sammâsamâdhi hoti
saddhâbalaṃ hoti viriyahalaṃ hoti satihalaṃ hoti samâdhi-
balaṃ hoti paññâbalaṃ hoti hiribalaṃ hoti ottappabalaṃ
hoti alobho hoti adoso hoti amoho hoti anahhijjhâ hoti avyâ-
pâdo hoti sammâdiṭṭhi hoti hiri hoti ottappaṃ hoti kâya-
passaddhi hoti cittapassaddhi hoti kâyalahutâ hoti cittalahutâ
hoti kâyamudutâ hoti cittamudutâ hoti kâyakammaññatâ
hoti cittakammaññatâ hoti kâyapâguññatâ hoti cittapâ-
guññatâ hoti kâyujjukatâ hoti cittujjukatâ hoti sati hoti
sampajaññaṃ hoti samatho hoti vipassanâ hoti paggâho hoti
avikkhepo hoti : ye vâ pana tasmiṃ samaye aññe pi atthi
paṭiccasamuppannâ arûpino dhammâ—ime dhammâ kusalâ.

278.[1] Katamo tasmiṃ samayo phasso hoti ?

Yo tasmiṃ samayo phasso phusanâ samphusanâ samphu-
sitattaṃ—ayaṃ tasmiṃ samayo phasso hoti.

279. Katamâ tasmiṃ samaye vedanâ hoti ?

Yaṃ tasmiṃ samaye tajjâ manoviññâṇadhâtu samphassa-

---

[1] Questions 282–302 are the same as questions 2–21, but 300 is a fresh one
inserted ; 303–305 are new ; 306–341 are the same as 22–57. The answers differ
slightly throughout. Some of the same questions recur, 370–400 and 407–411,
and 446 full.

jaṃ cetasikaṃ sâtaṃ cetasikaṃ sukhaṃ cetosamphassajaṃ
sâtaṃ sukhaṃ vedayitaṃ cetosamphassajâ sâtâ sukhâ vedanâ
—ayaṃ tasmiṃ samaye vedanâ hoti.

280. Katamâ tasmiṃ samaye saññâ hoti?

Yâ tasmiṃ samayo tajjâ manoviññâṇadhâtu samphassajâ
saññâ sañjânanâ sañjânitattaṃ—ayaṃ tasmiṃ samayo saññâ
hoti.

281. Katamâ tasmiṃ samaye cetanâ hoti?

Yâ tasmiṃ samaye tajjâ manoviññâṇadhâtu samphassajâ
cetanâ sañcetanâ cetayitattaṃ—ayaṃ tasmiṃ samaye cetanâ
hoti.

282. Katamaṃ tasmiṃ samaye cittaṃ hoti?

Yaṃ tasmiṃ samaye cittaṃ mano mânasaṃ hadayaṃ
paṇḍaraṃ mano manâyatanaṃ manindriyaṃ viññâṇaṃ
viññâṇakkhandho tajjâ manoviññâṇadhâtu—idaṃ tasmiṃ
samaye cittaṃ hoti.

283. Katamo tasmiṃ samaye vitakko hoti?

Yo tasmiṃ samayo takko vitakko saṅkappo appanâ
vyappanâ cetaso abhiniropanâ sammâsaṅkappo maggaṅgaṃ
maggapariyâpannaṃ—ayaṃ tasmiṃ samaye vitakko hoti.

284. Katamo tasmiṃ samaye vicâro hoti?

Yo tasmiṃ samaye câro vicâro anuvicâro upavicâro cittassa
anusandhanatâ anupekkhanatâ—ayaṃ tasmiṃ samaye vicâro
hoti.

285. Katamâ tasmiṃ samaye pîti hoti?

Yâ tasmiṃ samaye pîti pâmojjaṃ âmodanâ pamodanâ hâso
pahâso vitti odagyaṃ attamanatâ cittassa pîtisambojjhaṅgo—
ayaṃ tasmiṃ samaye pîti hoti.

286. Katamaṃ tasmiṃ samaye sukhaṃ hoti?

Yaṃ tasmiṃ samayo cetasikaṃ sâtaṃ cetasikaṃ sukhaṃ
cetosamphassajaṃ sâtaṃ sukhaṃ vedayitaṃ cetosamphassajâ
sâtâ sukhâ vedanâ—idaṃ tasmiṃ samaye sukhaṃ hoti.

287. Katamâ tasmiṃ samaye cittass ekaggatâ hoti?

Yâ tasmiṃ samayo cittassa ṭhiti saṇṭhiti avaṭṭhiti avisâhâro
avikkhepo avisâhaṭamânasatâ samatho samâdhindriyaṃ samâ-
dhibalaṃ sammâsamâdhi samâdhisambojjhaṅgo maggaṅgaṃ
maggapariyâpannaṃ: ayaṃ tasmiṃ samaye cittassekaggatâ
hoti.

288. Katamaṃ tasmiṃ samaye saddhindriyaṃ hoti ?

Yā tasmiṃ samaye saddhā saddahaaā okappanā abhippa-sādo saddhā saddhindriyaṃ saddhābalaṃ — idaṃ tasmiṃ samaye saddhiadriyaṃ hoti.

289. Katamaṃ tasmiṃ samayo viriyindriyaṃ hoti ?

Yo tasmiṃ samaye cetasiko viriyārambbo nikkamo para-kkamo uyyāmo vāyāmo ussābo ussoḷbi thāmo dhiti asitbila-parakkamatā anikkbittachandatā anikkhittadhuratā dhura-sampaggābo viriyaṃ viriyindriyaṃ viriyahalam sammāvāyāmo viriyasambojjhaṅgo maggaṅgaṃ maggapariyāpannaṃ—idaṃ tasmiṃ samaye viriyindriyaṃ hoti.

290. Katamaṃ tasmiṃ samaye satiadriyaṃ hoti ?

Yā tasmiṃ samaye sati anussati paṭissati saraṇatā dhāra-ṇatā apilāpanatā asammussanatā sati satiadriyaṃ satibalaṃ sammāsati satisambojjhaṅgo maggaṅgaṃ maggapariyāpan-naṃ—idaṃ tasmiṃ samaye satindriyaṃ hoti.

291. Katamaṃ tasmiṃ samaye samādbiadriyaṃ boti ?

Yā tasmiṃ samaye cittassa ṭhiti saṇṭhiti avaṭhiti avisāhāro avikkhepo avisāhaṭamānasatā samatho samādhindriyaṃ samā-dhibalaṃ sammāsamādhi samādhisambojjhaṅgo maggaṅgaṃ maggapariyāpannaṃ—idaṃ tasmiṃ samaye samādhindriyaṃ hoti.

292. Katamaṃ tasmiṃ samaye paññiadriyaṃ boti ?

Yā tasmiṃ samaye paññā pajānanā vicayo pavicayo dbam-mavicayo sallakkhaṇā upalakkbanā paccupalakkhaṇā paṇ-ḍiccaṃ kosallaṃ nepuññaṃ vebhavyā ciatā upaparikkhā bbūrī medhā pariṇāyikā vipassanā sampajaññaṃ patodo paññā paññindriyaṃ paññābalaṃ paññāsatthaṃ paññāpāsādo paññā-āloko paññā-obbāso paññāpajjoto paññāratanaṃ amoho dhammavicayo sammādiṭṭhi dhammavicayasambojjhaṅgo maggaṅgaṃ maggapariyāpannaṃ — idaṃ tasmiṃ samaye paññindriyaṃ hoti.

293. Katamaṃ tasmiṃ samaye manindriyaṃ hoti ?

Yaṃ tasmiṃ samaye cittaṃ mano mānasaṃ hadayaṃ paṇḍaraṃ mano manāyatanaṃ manindriyaṃ viññāṇaṃ viññāṇakkhandho tajjā manoviññāṇadhātu — idaṃ tasmiṃ samayo manindriyaṃ hoti.

294. Katamaṃ tasmiṃ samaye somanassindriyam boti ?

Yaṃ tasmiṃ samaye cetasikaṃ sātaṃ cetasikaṃ sukhaṃ cetosamphassajaṃ sātaṃ sukhaṃ vedayitaṃ cetosamphassajā sātā sukhā vedanā—idaṃ tasmiṃ samaye somanassindriyaṃ hoti.

295. Katamaṃ tasmiṃ samaye jîvitindriyaṃ hoti?

Yo tesaṃ arûpînaṃ dhammânaṃ âyu ṭhiti yapanâ yâpanâ iriyanâ vattanâ pâlanâ jîvitaṃ jîvitindriyam—idaṃ tasmiṃ samaye jîvitindriyaṃ hoti.

296. Katamaṃ tasmiṃ samaye anaññâtaññassâmîtindriyaṃ hoti?

Yâ tesaṃ dhammânaṃ aññâtânaṃ adiṭṭhânaṃ apattânaṃ aviditânaṃ asacchikatânaṃ sacchikiriyâya paññâ pajânanâ vicayo pavicayo dhammavicayo sallakkhanâ upalakkhanâ paccupalakkhanâ paṇḍiccaṃ kosallaṃ nepuññaṃ vebhavyâ cintâ upaparikkhâ bhûrî medhâ pariṇâyikâ vipassanâ sampajaññaṃ patodo paññâ paññindriyaṃ paññâbalaṃ paññâsatthaṃ paññâpâsâdo paññâ-âloko paññâ-obhâso paññâpajjoto paññâratanaṃ amoho dhammavicayo sammâdiṭṭhi dhammavicayasambojjhaṅgo maggaṅgaṃ maggapariyâpannam—idaṃ tasmiṃ samaye anaññâtaññassâmîtindriyaṃ hoti.

297. Katamâ tasmiṃ samaye sammâdiṭṭhi hoti?

Yâ tasmiṃ samaye paññâ pajânanâ vicayo pavicayo dhammavicayo sallakkhanâ upalakkhanâ paccupalakkhanâ paṇḍiccaṃ kosallaṃ nepuññaṃ vebhavyâ cintâ upaparikkhâ bhûrî medhâ pariṇâyikâ vipassanâ sampajaññaṃ patodo paññâ paññindriyaṃ paññâbalaṃ paññâsatthaṃ paññâpâsâdo paññâ-âloko paññâ-obhâso paññâpajjoto paññâratanaṃ amoho dhammavicayo sammâdiṭṭhi dhammavicayasambojjhaṅgo maggaṅgaṃ maggapariyâpannam—ayaṃ tasmiṃ samaye sammâdiṭṭhi hoti.

298. Katamo tasmiṃ samaye sammâsankappo hoti?

Yo tasmiṃ samaye takko vitakko saṅkappo appanâ vyappanâ cetaso abhiniropanâ sammâsaṅkappo maggaṅgaṃ maggapariyâpannam—ayaṃ tasmiṃ samayo sammâsaṅkappo hoti.

299. Katamâ tasmiṃ samaye sammâvâcâ hoti?

Yâ tasmiṃ samayo catûhi vacîduccaritehi ârati virati paṭivirati voramaṇî akiriyâ akaraṇaṃ anajjhâpatti velâ anatikkamo setughâto sammâvâcâ maggaṅgaṃ maggapariyâpannam—ayaṃ tasmiṃ samaye sammâvâcâ hoti.

300. Katamo tasmiṃ samaye sammâkammanto hoti?

Yâ tasmiṃ samaye tîhi kâyaduccaritchi ârati virati paṭivirati veramaṇî akiriyâ akaraṇaṃ anajjhâpatti velâ anatikkamo setughâto sammâkammanto maggaṅgaṃ maggapariyâpannaṃ—ayaṃ tasmiṃ samaye sammâkammanto hoti.

301. Katamo tasmiṃ samaye sammâ-âjîvo hoti?

Yâ tasmiṃ samaye micchâjîvâ ârati virati paṭivirati veramaṇî akiriyâ akaraṇaṃ anajjhâpatti velâ anatikkamo setughâto sammâ-âjîvo maggaṅgaṃ maggapariyâpannaṃ—ayaṃ tasmiṃ samaye sammâ-âjîvo hoti.

302. Katamo tasmiṃ samayo sammâvâyâmo hoti?

Yo tasmiṃ samaye cetasiko viriyârambho nikkamo parakkamo uyyâmo vâyâmo ussâho ussoḷhi thâmo dhiti asithila-parakkamatâ anikkhittachandatâ anikkhittadhuratâ dhurasampaggâho viriyaṃ viriyindriyaṃ viriyabalaṃ sammâvâyamo viriyasambojjhaṅgo maggaṅgaṃ maggapariyâpannaṃ—ayaṃ tasmiṃ samaye sammâvâyâmo hoti.

303. Katamâ tasmiṃ samaye sammâsati hoti?

Yâ tasmiṃ samaye sati anussati paṭissati sati saraṇatâ dhâraṇatâ apilâpanatâ asammussanatâ sati satindriyaṃ satibalaṃ sammâsati satisambojjhaṅgo maggaṅgaṃ maggapariyâpannam—ayaṃ tasmiṃ samaye sammâsati hoti.

304. Katamo tasmiṃ samaye sammâsamâdhi hoti?

Yâ tasmiṃ samaye cittassa ṭhiti saṇṭhiti avaṭṭhiti avisâhâro avikkhepo avisâhaṭamânasatâ samatho samâdhindriyaṃ samâdhibalaṃ sammâsamâdhisambojjhaṅgo maggaṅgaṃ maggapariyâpannaṃ—ayaṃ tasmiṃ samaye sammâsamâdhi hoti.

305. Katamaṃ tasmiṃ samayo saddhâbalaṃ hoti?

Yâ tasmiṃ samaye saddhâ saddahanâ okappanâ abhippasâdo saddhâ saddhindriyaṃ saddhâbalaṃ—idaṃ tasmiṃ samaye saddhâbalaṃ hoti.

306. Katamaṃ tasmiṃ samaye viriyabalaṃ hoti?

Yo tasmiṃ samaye cetasiko viriyârambho nikkamo parakkamo uyyâmo vâyâmo ussâho ussoḷhi thâmo dhiti asithila-parakkamatâ anikkhittachandatâ anikkhittadhuratâ dhurasampaggâho viriyaṃ viriyindriyaṃ viriyabalaṃ sammâvâyâmo viriyasambojjhaṅgo maggaṅgaṃ maggapariyâpannaṃ—idaṃ tasmiṃ samaye viriyabalaṃ hoti.

307. Katamaṃ tasmiṃ samaye satibalaṃ hoti?

Yâ tasmiṃ samaye sati anussati paṭissati sati saraṇatâ dhâraṇatâ apilâpanatâ asammussanatâ sati satindriyaṃ satibalaṃ sammâsati satisambojjhaṅgo maggaṅgaṃ maggapariyâpannaṃ—idaṃ tasmiṃ samaye satibalaṃ hoti.

308. Katamaṃ tasmiṃ samaye samâdhibalaṃ hoti?

Yâ tasmiṃ samaye cittassa ṭhiti saṇṭhiti avaṭṭhiti avisâhâro avikkhepo avisâhaṭamânasatâ samatho samâdhindriyaṃ samâdhibalaṃ sammâsamâdhi samâdhisambojjhaṅgo maggaṅgaṃ maggapariyâpannaṃ—idaṃ tasmiṃ samaye samâdhibalaṃ hoti.

309. Katamaṃ tasmiṃ samaye paññâbalaṃ hoti?

Yâ tasmiṃ samaye paññâ pajânanâ vicayo pavicayo dhammavicayo sallakkhaṇâ upalakkhaṇâ paccupalakkhaṇâ paṇḍiccaṃ kosallaṃ nepuññaṃ vebhavyâ cintâ upaparikkhâ bhûrî medhâ pariṇâyikâ vipassanâ sampajaññaṃ patodo paññâ paññindriyaṃ paññâbalaṃ paññâsatthaṃ paññâpâsâdo paññâ-âloko paññâ-obhâso paññâpajjoto paññâratanaṃ amoho dhammavicayo sammâdiṭṭhi dhammavicayasambojjhaṅgo maggaṅgaṃ maggapariyâpannaṃ—idaṃ tasmiṃ samaye paññâbalaṃ hoti.

310. Katamaṃ tasmiṃ samaye hiribalaṃ hoti?

Yaṃ tasmiṃ samaye hiriyati hiriyitabbena, hiriyati pâpakânaṃ akusalânaṃ dhammânaṃ samâpattiyâ—idaṃ tasmiṃ samayo hiribalaṃ hoti.

311. Katamaṃ tasmiṃ samaye ottappabalaṃ hoti?

Yaṃ tasmiṃ samaye ottappati ottappitabbena, ottappati pâpakânaṃ akusalânaṃ dhammânaṃ samâpattiyâ—idaṃ tasmiṃ samayo ottappabalaṃ hoti.

312. Katamo tasmiṃ samaye alobho hoti?

Yo tasmiṃ samaye alobho alubbhanâ aluhhhitattaṃ asârâgo asârajjanâ asârajjitattaṃ anabhijjhâ alobho kusalamûlaṃ—ayaṃ tasmiṃ samaye alobho hoti.

313. Katamo tasmiṃ samaye adoso hoti?

Yo tasmiṃ samaye adoso adussanâ adussitattaṃ avyâpâdo avyâpajjo adoso kusalamûlaṃ—ayaṃ tasmiṃ samaye adoso hoti.

314. Katamo tasmiṃ samaye amoho hoti?

Yâ tasmiṃ samayo paññâ pajânanâ vicayo . . . pe . . .

dhammavicayasambojjhaṅgo maggaṅgaṃ maggapariyâpannaṃ—ayaṃ tasmiṃ samaye amoho hoti.

315. Katamâ tasmiṃ samayo anabhijjhâ hoti?

Yo tasmiṃ samaye alobho aluhbhanâ alubbhitattaṃ asârâgo asârajjaaâ asârajjitattaṃ anabhijjhâ alobho kusalamûlaṃ—ayaṃ tasmiṃ samaye anabhijjhâ hoti.

316. Katamo tasmiṃ samaye avyâpâdo hoti.

Yo tasmiṃ samaye adoso adussanâ adussitattaṃ avyâpâdo avyâpajjo adoso kusalamûlaṃ—ayaṃ tasmiṃ samaye avyâpâdo hoti.

317. Katamâ tasmiṃ samaye sammâdiṭṭhi hoti?

Yâ tasmiṃ samaye paññâ pajânanâ vicayo ... po ... dhammavicayo sambojjhaṅgo maggaṅgaṃ maggapariyâpannaṃ—ayaṃ tasmiṃ samaye sammâdiṭṭhi hoti.

318. Katamâ tasmiṃ samayo hiri hoti?

Yaṃ tasmiṃ samaye hiriyati hiriyitahbena hiriyati pâpakâaaṃ akusalânaṃ dhammânaṃ samâpattiyâ—ayaṃ tasmiṃ samaye hiri hoti.

319. Katamaṃ tasmiṃ samaye ottappaṃ hoti?

Yaṃ tasmiṃ samaye ottappati ottappitahhena ottappati pâpakânaṃ akusalâaaṃ dhammânaṃ samâpattiyâ—idaṃ tasmiṃ samaye ottappaṃ hoti.

320. Katamâ tasmiṃ samaye kâyapassaddhi hoti?

Yâ tasmiṃ samaye vedanâkkhandhassa saññâkkhandhassa saṅkhârakkhandhassa passaddhi paṭipassaddhi passambhanâ paṭipassambhanâ paṭipassambhitattaṃ passaddhisambojjhaṅgo—ayaṃ tasmiṃ samaye kâyapassaddhi hoti.

321. Katamâ tasmiṃ samaye cittapassaddhi hoti?

Yâ tasmiṃ samaye viññâṇakkhandhassa passaddhi paṭipassaddhi passambhanâ paṭipassambhanâ paṭipassambhitattaṃ passaddhisambojjhaṅgo—ayaṃ tasmiṃ samaye cittapassaddhi hoti.

322. Katamâ tasmiṃ samaye kâyalahutâ hoti?

Yâ tasmiṃ samaye vedanâkkhandhassa saññâkkhandhassa saṅkhârakkhandhassa lahutâ lahupariṇâmatâ adandhanatâ avitthanatâ—ayaṃ tasmiṃ samaye kâyalahutâ hoti.

323. Katamâ tasmiṃ samayo cittalahutâ hoti?

Yâ tasmiṃ samaye viññâṇakkhaadhassa lahutâ lahupariṇâmatâ adandhanatâ avitthanatâ—ayaṃ tasmiṃ samaye cittalahutâ hoti.

324. Katamâ tasmiṃ samayo kâyamudutâ hoti.

Yâ tasmiṃ samaye vedanâkkhandhassa saññâkkhandhassa saṅkhârakkhandhassa mudutâ maddavatâ akakkhaḷatâ akatbinatâ—ayaṃ tasmiṃ samaye kâyamudutâ hoti.

325. Katamâ tasmiṃ samaye cittamudutâ hoti.

Yâ tasmiṃ samaye viññâṇakkhandhassa mudutâ maddavatâ akakkhaḷatâ akathinatâ—ayaṃ tasmiṃ samaye cittamudutâ hoti.

326. Katamâ tasmiṃ samayo kâyakammaññatâ hoti?

Yâ tasmiṃ samaye vedanâkkhandhassa saññâkkhandhassa saṅkhârakkhandhassa kammaññatâ kammaññattaṃ kammaññabhâvo—ayaṃ tasmiṃ samaye kâyakammaññatâ hoti.

327. Katamâ tasmiṃ samayo cittakammaññatâ hoti?

Yâ tasmiṃ samaye viññâṇakkhandhassa kammaññatâ kammaññattaṃ kammaññabhâvo—ayaṃ tasmiṃ samaye cittakammaññatâ hoti.

328. Katamâ tasmiṃ samayo kâyapâguññatâ hoti?

Yâ tasmiṃ samayo vedanâkkhandhassa saññâkkhandhassa saṅkhârakkhandhassa paguṇatâ paguṇattaṃ paguṇabhâvo—ayaṃ tasmiṃ samaye kâyapâguññatâ hoti.

329. Katamâ tasmiṃ samaye cittapâguññatâ hoti?

Yâ tasmiṃ samaye viññâṇakkhandhassa paguṇatâ paguṇattaṃ paguṇabhâvo—ayaṃ tasmiṃ samaye cittapâguññatâ hoti.

330. Katamâ tasmiṃ samaye kâyujjukatâ hoti?

Yâ tasmiṃ samaye vedanâkkhandhassa saññâkkhandhassa saṅkhârakkhandhassa ujutâ ujjukatâ ajimhatâ avaṅkatâ akuṭilatâ—ayaṃ tasmiṃ samayo kâyujjukatâ hoti.

331. Katamâ tasmiṃ samaye cittujjukatâ hoti?

Yâ tasmiṃ samaye viññâṇakkhandhassa ujutâ ujjukatâ ajimhatâ avaṅkatâ akuṭilatâ—ayaṃ tasmiṃ samaye cittujjukatâ hoti.

332. Katamâ tasmiṃ samaye sati hoti?

Yâ tasmiṃ samaye sati anussati paṭissati sati saraṇatâ dhâraṇatâ apilâpanatâ asammussanatâ sati satindriyaṃ satibalaṃ sammâsatisambojjhaṅgo maggaṅgaṃ maggapariyâpannaṃ—ayaṃ tasmiṃ samaye sati hoti.

333. Katamaṃ tasmiṃ samaye sampajaññaṃ hoti?

Yâ tasmiṃ samaye paññâ pajânanâ . . . pe . . . dhammavicayasambojjhaṅgo maggaṅgaṃ maggapariyâpannaṃ—idaṃ tasmiṃ samaye sampajaññaṃ hoti.

334. Katamo tasmiṃ samaye samatho hoti?

Yâ tasmiṃ samaye cittassa ṭhiti . . . pe . . . samâdhisambojjhaṅgo maggaṅgaṃ maggapariyâpaanaṃ—ayaṃ tasmiṃ samaye samatho hoti.

335. Katamâ tasmiṃ samaye vipassanâ hoti?

Yâ tasmiṃ samaye paññâ pajâaaâ . . . pe . . . dhammavicayasambojjhaṅgo maggaṅgaṃ maggapariyâpannaṃ—ayaṃ tasmiṃ samaye vipassanâ hoti.

336. Katamo tasmiṃ samaye paggâho hoti?

Yo tasmiṃ samaye cetasiko viriyâramhho . . . po . . . viriyasambojjhaṅgo maggaṅgaṃ maggapariyâpannaṃ—ayaṃ tasmiṃ samaye paggâho hoti.

337. Katamo tasmiṃ samaye avikkhepo hoti?

Yâ tasmiṃ samaye cittassa ṭhiti . . . pe . . . samâdhisambojjhaṅgo maggaṅgaṃ maggapariyâpanaaṃ—ayaṃ tasmiṃ samaye avikkhepo hoti, ye vâ pana tasmiṃ samaye aññe pi atthi paṭiccasamuppannâ arûpiao dhammâ—ime dhammâ kusalâ. Tasmiṃ kho paaa samaye cattâro khandhâ honti dvâyatanâni honti, dve dhâtuyo honti, tayo âhârâ honti, navindriyâni honti, pañcaṅgikaṃ jhânaṃ hoti, aṭṭhaṅgiko maggo hoti, satta balâni honti, tayo hetû honti, eko phasso hoti, ekâ vedanâ hoti, ekâ saññâ hoti, ekâ cetanâ hoti, ekaṃ cittaṃ hoti, eko vedanâkkhandho hoti, eko saññâkkhandho hoti, eko saṅkhârakkhandho hoti, eko viññâṇakkhandho hoti, ekaṃ manâyatanaṃ hoti, ekaṃ manindriyaṃ hoti, ekâ manoviññâṇadhâtu hoti, ekaṃ dhammâyatanaṃ hoti, ekâ dhammadhâtu hoti—ye vâ pana tasmiṃ samaye aññe pi atthi paṭiccasamuppaaaâ arûpino dhammâ—ime dhammâ kusalâ . . . pe . . .

338.[1] Katamo tasmiṃ samayo saṅkhârakkhandho hoti?

Phasso vedanâ vitakko vicâro pîti cittassekaggatâ saddhiadriyaṃ viriyindriyaṃ satiadriyaṃ samâdhiadriyaṃ paññin-

---

driyaṃ jīvitindriyaṃ anaññātaññassāmītindriyaṃ sammādiṭṭhi sammāsaṅkappo sammāvācā sammākammanto, sammāājīvo, semmāvāyāmo, sammāseti, sammāsamādhi, seddhābhalaṃ, viriyebalaṃ, satibelaṃ, samādhibalaṃ, paññābhalaṃ, hiribalaṃ, ottappabalaṃ, alobho, adoso, amoho, anabhijjhā, avyāpādo, sammādiṭṭhi hiri ottappaṃ kāyapassaddhi cittapassaddhi
kāyalebutā cittalabutā kāyamudutā, cittamudutā, kāyakammaññātā, cittakammaññetā, kāyepāguññātā, cittapāguññatā,
kāyujjuketā cittujjukatā, sati, sampajeññaṃ, sematho, vipassanā, peggāho avikkhepo—ye vā pana tasmiṃ samaye aññe
pi atthi paṭiccasamuppannā erūpino dhammā, ṭhapetvā vedanākkhandheṃ, ṭhapetvā saññākkhandhaṃ, ṭhapetvā viññāṇakkhandhaṃ—eyaṃ tasmiṃ samaye saṅkhārakkhandho
hoti . . . pe . . . ime dhammā kusalā.

339. Katame dhammā kusalā?

Yasmiṃ samaye lokuttaraṃ jhānaṃ bhāveti niyyānikaṃ
apacayagāmiṃ diṭṭhigatānaṃ pahānāya paṭhamāya bhummiyāpattiyā viviccova kāmchi . . . pe . . . paṭhamaṃ jhānaṃ upasampajja viharati dukkhāpaṭipadaṃ dandhābhiññam: tasmiṃ samayo phasso hoti . . . po . . . avikkhepo
hoti . . . pe . . . ime dhammā kusalā?

340. Katame dhammā kusalā?

Yasmiṃ samayo lokuttaraṃ jhānaṃ bhāveti niyyānikaṃ
apacayagāmiṃ diṭṭhigatānaṃ pahānāya paṭhamāya bhummiyāpattiyā vivicceva kāmchi . . . pe . . . paṭhamaṃ jhānaṃ upasampajja viharati dukkhāpaṭipadaṃ khippābhiññam: tasmiṃ samaye phasso hoti . . pe . . . avikkhepo
hoti . . . po . . . ime dhammā kusalā.

341. Ketame dhammā kusalā?

Yasmiṃ samayc lokuttaraṃ . . . pe . . . viharati sukhāpaṭipadaṃ dandhābhiññaṃ—tasmiṃ samaye phasso hoti . . .
pe . . . evikkhepo hoti . . . pe . . . ime dhammā kusalā.

342. Katame dhammā kusalā?

Yasmiṃ samaye lokuttaraṃ . . . pe . . . viharati sukhāpaṭipadaṃ khippābhiññaṃ tasmiṃ samayo phasso hoti . . .
pe . . . avikkhepo hoti . . . pe . . . ime dhammā kusalā.

343. Ketame dhammā kusalā?

Yasmiṃ samaye lokuttaraṃ . . . pe . . . pattiyā vitakka-

vicârânaṃ vûpasamâ . . . pe . . . dutiyaṃ jhânaṃ . . .
pe . . . tatiyaṃ jhânaṃ . . . pe . . . catutthaṃ jhânaṃ
. . . pe . . . paṭhamaṃ jhânaṃ . . . pe . . . pañcamaṃ
jhânaṃ upasampajja viharati dukkhâpaṭipadaṃ dandhâ-
bhiññaṃ . . . pe . . . dukkhâpaṭipadaṃ khippâbhiññaṃ
. . . pe . . . sukhâpaṭipadaṃ dandhâbhiññaṃ . . . pe . . .
sukhâpaṭipadaṃ khippâbhiññaṃ . . . pe . . . tasmiṃ samaye
phasso hoti . . . pe . . . avikkhepo hoti . . . pe . . . ime
dhammâ kusalâ.

Suddhikapaṭipadâ.

344. Katame dhammâ kusalâ?

Yasmiṃ samaye lokuttaraṃ jhânaṃ bhâveti niyyânikaṃ
apacayagâmiṃ diṭṭhigatânaṃ pahânâya paṭhamâya bhum-
miyâpattiyâ vivicceva kâmehi . . . pe . . . paṭhamaṃ jhâ-
naṃ upasampajja viharati saññâtaṃ : tasmiṃ samaye phasso
hoti . . . pe . . . avikkhepo hoti . . . pe . . . ime dhammâ
kusalâ.

345. Katame dhammâ kusalâ?

Yasmiṃ samaye lokuttaraṃ jhânaṃ . . . pe . . . pattiyâ
vitakkavicârânaṃ vûpasamâ . . . pe . . . dutiyaṃ jhânaṃ
. . . pe . . . tatiyaṃ jhânaṃ . . . pe . . . catutthaṃ jhâ-
naṃ . . . pe . . . paṭhamaṃ jhânaṃ . . . pe . . . pañca-
maṃ jhânaṃ upasampajja viharati suññataṃ : tasmiṃ samaye
phasso hoti . . . pe . . . avikkhepo hoti . . . pe . . . ime
dhammâ kusalâ.

Suññataṃ.

346. Katame dhammâ kusalâ?

Yasmiṃ samaye lokuttaraṃ . . . pe . . . pattiyâ vivi-
cceva kâmehi . . . pe . . . paṭhamaṃ jhânaṃ upasampajja
viharati dukkhâpaṭipadaṃ dandhâbhiññaṃ suññataṃ: tasmiṃ
samayo phasso hoti . . . pe . . . avikkhepo hoti . . . pe
. . ime dhammâ kusalâ.

347. Katame dhammâ kusalâ?

Yasmiṃ samaye lokuttaraṃ jhânaṃ bhâveti niyyânikaṃ

apacayagâmiṃ diṭṭhigatânaṃ pahânâya paṭhamâya hhummiyâpattiyâ viviceeva kâmehi . . . pe . . . paṭhamaṃ jhânaṃ upasampajja viharati dukkhâpaṭipadaṃ khippâbhiññaṃ suññataṃ : tasmiṃ samaye phasso hoti . . . pe . . . avikkhepo hoti . . . pe . . . ime dhammâ kusalâ.

348. Katame dhammâ kusalâ ?

Yasmiṃ samaye lokuttaraṃ jhânaṃ . . . pe . . . kâmehi . . . pe . . . paṭhamaṃ jhânaṃ upasampajja viharati sukhâpaṭipadaṃ dandhâbhiññaṃ suññataṃ: tasmiṃ samaye phasso hoti . . . pe . . . avikkhepo hoti . . . pe . . . ime dhammâ kusalâ.

349. Katame dhammâ kusalâ ?

Yasmiṃ samayo lokuttaraṃ . . . pe . . . kâmehi . . .. pe . . . paṭhamaṃ jhânaṃ upasampajja viharati sukhâpaṭipadaṃ khippâbhiññaṃ suññataṃ: tasmiṃ samayo phasso hoti . . . pe . . . avikkhepo hoti . . . pe . . . imo dhammâ kusalâ.

350. Katame dhammâ kusalâ ?

Yasmiṃ samaye lokuttaraṃ . . . po . . . pattiyâ vitakkavicârânaṃ vûpasamâ . . . pe . . . dutiyaṃ jhânaṃ . . . pe . . . tatiyaṃ jhânaṃ . . . pe . . . catutthaṃ jhânaṃ . . . pe . . . paṭhamaṃ jhânaṃ . . . pe . . . pañcamaṃ jhânaṃ upasampajja viharati dukkhâpaṭipadaṃ dandhâbhiññaṃ suññataṃ . . . pe . . . dukkhâpaṭipadaṃ khippâbhiññaṃ suññataṃ . . . po . . . sukhâpaṭipadaṃ dandhâbhiññaṃ suññataṃ . . . po . . . sukhâpaṭipadaṃ khippâbhiññaṃ suññataṃ: tasmiṃ samayo phasso hoti . . . pe . . . avikkhepo hoti . . . pe . . . ime dhammâ kusalâ.

Suññatamûlakapaṭipadâ.

351. Katame dhammâ kusalâ ?

Yasmiṃ samaye lokuttaraṃ . . . pe . . . pattiyâ viviceeva kâmchi . . . po . . . paṭhamaṃ jhânaṃ upasampajja viharati appaṇihitaṃ : tasmiṃ samaye phasso hoti . . . po . . . avikkhepo hoti . . . pe . . . ime dhammâ kusalâ.

352. Katame dhammâ kusalâ ?

Yasmiṃ samaye lokuttaraṃ . . . pe . . . pattiyâ vitakkavicârânaṃ vûpasamâ . . . pe . . . dutiyaṃ jhânaṃ . . . .

pe . . . catuttham jhânam . . . pe . . . paṭhamam jhânam
. . . pe . . . pañcamam jhânam upasampajja viharati appaṇihitam—tasmim samaye phasso hoti . . . pe . . . avikkhepo
hoti . . . pe . . . ime dhammâ kusalâ.

Appaṇihitam.

353. Katame dhammâ kusalâ?

Yasmim samaye lokuttaram . . . pe . . . pattiyâ vivicceva
kâmehi . . . pe . . . paṭhamam jhânam upasampajja viharati dukkhâpaṭipadam dandhâbhiññam appaṇihitam: tasmim
samaye phasso hoti . . . pe . . . avikkhepo hoti . . . pe
. . . ime dhammâ kusalâ.

354. Katame dhammâ kusalâ?

. Yasmim samaye lokuttaram . . . pe . . . pattiyâ vivicceva
kâmehi . . . pe . . . paṭhamam jhânam upasampajja viharati dukkhâpaṭipadam khippâbhiññam appaṇihitam: tasmim
samaye phasso hoti . . . pe . . . avikkhepo hoti . . . pe
. . . ime dhammâ kusalâ.

355. Katame dhammâ kusalâ?

Yasmim samaye lokuttaram . . . pe . . . pattiyâ viviccceva kâmehi . . . pe . . . paṭhamam jhânam upasampajja
viharati sukhâpaṭipadam dandhâbhiññam appaṇihitam: tasmim samaye phasso hoti . . . pe . . . avikkhepo hoti . . .
pe . . . ime dhammâ kusalâ.

356. Katame dhammâ kusalâ?

Yasmim samaye lokuttaram . . . pe . . . pattiyâ vivicceva
kâmehi . . . pe . . . paṭhamam jhânam upasampajja viharati sukhâpaṭipadam khippâbhiññam appaṇihitam: tasmim
samaye phasso hoti . . . pe . . . avikkhepo hoti . . . pe
. . . ime dhammâ kusalâ.

357. Katame dhammâ kusalâ?

Yasmim samaye lokuttaram . . . po . . . pattiyâ vitakkavicârânam vûpasamâ . . . po . . . dutiyam jhânam . . .
pe . . . tatiyam jhânam . . . pe . . . catuttham jhânam
. . . pe . . . paṭhamam jhânam . . . pe . . . pañcamam
jhânam upasampajja viharati dukkhâpaṭipadam dandhâbhiññam appaṇihitam . . . pe . . . dukkhâpaṭipadam khippâ-

bhiññaṃ appaṇihitaṃ . . . pe . . . sukhâpaṭipadaṃ dandhâ-
bhiññaṃ appaṇihitaṃ . . . pe . . . sukhâpaṭipadaṃ khippâ-
bhiññaṃ appaṇibitaṃ : tasmiṃ samaye phasso hoti . . . pe
. . . avikkhepo hoti . . . pe . . . ime dhammâ kusalâ.

Appaṇibitamûlakapaṭipadaṃ.

358. Katame dhammâ kusalâ ?

Yasmiṃ samaye lokuttaraṃ maggaṃ hhâveti . . . pe . . .
lokuttaraṃ satipaṭṭhânaṃ hhâveti . . . pe . . . lokuttaraṃ
sammappadhânaṃ hhâveti . . . pe . . . lokuttaraṃ iddhipâ-
daṃ hhâveti . . . pe . . . lokuttaraṃ indriyaṃ bbâveti
. . . pe . . . lokuttaraṃ halaṃ hhâveti . . . pe . . . lokuttaraṃ
hojjhaṅgaṃ bhâveti . . . pe . . . lokuttaraṃ saccaṃ bbâveti
. . . pe . . . lokuttaraṃ samathaṃ bhâveti . . . pe . . .
lokuttaraṃ dhammaṃ hhâveti . . . po . . . lokuttaraṃ
khandhaṃ bhâveti . . . pe . . . lokuttaraṃ âyatanaṃ bhâ-
veti . . . pe . . . lokuttaraṃ dhâtuṃ hhâveti . . . lokutta-
raṃ âhâraṃ hhâveti . . . pe . . . lokuttaraṃ phassaṃ hhâ-
veti . . . pe . . . lokuttaraṃ vedanaṃ bhâveti . . . po . . .
lokuttaraṃ aññaṃ bhâveti . . . po . . . lokuttaraṃ cetа-
naṃ hhâveti . . . pe . . . lokuttaraṃ cittaṃ hhâveti niyyâ-
nikaṃ apacayagâmiṃ diṭṭhigatânaṃ pahânâya paṭhamâya
bhummiyâpattiyâ vivicceva kâmehi . . . pe . . . paṭhamaṃ
jhânaṃ upasampajja viharati dukkhâpaṭipadaṃ dandhâbhiñ-
ñaṃ—tasmiṃ samaye phasso hoti . . . po . . . avikkhepo
hoti . . . pe . . . imo dhammâ kusalâ.

Vîsati mahânayâ.

359. Katame dhammâ kusalâ?

Yasmiṃ samaye lokuttaraṃ jhânaṃ hhâveti . . . pe . . .
pattiyâ vivicceva kâmehi . . . pe . . . paṭhamaṃ jhânaṃ
upasampajja viharati dukkhâpaṭipadaṃ dandhâbhiññaṃ
chandâdhipateyyaṃ viriyâdhipateyyaṃ cittâdbipateyyaṃ
vimaṃsâdhipateyyaṃ : tasmiṃ samaye phasso hoti . . . pe
. . . avikkhepo hoti . . . po . . . ime dhammâ kusalâ.

360. Katame dhammâ kusalâ ?

Yasmiṃ samaye lokuttaraṃ . . . pe . . . pattiyâ vitakka-
vicârânaṃ vûpasamâ . . . pe . . . dutiyaṃ jhânaṃ . . . pe
. . . tatiyaṃ jhânaṃ . . . pe . . . catutthaṃ jhânaṃ . . .
pe . . . paṭhamaṃ jhânaṃ . . . pe . . . pañcamaṃ jhâ-
naṃ upasampajja viharati dukkhâpaṭipadaṃ dandhâbhiññaṃ
chandâdhipateyyaṃ . . . pe . . . vimaṃsâdhipateyyaṃ : tas-
miṃ samaye phasso hoti . . . pe . . . avikkhepo hoti . . .
pe . . . ime dhammâ kusalâ.

361. Katame dhammâ kusalâ ?

Yasmiṃ samaye lokuttaraṃ maggaṃ bhâveti . . . pe . . .
lokuttaraṃ cittaṃ bhâveti niyyânikaṃ apacayagâmiṃ diṭṭhi-
gatânaṃ pahânâya paṭhamâya bhummiyâpattiyâ vivicceva
kâmehi . . . pe . . . paṭhamaṃ jhânaṃ upasampajja viha-
rati dukkhâpaṭipadaṃ dandhâbhiññaṃ chandâdhipateyyaṃ
. . . pe . . . vimaṃsâdhipateyyaṃ : tasmiṃ samaye phasso
hoti . . . pe . . . avikkhepo hoti . . . pe . . . ime dhammâ
kusalâ.

Adhipati.

PAṬHAMO MAGGO.

362. Katame dhammâ kusalâ ?

Yasmiṃ samaye lokuttaraṃ jhânaṃ bhâveti niyyânikaṃ
apacayagâmiṃ kâmarâgavyâpâdânaṃ patanûbhâvâya duti-
yâya bhummiyâpattiyâ vivicceva kâmehi. . . . pe . . .
paṭhamaṃ jhânaṃ upasampajja viharati dukkhâpaṭipadaṃ
dandhâbhiññaṃ : tasmiṃ samaye phasso hoti . . . pe . . .
aññindriyaṃ hoti . . . pe . . . avikkhepo hoti . . . pe . . .
ime dhammâ kusalâ.

Dutiyo maggo.

363. Katame dhammâ kusalâ ?

Yasmiṃ samaye lokuttaraṃ jhânaṃ bhâveti niyyânikaṃ
apacayagâmiṃ kâmarâgavyâpâdânaṃ anavasesappahânâya
tatiyâya bhummiyâpattiyâ vivicceva kâmehi . . . pe . . .
paṭhamaṃ jhânaṃ upasampajja viharati dukkhâpaṭipadaṃ

dandhâbhiññûaṃ : tasmiṃ samayo phasso hoti . . . pe . . .
aññindriyaṃ hoti . . . pe . . . avikkhepo hoti . . . pe . . .
ime dhammâ kusalâ.

Tatiyo maggo.

364. Katame dhammâ kusalâ P ·
Yasmiṃ samaye lokuttaraṃ jhânaṃ bhâveti niyyânikaṃ
apacayagâmiṃ rûparâga-arûparâgamâna-uddhacca-avijjâya
anavasesappahânâya catutthâya bhummiyâpattiyâ vivicceva
kâmehi . . . pe . . . paṭhamaṃ jhânaṃ upasampajja viha-
rati dukkhâpaṭipadaṃ dandhâbhiññâaṃ : tasmiṃ samaye
phasso hoti . . . pe . . . aññindriyaṃ hoti . . . pe . . .
avikkhepo hoti . . . pe . . . ime dhammâ kusalâ.
Katamaṃ tasmiṃ samaye aññindriyaṃ hoti.
Yâ tesaṃ dhammânaṃ ñâtânaṃ diṭṭhânaṃ pattânaṃ vidi-
tânaṃ sacchikatânaṃ sacchikiriyâya paññâ pajânanâ vicayo
pavicayo dhammavicayo . . . pe . . . dhammavicayasammâ-
diṭṭhi dhammavicayasambojjhaṅgo maggaṅgaṃ maggapari-
yâpannaṃ—idaṃ tasmiṃ samayo aññindriyaṃ hoti . . . po
. . . avikkhepo hoti . . . pe . . . ye vâ pana tasmiṃ samaye
aññio pi atthi paṭiccasamuppannâ arûpino dhammâ—ime
dhammâ kusalâ.

Catuttho maggo.

Lokuttaraṃ cittaṃ.

365. Katame dhammâ akusalâ P
Yasmiṃ samaye akusalaṃ cittaṃ uppannaṃ hoti soma-
nassasahagataṃ diṭṭhigatasampayuttaṃ rûpârammaṇaṃ vâ
saddârannaṇaṃ vâ gandhârammaṇaṃ vâ phoṭṭhabbârammṇa-
ṇaṃ vâ dhammârammaṇaṃ vâ yaṃ yaṃ vâ panârahhha : tas-
miṃ samaye phasso hoti, vedanâ hoti, saññâ hoti, cetanâ
hoti, cittaṃ hoti, vitakko hoti, vicâro hoti, pîti hoti, sukhaṃ
hoti, cittasekaggatâ hoti, viriyindriyaṃ hoti, samâdhindri-
yaṃ hoti, maniadriyaṃ hoti, somanassindriyaṃ hoti, jîvi-
tindriyaṃ hoti, micchâdiṭṭhi hoti, micchâsaṅkappo hoti,
micchâvâyâmo hoti, micchâsamâdhi hoti, viriyabalaṃ hoti,

samâdhibalaṃ hoti, ahirikabalaṃ hoti, anottappabalaṃ hoti, lobho hoti, moho hoti, abhijjhâ hoti, micchâdiṭṭhi hoti, ahirikaṃ hoti, anottappaṃ hoti, samatho hoti, vipassanâ hoti, paggâho hoti, avikkhepo hoti, yo vâ pana tasmiṃ samayo aññe pi atthi paṭiccasamuppannâ arûpino dhammâ—imc dhammâ kusalâ.

366.[1] Katamo tasmiṃ samayo phasso hoti?

Yo tasmiṃ samayo phasso phusanâ samphusanâ samphusitattaṃ—ayaṃ tasmiṃ samaye phasso hoti.

367. Katamâ tasmiṃ samayo vedanâ hoti?

Yaṃ tasmiṃ samaye tajjâ manoviññâṇadhâtu samphassajaṃ cetasikaṃ sâtaṃ cetasikaṃ sukhaṃ cetosamphassajaṃ sâtaṃ sukhaṃ vedayitaṃ cetosamphassajâ sâtâ sukhâ vedanâ : ayaṃ tasmiṃ samaye vedanâ hoti.

368. Katamâ tasmiṃ samayo saññâ hoti?

Yâ tasmiṃ samaye tajjâ manoviññâṇadhâtu samphassajâ saññâ saûjânaâ sañjânitattaṃ : ayaṃ tasmiṃ samaye saññâ hoti.

369. Katamâ tasmiṃ samayo cetanâ hoti?

Yâ tasmiṃ samaye tajjâ manoviññâṇadhâtu samphassajâ cetanâ sañcetanâ cetayitattaṃ : ayaṃ tasmiṃ samayo cetanâ hoti.

370. Katamaṃ tasmiṃ samayo cittaṃ hoti?

Yaṃ tasmiṃ samaye cittaṃ mano mânasaṃ hadayaṃ paṇḍaraṃ mano manâyatanaṃ manindriyaṃ viññâṇaṃ viññâṇakkhandho tajjâ manoviññâṇadhâtu : idaṃ tasmiṃ samaye cittaṃ hoti.

371. Katamo tasmiṃ samaye vitakko hoti?

Yo tasmiṃ samaye takko vitakko saṅkappo appanâ vyappanâ cetaso abhiniropanâ micchâsaṅkappo—ayaṃ tasmiṃ samaye vitakko hoti.

372. Katamo tasmiṃ samaye vicâro hoti?

Yo tasmiṃ samaye câro vicâro anuvicâro upavicâro cittassa

---

[1] The questions following are the same as 2 foll. and 282 foll., but the answers sometimes differ.

anusandhanatâ anupekkhanatâ : ayaṃ tasmiṃ samaye vicâro hoti.

373. Katamâ tasmiṃ samaye pîti hoti ?

Yâ tasmiṃ samaye pîti pâmojjaṃ âmodanâ pamodanâ hâso pahâso vitti odagyaṃ attamanatâ cittassa—ayaṃ tasmiṃ samaye pîti hoti.

374. Katamaṃ tasmiṃ samayc sukhaṃ hoti ?

Yaṃ tasmiṃ samayo cetasikaṃ sâtaṃ cetasikaṃ sukhaṃ cetosamphassajaṃ sâtaṃ sukhaṃ vcdayitaṃ cetosamphassajâ sâtâ sukhâ vedanâ—idaṃ tasmiṃ samayo sukhaṃ hoti.

375. Katamâ tasmiṃ samayo cittass' ekaggatâ hoti ?

Yâ tasmiṃ samaye cittassa ṭhiti saṇṭhiti avaṭṭhiti avisâhâro avikkhepo avisâhaṭamânasatâ samatho samâdhindriyaṃ samâdhibalaṃ micchâsamâdhi — ayaṃ tasmiṃ samayo cittass' ekaggatâ hoti.

376. Katamaṃ tasmiṃ samaye viriyindriyaṃ hoti ?

Yo tasmiṃ samayo cetasiko viriyârambho nikkamo parakkamo uyyâmo vâyâmo ussâho ussoḷhi thâmo dhiti asithilaparakkamatâ anikkhittachandatâ anikkhittadhuratâ dhurasampaggâho viriyaṃ viriyindriyaṃ viriyabalaṃ micchâvâyâmo —idaṃ tasmiṃ samaye viriyindriyaṃ hoti.

377. Katamaṃ tasmiṃ samaye samâdhindriyaṃ hoti ?

Yâ tasmiṃ samaye cittassa ṭhiti saṇṭhiti avaṭṭhiti avisâhâro avikkhcpo avisâhaṭamânasatâ samatho samâdhindriyaṃ samâdhibalaṃ micchâsamâdhi—idaṃ tasmiṃ samayo samâdhindriyaṃ hoti.

378. Katamaṃ tasmiṃ samaye manindriyaṃ hoti ?

Yaṃ tasmiṃ samayo cittaṃ mano mânasaṃ hadayaṃ paṇḍaraṃ mano manâyatanaṃ manindriyaṃ viññâṇaṃ viññâṇakkhandho tajjâ manoviññâṇadhâtu : idaṃ tasmiṃ samayo manindriyaṃ hoti.

379. Katamaṃ tasmiṃ samaye somanassindriyaṃ hoti ?

Yaṃ tasmiṃ samaye cetasikaṃ sâtaṃ cetasikaṃ sukhaṃ cetosamphassajaṃ sâtaṃ sukhaṃ vcdayitaṃ cetosamphassajâ sâtâ sukhâ vedanâ—idaṃ tasmiṃ samayo somanassindriyaṃ hoti.

380. Katamaṃ tasmiṃ samaye jîvitindriyaṃ hoti ?

Yo tesaṃ arûpîaṃ dhammânaṃ âyu ṭhiti yapanâ yâpanâ

iriyanâ vattanâ pâlanâ jîvitaṃ jîvitindriyaṃ—idaṃ tasmiṃ samaye jîvitindriyaṃ hoti.

381. Katamâ tasmiṃ samaye micchâdiṭṭhi hoti?

Yâ tasmiṃ samaye diṭṭhi diṭṭhigataṃ diṭṭhigahaṇaṃ diṭṭhikantâro diṭṭhivisûkâyikaṃ diṭṭhivipphanditaṃ diṭṭhisaññojanaṃ gâho patiggâho abhiniveso parâmâso kummaggo micchâpatho micchattaṃ titthâyatanaṃ vipariyesagâho—ayaṃ tasmiṃ samaye micchâdiṭṭhi hoti.

382. Katamo tasmiṃ samaye micchâsaṅkappo hoti?

Yo tasmiṃ samaye takko vitakko saṅkappo appanâ vyappanâ cetaso abhiniropanâ micchâsaṅkappo—ayaṃ tasmiṃ samaye micchâsaṅkappo hoti.

383. Katamo tasmiṃ samaye micchâvâyâmo hoti?

Yo tasmiṃ samaye cetasiko viriyârambho nikkamo parakkamo uyyâmo vâyâmo ussâho ussoḷhi thâmo dhiti asithilaparakkamatâ anikkhittachandatâ anikkhittadhuratâ dhurasampaggâho viriyaṃ viriyindriyaṃ viriyabalaṃ micchâvâyâmo : ayaṃ tasmiṃ samaye micchâvâyâmo hoti.

384. Katamo tasmiṃ samaye micchâsamâdhi hoti?

Yâ tasmiṃ samaye cittassa ṭhiti saṇṭhiti avaṭṭhiti avisâhâro avikkhepo avisâhaṭamânasatâ samatho samâdhindriyaṃ samâdhibalaṃ micchâsamâdhi : ayaṃ tasmiṃ samaye micchâsamâdhi hoti.

385. Katamaṃ tasmiṃ samaye viriyabalaṃ hoti?

Yo tasmiṃ samaye cetasiko . . . po . . . micchâvâyâmo —idaṃ tasmiṃ samaye viriyabalaṃ hoti.

386. Katamaṃ tasmiṃ samaye samâdhibalaṃ hoti?

Yâ tasmiṃ samaye cittassa ṭhiti . . . pe . . . micchâsamâdhi—idaṃ tasmiṃ samaye samâdhibalaṃ hoti.

387. Katamaṃ tasmiṃ samaye ahirikabalaṃ hoti?

Yaṃ tasmiṃ samaye na hiriyati hiriyitabbena, na hiriyati pâpakânaṃ akusalânaṃ dhammânaṃ samâpattiyâ—idaṃ tasmiṃ samaye ahirikabalaṃ hoti.

388. Katamaṃ tasmiṃ samaye anottappabalaṃ hoti?

Yaṃ tasmiṃ samaye na ottappati ottappitabbena ottappati pâpakânaṃ akusalânaṃ dhammânaṃ samâpattiyâ—idaṃ idaṃ tasmiṃ samaye anottappabalaṃ hoti.

389. Katamo tasmiṃ samaye lobho hoti?

Yo tasmiṃ samaye lobbo lubbhanâ lubbhitattaṃ sârâgo sârajjanâ sârajjitattaṃ abhijjhâ lobho akusalamûlaṃ—ayaṃ tasmiṃ samaye lobho hoti.

390. Katamo tasmiṃ samaye moho hoti?

. Yaṃ tasmiṃ samaye aññânaṃ adassanaṃ anabhisamayo ananubodho asambodho appaṭivedho asaṃgâbanâ apariyogâbanâ asamapekkhanâ apaccavekkhanâ apaccakkhakammaṃ dummejjhaṃ balyaṃ asampajaññaṃ moho pamoho sammoho avijjâ avijjogho avijjâyogo avijjânusayo avijjâpariyuṭṭhânaṃ avijjâlaṅgî moho akusalamûlaṃ—ayaṃ tasmiṃ samaye moho hoti.

391. Katamâ tasmiṃ samaye abhijjhâ hoti?

Yo tasmiṃ samaye lobho . . . pe . . . abhijjhâ lobho akusalamûlaṃ—ayaṃ tasmiṃ samayo abhijjhâ hoti.

392. Katamâ tasmiṃ samaye micchâdiṭṭhi hoti?

Yâ tasmiṃ samayo diṭṭhi diṭṭhigataṃ . . . pe . . . vipariyesagâho—ayaṃ tasmiṃ samaye micchâdiṭṭhi hoti.

393. Katamaṃ tasmiṃ samaye ahirikaṃ hoti?

Yaṃ tasmiṃ samaye na hiriyati . . . po . . . samâpattiyâ —idaṃ tasmiṃ samaye ahirikaṃ hoti.

394. Katamaṃ tasmiṃ samaye anottappaṃ hoti?

Yaṃ tasmiṃ samaye na ottappati . . . pe . . . samâpattiyâ—idaṃ tasmiṃ samaye anottappaṃ hoti.

395. Katamo tasmiṃ samaye samatho hoti?

Yâ tasmiṃ samayo cittassa ṭhiti . . . pe . . . micchâsamâdhi—ayaṃ tasmiṃ samaye samatho hoti.

396. Katamo tasmiṃ samaye paggâho hoti?

Yo tasmiṃ samaye cetasiko viriyâramhho . . . pe . . . micchâvâyâmo—ayaṃ tasmiṃ samaye paggâho hoti.

397. Katamo tasmiṃ samaye avikkhepo hoti.

Yâ tasmiṃ samaye cittassa ṭhiti . . . pe . . . micchâsamâdhi—ayaṃ tasmiṃ samayo avikkhepo hoti.

Ye vâ pana tasmiṃ samaye aññe pi atthi paṭiccasamuppannâ arûpino dhammâ—ime dhammâ akusalâ. Tasmiṃ kho pana samaye cattâro khandhâ honti, dvâyatanâni honti, dve dhâtuyo honti, tayo âhârâ honti, pañcindriyâni honti, pañcaṅgikaṃ jhânaṃ hoti, caturaṅgiko maggo hoti, cattâri balâni honti, dve hetû honti, eko phasso hoti . . . pe . . . ekaṃ dhammâyetanaṃ hoti, ekâ dhammedhâtu hoti—ye vâ pana tasmiṃ samaye aññe pi atthi paṭiccasamuppennâ arûpino dhammâ—ime dhammâ akusalâ.

398.[1] Ketamo tasmiṃ samaye saṅkhârakkhandho hoti ?

Phesso cetanâ vitakko vicâro pîti cittassekaggatâ viriyindriyaṃ samâdhindriyaṃ jîvitindriyaṃ micchâdiṭṭhi micchâsaṅkappo micchâvâyâmo micchâsamâdhi viriyabalaṃ samâdhibalaṃ ahirikahalaṃ anottappahalaṃ lohho moho ahhijjhâ micchâdiṭṭhi ahirikaṃ anottappaṃ samatho paggâho avikkhcpo—ye vâ pana tasmiṃ samaye aññe pi atthi paṭiccasamuppaanâ arûpino dhammâ ṭhapetvâ vedanâkkhandhaṃ ṭhapetvâ saññâkkhandhaṃ ṭhapetvâ viññâṇakkhandhaṃ—ayaṃ tasmiṃ samayo saṅkhârakkhandho hoti . . . pe . . . ime dhammâ akusalâ.

399. Katame dhammâ akusalâ ?

Yasmiṃ samaye akusalacittaṃ uppannaṃ hoti somanassaeahagataṃ diṭṭhigatasampayuttaṃ sasaṅkhârena rûpârammaṇaṃ vâ . . . pe . . . dhammârammaṇaṃ vâ yaṃ yaṃ vâ panârabbha : tasmiṃ samaye phasso hoti . . . pe . . . evikkhepo hoti . . . pe . . . ime dhammâ ekusalâ. '

400. Kateme dhammâ akusalâ ?

Yasmiṃ samaye ekusalacittaṃ . . . pe . . . diṭṭhigatavippayuttaṃ rûpârammaṇaṃ vâ saddârammaṇaṃ vâ gandhârammaṇaṃ vâ rasârammaṇaṃ vâ phoṭṭhahhârammaṇaṃ vâ dhammârammaṇaṃ vâ yaṃ yaṃ vâ panârabbha : tasmiṃ samaye phasso hoti vedanâ hoti saññâ hoti cetanâ hoti cittaṃ hoti vitakko hoti vicâro hoti pîti hoti sukhaṃ hoti cittassekaggatâ hoti viriyindriyaṃ hoti samâdhindriyaṃ hoti manindriyaṃ hoti [somanassindriyaṃ hoti] jîvitindriyaṃ hoti micchâsaṅkappo hoti micchâvâyâmo hoti micchâsamâdhi hoti viriyahalaṃ hoti samâdhihalaṃ hoti ahirikahalaṃ hoti anottappahalaṃ hoti lohho hoti moho hoti ahhijjhâ hoti ahirikaṃ hoti anottappaṃ hoti samatho hoti paggâho hoti avikkhepo hoti—ye vâ pana tasmiṃ samayo aññe pi atthi paṭiccasamuppannâ arûpino dhammâ—ime dhammâ akusalâ. Tasmiṃ kho pana

---

samaye cattâro khandhâ honti . . . pe . . . tivaṅgiko
maggo hoti . . . pe . . . eko phasso hoti . . . pe . . .
ekaṃ dhammâyatanaṃ hoti ekâ dhammadhâtu hoti: ye vâ
pana tasmiṃ samaye aññe pi ntthi paṭiccasamuppaanâ arû-
pino dhammâ—ime dhammâ akusalâ.

401. Katamo tasmiṃ samaye saṅkhârakkhandho hoti?

Phasso . . . pe (398) . . . ime dhammâ akusalâ.

(Omittiag micchâdiṭṭhi.)

402. Katamo dhammâ akusalâ?

Yasmiṃ samaye akusalaṃ cittaṃ uppannaṃ hoti soma-
nassasahagataṃ diṭṭhigatavippayuttaṃ sasnâkhârena rûpâ-
rammaṇaṃ vâ . . . pe . . . dhammârammaṇaṃ vâ yaṃ
yaṃ vâ panârahbha—tasmiṃ samayo phasso hoti . . . pe . . .
avikkhepo hoti . . . pe . . . ime dhammâ akusalâ.

403. Katame dhammâ akusalâ?

Yasmiṃ samaye akusalacittaṃ uppannaṃ hoti upekkhâ-
sahagataṃ diṭṭhigatasampayuttaṃ rûpârammaṇaṃ vâ saddâ-
rammaṇaṃ vâ gandhârammaṇaṃ vâ rasârammaṇaṃ vâ
phoṭṭhabbârammaṇaṃ vâ dhammârammaṇaṃ vâ yaṃ yaṃ
vâ panârahbha: tasmiṃ samaye phasso hoti vedanâ hoti saññâ
hoti cetanâ hoti cittaṃ hoti vitakko hoti vicâro hoti upekkhâ
hoti cittassekaggatâ hoti viriyindriyaṃ hoti samâdhindriyaṃ
hoti manindriyaṃ hoti upekkhindriyaṃ hoti jîvitindriyaṃ
hoti micchâdiṭṭhi hoti micchâsaṅkappo hoti micchâvâyâmo
hoti micchâsamâdhi hoti viriyabalaṃ hoti samâdhibalaṃ hoti
ahirikabalaṃ hoti anottappabalaṃ hoti lobho hoti moho hoti
abhijjhâ hoti micchâdiṭṭhi hoti ahirikaṃ hoti anottappaṃ
hoti samatho hoti paggâho hoti avikkhepo hoti—ye vâ pana
tasmiṃ samaye aññe pi atthi paṭiccasamuppannâ arûpino
dhammâ—ime dhammâ akusalâ.

404. Katamo tasmiṃ samaye phasso hoti?

Yo tasmiṃ samayo phasso phusanâ samphusanâ samphusi-
tnttaṃ—nyaṃ tasmiṃ samayo phasso hoti.

405. Katamâ tasmiṃ samaye vedanâ hoti?

Yaṃ tasmiṃ samaye tajjâ manoviññâṇadhâtu samphassajaṃ
cetasikaṃ neva sâtaṃ nâsâtaṃ cetosamphassajaṃ adukkhaṃ

asukhaṃ vedayitaṃ cetosamphassajā adukkhamasukhā vedanā
—ayaṃ tasmiṃ samaye vedanā hoti.

406. Katamā tasmiṃ samaye upekkhā hoti ?

Yaṃ tasmiṃ samaye cetasikaṃ neva sātaṃ nāsātaṃ cetosamphassajaṃ adukkhamasukhaṃ vedayitaṃ cetosamphassajā
adukkhamasukhā vedanā—ayaṃ tasmiṃ samaye upekkhā
hoti.

407. Katamaṃ tasmiṃ samaye upekkhindriyaṃ hoti ?

Yaṃ tasmiṃ samaye cetasikaṃ . . . pe . . . vedanā—
idaṃ tasmiṃ samaye upekkhindriyaṃ hoti . . . pe . . . ye
vā pana tasmiṃ samaye aññe pi atthi paṭiccasamuppannā
arūpino dhammā—ime dhammā akusalā. Tasmiṃ kho pana
samaye cattāro khandhā honti . . . pe . . . caturaṅgikaṃ
jhānaṃ hoti, caturaṅgiko maggo hoti . . . pe . . . arūpino
dhammā—ime dhammā akusalā.

408. Katamo tasmiṃ samaye saṅkhārakkhandho hoti ?

Phasso . . . pe . . . omitting pīti . . . pe (398) . . .
ṭhapetvā viññāṇakkhandhaṃ—ayaṃ tasmiṃ samayo saṅkhārakkhandho hoti . . . pe . . . ime dhammā akusalā.

409.[1] Katame dhammā akusalā ?

Yasmiṃ samaye akusalaṃ cittaṃ uppannaṃ hoti upekkhāsahagataṃ diṭṭhigatasampayuttaṃ sasaṅkhārena rūpārammaṇaṃ
ṇaṃ vā . . . pe (403) . . . dhammārammaṇaṃ vā yaṃ
yaṃ vā panārabbha—tasmiṃ samaye phasso hoti . . . pe
(403) . . . avikkhepo hoti . . . pe (403) . . . ime dhammā
akusalā.

410. Katame dhammā akusalā ?

Yasmiṃ samaye akusalaṃ cittaṃ uppannaṃ hoti upekkhāsahagataṃ diṭṭhigatavippayuttaṃ rūpārammaṇaṃ vā saddārammaṇaṃ vā gandhārammaṇaṃ vā rasārammaṇaṃ vā
phoṭṭhabbārammaṇaṃ vā dhammārammaṇaṃ vā yaṃ yaṃ vā
panārabbha : tasmiṃ samaye phasso hoti, vedanā hoti, saññā
hoti, cetanā hoti, cittaṃ hoti, vitakko hoti, vicāro hoti,
upekkhā hoti, cittass' ekaggatā hoti, viriyindriyaṃ hoti,
samādhindriyaṃ hoti, manindriyaṃ hoti, upekkhindriyaṃ

---

[1] Compare 147 and following.

hoti, jîvitindriyaṃ hoti, micchâsaṅkappo hoti, micchâ-
vâyâmo hoti, micchâsamâdhi hoti, viriyabalaṃ hoti, samâ-
dhibalaṃ hoti, ahirikabalaṃ hoti, anottappabalaṃ hoti,
lobho hoti, moho hoti, abhijjhâ hoti, ahirikaṃ hoti, anottap-
paṃ hoti, samatho hoti, paggâho hoti, avikkhepo hoti
ye vâ pana tasmiṃ samaye aññe pi atthi paṭiccasamuppannâ
arûpino dhammâ—ime dhammâ akusalâ. Tasmiṃ kho pana
samaye cattâro khandhâ honti dvâyatanâni honti dve dhâtuyo
honti, tayo âhârâ honti pañcindriyâni honti caturaṅgikaṃ
jhânaṃ hoti tivaṅgiko maggo hoti cattâri balâni honti dve hetû
honti eko phasso hoti . . . pe . . . ekaṃ dhammâyatanaṃ
hoti ekâ dhammadhâtu hoti ye vâ pana tasmiṃ samaye aññe
pi atthi paṭiccasamuppannâ arûpino dhammâ—ime dhammâ
akusalâ.

411. Katamo tasmiṃ samaye saṅkhârakkhandho hoti?

Phasso cetanâ . . . pe . . . [omitting pîti and micchâdiṭṭhi]
ṭhapetvâ viññâṇakkhandaṃ—ayaṃ tasmiṃ samaye saṅkhâra-
kkhandho hoti . . . pe . . . ime dhammâ akusalâ.

412. Katame dhammâ akusalâ?

Yasmiṃ samaye akusalaṃ cittaṃ uppannaṃ hoti upekkhâ-
sahagataṃ diṭṭhigatavippayuttaṃ sasaṅkhârena rûpâram-
maṇaṃ vâ . . . pe . . . dhammârammaṇaṃ vâ yaṃ yaṃ
vâ panârabbha: tasmiṃ samaye phasso hoti . . . pe . . .
avikkhepo hoti . . . pe . . . ime dhammâ akusalâ.

413. Katame dhammâ akusalâ?

Yasmiṃ samaye akusalaṃ cittaṃ uppaanaṃ hoti domanassa-
sahagataṃ paṭighasampayuttaṃ rûpârammaṇaṃ vâ saddâ-
rammaṇaṃ vâ gandhârammaṇaṃ vâ rasârammaṇaṃ vâ
phoṭṭhabbârammaṇaṃ vâ dhammârammaṇaṃ vâ—yaṃ yaṃ
vâ panârabbha tasmiṃ samaye phasso hoti, vedanâ hoti,
saññâ hoti, cetanâ hoti, cittaṃ hoti, vitakko hoti, vicâro
hoti, dukkhaṃ hoti, cittass' ekaggatâ hoti, viriyindriyaṃ hoti,
samâdhindriyaṃ hoti, manindriyaṃ hoti, domanassindriyaṃ
hoti, jîvitindriyaṃ hoti, micchâsaṅkappo hoti, micchâvâyâmo
hoti, micchâsamâdhi hoti, viriyabalaṃ hoti, samâdhibalaṃ
hoti, ahirikabalaṃ hoti, anottappabalaṃ hoti, doso hoti,
moho hoti, vyâpâdo hoti, ahirikaṃ hoti, anottappaṃ hoti,
samatho hoti, paggâho hoti, avikkhepo hoti, ye vâ pana

tasmiṃ samaye aññe pi atthi paticcasamuppannâ arûpino dhammâ—ime dhammâ akusalâ.

414. Kntamo tasmiṃ samaye phasso hoti?

Yo tasmiṃ samaye phasso phusanâ samphnsanâ samphusitattam—ayaṃ tasmiṃ snmaye phasso hoti.

415. Katamâ tasmiṃ samaye vedanâ hoti?

Yaṃ tasmiṃ samayc tajjâ manoviññâṇadhâtu samphassajaṃ cetasikaṃ asâtaṃ cetasikaṃ dukkhaṃ cetosamphassajnṃ asâtaṃ dukkhaṃ vedayitaṃ cetosamphassajâ nsâtâ dukkhâ vednnâ—ayaṃ tasmiṃ samaye vedanâ hoti.

416. Katamaṃ tasmiṃ samaye dukkhaṃ hoti?

Yaṃ tasmiṃ samayo cetasikaṃ asâtaṃ cetasikam dukkhaṃ cetosamphassajaṃ asâtaṃ dukkhaṃ vcdayitaṃ cetosamphassajâ asâtâ dukkhâ vedanâ—idaṃ tasmiṃ samaye dukkhaṃ hoti.

417. Katamaṃ tasmiṃ samaye domanassindriyaṃ hoti?

Yaṃ tasmiṃ samaye cetasikaṃ asâtaṃ cetasikaṃ dukkhaṃ cetosamphassajaṃ asâtaṃ dukkhaṃ vedayitaṃ cetosamphassajâ asâtâ dnkkhâ vedanâ—idaṃ tasmiṃ snmayc domanassindriyaṃ hoti.

418. Katamo tasmiṃ samayo doso hoti?

Yo tasmiṃ samaye doso dussanâ dussitattaṃ vyâpatti vyâpajjanâ virodho paṭivirodho caṇḍittaṃ asuropo anattamanatâ cittnssa—ayaṃ tasmiṃ samaye doso hoti.

419. Katamo tasmiṃ samayo vyâpâdo hoti?

Yo tasmiṃ samayc doso ... pe ... cittassa, nyaṃ tasmiṃ samaye vyâpâdo hoti ... pe ... ye vâ pana tasmiṃ samayo aññe pi atthi paṭiccasamuppannâ nrûpino dhammâ—ime dhammâ nkusalâ.

Tasmiṃ kho pana samayo cattâro khandhâ honti dvâyatanâni honti, dvo dhâtuyo honti, tayo âhârâ honti, pañcindriyâni honti, caturaṅgikaṃ jhânaṃ hoti, tivaṅgiko maggo hoti cattâri balâni honti, dve hetû honti, eko phasso hoti ... pe ... ekaṃ dhammâyatanaṃ hoti, ekâ dhammadhâtu hoti—yo vâ pana tasmiṃ samaye añño pi atthi paticcasamuppannâ nrûpino dhammâ—ime dhammâ nkusalâ.

420. Katamo tasmiṃ samaye saṅkhârakkhandho hoti?

Phasso, cetanâ, vitakko, vicâro, cittass' ckaggatâ, viriyindriyaṃ, samâdhindriyaṃ, jîvitindriyaṃ, micchâsaṅkappo,

micchâvâyâmo, micchâsamâdhi, viriyabalaṃ, samâdhibalam,
ahirikabalaṃ anottappabalaṃ, doso, moho, vyâpâdo, ahirikaṃ,
anottappaṃ, samatho, paggâho, avikkhcpo, ye vâ pana tasmiṃ
samaye aññe pi atthi paṭiccasamuppannâ arûpino dhammâ—
ṭhapetvâ vedanâkkhandhaṃ, ṭhapetvâ saññâkkhandhaṃ,
ṭhapetvâ viññâṇakkhandhaṃ—ayaṃ tasmiṃ samaye saṅkhâ-
rakkhandho hoti . . . pe . . . ime dhammâ akusalâ.

421. Katama dhammâ akusalâ ?

Yasmiṃ samaye akusalaṃ cittaṃ uppannaṃ hoti domanassa-
sahagataṃ paṭighasampayuttaṃ sasaṅkhârena rûpârammaṇaṃ
vâ . . . pa . . . dhammârammaṇaṃ vâ . . . pe . . . yaṃ
yaṃ vâ panârabbha: tasmiṃ samayo phasso hoti . . . pa . . .
avikkhepo hoti . . . po . . . ima dhammâ akusalâ.

422. Katame dhammâ akusalâ ?

Yasmiṃ samaye akusalaṃ cittaṃ uppannaṃ hoti upekkhâ-
sahagataṃ vicikicchâsampayuttaṃ rûpârammaṇaṃ vâ, saddâ-
rammaṇaṃ vâ, gaudhârammaṇaṃ vâ, rasârammaṇaṃ vâ,
phoṭṭhabbârammaṇaṃ vâ, dhammârammaṇaṃ vâ yaṃ yaṃ
vâ panârabbha: tasmiṃ samaya phasso hoti, vedanâ hoti,
saññâ hoti, cetanâ hoti, cittaṃ hoti, vitakko hoti, vicâro
hoti, upekkhâ hoti, cittass' ekaggatâ hoti, viriyindriyaṃ hoti,
manindriyaṃ hoti, upekkhindriyaṃ hoti, jîvitindriyaṃ hoti,
micchâsaṅkappo hoti, micchâvâyâmo hoti, viriyabalaṃ hoti,
akirikabalaṃ hoti, anottappabalaṃ hoti, vicikicchâ hoti,
moho hoti, ahirikaṃ hoti, anottappaṃ hoti, paggâho hoti;
yo vâ pana tasmiṃ samaye aññe pi atthi paṭiccasamuppannâ
arûpino dhammâ—ime dhammâ akusalâ.

423. Katamo tasmiṃ samaye phasso hoti ?

Yo tasmiṃ samayo phasso phusanâ . . . po . . . ayaṃ
tasmiṃ samaye phasso hoti . . . pe . . .

424. Katamâ tasmiṃ samaye cittass' ekaggatâ hoti ?

Yâ tasmiṃ samaye cittassa ṭhiti . . . pe . . . ayaṃ tasmiṃ
samaye cittass' ekaggatâ hoti . . . pe . . .

425. Katamâ tasmiṃ samayo vicikicchâ hoti ?

Yâ tasmiṃ samaya kaṅkhâ kaṅkhâyanâ kaṅkhâyitattaṃ
vimati vicikicchâ dveḷhakaṃ dvedhâpatho saṃsayo anekaṃ-
sagâho âsappanâ parisappanâ apariyogâbanâ thambhitattaṃ
cittassa mano vilekho—ayaṃ tasmiṃ samaye vicikicchâ hoti

... pe ... ye vâ pana tasmiṃ samayo aññe pi atthi paṭiccasamuppanâ arûpino dhammâ—ime dhammâ akusalâ. Tasmiṃ kho pana samaye cattâro khandhâ honti, dvâyatanâni honti, dve dhâtuyo honti, tayo âhârâ honti, cattâri indriyâni honti, caturaṅgikaṃ jhânaṃ hoti, duvaṅgiko maggo hoti, tîni balâni honti, eko hetu hoti, eko phasso hoti ... pe ... ekaṃ dhammâyatanaṃ hoti, ekâ dhammadhâtu hoti, ye vâ pana tasmiṃ samaye aññe pi atthi paṭiccasamuppannâ arûpino dhammâ—ime dhammâ akusalâ.

426. Katamo tasmiṃ samaye saṅkhârakkhandho hoti?

Phasso cetanâ vitakko vicâro cittassekaggatâ viriyindriyaṃ jîvitindriyaṃ micchâsaṅkappo micchâvâyâmo viriyabalaṃ ahirikabalaṃ anottappabalaṃ vicikicchâ moho ahirikaṃ anottappaṃ paggâho—ye vâ pana tasmiṃ samaye aññe pi atthi paṭiccasamuppannâ arûpino dhammâ—ṭhapetvâ vedanâkkhandhaṃ ṭhapetvâ saññâkkhandhaṃ ṭhapetvâ viññâṇakkhandhaṃ—ayaṃ tasmiṃ samaye saṅkhârakkhandho hoti ... pe ... ime dhammâ akusalâ.

427. Katamo dhammâ akusalâ ?

Yasmiṃ samaye akusalaṃ cittaṃ uppannaṃ hoti upekkhâsahagataṃ uddhaccasampayuttaṃ rûpârammaṇaṃ vâ ... pe ... yam yam vâ panârabbha—tasmiṃ samaye phasso hoti, vedanâ hoti, saññâ hoti, cetanâ hoti, cittaṃ hoti, vitakko hoti, vicâro hoti, upekkhâ hoti, cittass' ekaggatâ hoti, viriyindriyaṃ hoti, samâdhindriyaṃ hoti, manindriyaṃ hoti, upekkhindriyaṃ hoti, jîvitindriyaṃ hoti, micchâsaṅkappo hoti, micchâvâyâmo hoti, micchâsamâdhi hoti, viriyabalaṃ hoti, samâdhibalaṃ hoti, ahirikabalaṃ hoti, anottappabalaṃ hoti, uddhaccaṃ hoti, moho hoti, ahirikaṃ hoti, anottappaṃ hoti, samatho hoti, paggâho hoti, ye vâ pana tasmiṃ samaye aññe pi atthi paṭiccasamuppannâ arûpino dhammâ—ime dhammâ akusalâ.

428. Katamo tasmiṃ samaye phasso hoti?

Yo tasmiṃ samaye phasso phusanâ samphusanâ samphusitattaṃ—ayaṃ tasmiṃ samaye phasso hoti.

429. Katamaṃ tasmiṃ samaye uddhaccaṃ hoti ?

Yaṃ tasmiṃ samaye cittassa uddhaccaṃ avûpasamo cetaso vikkhepo bhantattaṃ cittassa: idaṃ tasmiṃ samaye uddhaccaṃ

hoti . . . pe . . . ye vâ pana tasmiṃ samaye aññe pi atthi
paṭiccasamuppannâ arûpino dhammâ: ime dhammâ akusalâ.
Tasmiṃ kho pana samaye cattâro khandhâ honti, dvâyata-
nâni hoti, dvo dhâtuyo honti, tayo âhârâ honti, pañcindriyâni
honti, caturaṅgikaṃ jhânaṃ hoti, tivaṅgiko maggo hoti,
cattâri balâni honti, eko hetu hoti, eko phasso hoti . . . pe
. . . ekaṃ dhammâyatanaṃ hoti, ekâ dhammadhâtu hoti:
ye vâ pana tasmiṃ samaye aññe pi atthi paṭiccasamuppannâ
arûpino dhammâ—ime dhammâ akusalâ.

430. Katamo tasmiṃ samayo saṅkhârakkhandho hoti?

Phasso cetanâ vitakko vicâro cittass'ekaggatâ viriyindriyaṃ
samâdhindriyaṃ jîvitindriyaṃ micchâsaṅkappo micchâvâyâmo
micchâsamâdhi viriyabalaṃ samâdhibalaṃ ahirikabalaṃ anot-
tappabalaṃ uddhaccaṃ moho ahirikaṃ anottappaṃ samatho
paggâho avikkhepo ye vâ pana tasmiṃ samaye aññe pi atthi
paṭiccasamuppannâ arûpino dhammâ ṭhapetvâ vedanâ-
kkhandhaṃ ṭhapetvâ saññâkkhandhaṃ ṭhapetvâ viññâṇa-
kkhandhaṃ—ayaṃ tasmiṃ samaye saṅkhârakkhandho hoti
. . . pe . . . ime dhammâ akusalâ.

Dvâdasa akusalacittâni.

431. Katamo dhammâ avyâkutâ.

Yasmiṃ samaye kâmâvacarassa kusalassa kammassa katattâ
upacitattâ vipâkaṃ cakkhuviññâṇaṃ uppannaṃ hoti upekkhâ-
sahagataṃ rûpârammaṇaṃ : tasmiṃ samayo phasso hoti
vedanâ hoti saññâ hoti cetanâ hoti cittaṃ hoti upekkhâ hoti
cittass' ekaggatâ hoti manindriyaṃ hoti upekkhindriyaṃ hoti
jîvitindriyaṃ hoti : ye vâ pana tasmiṃ samayo aññe pi atthi
paṭiccasamuppannâ arûpino dhammâ—ime dhammâ avyâkutâ.

432. Katamo tasmiṃ samayo phasso hoti?

Yo tasmiṃ samaye phasso phusanâ samphusanâ samphusi-
tattaṃ—ayaṃ tasmiṃ samaye phasso hoti.

433. Katamâ tasmiṃ samaye vedanâ hoti?

Yâ tasmiṃ samaye tajjâ cakkhuviññâṇadhâtu samphassajaṃ
cetasikaṃ neva sâtaṃ nâsâtaṃ cetosamphassajaṃ adukkham-
asukhaṃ vedayitaṃ cetosamphassajâ adukkhamasukhâ vedanâ
—ayaṃ tasmiṃ samaye vedanâ hoti.

434. Katamâ tasmiṃ samaye saññâ hoti?

Yâ tasmiṃ samayo tajjâ cakkhuviññâṇadhâtu samphassajâ saññâ sañjânanâ sañjânitattaṃ—ayaṃ tasmiṃ samaye saññâ hoti. ·

435. Katamâ tasmiṃ samaye cetanâ hoti?

Yâ tasmiṃ samaye tajjâ cakkhuviññâṇadhâtu samphassajâ cetanâ sañcetanâ cetayitattaṃ—ayaṃ tasmiṃ samaye cetanâ hoti.

436. Katamaṃ tasmiṃ samaye cittaṃ hoti?

Yaṃ tasmiṃ samayo cittaṃ mano mânasaṃ hadayaṃ paṇḍaraṃ mano manâyatanaṃ manindriyaṃ viññâṇaṃ viññâ-ṇakkhandho tajjâ cakkhuviññâṇadhâtu—idaṃ tasmiṃ samaye cittaṃ hoti.

437. Katamâ tasmiṃ samaye upekkhâ hoti?

Yaṃ tasmiṃ samaye cetasikaṃ neva sâtaṃ nâsâtaṃ ceto-samphassajaṃ adukkhamasukhaṃ vedayitaṃ cetosamphassajâ adukkhamasukhâ vedanâ—ayaṃ tasmiṃ samayo upekkhâ hoti.

438. Katamâ tasmiṃ samaye cittassekaggatâ hoti?

Yâ tasmiṃ samayo cittassa ṭhiti ... pe ... ayaṃ tasmiṃ samaye cittassekaggatâ hoti.

439. Katamaṃ tasmiṃ samaye manindriyaṃ hoti?

Yaṃ tasmiṃ samaye cittaṃ mano mânasaṃ hadayaṃ paṇḍaraṃ mano manâyatanaṃ manindriyaṃ viññâṇaṃ viññâṇakkhandho tajjâ cakkhuviññâṇadhâtu—idaṃ tasmiṃ samaye manindriyaṃ hoti.

440. Katamaṃ tasmiṃ samaye upekkhindriyaṃ hoti?

Yaṃ tasmiṃ samaye cetasikaṃ ... pe ... vedanâ—idaṃ tasmiṃ samaye upekkhindriyaṃ hoti.

441. Katamaṃ tasmiṃ samaye jîvitindriyaṃ hoti?

Yo tesaṃ arûpinaṃ dhammânaṃ âyu ṭhiti yapanâ yâpanâ iriyanâ vattanâ pâlanâ jîvitaṃ jîvitindriyaṃ—idaṃ tasmiṃ samaye jîvitindriyaṃ hoti. Ye vâ pana tasmiṃ samaye aññe pi atthi paṭiccasamuppannâ arûpino dhammâ—ime dhammâ avyâkatâ. Tasmiṃ kho pana samaye cattâro khandhâ honti, dvâyatanâni honti, dve dhâtuyo honti, tayo âhârâ honti, tiṇindriyâni honti, eko phasso hoti ... pe ... ekâ cakkhuviññâṇadhâtu hoti, ekaṃ dhammâyatanaṃ hoti, ekâ dhammadhâtu hoti, ye vâ pana tasmiṃ samaye aññe pi atthi paṭiccasamuppannâ arûpino dhammâ—ime dhammâ avyâkatâ . . . pe . . .

442. Katamo tasmiṃ samaye saṅkhârakkhandho hoti?

Phasso cetanâ cittassekaggatâ jîvitindriyaṃ : ye vâ pana tasmiṃ samayo aññe pi atthi paṭiccasamuppannâ arûpino dhammâ ṭhapetvâ vedanâkkhandhaṃ, ṭhapetvâ saññâkkhandhaṃ ṭhapetvâ viññânakkhandhaṃ—ayaṃ tasmiṃ samayo saṅkhârakkhandho hoti . . . pe . . . ime dhammâ avyâkatâ.

443. Katame dhammâ avyâkatâ.

Yasmiṃ samaye kâmâvacarassa kusalassa kammassa katattâ upacitattâ vipâkaṃ sotaviññâṇaṃ uppannaṃ hoti, upekkhâsahagataṃ saddârammaṇaṃ . . . pe . . . ghâṇaviññâṇaṃ uppannaṃ hoti upekkhâsahagataṃ gandhârammaṇaṃ . . . pe . . . jivhâviññâṇaṃ uppannaṃ hoti upekkhâsahagataṃ rasârammaṇaṃ . . . pe . . . kâyaviññâṇaṃ uppannaṃ hoti sukhasahagataṃ phoṭṭhabbârammaṇaṃ : tasmiṃ samaye phasso hoti, saññâ hoti, cetanâ hoti, cittaṃ hoti, sukhaṃ hoti, cittassekaggatâ hoti, manindriyaṃ hoti, sukhindriyaṃ hoti, jîvitindriyaṃ hoti, ye vâ pana tasmiṃ samayo aññe pi atthi paṭiccasamuppannâ arûpino dhammâ—ime dhammâ avyâkatâ.

444. Katamo tasmiṃ samaye phasso hoti?

Yo tasmiṃ samaye phasso phusanâ samphusanâ samphusitattaṃ—ayaṃ tasmiṃ samayo phasso hoti.

445. Katamâ tasmiṃ samaye vedanâ hoti?

Yaṃ tasmiṃ samayo tajjâ kâyaviññâṇadhâtu samphassajaṃ kâyikaṃ sâtaṃ kâyikaṃ sukhaṃ kâyasamphassajaṃ sâtaṃ sukhaṃ vedayitaṃ kâyasamphassajâ sâtâ sukhâ vedanâ—ayaṃ tasmiṃ samaye vedanâ hoti.

446. Katamâ tasmiṃ samayo saññâ hoti?

Yâ tasmiṃ samaye tajjâ kâyaviññâṇadhâtu samphassajâ saññâ sañjânanâ sañjânitattaṃ—ayaṃ tasmiṃ samayo saññâ hoti.

447. Katamâ tasmiṃ samaye cetanâ hoti?

Yâ tasmiṃ samaye tajjâ kâyaviññâṇadhatu samphassajâ cetanâ sañcetanâ cetayitattaṃ—ayaṃ tasmiṃ samaye cetanâ hoti.

448. Katamaṃ tasmiṃ samayo cittaṃ hoti?

Yaṃ tasmiṃ samayo cittaṃ mano mānasaṃ hadayaṃ paṇḍaraṃ mano manāyatanaṃ manindriyaṃ viññāṇaṃ viññāṇakkhaodho tajjā kāyaviññāṇadhātu—idaṃ tasmiṃ samayo cittaṃ hoti.

449. Katamaṃ tasmiṃ samayo sukhaṃ hoti?

Yaṃ tasmiṃ samaye kāyikaṃ sātaṃ kāyikaṃ sukhaṃ kāyasamphassajam sātaṃ sukhaṃ vedayitaṃ kāyasamphassajā sātā sukhā vedanā—idaṃ tasmiṃ samaye sukhaṃ hoti.

450. Katamā tasmiṃ samaye cittassekaggatā hoti?

Yaṃ tasmiṃ samayo cittassa ṭhiti . . . pe . . . ayaṃ tasmiṃ samaye cittassekaggatā hoti.

451. Katamaṃ tasmiṃ samaye manindriyaṃ hoti?

Yaṃ tasmiṃ samayo cittaṃ . . . pe . . . viññāṇadhātu—idaṃ tasmiṃ samayo manindriyaṃ hoti.

452. Katamaṃ tasmiṃ samaye sukhindriyaṃ hoti?

Yaṃ tasmiṃ samaye kāyikaṃ sātaṃ . . . pe . . . sukhā vedanā—idaṃ tasmiṃ samayo sukhindriyaṃ hoti.

453. Katamaṃ tasmiṃ samayo jīvitindriyaṃ hoti?

Yo tesaṃ arūpīnaṃ dhammānaṃ āyu ṭhiti yapanā yāpanā iriyanā vattanā pālanā jīvitaṃ jīvitindriyaṃ—idaṃ tasmiṃ samaye jīvitindriyaṃ hoti—ye vā pana tasmiṃ samayo aññe pi atthi paṭiccasamuppannā arūpino dhammā—ime dhammā avyākatā.

Tasmiṃ kho pana samaye cattāro khandhā honti, dvāyatanāni honti, dve dhātuyo honti, tayo āhārā honti, tīṇindriyāni honti, eko phasso hoti . . . pe . . . ekā kāyaviññāṇadhātu hoti, ekaṃ dhammāyatanaṃ hoti, ekā dhammadhātu hoti—ye vā pana tasmiṃ samaye aññe pi atthi paṭiccasamuppannā arūpino dhammā—ime dhammā avyākatā . . . pe . . .

454. Katamo tasmiṃ samaye saṅkhārakkhandho hoti?

Phasso cetanā cittassekaggatā jīvitindriyaṃ—ye vā pana tasmiṃ samaye aññe pi atthi paṭiccasamuppannā arūpino dhammā — ṭhapetvā vedanākkhandhaṃ ṭhapetvā saññākkhandhaṃ ṭhapetvā viññāṇakkhandhaṃ: ayaṃ tasmiṃ samaye saṅkhārakkhandho hoti . . . pe . . . ime dhammā avyākatā.

Kusalavipākāni pañcaviññāṇāni.

455. Ketame dhammā avyākatā?

Yasmiṃ samaye kāmāvacarassa kusalassa kammassa katattā upacitattā vipākā manodhātu uppannā hoti upekkhāsahagatā rūpārammaṇā vā . . . pe . . . phoṭṭhabbārammaṇā vā yaṃ yaṃ vā paṇārabbha—tasmiṃ samaye phasso hoti, vedanā hoti, saññā hoti, cetanā hoti, cittaṃ hoti, vitakko hoti, vicāro hoti, upekkhā hoti, cittassekeggatā hoti, menindriyaṃ hoti, upekkhindriyaṃ hoti, jīvitindriyaṃ hoti; ye vā pana tasmiṃ samaye eññe pi etthi paṭiccasamuppannā arūpino dhammā—ime dhammā avyākatā.

456. Katamo tasmiṃ samaye phasso hoti?

Yo tasmiṃ samaye phasso phusanā samphusanā samphusi-tattaṃ—ayaṃ tasmiṃ samaye phasso hoti.

457. Katamā tasmiṃ samaye vedanā hoti?

Yaṃ tasmiṃ samaye tajjā manodhātu samphassajaṃ cetasi-kaṃ neva sātaṃ nāsātaṃ cetosamphassajaṃ adukkhamasukhaṃ vedayitaṃ cetosamphassajā adukkhamasukhā vedanā—ayaṃ tasmiṃ samaye vedanā hoti.

458. Katamā tasmiṃ samaye saññā hoti?

Yā tasmiṃ samaye tajjā manodhātu samphassajā saññā saṃjāneuā sañjānitattaṃ—ayaṃ tasmiṃ samaye saññā hoti.

459. Katamā tasmiṃ samaye cetanā hoti?

Yā tasmiṃ samaye tajjā manodhātu samphassajā cetanā sañcetanā cetayitattaṃ—ayaṃ tasmiṃ samaye cetanā hoti.

460. Katamaṃ tasmiṃ samaye cittaṃ hoti?

Yaṃ tasmiṃ samaye cittaṃ mano mānasaṃ hadayaṃ paṇḍaraṃ mano manāyatanaṃ manindriyaṃ viññāṇaṃ viññāṇakkhandho tajjā manodhātu—idaṃ tasmiṃ samaye cittaṃ hoti.

461. Katamo tasmiṃ samaye vitakko hoti.

Yo tasmiṃ samaye takko vitakko saṅkappo appanā vyeppanā cetaso abhiniropanā—ayaṃ tasmiṃ samaye vitakko hoti.

462. Katamo tasmiṃ samaye vicāro hoti?

Yo tasmiṃ samaye cāro vicāro anuvicāro upavicāro cittassa anusandhanatā anupekkhanatā—ayaṃ tamiṃ samaye vicāro hoti.

463. Katamā tasmiṃ samaye upekkhā hoti?

Yaṃ tasmiṃ samaye cetasikaṃ neva sātaṃ nâsâtaṃ cetosamphassajaṃ adukkhamasukhaṃ vedayitaṃ cetosamphassajâ adukkhamasukhâ vedanâ—ayaṃ tasmiṃ samaye upekkhâ hoti.

464. Katamâ tasmiṃ samaye cittass' ekaggatâ hoti?

Yâ tasmiṃ samaye cittassa ṭhiti . . . pe (11) . . . ayaṃ tasmiṃ samaye cittass' ekaggatâ hoti.

465. Katamaṃ tasmiṃ samaye manindriyaṃ hoti?

Yaṃ tasmiṃ samaye cittaṃ mano . . . pe (17) . . . tajjâ manodhâtu—idaṃ tasmiṃ samaye manindriyaṃ hoti.

466. Katamaṃ tasmiṃ samaye upekkhindriyaṃ hoti?

Yaṃ tasmiṃ samaye cetasikaṃ neva sâtaṃ . . . pe (465) . . . adukkhamasukhâ vedanâ — idaṃ tasmiṃ samaye upekkhindriyaṃ hoti.

467. Katamaṃ tasmiṃ samaye jîvitindriyaṃ hoti?

Yo tesaṃ arûpînaṃ dhammânaṃ . . . pe (19) jîvitindriyaṃ—idaṃ tasmiṃ samaye jîvitindriyaṃ hoti—ye vâ pana tasmiṃ samaye aññe pi atthi paṭiccasamuppannâ arûpino dhammâ—ime dhammâ avyâkatâ. Tasmiṃ kho pana samaye cattâro khandhâ honti, dvâyatanâni honti, dve dhâtuyo honti, tayo âhârâ honti, tîṇindriyâni honti, eko phasso hoti . . . pe (58) . . . ekâ manodhâtu hoti, ekaṃ dhammâyatanaṃ hoti, ekâ dhammadhâtu hoti—ye vâ pana tasmiṃ samaye aññe pi atthi paṭiccasamuppannâ arûpino dhammâ—ime dhammâ avyâkatâ . . . pe . . .

468. Katamo tasmiṃ samaye saṅkhârakkhandho hoti?

Phasso cetanâ vitakko vicâro cittass' ekaggatâ jîvitindriyaṃ ye vâ pana tasmiṃ samaye aññe pi atthi paṭiccasamuppannâ arûpino dhammâ—ṭhapetvâ vedanâkkhandhaṃ ṭhapetvâ saññâkkhandhaṃ ṭhapetvâ viññâṇakkhandhaṃ—ayaṃ tasmiṃ samaye saṅkhârakkhandho hoti—ime dhammâ avyâkatâ.

Kusalavipâkâ manodhâtu.

469. Katame dhammâ avyâkatâ?

Yasmiṃ samaye kâmâvacarassa kusalassa kammassa katattâ upacitattâ vipâkâ manoviññâṇadhâtu uppannâ hoti somanassasahagatâ rûpârammaṇâ vâ . . . pe (147) . . . dhammârammaṇā vā yaṃ yaṃ vā panārahbha—tasmiṃ samaye phasso hoti, vedanā hoti, saññā hoti, cetanā hoti, cittaṃ hoti, vitakko hoti, vicāro hoti, pīti hoti, sukhaṃ hoti, cittass' ekaggatā hoti, manindriyaṃ hoti, somanassindriyaṃ hoti, jīvitindriyaṃ hoti, ye vā pana tasmiṃ samaye aññe pi atthi paṭiccasamuppannā arūpino dhammā—ime dhammā avyākatā.

470. Katamo tasmiṃ samaye phasso hoti?

Yo tasmiṃ samaye phasso phusanā samphusanā samphusitattaṃ—ayaṃ tasmiṃ samaye phasso hoti.

471. Katamā tasmiṃ samaye vedanā hoti?

Yā tasmiṃ samaye tajjā manoviññāṇadhātu samphassajaṃ cetasikaṃ sātaṃ cetasikaṃ sukhaṃ cetosamphassajaṃ sātaṃ sukhaṃ vedayitaṃ cetosamphassajā sātā sukhā vedanā—ayaṃ tasmiṃ samaye vedanā hoti.

472. Katamā tasmiṃ samaye saññā hoti?

Yā tasmiṃ samaye tajjā manoviññāṇadhātu samphassajā saññā sañjānanā sañjānitattaṃ—ayaṃ tasmiṃ samaye saññā hoti.

473. Katamā tasmiṃ samaye cetanā hoti?

Yā tasmiṃ samaye tajjā manoviññāṇadhātu samphassajā cetanā sañcetanā cetayitattaṃ—ayaṃ tasmiṃ samaye cetanā hoti.

474. Katamaṃ tasmiṃ samaye cittaṃ hoti?

Yaṃ tasmiṃ samaye cittaṃ mano mānasaṃ hadayaṃ paṇḍaraṃ mano manāyatanaṃ manindriyaṃ viññāṇaṃ viññāṇakkhando tajjā manoviññāṇadhātu—idaṃ tasmiṃ samaye cittaṃ hoti.

475. Katamo tasmiṃ samaye vitakko hoti?

Yo tasmiṃ samaye takko vitakko saṅkappo appanā vyappanā cetaso abhiniropanā—ayaṃ tasmiṃ samaye takko hoti.

476. Katamo tasmiṃ samaye vicāro hoti?

Yo tasmiṃ samaye cāro vicāro anuvicāro upavicāro cittassa anusandhanatā aaupekkhanatā—ayaṃ tasmiṃ samaye vicāro hoti.

477. Katamā tasmiṃ samaye pīti hoti?

Yā tasmiṃ samaye pīti pāmojjaṃ āmodanā pamodanā hāso pahāso vitti odagyaṃ attamanatā cittassa—ayaṃ tasmiṃ samaye pīti hoti.

478. Katamaṃ tasmiṃ samaye sukhaṃ hoti?

Yaṃ tasmiṃ samaye cetasikaṃ sâtaṃ cetasikaṃ sukhaṃ cetosamphassajaṃ sâtaṃ sukhaṃ vedayitaṃ cetosamphassajâ sâtâ sukhâ vedanâ : idaṃ tasmiṃ samaye sukhaṃ hoti.

479. Katamâ tasmiṃ samaye cittass' ekaggatâ hoti?

Yâ tasmiṃ samaye cittassa ṭhiti . . . pe (11) . . . ayaṃ tasmiṃ samaye cittass' ekaggatâ hoti.

480. Katamaṃ tasmiṃ samaye manindriyaṃ hoti?

Yaṃ tasmiṃ samaye cittaṃ mano mânasaṃ . . . po (17) . . . viññâṇadhâtu idaṃ tasmiṃ samaye manindriyaṃ hoti.

481. Katamaṃ tasmiṃ samaye somanassindriyaṃ hoti?

Yaṃ tasmiṃ samaye cetasikaṃ sâtaṃ cetasikaṃ sukhaṃ cetosamphassajaṃ sâtaṃ sukhaṃ vedayitaṃ cetosamphassajâ sâtâ sukhâ vedanâ —idaṃ tasmiṃ samaye somanassindriyaṃ hoti.

482. Katamaṃ tasmiṃ samayo jîvitindriyaṃ hoti?

Yo tasmiṃ samaye arûpîaaṃ dhammânaṃ âyu ṭhiti yapanâ . . . pe . . . jîvitindriyaṃ idaṃ tasmiṃ samayo jîvitindriyaṃ hoti : ye vâ pana tasmiṃ samayo aññe pi atthi paṭiccasamuppannâ arûpino dhammâ—ime dhammâ avyâkatâ.

Tasmiṃ kho pana samayo cattâro khandhâ honti dvâyatanâni hoati dve dhâtuyo honti, tayo âhârâ honti, tîṇindriyâni honti, eko phassohoti . . . pe (58) . . . ekâ manoviññâṇadhâtu hoti, ekaṃ dhammâyatanaṃ hoti, ekâ dhammadhâtu hoti, ye vâ pana tasmiṃ samaye aññe pi atthi paṭiccasamuppaanâ arûpino dhammâ—ime dhammâ avyâkatâ.

483. Katamo tasmiṃ samaye saṅkhârakkhandho hoti?

Phasso cetanâ vitakko vicâro pîti cittass' ekaggatâ jîvitindriyaṃ, ye vâ pana tasmiṃ samayo aññe pi atthi paṭiccasamuppannâ arûpino dhammâ ṭhapetvâ vedanâkkhandhaṃ ṭhapetvâ saññâkkhandhaṃ ṭhapetvâ viññâṇakkhandhaṃ—ayaṃ tasmiṃ samaye saṅkhârakkhandho hoti . . . po . . . ime dhammâ avyâkatâ.

Kusalavipâkâ somanassasahagatâ manoviññâṇadhâtu.

484. Katame dhammâ avyâkatâ?

Yasmiṃ samaye kâmâvacarassa kusalassa kammassa

katattâ upacitattâ vipâkâ manoviññânadhâtu uppannâ hoti
upekkhâsahagatâ rûpârammanâ vâ . . . pe . . . dhammâ-
rammanâ vâ yam yam vâ panârubhha: tasmim samayo
phasso hoti, vedanâ hoti, saññâ hoti, cetanâ hoti, cittam hoti,
vitakko hoti, vicâro hoti, upekkhâ hoti, cittass' ekaggatâ hoti,
manindriyam hoti, upekkhindriyam hoti, jîvitindriyam hoti :
ye vâ pana tasmim samaye aññô pi atthi paticcasamuppannâ
arûpino dhammâ—ime dhammâ avyâkatâ.

485. Katamo tasmim samaye phasso hoti ?

Yo tasmim samayo phasso phusanâ samphusanâ samphusi-
tattam—ayam tasmim samaye phasso hoti.

486. Katamâ tasmim samayo vedanâ hoti?

Yam tasmim samaye tajjâ manoviññânadhâtu . . . pe . . .
adukkhamasukhâ vedanâ—ayam tasmim samayo vedanâ hoti.

487. Katamâ tasmim samaye saññâ hoti ?

Yâ tasmim samaye tajjâ manoviññânadhâtu . . . pe . . .
sañjâuitattam—ayam tasmim samaye saññâ hoti.

488. Katamâ tasmim samaye cetanâ hoti ?

Yâ tasmim samayo tajjâ manoviññânadhâtu . . . pe . . .
cetayitattam—ayam tasmim samaye cetanâ hoti.

489. Katamam tasmim samaye cittam hoti ?

Yam tasmim samaye cittam mano mânasam hadayam
. . . pe . . . viññânadhâtu—idam tasmim samaye cittam
hoti.

490. Katamo tasmim samaye vitakko hoti?

Yo tasmim samaye takko . . . pe . . . ahhiniropanâ—
ayam tasmim samaye vitakko hoti.

491. Katamo tasmim samayo vicâro hoti?

Yâ tasmim samaye câro . . . pe . . . anupekkhanatâ—
ayam tasmim samaye vicâro hoti.

492. Katamâ tasmim samaye upekkhâ hoti ?

Yam tasmim samayo cetasikam neva sâtam . . . pe . . .
adukkhamasukhâ vedanâ—ayam tasmim samayo upekkhâ
hoti.

493. Katamâ tasmim samaye cittass' ekaggatâ hoti ?

Yâ tasmim samaye cittassa thiti . . . pe . . . ayam tasmim
samaye cittass' ekaggatâ hoti.

494. Katamam tasmim samaye manindriyam hoti ?

Yaṃ tasmiṃ samaye cittaṃ mano mânasaṃ . . . pe . . . viññâṇadhâtu—idaṃ tasmiṃ samaye manindriyaṃ hoti.

495. Katamaṃ tasmiṃ samaye upekkhindriyaṃ hoti?

Yâ tasmiṃ samaye cetasikaṃ neva sâtaṃ . . . pe . . . adukkhamasukhâ vedanâ—idaṃ tasmiṃ samaye upekkhindriyaṃ hoti.

496. Katamaṃ tasmiṃ samaye jîvitindriyaṃ hoti?

Yo tesaṃ arûpînaṃ dhammânaṃ âyu ṭhiti yapanâ . . . pe . . . jîvitindriyaṃ—idaṃ tasmiṃ samaye jîvitindriyaṃ hoti—ye vâ pana tasmiṃ samaye aññe pi atthi paṭiccasamuppannâ arûpino dhammâ—ime dhammâ avyâkatâ.

Tasmiṃ kho pana samaye cattâro khandhâ honti, dvâyatanâni honti, dve dhâtuyo honti, tayo âhârâ honti, tîṇindriyâni honti, eko phasso hoti . . . pe . . . ekâ manoviññâṇadhâtu hoti ekaṃ dhammâyatanaṃ hoti ekâ dhammadhâtu hoti—yo vâ pana tasmiṃ samaye añño pi atthi paṭiccasamuppannâ arûpino dhammâ—ime dhammâ avyâkatâ.

497. Katamo tasmiṃ samaye saṅkhârakkhandho hoti?

Phasso cetanâ vitakko vicâro cittass' ekaggatâ jîvitindriyaṃ ye vâ pana tasmiṃ samaye aññe pi atthi paṭiccasamuppannâ arûpino dhammâ, ṭhapetvâ vedanâkkhandhaṃ ṭhapetvâ saññâkkhandhaṃ ṭhapetvâ viññâṇakkhandhaṃ—ayaṃ tasmiṃ samaye saṅkhârakkhandho hoti . . . pe . . . ime dhammâ avyâkatâ.

Kusalavîpâkâ upekkhâsahagatâ manoviññâṇadhâtu.

498. Katame dhammâ avyâkatâ.

Yasmiṃ samaye kâmâvacarassa kusalassa kammassa katattâ upacitattâ vipâkâ manoviññâṇadhâtu uppannâ hoti somanassasahagatâ ñâṇasampayuttâ . . . pe . . . somanassasahagatâ ñâṇasampayuttâ sasaṅkhârena . . . pe . . . somanassasahagatâ ñâṇavippayuttâ . . . pe . . . somanassasahagatâ ñâṇavippayuttâ sasaṅkhârena . . . pe . . . upekkhâsahagatâ ñâṇasampayuttâ . . . pe . . . upekkhâsahagatâ ñâṇasampayuttâ sasaṅkhârena . . . pe . . . upekkhâsahagatâ ñâṇavippayuttâ . . . pe . . . upekkhâsahagatâ ñâṇavippayuttâ sasaṅkhârena rûpârammaṇâ vâ . . . pe . . . dhammârammaṇâ vâ—yaṃ yaṃ vâpanârabbha—tasmiṃ samayo phasso hoti . . . pe . . . avikkhepo hoti . . . pe . . . ime dhammâ avyâkatâ.

Alobho avyâkatamûlaṃ . . . po . . . adoso avyâkatamûlaṃ . . . pe . . . ime dhammâ avyâkatâ.

Aṭṭha mahâvipâkâ.

499. Katame dhammâ avyâkatâ?

Yasmiṃ samaye rûpûpapattiyâ maggaṃ bhâveti viviceva kâmehi . . . pe . . . paṭhamaṃ jhânaṃ upasampajja viharati pathavîkasinaṃ tasmiṃ samayo phasso hoti . . . pe . . . avikkhepo hoti . . . po . . . ime dhammâ kusalâ—tass' eva rûpâvacarassa kusalassa kammassa katattâ upacitattâ vipâkaṃ viviceva kâmehi . . . po . . . paṭhamaṃ jhânaṃ upasampajja viharati pathavîkasinaṃ—tasmiṃ samaye phasso hoti . . . pe . . . avikkhepo hoti . . . pe . . . ime dhammâ avyâkatâ.

500. Katame dhammâ avyâkatâ?

Yasmiṃ samaye rûpûpapattiyâ maggaṃ bhâveti vitakkavicârânaṃ vûpasamâ . . . pe . . . dutiyaṃ jhânaṃ . . . pe tatiyaṃ jhânaṃ . . . pe . . . catutthaṃ jhânaṃ . . . pe . . . paṭhamaṃ jhânaṃ . . . pe . . . pañcamaṃ jhânaṃ upasampajja viharati pathavîkasinaṃ—tasmiṃ samaye phasso hoti . . . pe . . . avikkhepo hoti . . . pe . . . ime dhammâ kusalâ: tass' eva rûpâvacarassa kusalassa kammassa katattâ upacitattâ vipâkaṃ sukhassa ca pahânâ . . . pe . . . pañcamaṃ jhânaṃ upasampajja viharati pathavîkasinaṃ—tasmiṃ samaye phasso hoti . . . po . . . avikkhepo hoti . . . pe . . . imo dhammâ avyâkatâ.

Rûpâvacaravipâkâ.

501. Katamo dhammâ avyâkatâ?

Yasmiṃ samaye arûpûpapattiyâ maggaṃ bhâveti sabbaso rûpasaññânaṃ samatikkamâ paṭighasaññânaṃ atthaṅgamânânattasaññânaṃ amanasikârâ âkâsânañcâyatanasahagataṃ

7

sukhassa ca pahânâ . . . pe . . . catutthaṃ jhânaṃ upa-
sampajja viharati: tasmiṃ samaye phasso hoti . . . pe . . .
avikkhepo hoti . . . po . . . ime dhammâ kusalâ . . . pe
. . . tass' eva rûpâvacarassa kusalassa kammassa katattâ
upacitattâ vipâkâ sabbaso rûpasaññânaṃ samatikkamâ
paṭighasaññânaṃ atthaṅgamânânattasaññânaṃ amanasikârâ
âkâsânañcâyatanasaññâsahagataṃ sukhassa ca pahânâ . . .
pe . . . catutthaṃ jhânaṃ upasampajja viharati—tasmiṃ
samaye phasso hoti . . . pe . . . avikkhepo hoti . . . pe
. . . ime dhammâ avyâkatâ.

502. Katame dhammâ avyâkatâ?

Yasmiṃ samaye arûpûpapattiyâ maggaṃ bhâveti sabbaso
âkâsânañcâyatanaṃ samatikkamâ viññâṇañcâyatanasaññâ-
sahagataṃ sukhassa ca pahânâ . . . pe . . . catutthaṃ
jhânaṃ upasampajja viharati—tasmiṃ samaye phasso hoti
. . . pe . . . avikkhepo hoti . . . pe . . . ime dhammâ
kusalâ . . . pe . . . tass' eva arûpâvacarassa kusalassa kam-
massa katattâ upacitattâ vipâkaṃ sabbaso âkâsânañcâyatanaṃ
samatikkamâ viññâṇañcâyatanasaññâsahagataṃ sukhassa ca
pahânâ . . . pe . . . catutthaṃ jhânaṃ upasampajja viharati
tasmiṃ samaye phasso hoti . . . pe . . . avikkhepo hoti
. . . pe . . . ime dhammâ avyâkatâ.

503. Katame dhammâ avyâkatâ?

Yasmiṃ samaye arûpûpapattiyâ maggaṃ bhâveti sabbaso
viññâṇañcâyatanaṃ samatikkamâ âkiñcaññâyatanasaññâsaha-
gataṃ sukhassa ca pahânâ . . . pe . . . catutthaṃ jhânaṃ
upasampajja viharati: tasmiṃ samaye phasso hoti . . . pe
. . . avikkhepo hoti . . . pe . . . ime dhammâ kusalâ:
tass' eva arûpâvacarassa kusalassa kammassa katattâ upa-
citattâ vipâkaṃ sabbaso viññâṇañcâyatanaṃ samatikkamâ
âkiñcaññâyatanasaññâsahagataṃ sukhassa ca pahânâ . . . po
. . . catutthaṃ jhânaṃ upasampajja viharati—tasmiṃ samaye
phasso hoti . . . pe . . . avikkhepo hoti . . . pe . . . ime
dhammâ avyâkatâ.

504. Katamo dhammâ avyâkatâ?

Yasmiṃ samaye arûpûpapattiyâ maggaṃ bhâveti sabbaso
âkiñcaññâyatanaṃ samatikkamâ neva saññâyatanasahagataṃ
sukhassa ca pahânâ . . . pe . . . catutthaṃ jhânaṃ upasam-

pajja viharati: tasmiṃ samaye phasso hoti . . . pe . . .
avikkhepe hoti . . . pe . . . imo dhammâ kusalâ: tass' eva
arûpâvacarassa kusalassa kammassa katattâ upacitattâ
vipâkaṃ sahbaso âkiñcaññâyatanaṃ samatikkamâ—neva
saññânâsaññâyatanasahagataṃ sukhassa ca pahânâ . . . pe
. . . catutthaṃ jhânaṃ upasampajja viharati—tasmiṃ samaye
phasso hoti . . . pe . . . avikkhepo hoti . . . pe . . . ime
dhammâ avyâkatâ.

Arûpâvacaravipâkâ.

505. Katame dhammâ avyâkatâ ?

· Yasmiṃ samayo lokuttaraṃ jhânaṃ bhâveti niyyânikaṃ
apacayagâmiṃ diṭṭhigatânaṃ pahânâya paṭhamâya bhummi-
yâpattiyâ vivicceva kâmehi . . . pe . . . paṭhamaṃ jhânaṃ
upasampajja viharati dukkhâpaṭipadaṃ dandhâbhiññaṃ—
tasmiṃ samaye phasso hoti . . . pe . . . avikkhepo hoti
. . . pe . . . ime dhammâ kusalâ: tass' eva lokuttarassa
kusalassa jhânassa katattâ bhâvitattâ vipâkaṃ vivicceva
kâmehi . . . pe . . . paṭhamaṃ jhânaṃ upasampajja
viharati dukkhâpaṭidaṃ dandhâbhiññaṃ suññataṃ—tasmiṃ
samaye phasso hoti . . . po . . . aññindriyaṃ hoti . . . pe
. . . avikkhepo hoti . . . pe . . . imo dhammâ avyâkatâ.

506. Katame dhammâ avyâkatâ ?

Yasmiṃ samaye lokuttaraṃ jhânaṃ bhâveti niyyânikaṃ
apacayagâmiṃ diṭṭhigatânaṃ pahânâya paṭhamâya bhummi-
yâpattiyâ vivicceva kâmehi . . . pe . . . paṭhamaṃ jhânaṃ
upasampajja viharati dukkhâpaṭipadaṃ dandhâbhiññaṃ—
tasmiṃ samaye phasso hoti . . . pe . . . avikkhepo hoti . . . pe
. . . ime dhammâ kusalâ: tass' eva lokuttarassa kusalassa jhâ-
nassa katattâ bhâvitattâ vipâkaṃ vivicceva kâmehi . . . pe . . .
paṭhamaṃ jhânaṃ upasampajja viharati dukkhâpaṭipadaṃ
dandhâbhiññaṃ animittaṃ—tasmiṃ samaye phasso hoti . . .
pe . . . aññindriyaṃ hoti . . . pe . . . avikkhepo hoti . . .
pe . . . ime dhammâ avyâkatâ.

507. Katame dhammâ avyâkatâ.

Yasmiṃ samaye lokuttaraṃ jhânaṃ bhâveti niyyânikaṃ
apacayagâmiṃ diṭṭhigatânaṃ pahânâya paṭhamâya bhummi-

yâpattiyâ viviccevo kâmehi . . . pe . . . paṭhamaṃ jhânaṃ
upasampajja viharati dukkhâpaṭipadaṃ dandhâbhiññaṃ:
tasmiṃ samaye phasso hoti . . . pe . . . pañcindriyaṃ hoti
. . . pe . . . avikkhepo hoti . . . pe . . . ime dhammâ kusalâ:
tass' eva lokuttarassa kusalassa jhânassa katattâ bhâvitattâ
vipâkaṃ vivicceva kâmehi . . . pe . . . paṭhamaṃ jhânaṃ
upasampajja viharati dukkhâpaṭipadaṃ dandhâbhiññaṃ
appaṇihitaṃ tasmiṃ samaye phasso hoti . . . pe . . . aññindri-
yaṃ hoti . . . pe . . . avikkhepo hoti . . . pe . . . ime
dhammâ avyâkatâ.

508. Katame dhammâ avyâkatâ ?

Yasmiṃ samaye lokuttaraṃ jhânaṃ bhâveti niyyânikaṃ
apacayagâmiṃ diṭṭhigatânaṃ pahânâya paṭhamâya bhummi-
yâpattiyâ vitakkavicârânaṃ vûpasamâ . . . po . . . duti-
yaṃ jhânaṃ . . . pe . . . tatiyaṃ jhânaṃ . . . po . . .
catutthaṃ jhânaṃ . . . pe . . . paṭhamaṃ jhânaṃ . . . pe
pañcamaṃ jhânaṃ upasampajja viharati dukkhâpaṭipadaṃ
dandhâbhiññaṃ ti kusalaṃ . . . pe . . . dukkhâpaṭipadaṃ
dandhâbhiññaṃ suññatan ti vipâko . . . pe . . . dukkhâ-
paṭipadaṃ dandhâbhiññan ti kusalaṃ . . . pe . . . dukkhâ-
paṭipadaṃ dandhâbhiññaṃ animittan ti vipâko . . . pe . . .
dukkhâpaṭipadaṃ dandhâbhiññan ti kusalaṃ . . . po . . .
dukkhâpaṭipadaṃ dandhâbhiññaṃ appaṇihitan ti vipâko—
tasmiṃ samaye phasso hoti . . . pe . . . avikkhepo hoti
. . . pe . . . ime dhammâ avyâkatâ.

509. Katamo dhammâ avyâkatâ ?

Yasmiṃ samaye lokuttaraṃ jhânaṃ bhâveti niyyânikaṃ
apacayagâmiṃ diṭṭhigatânaṃ pahânâya paṭhamâya bhummi-
yâpattiyâ vivicceva kâmehi . . . pe . . . paṭhamaṃ jhânaṃ
upasampajja viharati dukkhâpaṭipadaṃ khippâbhiññaṃ . . .
pe . . . sukhâpaṭipadaṃ dandhâbhiññaṃ . . . po . . .
sukhâpaṭipadaṃ khippâbhiññaṃ . . . pe . . . dutiyaṃ jhâ-
naṃ . . . pe . . . tatiyaṃ jhânaṃ . . . pe . . . catutthaṃ
jhânaṃ . . . pe . . . paṭhamaṃ jhânaṃ . . . po . . . pañ-
camaṃ jhânaṃ upasampajja viharati sukhâpaṭipadaṃ khippâ-
bhiññan ti kusalaṃ . . . pe . . . sukhâpaṭipadaṃ khippâ-
bhiññaṃ suññatan ti vipâko . . . pe . . . sukhâpaṭipadaṃ
khippâbhiññan ti kusalaṃ . . . pe . . . sukhâpaṭipadaṃ

khippâhhiññaṃ animittan ti vipâko . . . pe . . . sukhâpaṭi-
padaṃ khippâbhiññan ti kusalaṃ . . . pe . . . sukhâpaṭi-
padaṃ khippâbhiññaṃ appaṇihitan ti vipâko—tasmiṃ samaye
phasso hoti . . . pe . . . avikkhepo hoti . . . pe . . . ime
dhammâ avyâkatâ.

Suddhika-paṭipadâ.

510. Katame dhammâ avyâkatâ?

Yasmiṃ samaye lokuttaraṃ jhânaṃ bhâveti niyyânikaṃ
apacayagâmiṃ diṭṭhigatânaṃ pahânâya paṭhamâya hhum-
miyâpattiyâ viviceva kâmehi . . . pe . . . paṭhamaṃ jhâ-
naṃ upasampajja viharati suññataṃ—tasmiṃ samaye phasso
hoti . . . pe . . . avikkhepo hoti . . . pe . . . ime dhammâ
kusalâ: tass' eva lokuttarassa kusalassa jhânassa katattâ
hhâvitattâ vipâkaṃ viviceva kâmehi . . . pe . . . paṭha-
maṃ jhânaṃ upasampajja viharati suññataṃ—tasmiṃ samaye
phasso hoti . . . pe . . . avikkhepo hoti . . . pe . . . ime
dhemmâ avyâkatâ.

511. Katamo dhammâ avyâkatâ?

Yasmiṃ samaye lokuttaraṃ jhâneṃ hhâveti niyyânikaṃ
apacayagâmiṃ diṭṭhigatânaṃ pahânâya paṭhamâya hhum-
miyâpattiyâ viviceva kâmehi . . . pe . . . paṭhamaṃ jhâ-
naṃ upesampajja viharati suññataṃ—tasmiṃ samaye phasso
hoti . . . pe . . . avikkhepo hoti . . . po . . . ime dhammâ
kusalâ — tass' eva lokuttarassa kusalassa jhânassa katattâ
hhâvitattâ vipâkaṃ viviceva kâmchi . . . pe . . . paṭha-
maṃ jhânaṃ upasampajja viharati animittaṃ—tasmiṃ
samaye phasso hoti . . . pe . . . avikkhepo hoti . . . pe
. . . imo dhammâ avyâkatâ.

512. Katame dhammâ avyâkatâ?

Yasmiṃ samayo lokuttaraṃ jhânaṃ hhâveti niyyânikaṃ
apacayagâmiṃ diṭṭhigatânaṃ pahânâya paṭhamâya bhum-
miyâpattiyâ viviceva kâmehi . . . pe . . . paṭhamaṃ jhâ-
naṃ upasampajja viharati suññataṃ—tasmiṃ samaye phasso
hoti . . . pe . . . avikkhepo hoti . . . pe . . . ime dhammâ
kusalâ—tass' eva lokuttarassa kusalassa jhânassa katattâ
hhâvitattâ vipâkaṃ viviccova kâmehi . . . pe . . . paṭhe-

maṃ jhānaṃ upasampajja viharati appaṇihitaṃ—tasmiṃ
samaye phasso hoti . . . pe . . . avikkhepo hoti . . . pe
. . . ime dhammā avyākatā.

513. Katame dhammā avyākatā ?

Yasmiṃ samaye lokuttaraṃ jhānaṃ hhāveti niyyānikaṃ
apacayagāmiṃ diṭṭhigatānaṃ pahānāya paṭhamāya hhummi-
yāpattiyā vitakkavicārānaṃ vūpasamā . . . pe . . . dutiyaṃ
jhānaṃ . . . pe . . . tatiyaṃ jhānaṃ . . . po . . .
catutthaṃ jhānaṃ . . . pe . . . paṭhamaṃ jhānaṃ . . . pe . . .
pañcamaṃ jhānaṃ upasampajja viharati suññatan ti kusalaṃ
. . . pe . . . suññatan ti vipāko . . . pe . . . auññatan ti
kusalaṃ . . . po . . . animittan ti vipāko . . . po . . .
suññatan ti kusalaṃ . . . pe . . . appaṇihitan ti vipāko—
tasmiṃ samaye phasso hoti . . . po . . . avikkhepo hoti
. . . po . . . ime dhammā avyākatā.

Suddhikasuññataṃ.

514. Katame dhammā avyākatā ?

Yasmiṃ samaye lokuttaraṃ jhānaṃ bhāveti niyyānikaṃ
apacayagāmiṃ diṭṭhigatānaṃ pahānāya paṭhamāya hhum-
miyāpattiyā vivicceva kāmehi . . . pe . . . paṭhamaṃ jhānaṃ
upasampajja viharati dukkhāpaṭipadaṃ dandhābhiññaṃ suñ-
ñataṃ : tasmiṃ samaye phasso hoti . . . pe . . avikkhepo
hoti . . . po . . . imo dhammā kusalā : tass' eva lokutta-
rassa [kusalassa] jhānassa katattā hhāvitattā vipākaṃ vivi-
cceva kāmehi . . . pe . . . paṭhamaṃ jhānaṃ upasampajja
viharati dukkhāpaṭipadaṃ dandhābhiññaṃ suññataṃ—
tasmiṃ samaye phasso hoti . . . pe . . . avikkhepo hoti
. . . pe . . . ime dhammā avyākatā.

515. Katame dhammā avyākatā ?

Yasmiṃ samaye lokuttaraṃ jhānaṃ bhāveti niyyānikaṃ
apacayagāmiṃ diṭṭhigatānaṃ pahānāya paṭhamāya bhummi-
yāpattiyā vivicceva kāmehi . . . pe . . . paṭhamaṃ jhānaṃ
upasampajja viharati dukkhāpaṭipadaṃ dandhābhiññaṃ
suññataṃ : tasmiṃ samaye phasso hoti . . . pe . . .
avikkhepo hoti . . . pe . . . ime dhammā kusalā : tass' eva
lokuttarassa kusalassa jhānassa katattā hhāvitattā vipākaṃ

viviccera kâmehi ... pe ... paṭhamaṃ jhânaṃ upasampajja viharati dukkhâpaṭipadaṃ dandhâbhiññaṃ animittaṃ: tasmiṃ samayo phasso hoti ... pe ... avikkhepo hoti ... pe ... imo dhammâ avyâkatâ.

516. Katame dhammâ avyâkatâ ?

Yasmiṃ samaye lokuttaraṃ jhânaṃ bhâveti niyyânikaṃ apacayagâmiṃ diṭṭhigatânaṃ pahânâya paṭhamâya bhummiyâpattiyâ viviccera kâmehi ... pe ... paṭhamaṃ jhânaṃ upasampajja viharati dukkhâpaṭipadaṃ dandhâbhiññaṃ suññataṃ — tasmiṃ samaye phasso hoti ... pe ... avikkhepo hoti ... pe ... imo dhammâ kusalâ : tass' eva lokuttarassa kusalassa jhânassa katattâ bhâvitattâ vipâkaṃ viviccera kâmehi paṭhamaṃ jhânaṃ upasampajja viharati dukkhâpaṭipadaṃ dandhâbhiññaṃ appaṇihitaṃ — tasmiṃ samaye phasso hoti ... pe ... avikkhepo hoti ... pe ... ime dhammâ avyâkatâ.

517. Katame dhammâ avyâkatâ ?

Yasmiṃ samaye lokuttaraṃ jhânaṃ bhâveti niyyânikaṃ apacayagâmiṃ diṭṭhigatânaṃ pahânâya paṭhamâya bhummiyâpattiyâ vitakkavicârânaṃ vûpasamâ ... pe ... dutiyaṃ jhânaṃ ... pe ... tatiyaṃ jhânaṃ ... pe ... catutthaṃ jhânaṃ ... po ... paṭhamaṃ jhânaṃ ... pe ... pañcamaṃ jhânaṃ upasampajja viharati dukkhâpaṭipadaṃ dandhâbhiññaṃ suññatan ti kusalaṃ ... pe ... dukkhâpaṭipadaṃ dandhâbhiññaṃ suññatan ti vipâko ... pe ... dukkhâpaṭipadaṃ dandhâbhiññaṃ suññatan ti kusalaṃ ... pe ... dukkhâpaṭipadaṃ dandhâbhiññaṃ animittan ti vipâko ... pe ... dukkhâpaṭipadaṃ dandhâbhiññaṃ suññatan ti kusalaṃ ... po ... dukkhâpaṭipadaṃ dandhâbhiññaṃ appaṇihitan ti vipâko — tasmiṃ samaye phasso hoti ... pe ... avikkhepo hoti ... pe ... imo dhammâ avyâkatâ.

518. Katame dhammâ avyâkatâ ?

Yasmiṃ samaye lokuttaraṃ jhânaṃ bhâveti niyyânikaṃ apacayagâmiṃ diṭṭhigatânaṃ pahânâya paṭhamâya bhummiyâpattiyâ viviccera kâmehi ... po ... paṭhamaṃ jhânaṃ upasampajja viharati dukkhâpaṭipadaṃ khippâbhiññaṃ suññataṃ ... pe ... sukhâpaṭipadaṃ dandhâbhiññaṃ suññataṃ ... pe ... sukhâpaṭipadaṃ khippâbhiññaṃ

suññatam . . . pe . . . dutiyam jhânam . . . pe . . . tati-
yam jhânam . . . pe . . . catuttham jhânam . . . pe . . .
pathamam jhânam . . . pe . . . pañcamam jhânam upasam-
pajja viharati sukhâpatipadam khippâbhiññam suññatan ti
kusalam . . . pe . . . sukhâpatipadam khippâbhiññam suñ-
ñatan ti vipâko . . . pe . . . sukhâpatipadam khippâbhiññam
suññatan ti kusalam . . . pe . . . sukhâpatipadam khippâ-
bhiññam animittan ti vipâko . . . pe . . . sukhâpatipadam
khippâbhiññam suññatan ti kusalam . . . pe . . . sukhâpa-
tipadam khippâbhiññam appanihitan ti vipâko: tasmim
samaye phasso hoti . . . pe . . . avikkhepo hoti—imo dhammâ
avyâkatâ.

Suññapatipadâ.

519. Katame dhammâ avyâkatâ?

Yasmim samaye lokuttaram jhânam bhâveti niyyânikam
apacayagâmim ditthigatânam pahânâya pathamâya bhummi-
yâpattiyâ vivicceva kâmehi . . . pe . . . pathamam jhânam
upasampajja viharati appanihitam—tasmim samaye phasso hoti
. . . pe . . . avikkhepo hoti . . . pe . . . imo dhammâ kusalâ: tass'
eva lokuttarassa kusalassa jhânassa katattâ bhâvitattâ vipâkam
vivicceva kâmehi . . . pa . . . pathamam jhânam upa-
sampajja viharati appanihitam—tasmim samaye phasso hoti
. . . pe . . . avikkhepo hoti . . . pe . . . ime dhammâ
avyâkatâ.

520. Katame dhammâ avyâkatâ?

Yasmim samaye lokuttaram jhânam bhâveti niyyânikam
apacayagâmim ditthigatânam pahânâya pathamâya bhummi-
yâpattiyâ vivicceva kâmehi . . . pe . . . pathamam jhânam
upasampajja viharati appanihitam—tasmim samaye phasso
hoti . . . pe . . . avikkhepo hoti . . . po . . . ime dhammâ
kusalâ: tass' eva lokuttarassa kusalassa jhânassa katattâ bhâ-
vitattâ vipâkam vivicceva kâmchi . . . pe . . . pathamam
jhânam upasampajja viharati animittam—tasmim samaye
phasso hoti . . . pe . . . avikkhepo hoti—ime dhammâ
avyâkatâ.

521. Katame dhammâ avyâkatâ?

Yasmiṃ samaye lokuttaraṃ jhānaṃ bhāveti niyyānikaṃ apacayagāmiṃ diṭṭhigatānaṃ pahānāya paṭhamāya bhummi-yāpattiyā viviccēva kāmehi . . . pe . . . paṭhamaṃ jhānaṃ upasampajja viharati appaṇihitaṃ : tasmiṃ samaye phasso hoti . . . pe . . . avikkhepo hoti . . . pe . . . ime dhammā kusalā : tass' eva lokuttarassa kusalassa jhānassa katattā bhāvitattā vipākaṃ viviccēva kāmehi . . . pe . . . paṭha-maṃ jhānaṃ upasampajja viharati suññataṃ — tasmiṃ samaye phasso hoti . . . pe . . . avikkhepo hoti . . . pe . . . ime dhammā avyākatā.

522. Katame dhammā avyākatā ?

Yasmiṃ samaye lokuttaraṃ jhānaṃ bhāveti niyyānikaṃ apacayagāmiṃ diṭṭhigatānaṃ pahānāya paṭhamāya bhummi-yāpattiyā vitakkavicārānaṃ vūpasamā . . . pe . . . dutiyaṃ jhānaṃ . . . pe . . . tatiyaṃ jhānaṃ . . . pe . . . catutthaṃ jhānaṃ . . . pe . . . paṭhamaṃ jhānaṃ . . . pe . . . pañcamaṃ jhānaṃ upasampajja viharati appaṇihitan ti kusa-laṃ . . . pe . . . appaṇihitan ti vipāko . . . pe . . . appaṇihitan ti kusalaṃ . . . pe . . . animittan ti vipāko . . . pe . . . appaṇihitan ti kusalaṃ . . . po . . . suññatan ti vipāko—tasmiṃ samaye phasso hoti . . . pe . . . avikkhepo hoti . . . pe . . . ime dhammā avyākatā.

Suddhika-appaṇihitaṃ.

523. Katame dhammā avyākatā ?

Yasmiṃ samayo . . . pe . . . pattiyā viviccēva kāmehi . . . pe . . . paṭhamaṃ jhānaṃ upasampajja viharati dukkhāpaṭipadaṃ dandhābhiññaṃ appaṇihitaṃ—tasmiṃ samaye phasso hoti . . . pe . . . avikkhepo hoti—ime dhammā kusalā—tass' eva lokuttarassa kusalassa jhānassa katattā bhāvitattā vipākaṃ viviccēva kāmehi . . . po . . . paṭhamaṃ jhānaṃ upasampajja viharati dukkhāpaṭipadaṃ dandhābhiññaṃ appaṇihitaṃ—tasmiṃ samaye phasso hoti . . . pe . . . avikkhepo hoti . . . pe . . . ime dhammā avyākatā.

524. Katame dhammā avyākatā ?

Yasmiṃ samaye . . . pe . . . pattiyā viviccēva kāmehi

. . . pe . . . paṭhamaṃ jhânaṃ upasampajja viharati dukkhâ-
paṭipadaṃ dandhâbhiññaṃ appaṇihitaṃ—tasmiṃ samaye
phasso hoti . . . pe . . . avikkhepo hoti . . . pe . . . ime
dhammâ kusalâ : tass' eva lokuttarassa kusalassa jhânassa
katattâ bhâvitattâ vipâkaṃ vivicceva kâmehi . . . pe . . .
paṭhamaṃ jhânaṃ upasampajja viharati dukkhâpaṭipadaṃ
dandhâbhiññaṃ animittaṃ—tasmiṃ samaye phasso hoti . . .
pe . . . avikkhepo hoti . . . pe . . . ime dhammâ
avyâkatâ.

525. Katamo dhammâ avyâkatâ?

Yasmiṃ . . . pe . . . pattiyâ vivicceva kâmehi . . . pe
. . . paṭhamaṃ jhânaṃ upasampajja viharati . dukkhâpaṭi-
padaṃ dandhâbhiññaṃ appaṇihitaṃ : tasmiṃ samaye phasso
hoti . . . pe . . . avikkhepo hoti . . . pe . . . ime dhammâ
kusalâ : tass' eva lokuttarassa kusalassa jhânassa katattâ
bhâvitattâ vipâkaṃ vivicceva kâmehi . . . pe . . . paṭhamaṃ
jhânaṃ upasampajja viharati dukkhâpaṭipadaṃ dandhâ-
bhiññaṃ suññataṃ—tasmiṃ samaye phasso hoti . . . pe
. . . avikkhepo hoti . . . pe . . . ime dhammâ avyâkatâ.

526. Katame dhammâ avyâkatâ?

Yasmiṃ samayo . . . pe . . . pattiyâ vivicceva kâmehi
. . . pe . . . dutiyaṃ jhânaṃ . . . pe . . . tatiyaṃ jhânaṃ
. . . pe . . . catutthaṃ jhânaṃ . . . pe . . . paṭhamaṃ
jhânaṃ . . . pe . . . pañcamaṃ jhânaṃ upasampajja viharati
dukkhâpaṭipadaṃ dandhâbhiññaṃ appaṇihitan ti kusalaṃ
. . . pe . . . dukkhâpaṭipadaṃ dandhâbhiññaṃ appaṇihi-
tan ti vipâko . . . pe . . . dukkhâpaṭipadaṃ dandhâbhiññaṃ
appaṇihitan ti kusalaṃ . . . pe . . . dukkhâpaṭipadaṃ dan-
dhâbhiññaṃ appaṇihitan ti vipâko . . . pe . . . dukkhâpaṭi-
padaṃ dandhâbhiññaṃ appaṇihitan ti kusalaṃ . . . pe . . .
dukkhâpaṭipadaṃ dandhâbhiññaṃ ti vipâko—tasmiṃ samaye
phasso hoti . . . pe . . . avikkhepo hoti . . . pe . . . ime
dhammâ avyâkatâ.

527. Katame dhammâ avyâkatâ?

Yasmiṃ samaye . . . pe . . . pattiyâ vivicceva kâmehi
. . . pe . . . paṭhamaṃ jhânaṃ upasampajja viharati dukkhâ-
paṭipadaṃ khippâbhiññaṃ appaṇihitaṃ . . . pe . . . sukhâ-
paṭipadaṃ dandhâbhiññaṃ appaṇihitaṃ . . . po . . . sukhâ-

peṭipadaṃ khippâbhiññeṃ appaṇihitaṃ ... pe ... dutiyaṃ
jhânaṃ ... pe ... tatiyaṃ jhânaṃ ... pe ... catutthaṃ
jhânaṃ ... pe ... paṭhamaṃ jhâneṃ ... pe ... pañca-
maṃ jhânaṃ upasampajja viharati sukhâpaṭipadaṃ khippâ-
bhiññâṃ appaṇihitan ti kusalaṃ ... pe ... sukhâpaṭipadeṃ
khippâbhiññâṃ appaṇihitan ti vipâko ... pe ... sukhâ-
paṭipadaṃ khippâbhiññaṃ appaṇihitan ti kusalaṃ ... pe
... sukhâpaṭipadaṃ khippâbhiññaṃ appaṇihitan ti nimittan ti
vipâko ... pe ... sukhâpaṭipadaṃ khippâbhiññâṃ appaṇi-
hitan ti kusaleṃ ... pe ... sukhâpaṭipadaṃ khippâbhiññâṃ
suññatan ti vipâko—tasmiṃ samaye phasso hoti ... pe ...
evikkhepo hoti ... pe ... imo dhammâ avyâkatâ.

Appaṇihitapaṭipadâ.

528. Katame dhammâ avyâkatâ ?

Yasmiṃ samaye lokuttaraṃ maggaṃ bhâveti ... pe ...
lokuttaraṃ satipaṭṭhânaṃ bhâveti ... pe ... lokuttaraṃ
sammappadhânaṃ bhâveti ... pe ... lokuttaraṃ iddhippê-
daṃ bhâveti ... pe ... lokuttaraṃ indriyaṃ bhâveti
... pe ... lokuttaraṃ balaṃ bhâveti ... pe ...
lokuttaraṃ bojjhaṅgaṃ bhâveti ... pe ... lokuttaraṃ
saccaṃ bhâveti ... pe ... lokuttaraṃ samathaṃ bhâveti
... pe ... lokuttaraṃ dhammaṃ bhâveti ... pe ...
lokuttaraṃ khandhaṃ hhâveti ... pe ... lokuttaraṃ
âyatanaṃ bhâveti ... pe ... lokuttaraṃ dhâtuṃ bhâvoti
... pe ... lokuttaraṃ âhâraṃ bhâvoti ... pe ...
lokuttaram phassaṃ hhâvoti ... pe ... lokuttaraṃ veda-
naṃ bhâvoti ... pe ... lokuttaraṃ saññaṃ bhâveti ...
po ... lokuttaraṃ cetanaṃ bhâveti ... pe ... lokuttaraṃ
cittaṃ bhâveti niyyânikaṃ apacayagâmiṃ diṭṭhigatânaṃ
pahânâya paṭhamâya bhummiyâpattiyâ viviccova kâmehi ...
pe ... paṭhamaṃ jhânaṃ upasampajja viharati dukkhâpaṭipa-
daṃ dendhâbhiññâṃ—tasmiṃ samayo phasso hoti ... pe ...
avikkhepo hoti—ime dhammâ kusalâ : tass' eva lokuttarassa
kusalassa cittasse katattâ bhâvitattâ vipâkaṃ viviccova kâmehi
... po ... paṭhamaṃ jhânaṃ upasampajja vihareti
dukkhâpaṭipadaṃ dandhâbhiññaṃ suññataṃ ... pe ...

animittaṃ ... pe ... appaṇihitaṃ tasmiṃ samaye phasso hoti ... pe ... avikkhepo hoti ... pe ... ime dhammâ avyâkatâ.

Vîsati mahânayâ.

529. Katame dhammâ avyâkatâ ?

Yasmiṃ samaye lokuttaraṃ jhânaṃ hhâveti niyyânîkaṃ ... pe ... pattiyâ vivicceva kâmehi ... pe ... paṭhamaṃ jhânaṃ upasampajja viharati dukkhâpaṭipadaṃ dandhâhhiññaṃ chandâdhipateyyaṃ: tasmiṃ samaye phasso hoti ... pe ... avikkhepo hoti ... pe ... imc dhammâ kusalâ: tass' eva lokuttarassa kusalassa jhânassa katattâ hhâvitattâ vipâkaṃ vivicceva kâmehi ... pe ... paṭhamaṃ jhânaṃ upasampajja viharati dukkhâpaṭipadaṃ dandhâhhiññaṃ suññataṃ chandâdhipateyyaṃ — tasmiṃ samaye phasso hoti ... pe ... avikkhepo hoti ... po ... ime dhammâ avyâkatâ.

530. Katame dhammâ avyakatâ ?

Yasmiṃ samayo lokuttaraṃ jhânaṃ bhâveti niyyânikaṃ ... po ... pattiyâ vivicceva kâmehi ... po ... paṭhamaṃ jhânaṃ upasampajja viharati dukkhâpaṭipadaṃ dandhâhhiññaṃ chandâdhipateyyaṃ: tasmiṃ samaye phasso hoti ... pe ... avikkhcpo hoti ... po ... ime dhammâ kusalâ—tass' eva lokuttarassa kusalassa jhânassa katattâ hhâvitattâ vipâkaṃ vivicceva kâmehi ... pe ... paṭhamaṃ jhânaṃ upasampajja viharati dukkhâpaṭipadaṃ dandhâhhiññaṃ appanimittaṃ chandâdhipateyyaṃ—tasmiṃ samaye phasso hoti ... pe ... avikkhepo hoti ... po ... imc dhammâ avyâkatâ.

531. Katamo dhammâ avyâkatâ ?

Yasmiṃ samaye lokuttaraṃ ... pe ... pattiyâ vivicceva kâmehi ... pe ... paṭhamaṃ jhânaṃ upasampajja viharati dukkhâpaṭipadaṃ dandhâhhiññaṃ chandâdhipatoyyaṃ: tasmiṃ samayo phasso hoti ... pc ... avikkhepo hoti ... pe ... ime dhammâ kusalâ—tass' eva lokuttarassa kusalassa jhânassa katattâ hhâvitattâ vipâkaṃ vivicceva kâmohi ... pe ... paṭhamaṃ jhânaṃ upasampajja viharati dukkhâpaṭipadaṃ dandhâhhiññaṃ appaṇihitaṃ chandâ-

dhipateyyaṃ—tasmiṃ samayo phasso hoti ... pe ...
avikkhepo hoti ... pe ... imo dhammā avyākatā.

532. Katame dhammā avyākatā ?

Yasmiṃ samaye lokuttaraṃ ... po ... pattiyā vitakka-
vicārānaṃ vûpasamā ... po ... dutiyaṃ jhânaṃ ... pe
... tatiyaṃ jhânaṃ ... pe ... catutthaṃ jhûnaṃ ...
pe ... pathamaṃ jhânaṃ ... pe ... pañcamaṃ jhânaṃ
upasampajja viharati dukkhâpaṭipadaṃ dandhâbhiññaṃ
chandâdhipateyyan ti kusalaṃ ... po ... dukkhâpaṭipadaṃ
dandhâbhiññaṃ suññataṃ chandâdhipatoyyan ti vipâko ...
pe ... dukkhâpaṭipadaṃ dandhâbhiññaṃ chandâdhipatoyyan
ti kusalaṃ ... po ... dukkhâpaṭipadaṃ dandhâbhiññaṃ
animittaṃ chandâdhipatoyyan ti vipâko ... pe ... dukkhâ-
paṭipadaṃ dandhâbhiññaṃ chandâdhipatoyyan ti kusalaṃ
... pe ... dukkhâpaṭipadaṃ dandhâbhiññaṃ appaṇihitaṃ
chandâdhipateyyan ti vipâko—tasmiṃ samayo phasso hoti ...
po ... avikkhepo hoti ... pe ... imo dhammā avyākatā.

533. Katame dhammā avyākatā ?

Yasmiṃ samaye lokuttaraṃ ... po ... pattiyā vivicceva
kâmehi ... pe ... pathamaṃ jhânaṃ upasampajja viharati
dukkhâpaṭipadaṃ khippâbhiññaṃ chandâdhipatoyyaṃ ...
pe ... sukhâpaṭipadaṃ dandhâbhiññaṃ chandâdhipateyyaṃ
... pe ... sukhâpaṭipadaṃ khippâbhiññaṃ chandâdhipa-
teyyaṃ ... pe ... dutiyaṃ jhânaṃ ... pe ... tatiyaṃ
jhânaṃ ... pe ... catutthaṃ jhânaṃ ... pe ... patha-
maṃ jhânaṃ ... pe ... pañcamaṃ jhânaṃ upasampajja
viharati sukhâpaṭipadaṃ khippâbhiññaṃ chandâdhipatoyyan
ti kusalaṃ ... po ... sukhâpaṭipadaṃ khippâbhiññaṃ
suññataṃ chandâdhipateyyan ti vipâko ... pe ... sukhâ-
paṭipadaṃ khippâbhiññaṃ chandâdhipatoyyan ti kusalaṃ
... po ... sukhâpaṭipadaṃ khippâbhiññaṃ animittaṃ
chandâdhipateyyan ti vipâko ... pe ... sukhâpaṭipadaṃ
khippâbhiññaṃ chandâdhipatoyyan ti kusalaṃ ... pe ...
sukhâpaṭipadaṃ khippâbhiññaṃ appaṇihitaṃ chandâdhipa-
teyyan ti vipâko—tasmiṃ samayo phasso hoti ... pe ...
avikkhepo hoti ... po ... imo dhammā avyākatā.

Chandâdhipateyyaṃ suddhikapaṭipadâ.

534. Katame dhammâ avyâkatâ ?

Yasmiṃ samaye ... pe ... pattiyâ vivicceva kâmehi ... pe ... paṭhamaṃ jhânaṃ upasampajja viharati suññataṃ chandâdhipateyyaṃ—tasmiṃ samaye phasso hoti ... pe ... avikkhepo hoti ... pe ... ime dhammâ kusalâ—tass' eva lokuttarassa kusalassa jhânassa katattâ bhâvitattâ vipâkaṃ vivicceva kâmehi ... pc ... paṭhamaṃ jhânaṃ upasampajja viharati suññataṃ chandâdhipateyyaṃ—tasmim samayo phasso hoti ... pc ... avikkhepo hoti ... pe ... ime dhammâ avyâkatâ.

535. Katamo dhammâ avyâkatâ ?

Yasmiṃ samaye ... pe ... pattiyâ vivicceva kâmehi ... po ... paṭhamaṃ jhânaṃ upasampajja viharati suññataṃ chandâdhipateyyaṃ : tasmiṃ samaye phasso hoti ... pe ... avikkhepo hoti ... pe ... ime dhammâ kusalâ—tass' eva lokuttarassa kusalassa jhânassa katattâ bhâvitattâ vipâkaṃ vivicceva kâmchi ... pc ... paṭhamaṃ jhânaṃ upasampajja viharati animittaṃ chandâdhipateyyaṃ—tasmiṃ samaye phasso hoti ... pe ... avikkhepo hoti ... pe ... ime dhammâ avyâkatâ.

536. Katame dhammâ avyâkatâ?

Yasmiṃ samaye ... pe ... pattiyâ vivicceva kâmehi ... pe ... paṭhamaṃ jhânaṃ upasampajja viharati suññataṃ chandâdhipateyyaṃ—tasmiṃ samaye phasso hoti ... pe ... avikkhepo hoti ... pe ... ime dhammâ kusalâ: tass' eva lokuttarassa kusalassa jhânassa katattâ bhâvitattâ vipâkaṃ vivicceva kâmehi ... pe ... paṭhamaṃ jhânaṃ upasampajja viharati appaṇihitaṃ chandâdhipateyyaṃ—tasmiṃ samaye phasso hoti ... pe ... avikkhepo hoti—ime dhammâ avyâkatâ.

537. Katame dhammâ avyâkatâ ?

Yasmiṃ samaye lokuttaraṃ ... pe ... pattiyâ vitakka-vicârânaṃ vûpasamâ ... pe ... dutiyaṃ jhânaṃ ... pe ... tatiyaṃ jhânaṃ ... pe ... catutthaṃ jhânaṃ ... pe ... paṭhamaṃ jhânaṃ ... pe ... pañcamaṃ jhânaṃ upasampajja viharati suññataṃ chandâdhipateyyan ti kusalaṃ ... pe ... suññataṃ chandâdhipateyyaṃ ti vipâko ... pe ... suññataṃ chandâdhipateyyan ti kusalaṃ ... pe ... animittaṃ chandâdhipateyyan ti vipâko ... po ... suññataṃ chandâdhipatoyyan ti kusalaṃ ... pe ... appaṇihitaṃ ohandâdhipateyyan ti vipâko—tasmiṃ samaye phasso hoti ... pe ... avikkhepo hoti ... pe ... ime dhammâ avyâkatâ.

Chandâdhipateyyaṃ suddhikasuññatâ.

538. Katama dhammâ avyâkatâ ?

Yasmiṃ samaye lokuttaraṃ ... po ... pattiyâ viviccava kâmehi ... po ... paṭhamaṃ jhânaṃ upasampajjâ viharati dukkhâpaṭipadaṃ dandhâbhiññaṃ suññataṃ chandâdhipateyyaṃ—tasmiṃ samaye phasso hoti ... pe ... avikkhepo hoti ... pa ... ima dhammâ kusalâ : taas' eva lokuttarassa kusalassa jhânassa katattâ bhâvitattâ vipâkaṃ viviceva kâmehi ... pe ... paṭhamam jhânaṃ upasampajja viharati dukkhâpaṭipadaṃ dandhâbhiññaṃ suññataṃ chandâdhipateyyaṃ—tasmiṃ samaya phasso hoti ... po ... avikkhepo hoti ... po ... ime dhammâ avyâkatâ.

539. Katame dhammâ avyâkatâ ?

Yasmiṃ samaye lokuttaraṃ ... pe ... pattiyâ viviceva kâmehi ... pe ... paṭhamaṃ jhânaṃ upasampajja viharati dukkhâpaṭipadaṃ dandhâbbiññaṃ suññatam chandâdhipateyyaṃ—tasmiṃ samaye phasso hoti ... pe ... avikkhepo hoti ... pe ... ime dhammâ kusalâ—tass' ova lokuttarassa kusalassa jhânassa katattâ bhâvitattâ vipâkaṃ viviceva kâmehi ... pe ... paṭhamam jhânaṃ upasampajja viharati dukkhâpaṭipadaṃ dandhâbhiññaṃ suññataṃ chandâdhipateyyaṃ : tasmiṃ samayo phasso hoti ... pe ... avikkhepo hoti ... po ... imo dhammâ avyâkatâ.

540. Katama dhammâ avyâkatâ ?

Yasmiṃ samaya ... pe ... pattiyâ viviceva kâmehi ... pa ... paṭhamaṃ jhânaṃ upasampajja viharati dukkhâpaṭipadaṃ dandhâbhiññaṃ suññataṃ chandâdhipateyyaṃ—tasmiṃ samaya lokuttaro phasso hoti ... pe ... avikkhepo hoti—imo dhammâ kusalâ : tass' ava lokuttarassa kusalassa jhânassa katattâ bhâvitattâ vipâkaṃ viviceva kâmehi ... pa ... paṭhamam jhânaṃ upasampajja viharati dukkhâpaṭipadaṃ dandhâbhiññaṃ appaṇihitaṃ chandâdhipateyyaṃ—

tasmiṃ samaye phasso hoti ... pe ... avikkhepo hoti ...
pe ... ime dhammā avyākatā.

541. Katame dhammā avyākatā?

Yasmiṃ samaye lokuttaraṃ jhānaṃ ... pe ... pattiyā
vitakkavicārānaṃ vūpasamā ... pe ... dutiyaṃ jhānaṃ
... pe ... tatiyaṃ jhānaṃ ... pe ... catutthaṃ jhānaṃ
... pe ... paṭhamaṃ jhānaṃ ... pe ... pañcamaṃ jhā-
naṃ upasampajja viharati dukkhāpaṭipadaṃ daudhābhiuññaṃ
suññataṃ chandādhipateyyan ti kusalaṃ ... pe ... dukkhā-
paṭipadaṃ dandbābhiññaṃ suññataṃ chandādhipateyyan ti
vipāko ... pe ... dukkhāpaṭipadaṃ dandhābhiññaṃ suñ-
ñataṃ chandādhipateyyan ti kusalaṃ ... pe ... dukkhā-
paṭipadaṃ dandhābhiññaṃ animittaṃ chandādhipateyyan ti
vipāko ... pe ... dukkhāpaṭipadaṃ dandhābhiññaṃ suñ-
ñataṃ chandādhipateyyan ti kusalaṃ ... pe ... dukkhā-
paṭipadaṃ dandhābhiññaṃ appaṇihitaṃ chandādhipateyyan
ti vipāko—tasmiṃ samaye phasso hoti ... pe ... avikkhepo
hoti ... pe ... ime dhammā avyākatā.

542. Katame dhammā avyākatā?

Yasmiṃ samaye lokuttaraṃ ... pe ... pattiyā vivicceva
kāmehi ... pe ... paṭhamaṃ jhānaṃ upasampajja viha-
rati dukkhāpaṭipadaṃ khippābhiññaṃ suññataṃ chandā-
dhipateyyaṃ ... pe ... sukhāpaṭipadaṃ dandhābhiññaṃ
suññataṃ chandādhipateyyaṃ ... pe ... sukhāpaṭipadaṃ
khippābhiññaṃ suññataṃ chandādhipateyyaṃ ... pe ... duti-
yaṃ jhānaṃ ... pe ... tatiyaṃ jhānaṃ ... pe ... catutthaṃ
jhānaṃ ... pe ... paṭhamaṃ jhānaṃ ... pe ... pañ-
camaṃ jhānaṃ upasampajja viharati sukhāpaṭipadaṃ khippā-
bhiññaṃ suññataṃ chandādhipateyyan ti kusalaṃ ... pe
sukhāpaṭipadaṃ khippābhiññaṃ suññataṃ chandādhipa-
teyyan ti vipāko ... pe ... sukhāpaṭipadaṃ khippābhiñ-
ñaṃ suññataṃ chandādhipateyyan ti kusalaṃ ... pe ...
sukhāpaṭipadaṃ khippābhiññaṃ animittaṃ chandādhipa-
teyyan ti vipāko ... pe ... sukhāpaṭipadaṃ khippābhiñ-
ñaṃ suññataṃ chandādhipateyyan ti kusalaṃ ... pe ...
sukhāpaṭipadaṃ khippābhiññaṃ appaṇihitaṃ chandādhipa-
teyyan ti vipāko—tasmiṃ samaye phasso hoti ... pe ...
avikkhepo hoti ... pe ... ime dhammā avyākatā.

543. Katame dhammâ avyâkatâ ?

· Yasmiṃ samaye lokuttaraṃ . . . pe . . . pattiyâ vivicceva kâmehi . . . pe . . . paṭhamaṃ jhânaṃ upasampajja viharati appaṇihitaṃ chandâdbipateyyaṃ—tasmiṃ samaye phasso hoti . . . pe . . . avikkhcpo hoti . . . po . . . imo dhammâ kusalâ—tass' eva lokuttarassa kusalassa jhânassa katattâ bhâvitattâ vipâkaṃ viviccva kâmohi . . . po . . . paṭhamaṃ jhânaṃ upasampajja viharati appaṇihitaṃ chandâdbipa-teyyaṃ : tasmiṃ samaye phasso hoti . . . pe . . . avikkhepo hoti . . . pe . . . ime dhammâ avyâkatâ.

544. Katame dhammâ avyâkatâ ?

Yasmiṃ samaye lokuttaraṃ jhânaṃ . . . pe . . . pattiyâ vivicceva kâmohi . . . pe . . . paṭhamaṃ jhânaṃ upasam-pajja viharati appaṇihitaṃ chandâdhipateyyaṃ : tasmiṃ samaye phasso hoti . . . pe . . . avikkhepo hoti . . . pe . . . ime dhammâ kusalâ : tass' eva lokuttarassa kusalassa jhânassa katattâ bhâvitattâ vipâkaṃ viviccva kâmehi . . . pe . . . paṭhamaṃ jhânaṃ upasampajja viharati animittaṃ chandâ-dhipateyyaṃ : tasmiṃ samaye phasso hoti . . . pe . . . avikkhcpo hoti . . . pe . . . ime dhammâ avyâkatâ.

545. Katame dhammâ avyâkatâ ?

Yasmiṃ samaye lokuttaraṃ . . . pe . . . pattiyâ vivicceva kâmehi . . . pe . . . paṭhamaṃ jhânaṃ upasampajja viharati appaṇihitaṃ chandâdhipateyyaṃ—tasmiṃ samaye phasso hoti . . . po . . . avikkhepo hoti . . . pe . . . ime dhammâ kusalâ : tass' ova lokuttarassa kusalassa jhânassa katattâ bhâvitattâ vipâkaṃ vivicceva kâmchi . . . pe . . . paṭhamaṃ jhânaṃ npasampajja viharati suññataṃ chandâdhipateyyaṃ—tasmiṃ samayo phasso hoti . . . po . . . avikkhepo hoti . . . po . . . ime dhammâ avyâkatâ.

546. Katamo dhammâ avyâkatâ ?

Yasmiṃ samaye lokuttaraṃ . . . pe . . . pattiyâ vitakka-vicârânaṃ vûpasamâ . . . pe . . . dntiyaṃ jhânaṃ . . . po . . . tatiyaṃ jhânaṃ . . . po . . . catutthaṃ jhânaṃ . . . pe . . . paṭhamaṃ jhânaṃ . . . pe . . . pañcamaṃ jhânaṃ upasampajja viharati appaṇihitaṃ chandâdhipateyyan ti kusalaṃ . . . pe . . . appaṇihitaṃ chandâdhipateyyan ti vipâko . . . pe . . . appaṇihitaṃ chandâdhipateyyan ti

kusalaṃ . . . pe . . . animittaṃ chandâdhipateyyan ti vipâko
. . . pe . . . appaṇihitaṃ chandâdhipateyyan ti kusalṃ . . .
pe . . . suññataṃ chandâdhipateyyan ti vipâko : tasmiṃ
samaye phasso hoti . . . pe . . . avikkhepo hoti . . . pe . . .
ime dhammâ avyâkatâ.

547. Katame dhammâ avyâkatâ?

Yasmiṃ samaye lokuttaraṃ jhânaṃ . . . pe . . . pattiyâ
vivicceva kâmehi . . . pe . . . paṭhamaṃ jhânaṃ upa-
sampajja viharati dukkhâpaṭipadaṃ dandhâbhiññaṃ appaṇi-
hitaṃ chandâdhipateyyaṃ—tasmiṃ samaye phasso hoti . . .
pe . . . avikkhepo hoti . . . pe . . . ime dhammâ kusalâ;
tass' eva lokuttarassa kusalassa jhânassa katattâ hhâvitattâ
vipâkaṃ vivicceva kâmehi . . . pe . . . paṭhamaṃ jhânaṃ
upasampajja viharati dukkhâpaṭipadaṃ dandhâbhiññaṃ
appaṇihitaṃ chandâdhipateyyaṃ—tasmim samaye phasso
hoti . . . pe . . . avikkhepo hoti . . . pe . . . ime dhammâ
avyâkatâ.

548. Katamo dhammâ avyâkatâ?

Yasmiṃ samaye lokuttaraṃ jhânaṃ . . . pe . . . pattiyâ
vivicceva kâmchi . . . pe . . . paṭhamaṃ jhânaṃ upasam-
pajja viharati dukkhâpaṭipadaṃ dandhâbhiññaṃ appaṇihitaṃ
chandâdhipateyyaṃ—tasmiṃ samaye phasso hoti . . . pe
. . . avikkhepo hoti . . . pe . . . ime dhammâ kusalâ—
tass' eva lokuttarassa kusalassa jhânassa katattâ hhâvitattâ
vipâkaṃ vivicceva kâmehi . . . pe . . . paṭhamaṃ jhânaṃ
upasampajja viharati dukkhâpaṭipadaṃ dandhâbhiññaṃ
animittaṃ chandâdhipateyyaṃ—tasmiṃ samaye phasso hoti
. . . pe . . . avikkhepo hoti . . . pe . . . ime dhammâ
avyâkatâ.

549. Katamo dhammâ avyâkatâ?

Yasmiṃ samaye lokuttaraṃ jhânaṃ . . . pe . . . pattiyâ
vivicceva kâmehi . . . pe . . . paṭhamaṃ jhânaṃ upasam-
pajja viharati dukkhâpaṭipadaṃ dandhâbhiññaṃ appaṇi-
hitaṃ chandâdhipateyyaṃ—tasmiṃ samaye phasso hoti . . .
pe . . . avikkhepo hoti—ime dhammâ kusalâ—tass' eva
lokuttarassa kusalassa jhânassa katattâ hhâvitattâ vipâkaṃ
vivicceva kâmehi paṭhamaṃ jhânaṃ upasampajja viharati
dukkhâpaṭipadaṃ dandhâbhiññaṃ suññataṃ chandâdhipa-

teyyaṃ : tasmiṃ samaye phasso hoti . . . pe . . . avikkhepo
hoti . . . pe . . . ime dhammâ avyâkatâ.

550. Katamo dhammâ avyâkatâ ?

Yasmiṃ samaye lokuttaraṃ jhânaṃ . . . pe . . . pattiyâ
vitakkavicârânaṃ vûpasamâ . . . po . . . dutiyaṃ jhâuaṃ
. . . pe . . . tatiyaṃ jhânaṃ . . . pe . . . catutthaṃ jhânaṃ
. . . pe . . . paṭhamaṃ jhânaṃ . . . pe . . . pañcaniaṃ
jhânaṃ upasampajja viharati dukkhâpaṭipadaṃ dandhâ-
bhiññaṃ appaṇihitaṃ chandâdhipateyyan ti kusalaṃ . . .
pe . . . dukkhâpaṭipadaṃ dandhâbhiññaṃ appaṇihitaṃ
chandâdhipateyyan ti vipâko . . . pe . . . dukkhâpaṭipadaṃ
dandhâbhiññaṃ appaṇihitaṃ chandâdhipateyyan ti kusalaṃ
. . . pe . . . dukkhâpaṭipadaṃ dandhûbhiññaṃ animittaṃ
chandâdhipateyyau ti vipâko . . . pe . . . dukkhâpaṭipadaṃ
dandhâbhiññaṃ appaṇihitaṃ chandâdhipateyyan ti kusalaṃ
. . . pe . . . dukkhâpaṭipadaṃ dandhâbhiññaṃ suññataṃ
chandâdhipateyyan ti vipâko : tasmiṃ samayo phasso hoti . . .
po . . . avikkhepo hoti . . . pe . . . ime dhammâ avyâkatâ.

551. Katamo dhammâ avyâkatâ ?

Yasmiṃ samaye lokuttaraṃ jhânaṃ bhâveti . . . pe . . .
pattiyâ vivicceva kâmchi . . . pe . . . paṭhamaṃ jhânaṃ
upasampajja viharati dukkhâpaṭipadaṃ khippâbhiññaṃ ap-
paṇihitaṃ chandâdhipateyyaṃ . . . pe . . . sukhâpaṭipadaṃ
dandhâbhiññaṃ appaṇihitaṃ chandâdhipateyyaṃ . . . pe
. . . sukhâpaṭipadaṃ khippâbhiññaṃ appaṇihitaṃ chandâ-
dhipateyyaṃ . . . pe . . . dutiyaṃ jhânaṃ . . . pe . . .
tatiyaṃ jhânaṃ . . . pe . . . catutthaṃ jhânaṃ . . . po
. . . paṭhamaṃ jhânaṃ . . . pe . . . pañcamaṃ jhânaṃ
upasampajja viharati sukhâpaṭipadaṃ khippâbhiññaṃ appa-
ṇihitaṃ chandâdhipateyyan ti kusalaṃ . . . pe . . . sukhâ-
paṭipadaṃ khippâbhiññaṃ appaṇihitaṃ chandâdhipateyyan
ti vipâko . . . pe . . . sukhâpaṭipadaṃ khippâbhiññaṃ
appaṇihitaṃ chandâdhipateyyan ti kusalaṃ . . . pe . . .
sukhâpaṭipadaṃ khippâbhiññaṃ animittaṃ chandâdhipa-
teyyan ti vipâko . . . pe . . . sukhâpaṭipadaṃ khippâ-
bhiññaṃ appaṇihitaṃ chandâdhipateyyau ti kusalaṃ . . .
pe . . . sukhâpaṭipadaṃ khippâbhiññaṃ suññataṃ chandâ-
dhipateyyan ti vipâko—tasmiṃ samaye phasso hoti . .

pe . . . avikkhepo boti . . . pe . . . ime dhammâ avyâkatâ.

552. Katame dhammâ avyâkatâ ?

Yasmiṃ samayo lokuttaraṃ maggaṃ hhâveti . . . pe . . . lokuttaraṃ satipaṭṭhânaṃ hhâveti . . . pe . . . lokuttaraṃ sammappadhânaṃ hhâveti . . . po . . . lokuttaraṃ iddhipâdaṃ hbâveti . . . pe . . . lokuttaraṃ indriyaṃ bhâveti . . . pe . . . lokuttaraṃ halaṃ hhâveti . . . pe . . . lokuttaram bojjhaṅgaṃ bhâveti . . . pe . . . lokuttaraṃ saccaṃ bhâveti . . . pe . . . lokuttaram samathaṃ hhâveti . . . pe . . . lokuttaraṃ dhammaṃ bhâveti . . . pe . . . lokuttaraṃ khandhaṃ hhâveti . . . pe . . . lokuttaraṃ âyataaaṃ bhâveti . . . pe . . . lokuttaraṃ dhâtum hhâveti . . . pe . . . lokuttaraṃ âhâraṃ hhâveti . . . pe . . . lokuttaraṃ phassaṃ hhâveti . . . pe . . . lokuttaraṃ vedanaṃ bhâveti . . . pe . . . lokuttaraṃ saññaṃ hhâveti . . . pe . . . lokuttaraṃ cetanaṃ hhâveti . . . pe . . . lokuttaraṃ cittaṃ hhâveti niyyânikaṃ apacayagâmiṃ diṭṭhigatânaṃ pahânâya paṭhamâya bburamiyâpattiyâ vivicceva kâmebi . . . po . . . paṭhamaṃ jhânaṃ upasampajja viharati dukkhâpaṭipadaṃ dandhâhhiññaṃ chandâdhipatoyyaṃ—tasmiṃ samaye phasso boti . . . pe . . . avikkhepo hoti . . . pe . . . ime dhammâ kusalâ—tass' eva lokuttarassa kusalassa jhânassa katattâ hhâvitattâ vipâkaṃ vivicceva kâmehi . . . pe . . . paṭhamaṃ jhânaṃ upasampajja viharati dukkhâpaṭipadaṃ dandhâbhiññaṃ suññataṃ . . . po . . . animittaṃ . . . pe . . . appaṇihitaṃ chandâdhipateyyaṃ . . . pe . . . viriyâdhipateyyaṃ . . . pe . . . cittâdhipateyyaṃ . . . pe . . . vimaṃsâdhipateyyaṃ—tasmiṃ samaye phasso hoti . . . pe . . . avikkhepo boti . . . pe . . . ime dhammâ avyâkatâ.

Paṭhamamaggavipâko.

553. Katame dhammâ avyâkatâ ?

Yasmiṃ samayo lokuttaraṃ jbânaṃ bhâveti niyyânikaṃ apacayagâmiṃ kâmârâgavyâpâdânaṃ patanubhâvâya dutiyâya bhummiyâpattiyâ vivicceva kâmehi . . . pe . . . vimaṃsâdhipateyyaṃ: tasmiṃ samaye pbasso boti . . . pe . . . kâmarâgavyâ-

pâdânaṃ anavasesappahânâya tatiyâya bhummiyâpattiyâ ...
pe ... rûparâga-arûparâgamâna-uddhacca-avijjâya anavase-
sappahânâya catutthâya bhummiyâpattiyâ viviceva kâmohi
... pe ... paṭhamaṃ jhânaṃ upasampajja viharati dukkhâ-
paṭipadaṃ dandhâbhiññaṃ tasmiṃ samaye phasso hoti ...
po ... aññindriyaṃ hoti ... po ... avikkhepo hoti
... pe ... ime dhammâ avyâkatâ—tass' eva lokuttarassa
kusalassa jhânassa katattâ bhâvitattâ vipâkaṃ viviceva kâ-
mehi ... pe ... paṭhamaṃ jhânaṃ upasampajja viharati
dukkhâpaṭipadaṃ   dandhâbhiññaṃ   suññataṃ — tasmiṃ
samayo phasso hoti ... pe ... aññâtâvindriyaṃ hoti ...
pe ... avikkhepo hoti ... pe ... ye vâ pana tasmiṃ
samaye añño pi atthi paṭiccasamuppannâ arûpino dhammâ—
imo dhammâ avyâkatâ.

554. Katamo tasmiṃ samaye phasso hoti?

Yo tasmiṃ samaye phasso phusanâ samphusanâ samphusi-
tattaṃ—ayaṃ tasmiṃ samaye phasso hoti ... pe ...

555. Katamaṃ tasmiṃ samaye aññâtâvindriyaṃ hoti?

Yâ tesaṃ aññâtâvînaṃ dhammânaṃ aññâ paññâ pajânanâ
vicayo pavicayo dhammavicayo sallakkhaṇâ upalakkhaṇâ
paccupalakkhaṇâ paṇḍiccaṃ kosallaṃ nepuññaṃ vebhavyâ
cintâ upaparikkhâ bhûrî medhâ pariṇâyikâ vipassanâ sampa-
jaññaṃ patodo paññâ paññindriyaṃ paññâbalaṃ paññâ-
satthaṃ   paññâpâsâdo   paññâ-âloko   paññâ-obhâso   paññâ-
pajjoto paññâratanaṃ amoho dhammavicayo sammâdiṭṭhi
dhammavicayasambojjhaṅgo maggaṅgaṃ maggapariyâpan-
naṃ, idaṃ tasmiṃ samayo aññâtâvindriyaṃ hoti ... pe ...
avikkhepo hoti ... pe ... ye vâ pana tasmiṃ samaye aññe
pi atthi paṭiccasamuppannâ arûpino dhammâ—ime dhammâ
avyâkatâ.

Lokuttaravipâko.

556. Katamo dhammâ avyâkatâ?

Yasmiṃ samaye akusalassa kammassa katattâ upacitattâ
vipâkaṃ cakkhuviññâṇaṃ uppannaṃ hoti upekkhâsaha-
gataṃ rûpârammaṇaṃ ... po ... sotaviññâṇaṃ uppannaṃ
hoti upekkhâsahagataṃ saddârammaṇaṃ ... pe ...
ghânaviññâṇaṃ uppannaṃ hoti upekkhâsahagataṃ gandhâ-

rammaṇaṃ . . . pe . . . jivhâviññâṇaṃ uppannaṃ hoti
upekkhâsahagataṃ rasârammaṇaṃ . . . pe . . . kâyaviññâ-
ṇaṃ uppannaṃ hoti dukkhâsahagataṃ phoṭṭhabbâramma-
ṇaṃ—tasmiṃ samaye phasso hoti vedanâ hoti saññâ hoti
cetanâ hoti cittaṃ hoti dukkhaṃ hoti cittass' ekaggatâ hoti
manindriyaṃ hoti, dukkhindriyaṃ hoti jîvitindriyaṃ hoti
. . . pe . . . yo vâ pana tasmiṃ samaye aññe pi atthi
paṭiccasamuppannâ arûpino dhammâ—imo dhammâ avyâ-
katâ.

557. Katamo tasmiṃ samaye phasso hoti?

Yo tasmiṃ samaye phasso . . . po . . . ayaṃ tasmiṃ
samaye phasso hoti.

558. Katamâ tasmiṃ samayo vedanâ hoti?

Yaṃ tasmiṃ samaye tajjâ kâyaviññâṇadhâtu samphassa-
jaṃ kâyikaṃ asâtaṃ kâyikaṃ dukkhaṃ kâyasamphassajaṃ
asâtaṃ dukkhaṃ vedayitaṃ kâyasamphassajâ asâtâ dukkhâ
vedanâ—ayaṃ tasmiṃ samaye vedanâ hoti.

559. Katamaṃ tasmiṃ samaye dukkhaṃ hoti?

Yaṃ tasmiṃ samaye kâyikaṃ asâtaṃ kâyikaṃ dukkhaṃ
kâyasamphassajaṃ asâtaṃ dukkhaṃ vedayitaṃ kâyasam-
phassajâ asâtâ dukkhâ vedanâ—idaṃ tasmiṃ samaye dukk-
haṃ hoti.

560. Katamaṃ tasmiṃ samaye dukkhindriyaṃ hoti?

Yaṃ tasmiṃ samayo kâyikaṃ . . . pe . . . dukkhâ vedanâ
—idaṃ tasmiṃ samayo dukkhindriyaṃ hoti . . . pe . . .
yo vâ pana tasmiṃ samayo aññe pi atthi paṭiccasamuppannâ
arûpino dhammâ—ime dhammâ avyâkatâ.

Tasmiṃ kho pana samaye cattâro khandhâ honti, dvâyatâ-
nâni honti, dvo dhâtuyo honti, tayo âhârâ honti, tîṇindriyâni
honti, eko phasso hoti . . . po . . . ekâ manoviññâṇadhâtu
hoti, ekaṃ dhammâyatanaṃ hoti, ekâ dhammadhâtu hoti—
ye vâ pana tasmiṃ samaye aññe pi atthi paṭiccasamuppannâ
arûpino dhammâ—imo dhammâ avyâkatâ . . . pe . . .

561. Katamo tasmiṃ samayo saṅkhârakkhandho hoti?

Phasso, cetanâ vitakko vicâro cittass' ekaggatâ, jîvitindri-
yaṃ; ye vâ pana tasmiṃ samaye aññe pi atthi paṭicca-
samuppannâ arûpino dhammâ—ṭhapetvâ vedanâkkhandhaṃ,
ṭhapetvâ saññâkkhandaṃ, ṭhapetvâ viññâṇakkhandhaṃ—

ayaṃ tasmiṃ samayo saṅkhārakkhandho hoti . . . pe . . .
ime dhammā avyākatā . . . pa . . .

562. Katame dhammā avyākatā?

Yasmiṃ samaye akusalassa kammassa katattā upacitattā vipākā manodhātu uppannā hoti upekkhāsahagatā rūpārammaṇā vā . . . po . . . phoṭṭhabhārammaṇā vā—yaṃ yaṃ vā panārahbha—tasmiṃ samaye phasso hoti, vedanā hoti, saññā hoti, cetanā hoti, cittaṃ hoti, vitakko hoti, vicāro hoti, upekkhā hoti, cittass' ekaggatā hoti, manindriyaṃ hoti, upekkhindriyaṃ hoti, jīvitindriyaṃ hoti; ye vā pana tasmiṃ samaye aññe pi atthi paṭiccasamuppannā arūpino dhammā— ime dhammā avyākatā . . . pe . . .

Tasmiṃ kho pana samaye cattāro khandhā honti, dvāyatanāni honti, dve dhātuyo honti, tayo āhārā honti, tīṇindriyāni honti, eko phasso hoti . . . po . . . ekā manodhātu hoti, ekaṃ dhammāyatanaṃ hoti, ekā dhammadhātu hoti —ye vā pana tasmiṃ samaye aññe pi atthi paṭiccasamuppannā arūpino dhammā—ime dhammā avyākatā . . . pe . . .

563. Katamo tasmiṃ samaye saṅkhārakkhandho hoti?

Phasso cetanā vitakko vicāro cittass' ekaggatā jīvitindriyaṃ—ye vā pana tasmiṃ samayo aññe pi atthi paṭiccasamuppannā arūpino dhammā—ṭhapetvā vedanākkhandhaṃ ṭhapetvā saññākkhandhaṃ ṭhapetvā viññāṇakkhandhaṃ— ayaṃ tasmiṃ samaye saṅkhārakkhandho hoti . . . pe . . . ime dhammā avyākatā.

564. Katamo dhammā avyākatā?

Yasmiṃ samaye akusalassa kammassa katattā upacitattā vipākā manoviññāṇadhātu uppannā hoti upekkhāsahagatā rūpārammaṇā vā . . . po . . . dhammārammaṇā vā—yaṃ yaṃ vā panārahbha—tasmiṃ samaye phasso hoti, vedanā hoti, saññā hoti, cetanā hoti, cittaṃ hoti, vitakko hoti, vicāro hoti, upekkhā hoti, cittass' ekaggatā hoti, manindriyaṃ hoti, upekkhindriyaṃ hoti, jīvitindriyaṃ hoti, ye vā pana tasmiṃ samaye aññe pi atthi paṭiccasamuppannā arūpino dhammā— ime dhammā avyākatā . . . pa . . .

Tasmiṃ kho pana samayo cattāro khandhā honti, dvāyatanāni honti, dve dhātuyo honti, tayo āhārā honti, tīṇindriyāni honti, eko phasso hoti . . . pe . . . ekā manoviññāṇadhātu

hoti, ekam dhammâyatanam hoti, ekâ dhammadhâtu hoti—
ye vâ pana tasmim samaye aññe pi atthi paṭiccasamuppannâ
arûpino dhammâ—imo dhammâ avyâkatâ . . . pe . . .

565. Katamo tasmim samaye sankhârakkhandho hoti ?

Phasso cetanâ vitakko vicâro cittass' ekaggatâ jîvitindri-
yam—ye vâ pana tasmim samaye aññe pi atthi paṭicca-
samuppannâ arûpiao dhammâ—ṭhapetvâ vedanâkkhandham,
ṭhapetvâ saññâkkhandham ṭhapetvâ viññâṇakkhandham—
ayam tasmim samaye sankhârakkhandho hoti . . . pe . . .
ime dhammâ avyâkatâ.

Akusalavipâkâ avyâkatâ.

566. Katamc dhammâ avyâkatâ ?

Yasmim samaye maaodhâtu uppannâ hoti kiriyâ ncva
kusalâ nâkusalâ na ca kammavipâkâ upekkhâsahagatâ rûpâ-
rammaṇâ vâ . . . pe . . . phoṭṭhahbârammaṇâ vâ—yam yam
vâ panârabhha—tasmim samaye phasso hoti, vedanâ hoti,
saññâ hoti, cctanâ hoti, cittam hoti, vitakko hoti, vicâro
hoti, upekkhâ hoti, cittass' ekaggatâ hoti, manindriyam hoti,
upekkhiadriyam hoti, jîvitiadriyam hoti, yo vâ pana tasmim
samaye añño pi atthi paṭiccasamuppanaâ arûpino dhammâ
—ime dhammâ avyâkatâ . . . pe . . . tasmim kho pana
samayc cattâro khandhâ honti, dvâyatanâni honti, dve dhâtuyo
honti, tayo âhârâ honti, tîṇiadriyâni honti, eko phasso hoti
. . . pe . . . ckâ manodhâtu hoti, okam dhammâyatanam
hoti, ckâ dhammadhâtu hoti, yo vâ pana tasmim samaye aññe
pi atthi paṭiccasamuppannâ arûpiao dhammâ—imo dhammâ
avyâkatâ.

567. Katamo tasmim samayo sankhârakkhaado hoti ?

Phasso cctanâ vitakko vicâro cittass' ekaggatâ jîvitindriyam
—ye vâ pana tasmim samayo añño pi atthi paṭiccasamuppannâ
arûpiao dhammâ —ṭhapctvâ vedanâkkhandham ṭhapetvâ
saññâkkhandham ṭhapetvâ viññâṇakkhaadham—ayam tasmim
samaye sankhârakkhandho hoti . . . pe . . . imo dhammâ
avyâkatâ.

568. Katamo dhammâ avyâkatâ ?

Yasmim samaye manoviññâṇadhâtu uppannâ hoti kiriyâ

aeva kusalâ nâkusalâ aa ca kammavipâkâ somanassasahagatâ
rûpârammaṇâ vâ . . . pe . . . dhammârammaṇâ vâ—yaṃ
yaṃ vâ panârabhha—tasmiṃ samayo phasso hoti, vedanâ
hoti, saññâ hoti, cetanâ hoti, cittaṃ hoti, vitakko hoti, vicâro
hoti, pîti hoti, sukhaṃ hoti, cittass' okaggatâ hoti, viriyindri-
yaṃ hoti, samâdhiadriyaṃ hoti, manindriyaṃ hoti, soma-
nassindriyaṃ hoti, jîvitindriyaṃ hoti, ye vâ pana tasmiṃ
samaye aññe pi atthi paṭiccasamuppannâ arûpino dhammâ—
ime dhammâ avyâkatâ.

569. Katamo tasmiṃ samayo phasso hoti?

Yo tasmiṃ samaye phasso phusanâ samphusanâ samphusi-
tattaṃ—ayaṃ tasmiṃ samayo phasso hoti . . . pe . . .

570. Katamâ tasmiṃ samaye cittass' ekaggatâ hoti?

Yâ tasmiṃ samayo cittassa ṭhiti saṇṭhiti avaṭhiti avisâ-
hâro avikkhepo avisâhaṭamaaasatâ samatho samâdhindriyaṃ
samâdhibalaṃ — ayaṃ tasmiṃ samayo cittass' ekaggatâ
hoti.

571. Katamaṃ tasmiṃ samaye viriyindriyaṃ hoti?

Yo tasmiṃ samaye cetasiko viriyârambho nikkamo para-
kkamo uyyâmo vâyâmo ussâho ussoḷhi thâmo dhiti asithila-
parakkamatâ anikkhittachandatâ anikkhittadhuratâ dhu-
rasampaggâho viriyaṃ viriyiadriyaṃ viriyabalaṃ—idaṃ
tasmiṃ samaye viriyindriyaṃ hoti.

572. Katamaṃ tasmiṃ samaye samâdhindriyaṃ hoti?

Yâ tasmiṃ samaye cittassa ṭhiti . . . pe . . . samâdhi-
balaṃ—idaṃ tasmiṃ samayo samâdhindriyaṃ hoti . . . pe
. . . yo vâ pana tasmiṃ samayo aññe pi atthi paṭiccasa-
muppannâ arûpiao dhammâ—imo dhammâ avyâkatâ.

Tasmiṃ kho pana samayo cattâro khandhâ honti, dvâya-
tanâni hoati, dve dhâtuyo honti, tayo âhârâ honti, pañciadri-
yâni honti, eko phasso hoti . . . pe . . . ekâ maaoviññâ-
ṇadhâtu hoti, ekaṃ dhammâyatanaṃ hoti, ekâ dhammadhâtu
hoti; ye vâ pana tasmiṃ samayo aññe pi atthi paṭicca-
samuppannâ arûpino dhammâ—ime dhammâ avyâkatâ.

573. Katamo tasmiṃ samayo saṅkhârakkhandho hoti?

Phasso cetanâ vitakko vicâro pîti cittass' ekaggatâ viri-
yindriyaṃ samâdhindriyaṃ jîvitindriyaṃ—ye vâ pana tasmiṃ
samaye aññe pi atthi paṭiccasamuppannâ arûpino dhammâ—

ṭhapetvā vedaṇākkhaṇdhaṃ ṭhapetvā saññākkhaṇdhaṃ ṭha-
petvā viññāṇakkhandhaṃ—ayaṃ tasmiṃ samayo saṅkhā-
rakkhandho hoti . . . pe . . . ime dhammā avyākatā.

574. Katame dhammā avyākatā?

Yasmiṃ samaye manoviññāṇadhātu uppannā hoti kiriyā
nova kusalā nākusalā na ca kammavipākā upekkhāsahagatā
rūpārammaṇā vā . . . pe . . . dhammārammaṇā vā—yaṃ
yaṃ vā panārabbha—tasmiṃ samaye phasso hoti vedanā
hoti, saññā hoti, cetanā hoti, cittaṃ hoti, vitakko hoti, vicāro
hoti, upekkhā hoti, cittass' ekaggatā hoti, viriyindriyaṃ hoti,
samādhindriyaṃ hoti, manindriyaṃ hoti, upekkhindriyaṃ
hoti, jīvitindriyaṃ hoti—ye vā pana tasmiṃ samaye aññe
pi atthi paṭiccasamuppannā arūpino dhammā—imo dhammā
avyākatā . . . pe . . . Tasmiṃ kho pana samayo cattāro
khandhā honti, dvāyatanāni honti, dve dhātuyo honti, tayo
āhārā honti, pañcindriyāni honti, eko phasso hoti . . . pe . . .
ekā manoviññāṇadhātu hoti, ekaṃ dhammāyatanaṃ hoti, ekā
dhammadhātu hoti; ye vā pana tasmiṃ samaye aññe pi atthi
paṭiccasamuppannā arūpino dhammā—ime dhammā avyākatā
. . . pe . . .

575. Katamo tasmiṃ samayo saṅkhārakkhandho hoti?

Phasso cetanā vitakko vicāro cittass' ekaggatā viriyindri-
yaṃ samādhindriyaṃ jīvitindriyaṃ—ye vā pana tasmiṃ
samayo añño pi atthi paṭiccasamuppannā arūpino dhammā
—ṭhapetvā vedanākkhandhaṃ ṭhapetvā saññākkhandhaṃ
ṭhapetvā viññāṇukkhandhaṃ—ayaṃ tasmiṃ samayo saṅkhā-
rakkhandho hoti . . . pe . . . imo dhammā avyākatā.

576. Katame dhammā avyākatā?

Yasmiṃ samayo manoviññāṇadhātu uppanā hoti kiriyā
neva kusalā nākusalā na ca kammavipākā somanassasahagatā
ñāṇasampayuttā . . . pe . . . somanassasahagatā ñāṇasam-
payuttā sasaṅkhārena . . . pe . . . somanassasahagatā
ñāṇavippayuttā . . . pe . . . somanassasahagatā ñāṇavippayuttā
sasaṅkhārena . . . pe . . . upekkhāsahagatā ñāṇasampayuttā
. . . pe . . . upekkhāsahagatā ñāṇasampayuttā sasaṅkhārena
. . . pe . . . upekkhāsahagatā ñāṇavippayuttā . . . pe . . .
upekkhāsahagatā ñāṇavippayuttā sasaṅkhārena rūpārammaṇā
vā . . . pe . . . dhammārammaṇā vā—yaṃ yaṃ vā panā-

rabbha—tasmiṃ samayo phasso hoti . . . pe . . . avikkhepo hoti . . . pe . . . ime dhammā avyākatā . . . pe . . .

Alobho avyākatamūlaṃ . . . pe . . . adoso avyākatamūlaṃ . . . pe . . . amoho avyākatamūlaṃ . . . pe . . . ime dhammā avyākatā.

Kāmāvacarakiriyā.

577. Katame dhammā avyākatā?

Yasmiṃ samaye rūpāvacaraṃ jhānaṃ bhāveti kiriyaṃ neva kusalaṃ nākusalaṃ na ca kammavipākaṃ diṭṭhidhamma-sukhavihāraṃ vivicceva kāmehi . . . po . . . paṭhamaṃ jhānaṃ upasampajja viharati pathavīkasiṇaṃ—tasmiṃ samaye phasso hoti . . . pe . . . avikkhepo hoti . . . pe . . . ime dhammā avyākatā.

578. Katame dhammā avyākatā?

Yasmiṃ samaye rūpāvacaraṃ jhānaṃ bhāveti kiriyaṃ neva kusalaṃ nākusalaṃ na ca kammavipākaṃ diṭṭhidhamma-sukhavihāraṃ vitakkavicārānaṃ vūpasamā . . . po . . . dutiyaṃ jhānaṃ . . . pe . . . tatiyaṃ jhānaṃ . . . pe . . . catutthaṃ jhānaṃ . . . po . . . paṭhamaṃ jhānaṃ . . . pe . . . pañcamaṃ jhānaṃ upasampajja viharati pathavīkasiṇaṃ—tasmiṃ samaye phasso hoti . . . po . . . avikkhepo hoti . . . pe . . . ime dhammā avyākatā.

Rūpāvacarakiriyā.

579. Katame dhammā avyākatā?

Yasmiṃ samaye arūpāvacaraṃ jhānaṃ bhāveti kiriyaṃ neva kusalaṃ nākusalaṃ na ca kammavipākaṃ diṭṭhidhamma-sukhavihāraṃ sabbaso rūpasaññānaṃ samatikkamā paṭigha-saññānaṃ atthaṅgamānānattasaññānaṃ amanasikārā ākāsā-nañcāyatanasaññāsahagataṃ sukhassa ca pahānā . . . pe . . . catutthaṃ jhānaṃ upasampajja viharati — tasmiṃ samaye phasso hoti . . . pe . . . avikkhepo hoti . . . pe . . . imo dhammā avyākatā.

580. Katame dhammā avyākatā?

Yasmiṃ samaye arūpāvacaraṃ jhānaṃ bhāveti kiriyaṃ

neva kusalaṃ nâkusalaṃ na ca kammavipâkaṃ diṭṭhi-
dhammasukhavihâraṃ sabbaso âkâsânañcâyatanaṃ samati-
kkamâ viññâṇañcâyatanasaññâsahagataṃ sukhassa ca pahânâ
. . . pe . . . catutthaṃ jhânaṃ upasampajja viharati—
tasmiṃ samaye phasso hoti . . . pe . . . avikkhepo hoti
ime dhammâ avyâkatâ.

581. Katame dhammâ avyâkatâ?

Yasmiṃ samayo arûpâvacaraṃ jhânaṃ bhâveti kiriyaṃ
neva kusalaṃ nâkusalaṃ na ca kammavipâkaṃ diṭṭhidham-
masukhavihâraṃ sabbaso viññâṇañcâyatanaṃ samatikkamâ
âkiñcaññâyatanasaññâsahagataṃ sukhassa ca pahânâ . . .
pe . . . catutthaṃ jhânaṃ upasampajja viharati—tasmiṃ
samaye phasso hoti . . . pe . . . avikkhepo hoti . . . pe
. . . ime dhammâ avyâkatâ.

582. Katame dhammâ avyâkatâ?

Yasmiṃ samaye arûpâvacaraṃ . . . pe . . . sabhaso
âkiñcaññâyatanaṃ samatikkamâ neva saññânâsaññâyatana-
saññâsahagataṃ sukhassa ca pahânâ . . . pe . . . catutthaṃ
jhânaṃ upasampajja viharati—tasmiṃ samaye phasso hoti
. . . pe . . . avikkhepo hoti . . . pe . . . ime dhammâ
avyâkatâ . . . pe . . . alobho avyâkatamûlaṃ . . . pe . . .
adoso avyâkatamûlaṃ . . . pe . . . amoho avyâkatamûlaṃ
. . . pe . . . ime dhammâ avyâkatâ.

Arûpâvacarakiriyâ.

CITTUPPÂDAKAṆḌAṂ.

583. Katame dhammâ avyâkatâ?

Kusalâkusalânaṃ dhammânaṃ vipâkâ kâmâvacarâ, rûpâ-
vacarâ, arûpâvacarâ apariyâpannâ vedanâkkhandho saññâ-
kkhandho saṅkhârakkhandho viññâṇakkhandho ye ca
dhammâ kiriyâ neva kusalâ nâkusalâ na ca kammavipâkâ
sabbañ ca rûpaṃ asaṅkhatâ ca dhâtu—ime dhammâ avyâkatâ.

584. Tattha katamaṃ sabbaṃ rûpaṃ?

Cattâro ca mahâbhûtâ catunnañ ca mahâbhûtânaṃ upâdâya
rûpam—idaṃ vuccati sabbaṃ rûpaṃ.

Sabbaṃ rûpaṃ na hetu ahetukaṃ hetuvippayuttaṃ

sappaccayaṃ saṅkhataṃ rūpiyaṃ lokiyaṃ sāsavaṃ saṃyo-
janiyaṃ ganthaniyaṃ oghaniyaṃ yoganiyaṃ nivaraṇiyaṃ
parāmaṭṭhaṃ upādāniyaṃ saṅkilesikaṃ avyākataṃ anāram-
maṇaṃ acetasikaṃ cittavippayuttaṃ neva vipākanavipāka-
dhammadhammaṃ asaṅkiliṭṭhasaṅkilesikaṃ na savitakka-
savicāraṃ na avitakkavicāramattaṃ avitakka-avicāraṃ na
pītisahagataṃ na sukhasahagataṃ na upekkhāsahagataṃ
neva dassanena na bhāvanāya pahātabbaṃ neva dassanena
na bhāvanāya pahātabbahetukaṃ neva ācayagāmiṃ na
apacayagāmiṃ neva sekkhaṃ nāsekkhaṃ parittaṃ kāmāva-
caraṃ na rūpāvacaraṃ na arūpāvacaraṃ pariyāpannaṃ na
apariyāpannaṃ aniyataṃ aniyyānikaṃ uppannaṃ chahi
viññāṇehi viññeyyaṃ aniccaṃ jarābhibhūtaṃ evaṃ ekavi-
dhena rūpasaṅgaho.

Ekakaṃ.

585. **Duvidhena rūpasaṅgaho**: atthi rūpaṃ upādā, atthi
rūpaṃ no upādā, atthi rūpaṃ upādiṇṇaṃ, atthi rūpaṃ anupā-
diṇṇaṃ, atthi rūpaṃ upādiṇṇupādāniyaṃ, atthi rūpaṃ
anupādiṇṇupādāniyaṃ, atthi rūpaṃ sanidassanaṃ, atthi
rūpaṃ anidassanaṃ atthi rūpaṃ sappaṭighaṃ, atthi rūpaṃ
appaṭighaṃ, atthi rūpaṃ indriyaṃ, atthi rūpaṃ na indri-
yaṃ, atthi rūpaṃ mahābhūtaṃ atthi rūpaṃ na mahābhūtaṃ,
atthi rūpaṃ viññatti, atthi rūpaṃ na viññatti, atthi rūpaṃ
cittasamuṭṭhānaṃ, atthi rūpaṃ na cittasamuṭṭhānaṃ, atthi
rūpaṃ cittasahabhū, atthi rūpaṃ na cittasahabhū, atthi
rūpaṃ cittānuparivatti, atthi rūpaṃ na cittānuparivatti,
atthi rūpaṃ ajjhatikaṃ, atthi rūpaṃ bāhiraṃ, atthi rūpaṃ
oḷārikaṃ, atthi rūpaṃ sukhumam, atthi rūpaṃ dūre, atthi
rūpaṃ santike, atthi rūpaṃ cakkhusamphassassa vatthu,
atthi rūpaṃ cakkhusamphassassa na vatthu, atthi rūpaṃ
cakkhusamphassajāya vedanāya . . . pe . . . saññāya . . .
pe . . . cetanāya . . . pe . . . cakkhuviññāṇassa vatthu,
atthi rūpaṃ cakkhuviññāṇassa na vatthu, atthi rūpaṃ sota-
samphassassa . . . pe . . . ghānasamphassassa . . . pe . . .
jivhāsamphassassa . . . pe . . . kāyasamphassassa vatthu,
atthi rūpaṃ kāyasamphassassa na vatthu, atthi rūpaṃ kāya-
samphassajāya vedanāya . . . pe . . . saññāya . . . pe . . .

cetanâya . . . pe . . . kâyaviññâṇassa vatthu, atthi rûpaṃ
kâyaviññûâṇassa na vatthu, atthi rûpaṃ cakkhusamphassassa
ârammaṇaṃ, atthi rûpaṃ cakkhusamphassassa nârammaṇaṃ,
atthi rûpaṃ cakkhusamphassajâya vedanâya . . . pe . . .
saññâya . . . pe . . . cetanâya . . . pe . . . cakkhu-
viññâṇassa ârammaṇaṃ, atthi rûpaṃ cakkhuviññûâṇassa
nârammaṇaṃ, atthi rûpaṃ sotasamphassassa . . . pe . . .
ghânasamphassassa . . . pe . . . jivhâsamphassassa . . .
pe . . . kâyasamphassassa ârammaṇaṃ—atthi rûpaṃ kâya-
samphassassa nârammaṇaṃ, atthi rûpaṃ kâyasamphassajâya
vedanâya . . . pe . . . saññâya . . . pe . . . cetanâya
. . . pe . . . kâyaviññûâṇassa ârammaṇaṃ—atthi rûpaṃ
kâyaviññûâṇassa nârammaṇaṃ, atthi rûpaṃ cakkhâyatanaṃ
atthi rûpaṃ na cakkhâyatanaṃ, atthi rûpaṃ sotâyatanaṃ
. . . pe . . . ghânâyatanaṃ . . . pe . . . jivhâyatanaṃ
. . . pe . . . kâyâyatanaṃ, atthi rûpaṃ kâyâyatanaṃ, atthi
rûpaṃ rûpâyatanaṃ, atthi rûpaṃ na rûpâyatanaṃ, atthi
rûpaṃ saddâyatanaṃ . . . pe . . . gandhâyatanaṃ . . . pe . . .
rasâyatanaṃ . . . pe . . . phoṭṭhabbâyatanaṃ atthi rûpaṃ na
phoṭṭhabbâyatanaṃ, atthi rûpaṃ cakkhudhâtu, atthi rûpaṃ
na cakkhudhâtu, atthi rûpaṃ sotadhâtu . . . pe . . .
ghânadhâtu . . . pe . . . jivhâdhâtu . . . pe . . . kâya-
dhâtu, atthi rûpaṃ na kâyadhâtu atthi rûpaṃ rûpadhâtu
atthi rûpaṃ na rûpadhâtu atthi rûpaṃ saddadhâtu . . . pe
. . . gandhadhâtu . . . pe . . . rasadhâtu . . . pe . . .
phoṭṭhabbadhâtu . . . pe . . . atthi rûpaṃ na phoṭṭhabba-
dhâtu . . . pe . . . atthi rûpaṃ cakkhundriyaṃ atthi rûpaṃ
na cakkhundriyaṃ atthi rûpaṃ sotindriyaṃ . . . pe . . .
ghânindriyaṃ . . . pe . . . jivhindriyaṃ . . . pe . . .
kâyindriyaṃ atthi rûpaṃ na kâyindriyaṃ atthi rûpaṃ
itthindriyaṃ atthi rûpaṃ na itthindriyaṃ atthi rûpaṃ
purisindriyaṃ atthi rûpaṃ na purisindriyaṃ atthi rûpaṃ
jîvitindriyaṃ atthi rûpaṃ na jîvitindriyaṃ atthi rûpaṃ
kâyaviññatti atthi rûpaṃ na kâyaviññatti atthi rûpaṃ
vacîviññatti atthi rûpaṃ na vacîviññatti, atthi rûpaṃ âkâsa-
dhâtu, atthi rûpaṃ na âkâsadhâtu, atthi rûpaṃ âpodhâtu,
atthi rûpaṃ na âpodhâtu, atthi rûpaṃ rûpassa lahutâ, atthi
rûpaṃ na rûpassa lahutâ, atthi rûpaṃ rûpassa mudutâ atthi

rûpaṃ rûpassa na mudutâ, atthi rûpaṃ rûpassa kammaññatâ, atthi rûpaṃ rûpassa na kammaññatâ, atthi rûpaṃ rûpassa upacayo, atthi rûpaṃ rûpassa na upacayo, atthi rûpaṃ rûpassa santati atthi rûpaṃ rûpassa na santati, atthi rûpaṃ rûpassa jaratâ, atthi rûpaṃ rûpassa na jaratâ atthi rûpaṃ aniccatâ atthi rûpaṃ na aniccatâ atthi rûpaṃ kabaḷiṅkâro âhâro, atthi rûpaṃ na kabaḷiṅkâro âhâro, evaṃ duvidhena rûpasaṅgaho.

Dukaṃ.

586. Tividhena rûpasaṅgaho ?

Yan taṃ rûpaṃ ajjhattikaṃ, taṃ upâdâ, yan taṃ rûpaṃ bâhiraṃ, taṃ atthi upâdâ, atthi nopâdâ, yan taṃ rûpaṃ ajjhattikaṃ, taṃ upâdinnaṃ, yan taṃ rûpaṃ bâhiraṃ taṃ atthi upâdinnaṃ, atthi anupâdinnaṃ, yan taṃ rûpaṃ ajjhatti-kaṃ taṃ upâdinnupâdâniyaṃ, yan taṃ rûpaṃ bâhiraṃ, taṃ atthi upâdinnupâdâniyaṃ, atthi anupâdinnupâdâniyaṃ, yan taṃ rûpaṃ ajjhattikaṃ, taṃ anidassanaṃ, yan taṃ rûpaṃ bâhiraṃ, taṃ atthi sanidassanaṃ, atthi anidassanaṃ, yan taṃ rûpaṃ ajjhattikaṃ, taṃ sappaṭighaṃ, yan taṃ rûpaṃ bâhi-raṃ, taṃ atthi sappaṭighaṃ, atthi appaṭighaṃ, yan taṃ rûpaṃ ajjhattikaṃ, taṃ indriyaṃ, yan taṃ rûpaṃ bâhiraṃ, taṃ atthi indriyaṃ, atthi na indriyaṃ, yan taṃ rûpaṃ ajjhattikaṃ, taṃ na mahâbhûtaṃ, yan taṃ rûpaṃ bâhiraṃ taṃ atthi mahûbhûtaṃ, atthi na mahâbhûtaṃ, yan taṃ rûpaṃ ajjhattikaṃ, taṃ na viññatti, yan taṃ rûpaṃ bâhiraṃ, taṃ atthi viññatti, atthi na viññatti, yan taṃ rûpaṃ ajjhatti-kaṃ, taṃ na cittasamuṭṭhânaṃ, yan taṃ rûpaṃ bâhiraṃ, taṃ atthi cittasamuṭṭhânaṃ atthi na cittasamuṭṭhânaṃ, yan taṃ rûpaṃ ajjhattikaṃ, taṃ na cittasahabhû, yan taṃ rûpaṃ bâhiraṃ taṃ atthi cittasahabhû, atthi na cittasahabhû, yan taṃ rûpaṃ ajjhattikaṃ, taṃ na cittânuparivatti, yan taṃ rûpaṃ bâhiraṃ, taṃ atthi cittânuparivatti, atthi na cittânu-parivatti, yan taṃ rûpaṃ ajjhattikaṃ, taṃ oḷârikaṃ yan taṃ rûpaṃ bâhiraṃ, taṃ atthi oḷârikaṃ, atthi sukhumaṃ, yan taṃ rûpaṃ ajjhattikaṃ, taṃ santike, yan taṃ rûpaṃ bâhiraṃ, taṃ atthi dûre, atthi santike, yan taṃ rûpaṃ bâhiraṃ, taṃ cakkhusamphassassa na vatthu, yan taṃ rûpaṃ ajjhattikaṃ,

tam atthi cakkhusamphassassa vatthu, atthi cakkhusamphas-
sassa na vatthu, yan tam rûpam bâhiram, tam cakkhusam-
phassajâya vedanâya . . . pe . . . saññâya . . . pe . . .
cetanâya . . . pe . . . cakkhuviññâṇassa na vatthu, yan tam
rûpam ajjhattikam, tam atthi cakkhuviññâṇassa vatthu, atthi
cakkhuviññâṇassa na vatthu, yan tam rûpam bâhiram, tam
sotasamphassassa . . . pe . . . ghânasamphassassa . . .
pe . . . jivhâsamphassassa . . . pe . . . kâyasamphassassa
na vatthu, yan tam rûpam ajjhattikam, tam atthi kâyasam-
phassassa vatthu, atthi kâyasamphassassa na vatthu, yan tam
rûpam bâhiram tam kâyasamphassajâya vedanâya . . . pe
. . . saññâya . . . pe . . . cetanâya . . . pe . . . kâya-
viññâṇassa na vatthu, yan tam rûpam ajjhattikam, tam atthi
kâyaviññâṇassa vatthu, atthi kâyaviññâṇassa na vatthu, yan
tam rûpam ajjhattikam, tam cakkhusamphassassa nâram-
maṇam, yan tam rûpam bâhiram, tam atthi cakkhusam-
phassassa ârammaṇam, atthi cakkhusamphassassa nâramma-
ṇam, yan tam rûpam ajjhattikam, tam cakkhusamphassajâya
vedanâya . . . pe . . . saññâya . . . pe . . . cetanâya
. . . pe . . . cakkhuviññâṇassa nârammaṇam, yan tam rûpam
bâhiram, tam atthi cakkhuviññâṇassa ârammaṇam atthi
cakkhuviññâṇassa nârammaṇam, yan tam rûpam ajjhattikam,
tam sotasamphassassa . . . pe . . . ghânasamphassassa . . .
pe . . . jivhâsamphassassa . . . pe . . . kâyasamphassassa
nârammaṇam, yan tam rûpam bâhiram, tam atthi kâyasam-
phassassa ârammaṇam, atthi kâyasamphassassa nârammaṇam,
yan tam rûpam ajjhattikam tam kâyasamphassajâya vedanâya
. . . pe . . . saññâya . . . pe . . . cetanâya . . . pe . . .
kâyaviññâṇassa nârammaṇam, yan tam rûpam bâhiram, tam
atthi kâyaviññâṇassa ârammaṇam, atthi kâyaviññâṇassa
nârammaṇam, yan tam rûpam bâhiram, tam na cakkhâyata-
nam, yan tam rûpam ajjhattikam, tam atthi cakkhâyatanam,
atthi na cakkhâyatanam, yan tam rûpam bâhiram, tam na
sotâyatanam . . . pe . . . na ghânâyatanam . . . pe . . .
na jivhâyatanam . . . pe . . . na kâyâyatanam, yan tam
rûpam ajjhattikam, tam atthi kâyâyatanam, atthi na kâyâ-
yatanam, yan tam rûpam ajjhattikam, tam na rûpâyatanam,
yan tam rûpam bâhiram, tam atthi rûpâyatanam, atthi na

rûpâyatanaṃ, yan taṃ rûpaṃ ajjhattikaṃ, taṃ na saddâyatanaṃ . . . pe . . . na gandhâyatanaṃ . . . pe . . . na rasâyatanaṃ . . . pe . . . na phoṭṭhabbâyatanaṃ, yan taṃ rûpaṃ bâhiraṃ, taṃ atthi phoṭṭhabbâyatanaṃ, atthi na phoṭṭhabbâyatanam, yan taṃ rûpaṃ bâhiraṃ, taṃ na cakkhudhâtu, yan taṃ rûpaṃ ajjhattikam, taṃ atthi cakkhudhâtu, atthi na cakkhudhâtu, yan taṃ rûpaṃ bâhiraṃ, taṃ na sotadhâtu . . . pe . . . na ghânadhâtu . . . pe . . . na jivhâdhâtu . . . pe . . . na kâyadhâtu . . . pe . . . yan taṃ rûpaṃ ajjhattikaṃ, taṃ atthi kâyadhâtu, atthi na kâyadhâtu yan taṃ rûpaṃ ajjhattikaṃ, taṃ rûpadhâtu, yan taṃ rûpaṃ bâhiraṃ, taṃ atthi rûpadhâtu, atthi na rûpadhâtu, yan taṃ rûpaṃ ajjhattikaṃ, taṃ na saddadhâtu . . . pe . . . na gandhadhâtu . . . pe . . . na rasadhâtu, na phoṭṭhahbadhâtu, yan taṃ rûpaṃ bâhiraṃ, taṃ atthi phoṭṭhabhadhâtu, atthi na phoṭṭhabbadhâtu, yan taṃ rûpaṃ bâhiraṃ, taṃ na cakkhundriyaṃ, yan taṃ rûpaṃ ajjhattikaṃ, taṃ atthi cakkhundriyaṃ atthi na cakkhundriyaṃ, yan taṃ rûpaṃ bâhiraṃ, taṃ na sotindriyaṃ . . . pe . . . na ghânindriyaṃ . . . pe . . . na jivhindriyaṃ . . . pe . . . na kâyindriyaṃ, yan taṃ rûpaṃ ajjhattikaṃ, taṃ atthi kâyindriyaṃ, atthi na kâyindriyaṃ, yan taṃ rûpaṃ ajjhattikaṃ, taṃ na itthindriyaṃ, yan taṃ rûpaṃ bâhiraṃ, taṃ atthi itthindriyaṃ, atthi na itthindriyaṃ yan taṃ rûpaṃ ajjhattikaṃ, taṃ na purisindriyaṃ, yan taṃ rûpaṃ bâhiraṃ, taṃ atthi purisindriyaṃ, atthi na purisindriyaṃ, yan taṃ rûpaṃ ajjhattikaṃ, taṃ na jîvitindriyaṃ, yan taṃ rûpaṃ bâhiraṃ, taṃ atthi jîvitindriyaṃ, atthi na jîvitindriyaṃ, yan taṃ rûpaṃ ajjhattikaṃ, taṃ na kâyaviññatti, yan taṃ rûpaṃ bâhiraṃ, taṃ atthi kâyaviññatti, atthi na kâyaviññatti, yan taṃ rûpaṃ ajjhattikaṃ, taṃ na vacîviññatti, yan taṃ rûpaṃ bâhiraṃ, taṃ atthi vacîviññatti, atthi na vacîviññatti, yan taṃ rûpaṃ ajjhattikaṃ, taṃ na âkâsadhâtu, yan taṃ rûpaṃ bâhiraṃ, taṃ atthi âkâsadhâtu, atthi na âkâsadhâtu, yan taṃ rûpaṃ ajjhattikaṃ, taṃ na âpodhâtu, yan taṃ rûpaṃ bâhiraṃ, taṃ atthi âpodhâtu, atthi na âpodhâtu, yan taṃ rûpaṃ ajjhattikaṃ taṃ rûpassa na lahutâ, yan taṃ rûpaṃ bâhiraṃ, taṃ atthi rûpassa lahutâ, atthi rûpassa na lahutâ, yan taṃ rûpaṃ ajjhattikaṃ taṃ rûpassa na mudutâ, yan taṃ

rûpaṃ bâhiraṃ, taṃ atthi rûpassa mudutâ, atthi rûpassa na
mudutâ, yan taṃ rûpaṃ ajjhattikaṃ, taṃ rûpassa na kam-
maññatâ, yan taṃ rûpaṃ bâhiraṃ, taṃ atthi rûpassa kam-
maññatâ, atthi rûpassa na kammaññatâ, yan taṃ rûpaṃ
ajjhattikaṃ, taṃ rûpassa na upacayo, yan taṃ rûpaṃ bâhi-
raṃ, taṃ atthi rûpassa upacayo, atthi rûpassa na upacayo,
yan taṃ rûpaṃ ajjhattikaṃ taṃ rûpassa na santati,
yan taṃ rûpaṃ bâhiraṃ, taṃ atthi rûpassa santati, atthi
rûpassa na santati, yan taṃ rûpaṃ ajjhattikaṃ, taṃ rûpassa
na jaratâ, yan taṃ rûpaṃ bâhiraṃ, taṃ atthi rûpassa jaratâ,
atthi rûpassa na jaratâ, yan taṃ rûpaṃ ajjhatikaṃ, taṃ
rûpassa na aniccatâ, yan taṃ rûpaṃ bâhiraṃ, taṃ atthi
rûpassa aniccatâ, atthi rûpassa na aniccatâ, yan taṃ rûpaṃ
ajjhattikaṃ, taṃ na kabaḷiṃkâro âhâro, yan taṃ rûpaṃ
bâhiraṃ, taṃ atthi kabaḷiṃkâro âhâro, atthi na kabaḷiṃkâro
âhâro.   Evaṃ tividhena rûpasaṅgaho.

Tikaṃ.

587. Catubbidhena rûpasaṅgaho:

Yan taṃ rûpaṃ upâdâ, taṃ atthi upâdiṇṇaṃ, atthi anupâ-
diṇṇaṃ, yan taṃ rûpaṃ anupâdâ, taṃ atthi upâdiṇṇaṃ, atthi
anupâdiṇṇaṃ, yan taṃ rûpaṃ upâdâ, taṃ atthi upâdiṇṇupâ-
dâniyaṃ, atthi anupâdiṇṇupâdâniyaṃ, yan taṃ rûpaṃ anu-
pâdâ, taṃ atthi upâdiṇṇpâdâniyaṃ, atthi anupâdiṇṇupâdâni-
yaṃ, yan taṃ rûpaṃ upâdâ taṃ atthi sappaṭighaṃ, atthi
appaṭighaṃ, yan taṃ rûpaṃ anupâdâ, taṃ atthi sappaṭighaṃ
atthi appaṭighaṃ, yan taṃ rûpaṃ upâdâ, taṃ atthi oḷârikaṃ,
atthi sukhumaṃ, yan taṃ rûpaṃ nûpâda, taṃ atthi oḷârikaṃ,
atthi sukhumaṃ, yan taṃ rûpaṃ upâdâ, taṃ atthi dûre, atthi
santike, yan taṃ rûpaṃ nûpâdâ, taṃ atthi dûre, atthi
santike, yan taṃ rûpaṃ upâdiṇṇaṃ, taṃ atthi sanidassanaṃ,
atthi anidassanaṃ, yan taṃ rûpaṃ anupâdiṇṇaṃ, taṃ atthi
sanidassanaṃ, atthi anidassanaṃ, yan taṃ rûpaṃ upâdiṇṇaṃ,
taṃ atthi sappaṭighaṃ, atthi appaṭighaṃ, yan taṃ rûpaṃ
anupâdiṇṇaṃ, taṃ atthi sappaṭighaṃ, atthi appaṭighaṃ,
yan taṃ rûpaṃ upâdiṇṇaṃ, taṃ atthi mahâbhûtaṃ, atthi na
mahâbhûtaṃ, yan taṃ rûpaṃ anupâdiṇṇaṃ, taṃ atthi mahâ-

bhûtaṃ, atthi na mahâbhûtaṃ, yan taṃ rûpaṃ upâdiṇṇaṃ, tam atthi oḷârikaṃ, atthi sukhumaṃ, yan taṃ rûpaṃ anupâdiṇṇaṃ, tam atthi oḷârikaṃ, atthi sukhumaṃ, yan taṃ rûpaṃ upâdiṇṇaṃ, tam atthi dûre, atthi santike, yan taṃ rûpaṃ anupâdiṇṇaṃ, tam atthi dûre atthi santike, yan taṃ rûpaṃ upâdiṇṇupâdâniyaṃ, taṃ atthi sanidassanaṃ, atthi anidassanaṃ, yan taṃ rûpaṃ anupâdiṇṇupâdâniyaṃ, taṃ atthi sanidassanaṃ, atthi anidassanaṃ, yan taṃ rûpaṃ upâdiṇṇupâdâniyaṃ, taṃ atthi sappaṭighaṃ, atthi appaṭighaṃ, yan taṃ rûpaṃ anupâdiṇṇupâdâniyaṃ, taṃ atthi sappaṭighaṃ, atthi appaṭighaṃ, yan taṃ rûpaṃ upâdiṇṇupâdâniyaṃ, taṃ atthi mahâbhûtaṃ, atthi na mahâbhûtaṃ, yan taṃ rûpaṃ anupâdiṇṇupâdâniyaṃ, taṃ atthi mahâbhûtaṃ, atthi na mahâbhûtaṃ, yan taṃ rûpaṃ upâdiṇṇupâdâniyaṃ, taṃ atthi oḷârikaṃ, atthi sukhumaṃ, yan taṃ rûpaṃ anupâdiṇṇupâdâniyaṃ, taṃ atthi oḷârikaṃ, atthi sukhumaṃ, yan taṃ rûpaṃ upâdiṇṇupâdâniyaṃ, taṃ atthi dûre, atthi santike, yan taṃ rûpaṃ anupâdiṇṇupâdâniyaṃ, taṃ atthi dûre, atthi santike, yan taṃ rûpaṃ sappaṭighaṃ, taṃ atthi indriyaṃ, atthi na indriyaṃ, yan taṃ rûpaṃ appaṭighaṃ, taṃ atthi indriyaṃ, atthi na indriyaṃ, yan taṃ rûpaṃ sappaṭighaṃ, taṃ atthi mahâbhûtaṃ, atthi na mahâbhûtaṃ, yan taṃ rûpaṃ appaṭighaṃ, taṃ atthi mahâbhûtaṃ, atthi na mahâbhûtaṃ, yan taṃ rûpaṃ indriyaṃ, taṃ atthi oḷârikaṃ, atthi sukhumaṃ, yan taṃ rûpaṃ na indriyaṃ, taṃ atthi oḷârikaṃ, atthi sukhumaṃ, yan taṃ rûpaṃ indriyaṃ, taṃ atthi dûre, atthi santike, yan taṃ rûpaṃ na indriyaṃ, taṃ atthi dûre, atthi santike, yan taṃ rûpaṃ mahâbhûtaṃ, taṃ atthi oḷârikaṃ, atthi sukhumaṃ, yan taṃ rûpaṃ na mahâbhûtaṃ, taṃ atthi oḷârikaṃ, atthi sukhumaṃ, yan taṃ rûpaṃ mahâbhûtaṃ, taṃ atthi dûre, atthi santike, yan taṃ rûpaṃ na mahâbhûtaṃ, taṃ atthi dûre, atthi santike, diṭṭhaṃ sutaṃ mutaṃ viññâtaṃ rûpaṃ. Evaṃ catubbidhena rûpasaṅgaho.

Catukkaṃ.

588. Pañcavidhena rûpasangaho:
Pathavîdhâtu âpodhâtu tejodhâtu vâyodhâtu—yañ ca rûpaṃ upâdâ—evaṃ pañcavidhena rûpasangaho.

Pañcakaṃ.

589. Chabbidhena rûpasangaho:
Cakkhuviññeyyaṃ rûpaṃ—sotaviññeyyaṃ rûpaṃ—ghâna-viññeyyaṃ rûpaṃ, jivhâviññeyyaṃ rûpaṃ, kâyaviññeyyaṃ rûpaṃ, manoviññeyyaṃ rûpaṃ—evaṃ chabbidhena rûpa-sangaho.

Chakkaṃ.

590. Sattavidhena rûpasangaho:
Cakkhuviññeyyaṃ rûpaṃ, sotaviññeyyaṃ rûpaṃ, ghâna-viññeyyaṃ rûpaṃ, jivhâviññeyyaṃ rûpaṃ, kâyaviññeyyaṃ rûpaṃ, manoviññeyyaṃ rûpaṃ, dhâtuviññeyyaṃ rûpaṃ—evaṃ sattavidhena rûpasangaho.

Sattakaṃ.

591. Atthavidhena rûpasangaho:
Cakkhuviññeyyaṃ rûpaṃ, sotaviññeyyaṃ rûpaṃ, ghâna-viññeyyaṃ rûpaṃ, jivhâviññeyyaṃ rûpaṃ, kâyaviññeyyaṃ rûpaṃ, atthi sukhasamphassaṃ, atthi dukkhasamphassaṃ—manodhâtuviññeyyaṃ rûpaṃ—manoviññâṇadhâtuviññeyyaṃ rûpaṃ—evaṃ atthavidhena rûpasangaho.

Atthakaṃ.

592. Navavidhena rûpasangaho:
Cakkhundriyaṃ, sotindriyaṃ, ghânindriyaṃ, jivhindri-yaṃ, kâyindriyaṃ, itthindriyaṃ, purisindriyaṃ, jîvitindri-yaṃ yañ ca rûpaṃ na indriyaṃ—evaṃ navavidhena rûpasangaho.

Navakaṃ.

593. Dasavidhena rûpasangaho :

Cakkhundriyam, sotindriyam, ghânindriyam, jivhindriyam, kâyindriyam, itthindriyam, purisindriyam, jîvitindriyam, na indriyam rûpam atthi sappaṭigham—atthi appaṭigham—cvam dasavidhcna rûpasangaho.

Dasakam.

594. Ekâdasavidhcna rûpasangaho :

Cakkhâyatanam, sotâyatanam, ghânâyatanam, jivhâyatanam, kâyâyatanam, rûpâyatanam, saddâyatanam, gandhâyatanam, rasâyatanam, phoṭṭhabbûyatanam yañ ca rûpam anidassanam appaṭigham dhammâyatanapariyâpannam — cvam ekâdasavidhena rûpasangaho.

Ekâdasakam.

Mâtikâ.

595. Sahbam rûpam na hetum eva ahetukam eva hctuvippayuttam eva sappaccayam eva sankhatan eva lokiyam cva sâsavam eva saññojaniyam eva ganthaniyam eva oghaniyam cva yoganiyam eva nivaraṇiyam eva parâmaṭṭham eva upâdâniyam cva sankilcsikam eva avyâkatam ova anârammaṇam cva acetasikam eva cittavippayuttam ova neva vipâkanavipâkadhammadhammam eva asankiliṭṭhasankilcsikam cva na savitakka-savicâram eva na avitakkavicâramattam eva avitakka-avicâram ova na pîtisahagatam cva na sukhasahagatam cva upekkhâsahagatam cva nova dassancna na hhâvanâya pahâtahbam cva neva dassancna na hhâvanâya pahâtahhahctukam eva neva âcayagâminnapacayagâmim cva neva sekkhanâsckkham cva parittam eva kâmâvacaram eva rûpâvacaram eva na arûpâvacaram cva pariyâpannam cva no apariyâpannam cva aniyatam eva aniyyânikam cva uppannam chahi viññânehi viññeyyam cva aniccam eva jarâbhibhûtum eva—ovam ckavidhena rûpasangaho.

Ekakaniddeso.

596. Kataman tam rûpam upâdâ ?

Cakkhâyatanam, sotâyatanam, ghânâyatanam, jivhâyata-
nam, kâyâyatanam, rûpâyatanam, saddâyatanam, gandhâya-
tanam, rasâyatanam, itthindriyam, purisindriyam, jîvi-
tindriyam, kâyaviññatti, vacîviññatti, âkâsadhâtu, rûpassa
lahutâ, rûpassa mudutâ, rûpassa kammaññatâ, rûpassa upa-
cayo, rûpassa santati, rûpassa jaratâ, rûpassa aniccatâ kaha-
liṅkâro âhâro.

597. Kataman tam rûpam cakkhâyatanam ?

Yam cakkhum catunnam mahâbhûtânam upâdâya pasâdo
attabhâvapariyâpanno anidassano sappaṭigho—yena cakkhunâ
anidassanena sappaṭighena rûpam sanidassanam sappaṭigham
passi vâ passati vâ passissati vâ passe vâ cakkhum petam
cakkhâyatanam petam cakkhudhâtu pesâ cakkhundriyam
petam loko peso dvârâ pesâ samuddo peso paṇḍaram petam
khettam petam vatthum petam nettam petam nayanam
petam oriman tîram petam suñño gâmo peso—idan tam
rûpam cakkhâyatanam.

598. Kataman tam rûpam cakkhâyatanam ?

Yam cakkhum . . . pe . . . sappaṭigho yamhi cakkhumhi
anidassanamhi sappaṭighamhi rûpam sanidassanam sappa-
ṭigham paṭihaññi vâ paṭihaññati vâ paṭihaññissati vâ paṭi-
haññe vâ cakkhum petam cakkhâyatanam petam cakkhudhâtu
pesâ cakkhundriyam petam loko peso dvârâ pesâ samuddo peso
paṇḍaram petam khettam petam vatthum petam nettam
petam nayanam petam orimam tîram petam suñño gâmo peso
—idam tam rûpam cakkhâyatanam.

599. Kataman tam rûpam cakkhâyatanam ?

Yam cakkhum catunnam . . . pe . . . sappaṭigho—yam
cakkhum anidassanam sappaṭigham rûpamhi sanidassanamhi
sappaṭighamhi paṭihaññi vâ paṭihaññati vâ paṭihaññissati vâ
paṭihaññe vâ cakkhum petam cakkâyatanam petam cakkhu-
dhâtu pesâ cakkhundriyam petam loko peso dvârâ pesâ
samuddo peso paṇḍaram petam khettam petam vatthum
petam nettam petam nayanam petam oriman tîram petam
suñño gâmo peso—idan tam rûpam cakkhâyatanam.

600. Kataman tam rûpam cakkhâyatanam ?

Yam cakkhum catunnam . . . pe . . . sappaṭigho—yam

cakkhuṃ nissāya rūpaṃ ārabbha cakkhusamphasso uppajji vā uppajjati vā uppajjissati vā uppajjo vā yaṃ cakkhuṃ nissāya rūpaṃ ārabbha cakkhusamphassajā vedanā ... pe ... saññā ... pe ... cetanā ... pe ... cakkhuviññāṇaṃ uppajji vā uppajjati vā uppajjissati vā uppajje vā cakkhum petaṃ cakkhāyatanaṃ petaṃ cakkhudhātu pesā cakkhundriyaṃ petaṃ loko peso dvārā pesā samuddo peso paṇḍaraṃ petaṃ khettaṃ petaṃ vatthuṃ petaṃ nettaṃ petaṃ nayanaṃ petaṃ oriman tīraṃ petaṃ suñño gāmo peso—idan taṃ rūpaṃ cakkhāyatanaṃ.

601. Kataman taṃ rūpaṃ sotāyatanaṃ ?

Yaṃ sotaṃ catunnaṃ mahābhūtānaṃ upādāya pasādo attabhāvapariyāpanno anidassano sappaṭigho—yena sotena anidassanena sappaṭighena saddaṃ anidassanaṃ sappaṭighaṃ suṇi vā suṇāti vā suṇissati vā suṇe vā—sotaṃ petaṃ sotāyatanaṃ petaṃ sotadhātu pesā sotindriyaṃ petaṃ loko peso dvārā pesā samuddo peso paṇḍaraṃ petaṃ khettaṃ petaṃ vatthuṃ petaṃ oriman tīraṃ petaṃ suñño gāmo peso—idam taṃ rūpaṃ sotāyatanaṃ.

602. Kataman taṃ rūpaṃ sotāyatanaṃ ?

Yaṃ sotaṃ ... pe ... pariyāpauno anidassano sappaṭigho yamhi sotamhi anidassanamhi sappaṭighamhi saddo anidassano sappaṭigho paṭihaññi vā paṭihaññati vā paṭihaññissati vā paṭihañño vā—sotaṃ potaṃ sotāyatanaṃ petaṃ sotadhātu pesā sotindriyaṃ petaṃ loko peso dvārā pesā samuddo peso paṇḍaraṃ petaṃ khettaṃ petaṃ vatthuṃ petaṃ oriman tīraṃ petaṃ suñño gāmo peso—idam taṃ rūpaṃ sotāyatanaṃ.

603. Kataman taṃ rūpaṃ sotāyatanaṃ ?

Yaṃ sotaṃ ... pe ... pariyāpanno anidassano sappaṭigho—yaṃ sotaṃ anidassanaṃ sappaṭighaṃ saddamhi anidassanamhi sappaṭighamhi paṭihaññi vā paṭihaññati vā paṭihaññissati vā paṭihañño vā—sotaṃ petaṃ sotāyatanaṃ petaṃ sotadhātu pesā sotindriyaṃ petaṃ loko peso dvārā pesā samuddo peso paṇḍaraṃ petaṃ khettaṃ petaṃ vatthuṃ petaṃ oriman tīraṃ petaṃ suñño gāmo peso—idam taṃ rūpaṃ sotāyatanaṃ.

604. Kataman taṃ rūpaṃ sotāyatanaṃ ?

Yaṃ sotaṃ . . . pe . . . pariyāpanno anidassano sappaṭigho
—yaṃ sotaṃ nissāya saddaṃ ārabbha sotasamphasso uppajji
vā uppajjati vā uppajjissati vā uppajje vā . . . pe . . . yaṃ
sotaṃ nissāya saddaṃ ārabbha sotasamphassajā vedanā . . .
pe . . . saññā . . . pe . . . cetanā . . . pe . . . sotaviññā-
ṇaṃ uppajji vā uppajjati vā uppajjissati vā uppajjo vā . . .
pe . . . yaṃ sotaṃ nissāya saddārammaṇo sotasamphasso
uppajji vā uppajjati vā uppajjissati vā uppajje vā . . . pe . . .
yaṃ sotaṃ nissāya saddārammaṇā sotasamphassajā vedauā
. . . pe . . . saññā . . . pe . . . cotanā . . . po . . . sota-
viññāṇaṃ uppajji vā uppajjati vā uppajjissati vā uppajje vā
—sotaṃ potaṃ sotāyatanaṃ petaṃ sotadhātu pesā sotindriyaṃ
petaṃ loko peso dvārā pesā samuddo peso paṇḍaraṃ petaṃ
khettaṃ petaṃ vatthum petaṃ oriman tîraṃ petaṃ suññᴏ
gāmo peso—idaṃ taṃ rûpaṃ sotāyatanaṃ.

605. Katamaṃ taṃ rûpaṃ ghānāyatanaṃ?

Yaṃ ghānaṃ catunnaṃ mahābhûtānaṃ upādāya pasādo
attabhāvapariyāpanno anidassano sappaṭigho—yena ghānena
anidassanena sappaṭighena gandhaṃ anidassanaṃ sappaṭi-
ghaṃ ghāyi vā ghāyati vā ghāyissati vā ghāye vū ghānaṃ
petaṃ ghānāyatanaṃ petaṃ ghānadhātu pesā ghānindriyaṃ
petaṃ loko peso dvārā pesā samuddo peso paṇḍaraṃ petaṃ
khettaṃ petaṃ vatthuṃ petaṃ oriman tîraṃ petaṃ suñño
gāmo peso—idan taṃ rûpaṃ ghānāyatanaṃ.

606. Katamaṃ taṃ rûpaṃ ghānāyatanaṃ?

Yaṃ ghānaṃ . . . pe . . . pariyāpauno anidassano
sappaṭigho—yamhi ghānamhi anidassanamhi sappaṭighamhi
gandho anidassano sappaṭigho paṭihaññi vā paṭihaññati vā
paṭihaññissati vā paṭihaññe vā ghānaṃ petaṃ ghānāyatanaṃ
petaṃ ghānadhātu pesā ghānindriyaṃ petaṃ loko peso dvārā
pesā samuddo peso paṇḍaraṃ petaṃ khettaṃ petaṃ vatthum
petaṃ oriman tîraṃ petaṃ suñño gāmo peso—idan taṃ
rûpaṃ ghānāyatanaṃ.

607. Katamaṃ taṃ rûpaṃ ghānāyatanaṃ?

Yaṃ ghānaṃ . . . pe . . . pariyāpanno anidassano sappa-
ṭigho—yaṃ ghānaṃ anidassanaṃ sappaṭighaṃ gandhamhi
anidassanamhi sappaṭighamhi paṭihaññi vā paṭihaññati vā
paṭihaññissati vā paṭihañño vā—ghānaṃ petaṃ ghānāyatanaṃ

petaṃ ghânadhâtu pesâ ghânindriyaṃ petaṃ loko peso dvârâ pesâ samuddo peso paṇḍaraṃ petaṃ khettaṃ petaṃ vatthuṃ petaṃ orimaṃ tîraṃ petaṃ suñño gâmo peso—idan taṃ rûpaṃ ghânâyatanaṃ.

608. Katamaṃ taṃ rûpaṃ ghânâyatanaṃ?

Yaṃ ghânaṃ . . . pe . . . pariyâpanno anidassano sappaṭigho yaṃ ghânaṃ nissâya gandhaṃ ârabbha ghânasamphasso uppajji vâ uppajjati vâ uppajjissati vâ uppajje vâ . . . pe . . . yaṃ ghânaṃ nissâya gandhaṃ ârabbha ghânasamphassajâ vedanâ . . . pe . . . saññâ . . . pe . . . cetanâ . . . pe . . . ghânaviññâṇaṃ uppajji vâ uppajjati vâ uppajjissati vâ uppajjo vâ . . . po . . . yaṃ ghânaṃ nissâya gandhârammaṇo ghânasamphasso uppajji vâ uppajjati vâ uppajjissati vâ uppajje vâ . . . po . . . yaṃ ghânaṃ nissâya gandhârammaṇâ ghânasamphassajâ vedanâ . . . pe . . . saññâ . . . pe . . . cetanâ . . . po . . . ghânaviññâṇaṃ uppajji vâ uppajjati vâ uppajjissati vâ uppajje vâ—ghânaṃ petaṃ ghânâyatanaṃ petaṃ ghânadhâtu pesâ ghânindriyaṃ petaṃ loko peso dvârâ pesâ samuddo peso paṇḍaraṃ petaṃ khettaṃ petaṃ vatthuṃ petaṃ orimaṃ tîraṃ petaṃ suñño gâmo peso—idan taṃ rûpaṃ ghânâyatanaṃ.

609. Katamaṃ taṃ rûpaṃ jivhâyatanaṃ?

Yâ jivhâ catunnaṃ mahâbhûtânaṃ upâdâya pasâdo attabhâvapariyâpanao anidassano sappaṭigho yâya jivhâya anidassanâya sappaṭighâya rasaṃ anidassanaṃ sappaṭighaṃ sâyi vâ sâyati vâ sâyissati vâ sâye vâ—jivhâ pesâ jivhâyatanaṃ petaṃ jivhâdhâtu pesâ jivhindriyaṃ petaṃ loko peso dvârâ pesâ samuddo peso paṇḍaraṃ petaṃ khettaṃ petaṃ vatthuṃ petaṃ orimaṃ tîraṃ petaṃ suñño gâmo peso—idaṃ taṃ rûpaṃ jivhâyatanaṃ.

610. Katamaṃ taṃ rûpaṃ jivhâyatanaṃ?

Yâ . . . pe . . . pariyâpanno anidassano sappaṭigho yâya jivhâya anidassanâya sappaṭighâya raso anidassano sappaṭigho paṭihaññi vâ paṭihaññati vâ paṭihaññissati vâ paṭihaññevâ jivhâ pesâ jivhâyatanaṃ petaṃ jivhâdhâtu pesâ jivhindriyaṃ petaṃ loko peso dvârâ pesâ samuddo peso paṇḍaraṃ petaṃ khettaṃ petaṃ vatthuṃ petaṃ orimaṃ tîraṃ petaṃ suñño gâmo peso—idaṃ taṃ rûpaṃ jivhâyatanaṃ.

611. Katamaṃ taṃ rûpaṃ jivhâyatanaṃ?

Yâ ... pe ... pariyâpanno anidassano sappaṭigho yâ
jivhâ anidassanâ sappaṭighâ rasamhi anidassanamhi sappaṭi-
ghamhi paṭihaññi vâ paṭihaññati vâ paṭihaññissati vâ paṭi-
haññe vâ jivhâ pesâ jivhâyatanaṃ petaṃ jivhâdhâtu pesâ
jivhindriyaṃ petaṃ loko peso dvârâ pesâ samuddo peso
paṇḍaraṃ petaṃ khettaṃ petaṃ vatthuṃ petaṃ oriman
tîraṃ petaṃ suñño gâmo peso—idaṃ taṃ rûpaṃ jivhâ-
yatanaṃ.

612. Kataman taṃ rûpaṃ jivhâyatanam?

Yâ ... pe ... pariyâpanno anidassano sappaṭigho yaṃ
jivhaṃ nissâya rasaṃ ârabhha jivhâsamphasso uppajji vâ
uppajjati vâ uppajjissati vâ uppajje vâ ... pe ... yaṃ
jivhaṃ nissâya rasaṃ ârabhha jivhâsamphassajâ vedanâ ...
pe ... saññâ ... pe ... cetanâ ... pe ... jivbâviññâ-
ṇaṃ uppajji vâ uppajjati vâ uppajjissati vâ uppajje vâ ...
pe ... yaṃ jivhaṃ nissâya rasârammaṇo jivhâsamphasso
uppajji vâ uppajjati vâ uppajjissati vâ uppajje vâ ... po ...
yaṃ jivhaṃ nissâya rasârammaṇâ jivhâ-samphassajâ vedanâ
... po ... saññâ ... pe ... cetanâ ... po ... jivhâ-
viññâṇaṃ uppajji vâ uppajjati vâ uppajjissati vâ uppajje vâ
jivhâ pesâ jivhâyatanaṃ petaṃ jivhâdhâtu pesâ jivhindriyaṃ
potaṃ loko peso dvârâ pesâ samuddo peso paṇḍaraṃ petaṃ
khettaṃ petaṃ vatthuṃ potaṃ—oriman tîraṃ petaṃ suñño
gâmo peso—idan taṃ rûpaṃ jivhâyatanaṃ.

613. Kataman taṃ rûpaṃ kâyâyatanaṃ?

Yo kâyo catunnaṃ mahâbhûtânaṃ upâdâya pasâdo atta-
bhâvapariyâpanno anidassano sappaṭigho yena kâyena
anidassanena sappaṭighena phoṭṭhabbaṃ anidassanaṃ sappa-
ṭighaṃ phusi vâ phusati vâ phusissati vâ phuse vâ—kâyo
peso kâyâyatanaṃ petaṃ kâyadhâtu pesâ kâyindriyaṃ petaṃ
loko peso dvârâ pesâ samuddo peso paṇḍaraṃ petaṃ khettaṃ
petaṃ vatthuṃ petaṃ orimaṃ tîraṃ petaṃ suñño gâmo peso
—idan taṃ rûpaṃ kâyâyatanaṃ.

614. Kataman taṃ rûpaṃ kâyâyatanaṃ?

Yo kâyo ... pe ... pariyâpanno anidassano sappaṭigho
yamhi kâyamhi anidassanamhi sappaṭighamhi phoṭṭhahbo
anidassano sappaṭigho paṭihaññi vâ paṭihaññati vâ paṭi-

hañüissati vâ paṭihaññо vâ—kâyo peso . . . pe . . . gâmo peso
—idan taṃ rûpaṃ kâyâyatanaṃ.

615. Kataman taṃ rûpaṃ kâyâyatanaṃ?

Yo kâyo . . . pe . . . pariyâpanno anidassano sappaṭigho
yo kâyo anidassano sappaṭigho phoṭṭhabbamhi anidassanamhi
sappaṭighamhi paṭihaññi vâ paṭihaññati vâ paṭihaññissati vâ
paṭihaññе vâ—kâyo peso . . . pe . . . gâmo peso—idan taṃ
rûpaṃ kâyâyatanaṃ.

616. Kataman taṃ rûpaṃ kâyâyatanaṃ?

Yo kâyo . . . pe . . . pariyâpanno anidassano sappaṭigho
yaṃ kâyaṃ nissâya phoṭṭhabbaṃ ârabbha kâyasamphasso
uppajji vâ uppajjati vâ uppajjissati vâ uppajje vâ . . . pe
. . . yaṃ kâyaṃ nissâya phoṭṭhabbaṃ ârabbha kâyasam-
phassajâ vedanâ . . . pe . . . saññâ . . . pe . . . cetanâ . . . pe . . .
kâyaviññânaṃ uppajji vâ uppajjati vâ uppajjissati vâ uppajjo
vâ . . . pe . . . yaṃ kâyaṃ nissâya phoṭṭhabbârammaṇo
kâyasamphasso uppajji vâ upajjati vâ uppajjissati vâ
uppajje vâ . . . pe . . . yaṃ kâyaṃ nissâya phoṭṭhabbâ-
rammaṇâ kâyasamphassajâ vedanâ . . . pe . . . saññâ . . .
pe . . . cetanâ . . . pe . . . kâyaviññânaṃ uppajji vâ
uppajjati vâ uppajjissati vâ uppajjo vâ—kâyo peso . . . . pe
. . . gâmo peso—idan taṃ rûpaṃ kâyâyatanaṃ.

617. Kataman taṃ rûpaṃ rûpâyataṇaṃ?

Yaṃ rûpaṃ catunnaṃ mahâbhûtânaṃ upâdâya vaṇṇani-
bhâsanidassanaṃ sappaṭighaṃ nîlaṃ pîtakaṃ lohitakaṃ
odâtaṃ kâḷakaṃ mañjeṭṭhakaṃ harivaṇṇaṃ aṅkuravaṇ-
ṇaṃ dîghaṃ rassaṃ aṇuṃ thûlaṃ vaṭṭaṃ parimaṇḍalaṃ
caturaṃsaṃ chaḷaṃsaṃ aṭṭhaṃsaṃ soḷasaṃsaṃ ninnatha-
laṃ châyâ âtapo âloko andhakâro abbhâ mahikâ dhûmo rajo
candamaṇḍalassa vaṇṇanibhâ suriyamaṇḍalassa vaṇṇanibhâ
târakarûpânaṃ vaṇṇanibhâ âdâsamaṇḍalassa vaṇṇanibhâ
maṇisaṅkhamuttaveḷuriyassa vaṇṇanibhâ jâtarûparajatassa
vaṇṇanibhâ—yaṃ vâ panaññaṃ pi atthi rûpaṃ catunnaṃ
mahâbhûtânaṃ upâdâya vaṇṇanibhâsanidassanaṃ sappaṭi-
ghaṃ—yaṃ rûpaṃ sanidassanaṃ sappaṭighaṃ cakkhunâ
anidassanena sappaṭighena passi vâ passati vâ passissati vâ
passe vâ rûpaṃ petaṃ rûpâyatanaṃ petaṃ rûpadhâtu pesâ—
idaṃ taṃ rûpaṃ rûpâyatanaṃ.

618. Kataman taṃ rûpaṃ rûpâyatanaṃ ?

Yaṃ rûpaṃ . . . pe . . sappaṭighaṃ yamhi rûpamhi sanidassanamhi sappaṭighamhi cakkhuṃ anidassanaṃ sappaṭighaṃ paṭihaññi vâ paṭihaññati vâ paṭihaññissati vâ paṭihañño vâ—rûpaṃ petaṃ rûpâyatanaṃ petaṃ rûpadhâtu pesâ—idan taṃ rûpaṃ rûpâyatanaṃ.

619. Kataman taṃ rûpaṃ rûpâyatanaṃ ?

Yaṃ rûpaṃ . . . pe . . . sappaṭighaṃ—yaṃ rûpaṃ sanidassanaṃ sappaṭighaṃ cakkhumhi anidassanamhi sappaṭighamhi paṭihaññi vâ paṭihaññati vâ paṭihaññissati vâ paṭihañño vâ—rûpaṃ petaṃ rûpâyatanaṃ petaṃ rûpadhâtu pesâ—idan taṃ rûpaṃ rûpâyatanaṃ.

620. Katamau taṃ rûpaṃ rûpâyatanaṃ ?

Yaṃ rûpaṃ . . . pe . . . sappaṭighaṃ—yaṃ rûpaṃ ârahbha cakkhuṃ nissâya cakkhusamphasso uppajji vâ uppajjati vâ uppajjissati vâ uppajje vâ . . . pe . . . yaṃ rûpaṃ ârahbha cakkhuṃ nissâya cakkhusamphassajâ vedanâ . . . pe . . . saññâ . . . pe . . . cetanâ . . . pe . . . cakkhuviññâṇaṃ uppajji vâ uppajjati vâ uppajjissati vâ uppajje vâ . . . pe . . . yaṃ rûpârammaṇaṃ cakkhuṃ nissâya cakkhusamphasso uppajji vâ uppajjati vâ uppajjissati vâ uppajje vâ . . . pe . . . yaṃ rûpârammaṇaṃ cakkhuṃ nissâya cakkhusamphassajâ vedanâ . . . pe . . . saññâ . . . pe . . . cetanâ . . . pe . . . cakkhuviññâṇaṃ uppajji vâ uppajjati vâ uppajjissati vâ uppajje vâ—rûpaṃ petaṃ rûpâyatanaṃ petaṃ rûpadhâtu pesâ—idan taṃ rûpaṃ rûpâyatanaṃ.

621. Kataman taṃ rûpaṃ saddâyatanaṃ ?

Yo saddo catunnaṃ mahâbhûtânaṃ upâdâya anidassano sappaṭigho bherisaddo mutiṅgasaddo saṅkhasaddo paṇavasaddo gîtasaddo vâditasaddo sammasaddo pâṇisaddo sattânaṃ nigghosasaddo dhâtûnaṃ sannighâtasaddo vâtasaddo udakasaddo manussasaddo amanussasaddo—yo vâ panañño pi atthi saddo catunnaṃ mahâbhûtânaṃ upâdâya anidassano sappaṭigho—yaṃ saddaṃ anidassanaṃ sappaṭighaṃ sotena anidassanena sappaṭighena suṇi vâ suṇâti vâ suṇissati vâ suṇo vâ—saddo peso saddâyatanaṃ petaṃ saddadhâtu pesâ—idan taṃ rûpaṃ saddâyatanaṃ.

622. Kataman taṃ rûpaṃ saddâyatanaṃ ?

Yo saddo . . . pe . . . sappatigho—yamhi saddamhi ani-
dassanamhi sappatighamhi sotam anidassanam sappatigham
patihaññi vâ patihaññati vâ patihaññissati vâ patihaññe vâ
—saddo peso saddâyatanam petam saddadhâtu pesâ—idan
tam rûpam saddâyatanam.

623. Kataman tam rûpam saddâyatanam?

Yo saddo . . . pe . . . sappatigho—yo saddo anidassano
sappatigho sotamhi anidassanamhi sappatighamhi patihaññi
vâ patihaññati vâ patihaññissati vâ patihaññe vâ—saddo
peso saddâyatanam petam saddadhâtu pesâ—idan tam rûpam
saddâyatanam.

624. Kataman tam rûpam saddâyatanam?

Yo saddo . . . pe . . . sappatigho—yam saddam ârabbha
sotam nissâya sotasamphasso uppajji vâ uppajjati vâ uppa-
jjissati vâ uppajje vâ . . . po . . . yam saddam ârabbha
sotam nissâya sotasamphassajâ vedanâ . . . po . . . saññâ
. . . po . . . cetanâ . . . pe . . . sotaviññânam uppajji vâ
uppajjati vâ uppajjissati vâ uppajje vâ . . . pe . . . yam saddâ-
rammanam sotam nissâya sotasamphasso uppajji vâ uppajjati
vâ uppajjissati vâ uppajje vâ . . . pe . . . yam saddârammanam
sotam nissâya sotasamphassajâ vedanâ . . . pe . . . saññâ . . .
po . . . cetanâ . . . pe . . . sotaviññânam uppajji vâ uppajjati
vâ uppajjissati vâ uppajje vâ—saddo peso saddâyatanam petam
saddadhâtu pesâ—idam tam rûpam saddâyatanam.

625. Kataman tam rûpam gandhâyatanam?

Yo gandho catunnam mahâbhûtanam upâdâya anidassano
sappatigho mûlagandho sâragandho, tacagandho, patta-
gandho, pupphagandho, phalagandho, âmagandho, vissa-
gandho, sugandho, duggandho yo vâ panañño pi atthi gandho
catunnam mahâbhûtânam upâdâya anidassano sappatigho—
yam gandham anidassanam sappatigham [tena]ghânena
anidassanena sappatighena ghâyi vâ ghâyati vâ ghâyissati
vâ ghâye vâ—gandho peso gandhâyatanam petam gandha-
dhâtu pesâ—idan tam rûpam gandhâyatanam.

626. Kataman tam rûpam gandhâyatanam?

Yo gandho . . . po . . . sappatigho—yamhi gandhamhi
anidassanamhi sappatighamhi ghânam anidassanam sappa-
tigham patihaññi vâ patihaññati vâ patihaññissati vâ pati-

hañño vâ—gandho peso gandhâyatanaṃ petaṃ gandhadhâtu pesâ—idan taṃ rûpaṃ gandhâyatanaṃ.

627. Kataman taṃ rûpaṃ gandhâyatanaṃ ?

Yo gandho ... pe ... sappaṭigho—yo gandho anidassano sappaṭigho ghânamhi anidassanamhi sappaṭighamhi paṭihaññi vâ paṭihaññati vâ paṭihaññissati vâ paṭihañño vâ— gandho peso gandhâyatanaṃ petaṃ gandhadhâtu pesâ—idan taṃ rûpaṃ gandhâyatanaṃ.

628. Kataman taṃ rûpaṃ gandhâyatanaṃ ?

Yo gandho ... pe ... sappaṭigho—yaṃ gandhaṃ ârabbha ghânaṃ nissâya ghânasamphasso uppajji vâ uppajjati vâ uppajjissati vâ uppajje vâ ... pe ... yaṃ gandhaṃ ârabbha ghânaṃ nissâya ghânasamphassajâ vedanâ ... pe ... saññâ ... pe ... cetanâ ... pe ... ghânaviññâṇaṃ uppajji vâ uppajjati vâ uppajjissati vâ uppajjo vâ ... pe ... yaṃ gandhârammaṇaṃ ghânaṃ nissâya ghânasamphasso uppajji vâ uppajjati vâ uppajjissati vâ uppajjo vâ ... pe ... yaṃ gandhârammaṇaṃ ghânaṃ nissâya ghânasamphassajâ vedanâ ... pe ... saññâ ... pe ... cetanâ ... pe ... ghânaviññâṇaṃ uppajji vâ uppajjati vâ uppajjissati vâ uppajjo vâ— gandho peso gandhâyatanaṃ ... pe ... gandhadhâtu pesâ —idan taṃ rûpaṃ gandhâyatanaṃ.

629. Kataman taṃ rûpaṃ rasâyatanaṃ ?

Yo raso catunnaṃ mahâbhûtânaṃ upâdâya anidassano sappaṭigho mûlaraso, khandharaso, tacaraso, pattaraso, puppharaso, phalaraso, ambilaṃ, madhuraṃ tittakaṃ kaṭukaṃ loṇikaṃ khârikaṃ lapilaṃ kasâvo sâdu asâdu yo vâ panañño pi atthi raso catunnaṃ mahâbhûtânaṃ upâdâya anidassano sappaṭigho—yaṃ rasaṃ anidassanaṃ sappaṭighaṃ jivhâya anidassanâya sappaṭighâya sâyi vâ sâyati vâ sâyissati vâ sâye vâ—raso peso rasâyatanaṃ petaṃ rasadhâtu pesâ—idan taṃ rûpaṃ rasâyatanaṃ.

630. Kataman taṃ rûpaṃ rasâyatanaṃ ?

Yo raso ... pe ... sappaṭigho—yamhi rasamhi anidassanamhi sappaṭighamhi jivhâ anidassanâ sappaṭighâ paṭihaññi vâ paṭihaññati vâ paṭihaññissati vâ paṭihaññe vâ—raso peso rasâyatanaṃ petaṃ rasadhâtu pesâ—idan taṃ rûpaṃ rasâyatanaṃ.

631. Katamam tam rûpam rasâyatanam?

Yo raso ... pe ... sappaṭigho—yo raso anidassano sappa-ṭigho jivhâya anidassanâya sappaṭighâya paṭihaññi vâ paṭihañ-ñati vâ paṭihaññissati vâ paṭihaññio vâ—raso peso rasâyatanam petam rasadhâtu pesâ—idan tam rûpam rasâyatanam.

632. Kataman tam rûpam rasâyatanam?

Yo raso ... pe ... sappaṭigho—yam rasam ârabbha jivham nissâya jivhâsamphasso uppajji vâ uppajjati vâ uppaj-jissati vâ uppajjo vâ ... pe ... yam rasam ârabbha jivham nissâya jivhâsamphassajâ vedanâ ... pe ... saññâ ... pe ... cetanâ ... pe ... jivhâviññâṇam uppajji vâ uppajjati vâ uppajjissati vâ uppajjo vâ ... pe ... yam rasârammaṇam jivham nissâya jivhâsamphasso uppajji vâ uppajjati vâ uppaj-jissati vâ uppajjo vâ ... pe ... yam rasârammaṇam jivham nissâya jivhâsamphassajâ vedanâ ... pe ... saññâ ... po ... cetanâ ... pe ... jivhâviññâṇam uppajji vâ uppajjati vâ uppajjissati vâ uppajje vâ—raso peso rasâyatanam petam rasadhâtu pesâ—idan tam rûpam rasâyatanam.

633. Kataman tam rûpam itthindriyam?

Yam itthiyâ itthiliṅgam itthinimittam itthikuttam itthâ-kappo itthattam itthibhâvo—idan tam rûpam itthindriyam.

634. Kataman tam rûpam purisindriyam?

Yam purisassa purisaliṅgam purisanimittam purisakuttam purisâkappo purisattam purisabhâvo—idan tam rûpam puri-sindriyam.

635. Kataman tam rûpam jîvitindriyam?

Yo tesam rûpîaam dhammânam âyu ṭhiti yapanâ yâpanâ iriyanâ vattanâ pâlanâ jîvitam jîvitindriyam—idan tam rûpam jîvitindriyam.

636. Katamam tam rûpam kâyaviññatti?

Yâ kusalacittassa vâ akusalacittassa vâ avyâkatacittassa vâ abhikkamantassa vâ paṭikkamantassa vâ âlokentassa vâ vilo-kentassa vâ sammiñjentassa vâ pasârentassa vâ kâyassa tham-bhanâ santhambhanâ santhambhitattam viññatti viññûpanâ viññâpitattam idan tam rûpam kâyaviññatti.

637. Kataman tam rûpam vacîviññatti?

Yâ kusalacittassa vâ akusalacittassa vâ avyâkatacittassa vâ vâcâ girâ vyappatho udîraṇam ghoso ghosakammam vâcâ vacîbhedo—ayaṃ vuccati vâcâ—yâ tâya vâcâya viññatti viññâpanâ viññâpitattaṃ—idan taṃ rûpaṃ vacîviññatti.

638. Katamañ taṃ rûpaṃ âkâsadhâtu?

Yo âkâso âkâsaṅgataṃ aghaṃ aghagataṃ vivaro vivaragataṃ asamphuṭṭhaṃ catûhi mahâbhûtehi—idan taṃ rûpaṃ âkâsadhâtu.

639. Katamañ taṃ rûpaṃ rûpassa lahutâ?

Yâ rûpassa lahutâ lahupariṇâmatâ adandhanatâ avitthanatâ—idan taṃ rûpaṃ rûpassa lahutâ.

640. Katamañ taṃ rûpaṃ rûpassa mudutâ?

Yâ rûpassa mudutâ maddavatâ akakkhaḷatâ akathinatâ—idan taṃ rûpaṃ rûpassa mudutâ.

641. Katamañ taṃ rûpaṃ rûpassa kammaññatâ?

Yâ rûpassa kammaññatâ kammaññattaṃ kammaññabhâvo—idan taṃ rûpaṃ rûpassa kammaññatâ.

642. Katamañ taṃ rûpaṃ rûpassa upacayo?

Yo âyatanânaṃ âcayo—yo rûpassa upacayo—idan taṃ rûpaṃ rûpassa upacayo.

643. Katamañ taṃ rûpaṃ rûpassa santati?

Yo rûpassa upacayo—yâ rûpassa santati—idan taṃ rûpaṃ rûpassa santati.

644. Katamañ taṃ rûpaṃ rûpassa jaratâ?

Yâ rûpassa jarâ jîraṇatâ khaṇḍiccaṃ pâliccaṃ valittacatâ âyuno saṃhâni, indriyânaṃ paripâko—idan taṃ rûpaṃ rûpassa jaratâ.

645. Katamañ taṃ rûpaṃ rûpassa aniccatâ?

Yo rûpassa khayo vayo bhedo [paribhedo] aniccatâ antaradhânaṃ—idan taṃ rûpaṃ rûpassa aniccatâ.

646. Katamañ taṃ rûpaṃ kabaḷiṅkâro âhâro?

Odano kummâso sattu maccho maṃsaṃ khîraṃ dadhi sappi navanîtaṃ telaṃ madhupphâṇitaṃ—yaṃ vâ panaññaṃ pi atthi yamhi yamhi janapade tesaṃ tesaṃ sattânaṃ mukhâsiyaṃ dantavikhâdanaṃ galajjhoharaṇîyaṃ kucchivitthambhanaṃ yâya ojâya sattâ yâpenti—idan taṃ rûpaṃ kabaḷiṅkâro âhâro.

Idan taṃ rûpaṃ upâdâ.

UPÂDÂBHÂJANIYAṂ RÛPAKAṆḌE PAṬHAMABHÂNAVÂRAṂ.

647. Kataman tam rûpam no upâdâ?

Phoṭṭhabbâyatanam âpodhâtu—idan tam rûpam no upâdâ.

648. Kataman tam rûpam phoṭṭhabbâyatanam?

Pathavîdhâtu tejodhâtu vâyodhâtu kakkhaḷam mudukam saṇham pharusam sukhasamphassam dukkhasamphassam garukam lahukam—yam phoṭṭhahbam anidassanam sappaṭigham kâyena anidassanena sappaṭighena phusi vâ phusati vâ phusissati vâ phuse vâ phoṭṭhabbo peso phoṭṭhabbâyatanam petam phoṭṭhabbadhâtu pesâ—idan tam rûpam phoṭṭhabbâyatanam.

649. Kataman tam rûpam phoṭṭhabbâyatanam?

Pathavîdhâtu . . . po . . . lahukam—yamhi phoṭṭhabbahi anidassanamhi sappaṭighamhi kâyo anidassano sappaṭigbo paṭihaññi vâ paṭihaññati vâ paṭihaññissati vâ paṭihaññe vâ—phoṭṭhabbo peso phoṭṭhabbâyatanam petam phoṭṭhabbadhâtu pesâ — idan tam rûpam phoṭṭhabbâyatanam.

650. Kataman tam rûpam phoṭṭhabbâyatanam?

Pathavîdhâtu . . . pe . . . lahukam—yo phoṭṭhabbo anidassano sappaṭigho kâyamhi anidassanamhi sappaṭighamhi paṭihaññi vâ paṭihaññati vâ paṭihaññissati vâ paṭihaññe vâ—phoṭṭhabbo peso phoṭṭhabbâyatanam petam phoṭṭhabbadhâtu pesâ—idan tam rûpam phoṭṭhabbâyatanam.

651. Kataman tam rûpam phoṭṭhabbâyataaam?

Pathavîdhâtu . . . po . . . lahukam—yam phoṭṭhabbam ârabbha kâyam nissâya kâyasampbasso uppajji vâ uppajjati vâ uppajjissati vâ uppajje vâ . . . pe . . . yam phoṭṭhabbam ârabbha kâyam nissâya kâyasamphassajâ vedanâ . . . pe . . . saññâ . . . pe . . . cetanâ . . . pe . . . kâyaviññânam uppajji vâ uppajjati vâ uppajjissati vâ uppajje vâ . . . pe . . . yam phoṭṭhabbârammanam kâyam nissâya kâyasamphasso uppajji vâ uppajjati vâ uppajjissati vâ uppajje vâ . . . po . . . yam phoṭṭhabbârammanam kâyam nissâya kâyasamphassajâ vedanâ . . . pe . . . saññâ . . . pe . . . cetanâ . . . pe . . . kâyaviññânam uppajji vâ uppajjati vâ uppajjissati vâ uppajje vâ—phoṭṭhabbo peso phoṭṭhabbâyatanam petam phoṭṭhabbadhâtu pesâ—idan tam rûpam phoṭṭhabbâyatanam.

652. Kataman tam rûpam âpodhâtu?

Yam âpo âpogatam sineho sinehagatam bandhanattam rûpassa idan tam rûpam âpodhâtu.

Idan tam rûpam no upâdâ.

653. Kataman tam rûpam upâdinnam?

Cakkhâyatanam, sotâyatanam, ghânâyatanam, jivhâyatanam, kâyâyatanam, itthindriyam, purisindriyam, jîvitindriyam—yam vâ panaññam pi atthi rûpam kammassa katattâ rûpâyatanam, gandhâyatanam, rasâyatanam, phoṭṭhabhâyatanam, âkâsadhâtu, âpodhâtu, rûpassa upacayo rûpasantati kabaḷiṅkâro âhâro—idan tam rûpam upâdinnam.

654. Kataman tam rûpam anupâdinnam?

Saddâyatanam kâyaviññatti vacîviññatti rûpassa lahutâ rûpassa mudutâ rûpassa kammaññatâ rûpassa jaratâ rûpassa aniccatâ—yam vâ pan' aññam pi atthi rûpam na kammassa katattâ rûpâyatanam gandhâyatanam rasâyatanam phoṭṭhahbâyatanam âkâsadhâtu âpodhâtu rûpassa upacayo rûpassa santati kabaḷiṅkâro âhâro—idan tam rupam anupâdinnam.

655. Kataman tam rupam upâdinnupâdâniyam?

Cakkhâyatanam . . . pe . . . kâyâyatanam itthindriyam purisindriyam jîvitindriyam—yam vâ pan' aññam pi atthi rûpam kammassa katattâ rûpâyatanam gandhâyatanam rasâyatanam phoṭṭhahbâyatanam âkâsadhâtu, âpodhâtu, rûpassa upacayo rûpasantati kabaḷiṅkâro âhâro—idan tam rûpam upâdinnupâdâniyam.

656. Katamam tam rûpam anupâdinnupâdâniyam?

Saddâyatamam kâyaviññatti vacîviññatti rûpassa lahutâ rûpassa mudutâ rûpassa kammaññatâ rûpassa jaratâ rûpassa aniccatâ—yam vâ panaññam pi atthi rûpam na kammassa katattâ rûpâyatanam saddâyatanam, gandhâyatanam, rasâyatanam phoṭṭhabhâyatanam, âkâsadhâtu rûpassa upacayo rûpasantati kabaḷiṅkâro âhâro—idan tam rûpam anupâdinnupâdâniyam.

657. Kataman tam rûpam sanidassanam?

Rûpâyatanam—idan tam rûpam sanidassanam.

658. Kataman tam rûpam anidassanam.

Cakkhâyatanam . . . pe . . . kabaḷiṅkâro âhâro—idan tam rûpam anidassanam.

659. Kataman tam rûpam sappatigham ?

Cakkhâyatanam, sotâyatanam, gbânâyatanam, jivhâyatanam, kâyâyatanam, rûpâyatanam, saddâyatanam, gandbâyatanam, rasâyatanam, photthabbâyatanam—idan tam rûpam sappatigham.

660. Kataman tam rûpam appatigham?

Itthindriyam . . . pe . . . kabaliṅkâro âhâro—idan tam rûpam appatigham.

661. Kataman tam rûpam indriyam?

Cakkhundriyam, sotindriyam, ghânindriyam, jivhindriyam, kâyindriyam, itthindriyam, purisindriyam, jîvitindriyam —idan tam rûpam indriyam.

662. Kataman tam rûpam na indriyam?

Rûpâyatanam . . . pe . . . kabaliṅkâro âhâro—idan tam rûpam na indriyam.

663. Kataman tam rûpam mahâbhûtam?

. Photthabbâyatanam âpodhâtu—idan tam rûpam mahâbhûtam.

664. Kataman tam rûpam na mahâbhûtam?

Cakkhâyatanam . . . pe . . . kabaliṅkâro âhâro—idam tam rûpam mahâbhûtam.

665. Kataman tam rûpam viññatti?

Kâyaviññatti vacîviññatti—idan tam rûpam viññatti.

666. Kataman tam rûpam na viññatti?

Cakkhâyatanam . . . pe . . . kabaliṅkâro âhâro—idan tam rûpam na viññatti.

667. Kataman tam rûpam cittasamutthânam?

Kâyaviññatti vacîviññatti—yam vâ pan' aññam pi atthi rûpam cittajam cittahetukam cittasamutthânam rûpâyatanam saddâyatanam, gandhâyatanam, rasâyatanam, photthabbâyatanam, âkâsadhâtu, âpodhâtu, rûpassa lahutâ, rûpassa mudutâ, rûpassa kammaññatâ, rûpassa upacayo, rûpassa santati kabaliṅkâro âhâro—idan tam rûpam cittasamutthânam.

668. Kataman tam rûpam na cittasamutthânam?

Cakkhâyatanam . . . pe . . . kâyâyatanam—itthindriyam purisindriyam, jîvitindriyam, rûpassa jaratâ, rûpassa aniccatâ —yam vâ panaññam pi atthi rûpam na cittajam na cittahetukam na cittasamutthânam rûpâyatanam, saddâyatanam, gandhâyatanaṃ, rasâyatanaṃ, phoṭṭhabbâyatanaṃ, âkâsa-dhâtu, âpodhâtu, rûpassa lahutâ, rûpassa mudutâ, rûpassa kammaññatâ, rûpassa upacayo, rûpassa santati, kabaḷiṅkâro âhâro—idan taṃ rûpaṃ na cittasamuṭṭhânaṃ.

669. Kataman taṃ rûpaṃ cittasahabhû ?

Kâyaviññatti vacîviññatti—idan taṃ rûpaṃ cittasahabhû.

670. Kataman taṃ rûpaṃ na cittasahabhû ?

Cakkhâyatanaṃ . . . pe . . . kabaḷiṅkâro âhâro—idan taṃ rûpaṃ na cittasahabhû.

671. Katamau taṃ rûpaṃ cittânuparivatti ?

Kâyaviññatti vacîviññatti—idan taṃ rûpaṃ cittânuparivatti.

672. Kataman taṃ rûpaṃ na cittânuparivatti ?

Cakkhâyatanaṃ . . . pe . . . kabaḷiṅkâro âhâro—idan taṃ rûpaṃ na cittânuparivatti.

673. Kataman taṃ rûpaṃ ajjhattikaṃ ?

Cakkhâyatanaṃ . . . pe . . . kâyâyatanaṃ—idan taṃ rûpaṃ ajjhattikaṃ.

674. Kataman taṃ rûpaṃ bâhiraṃ ?

Rûpâyatanaṃ . . . pe . . . kabaliṅkâro âhâro—idan taṃ rûpaṃ bâhiraṃ.

675. Kataman taṃ rûpaṃ oḷârikaṃ.

Cakkhâyatanaṃ . . . pe . . . phoṭṭhabbâyatanaṃ—idan taṃ rûpaṃ oḷârikaṃ.

676. Kataman taṃ rûpaṃ sukhumaṃ?

Itthindriyaṃ . . . pe . . . kabaliṅkâro âhâro—idan taṃ rûpaṃ sukhumaṃ.

677. Kataman taṃ rûpaṃ dûre ?

Itthindriyaṃ . . . pe . . . kabaḷiṅkâro âhâro—idan taṃ rûpaṃ dûre.

678. Kataman taṃ rûpaṃ santike ?

Cakkhâyatanaṃ . . . pe . . . phoṭṭhabbâyatanaṃ—idan taṃ rûpaṃ santike.

679. Kataman taṃ rûpaṃ cakkhusamphassassa vatthu ?

Cakkhâyatanaṃ—idan taṃ rûpaṃ cakkhusamphassassa vatthu.

680. Kataman taṃ rûpaṃ cakkhusamphassassa na vatthu ?

Sotâyatanaṃ . . . pe . . . kabaḷiṅkâro âhâro—idaṃ taṃ rûpaṃ cakkhusamphassassa na vatthu.

681. Kataman tam rûpam cakkhusamphassajâya vcdanâya . . . pe . . . saññâya . . . pe . . . cetanâya . . . pc . . . cakkhuviññânassa vatthu?

Cakkhâyatanam — idam tam rûpam cakkhuviññânassa vatthu.

682. Kataman tam rûpam cakkhuviññânassa na vatthu?

Sotâyatanam . . . pe . . . kabaliṅkâro âhâro—idan tam rûpam cakkbuviññânassa na vatthu.

683. Kataman tam rûpam sotasamphassassa . . . pe . . . ghânasamphassassa . . . pe . . . kâyasamphassassa vatthu?

Kâyâyatanam—idan tam rûpam kâyasamphassassa vatthu.

684. Kataman tam rûpam kâyasampbassassa na vatthu?

Cakkhâyatanam . . . po . . . kabaliṅkâro âhâro—idan tam rûpam kâyasamphassassa na vatthu.

685. Kataman tam rûpam kâyasamphassajâya vedanâya . . . pe . . . saññâya . . . pe . . . cetanâya . . . pc . . . kâyaviññânassa vatthu?

Kâyâyatanam—idan tam rûpam kâyaviññânassa vatthu.

686. Kataman tam rûpam kâyaviññânassa na vatthu?

Cakkhâyatanam . . . pe . . . kabaliṅkâro âhâro—idam tam rûpam kâyaviññânassa na vatthu.

687. Kataman tam rûpam cakkhusamphassassa ârammanam?

Rûpâyatanam — idan tam rûpam cakkhusamphassassa ârammanam.

688. Kataman tam rûpam cakkhusamphassassa na ârammanam?

Cakkhâyatanam . . . pc . . . kabaliṅkâro âhâro—idan tam rûpam cakkhusamphassassa na ârammanam.

689. Katamam tam rûpam cakkhusamphassajâya vedanâya . . . pe . . . saññâya . . . pe . . . cetanâya . . . pe . . . cakkhuviññânassa ârammanam.

Rûpâyatanam—idan tam rûpam cakkhuviññânassa ârammanam.

690. Kataman tam rûpam cakkhuviññânassa ârammanam?

Cakkhâyatanam—kabaliṅkâro âhâro—idan tam rûpam cakkhuviññânassa ârammanam.

691. Kataman tam rûpam sotasamphassassa . . . pe . . .

ghânasamphassassa . . . pe . . . jivhâsamphassassa . . . pe
. . . kâyasamphassassa ârammaṇaṃ.

Phoṭṭhabbâyatanaṃ—idan taṃ rûpaṃ kâyasamphassassa
ârammaṇaṃ.

692. Kataman taṃ rûpaṃ kâyasamphassassa na âram-
maṇaṃ?

Cakkhâyatanaṃ . . . pe . . . kabaḷiṅkâro âhâro—idan
taṃ rûpaṃ kâyasamphassassa na ârammaṇaṃ.

693. Kataman taṃ rûpaṃ kâyasamphassajâya vedanâya
. . . pe . . . saññâya . . . pe . . . cetanâya . . . pe . . .
kâyaviññâṇassa ârammaṇaṃ?

Phoṭṭhabbâyatanaṃ—idan taṃ rûpaṃ kâyaviññâṇassa
ârammaṇaṃ.

694. Kataman taṃ rûpaṃ kâyaviññâṇassa na ârammaṇaṃ?

Cakkhâyatanaṃ . . . pe . . . kabaḷiṅkâro âhâro—idan
taṃ rûpaṃ kâyaviññâṇassa na ârammaṇaṃ.

695. Kataman taṃ rûpaṃ cakkhâyatanaṃ?

Yaṃ cakkhu catunnaṃ mahâbhûtânaṃ upâdâya pasâdo
. . . pe . . . suñño gâmo peso—idan taṃ rûpaṃ cakkhâ-
yatanaṃ.

696. Kataman taṃ rûpaṃ na cakkhâyatanaṃ?

Sotâyatanaṃ . . . pe . . . kabaḷiṅkâro âhâro—idan taṃ
rûpaṃ na cakkhâyatanaṃ.

697. Kataman taṃ rûpaṃ sotâyatanaṃ . . . pe . . .
ghânâyatanaṃ . . . pe . . . jivhâyatanaṃ . . . pe . . . kâyâ-
yatanaṃ?

Yo kâyo catunnaṃ mahâbhûtânaṃ upâdâya pasâdo . . . pe
. . . suñño gâmo peso—idan taṃ rûpaṃ kâyâyatanaṃ.

698. Kataman taṃ rûpaṃ na kâyâyatanaṃ?

Cakkhâyatanaṃ . . . pe . . . kabaḷiṅkâro âhâro—idan
taṃ rûpaṃ na kâyâyatanaṃ.

699. Kataman taṃ rûpaṃ rûpâyatanam?

Yaṃ rûpaṃ catunnaṃ mahâbhûtânaṃ upâdâya vaṇṇanibhâ
. . . pe . . . rûpadhâtu pesâ—idan taṃ rûpaṃ rûpâyatanaṃ.

700. Kataman taṃ rûpaṃ na rûpâyatanaṃ?

Cakkhâyatanaṃ . . . pe . . . kabaḷiṅkâro âhâro—idan
taṃ rûpaṃ na rûpâyatanaṃ.

701. Kataman taṃ rûpaṃ saddâyatanaṃ . . . pe . . .

gandbâyatanaṃ . . . pe . . . rasâyatanaṃ . . . pe . . . pboṭṭhabbâyatanaṃ?

Pathavîdbâtu . . . pe . . . phoṭṭbabhadbâtu pesâ—idaṃ taṃ rûpaṃ pboṭṭhabbadhâtu.

702. Kataman taṃ rûpaṃ na phoṭṭhabbâyatanaṃ?

Cakkhâyatanaṃ . . . pe . . . kabaḷiṅkâro âbâro—idan taṃ rûpaṃ na pboṭṭbabbâyatanaṃ.

703. Kataman taṃ rûpaṃ cakkbudhâtu.

Cakkbâyatanaṃ—idan taṃ rûpaṃ cakkhudbâtu.

704. Kataman taṃ rûpaṃ na cakkbudhâtu?

Sotâyatanaṃ . . . pe . . . kabaḷiṅkâro âbâro—idan taṃ rûpaṃ na cakkbudbâtu.

705. Kataman taṃ rûpaṃ rûpadbâtu?

Rûpâyatanaṃ—idan taṃ rûpaṃ rûpadbâtu.

706. Kataman taṃ rûpaṃ na rûpadbâtu?

Cakkhâyatanaṃ . . . po . . . kabaḷiṅkâro âhâro—idan taṃ rûpaṃ na rûpadbâtu.

707. Kataman taṃ rûpaṃ saddadhâtu . . . pe . . . gandhadhâtu . . . pe . . . pboṭṭhabbadhâtu?

Phoṭṭbabbâyatanaṃ—idan taṃ rûpaṃ phoṭṭbabbadhâtu.

708. Kataman taṃ rûpaṃ na phoṭṭhabbadbâtu?

Cakkbâyatanaṃ . . . po . . . kabaliṅkâro âhâro—idan taṃ rûpaṃ na pboṭṭbabbadbâtu.

709. Kataman taṃ rûpaṃ cakkbundriyaṃ?

Yaṃ cakkhu catunnaṃ mabâbbûtânaṃ upâdâya pasâdo . . . pe . . . suñño gâmo peso—idan taṃ rûpaṃ cakkbundriyaṃ.

710. Kataman taṃ rûpaṃ na cakkbundriyaṃ?

Sotâyatanaṃ . . . pe . . . kabaḷiṅkâro âhâro—idan taṃ rûpaṃ na cakkbundriyaṃ.

711. Kataman taṃ rûpaṃ sotindriyaṃ . . . pc . . . ghânindriyaṃ . . . po . . . jivhiudriyaṃ . . . pe . . . kâyindriyaṃ?

Yo kâyo catunnaṃ mabâbbûtânaṃ upâdâya pasâdo . . . pe . . . suñño gâmo peso—idan taṃ rûpaṃ kâyindriyaṃ.

712. Kataman taṃ rûpaṃ na kâyindriyaṃ?

Cakkbâyatanaṃ . . . pe . . . kabaḷiṅkâro âbâro—idan taṃ rûpaṃ na kâyindriyaṃ.

713. Kataman taṃ rûpaṃ itthindriyaṃ?

Yaṃ itthiyā itthiliṅgaṃ itthinimittaṃ itthikuttaṃ itthā-
kappo itthattaṃ itthibhāvo—idan taṃ rūpaṃ itthindriyaṃ.

714. Kataman taṃ rūpaṃ purisindriyaṃ?

Yaṃ purisassa purisaliṅgaṃ purisanimittaṃ purisakuttaṃ
purisākappo purisattaṃ purisabhāvo—idan taṃ rūpaṃ puri-
sindriyaṃ.

715. Kataman taṃ rūpaṃ na purisindriyaṃ?

Cakkhāyatanaṃ . . . pe . . . kabaḷiṅkāro āhāro—idan
taṃ rūpaṃ na purisindriyaṃ.

716. Kataman taṃ rūpaṃ jīvitindriyaṃ?

Yo tesaṃ rūpīnaṃ dhammānaṃ āyu ṭhiti yapanā yāpanā
iriyanā vattanā pālanā jīvitaṃ jīvitindriyaṃ—idan taṃ
rūpaṃ jīvitindriyaṃ.

717. Kataman taṃ rūpaṃ na jīvitindriyaṃ?

Cakkhāyatanaṃ . . . pe . . . kabaḷiṅkāro āhāro—idan
taṃ rūpaṃ na jīvitindriyaṃ.

718. Kataman taṃ rūpaṃ kāyaviññatti?

Yā kusalacittassa vā akusalacittassa vā avyākatacittassa vā
abhikkamantassa vā paṭikkamantassa vā ālokentassa vā vilo-
kentassa vā sammiñjentassa vā pasārentassa vā kāyassa tham-
bhanā santhambhanā santhambhitattaṃ viññatti viññāpanā
viññāpitattaṃ : idan taṃ rūpaṃ kāyaviññatti.

719. Kataman taṃ rūpaṃ na kāyaviññatti?

Cakkhāyatanaṃ . . . pe . . . kabaḷiṅkāro āhāro—idan taṃ
rūpaṃ na kāyaviññatti.

720. Kataman taṃ rūpaṃ vacīviññatti?

Yā kusalacittassa vā akusalacittassa vā avyākatacittassa vā
vācā girā vyappatho udīraṇaṃ ghoso ghosakammaṃ vācā
vacībhedo—ayaṃ vuccati vācā — yā tāya vācāya viññatti
viññāpanā viññāpitattaṃ—idan taṃ rūpaṃ vacīviññatti.

721. Kataman taṃ rūpaṃ na vacīviññatti?

Cakkhāyatanaṃ . . . pe . . . kabaḷiṅkāro āhāro—idan taṃ
rūpaṃ na vacīviññatti.

722. Kataman taṃ rūpaṃ ākāsadhātu?

Yo ākāso ākāsagataṃ aghaṃ aghagataṃ vivaro vivaragataṃ
asamphuṭṭhaṃ catūhi mahābhūtehi—idan taṃ rūpaṃ ākāsa-
dhātu.

723. Kataman taṃ rūpaṃ na ākāsadhātu?

Cakkhâyatanaṃ . . . pe . . . kabaḷiṅkâro âhâro—idan taṃ rûpaṃ âkâsadhâtu.

724. Kataman taṃ rûpaṃ âpodhâtu ?

Yaṃ âpo âpogataṃ sineho sinehagataṃ bandhanattaṃ rûpassa—idan taṃ rûpaṃ âpodhâtu.

725. Kataman taṃ rûpaṃ na âpodhâtu ?

Cakkhâyatanaṃ . . . pe . . . kabaḷiṅkâro âhâro—idan taṃ rûpaṃ na âpodhâtu.

726. Kataman taṃ rûpaṃ rûpassa lahutâ ?

Yâ rûpassa lahutâ lahutapariṇâmatâ adandhanatâ avitthanatâ—idan taṃ rûpaṃ rûpassa lahutâ.

727. Kataman taṃ rûpaṃ rûpassa na lahutâ ?

Cakkhâyatanaṃ . . . pe . . . kabaḷiṅkâro âhâro—idan taṃ rûpaṃ rûpassa na lahutâ.

728. Kataman taṃ rûpaṃ rûpassa mudutâ ?

Yâ rûpassa mudutâ maddavatâ akakkhaḷatâ akathinatâ—idan taṃ rûpaṃ rûpassa mudutâ.

729. Kataman taṃ rûpaṃ rûpassa na mudutâ ?

Cakkhâyatanaṃ . . . pe . . . kabaḷiṅkâro âhâro — idan taṃ rûpaṃ rûpassa na mudutâ.

730. Kataman taṃ rûpaṃ rûpassa kammaññatâ ?

Yâ rûpassa kammaññatâ kammaññattaṃ kammaññabhâvo—idan taṃ rûpaṃ rûpassa kammaññatâ.

731. Kataman taṃ rûpaṃ rûpassa na kammaññatâ ?

Cakkhâyatanaṃ . . . pe . . . kabaḷiṅkâro âhâro — idan taṃ rûpaṃ rûpassa na kammaññatâ.

732. Kataman taṃ rûpaṃ rûpassa upacayo ?

Yo âyatanânaṃ âcayo—so rûpassa upacayo—idan taṃ rûpaṃ rûpassa upacayo.

733. Kataman taṃ rûpaṃ rûpassa na upacayo ?

Cakkhâyatanaṃ . . . pe . . . kabaḷiṅkâro âhâro—idan taṃ rûpaṃ rûpassa na upacayo.

734. Kataman taṃ rûpaṃ rûpassa santati ?

Yo rûpassa upacayo—sâ rûpassa santati—idaṃ taṃ rûpaṃ rûpassa santati.

735. Kataman taṃ rûpaṃ rûpassa na santati ?

Cakkhâyatanaṃ . . . pe . . . kabaḷiṅkâro âhâro — idaṃ taṃ rûpaṃ rûpassa na santati.

736. Kataman taṃ rûpaṃ rûpassa jaratâ ?

Yâ rûpassa jarâ jîraṇatâ khaṇḍiccaṃ pâliccaṃ valittacatâ âyuno saṃhâni indriyânaṃ paripâko—idan taṃ rûpaṃ rûpassa jaratâ.

737. Kataman taṃ rûpaṃ rûpassa na jaratâ ?

Cakkhâyatanaṃ ... pe ... kabaḷiṅkâro âhâro—idaṃ taṃ rûpaṃ rûpassa na jaratâ.

738. Kataman taṃ rûpaṃ rûpassa aniccatâ ?

Yo rûpassa khayo vayo bbedo paribhedo aniccatâ antaradhânaṃ: idan taṃ rûpaṃ rûpassa aniccatâ.

739. Kataman taṃ rûpaṃ rûpassa na aniccatâ ?

Cakkhâyatanaṃ ... pe ... kabaḷiṅkâro âhâro — idaṃ taṃ rûpaṃ rûpassa na aniccatâ.

740. Kataman taṃ rûpaṃ kabaḷiṅkâro âhâro ?

Odano kummâso sattu maccbo maṃsaṃ kbîraṃ dadhi sappi navanîtaṃ telaṃ madhu pbâṇitaṃ—yaṃ vâ panaññam pi atthi rûpaṃ yambi yambi janapade tesaṃ tesaṃ sattânaṃ mukbâsiyaṃ dantavikhâdanaṃ galajjbobaraṇiyaṃ kuccbivitthambhanaṃ—yâya ojâya sattâ yâpenti—idan taṃ rûpaṃ kabaḷiṅkâro âhâro.

741. Kataman taṃ rûpaṃ na kabaḷiṅkâro âhâro ?

Cakkbâyatanaṃ ... pe ... rûpassa aniccatâ—idan taṃ rûpaṃ na kabaḷiṅkâro âhâro.

Evaṃ duvidbena rûpasaṅgaho. Dukkbaniddeso.

742. Kataman taṃ rûpaṃ ajjbattikaṃ upâdâ ?

Cakkhâyatanaṃ ... pe ... kâyâyatanaṃ—idaṃ taṃ rûpaṃ ajjbattikaṃ upâdâ.

743. Kataman taṃ rûpaṃ bâhiraṃ upâdâ ?

Rûpâyatanaṃ ... pe ... kabaḷiṅkâro âhâro—idan taṃ rûpaṃ bâhiraṃ upâdâ.

744. Kataman taṃ rûpaṃ bâhiraṃ no upâdâ ?

Phoṭṭhabbâyatanaṃ âpodhâtu—idan taṃ rûpaṃ bâhiraṃ no upâdâ.

745. Kataman taṃ rûpaṃ ajjbattikaṃ upâdiṇṇaṃ ?

Cakkhâyatanaṃ ... pe .... kâyâyatanaṃ idan taṃ rûpaṃ ajjbattikaṃ upâdiṇṇaṃ.

746. Kataman taṃ rûpaṃ bâhiraṃ upâdiṇṇaṃ.

Itthindriyaṃ, purisindriynṃ, jîvitindriyaṃ — yaṃ vâ panaññam pi atthi rûpaṃ kammassa katnttâ rûpâyatanaṃ gandhâyatanaṃ rasâyatanaṃ phoṭṭbabbâyatannṃ âkâsadhâtu âpodhâtu rûpassa upacayo rûpassa santati—kabaḷiṅkâro âhâro idan taṃ rûpaṃ bâhiraṃ upâdiṇṇaṃ.

747. Kataman taṃ rûpaṃ bâhiraṃ anupâdiṇṇaṃ?

Saddâyatanaṃ kâyaviññatti vacîviññatti rûpassa lahutâ rûpassa mudutâ rûpassa kammaññatâ rûpassa jaratâ rûpassa aniccatâ—yaṃ vâ panaññam pi atthi rûpaṃ na kammassn katattâ rûpâyatanaṃ saddâyatanaṃ gandhâyatanaṃ rasâyatanaṃ phoṭṭhabbâyatanaṃ âkâsadbâtu âpodhâtu rûpassa upacayo rûpassa santati kabaḷiṅkâro âhâro—idan taṃ rûpaṃ bâhiraṃ anupâdiṇṇaṃ.

748. Kataman taṃ rûpaṃ ajjhattikaṃ upâdiṇṇupâdâniyaṃ?

Cnkkhâyatanaṃ . . . pe . . . kâyâyntanaṃ—idaṃ taṃ rûpaṃ ajjhattikaṃ upâdiṇṇupâdâyaṃ.

749. Kataman taṃ rûpaṃ bâhiraṃ upâdiṇṇupâdâniyaṃ?

Itthindriyaṃ purisindriyaṃ jîvitindriyaṃ—yaṃ vâ panaññaṃ pi atthi rûpaṃ kammassa katnttâ rûpâyatanaṃ gandhâyatanaṃ rasâyatanaṃ phoṭṭhabbâyatanaṃ âkâsadhâtu âpodhâtu rûpassa upacayo rûpassa santati kabaḷiṅkâro âhâro—idan tnṃ rûpaṃ bâhiraṃ upâdiṇṇupâdâniyaṃ.

750. Kataman tnṃ rûpaṃ bâhiraṃ anupâdiṇṇupâdâniyaṃ?

Saddâyatanaṃ kâyaviññatti vacîviññatti rûpassa lahutâ rûpassa mudutâ rûpassa kammaññatâ rûpassa jaratâ rûpassa nniccatâ—yaṃ vâ pannññam pi atthi rûpaṃ na katattâ rûpâyatanaṃ gandhâyatanaṃ rasâyatanaṃ phoṭṭhabbâyatanaṃ âkâsadbâtu âpodhâtu rûpassa upacayo rûpassa santnti kabaḷiṅkâro âhâro—idan taṃ rûpaṃ bâhiraṃ anupâdiṇṇupâdâniyaṃ.

751. Kataman taṃ rûpaṃ ajjhattikaṃ anidassanaṃ?

Cakkhâyntanaṃ . . . pe . . . kâyâyatanaṃ—idan taṃ rûpaṃ njjhattikaṃ nnidassanaṃ.

752. Kataman taṃ rûpaṃ bâhiraṃ sanidassanaṃ?

Rûpâyatanaṃ—idaṃ taṃ rûpaṃ bâhiraṃ sanidassanaṃ.

753. Kataman taṃ rûpaṃ bâhiraṃ anidassanaṃ?

Saddâyatanaṃ . . . pe . . . kabaḷiṅkâro âbâro : idaṃ taṃ rûpaṃ bâhiraṃ anidassanaṃ.

754. Kataman taṃ rûpaṃ ajjhattikaṃ sappaṭighaṃ?

Cakkhâyatanaṃ . . . pe . . . kâyâyatanaṃ idaṃ taṃ rûpaṃ ajjhattikaṃ sappaṭighaṃ.

755. Kataman taṃ rûpaṃ bâhiraṃ sappaṭighaṃ?

Rûpâyatanaṃ . . . pe . . . phoṭṭhabbâyatanaṃ—idaṃ taṃ rûpaṃ bâhiraṃ sappaṭigbaṃ.

756. Kataman taṃ rûpaṃ bâhiraṃ sappaṭighaṃ?

Itthindriyaṃ . . . pa . . . kabaḷiṅkâro âbâro—idaṃ taṃ rûpaṃ bâhiraṃ sappaṭigbaṃ.

757. Kataman taṃ rûpaṃ ajjhattikaṃ indriyaṃ?

Cakkhundriyaṃ . . . pe . . . kâyindriyaṃ—idaṃ taṃ rûpaṃ ajjhattikaṃ indriyaṃ.

758. Kataman taṃ rûpaṃ bâhiraṃ indriyaṃ?

Itthindriyaṃ purisindriyaṃ jîvitindriyaṃ—idan taṃ rûpaṃ bâhiraṃ indriyaṃ.

759. Kataman taṃ rûpaṃ bâhiraṃ na indriyaṃ?

Rûpâyatanaṃ . . . pe . . . kabaḷiṅkâro âbâro—idaṃ taṃ rûpaṃ bâhiraṃ na indriyaṃ.

760. Kataman taṃ rûpaṃ ajjhattikaṃ na mahâbhûtaṃ?

Cakkhâyatanaṃ . . . pe . . . kâyâyatanaṃ—idan taṃ rûpaṃ ajjhattikaṃ na mahâbhûtaṃ.

761. Kataman taṃ rûpaṃ bâhiraṃ mahâbhûtaṃ?

Phoṭṭhabbâyatanaṃ âpodhâtu—idaṃ taṃ rûpaṃ bâhiraṃ mahâbhûtaṃ.

762. Kataman taṃ rûpaṃ bâhiraṃ na mahâbhûtaṃ?

Rûpâyatanaṃ . . . pe . . . kabaḷiṅkâro âbâro—idan taṃ rûpaṃ bâhiraṃ na mahâbhûtaṃ.

763. Kataman taṃ rûpaṃ ajjhattikaṃ na viññatti?

Cakkhâyatanaṃ . . . pe . . . kâyâyatanaṃ—idan taṃ rûpaṃ ajjhattikaṃ na viññatti.

764. Kataman taṃ rûpaṃ bâhiraṃ viññatti?

Kâyaviññatti vacîviññatti — idan taṃ rûpaṃ bâhiraṃ viññatti.

765. Kataman taṃ rûpaṃ bâhiraṃ na viññatti?

Rûpâyatanaṃ . . . pe . . . kabaḷiṅkâro âbâro—idan taṃ rûpaṃ bâhiraṃ na viññatti.

766. Kataman taṃ rûpaṃ ajjhattikaṃ na cittassa samuṭṭhânaṃ?

Cakkhâyatanaṃ . . . pe . . . kâyâyatanaṃ — idan taṃ rûpaṃ ajjhattikaṃ na cittassa samuṭṭhânaṃ.

767. Kataman taṃ rûpaṃ bâhiraṃ cittasamuṭṭhânaṃ?

Kâyaviññatti vacîviññatti—yaṃ vâ panaññaṃ pi atthi rûpaṃ cittajaṃ cittahetukaṃ cittasamuṭṭhânaṃ rûpâyatanaṃ saddâyatanaṃ gandhâyatanaṃ rasâyatanaṃ phoṭṭhabbâyatanaṃ âkâsadhâtu âpodhâtu rûpassa lahutâ rûpassa mudutâ rûpassa kammaññatâ rûpassa upacayo rûpassa santati kabaḷiṅkâro âhâro—idan taṃ rûpaṃ bâhiraṃ cittasamuṭṭhânaṃ.

768. Kataman taṃ rûpaṃ bâhiraṃ na cittasamuṭṭhânaṃ?

Itthindriyaṃ purisindriyaṃ jîvitindriyaṃ rûpassa jaratâ rûpassa aniccatâ yaṃ vâ panaññaṃ pi atthi rûpaṃ na cittajaṃ na cittahetukaṃ na cittasamuṭṭhânam rûpâyatanaṃ saddâyatanaṃ gandhâyatanaṃ rasâyatanaṃ phoṭṭhabbâyatanaṃ âkâsadhâtu âpodhâtu rûpassa lahutâ rûpassa mudutâ rûpassa kammaññatâ rûpassa upacayo rûpassa santati kabaḷiṅkâro âhâro—idan taṃ rûpaṃ bâhiraṃ na cittasamuṭṭhânaṃ.

769. Kataman taṃ rûpaṃ ajjhattikaṃ na cittasahabhû?

Cakkhâyatanaṃ . . . pe . . . kâyâyatanaṃ—idan taṃ rûpaṃ ajjhattikaṃ na cittasahabhû.

770. Kataman taṃ rûpaṃ bâhiraṃ cittasahabhû?

Kâyaviññatti vacîviññatti—idan taṃ rûpaṃ bâhiraṃ cittasahabhû.

771. Kataman taṃ rûpaṃ bâhiraṃ na cittasahabhû?

Rûpâyatanaṃ . . . pe . . . kabaḷiṅkâro âhâro—idan taṃ rûpaṃ bâhiraṃ na cittasahabhû.

772. Kataman taṃ rûpaṃ ajjhattikaṃ na cittânuparivatti?

Cakkhâyatanaṃ . . . pe . . . kâyâyatanaṃ—idaṃ taṃ rûpaṃ ajjhattikaṃ na cittânuparivatti.

773. Kataman taṃ rûpaṃ bâhiraṃ cittânuparivatti?

Kâyaviññatti vacîviññatti—idan taṃ rûpaṃ bâhiraṃ cittânuparivatti.

774. Kataman taṃ rûpaṃ bâhiraṃ na cittânuparivatti?

Rûpâyatanaṃ . . . pe . . . kabaḷiṅkâro âhâro—idan taṃ rûpaṃ bâhiraṃ na cittânuparivatti?

775. Kataman taṃ rûpaṃ ajjhattikaṃ oḷârikaṃ?

Cakkhâyatanaṃ . . . pe . . . kâyâyatanaṃ—idan taṃ rûpaṃ ajjhattikaṃ oḷârikaṃ.

776. Kataman taṃ rûpaṃ bâhiraṃ oḷârikaṃ ?

Rûpâyatanaṃ . . . pe . . . phoṭṭhabbâyatanaṃ—idan taṃ rûpaṃ bâhiraṃ oḷârikaṃ.

777. Kataman taṃ rûpaṃ bâhiraṃ sukhumaṃ ?

Itthindriyaṃ . . . pe . . . kahaḷiṅkâro âhâro—idan taṃ rûpaṃ bâhiraṃ sukhumaṃ.

778. Kataman taṃ rûpaṃ ajjhattikaṃ santike ?

Cakkhâyatanaṃ . . . pe . . . kâyâyatanaṃ idan taṃ rûpaṃ ajjhattikaṃ santike.

779. Kataman taṃ rûpaṃ bâhiraṃ dûre?

Itthindriyaṃ . . . pe . . . kahaḷiṅkâro âhâro—idan taṃ rûpaṃ bâhiraṃ dûre.

780. Kataman taṃ rûpaṃ bâhiraṃ santike ?

Rûpâyatanaṃ . . . pe . . . phoṭṭhabbâyatanam—idan taṃ rûpaṃ bâhiraṃ santike.

781. Kataman taṃ rûpaṃ bâhiraṃ cakkhusamphassassa na vatthu ?

Rûpâyatanaṃ . . . pe . . . kabaḷiṅkâro âhâro—idan taṃ rûpaṃ bâhiraṃ cakkhusamphassassa na vatthu.

782. Kataman taṃ rupaṃ ajjhattikaṃ cakkhusamphassassa vatthu ?

Cakkhâyatanaṃ—idan taṃ rûpaṃ ajjhattikaṃ cakkhu-samphassassa vatthu.

783. Kataman taṃ rûpaṃ ajjhattikaṃ cakkhusamphassassa na vatthu ?

Sotâyatanaṃ . . . pe . . . kâyâyatanaṃ—idan taṃ rûpaṃ ajjhattikaṃ cakkhusamphassassa na vatthu.

784. Kataman taṃ rûpaṃ bâhiraṃ cakkhusamphassajâya vedanâya . . . pe . . . saññâya . . . pe . . . cetanâya . . . pe . . . cakkhuviññâṇassa na vatthu ?

Rûpâyatanaṃ . . . pe . . . kabaḷiṅkaro âhâro—idan taṃ rûpaṃ bâhiraṃ cakkhuviññâṇassa na vatthu.

785. Kataman taṃ rûpaṃ ajjhattikaṃ cakkhuviññâṇassa vatthu ?

Cakkhâyatanaṃ—idan taṃ rûpaṃ ajjhattikaṃ cakkhu-viññâṇassa vatthu.

786. Kataman tam rûpam ajjhattikam cakkhuviññânassa na vatthu?

Sotâyatanam . . . pe . . . kâyâyatanam—idan tam rûpam ajjhattikam cakkhuviññânassa na vatthu.

787. Kataman tam rûpam hâhiram sotasamphassassa . . . pe . . . ghânasamphassassa . . . pe . . . jivhâsamphassassa . . . pe . . . kâyasamphassassa na vatthu?

Rûpâyatanam . . . pe . . . kahaliñkûro âhâro—idan tam rûpam hâhiram kâyasamphassassa na vatthu.

788. Kataman tam rûpam ajjhattikam kâyasamphassassa vatthu?

Kâyâyatanam—idan tam rûpam ajjhattikam kâyasamphassassa vatthu.

789. Kataman tam rûpam ajjhattikam kâyasamphassassa na vatthu?

Cakkhâyatanam . . . pe . . . jivhâyatanam—idan tam rûpam ajjhattikam kâyasamphassassa na vatthu.

790. Kataman tam rûpam hâhiram kâyasamphassajâya vedanâya . . . pe . . . saññâya . . . pe . . . cetanâya . . . pe . . . kâyaviññânassa na vatthu?

Rûpâyatanam . . . pe . . . kubaliñkâro âhâro—idan tam rûpam hâhiram kâyaviññânassa na vatthu.

791. Kataman tam rûpam ajjhattikam kâyaviññânassa vatthu?

Kâyâyatanam—idan tam rûpam ajjhattikam kâyaviññânassa vatthu.

792. Kataman tam rûpam ajjhattikam kâyaviññânassa na vatthu?

Cakkhâyatanam . . . pe . . . jivhâyatanam—idan tam rûpam ajjhattikam kâyaviññânassa na vatthu.

793. Kataman tam rûpam ajjhattikam cakkhusamphassassa na ârammanam?

Cakkhâyatanam . . . pe . . . kâyâyatanam—idan tam rûpam cakkhusamphassassa na ârammanam.

794. Kataman tam rûpam bâhiram cakkhusamphassassa ârammanam?

Rûpâyatanam — idan tam rûpam cakkhusamphassassa ârammanam.

795. Kataman taṃ rûpaṃ bâhiraṃ cakkhusamphassassa na ârammaṇaṃ?

Saddâyataṇaṃ . . . pe . . . kabaḷiṅkâro âbâro—idan taṃ rûpaṃ bâhiraṃ cakkhusamphassassa na ârammaṇaṃ?

796. Kataman taṃ rûpaṃ ajjhattikaṃ cakkhusamphassa-jâya vedanâya . . . pe . . . saññâya . . . pe . . . cetanâya . . . pe . . . cakkhuviññâṇassa na ârammaṇaṃ?

Cakkhâyatanaṃ . . . pe . . . kâyâyatanaṃ . . . pe . . . idan taṃ rûpaṃ ajjhattikaṃ cakkhuviññâṇassa na ârammaṇaṃ.

797. Kataman taṃ rûpaṃ bâhiraṃ cakkhuviññâṇassa ârammaṇaṃ?

Rûpâyatanaṃ—idan taṃ rûpaṃ bâhiraṃ cakkhuviññâṇassa ârammaṇaṃ.

798. Kataman taṃ rûpaṃ bâhiraṃ cakkhuviññâṇassa na ârammaṇaṃ?

Saddâyatanaṃ . . . pe . . . kabaḷiṅkâro âbâro—idan taṃ rûpaṃ bâhiraṃ cakkhuviññâṇassa na ârammaṇaṃ.

799. Kataman taṃ rûpaṃ ajjhattikaṃ sotasamphassassa . . . pe . . . ghânasamphassassa . . . pe . . . jivhâsam-phassassa . . . pe . . . kâyasamphassassa na ârammaṇaṃ?

Cakkhâyatanaṃ . . . pe . . . kâyâyatanaṃ—idan taṃ rûpaṃ ajjhattikaṃ kâyasamphassassa na ârammaṇaṃ.

800. Kataman taṃ rûpaṃ bâhiraṃ kâyasamphassassa ârammaṇaṃ?

Phoṭṭhabbâyatanaṃ—idan taṃ rûpaṃ kâyasamphassassa ârammaṇaṃ.

801. Kataman taṃ rûpaṃ bâhiraṃ kâyasamphassassa na ârammaṇaṃ?

Rûpâyatanaṃ . . . pe . . . kabaḷiṅkâro âbâro—idan taṃ rûpaṃ bâhiraṃ kâyasamphassassa na ârammaṇaṃ.

802. Katamau taṃ rûpaṃ ajjhattikaṃ kâyasamphassajâya vedanâya . . . pe . . . saññâya . . . pe . . . cetanâya . . . pe . . . kâyaviññâṇassa na ârammaṇaṃ?

Cakkhâyatanaṃ . . . pe . . . kâyâyatanaṃ—idan taṃ rûpaṃ ajjhattikaṃ kâyaviññâṇassa na ârammaṇaṃ.

803. Kataman taṃ rûpaṃ bâhiraṃ kâyaviññâṇassa ârammaṇaṃ?

Phoṭṭhabbâyataaaṃ—idan taṃ rûpaṃ bâhiraṃ kâya-viññâṇassa ârammaṇaṃ.

804. Kataman taṃ rûpaṃ bâhiraṃ kâyaviññâṇassa na ârammaṇaṃ ?

Rûpâyatanaṃ . . . pe . . . kabaḷiṅkâro âhâro—idan taṃ rûpaṃ bâhiraṃ kâyaviññâṇassa na ârammaaaṃ.

805. Kataman taṃ rûpaṃ bâhiraṃ na cakkhâyatanaṃ ?

Rûpâyatanaṃ . . . pe . . . kabaḷiṅkâro âhâro—idan taṃ rûpaṃ bâhiraṃ na cakkhâyatanaṃ.

806. Kataman taṃ rûpaṃ ajjhattikaṃ cakkhâyatanaṃ ?

Yaṃ cakkhu catuanaṃ mahâhbûtâaaṃ upâdâya pasâdo . . . pe . . . suñño gâmo peso—idan taṃ rûpaṃ ajjhattikaṃ cakkhâyataaaṃ.

807. Kataman taṃ rûpaṃ ajjhattikaṃ na cakkhâyataaaṃ ?

Sotâyatanaṃ . . . pe . . . kâyâyatanaṃ—idan taṃ rûpaṃ ajjhattikaṃ na cakkhâyatanaṃ.

808. Katamau taṃ rûpaṃ bâhiraṃ na sotâyatanaṃ . . . pe . . . na ghânâyatanaṃ . . . pa . . . na jivhâyataaaṃ . . . pe . . . na kâyâyatanaṃ ?

Rûpâyatanaṃ . . . pe . . . kabaḷiṅkâro âhâro—idan taṃ rûpaṃ bâhiraṃ na kâyâyataaaṃ.

809. Kataman taṃ rûpaṃ ajjhattikaṃ kâyâyataaaṃ ?

Yo kâyo catuanaṃ mahâbhûtânaṃ upâdâya pasâdo . . . pe . . . suñño gâmo peso—idan taṃ rûpaṃ ajjhattikaṃ kâyâyataaaṃ.

810. Kataman taṃ rûpaṃ ajjhattikaṃ na kâyâyataaaṃ ?

Cakkhâyatanaṃ . . . pe . . . jivhâyatanaṃ—idan taṃ rûpaṃ ajjhattikaṃ na kâyâyatanaṃ.

811. Kataman taṃ rûpaṃ ajjhattikaṃ na rûpâyataaaṃ ?

Cakkhâyatanaṃ . . . pe . . . kâyâyatanaṃ—idan taṃ rûpaṃ ajjhattikaṃ na rûpâyatanaṃ.

812. Katamaa taṃ rûpaṃ bâhiraṃ rûpâyatanaṃ ?

Yaṃ rûpaṃ catunnaṃ mahâbhûtânaṃ upâdâya vaṇṇanibhâ . . . pe . . . rûpadhâtu pesâ — idan taṃ rûpaṃ bâhiraṃ rûpâyataaaṃ.

813. Kataman taṃ rûpaṃ bâhiraṃ na rûpâyataaaṃ ?

Saddâyatanaṃ . . . pe . . . kabaḷiṅkâro âhâro—idan taṃ rûpaṃ bâhiraṃ na rûpâyataaaṃ.

814. Kataman taṃ rûpaṃ ajjhattikaṃ na saddâyatanaṃ

. . . pe . . . na gandhâyatanaṃ . . . pe . . . na rasâyatanaṃ
. . . pe . . . na phoṭṭhabbâyatanaṃ?

Cakkhâyatanaṃ . . . pe . . . kâyâyatanaṃ—idan taṃ rûpaṃ ajjhattikaṃ na phoṭṭhabbâyatanaṃ.

815. Kataman taṃ rûpaṃ bâhiraṃ phoṭṭhabbâyatanaṃ?

Pathavîdhâtu . . . pe . . . phoṭṭhabbadhâtu pesâ—idan taṃ rûpaṃ bâhiraṃ phoṭṭhabbâyatanaṃ.

816. Kataman taṃ rûpaṃ bâhiraṃ na phoṭṭhabbâyatanaṃ?

Rûpâyatanaṃ . . . pe . . . kabaḷiṅkâro âhâro—idan taṃ rûpaṃ bâhiraṃ na phoṭṭhabbâyatanaṃ.

817. Kataman taṃ rûpaṃ bâhiraṃ na cakkhudhâtu?

Rûpâyatanaṃ . . . pe . . . kabaḷiṅkâro âhâro—idan taṃ rûpaṃ bâhiraṃ na cakkhudhâtu.

818. Kataman taṃ rûpaṃ ajjhattikaṃ cakkhudhâtu?

Cakkhâyatanaṃ—idan taṃ rûpaṃ ajjhattikaṃ cakkhudhâtu.

819. Kataman taṃ rûpaṃ ajjhattikaṃ na cakkhudhâtu?

Sotâyatanaṃ . . . pe . . . kâyâyatanaṃ—idan taṃ rûpaṃ ajjhattikaṃ na cakkhudhâtu.

820. Kataman taṃ rûpaṃ bâhiraṃ na sotadhâtu . . . pe . . . na ghânadhâtu, . . . pe . . . na jivhâdhâtu . . . po . . . na kâyadhâtu?

Rûpâyatanaṃ . . . pe . . . kabaḷiṅkâro âhâro—idan taṃ rûpaṃ bâhiraṃ na kâyadhâtu.

821. Kataman taṃ rûpaṃ ajjhattikaṃ kâyadhâtu?

Kâyâyatanaṃ—idan taṃ rûpaṃ ajjhattikaṃ kâyadhâtu.

822. Kataman taṃ rûpaṃ ajjhattikaṃ na kâyadhâtu?

Cakkhâyatanaṃ . . . pe . . . jivhâyatanaṃ—idan taṃ rûpaṃ ajjhattikaṃ na kâyadhâtu.

823. Kataman taṃ rûpaṃ ajjhattikaṃ na rûpadhâtu?

Cakkhâyatanaṃ . . . pe . . . kâyâyatanaṃ idan taṃ rûpaṃ ajjhattikaṃ na rûpadhâtu.

824. Kataman taṃ rûpaṃ bâhiraṃ rûpadhâtu?

Rûpâyatanaṃ—idan taṃ rûpaṃ bâhiraṃ rûpadhâtu.

825. Kataman taṃ rûpaṃ bâhiraṃ na rûpadhâtu?

Saddâyatanaṃ . . . pe . . . kabaḷiṅkâro âhâro—idan taṃ rûpaṃ bâhiraṃ na rûpadhâtu.

826. Kataman taṃ rûpaṃ ajjhattikaṃ na saddadhâtu

. . . pe . . . na gandhadhâtu . . . pe . . . na rasadhâtu
. . . pe . . . na phoṭṭhabbadhâtu ?

Cakkhâyatanaṃ . . . pe . . . kâyâyatanaṃ—idan taṃ rûpaṃ ajjhattikaṃ na phoṭṭhabhadhâtu.

827. Kataman taṃ rûpaṃ bâhiraṃ phoṭṭhabbadhâtu ?

Phoṭṭhabhâyatanaṃ—idan taṃ rûpaṃ bâhiraṃ phoṭṭhabbadhâtu.

828. Kataman taṃ rûpaṃ bâhiraṃ na phoṭṭhabbadhâtu ?

Rûpâyatanaṃ . . . pe . . . kabaḷinkaro âhâro—idan taṃ rûpaṃ bâhiraṃ na phoṭṭhabbadhâtu.

829. Kataman taṃ rûpaṃ bâhiraṃ na cakkhundriyaṃ ?

Rûpâyatanaṃ . . . pe . . . kabaḷinkâro âhâro—idan taṃ rûpaṃ bâhiraṃ na cakkhundriyaṃ.

830. Kataman taṃ rûpaṃ ajjhattikaṃ cakkhundriyaṃ ?
Yaṃ cakkhu catunnaṃ mahâbhûtânaṃ upâdâya pasâdo . . . pe . . . suñño gâmo peso—idan taṃ rûpaṃ ajjhattikaṃ cakkhundriyaṃ.

831. Kataman taṃ rûpaṃ ajjhattikaṃ na cakkhundriyaṃ ?

Sotâyatanaṃ . . . pe . . . kâyâyatanaṃ—idan taṃ rûpaṃ ajjhattikaṃ na cakkhundriyaṃ.

832. Kataman taṃ rûpaṃ bâhiraṃ na sotindriyaṃ . . . pe . . . na ghânindriyaṃ . . . pe . . . na jivhindriyaṃ . . . pe . . . na kâyindriyaṃ ?

Rûpâyatanaṃ . . . pe . . . kabaḷinkâro âhâro—idan taṃ rûpaṃ bâhiraṃ na kâyindriyaṃ.

833. Kataman taṃ rûpaṃ ajjhattikaṃ kâyindriyaṃ ?

Yo kâyo catunnaṃ mahâbhûtânaṃ upâdâya pasâdo . . . pe . . . suñño gâmo peso—idan taṃ rûpaṃ ajjhattikaṃ kâyindriyaṃ.

834. Kataman taṃ rûpaṃ ajjhattikaṃ na kâyindriyaṃ ?

Cakkhâyatanaṃ . . . pe . . . jivhâyatanaṃ—idan taṃ rûpaṃ ajjhattikaṃ na kâyindriyaṃ.

835. Kataman taṃ rûpaṃ ajjhattikaṃ na itthindriyaṃ ?

Cakkhâyatanaṃ . . . pe . . . kâyâyatanaṃ—idan taṃ rûpaṃ ajjhattikaṃ na itthindriyaṃ.

836. Kataman taṃ rûpaṃ bâhiraṃ itthindriyaṃ ?

Yaṃ itthiyâ itthilingaṃ itthinimittaṃ itthikuttaṃ itthâkappo itthattaṃ itthibhâvo — idan taṃ rûpaṃ bâhiraṃ itthindriyaṃ.

837. Kataman taṃ rûpaṃ bâhiraṃ na itthindriyaṃ?
Rûpâyatanaṃ . . . pe . . . kabaḷiṅkâro âhâro—idan taṃ
rûpaṃ bâhiraṃ na itthindriyaṃ.

838. Kataman taṃ rûpaṃ ajjhattikaṃ na purisindriyaṃ?
Cakkhâyatanaṃ . . . pe . . . kâyâyatanaṃ—idan taṃ
rûpaṃ ajjhattikaṃ na purisindriyaṃ.

839. Kataman taṃ rûpaṃ bâhiraṃ purisindriyaṃ?
Yaṃ purisassa purisaliṅgaṃ purisanimittaṃ purisakuttaṃ
purisâkappo purisattaṃ purisabhâvo—idan taṃ rûpaṃ bâhi-
raṃ purisindriyaṃ.

840. Kataman taṃ rûpaṃ bâhiraṃ na purisindriyaṃ.
Rûpâyatanaṃ . . . pe . . . kabaḷiṅkâro âhâro—idan taṃ
rûpaṃ bâhiraṃ na purisindriyaṃ.

841. Kataman taṃ rûpaṃ ajjhattikaṃ na jîvitindriyaṃ?
Cakkhâyatanaṃ . . . pe . . . kâyâyatanaṃ—idan taṃ
rûpaṃ ajjhattikaṃ na jîvitindriyaṃ.

842. Kataman taṃ rûpaṃ bâhiraṃ jîvitindriyaṃ?
Yo tesaṃ rûpîaṃ dhammânaṃ âyu ṭhiti yapanâ yâpanâ
iriyanâ vattanâ pâlanâ jîvitaṃ jîvitindriyaṃ—idan taṃ
rûpaṃ bâhiraṃ jîvitindriyaṃ.

843. Kataman taṃ rûpaṃ bâhiraṃ na jîvitindriyaṃ?
Rûpâyatanaṃ . . . pe . . . kabaḷiṅkâro âhâro—idan taṃ
rûpaṃ bâhiraṃ na jîvitindriyaṃ.

844. Kataman taṃ rûpaṃ ajjhattikaṃ na kâyaviññatti.
Cakkhâyatanaṃ . . . pe . . . kâyâyatanaṃ—idan taṃ
rûpaṃ ajjhattikaṃ na kâyaviññatti.

845. Kataman taṃ rûpaṃ bâhiraṃ kâyaviññatti?
Yâ kusalacittassa vâ akusalacittassa vâ avyâkatacittassa
vâ abhikkamantassa vâ paṭikkamantassa vâ âlokentassa vâ
vilokentassa vâ sammiñjentassa vâ pasârentassa vâ kâyassa
thambhanâ santhambhanâ santhambhitattaṃ viññatti viññâ-
panâ viññâpitattaṃ—idan taṃ rûpaṃ bâhiraṃ kâyaviññatti.

846. Kataman taṃ rûpaṃ bâhiraṃ na kâyaviññatti?
Rûpâyatanaṃ . . . pe . . . kabaḷiṅkâro âhâro—idan taṃ
rûpaṃ bâhiraṃ na kâyaviññatti.

847. Kataman taṃ rûpaṃ ajjhattikaṃ na vacîviññatti?
Cakkhâyatanaṃ . . . pe . . . kâyâyatanaṃ—idan taṃ
rûpaṃ ajjhattikaṃ na vacîviññatti.

848. Kataman taṃ rûpaṃ bâhiraṃ vacîviññatti?

Yâ kusalacittassa vâ akusalacittassa vâ avyâkatacittassa vâ vâcâ girâ vyappatho udîraṇaṃ ghoso ghosakammaṃ vâcâ vacîbhedo—ayaṃ vuccati vâcâ—yâ tâya vâcâya viññatti viññâpanâ viûûâpitattaṃ—idan taṃ rûpaṃ bâhiraṃ vacîviûûatti.

849. Kataman taṃ rûpaṃ bâhiraṃ na vacîviññatti.

Rûpâyatanaṃ . . . pe . . . kabaḷiṅkâro âhâro—idan taṃ rûpaṃ bâhiraṃ na vacîviññatti.

850. Kataman taṃ rûpaṃ ajjhattikaṃ na âkâsadhâtu?

Cakkhâyatanaṃ . . . pe . . . kâyâyatanaṃ—idan taṃ rûpaṃ ajjhattikaṃ na âkâsadhâtu.

851. Kataman taṃ rûpaṃ bâhiraṃ âkâsadhâtu?

Yo âkâso âkâsagataṃ aghaṃ aghagataṃ vivaro vivaragataṃ asamphuṭṭhaṃ catûhi mahâbhûtehi—idan taṃ rûpaṃ bâhiraṃ âkâsadhâtu.

852. Kataman taṃ rûpaṃ ajjhattikaṃ na âpodhâtu?

Cakkhâyatanaṃ . . . pe . . . kâyâyatanaṃ—idan taṃ rûpaṃ ajjhattikaṃ na âpodhâtu.

853. Kataman taṃ rûpaṃ bâhiraṃ âpodhâtu?

Yaṃ âpo âpogataṃ sincho sinchagataṃ bandhanattaṃ rûpassa—idan taṃ rûpaṃ bâhiraṃ âpodhâtu.

854. Kataman taṃ rûpaṃ bâhiraṃ na âpodhâtu?

Rûpâyatanaṃ . . . pe . . . kabaḷiṅkâro âhâro—idan taṃ rûpaṃ bâhiraṃ na âpodhâtu.

855. Kataman taṃ rûpaṃ ajjhattikaṃ rûpassa na lahutâ?

Cakkhâyatanaṃ . . . pe . . . kâyâyatanaṃ—idan taṃ rûpaṃ ajjhattikaṃ rûpassa na lahutâ.

856. Kataman taṃ rûpaṃ bâhiraṃ rûpassa lahutâ?

Yâ rûpassa lahutâ lahupariṇâmatâ adandhanatâ avitthanatâ—idan taṃ rûpaṃ bâhiraṃ rûpassa lahutâ.

857. Kataman taṃ rûpam bâhiraṃ rûpassa na lahutâ?

Rûpâyatanaṃ . . . pe . . . kabaḷiṅkâro âhâro—idan taṃ rûpaṃ bâhiraṃ rûpassa na lahutâ.

858. Kataman taṃ rûpaṃ ajjhattikaṃ rûpassa na mudutâ?

Cakkhâyatanaṃ . . . pe . . . kâyâyatanaṃ—idan taṃ rûpaṃ ajjhattikaṃ rûpassa na mudutâ.

859. Kataman taṃ rûpaṃ bâhiraṃ rûpassa mudutâ?

Yâ rûpassa mudutâ maddavatâ akakkhaḷatâ akathinatâ—idan taṃ rûpaṃ bâhiraṃ rûpassa mudutâ.

860. Katamaṃ taṃ rûpaṃ bâhiraṃ rûpassa na mudutâ?

Rûpâyatanaṃ . . . pe . . . kabaḷiṅkâro âhâro—idaṃ taṃ rûpaṃ bâhiraṃ rûpassa na mudutâ.

861. Katamaṃ taṃ rûpaṃ ajjhattikaṃ rûpassa na kammaññatâ?

Cakkhâyatanaṃ . . . pe . . . kâyâyatanaṃ—idan taṃ rûpaṃ ajjhattikaṃ rûpassa na kammaññatâ.

862. Katamaṃ taṃ rûpaṃ bâhiraṃ rûpassa kammaññatâ?

Yâ rûpassa kammaññatâ kammaññattaṃ kammaññabhâvo—idan taṃ rûpaṃ bâhiraṃ rûpassa kammaññatâ.

863. Katamaṃ taṃ rûpaṃ bâhiraṃ rûpassa na kammaññatâ?

Rûpâyatanaṃ . . . pe . . . kabaḷiṅkâro âhâro—idaṃ taṃ rûpaṃ bâhiraṃ rûpassa na kammaññatâ.

864. Katamaṃ taṃ rûpaṃ ajjhattikaṃ rûpassa na upacayo?

Cakkhâyatanaṃ . . . pe . . . kâyâyatanaṃ—idaṃ taṃ rûpaṃ ajjhattikaṃ rûpassa na upacayo.

865. Katamaṃ taṃ rûpaṃ bâhiraṃ rûpassa upacayo?

Yo âyatanânaṃ âcayo—so rûpassa upacayo—idan taṃ rûpaṃ bâhiraṃ rûpassa upacayo.

866. Katamaṃ taṃ rûpaṃ bâhiraṃ rûpassa santati?

Yo rûpassa upacayo—sâ rûpassa santati—idan taṃ rûpaṃ bâhiraṃ rûpassa santati.

867. Katamaṃ taṃ rûpaṃ bâhiraṃ rûpassa na santati?

Rûpâyatanaṃ . . . pe . . . kabaḷiṅkâro âhâro—idaṃ taṃ rûpaṃ bâhiraṃ rûpassa na santati.

868. Katamaṃ taṃ rûpaṃ ajjhattikaṃ rûpassa na jaratâ?

Cakkhâyatanaṃ . . . pe . . . kâyâyatanaṃ—idan taṃ rûpaṃ ajjhattikaṃ rûpassa na jaratâ.

869. Katamaṃ taṃ rûpaṃ bâhiraṃ rûpassa jaratâ?

Yâ rûpassa jarâ jîraṇatâ khaṇḍiccaṃ pâliccaṃ valittacatâ âyuno saṃhâni indriyânaṃ paripâko—idan taṃ rûpaṃ bâhiraṃ rûpassa jaratâ.

870. Katamaṃ taṃ rûpaṃ bâhiraṃ rûpassa na jaratâ?

Rûpâyatanaṃ . . . pe . . . kabaḷiṅkâro âhâro—idaṃ taṃ rûpaṃ bâhiraṃ rûpassa na jaratâ.

871. Kataman taṃ rūpaṃ ajjhattikaṃ rūpassa na aniccatā?

Cakkhāyatanaṃ . . . pe . . . kāyāyatanaṃ—idan taṃ rūpaṃ ajjhattikaṃ rūpassa na aniccatā.

872. Kataman taṃ rūpaṃ bāhiraṃ rūpassa aniccatā?

Yo rūpassa khayo vayo bhedo parihhedo aniccatā antaradhānaṃ—idan taṃ rūpaṃ bāhiraṃ rūpassa aniccatā.

873. Kataman taṃ rūpaṃ bāhiraṃ rūpassa na aniccatā?

Rūpāyatanaṃ . . . pe . . . kabaliṅkāro āhāro—idan taṃ rūpaṃ bāhiraṃ rūpassa na aniccatā.

874. Kataman taṃ rūpaṃ ajjhattikaṃ na kabaliṅkāro āhāro?

Cakkhāyatanaṃ . . . pe . . . kāyāyatanaṃ—idan taṃ rūpaṃ ajjhattikaṃ na kabaliṅkāro āhāro.

875. Kataman taṃ rūpaṃ bāhiraṃ kabaliṅkāro āhāro?

Odano kummāso satthu maccho maṃsaṃ khīraṃ dadhi sappi navanītaṃ telaṃ madhu phāṇitaṃ—yaṃ vā panaūñam pi atthi rūpaṃ yamhi yamhi janapade tesaṃ tesaṃ sattānaṃ mukhāsiyaṃ dantavikhādanaṃ galajjhoharaṇiyaṃ kucchivitthambhanaṃ—yāya ojāya sattā yāpenti—idan taṃ rūpaṃ bāhiraṃ kabaliṅkāro āhāro.

876. Kataman taṃ rūpaṃ bāhiraṃ na kabaliṅkāro āhāro?

Rūpāyatanaṃ . . . po . . . rūpassa aniccatā—idan taṃ rūpaṃ bāhiraṃ na kabaliṅkāro āhāro.

Evaṃ tividhena rūpasaṅgaho.

TIKANIDDESO.

877. Kataman taṃ rūpaṃ upādā upādiṇṇaṃ?

Cakkhāyatanaṃ . . . po . . . kāyāyatanaṃ—itthindriyaṃ purisindriyaṃ jīvitindriyaṃ—yaṃ vā panaññam pi atthi rūpaṃ kammassa katattā rūpāyatanaṃ gandhāyatanaṃ rasāyatanaṃ ākāsadhātu rūpassa upacayo rūpassa santati kabaliṅkāro āhāro—idan taṃ rūpaṃ upādā upādiṇṇaṃ.

878. Kataman taṃ rūpaṃ upādā anupādiṇṇaṃ?

Saddāyatanaṃ kāyaviññatti vacīviññatti rūpassa lahutā rūpassa mudutā rūpassa kammaññatā rūpassa jaratā rūpassa aniccatā yaṃ vā panaññam pi atthi rūpaṃ na kammassa

katattâ rûpâyatanaṃ gandhâyatanaṃ rasâyatanaṃ âkâsa-
dhâtu rûpassa upacayo rûpassa santati kabaḷiṅkâro âhâro—
idan taṃ rûpaṃ upâdâ anupâdiṇṇaṃ.

879. Kataman taṃ rûpaṃ no upâdâ upâdiṇṇaṃ?

Kammassa katattâ phoṭṭhabbâyatanaṃ âpodhâtu—idan taṃ
rûpaṃ no upâdâ upâdiṇṇaṃ.

880. Kataman taṃ rûpaṃ no upâdâ anupâdiṇṇaṃ?

Na kammassa katattâ phoṭṭhabbâyatanaṃ âpodhâtu—idan
taṃ rûpaṃ no upâdâ anupâdiṇṇaṃ.

881. Kataman taṃ rûpaṃ upâdâ upâdiṇṇupâdâniyaṃ?

Cakkhâyatanaṃ . . . pe . . . kâyâyatanaṃ, itthindriyaṃ
purisindriyaṃ jîvitindriyaṃ yaṃ vâ panaññam pi atthi
rûpaṃ kammassa katattâ rûpâyatanaṃ gandhâyatanaṃ rasâ-
yatanaṃ âkâsadhâtu rûpassa upacayo rûpassa santati kabaḷiṅ-
kâro âhâro—idan taṃ rûpaṃ upâdâ upâdiṇṇupâdâniyaṃ.

882. Kataman taṃ rûpaṃ upâdâ anupâdiṇṇupâdâniyaṃ?

Saddâyatanaṃ kâyaviññatti vacîviññatti rûpassa lahutâ
rûpassa mudutâ rûpassa kammaññatâ rûpassa jaratâ rûpassa
aniccatâ—yaṃ vâ panaññam pi atthi rûpaṃ na kammassa
katattâ rûpâyatanaṃ gandhâyatanaṃ rasâyatanaṃ âkâsa-
dhâtu rûpassa upacayo rûpassa santati kabaḷiṅkâro âhâro—
idan taṃ rûpaṃ upâdâ anupâdiṇṇupâdâniyaṃ.

883. Kataman taṃ rûpaṃ no upâdâ upâdiṇṇupâdâniyaṃ?

Kammassa katattâ phoṭṭhabbâyatanaṃ âpodhâtu—idan
taṃ rûpaṃ no upâdâ upâdiṇṇupâdâniyaṃ.

884. Kataman taṃ rûpaṃ no upâdâ anupâdiṇṇupâdâ-
niyaṃ?

Kammassa katattâ phoṭṭhabbâyatanaṃ âpodhâtu—idan taṃ
rûpaṃ no upâdâ anupâdiṇṇupâdâniyaṃ.

885. Kataman taṃ rûpaṃ upâdâ sappaṭighaṃ?

Cakkhâyatanaṃ . . . pe . . . rasâyatanaṃ—idan taṃ
rûpaṃ upâdâ sappaṭighaṃ.

886. Kataman taṃ rûpaṃ upâdâ appaṭighaṃ?

Itthindriyaṃ . . . pe . . . kabaḷiṅkâro âhâro—idan taṃ
rûpaṃ upâdâ appaṭighaṃ.

887. Kataman taṃ rûpaṃ no upâdâ sappaṭighaṃ?

Phoṭṭhabbâyatanaṃ—idan taṃ rûpaṃ no upâdâ sappaṭi-
ghaṃ?

888. Kataman tam rûpam no upâdâ appatigbam?
Âpodhâtu—idan tam rûpam no upâdâ appatigham.

889. Kataman tam rûpam upâdâ olârikam?
Cakkhâyatam . . . pe . . . rasâyatanam—idan tam rûpam upâdâ olârikam.

890. Kataman tam rûpam upâdâ sukhumam?
Itthindriyam . . . pe . . . kabalinkâro âhâro—idan tam rûpam upâdâ sukhumam.

891. Kataman tam rûpam no upâdâ olârikam?
Photthabbâyatanam—idan tam rûpam no upâdâ olârikam.

892. Kataman tam rûpam no upâdâ sukhumam?
Âpodhâtu—idan tam rûpam no upâdâ sukhumam.

893. Kataman tam rûpam upâdâ dûre?
Itthindriyam . . . pe . . . kabalinkâro âhâro—idan tam rûpam upâdâ dûre.

894. Kataman tam rûpam upâdâ santiko?
Cakkhâyatanam . . . pe . . . rasâyatanam—idan tam rûpam upâdâ santike.

895. Kataman tam rûpam no upâdâ dûre?
Âpodhâtu—idan tam rûpam no upâdâ dûre.

896. Kataman tam rûpam no upâdâ santiko?
Photthabbâyatanam—idan tam rûpam no upâdâ santike.

897. Kataman tam rûpam upâdinnam sanidassanam?
Kammassa katattâ rûpâyatanam—idan tam rûpam upâdinnam sanidassanam.

898. Kataman tam rûpam upâdinnam anidassanam?
Cakkhâyatanam . . . pe . . . kâyâyatanam—itthindriyam purisindriyam jîvitindriyam—yam vâ panaññam pi atthi rûpam kammassa katattâ gandhâyatanam rasâyatanam photthabbâyatanam âkâsadhâtu âpodhâtu rûpassa upacayo rûpassa santati kabalinkâro âhâro—idan tam rûpam upâdinnam anidassanam.

899. Kataman tam rûpam upâdinnam sanidassanam?
Na kammassa katattâ rûpâyatanam—idan tam rûpam upâdinnam sanidassanam.

900. Kataman tam rûpam anupâdinnam anidassanam?
Saddâyatanam kâyaviññatti vacîviññatti rûpassa lahutâ rûpassa mudutâ rûpassa kammaññatâ rûpassa jaratâ rûpassa

aniccatâ—yaṃ vâ panaññam pi atthi rûpaṃ na kammassa katattâ gandhâyatanaṃ rasâyatanaṃ phoṭṭhabbâyatanaṃ âkâsadhâtu âpodhâtu rûpassa upacayo rûpassa santati kabaliṅkâro âhâro—idan taṃ rûpaṃ anupâdiṇṇaṃ anidassanaṃ.

901. Kataman taṃ rûpaṃ upâdiṇṇaṃ sappaṭighaṃ?

Cakkhâyatanaṃ ... pa ... kâyâyatanaṃ—yaṃ vâ pan'aññam atthi rûpaṃ kammassa katattâ rûpâyatanaṃ gandhâyatanaṃ rasâyatanaṃ phoṭṭhabbâyatanaṃ—idan taṃ rûpaṃ upâdiṇṇaṃ sappaṭighaṃ.

902. Kataman taṃ rûpaṃ upâdiṇṇaṃ appaṭighaṃ?

Itthindriyaṃ purisindriyaṃ jîvitindriyaṃ—yaṃ vâ panaññaṃ pi atthi rûpaṃ kammassa katattâ âkâsadhâtu âpodhâtu rûpassa upacayo rûpassa santati kabaliṅkâro âhâro—idan taṃ rûpaṃ upâdiṇṇaṃ appaṭighaṃ.

903. Kataman taṃ rûpaṃ anupâdiṇṇaṃ sappaṭighaṃ?

Saddâyatanaṃ—yaṃ vâ panaññaṃ pi atthi rûpaṃ na kammassa katattâ rûpâyatanaṃ gandhâyatanaṃ rasâyatanaṃ phoṭṭhabbâyatanaṃ—idan taṃ rûpaṃ anupâdiṇṇaṃ sappaṭighaṃ.

904. Kataman taṃ rûpaṃ anupâdiṇṇaṃ appaṭighaṃ?

Kâyaviññatti vacîviññatti rûpassa lahutâ rûpassa mudutâ rûpassa kammaññatâ rûpassa jaratâ rûpassa aniccatâ—yaṃ vâ panaññaṃ pi atthi rûpaṃ na kammassa katattâ âkâsadhâtu âpodhâtu rûpassa upacayo rûpassa santati kabaliṅkâro âhâro—idan taṃ rûpaṃ anupâdiṇṇaṃ appaṭighaṃ.

905. Kataman taṃ rûpaṃ upâdiṇṇaṃ mahâbhûtaṃ?

Kammassa katattâ phoṭṭhabbâyatanaṃ âpodhâtu—idan taṃ rûpaṃ upâdiṇṇaṃ mahâbhûtaṃ.

906. Kataman taṃ rûpaṃ upâdiṇṇaṃ na mahâbhûtaṃ?

Cakkhâyatanaṃ ... pe ... kâyâyatanaṃ itthiadriyaṃ purisindriyaṃ jîvitindriyaṃ yaṃ vâ panaññam pi atthi rûpaṃ kammassa katattâ rûpâyatanaṃ gandhâyatanaṃ rasâyatanaṃ âkâsadhâtu rûpassa upacayo rûpassa santati kabaliṅkâro âhâro—idan taṃ rûpaṃ upâdiṇṇaṃ na mahâbhûtaṃ.

907. Kataman taṃ rûpaṃ anupâdiṇṇaṃ mahâbhûtaṃ?

Na kammassa katattâ phoṭṭhabbâyatanaṃ—âpodhâtu—idan taṃ rûpaṃ anupâdiṇṇaṃ mahâbhûtaṃ.

908. Kataman taṃ rûpaṃ anupâdiṇṇaṃ na mahâbhûtaṃ?

Saddâyatanaṃ kâyaviññatti vacîviññatti rûpassa labutâ
rûpassa mudutâ rûpassa kammaññatâ rûpassa jaratâ rûpassa
aniccatâ—yaṃ va panaññaṃ pi atthi rûpaṃ na kammassa
katattâ rûpâyatanaṃ gandhâyatanaṃ rasâyatanaṃ âkâsadhâtu
rûpassa upacayo rûpassa santati kabaḷiṅkâro âhâro—idan taṃ
rûpaṃ anupâdiṇṇaṃ na mahâbhûtaṃ.

909. Kataman taṃ rûpaṃ upâdiṇṇaṃ oḷârikaṃ?

Cakkhâyatanaṃ . . . pe . . . kâyâyatanaṃ—yaṃ vâ
panaññaṃ pi atthi rûpaṃ kammassa katattâ rûpâyatanaṃ
gandhâyatanaṃ rasâyatanaṃ phoṭṭhabbâyatanaṃ—idan taṃ
rûpaṃ upâdiṇṇaṃ oḷârikaṃ.

910. Kataman taṃ rûpaṃ upâdiṇṇaṃ sukhumaṃ?

Itthindriyaṃ, purisindriyaṃ, jîvitindriyaṃ—yaṃ vâ pan-
aññam pi atthi rûpaṃ kammassa katattâ âkâsadhâtu âpodhâtu
rûpassa upacayo rûpassa santati kabaḷiṅkâro âhâro—idan taṃ
rûpaṃ upâdiṇṇaṃ sukhumaṃ?

911. Kataman taṃ rûpaṃ anupâdiṇṇaṃ oḷârikaṃ?

Saddâyatanaṃ—yaṃ vâ panaññam pi atthi rûpaṃ na
kammassa katattâ rûpâyatanaṃ gandhâyatanaṃ rasâyatanaṃ
phoṭṭhabbâyatanaṃ—idan taṃ rûpaṃ anupâdiṇṇaṃ oḷârikaṃ.

912. Kataman taṃ rûpaṃ anupâdiṇṇaṃ sukhumaṃ?

Kâyaviññatti vacîviññatti rûpassa labutâ rûpassa mudutâ,
rûpassa kammaññatâ rûpassa jaratâ rûpassa aniccatâ—yaṃ
vâ panaññam pi atthi rûpaṃ na kammassa katattâ âkâsa-
dhâtu—rûpassa upacayo rûpassa santati kabaḷiṅkâro âhâro
—idan taṃ rûpaṃ anupâdiṇṇaṃ sukhumaṃ.

913. Kataman taṃ rûpaṃ upâdiṇṇaṃ dûre?

Itthindriyaṃ purisindriyaṃ jîvitindriyaṃ—yaṃ vâ panaññ-
ñam pi atthi rûpaṃ kammassa katattâ âkâsadhâtu âpodhâtu
rûpassa upacayo rûpassa santati kabaḷiṅkâro âhâro—idan
taṃ rûpaṃ upâdiṇṇaṃ dûre.

914. Kataman taṃ rûpaṃ upâdiṇṇaṃ santike?

Cakkhâyatanaṃ . . . pe . . . kâyâyatanaṃ—yaṃ vâ
pan' aññaṃ pi atthi rûpaṃ kammassa katattâ rûpâyatanaṃ
gandhâyatanaṃ rasâyatanaṃ phoṭṭhabbâyatanaṃ—idan taṃ
rûpaṃ upâdiṇṇaṃ santike.

915. Kataman taṃ rûpaṃ anupâdiṇṇaṃ dûre?

Kâyaviññatti vacîviññatti rûpassa labutâ rûpassa mudutâ

rûpassa kammaññatâ rûpassa jaratâ rûpassa aniccatâ—yaṃ vâ pan' aññam pi atthi rûpaṃ na kammassa katattâ âkâsadhâtu âpodhâtu rûpassa upacayo rûpassa santati kabaliṅkâro âhâro—idan taṃ rûpaṃ anupâdiṇṇaṃ dûre.

916. Kataman taṃ rûpaṃ anupâdiṇṇaṃ santike ?

Saddâyatanaṃ—yaṃ vâ pan' aññam pi atthi rûpaṃ na kammassa katattâ rûpâyatanaṃ gandhâyatanaṃ rasâyatanaṃ phoṭṭhabbâyatanaṃ—idan taṃ rûpaṃ anupâdiṇṇaṃ santike.

917. Kataman taṃ rûpaṃ upâdiṇṇupâdâniyaṃ sanidassanaṃ ?

Na kammassa katattâ rûpâyatanaṃ—idan taṃ rûpaṃ upâdiṇṇupâdâniyaṃ sanidassanaṃ.

918. Kataman taṃ rûpaṃ upâdiṇṇupâdâniyaṃ anidassanaṃ ?

Cakkhâyatanaṃ . . . pe . . . kâyâyatanaṃ—itthindriyaṃ purisindriyaṃ jîvitindriyaṃ—yaṃ vâ panaññam pi atthi rûpaṃ kammassa katattâ gandhâyatanaṃ rasâyatanaṃ phoṭṭhabbâyatanaṃ âkâsadhâtu âpodhâtu rûpassa upacayo rûpassa santati kabaliṅkâro âhâro—idan taṃ rûpaṃ upâdiṇṇupâdâniyaṃ anidassanaṃ.

919. Kataman taṃ rûpaṃ anupâdiṇṇupâdâniyaṃ sanidassanaṃ ?

Na kammassa katattâ rûpâyatanaṃ—idan taṃ rûpaṃ anupâdiṇṇupâdâniyaṃ sanidassanaṃ.

920. Kataman taṃ rûpaṃ anupâdiṇṇupâdâniyaṃ anidassanaṃ ?

Saddâyatanaṃ kâyaviññatti vacîviññatti rûpassa lahutâ rûpassa mudutâ rûpassa kammaññatâ rûpassa jaratâ rûpassa aniccatâ—yaṃ vâ panaññam pi atthi rûpaṃ na kammassa katattâ gandhâyatanaṃ rasâyatanaṃ phoṭṭhabbâyatanaṃ âkâsadhâtu âpodhâtu rûpassa upacayo rûpassa santati kabaliṅkâro âhâro—idan taṃ rûpaṃ anupâdiṇṇupâdâniyaṃ anidassanaṃ.

921. Kataman taṃ rûpaṃ upâdiṇṇupâdâniyaṃ sappaṭighaṃ ?

Cakkhâyatanaṃ . . . pe . . . kâyâyatanaṃ—yaṃ vâ panaññaṃ pi atthi rûpaṃ kammassa katattâ rûpâyatanaṃ gandhâyatanaṃ rasâyatanaṃ phoṭṭhabbâyatanaṃ—idan taṃ rûpaṃ upâdiṇṇupâdâniyaṃ sappaṭighaṃ.

922. Kataman taṃ rûpaṃ upâdiṇṇupâdâniyaṃ appaṭighaṃ?

Itthindriyaṃ purisindriyaṃ jîvitindriyaṃ—yaṃ vâ panaññam pi atthi rûpaṃ kammassa katattâ âkâsadhâtu apodhâtu rûpassa upacayo rûpassa santati kahaḷiṅkâro âhâro—idan taṃ rûpaṃ upâdiṇṇupâdâniyaṃ appaṭighaṃ.

923. Kataman taṃ rûpaṃ anupâdiṇṇupâdâniyaṃ sappaṭighaṃ?

Saddâyatanaṃ—yam vâ panaññam pi atthi rûpaṃ na kammassa katattâ rûpâyatanaṃ gandhâyatanaṃ rasâyatanaṃ phoṭṭhabhâyatanaṃ—idan taṃ rûpaṃ anupâdiṇṇupâdâniyaṃ sappaṭighaṃ.

924. Kataman taṃ rûpaṃ anupâdiṇṇupâdâniyaṃ appaṭighaṃ?

Kâyaviññatti vacîviññatti rûpassa lahutâ rûpassa mudutâ rûpassa kammaññatâ rûpassa jaratâ rûpassa aniccatâ—yaṃ vâ panaññam pi atthi rûpaṃ na kammassa katattâ âkâsadhâtu âpodhâtu rûpassa upacayo rûpassa santati kahaḷiṅkâro âhâro—idan taṃ rûpaṃ anupâdiṇṇupâdâniyaṃ appaṭighaṃ.

925. Kataman taṃ rûpaṃ upâdiṇṇupâdâniyaṃ mahâbhûtaṃ?

Kammassa katattâ phoṭṭhabhâyatanaṃ âpodhâtu—idan taṃ rûpaṃ upâdiṇṇupâdâniyaṃ mahâbhûtaṃ.

926. Kataman taṃ rûpaṃ upâdiṇṇupâdâniyaṃ na mahâbhûtaṃ?

Cakkhâyatanaṃ . . . pe . . . kâyâyatanaṃ itthindriyaṃ purisindriyaṃ jîvitindriyaṃ—yaṃ vâ panaññam pi atthi kammassa katattâ rûpâyatanaṃ gandhâyatanaṃ rasâyatanaṃ âkâsadhâtu rûpassa upacayo rûpassa santati kabaḷiṅkâro âhâro—idan taṃ rûpaṃ upâdiṇṇupâdâniyaṃ na mahâbhûtaṃ.

927. Kataman taṃ rûpaṃ anupâdiṇṇupâdâniyaṃ mahâbhûtaṃ?

Na kammassa katattâ phoṭṭhabbâyatanaṃ âpodhâtu—idan taṃ rûpaṃ anupâdiṇṇupâdâniyaṃ mahâbhûtaṃ.

928. Kataman taṃ rûpaṃ anupâdiṇṇupâdâniyaṃ na mahâbhûtaṃ?

Saddâyatanaṃ kâyaviññatti vacîviññatti rûpassa lahutâ rûpassa mudutâ rûpassa kammaññatâ rûpassa jaratâ rûpassa aniccatâ—yaṃ vâ pan'aññam pi atthi rûpaṃ na kammassa katattâ rûpâyatanaṃ gandhâyatanaṃ rasâyatanaṃ âkâsadhâtu rûpassa upacayo rûpassa santati kabaḷiṅkâro âhâro—idan taṃ rûpaṃ anupâdiṇṇupâdâniyaṃ na mahâbhûtaṃ.

929. Kataman taṃ rûpaṃ upâdiṇṇupâdâniyaṃ oḷârikaṃ?

Cakkhâyatanaṃ . . . pe . . . kâyâyatanaṃ—yaṃ vâ panaññam pi atthi rûpaṃ kammassa katattâ rûpâyatanaṃ gandhâyatanaṃ rasâyatanaṃ phoṭṭhabbâyatanaṃ—idan taṃ rûpaṃ upâdiṇṇupâdâniyaṃ oḷârikaṃ.

930. Kataman tam rûpaṃ upâdiṇṇupâdâniyaṃ sukhumaṃ?

Itthindriyaṃ purisindriyaṃ jîvitindriyaṃ—yaṃ vâ panaññam pi atthi rûpaṃ kammassa katattâ âkâsadhâtu âpodhâtu rûpassa upacayo rûpassa santati kabaḷiṅkâro âhâro—idan taṃ rûpaṃ upadiṇṇupâdâniyaṃ sukhumaṃ.

931. Kataman taṃ rûpaṃ anupâdiṇṇupâdâniyaṃ oḷârikaṃ?

Saddâyatanaṃ—yaṃ vâ panaññaṃ pi atthi rûpaṃ na kammassa katattâ rûpâyatanaṃ gandhâyatanaṃ rasâyatanaṃ phoṭṭhabbâyatanaṃ—idan taṃ rûpaṃ anupâdiṇṇupâdâniyaṃ oḷârikam.

932. Kataman taṃ rûpaṃ anupâdiṇṇupâdâniyaṃ sukhumaṃ?

Kâyaviññatti vacîviññatti rûpassa lahutâ rûpassa mudutâ rûpassa kammaññatâ rûpassa jaratâ rûpassa aniccatâ—yaṃ vâ panaññaṃ pi atthi rûpaṃ na kammassa katattâ âkâsadhâtu âpodhâtu rûpassa upacayo rûpassa santati kabaḷiṅkâro âhâro—idan taṃ rûpaṃ anupâdiṇṇupâdâniyaṃ sukhumaṃ.

933. Kataman taṃ rûpaṃ upâdiṇṇupâdâniyaṃ dûre?

Itthindriyaṃ purisindriyaṃ jîvitindriyaṃ yaṃ vâ panaññaṃ pi atthi rûpaṃ kammassa katattâ âkâsadhâtu âpodhâtu rûpassa upacayo rûpassa santati kabaḷiṅkâro âhâro—idan taṃ rûpaṃ upâdiṇṇupâdâniyaṃ dûre.

934. Kataman taṃ rûpaṃ upâdiṇṇupâdâniyaṃ santiko?

Cakkhâyatanaṃ . . . pe . . . kâyâyatanaṃ—yaṃ vâ panaññaṃ pi atthi rûpaṃ kammassa katattâ rûpâyatanaṃ gandhâyatanaṃ rasâyatanaṃ phoṭṭhabbâyatanaṃ—idan taṃ rûpaṃ upâdiṇṇupâdâniyaṃ santike.

935. Kataman taṃ rûpaṃ anupâdiṇṇupâdâniyaṃ dûre?

Kâyaviññatti vacîviññatti rûpassa lahutâ rûpassa mudutâ rûpassa kammaññatâ rûpassa jaratâ rûpassa aniccatâ—yaṃ vâ panaññaṃ pi atthi rûpaṃ na kammassa katattâ âkâsa-dhâtu âpodhâtu rûpassa upacayo rûpassa santati kabaḷiṅkâro âhâro—idaa taṃ rûpaṃ anupâdiṇṇupâdâniyaṃ dûre.

936. Kataman taṃ rûpaṃ aaupâdiṇṇupâdâniyaṃ santike?

Saddâyatanaṃ—yaṃ vâ panaññaṃ pi atthi rûpaṃ na kammassa katattâ rûpâyatanaṃ gandhâyatanaṃ rasâyatanaṃ phoṭṭhabbâyatanaṃ—idan taṃ rûpaṃ anupâdiṇṇupâdâniyaṃ santike.

937. Kataman taṃ rûpaṃ sappaṭighaṃ indriyaṃ?

Cakkhuadriyaṃ . . . pe . . . kâyindriyaṃ—idan taṃ rûpaṃ sappaṭighaṃ indriyaṃ.

938. Kataman taṃ rûpaṃ sappaṭighaṃ na indriyaṃ?

Rûpâyatanaṃ . . . pe . . . phoṭṭhabbâyatanaṃ—idan taṃ rûpaṃ sappaṭighaṃ na indriyaṃ.

939. Kataman taṃ rûpaṃ appaṭighaṃ indriyaṃ?

Itthindriyaṃ purisindriyaṃ jîvitindriyaṃ—idan taṃ rûpaṃ appaṭighaṃ indriyaṃ?

940. Kataman taṃ rûpaṃ appaṭighaṃ na indriyaṃ?

Kâyaviññatti . . . pe . . . kabaḷiṅkâro âhâro—idan taṃ rûpaṃ appaṭighaṃ na indriyaṃ.

941. Kataman taṃ rûpaṃ sappaṭighaṃ mahâbhûtaṃ?

Phoṭṭhabbâyatanaṃ—idan taṃ rûpaṃ sappaṭighaṃ mahâbhûtaṃ.

942. Kataman taṃ rûpaṃ sappaṭighaṃ na mahâbhûtaṃ?

Cakkhâyatanaṃ . . . pe . . . rasâyatanaṃ—idan taṃ rûpaṃ sappaṭighaṃ na mahâbhûtaṃ.

943. Kataman taṃ rûpaṃ appaṭighaṃ mahâbhûtaṃ?

Âpodhâtu—idan taṃ rûpaṃ appaṭighaṃ mahâbhûtaṃ.

944. Kataman taṃ rûpaṃ appaṭighaṃ na mahâbhûtaṃ?

Itthindriyaṃ . . . pe . . . kabaḷiṅkâro âhâro—idan taṃ rûpaṃ appaṭighaṃ na mahâbhûtaṃ.

945. Kataman taṃ rûpaṃ indriyaṃ oḷârikaṃ?

Cakkhundriyaṃ . . . pe . . . kâyindriyaṃ—idan taṃ rûpaṃ indriyaṃ oḷârikaṃ.

946. Kataman taṃ rûpaṃ indriyaṃ sukhumaṃ?

Itthindriyaṃ purisindriyaṃ jîvitindriyaṃ — idan taṃ rûpaṃ indriyaṃ sukhumaṃ.

947. Kataman taṃ rûpaṃ na indriyaṃ oḷârikaṃ?

Rûpâyatanaṃ . . . pe . . . phoṭṭbabbâyatanaṃ—idan taṃ rûpaṃ na indriyaṃ oḷârikaṃ.

948. Kataman taṃ rûpaṃ na indriyaṃ sukhumaṃ?

Kâyaviññatti . . . pe . . . kabaḷiṅkâro âbâro—idan taṃ rûpaṃ na iadriyaṃ sukhumaṃ.

949. Katamao taṃ rûpaṃ indriyaṃ dûre?

Itthindriyaṃ purisindriyaṃ jîvitindriyaṃ—idan taṃ rûpaṃ indriyaṃ dûre.

950. Katamaan taṃ rûpaṃ indriyaṃ santike?

Cakkhundriyaṃ . . . pe . . . kâyiadriyaṃ—idan taṃ rûpaṃ indriyaṃ santike.

951. Kataman taṃ rûpaṃ na indriyaṃ dûre?

Kâyaviññatti . . . pe . . . kabaḷiṅkâro âhâro—idan taṃ rûpaṃ na indriyaṃ dûre.

952. Kataman taṃ rûpaṃ na indriyaṃ santike?

Rûpâyatanaṃ . . . pe . . . pboṭṭbabbâyatanaṃ—idan taṃ rûpaṃ na indriyaṃ santike.

953. Kataman taṃ rûpaṃ mahâbhûtaṃ oḷârikaṃ?

Phoṭṭbabbâyatanaṃ — idan taṃ rûpaṃ mabâbhûtaṃ oḷârikaṃ.

954. Kataman taṃ rûpaṃ mahâbhûtaṃ sukhumaṃ?

Âpodhâtu—idaa taṃ rûpaṃ mahâbbûtaṃ sukhumaṃ.

955. Kataman taṃ rûpaṃ na mahâbhûtaṃ oḷârikaṃ?

Cakkbâyatanaṃ . . . pe . . . rasâyatanaṃ—idan taṃ rûpaṃ na mahâbhûtaṃ oḷârikaṃ.

956. Kataman taṃ rûpaṃ na mahâbhûtaṃ sukbumaṃ?

Itthindriyaṃ . . . pe . . . kabaḷiṅkâro âhâro—idan taṃ rûpaṃ na mahâbhûtaṃ sukhumaṃ.

957. Kataman taṃ rûpaṃ mabâbhûtaṃ dûre?

Âpodbâtu—idan taṃ rûpaṃ mahâbhûtaṃ dûre.

958. Kataman taṃ rûpaṃ mahâbhûtaṃ santike?

Pboṭṭhabbâyatanaṃ—idan taṃ rûpaṃ mabâbhûtaṃ santike.

959. Kataman taṃ rûpaṃ na mabâbhûtaṃ dûre.

Itthiadriyaṃ . . . pe . . . kabaḷiṅkâro âhâro—idan taṃ rûpaṃ na mahâbhûtaṃ dûre.

960. Kataman taṃ rûpaṃ na mahâbhûtaṃ santike ?

Cakkhâyatanaṃ . . . pe . . . rasâyatanaṃ—idan taṃ rûpaṃ na mahâbbûtaṃ santike.

961. Rûpâyatanaṃ diṭṭhaṃ saddâyatanaṃ sutaṃ gandbâyatanam rasâyatanaṃ phoṭṭhabbâyatanaṃ mutaṃ—sabbaṃ rûpaṃ manasâ viññâtaṃ rûpaṃ evaṃ catubhidhena rûpasaṅgaho.

Catukkaṃ.

962. Kataman taṃ rûpaṃ pathavîdhâtu ?

Yaṃ kakkhaḷaṃ kharagataṃ kakkhaḷattaṃ kakkhaḷabhâvo ajjhattaṃ vâ bahiddhâ vâ upâdiṇṇaṃ vâ anupâdiṇṇaṃ vâ —idan taṃ rûpaṃ pathavîdbâta.

963. Kataman taṃ rûpaṃ âpodhâtu ?

Yaṃ âpo âpogataṃ sineho sinchagataṃ bandhanattaṃ rûpassa ajjhattaṃ vâ babiddhâ vâ upâdiṇṇaṃ vâ anupâdiṇṇaṃ vâ—idan taṃ rûpaṃ âpodhâtu.

964. Kataman taṃ rûpaṃ tejodhâtu ?

Yaṃ tejo tejogataṃ usmâ usmâgataṃ usumaṃ usumâgataṃ ajjhattaṃ vâ . . . pe . . . anupâdiṇṇaṃ vâ—idan taṃ rûpaṃ tejodhâtu.

965. Kataman taṃ rûpaṃ vâyodhâtu ?

Yaṃ vâyo vâyogataṃ chambhitattaṃ thambbitattaṃ rûpassa ajjhattaṃ vâ . . . pe . . . anupâdiṇṇaṃ vâ—idan taṃ rûpaṃ vâyodhâtu.

966. Kataman taṃ rûpaṃ upâdâ ?

Cakkhâyatanaṃ . . . pe . . . kabaliṅkâro âhâro—idan taṃ rûpaṃ upâdâ.

Evaṃ pañcavidhena rûpasaṅgaho.

PAÑCAKAṂ.

967. Rûpâyatanaṃ cakkhuviññeyyaṃ rûpaṃ — saddâyatanaṃ sotaviññeyyaṃ rûpaṃ—gandhâyatanaṃ ghânaviññeyyaṃ rûpaṃ—rasâyatanaṃ jivhâviññeyyaṃ rûpaṃ—phoṭṭhahbâyatanaṃ kâyaviññeyyaṃ rûpaṃ—sabbaṃ rûpaṃ manoviññeyyaṃ rûpaṃ.

Evaṃ chabbidhena rûpasaṅgaho.

CHAKKAṂ.

12

968. Rûpâyatanaṃ cakkhuviññeyyaṃ rûpaṃ—saddâyata-
naṃ sotaviññeyyaṃ rûpaṃ—gandhâyatanaṃ ghânaviññey-
yaṃ rûpaṃ—rasâyatanaṃ jivhâviññeyyaṃ rûpaṃ—phoṭ-
ṭhabbâyatanaṃ kâyaviññeyyaṃ rûpaṃ.

969. Rûpâyatanaṃ saddâyatanaṃ gandhâyatanaṃ rasâ-
yatayaṃ phoṭṭhabbâyatanaṃ manodhâtuviññeyyaṃ rûpaṃ—
sabbaṃ rûpaṃ manoviññâṇadhâtuviññeyyaṃ rûpaṃ.

Evaṃ sattavidhena rûpasaṅgaho.

SATTAKAṂ.

970. Rûpâyatanaṃ cakkhuviññeyyaṃ rûpaṃ—saddâya-
tanaṃ sotaviññeyyaṃ rûpaṃ—gandhâyatanaṃ ghânaviññey-
yaṃ rûpaṃ—rasâyatanaṃ jivhâviññeyyaṃ rûpaṃ.

Manâpiyo phoṭṭhabbo sukhasamphasso kâyaviññeyyaṃ
rûpaṃ—amanâpiyo phoṭṭhabbo dukkhasamphasso kâya-
viññeyyaṃ rûpaṃ. Rûpâyatanaṃ saddâyatanaṃ gandhâ-
yatanaṃ rasâyatanaṃ phoṭṭhabbâyatanaṃ manodhâtuviñ-
ñeyyaṃ rûpaṃ—sabbaṃ rûpaṃ manoviññâṇadhâtuviñ-
ñeyyaṃ rûpaṃ.

Evaṃ aṭṭhavidhena rûpasaṅgaho.

AṬṬHAKAṂ.

971. Kataman taṃ rûpaṃ cakkhundriyaṃ?
Yaṃ cakkhu catunnaṃ mahâbhûtânaṃ upâdâya pasâdo
...pe...suññmo gâmo peso—idan taṃ rûpaṃ cakkhundriyaṃ.

972. Kataman taṃ rûpaṃ sotindriyaṃ...pe...ghâ-
nindriyaṃ...pe...jivhindriyaṃ...pe...kâyin-
driyaṃ...pe...itthindriyaṃ...pe...purisindri-
yaṃ...pe...jîvitindriyaṃ?

Yo tesaṃ rûpînaṃ dhammânaṃ âyu ṭhiti yapanâ yâpanâ
iriyanâ vattanâ pâlanâ jîvitaṃ jîvitindriyaṃ—idan taṃ
rûpaṃ jîvitindriyaṃ.

973. Kataman taṃ rûpaṃ na indriyaṃ?
Rûpâyatanaṃ...pe...kabaliṅkâro âhâro: idan taṃ
rûpaṃ na indriyaṃ.

Evaṃ navavidhena rûpasaṅgaho.

NAVAKAṂ.

974. Kataman tam rûpam cakkhundriyam?

Yam cakkhu catunnam mahâbhûtânam upâdâya pasâdo
... pe ... suñño gâmo peso—idan tam rûpam cakkhundriyam.

975. Kataman tam rûpam sotindriyam ... pe ... ghânindriyam ... pe ... jivhindriyam ... pe ... kâyindriyam ... pe ... itthindriyam ... pe ... pnrisindriyam ... pe ... jîvitindriyam?

Yo tesam rûpînam dhammânam âyu thiti yapanâ yâpanâ
iriyanâ vattanâ pâlanâ jîvitam jîvitindriyam—idan tam
rûpam jîvitindriyam.

976. Kataman tam rûpam na indriyam sappatigham?

Rûpâyntanam ... pe ... photthahhâyntanam—idan
tam rûpam na indriyam sappatigham.

977. Kataman tam rûpam na indriyam appatigham?

Kâyaviññatti ... pe ... kahalinkâro âhâro—idan tam
rûpam indriyam appatigham.

Evam dasavidhena rûpasangaho.

DASAKAM.

978. Kataman tam rûpam cakkhâyatanam?

Yam cakkhu catunnam mahâbhûtânam upâdâya pasâdo
... pe ... suñño gâmo peso—idan tam rûpam cakkhâyatanam.

979. Kataman tam rûpam sotâyatanam ... pe ...
ghânâyatanam ... pe ... jivhâyatanam ... pe ...
kâyâyatanam ... pe ... rûpâyntanam ... pe ... saddâyatanam ... pe ... rasâyatanam ... pe ... photthahhâyatanam?

Pathavîdhâtu ... pe ... photthabbadhâtu—idan tam
rûpam photthahhâyatanam.

980. Kataman tam rûpam anidassanam appatigham dhammâyatanam pariyâpannam?

Itthindriyam ... pe ... kahalinkâro âhâro—idan tam
rûpam anidassanam appatigham dhammâyatanam pariyâpannam.

Evam ekâdasavidhena rûpasangaho.

RÛPAVIBHATTI ATTHAMAM BHÂNAVÂRAM.

981. Katame dhammâ kusalâ ?

Tîṇi kusalamûlâni—alobho adoso amoho—taṃ sabhayutto vedanâkkhandho saññâkkhandho saṅkhârakkhandho viññâ-ṇakkhandho—taṃ samuṭṭhânaṃ kâyakammaṃ vacîkammaṃ —ime dhammâ kusalâ.

982. Katame dhammâ akusalâ ?

Tîṇi akusalamûlâni—lobho doso moho—tad ekaṭṭhâ ca kilesâ—taṃ sampayutto vedanâkkhandho saññâkkhandho saṅkhârakkhandho viññâṇakkhandho — taṃ samuṭṭhânaṃ kâyakammaṃ vacîkammaṃ manokammaṃ — ime dhammâ akusalâ.

983. Katame dhammâ avyâkatâ ?

Kusalâkusalâaṃ dhammânaṃ vipâkâ kâmâvacarâ rûpâ-vacarâ arûpâvacarâ apariyâpannâ vedanâkkhandho saññâ-kkhandho saṅkhârakkhandho viññâṇakkhandho : ye ca dhammâ kiriyâ neva kusalâ nâkusalâ na ca kammavipâkâ—sabhañ ca rûpaṃ saṅkhatâ ca dhâtu—imo dhammâ avyâkatâ.

984. Katame dhammâ sukhâya vedanâya sampayuttâ ?

Sukhabhummiyaṃ kâmâvacare rûpâvacare apariyâpanne sukhaṃ vedanaṃ ṭhapetvâ sampayutto saññâkkhandho saṅkhârakkhandho viññâṇakkhandho : ime dhammâ sukhâya vedanâya sampayuttâ.

985. Katame dhammâ dukkhâya vedanâya sampayuttâ ?

Dukkhabhummiyaṃ kâmâvacare dukkhaṃ vedanaṃ ṭhapetvâ taṃ sampayutto saññâkkhandho saṅkhârakkhandho viññâṇakkhandho—ime dhammâ dukkhâya vedanâya sam-payuttâ.

986. Katamo dhammâ adukkhamasukhâya vedanâya sampayuttâ ?

Adukkhamasukhabhummiyaṃ kâmâvacare rûpâvacare arû-pâvacare apariyâpanne adukkhamasukhaṃ vedanaṃ ṭhapetvâ taṃ sampayutto saññâkkhandho saṅkhârakkhandho viññâṇa-kkhandho—ime dhammâ adukkhamasukhâya vedanâya sampayuttâ.

987. Katame dhammâ vipâkâ ?

Kusalâkusalâaṃ dhammânaṃ vipâkâ kâmâvacarâ rûpâ-vacarâ arûpâvacarâ apariyâpannâ vedanâkkhandho . . . pe . . . viññâṇakkhandho : ime dhammâ vipâkâ.

988. Katame dhammâ vipâkadhammadhammâ ?

Kusalâkusalâ dhammâ kâmâvacarâ rûpâvacarâ arûpâvacarâ' apariyâpannâ vedanâkkhandho . . . pe . . . viññâṇakkhandho—imo dhammâ vipâkadhammadhammâ.

989. Katame dhammâ neva vipâkanavipâkadhammadhammâ ?

Ye ca dhammâ kiriyâ neva kusalâ nâkusalâ na ca kammavipâkâ—sabbañ ca rûpaṃ asaṅkhatâ ca dhâtu—ime dhammâ neva vipâkanavipâkadhammadhammâ.

990. Katame dhammâ upâdiṇṇupâdâniyâ ?

Sâsavâ kusalâkusalânaṃ dhammânaṃ vipâkâ kâmâvacarâ rûpâvacarâ arûpâvacarâ vedanâkkhandho . . . po . . . viññâṇakkhandho—yañ ca rûpaṃ kammassa katattâ—ime dhammâ upâdiṇṇupâdâniyâ.

991. Katame dhammâ anupâdiṇṇupâdâniyâ ?

Sâsavâ kusalâkusalâ dhammâ kâmâvacarâ rûpâvacarâ arûpâvacarâ vedanâkkhandho . . . pe . . . viññâṇakkhandho—ye ca dhammâ kiriyâ—neva kusalâ nâkusalâ na ca kammavipâkâ—yañ ca rûpaṃ na kammassa katattâ—ime dhammâ anupâdiṇṇupâdâniyâ.

992. Katame dhammâ anupâdiṇṇânupâdâniyâ ?

Apariyâpannâ maggâ ca maggaphalâni asaṅkhatâ ca dhâtu : ime dhammâ anupâdiṇṇânupâdâniyâ.

993. Katamo dhammâ saṅkiliṭṭhasaṅkilesikâ ?

Tîṇi akusalamûlâni lobho doso moho—tadekaṭṭhâ ca kilesâ—taṃ sampayutto vedanâkkhandho . . . pe . . . viññâṇakkhandho taṃ samuṭṭhânaṃ—kâyakammaṃ vacîkammaṃ manokammaṃ—ime dhammâ saṅkiliṭṭhasaṅkilesikâ.

994. Katame dhammâ asaṅkiliṭṭhasaṅkilesikâ ?

Sâsavâ kusalâ vyâkatâ dhammâ kâmâvacarâ rûpâvacarâ arûpâvacarâ rûpakkhandho vedanâkkhandho saññâkkhandho saṅkhârakkhandho viññâṇakkhandho—ime dhammâ asaṅkiliṭṭhasaṅkilesikâ.

995. Katame dhammâ asaṅkiliṭṭhâsaṅkilesikâ ?

Apariyâpannâ maggâ ca maggaphalâni ca asaṅkhatâ ca dhâtu—ime dhammâ asaṅkiliṭṭhâsaṅkilesikâ.

996. Katame dhammâ savitakkasavicârâ ?

Savitakkasavicârabbhummiyaṃ kâmâvacare rûpâvacaro

apariyâpanne vitakkavicâre ṭhapetvâ sampayutto vedanâkkhandho ... po ... viññâṇakkhandho—ime dhammâ savitakkasavicârâ.

997. Katame dhammâ avitakkavicâramattâ?

Avitakkavicâramattabhummiyaṃ rûpâvacare apariyâpanne vicâraṃ ṭhapetvâ taṃ sampayutto vedanâkkhandho ... pe ... viññâṇakkhandho—ime dhammâ avitakkavicâramattâ.

998. Katame dhammâ avitakka-avicârâ?

Avitakka-avicârabhummiyaṃ kâmâvacare rûpâvacare arûpâvacare apariyâpanne vedanâkkhandho ... pe ... viññâṇakkhandho—sabhaū ca rûpaṃ asaṅkhatâ ca dhâtu—ime dhammâ avitakka-avicârâ.

999. Katame dhammâ pîtisahagatâ?

Pîtibhummiyaṃ kâmâvacare rûpâvacare apariyâpanne pîtiṃ ṭhapetvâ taṃ sampayutto vedanâkkhandho ... pe ... viññâṇakkhandho—ime dhammâ pîtisahagatâ.

1000. Katame dhammâ sukhasahagatâ?

Sukhabhummiyaṃ kâmâvacare rûpâvacare apariyâpanne sukhaṃ ṭhapetvâ taṃ sampayutto saññâkkhandho saṅkhârakkhandho viññâṇakkhandho—ime dhammâ sukhasahagatâ.

1001. Katame dhammâ upekkhâsahagatâ?

Upekkhâbhummiyaṃ kâmâvacare rûpâvacare arûpâvacare apariyâpanne upekkhaṃ ṭhapetvâ—taṃ sampayutto saññâkkhandho saṅkhârakkhandho viññâṇakkhandho — ime dhammâ upekkhâsahagatâ.

1002. Katame dhammâ dassanena pahâtabbâ?

Tîṇi saññojanâni — sakkâyadiṭṭhi, vicikicchâ, sîlabbataparâmâso.

1003. Tattha katamâ sakkâyadiṭṭhi?

Idha assutavâ puthujjano ariyânaṃ adassâvî ariyadhammassa akovido ariyadhamme avinîto sappurisânaṃ adassâvî sappurisadhammassa akovido sappurisadhamme avinîto rûpaṃ attato samanupassati—rûpavantaṃ vâ attânaṃ attani vâ rûpaṃ rûpasmiṃ vâ attânaṃ—vedanaṃ attato samanupassati—vedanâvantaṃ vâ attânaṃ attani vâ vedanaṃ vedanâya vâ attânaṃ—saññaṃ attato samanupassati—saññâvantaṃ vâ attânaṃ attani vâ saññaṃ saññâya vâ attânaṃ—saṅkhâre

attato samanupassati saṅkhâravantaṃ vâ attânaṃ attani vâ
saṅkhâre saṅkhâresu vâ attânaṃ—viññâṇaṃ attato samanu-
passati—viññâṇavantaṃ vâ attânaṃ attani vâ viññâṇaṃ
viññâṇasmiṃ vâ attânaṃ—yâ evarûpâ diṭṭhi diṭṭhigataṃ
diṭṭhigahanaṃ diṭṭhikantâro diṭṭhivisûkâyikaṃ diṭṭhivip-
phanditaṃ diṭṭhisaññojanaṃ gâho paṭiggâho ahhiniveso
parâmâso kummaggo micchâpatho micchattaṃ titthâyatanaṃ
vipariyesaggâho—ayaṃ vuccati sakkâyadiṭṭhi.

1004. Tattha katamâ vicikicchâ?

Satthari kaṅkhati vicikicchati—dhamme kaṅkhati vici-
kicchati—saṅghe kaṅkhati vicikicchati—sikkhâya kaṅkhati
vicikicchati—puhhante kaṅkhati vicikicchati—aparante kaṅ-
khati vicikicchati—puhbantâparanto kaṅkhati vicikicchati
idappaccayatâ paticcasamuppannesu dhammesu kaṅkhati vici-
kicchati—yâ evarûpâ kaṅkhâ kaṅkhâyanâ kaṅkhâyitattaṃ
vimati vicikicchâ dveḷhakaṃ dvadhâpatho saṃsayo anekaṃ-
sagâho âsappanâ parisappanâ apariyogâhanâ thamhhitattaṃ
cittassa mano vilekho—ayaṃ vuccati vicikicchâ.

1005. Tattha katamo sîlabbataparâmâso?

Ito bahiddhâ samaṇahrahmaṇânaṃ sîlena suddhivatena
suddhisîlahbatena suddhîti—evarûpâ diṭṭhi diṭṭhigataṃ diṭṭhi-
gahaṇaṃ diṭṭhikantâro diṭṭhivisûkâyikaṃ diṭṭhivipphanditaṃ
diṭṭhisaññojanaṃ—gâho paṭiggâho ahhiniveso parâmâso kum-
maggo micchâpatho micchattaṃ titthâyatanaṃ vipariyesa-
gâho—ayaṃ vuccati sîlahhataparâmâso.

1006. Imâni tîni saññojanâni—tadekaṭṭhâ ca kilcsâ—taṃ
sampayutto vedanâkkhandho . . . pe . . . viññâṇakkhandho
—taṃ samuṭṭhânaṃ kâyakammaṃ vacîkammaṃ manokam-
maṃ—ime dhammâ dassanena pahâtahbâ.

1007. Katame dhammâ hhâvanâya pahâtabhâ?

Avaseso lohho doso moho—tad ekaṭṭhâ ca kilcsâ—taṃ
sampayutto vedanâkkhandho . . . pe . . . viññâṇakkhandho
—taṃ samuṭṭhânaṃ kâyakammaṃ vacîkammaṃ mano-
kammaṃ—ime dhammâ hhâvanâyâ pahâtahbâ.

1008. Katamo dhammâ neva dassanena na bhâvanâya
pahâtahbâ?

Kusalâ vyâkatâ dhammâ—kâmâvacarâ rûpâvacarâ arûpâ-
vacarâ apariyâpannâ—vedanâkkhandho . . . pe . . . viññâ-

ṇakkhandho—sabbañ ca rûpaṃ asaṅkhatâ ca dhâtu—ime dhammâ neva dassanena na bhâvanâya pahâtabhâ.

1009. Katame dhammâ dassanena pahâtabbahetukâ ?

Tîṇi saññojanâni sakkâyadiṭṭhi vicikicchâ sîlabbataparâmâso. Tattha sakkâyadiṭṭhi vicikicchâ sîlabbataparâmâso.

1010. Imâni tîṇi saññojanâni—tad ekaṭṭhâ ca kilesâ—taṃ sampayutto vedanâkkhandho . . . pe . . . viññâṇakkhandho —taṃ samuṭṭhânnṃ kâyakammaṃ vacîkammaṃ manokammaṃ—ime dhammâ dassanena pahâtabbahetukâ.

1011. Katame dhammâ bhâvanâya pahâtabbahetukâ ?

Avaseso lobho doso moho—ime dhammâ bhâvanâya pahâtabbahetukâ tad ekaṭṭhâ ca kilesâ—taṃ sampnyutto vedanâkkhandho . . . pe . . . viññâṇakkhandho—taṃ samuṭṭhânaṃ kâyakammaṃ vacîkammaṃ manokammaṃ — ime dhammâ bhâvanâya pahâtabbahetukâ.

1012. Katame dhammâ neva dassanena na bhâvanâyn pnhâtabbahetukâ ?

Te dhamme ṭhapetvâ avasesâ kusalâkusalâ vyâkatâ dhammâ kâmâvacarâ rûpâvacarâ arûpâvacnrâ apariyâpannâ—vedanâkkhandho saññâkkhandho saṅkhârakkhandho viññâṇakkhandho—sabbañ ca rûpaṃ asaṅkhatâ˚ ca dhâtu—ime dhammâ neva dassanenn na bhâvanâya pahâtabbahetukâ.

1013. Katamo dhammâ âcayagâmino ?

Sâsavâ kusalâkusalâ dhammâ kâmâvacarâ rûpâvacarâ arûpâvacarâ vedanâkkhandho . . . pe . . . viññâṇakkhandho—ime dhammâ âcayagâmino.

1014. Katame dhammâ apacayagâmino ?

Cattâro maggâ apariyâpannâ—ime dhammâ apacayagâmino.

1015. Katame dhammâ neva âcayagâmino na apacayagâmino ?

Kusalâkusalânaṃ dhammânaṃ vipâkâ kâmâvacarâ rûpâvacarâ arûpâvacarâ apariyâpannâ—vedanâkkhandho . . . pe . . . viññâṇakkhandho—ye ca dhammâ kiriyâ neva kusalâ nâkusalâ na ca kammavipâkâ sabbañ ca rûpaṃ asaṅkhatâ cn dhâtu—ime dhammâ neva âcayagâmino na apacayagâmino.

1016. Katame.dhammâ sekkhâ ?

Cattâro maggâ apariyâpannâ heṭṭhimâni ca tîṇi sâmaññaphalâni—ime dhammâ sekkhâ.

1017. Katame dhammâ asekkhâ ?

Upariṭṭhimaṃ arahattaphalaṃ—ime dhammâ asekkhâ.

1018. Katame dhammâ neva sekkhâ na asekkhâ?

Te dhamme ṭhapetvâ avasesâ kusalâkusalâvyâkatâ dhammâ kâmâvacarâ rûpâvacarâ arûpâvacarâ vedanâkkhandho . . . pe . . . viññâṇakkhandho—sabhañ ca rûpaṃ asankhatâ ca dhâtu—ime dhammâ neva sekkhâ na asekkhâ.

1019. Katame dhammâ parittâ ?

Sabbeva kâmâvacarâ kusalâkusalâvyâkatâ dhammâ—rûpakkhandho . . . pe . . . viññâṇakkhandho—ime dhammâ parittâ.

1020. Katame dhammâ mahaggatâ ?

Rûpâvacarâ arûpâvacarâ kusalâkusalâvyâkatâ dhammâ—vedanâkkhandho . . . pe . . . viññâṇakkhandho—ime dhammâ mahaggatâ.

1021. Katame dhammâ appamânâ ?

Apariyâpannâ maggâ ca maggaphalâni ca asankhatâ ca dhâtu—ime dhammâ appamânâ.

1022. Katame dhammâ parittârammaṇâ?

Paritte dhamme ârabbha ye uppajjanti cittacetasikâ dhammâ—ime dhammâ parittârammaṇâ.

1023. Katame dhammâ mahaggatârammaṇâ ?

Mahaggate dhamme ârabbha ye uppajjanti cittacetasikâ dhammâ—ime dhammâ mahaggatârammaṇâ.

1024. Katame dhammâ appamânârammaṇâ ?

Appamâṇe dhamme ârabbha ye uppajjanti cittacetasikâ dhammâ—ime dhammâ appamânârammaṇâ.

1025. Katame dhammâ hînâ?

Tiṇi akusalamûlâni—lobho doso moho—tad ekaṭṭhâ ca kilesâ—taṃ sampayutto vedanâkkhando . . . pe . . . viññâṇakkhandho—taṃ samuṭṭhâaṃ kâyakammaṃ vacîkammaṃ manokammaṃ—ime dhammâ hînâ.

1026. Katame dhammâ majjhimâ ?

Sâsavâ kusalâkusalâvyâkatâ dhammâ—kâmâvacarâ rûpâvacarâ arûpâvacarâ rûpakkhandhe . . . pe . . . viññâṇakkhandhe—ime dhammâ majjhimâ.

1027. Katame dhammâ paṇîtâ ?

Apariyâpannâ maggâ ca maggaphalâni ca asankhatâ ca dhâtu—ime dhammâ paṇîtâ.

1028. Katame dhammâ micchattaniyatâ?

Pñca kammâni anantarakâni yâ ca micchâditthi niyatâ— ime dhammâ micchattaniyatâ.

1029. Katame dhammâ sampattaniyatâ?

Cattâro maggâ npariyâpannâ—ime dhammâ sampattaniyatâ.

1030. Katame dhammâ aniyatâ?

To dhamme thapetvâ avasesâ kusalâkusalâvyâkatâ dhammâ kâmâvacarâ rûpâvacarâ arûpâvacnrâ npariyâpannâ — vedanâkkhandho … pe … viññânakkhandho—sahhañ ca rûpam asankhatâ ca dhâtu—ime dhammâ nniyatâ.

1031. Katame dhammâ maggârammanâ?

Ariyamaggam ârabbha ye uppnjjanti cittncetasikâ dhammâ ime dhammâ maggârammanâ.

1032. Katame dhammâ maggahetukâ?

Ariyamaggasamangissa maggangâni thapetvâ tam sampayutto vedanâkkhandho … pe … viññânakkhandho — ime dhammâ maggahetukâ.

1033. Ariyamaggasamangissa sammâditthi maggo cevn hetu ca sammâditthim thapctvâ tam sampayutto vedanâkkhandho … pe … viññânakkhandho — ime dhammâ maggahetukâ.

Ariyamaggasamangissa alohho ndoso nmoho—ime dhammâ maggahetukâ — tam sampayutto vednnâkkhandho … pe … viññânakkhandho—ime dhammâ maggahetukâ.

1034. Katamo dhammâ maggâdhipntino?

Ariyamaggam adhipatim knritvâ yo nppajjanti cittacetasikâ dhammâ—ime dhammâ maggâdhipatino—ariynmaggasamangissa vimnmsâdhipateyyam maggam bhâvayuntassa vimamsam thnpotvâ tam sampayutto vedanâkkhandho … pe … viññânakkhandho—ime dhammâ maggâdhipatino.

1035. Katame dhammâ uppannâ?

Yc dhammâ jâtâ bhûtâ sañjâtâ nippattâ abhinippattâ pâtubhûtâ uppannâ samuppannâ utthitâ samutthitâ uppannâ uppannamsena sangahitâ rûpâ vedanâ saññâ sankhârâ viññânam—ime dhammâ uppannâ.

1036. Katame dhammâ anuppannâ?

Ye dhammâ ajâtâ abhûtâ asañjâtâ anippattâ anabhinippattâ

apâtubhûtâ anuppannâ asamuppannâ anuṭṭhitâ asamuṭṭhitâ anuppannâ anuppannaṃsena sangahitâ rûpâ vedanâ saññâ saṅkhârâ viññâṇaṃ—ima dhammâ anuppannâ.

1037. Keteme dhammâ uppâdino?

Kusalâkusalânaṃ dhammânaṃ vipâkâ kâmâvacarâ rûpâvacarâ arûpâvacarâ apariyâpannâ vedanâkkhandha . . . po . . . viññâṇakkhandho—yañ ca rûpaṃ kammassa katattâ uppejjissati—ime dhammâ uppâdina.

1038. Katame dhammâ atîtâ?

Ye dhammâ atîtâ niruddhaṅgatâ vipariṇetâ—atthaṅgatâ abhhatthaṅgatâ uppajjitvâ vigatâ atîtâ atîtaṃsena sangahitâ rûpâ vedanâ saññâ saṅkhârâ viññâṇaṃ—ime dhammâ atîtâ.

1039. Katame dhammâ enâgatâ?

Ye dhemmâ ajâtâ abhûtâ aseñjâtâ auippattâ anabhinippattâ apâtubhûtâ anuppannâ asamuppannâ enuṭṭhitâ asamuṭṭhitâ enâgatâ anâgataṃsena saṅgahitâ rûpâ vedanâ saññâ saṅkhârâ viññâṇaṃ—ima dhammâ anâgatâ.

1040. Katame dhammâ paccuppannâ?

Ye dhammâ jâtâ bhûtâ sañjâtâ nippattâ pâtubhûtâ uppannâ samuppannâ uṭṭhitâ samuṭṭhitâ paccuppannâ paccuppannaṃsena sangahitâ rûpâ vedanâ saññâ saṅkhârâ viññâṇaṃ—ima dhemmâ paccuppannâ.

1041. Katama dhammâ atîtârammaṇâ?

Atîte dhamme erahbha ye uppajjanti cittacetasikâ dhammâ—ima dhammâ atîtârammaṇâ.

1042. Katame dhammâ enâgatârammaṇâ?

Anâgate dhamme ârahbha ye uppajjanti cittacetasikâ dhammâ—ima dhammâ anâgatârammaṇâ.

1043. Katame dhammâ paccuppannârammaṇâ?

Paccuppanne dhamme ârahbha ye uppajjanti cittacetasikâ dhemmâ—ime dhammâ paccuppannârammaṇâ.

1044. Katame dhammâ ajjhattâ?

Ye dhammâ tesaṃ tesaṃ sattânaṃ ajjhattaṃ paccattaṃ niyatâ paṭipuggalikâ upâdiṇṇâ rûpâ vedaâ saññâ saṅkhârâ viññâṇeṃ—ime dhammâ ajjhattâ.

1045. Katame dhammâ bahiddhâ?

Ye dhammâ tesaṃ tesaṃ parasattânaṃ parapuggalânaṃ

ajjhattaṃ paccattaṃ niyatâ paṭipuggalikâ . . . pe . . . viññâṇaṃ ime dhammâ bahiddhâ.

1046. Katame dhammâ ajjhattabahiddhâ?

Tad ubhayaṃ—ime dhammâ ajjhattabahiddhâ.

1047. Katame dhammâ ajjhattârammaṇâ?

Ajjhatte dhammo ârabbha yo uppajjanti cittacetasikâ dhammâ—ime dhammâ ajjhattârammaṇâ.

1048. Katame dhammâ bahiddhârammaṇâ?

Bahiddhâ dhamme ârabbha ye . . . pe . . . dhammâ—ime dhammâ bahiddhârammaṇâ.

1049. Katame dhammâ ajjhattabahiddhârammaṇâ?

Ajjhattabahiddhâ dhamme ârabbha ye . . . pe . . . dhammâ—ime dhammâ ajjhattabahiddhârammaṇâ.

1050. Katame dhammâ sanidassanasappaṭighâ?

Rûpâyatanaṃ—ime dhammâ sanidassanasappaṭighâ.

1051. Katame dhammâ anidassanasappaṭighâ?

Cakkhâyatanaṃ sotâyatanaṃ ghânâyatanaṃ jivhâyatanaṃ kâyâyatanaṃ saddâyatanaṃ gandhâyatanaṃ rasâyatanaṃ phoṭṭhabbâyatanaṃ—ime dhammâ anidassanasappaṭighâ.

1052. Katame dhammâ anidassana-appaṭighâ?

Vedanâkkhandho saññâkkhandho saṅkhârakkhandho viññâṇakkhandho—yañ ca rûpaṃ anidassanaṃ appaṭighaṃ dhammâyatanapariyâpannaṃ asaṅkhatâ ca dhâtu—ime dhammâ anidassana-appaṭighâ.

Tikkaṃ.

1053. Katame dhammâ hetû?

Tayo kusalahetû, tayo akusalahetû, tayo avyâkatahetû—nava kâmâvacarahetû, cha rûpâvacarahetû, cha arûpâvacara-hetû cha apariyâpannahetû.

1054. Tattha katame tayo kusalahetû?

Alobho adoso amoho.

1055. Tattha katamo alobho?

Yo alobho alubbhanâ alubbhitattaṃ asârâgo asârajjanâ asârajjitattaṃ anabhijjhâ alobho kusalamûlaṃ—ayaṃ vuccati alobho.

1056. Tattha katamo adoso?

Yo adoso adussanâ adussitattaṃ mcttaṃ mettâyanâ mettâyitattaṃ anuddâ anuddâyanâ anuddâyitattaṃ hitesitâ anukampâ nvyâpâdo avyâpajjo adoso kusalamûlaṃ — ayaṃ vuccati adoso.

1057. Tattha katamo amoho?

Dukkho ñâṇaṃ, dukkhasamudaye ñâṇaṃ, dukkhanirodhe ñâṇaṃ, dukkhanirodhagâminiyâ paṭipadâya ñâṇaṃ, puhbante ñâṇaṃ, aparante ñâṇaṃ pubbantâporante ñâṇaṃ—idappaccayatâ paṭiccasamuppannesu dhammesu ñâṇaṃ—yâ evarûpâ paññâ pajânaoâ vicayo pavicayo dhammavicayo sallakkhaṇâ upalakkhaṇâ paccupalakkhaṇâ paṇḍiccaṃ kosallaṃ nepuññaṃ vebhavyâ ciotâ upaparikkhâ bhûri medhâ pariṇâyikâ vipassanâ sampajaññaṃ patodo paññâ paññindriyaṃ paññâbalaṃ paññâsatthaṃ paññâpâsâdo paññâ-âloko paññâ-obhâso paññâ-pajjoto paññârataṇaṃ amoho dhammavicayo sammâdiṭṭhi — ayaṃ vuccati amoho.

Ime tayo kusalahctû.

1058. Tattha katame tayo akusalahetû?

Lobho doso moho.

1059. Tattha katamo lobho?

Yo râgo sârâgo anunayo anurodho nandî nandîrâgo cittassa sârâgo—icchâ mucchà ajjhosâoaṃ gedho paligedho saṅgo paṅko ejâ mâyâ janikâ sañjaoaoî sihbinî jâlioî saritâ visattikâ suttaṃ visaṭâ âyûhaoî dutiyâ paṇidhi bhavanettî vanoṃ vanatho soothavo sineho apekkhâ paṭibandhu âsâ âsiṃsanû asiṃsitattaṃ rûpâsâ saddâsâ gandhâsâ rasâsâ phoṭṭhabbâsâ lâbhâsâ dhanâsâ puttâsâ jîvitâsâ jappâ pajappâ abhijappâ jappanâ jappitattaṃ loluppaṃ loluppâyanâ loluppâyitattaṃ puñcikatâ sâdukamyatâ adhammarâgo visamalobho nikanti nikâmanâ patthanâ pihaoâ sampatthanâ kâmataṇhâ bhavataṇhâ vibhavataṇhâ rûpataṇhâ arûpataṇhâ nirodhataṇhâ saddataṇhâ gandhataṇhâ rasataṇhâ phoṭṭhabbataṇhâ dhammataṇhâ ogho yogo gantho upâdânaṃ âvaraṇaṃ nîvaraṇaṃ chandânaṃ bandhanaṃ upakkileso anusayo pariyuṭṭhânaṃ latâ vevicchaṃ dukkhamûlaṃ dukkhanidâoaṃ dukkhappabhavo mârapâso mârabalisaṃ mâravisayo taṇhâ nandîtaṇhâ jâlamtaṇhâ gaddulamtaṇhâ somuddo abhijjhâ lobho akusalamûlaṃ—ayaṃ vuccati lobho.

1060. Tattha katamo doso?

Anatthaṃ mo acarîti âghâto jâyati—anatthaṃ me caratîti âghâto jâyati—anatthaṃ me carissatîti âghâto jâyati—piyassa me manâpassa anatthaṃ acari . . . pe . . . anatthaṃ carati . . . pe . . . anatthaṃ carissatîti âghâto jâyati appiyassa me amanâpassa atthaṃ acari . . . pe . . . atthaṃ carati . . . pe . . . atthaṃ carissatîti âghâto jâyati—aṭṭhâne vâ paaa âghâto jâyati—yo evarûpo cittassa âghâto paṭighâto paṭighaṃ paṭivirodho kopo pakopo sampakopo doso padoso sampadoso cittassa vyâpatti manopadoso kodho kujjhanâ kujjhitattaṃ doso dussanâ dussitattaṃ vyâpatti vyâpajjanâ vyâpajjitattaṃ virodho paṭivirodho caṇḍikkaṃ asuropo anattamanatâ cittassa—ayaṃ vuccati doso.

1061. Tattha katamo moho?

Dukkhe aññâṇaṃ dukkhasamudaye aññâṇaṃ dukkhanirodhe aññâṇaṃ dukkhanirodhagâminiyâ paṭipadâya aññâṇaṃ pubbante aññâṇaṃ aparante aññâṇaṃ pubbantâparanto aññâṇaṃ idappaccayatâ paṭiccasamuppannesu dhammesu aññâṇaṃ—yaṃ evarûpaṃ aññâṇaṃ adassanaṃ anabhisamayo ananubodho asambodho appaṭivedho asaṅgâhanâ apariyogâhanâ asamapekkhanâ apaccavekkhanâ apaccakkhakammaṃ—dummejjhaṃ bâlyaṃ asampajaññaṃ moho pamoho sammoho avijjâ avijjogho avijjâyogo avijjâausayo avijjâpariyuṭṭhânaṃ avijjâlaṅgî moho akusalamûlaṃ—ayaṃ vuccati moho.

Ime tayo akusalahetû.

1062. Tattha katame tayo avyâkatahetû?

Kusalânaṃ dhammânaṃ vipâkato kiriyâ vyâkatesa vâ dhammesu alobho adoso amoho—ime tayo avyâkatahetû.

1063. Tattha katame nava kâmâvacarahetû?

Tayo kusalahetû tayo akusalahetû tayo avyâkatahetû—ime nava kâmâvacarahetû.

1064. Tattha katame cha rûpâvacarahetû?

Tayo kusalahetû, tayo avyâkatahetû—ime cha rûpâvacarahetû.

1065. Tattha katame cha arûpâvacarahetû?

Tayo kusalahetû tayo avyâkatahetû—ime cha arûpâvacara-hetû.

1066. Tattha katamo cha apariyâpannahetû ?

Tayo kusalahetû tayo avyâkatahetû—ime cha apariyâpannahetû.

1067. Tattha katame tayo kusalahetû ?

Alohho adoso amoho.

1068. Tattha katamo alohho . . . pe . . .

1069. Tattha katamo adoso?

Adussanâ adussitattaṃ avyâpâdo avyâpajjo adoso kusala-mûlaṃ—ayaṃ vuccati adoso.

1070. Tattha katamo amoho ?

Dukkhe ñâṇaṃ . . . po . . . yâ evarûpâ paññû pajânanâ vicayo pavicayo dhammavicayo sallakkbaṇâ upalakkhaṇâ paccupalakkhaṇâ paṇḍiccaṃ kosallaṃ nopuññaṃ vebhavyâ cintâ upaparikkhâ bhûri medhâ . . . pe . . . amoho dhamma-vicayo sammâdiṭṭhi dhammavicayasambojjhańgo maggańgaṃ maggapariyâpannaṃ—ayaṃ vuccati amoho.

Imo tayo kusalahctû.

1071. Tattha katame tayo avyâkatahetû ?

Kusalânaṃ dhammânaṃ vipâkato alohho adoso amoho—ime tayo avyâkatahetû—ime cha apariyâpannahetû.

Ime dhammâ hetû.

1072. Katame dhammâ na hetû ?

To dhammo ṭhapetvâ avasesâ kusalâkusalâ avyâkatâ dhammâ kâmâvacarâ rûpâvacarâ arûpâvacarâ—apariyâpannâ vedanâkkhandho . . . pe . . . viññâṇakkhandho—sabbañ ca rûpaṃ asańkhatâ ca dhâtu—ime dhammâ na hetû.

1073. Katame dhammâ sahetukâ ?

Tehi dhammehi yo dhammâ sahetukâ vedanâkkhandho— . . . pe . . . viññâṇakkhandho—ime dhammâ sahetukâ.

1074. Katame dhammâ ahetukâ ?

Tehi dhammehi ye dhammâ ahetukâ vedanâkkhandho . . . pe . . . viññâṇakkhandho—sahhañ ca rûpaṃ asańkhatâ ca dhâtu—ime dhammâ ahetukâ.

1075. Katame dhammā hetusampayuttā ?

Tehi dhammehi ye dhammā sampayuttā—vedanākkhandho
. . . pe . . . viññāṇakkhandho— ime dhammā hetusampa-
yuttā.

1076. Katame dhammā hetuvippayuttā ?

Tehi dhammehi yo dhammā vippayuttā—vedanākkhandho
. . . pe . . . viññāṇakkhandho—sabbañ ca rūpaṃ asaṅkhatā
ca dhātu—ime dhammā hetuvippayuttā.

1077. Katame dhammā hetū ceva sahetukā ca ?

Lobho mohena hetu ceva sahetuko ca—moho lobhena hetu
ceva sahetuko ca—doso mohena hetu ceva sahetuko—moho
dosena hetu ceva sahetuko ca.

Alobho adoso amoho—te aññamaññaṃ hetū ceva sahe-
tukā ca—ime dhammā hetū ceva sahetukā ca.

1078. Katamo dhammā sahetukā ceva na ca hetū ?

Tehi dhammehi yo dhammā sahetukā—te dhamme ṭha-
petvā vedanākkhandho . . . pe . . . viññāṇakkhandho . . .
pe . . . ime dhammā sahetukā ceva na ca hetū.

1079. Katame dhammā hetū ceva hetusampayuttā ca ?

Lobho mohena hetu ceva hetusampayutto ca—moho lobhena
hetu ceva hetusampayutto ca—doso mohena hetu ceva hetu-
sampayutto ca—moho dosena hetu ceva hetusampayutto ca.

Alobho adoso amoho—te aññamaññaṃ hetū ceva hetu-
sampayuttā ca—ime dhammā hetū ceva hetusampayuttā ca.

1080. Katame dhammā hetusampayuttā ceva na ca hetū ?

Tehi dhammehi ye dhammā sampayuttā—te dhamme
ṭhapetvā vedanākkhandho . . . pe . . . viññāṇakkhandho—
ime dhammā . . . pe . . . hetū.

1081. Katame dhammā na hetukā ?

Tehi dhammehi ye dhammā na hetū sahetukā—vedanā-
kkhandho . . . pe . . . viññāṇakkhandho—ime dhammā na
hetukā.

1082. Katame dhammā na hetū ahetukā ?

Tehi dhammehi ye dhammā na hetū ahetukā—vedanā-
kkhandho . . . pe . . . viññāṇakkhandho—sabbañ ca rūpaṃ
asaṅkhatā ca dhātu—ime dhammā na hetū ahetukā.

1083. Katame dhammā sappaccayā ?

Pañca khandhā—rūpakkhandho, vedanākkhandho, saṅñâkkhando, saṅkhârakkhandho, viññâṇakkhandho—ime dhammâ sappaccayâ.

1084. Katame dhammâ appaccayâ?

Asaṅkhatâ ca dhâtu—ime dhammâ appaccayâ.

1085. Katame dhammâ saṅkhatâ?

Yeva te dhammâ sappaccayâ—tova te dhammâ saṅkhatâ.

1086. Katame dhammâ asaṅkhatâ?

Yo eva so dhammo appaccayo—so eva so dhammo asaṅkhato.

1087. Katame dhammâ sanidassanâ?

Rûpâyatanaṃ—imo dhammâ sanidassanâ.

1088. Katame dhammâ anidassanâ?

Cakkhâyatanaṃ . . . pe . . . phoṭṭhabbâyatanaṃ vedanâkkhandho . . . po . . . viññâṇakkhandho—yañ ca rûpaṃ anidassanaṃ appaṭighaṃ dhammâyatanaṃ pariyâpannaṃ—asaṅkhatâ ca dhâtu—ime dhammâ anidassanâ.

1089. Katame dhammâ sappaṭighâ?

Cakkhâyatanaṃ . . . pe . . . phoṭṭhabbâyatanaṃ—ime dhammâ sappaṭighâ.

1090. Katame dhammâ appaṭighâ?

Vedanâkkhandho . . . pe . . . viññâṇakkhandho—yañ ca rûpaṃ anidassanaṃ appaṭighaṃ dhammâyatanaṃ pariyâpannaṃ asaṅkhatâ ca dhâtu—ime dhammâ appaṭighâ.

1091. Katame dhammâ rûpino?

Cattâro ca mahâbhûtâ catunnañ ca mahâbhûtânaṃ upâdâya rûpaṃ—ime dhammâ rûpino.

1092. Katame dhammâ arûpino?

Vedanâkkhandho . . . pe . . . viññâṇakkhandho asaṅkhatâ ca dhâtu—ime dhammâ arûpino.

1093. Katamo dhammâ lokiyâ?

Sâsavâ kusalâkusalâ vyâkatâ dhammâ kâmâvacarâ rûpâvacarâ arûpâvacarâ — rûpakkhandho . . . pe . . . viññâṇakkhandho—ime dhammâ lokiyâ.

1094. Katame dhammâ lokuttarâ?

Apariyâpannâ maggâ ca maggaphalâni va asaṅkhatâ ca dhâtu—ime dhammâ lokuttarâ.

1095. Katame dhammâ kenaci viññeyyâ kenaci na viññeyyâ?

Ye te dhammā cakkhuviññeyyā, na te dhammā sota-
viññeyyā, ye vā pana te dhammā sotaviññeyyā, na te dhammā
cakkhuviññeyyā, ye te dhammā cakkhuviññeyyā, na te
dhammā ghānaviññeyyā, ye vā pana te dhammā ghāna-
viññeyyā, na te dhammā cakkhuviññeyyā, ye te dhammā
cakkhuviññeyyā, na te dhammā jivhāviññeyyā, ye vā pana
te dhammā jivhāviññeyyā, na te dhammā cakkhuviññeyyā,
ye te dhammā cakkhuviññeyyā, na te dhammā kāyaviññeyyā,
ye vā pana te dhammā kāyaviññeyyā, na te dhammā cakkhu-
viññeyyā, ye te dhammā sotaviññeyyā, na te dhammā ghāna-
viññeyyā, ye vā pana te dhammā ghānaviññeyyā, na te
dhammā sotaviññeyyā, ye te dhammā sotaviññeyyā, na te
dhammā jivhāviññeyyā, ye vā pana te dhammā jivhāviññeyyā,
na te dhammā sotaviññeyyā, ye te dhammā sotaviññeyyā, na te
dhammā kāyaviññeyyā, ye vā pana te dhammā kāyaviññeyyā,
na te dhammā sotaviññeyyā, ye te dhammā sotaviññeyyā, na te
dhammā cakkhuviññeyyā, ye vā pana te dhammā cakkhu-
viññeyyā, na te dhammā sotaviññeyyā, ye te dhammā ghāna-
viññeyyā, na te dhammā jivhāviññeyyā, ye vā pana te dhammā
jivhāviññeyyā, na te dhammā ghānaviññeyyā, ye te dhammā
ghānaviññeyyā, na te dhammā kāyaviññeyyā, ye vā pana te
dhammā kāyaviññeyyā, na te dhammā ghānaviññeyyā, ye te
dhammā ghānaviññeyyā, na te dhammā cakkhuviññeyyā, ye vā
pana te dhammā cakkhuviññeyyā, na te dhammā ghānaviñ-
ñeyyā, ye te dhammā ghānaviññeyyā, na te dhammā sotaviñ-
ñeyyā, ye vā pana te dhammā sotaviññeyyā, na te dhammā ghāna-
viññeyyā, ye te dhammā jivhāviññeyyā, na te dhammā kāya-
viññeyyā, ye vā pana te dhammā kāyaviññeyyā, na te dhammā
jivhāviññeyyā, ye te dhammā jivhāviññeyyā, na te dhammā
cakkhuviññeyyā, ye vā pana te dhammā cakkhuviññeyyā, na
te dhammā jivhāviññeyyā, ye te dhammā jivhāviññeyyā, na
te dhammā sotaviññeyyā, ye vā pana te dhammā sotaviññeyyā,
na te dhammā jivhāviññeyyā, ye te dhammā jivhāviññeyyā,
na te dhammā ghānaviññeyyā, ye vā pana te dhammā ghāna-
viññeyyā, na te dhammā jivhāviññeyyā, ye te dhammā kāya-
viññeyyā, na te dhammā cakkhuviññeyyā, ye vā pana te
dhammā cakkhuviññeyyā, na te dhammā kāyaviññeyyā, ye
te dhammā kāyaviññeyyā, na te dhammā sotaviññeyyā, ye vā

pana te dhammâ sotaviññeyyâ, na te dhammâ kâyaviññeyyâ,
ye te dhammâ kâyaviññeyyâ, na te dhammâ ghânaviññeyyâ
ye vâ pana te dhammâ ghânaviññeyyâ, na te dhammâ kâya-
viññeyyâ, ye te dhammâ kâyaviññeyyâ, na te dhammâ jivhâ-
viññeyyâ, yo vâ pana te dhammâ jivhâviññeyyâ, na te
dhammâ kâyaviññeyyâ—ime dhammâ kenaci viññeyyâ—
kenaci na viññeyyâ.

1096. Katamo dhammâ âsavâ ?

Cattâro âsavâ—kâmâsavo bhavâsavo diṭṭhâsavo avijjâsavo.

1097. Tattba katamo kâmâsavo ?

Yo kâmesu kâmacchando kâmarâgo kâmanandî kâmataṇhâ
kâmasinebo kâmapipâso kâmaparilâho kâmamucchâ kâmajjho-
sânaṃ—ayaṃ vuccati kâmâsavo.

1098. Tattba katamo bbavâsavo ?

Yo bbavesu bhavacchando bhavarâgo bbavanandî—bbava-
taṇhâ bbavasineho bhavaparilâho bbavamucchâ bhavajjho-
sânam ayaṃ vuccati bbavâsavo.

1099. Tattha katamo diṭṭhâsavo ?

Sassato loko ti vâ asassato loko ti vâ antavâ loko ti vâ
anantavâ loko ti vâ, taṃ jîvan taṃ sarîran ti vâ aññaṃ jîvaṃ
aññam sarîran ti vâ boti tathâgato paraṃ maraṇâ ti vâ, na
hoti tatbâgato paraṃ maraṇâ ti vâ, hoti ca na ca hoti tatbâ-
gato paraṃ maraṇâ ti vâ, neva hoti na na hoti tatbâgato
paraṃ maraṇâ ti vâ, yâ evarûpâ diṭṭbi diṭṭhigatam diṭṭhi-
gahaṇam diṭṭhikantâro diṭṭhivisûkâyikaṃ diṭṭhivipphanditaṃ
diṭṭhisaññojanam gâho paṭiggâbo abhiniveso parâmâso kum-
maggo micchâpatho micchattam titthâyatanam vipariye-
saggâbo—ayaṃ vuccati diṭṭhâsavo—sabbâpi micchâdiṭṭbi
diṭṭhâsavo.

1100. Tattha katamo avijjâsavo ?

Dukkbe aññâṇaṃ dukkbudaye aññânaṃ dukkhanirodha-
gâmiaiyâ paṭipadâya aññânaṃ—pubbante aññânaṃ aparante
aññânaṃ pubbantâparante aññânaṃ—idappaccayatâ paṭicca-
samuppannesu dhammesu aññânam yam evarûpam aññânaṃ
adassanam anabhisamayo ananubodho asambodho appaṭivedho
asaṅgâhanâ apariyogâhanâ asamapekkbanâ apaccavekkhanâ
apaccakkbakammam dummejjbam balyam asampajaññaṃ
moho pamobo sammobo avijjâ avijjogho avijjâyogo avijjâ-

nusayo avijjāpariyuṭṭhānaṃ avijjālangī moho akusalamūlaṃ
—ayaṃ vuccati avijjāsavo—Ime dhammā āsavā.

1101. Katame dhammā anāsavā?

Apariyāpannā maggā ca maggaphalāni ca asankhatā ca
dhātu—ime dhammā anāsavā.

1102. Katame dhammā no āsavā?

Te dhamme ṭhapetvā avasesā kusalā vyākatā dhammā
kāmāvacarā rūpāvacarā arūpāvacarā apariyāpannā—veda-
nākkhandho . . . pe . . . viññāṇakkhandho — sabhañ ca
rūpaṃ asankhatā ca dhātu—ime dhammā no āsavā.

1103. Katame dhammā sāsavā?

Kusalākusalāvyākatā dhammā kāmāvacarā rūpāvacarā
arūpāvacarā rūpakkhandho . . . pe . . . viññāṇakkhandho
—ime dhammā sāsavā.

1104. Katame dhammā anāsavā?

Apariyāpannā maggā ca maggaphalāni ca asankhatā ca
dhātu—ime dhammā anāsavā.

1105. Katame dhammā āsavasampayuttā?

Tehi dhammehi ye dhammā sampayuttā vedanākkhandho
. . . pe . . . viññāṇakkhandho—ime dhammā āsavasampa-
yuttā.

1106. Katame dhammā āsavavippayuttā?

Tehi dhammehi ye dhammā vippayuttā—vedanākkhandho
. . . pe . . . viññāṇakkhandho—sabhañ ca rūpaṃ asankhatā
ca dhātu—ime dhammā āsavavippayuttā.

1107. Katame dhammā āsavā ceva sāsavā ca?

Te ca āsavā āsavā ceva sāsavā ca.

1108. Katame dhammā sāsavā ceva no ca āsavā?

Tehi dhammehi ye dhammā sāsavā te dhamme ṭhapetvā
avasesā sāsavā kusalākusalāvyākatā dhammā kāmāvacarā
rūpāvacarā arūpāvacarā rūpakkhandho . . . pe . . .
viññāṇakkhandho—ime dhammā sāsavā ceva no ca āsavā.

1109. Katame dhammā āsavā ceva āsavasampayuttā ca?

Kāmāsavo avijjāsavena āsavo ceva āsavasampayutto ca—
avijjāsavo kāmāsavena āsavo ceva āsavasampayutto ca—
bhavāsavo avijjāsavena āsavo ceva āsavasampayutto ca
avijjāsavo bhavāsavena āsavo ceva āsavasampayutto ca
diṭṭhāsavo avijjāsavena āsavo ceva āsavasampayutto ca

avijjâsavo diṭṭhâsavena âsavo ceva âsavasampayutto ca—ime dhammâ âsavâ ceva âsavasampayuttâ ca.

1110. Katame dhammâ âsavasampayuttâ ceva no ca âsavâ ?

Tehi dhammehi ye dhammâ sampayuttâ—te dhamme ṭhapetvâ vedanâkkhandho . . . pe . . . viûûâṇakkhandho—imo dhammâ âsavasampayuttâ ceva no ca âsavâ.

1111. Katame dhammâ âsavavippayuttâ sâsavâ ?

Tehi dhammehi ye dhammâ vippayuttâ sâsavâ kusalâ-kusalâvyâkatâ dhammâ kâmâvacarâ rûpâvacarâ arûpâvacarâ rûpakkhandho . . . pe . . . viûûâṇakkhandho—imo dhammâ âsavavippayuttâ sâsavâ.

1112. Katame dhammâ âsavavippayuttâ anâsavâ ?

Apariyâpannâ maggâ ca maggaphalâni ca asaṅkhatâ ca dhâtu—ime dhammâ âsavavippayuttâ anâsavâ.

1113. Katamo dhammâ saññojanâ ?

Dasa saññojanâni — kâmarâgasaññojanaṃ paṭighasaññojanaṃ mânasaññojanaṃ diṭṭhisaññojanaṃ vicikicchâsaññojanaṃ sîlabhataparâmâsasaññojanaṃ bhavarâgasaññojanaṃ issâsaññojanaṃ macchariyasaññojanaṃ avijjâsaññojanaṃ.

1114. Tattha—katamaṃ kâmarâgasaññojanaṃ ?

Yo kâmesu kâmachando kâmarâgo kâmanandî kâmataṇhâ kâmasineho kâmapariḷâho kâmamucchâ kâmajjhosânaṃ idaṃ vuccati kâmarâgasaññojanaṃ.

1115. Tattha katamaṃ paṭighasaññojanaṃ ?

Anatthaṃ me acarîti âghâto jâyati—anatthaṃ me caratîti âghâto jâyati — anatthaṃ me carissatîti âghâto jâyati—piyassa me manâpassa anatthaṃ acari . . . pe . . . anatthaṃ caroti . . . po . . . anatthaṃ carissatîti âghâto jâyati—apiyassa amanâpassa atthaṃ acari . . . pe . . . atthaṃ carati . . . po . . . atthaṃ carissatîti âghâto jâyati—aṭṭhâne vâ pana âghâto jâyati—yo evarûpo cittena âghâto paṭighâto paṭighaṃ paṭivirodho kopo pakopo sampakopo doso padoso sampadoso cittassa vyâpatti manopadoso kodho kujjhanâ kujjhitattaṃ doso dussanâ dussitattaṃ vyâpatti vyâpajjanâ vyâpajjitattaṃ virodho paṭivirodho caṇḍikkaṃ asuropo anattamanatâ cittassa—idaṃ vuccati paṭighasaññojanaṃ.

1116. Tattha katamaṃ mânasaññojanaṃ ?

Seyyo 'hamasmîti mâno—sadiso 'hamasmîti mâno—hîno

'hamasmīti māno—yo evarūpo māno maññanā maññitattaṃ
uṇṇati uṇṇamo dhajo sampaggāho ketukamyatā cittassa—
idaṃ vuccati mānasaññojanaṃ.

1117. Tattha katamaṃ diṭṭhisaññojanaṃ?

Sassato loko ti vā asassato loko ti vā antavā loko ti vā
anantavā loko ti vā taṃ jīvan taṃ sarīran ti vā aññaṃ jīvaṃ
aññaṃ sarīran ti vā—hoti tathāgato param maraṇā ti vā na hoti
tathāgato param maraṇā ti vā, hoti ca na ca hoti tathāgato
param maraṇā ti vā, neva hoti na na hoti tathāgato param
maraṇā ti vā, yā evarūpā diṭṭhi diṭṭhigataṃ diṭṭhigahanaṃ
diṭṭhikantāro diṭṭhivisūkāyikaṃ diṭṭhivipphanditaṃ diṭṭhi-
saññojanaṃ gāho paṭiggāho abhiniveso parāmāso kummaggo
micchāpatho micchattaṃ titthāyatanaṃ vipariyesagāho—
idaṃ vuccati diṭṭhisaññojanaṃ—ṭhapetvā sīlabbataparāmāsa-
saññojanaṃ sabhā pi micchādiṭṭhi diṭṭhisaññojanaṃ.

1118. Tattha katamaṃ vicikicchāsaññojanaṃ?

Satthari kaṅkhati vicikicchati, dhamme kaṅkhati vici-
kicchati, saṅghe kaṅkhati vicikicchati, sikkhāya kaṅkhati
vicikicchati, pubbante kaṅkhati vicikicchati, aparante kaṅkhati
vicikicchati, pubbantāparante kaṅkhati vicikicchati, idappacca-
yatā paṭiccasamuppannesu dhammesu kaṅkhati vicikicchati,
yā evarūpā kaṅkhā kaṅkhāyanā kaṅkhāyitattaṃ vimati vici-
kicchā dveḷhakaṃ dvedhāpatho saṃsayo anekaṃsagāho
āsappanā parisappanā apariyogāhanā thambhitattaṃ cittassa
manovilekho—idaṃ vuccati vicikicchāsaññojanaṃ.

1119. Tattha katamaṃ sīlabbataparāmāsasaññojanaṃ?

Ito bahiddhā samaṇabrahmaṇānaṃ sīlena suddhivatena
suddhisīlabbatena suddhīti yā evarūpā diṭṭhi diṭṭhigataṃ
diṭṭhigahanaṃ diṭṭhikantāro diṭṭhivisūkāyikaṃ diṭṭhi-
vipphanditaṃ diṭṭhisaññojanaṃ gāho paṭiggāho abhiniveso
parāmāso kummaggo micchāpatho micchattaṃ titthāyatanaṃ
vipariyesagāho—idaṃ vuccati sīlabbataparāmāsasaññojanaṃ.

1120. Tattha katamaṃ bhavarāgasaññojanaṃ?

Yo bhavesu bhavachando bhavarāgo bhavanandī bhava-
taṇhā bhavasineho bhavaparilāho bhavamucchā bhavajjhosā-
naṃ—idaṃ vuccati bhavarāgasaññojanaṃ.

1121. Tattha katamaṃ issāsaññojanaṃ?

Yā paralobhasakkāragarukāramānanavandanapūjanāsu issā

issâyaâ issâyitattaṃ usuyyâ usuyyaâ usuyitattaṃ—idaṃ vuccati issâsaññojaaaṃ.

1122. Tattha katamaṃ macchariyasaññojanaṃ?

Pañca macchariyâni—âvâsamacohariyaṃ kusalamacchariyaṃ lâbhamacchariyaṃ vaṇṇamacchariyaṃ dhammamacchariyaṃ—yaṃ evarûpaṃ maccharaṃ maccharâyaâ maccharâyitattaṃ vevicchaṃ kadariyaṃ kaṭakañcukatâ aggahitattaṃ cittassa—idaṃ vuccati macchariyasaññojanaṃ.

1123. Tattha katamaṃ avijjâsaññojanaṃ?

Dukkhe aññâṇaṃ . . . pe . . . dukkhanirodhagâminiyâ paṭipadâya aññâṇaṃ, pubbanto aññâṇaṃ, aparaate aññâṇaṃ pubbantâparante aññâṇaṃ, idappaccayatâ paṭiccasamuppannesu dhammesu aññâṇaṃ—yaṃ evarûpaṃ aññâṇaṃ adassanaṃ anabhisamayo ananubodho asambodho appaṭivedho asaṅgâhaâ apariyogâhanâ asamapekkhanâ apaccavekkhanâ apaccakkhakammaṃ dummajjhaṃ balyaṃ asampajaññaṃ moho pamoho sammoho avijjâ avijjogho avijjâyogo avijjânusayo avijjâpariyuṭṭhânaṃ avijjâlangî moho akusalamûlaṃ—idaṃ vuccati avijjâsaññojanaṃ—Ime dhammâ saññojanâ.

1124. Katama dhammâ no saññojanâ?

Te dhamme ṭhapetvâ avasesâ kusalâkusalâvyâkatâ dhammâ kâmâvacarâ rûpâvacarâ arûpâvacarâ apariyâpannâ vedanâkkhandho . . . pa . . . viññâṇakkhandho—sabbañ ca rûpaṃ asaṅkhatâ ca dhâtu—ima dhammâ no saññojaaâ.

1125. Katamo dhammâ saññojaniyâ?

Sâsavâ kusalâkusalâvyâkatâ dhammâ kâmâvacarâ rûpâvacarâ arûpâvacarâ—rûpakkhaadho . . . pa . . . viññâṇakkhandho—ime dhammâ saññojaaiyâ.

1126. Katama dhammâ asaññojaniyâ?

Apariyâpannâ maggâ ca maggaphalâni ca asaṅkhatâ ca dhâtu—imo dhammâ asaññojaaiyâ.

1127. Katamo dhammâ saññojanasampayuttâ?

Tehi dhammehi ye dhammâ sampayuttâ vedanâkkhandho . . . pa . . . viññâṇakkhandho—imo dhammâ saññojanasampayuttâ.

1128. Katame dhammâ saññojanavippayuttâ?

Tehi dhammehi ye dhammâ vippayuttâ vedanâkkhandho . . . pe . . . viññâṇakkhandho sabbañ ca rûpaṃ asaṅkhatâ ca dhâtu—ime dhammâ saññojanavippayuttâ.

1129. Katame dhammâ saññojanâ ceva saññoja-
niyâ ca?

Tâneva saññojanâni saññojanâ ceva saññojaniyâ ca.

1130. Katame dhammâ saññojaniyâ ceva no ca saññojanâ?

Tehi dhammehi ye dhammâ saññojaniyâ—te dhamme ṭha-
petvâ avasesâ sâsavâ kusalâkusalâvyâkatâ dhammâ kâmâ-
vacarâ rûpâvacarâ arûpâvacarâ rûpakkhandho . . . pe . . .
viññâṇakkhandho—ime dhammâ saññojaniyâ ceva no ca
saññojanâ.

1131. Katame dhammâ saññojanâ ceva saññojanasampa-
yuttâ ca?

Kâmarâgasaññojanaṃ avijjâsaññojanena saññojanañ ceva
saññojanasampayuttañ ca—avijjâsaññojanaṃ kâmarâgasañño-
janena saññojanañ ceva saññojanasampayuttañ . ca; paṭigha-
saññojanaṃ avijjâsaññojanena saññojanañ ceva saññojanasam-
payuttañca; avijjâsaññojanaṃ paṭighasaññojanena saññojanañ
ceva saññojanasampayuttañ ca; mânasaññojanaṃ avijjâsañño-
janena saññojanañ ceva saññojanasampayuttañ ca—avijjâ-
saññojanaṃ mânasaññojanena saññojanañ ceva saññojana-
sampayuttañ ca —diṭṭhisaññojaṃ avijjâsaññojanena saññojo-
janañ ceva saññojanasampayuttañ ca.

Avijjâsaññojanaṃ diṭṭhisaññojanena saññojanañ ceva sañño-
janasampayuttañ ca, vicikicchâsaññojanaṃ avijjâsaññojanena
saññojanañ ceva saññojanasampayuttañ ca, avijjâsaññojanaṃ
vicikicchâsaññojanena saññojanañ ceva saññojanasampa-
yuttañ ca, sîlabbataparâmâsasaññojanaṃ avijjâsaññojanena
saññojanañ ceva saññojanasampayuttañ ca, avijjâsaññojanaṃ
sîlabbataparâmâsasaññojanena saññojanañ ceva saññojana-
sampayuttañ ca, bhavarâgasaññojanaṃ avijjâsaññojanena
saññojanañ ceva saññojanasampayuttañ ca, avijjâsaññojanaṃ
bhavarâgasaññojanena saññojanañ ceva saññojanasampa-
yuttañ ca, issâsaññojanaṃ avijjâsaññojanena saññojanañ ceva
saññojanasampayuttañ ca, avijjâsaññojanaṃ issâsaññojanena
saññojanañ ceva saññojanasampayuttañ ca, macchariyasañño-
janaṃ avijjâsaññojanena saññojanañ ceva saññojanasampa-
yuttañ ca, avijjâsaññojanaṃ macchariyasaññojanena saññojo-
janañ ceva saññojanasampayuttañ ca—ime dhammâ saññojanâ
ceva saññojanasampayuttâ ca.

1132. Katame dhammâ saññojanasampayuttâ ceva no ca
saññojanâ ?

Tehi dhammehi ye dhammâ sampayuttâ—te dhamme
ṭhapetvâ vedanâkkhandho . . . pe . . viññâṇakkhandho—
ime dhammâ saññojanasampayuttâ ceva no ca saññojanâ.

1133. Katame dhammâ saññojanavippayuttâ saññojaniyâ ?

Tehi dhammehi ye dhammâ vippayuttâ sâsavâ kusalâkusalâ
vyâkatâ dhammâ kâmâvacarâ rûpâvacarâ arûpâvacarâ—
rûpakkhandho . . . pe . . . viññâṇakkhandho—ime dhammâ
saññojanavippayuttâ saññojaniyâ.

1134. Katame dhammâ saññojanavippayuttâ saññojaniyâ ?

Apariyâpannâ maggâ ca maggaphalâni ca asaṅkhatâ ca
dhâtu—ime dhammâ saññojanavippayuttâ saññojaniyâ.

1135. Katame dhammâ ganthâ ?

Cattâro ganthâ abhijjhâkâyagantho vyâpâdo kâyagantho
sîlabbataparâmâso kâyagantho idaṃ saccâbhiniveso kâya-
gantho.

1136. Tattha katamo abhijjhâkâyagantho ?

Yo râgo sârâgo anunayo anurodho nandî nandîrâgo cittassa
sârâgo—icchâ mucchâ ajjhosânaṃ gedho paligedho saṅgo
paṅko ojâ mâyâ janikâ saûjananî sibbinî jâlinî saritâ
visattikâ suttaṃ visaṭâ âyûhanî dutiyâ paṇidhi bhavanetti
vanaṃ vanatho santhavo sinebo apekkhâ paṭibandhu âsâ
âsiṃsanâ âsiṃsitattaṃ rûpâsâ saddâsâ gandhâsâ rasâsâ
phoṭṭhabbâsâ lâbhâsâ dhanâsâ puttâsâ jîvitâsâ jappâ pajappâ
abhijappâ jappanâ jappitattaṃ loluppaṃ loluppâyanâ loluppâ-
yitattaṃ puñcikatâ sâdukamyatâ adhammarâgo visamalobho
nikanti nikâmanâ patthanâ pihanâ sampatthanâ kâmataṇhâ
bhavataṇhâ vibhavataṇhâ rûpataṇhâ arûpataṇhâ nirodha-
taṇhâ saddataṇhâ gandhataṇhâ rasataṇhâ phoṭṭhabbataṇhâ
dhammataṇhâ ogho yogo gantho upâdânaṃ âvaraṇaṃ nîva-
raṇaṃ chandanaṃ bandhanaṃ upakkileso anusayo pari-
yuṭṭhânaṃ latâ vovicchaṃ dukkhamûlaṃ dukkhanidânaṃ
dukkhappabhavo mârapâso mârabalisaṃ mâravisayo taṇhâ
nanditaṇhâ jâlaṃtaṇhâ gaddulaṃtaṇhâ samuddo abhijjhâlobho
akusalamûlaṃ—ayaṃ vuccati abhijjhâkâyagantho.

1137. Tattha katamo vyâpâdo kâyagantho ?

Anatthaṃ me acarîti âghâto jâyati—auatthaṃ me caratîti

âghâto jâyati, anattham me carissatîti âghâto jâyati, piyassa
me manâpassa anattham acari ... pe ... anattham carati
... pe ... anattham carissatîti âghâto jâyati, appiyassa
me amanâpassa attham acari ... pe ... attham carati
... pe ... attham carissatîti âghâto jâyati, aṭṭhâne vâ
pana âghâto jâyati, yo evarûpo cittassa âghâto paṭighâto
paṭigham paṭivirodho kopo pakopo sampakopo doso padoso
sampadoso cittassa vyâpatti manopadoso kodho kujjhanâ
kujjhitattam doso dussanâ dussitattam vyâpatti vyâpajjanâ
vyâpajjitattam virodho paṭivirodho caṇḍikkam asuropo anatta-
manatâ cittassa—ayam vuccati vyâpâdo kâyagantho.

1138. Tattha katamo sîlabhataparâmâso kâyagantho?

Ito hahiddhâ samaṇabrahmaṇânam sîlena suddhivatena
suddhisîlabhatena suddhîti yâ evarûpâ diṭṭhi diṭṭhigatam
diṭṭhigahaṇam diṭṭhikantâro diṭṭhivisûkâyikam diṭṭhivip-
phanditam diṭṭhisaññojanam gâho paṭiggâho abhiniveso parâ-
mâso kummaggo micchâpatho micchattam titthâyatanam
vipariyesagâho—ayam vuccati sîlabhataparâmâso kâyagantho.

1139. Tattha katamo idam saccâbhiniveso kâyagantho?

Sassato loko idam eva saccam mogham aññan ti vâ; asassato
loko, idam eva saccam mogham aññan ti vâ; antavâ loko,
idam eva saccam mogham aññan ti vâ; anantavâ loko, idam
eva saccam mogham aññan ti vâ; jîvan tam sarîram idam eva
saccam mogham aññan ti vâ; aññam jîvam aññam sarîram
idam eva saccam mogham aññan ti vâ; hoti tathâgato param
maraṇâ idam eva saccam mogham aññan ti vâ, na hoti
tathâgato param maraṇâ idam eva saccam mogham aññan ti
vâ, hoti ca na ca hoti tathâgato param maraṇâ, idam eva
saccam mogham aññan ti vâ, neva hoti na na hoti tathâgato
param maraṇâ idam eva saccam mogham aññan ti vâ, yâ
evarûpâ diṭṭhi diṭṭhigatam diṭṭhigahaṇam diṭṭhikantâro
diṭṭhivisûkâyikam diṭṭhivipphanditam diṭṭhisaññojanam
gâho paṭiggâho abhiniveso parâmâso kummaggo micchâpatho
micchattam titthâyatanam vipariyesagâho, ayam vuccati
idam saccâbhiniveso kâyagantho, ṭhapetvâ sîlabbataparâ-
mâsam kâyagantham sabbâ pi micchâdiṭṭhi, idam saccâbhini-
veso kâyagantho—Ime dhammâ ganthâ.

1140. Katame dhammâ no ganthâ?

Te dhamme ṭhapetvâ avasesâ kusalâkusalâvyakatâ dhammâ kâmâvacarâ rûpâvacarâ arûpâvacarâ apariyâpannâ vedanâkkhando . . . pe . . . viññâṇakkhandho sabbañ ca rûpaṃ asaṅkhatâ ca dhâtu—ime dhammâ no ganthâ.

1141. Katame dhammâ ganthaniyâ?

Sâsavâ kusalâkusalâvyâkatâ dhammâ kâmâvacarâ rûpâvacarâ arûpâvacarâ—rûpakkhandho . . . pe . . . viññâṇakkhandho—ime dhammâ ganthaniyâ.

1142. Katame dhammâ aganthaniyâ?

Apariyâpannâ maggâ ca maggaphalâni ca asaṅkhatâ ca dhâtu—ime dhammâ aganthaniyâ.

1143. Katame dhammâ ganthasampayuttâ?

Tehi dhammehi ye dhammâ sampayuttâ—vedanâkkhandho . . . pe . . . viññâṇakkhandho—ime dhammâ ganthasampayuttâ.

1144. Katame dhammâ ganthavippayuttâ?

Tehi dhammehi ye dhammâ vippayuttâ vedanâkkhandho . . . pe . . . viññâṇakkhandho—ime dhammâ ganthavippayuttâ.

1145. Katame dhammâ ganthâ ceva ganthaniyâ ca?

Teva ganthâ ganthâ ceva ganthaniyâ ca.

1146. Katame dhammâ ganthaniyâ ceva no ca ganthâ?

Tehi dhammehi ye dhammâ ganthaniyâ—te dhamme ṭhapetvâ avasesâ sâsavâ kusalâkusalâvyâkatâ dhammâ kâmâvacarâ rûpâvacarâ arûpâvacarâ—rûpakkhandho . . . pe . . . viññâṇakkhandho—ime dhammâ ganthaniyâ ceva no ca ganthâ.

1147. Katame dhammâ ganthâ ceva ganthasampayuttâ ca?

Sîlabbataparâmâso kâyagantho, abhijjhâkâyaganthena gantho ceva ganthasampayutto ca—abhijjhâkâyagantho sîlabbataparâmâsakâyaganthena gantho ceva ganthasampayutto ca, idaṃ saccâbhiniveso kâyagantho abhijjhâkâyaganthena gantho ceva ganthasampayutto ca, abhijjhâkâyagantho idaṃ saccâbhinivesakâyaganthena gantho ceva ganthasampayutto ca—ime dhammâ ganthâ ceva ganthasampayuttâ ca.

1148. Katame dhammâ ganthasampayuttâ ceva no ca ganthâ?

Tehi dhammehi ye dhammâ sampayuttâ—te dhamme ṭhapetvâ vedaâkkhandham . . . pe . . . viññânakkhandham—ime dhammâ . . . pe . . . no ca ganthâ.

1149. Katame dhammâ ganthavippayuttâ ganthaniyâ?

Tehi dhammehi ye dhammâ vippayuttâ sâsavâ kusalâkusalâ vyâkatâ dhammâ kâmâvacarâ rûpâvacarâ arûpâvacarâ, rûpakkhandho . . . pe . . . viññânakkhandho—ime dhammâ ganthavippayuttâ ganthaniyâ.

1150. Katame dhammâ ganthavippayuttâ aganthaniyâ?

Apariyâpanâ maggâ ca maggaphalâni ca asaṅkhatâ ca dhâtu—ime dhammâ ganthavippayuttâ ganthaniyâ.

1151. Katame dhammâ oghâ . . . pe . . .

Katame dhammâ yogâ . . . pe . . .

1152. Katamo dhammâ nîvaraṇâ?

Cha nîvaraṇâ, kâmacchaadaaîvaraṇam, vyâpâdanîvaranam, thînamiddhaaîvaraṇam, uddhaccakukkuccaaîvaranam, vicikicchânîvaraṇam, avijjânîvaraṇam.

1153. Tattha katamam kâmacchandanîvaraṇam?

Yo kâmesu kamacchando kâmarâgo kâmanandî kâmataṇhâ kâmasineho kâmapariḷâho kâmamucchâ kâmajjhosâaam—idam vuccati kâmacchandanîvaraṇam.

1154. Tattha katamam vyâpâdanîvaraṇam?

Anatthaṃ me acarîti âghâto jâyati, anatthaṃ me caraîti âghâto jâyati, anatthaṃ me carissatîti âghâto jâyati, piyassa me manâpassa anatthaṃ acari . . . pe . . . anatthaṃ carati . . . pe . . . anatthaṃ carissatîti âghâto jâyati, appiyassa me amanâpassa atthaṃ acari . . . pe . . . atthaṃ carati . . . pe . . . atthaṃ carissatîti âghâto jâyati aṭṭhâne vâ pana âghâto jâyati, yo evarûpo cittassa âghâto paṭighâto paṭighaṃ virodho kopo pakopo sampakopo doso padoso sampadoso cittassa vyâpatti manopadoso kodho kujjhanâ kujjhitattaṃ doso dussanâ dussitattaṃ vyâpatti vyâpajjanâ vyâpajjitattaṃ virodho paṭivirodho caṇḍikkaṃ asuropo anattamanatâ cittassa, idaṃ vuccati vyâpâdanîvaraṇam.

1155. Tattha katamam thînamiddhanîvaraṇam?

Atthi thînaṃ atthi middhaṃ.

1156. Tattha katamam thînam?

Yâ cittassa akalyatâ akammaññatâ olîyanâ sallîyanâ lînam

liyanâ liyitattaṃ thînaṃ thiyanâ thiyitattaṃ cittassa—idaṃ
vuccati thînaṃ.

1157. Tattha katamaṃ middhaṃ?

Yâ kâyassa akalyatâ akammaññatâ onâho pariyonâho anto
samorodho middhaṃ soppaṃ pacalâyikâ soppaṃ supinâ
supitattaṃ, idaṃ vuccati middhaṃ. Iti idañ ca thînaṃ idañ
ca middhaṃ idaṃ vuccati thînamiddhanîvaraṇaṃ.

1158. Tattha katamaṃ uddhaccakukkuccanîvaraṇaṃ?

Atthi uddhaccaṃ atthi kukknccaṃ.

1159. Tattha katamaṃ uddhaccaṃ?

Taṃ cittassa uddhaccaṃ avûpasamo cetaso vikkhepo bhau-
tattaṃ cittassa—idaṃ vuccati uddhaccaṃ.

1160. Tattha katamaṃ kukkuccaṃ?

Akappiye kappiyasaññitâ, kappiye akappiyasaññitâ, avajjo
vajjasaññitâ, vajje avajjasaññitâ, yaṃ evarûpaṃ kukkuccaṃ
kukkuccâyanâ kukkuccâyitattaṃ cetaso vippaṭisâro mano-
vilekho, idaṃ vuccati kukkuccaṃ. Iti, idañ ca uddhaccaṃ idañ
ca kukkuccaṃ—idaṃ vuccati uddhaccakukkuccanîvaraṇaṃ.

1161. Tattha katamaṃ vicikicchânîvaraṇaṃ?

Satthari kaṅkhati vicikicchati dhamme kaṅkhati vici-
kicchati, saṅgho kaṅkhati vicikicchati, sikkhâya kaṅkhati
vicikicchati, pubbante kaṅkhati vicikicchati, aparante kaṅkhati
vicikicchati, puhbantâparante kaṅkhati vicikicchati, idappa-
ccayatâ paṭiccasamuppannesu dhammesu kaṅkhati vicikicchati,
yâ ovarûpâ kaṅkhâ kaṅkhâyanâ kaṅkhâyitattaṃ vimati vici-
kicchâ dvelhakaṃ dvedhâpatho saṃsayo anekaṃsagâho âsa-
ppanâ parisappanâ apariyogâhanâ thamhbitattaṃ cittassa
manovilekho—idaṃ vuccati vicikicchânîvaraṇaṃ.

1162. Tattha katamaṃ avijjânîvaraṇaṃ?

Dukkhe aññâṇaṃ . . . pe . . . pubbante aññâṇaṃ aparante
aññâṇaṃ pubbantâparante aññâṇaṃ idappaccayatâ paṭicca-
samuppannesu dhammesu aññâṇaṃ—yaṃ evarûpaṃ aññâṇaṃ
adassanaṃ anabhisamayo ananubodho asambodho appaṭivedho
asaṅgâhanâ apariyogâhanâ asamapekkhanâ apaccavekkhanâ
apaccakkhakammaṃ dummejjham balyaṃ asampajaññaṃ
moho pamoho sammoho avijjâ avijjogho avijjâyogo avijjâ-
nusayo avijjâpariyutthânaṃ avijjâlangî moho akusalamûlaṃ
—idaṃ vuccati avijjânîvaraṇaṃ—ime dhammâ nîvaraṇâ.

1163. Katame dhammâ no nîvaraṇâ ?

Te dhamme ṭhapetvâ avasesâ kusalâkusalâvyâkatâ dhammâ kâmâvacarâ rûpâvacarâ arûpâvacarâ apariyâpannâ—vedanâkkhandho . . . pe . . . viññâṇakkhandho—sabbañ ca rûpaṃ asaṅkhatâ ca dhâtu—ima dhammâ no nîvaraṇâ.

1164. Katama dhammâ nîvaraṇiyâ ?

Sâsavâ kusalâkusalâvyâkatâ dhammâ kâmâvacarâ rûpâvacarâ arûpâvacarâ—rûpakkhandho . . . po . . . viññâṇakkhandho—ime dhammâ nîvaraṇiyâ.

1165. Katame dhammâ anîvaraṇiyâ ?

Apariyâpannâ maggâ ca maggaphalâni ca asaṅkhatâ ca dhâtu—ime dhammâ anîvaraṇiyâ.

1166. Katame dhammâ nîvaraṇasampayuttâ ?

Tehi dhammehi ye dhammâ sampayuttâ—vedanâkkhandho . . . pe . . . viññâṇakkhandho—ime dhammâ nîvaraṇasampayuttâ ?

1167. Katamo dhammâ nîvaraṇavippayuttâ ?

Tehi dhammehi ye dhammâ vippayuttâ vedanâkkhandho . . . po . . . viññâṇakkhandho—sabbañ ca rûpaṃ asaṅkhatâ ca dhâtu—ime dhammâ nîvaraṇavippayuttâ.

1168. Katame dhammâ nîvaraṇâ ceva nîvaraṇiyâ ca ?

Tâneva nîvaraṇâni nîvaraṇâ ceva nîvaraṇiyâ ca.

1169. Katame dhammâ nîvaraṇiyâ ceva no ca nîvaraṇâ ?

Tehi dhammehi ye dhammâ nîvaraṇiyâ, te dhamme ṭhapetvâ avasesâ sâsavâ kusalâkusalâvyâkatâ dhammâ kâmâvacarâ rûpâvacarâ arûpâvacarâ, rûpakkhandho . . . po . . . viññâṇakkhandho—ime dhammâ nîvaraṇiyâ ceva no ca nîvaraṇâ.

1170. Katame dhammâ nîvaraṇâ ceva nîvaraṇasampayuttâ ca ?

Kâmacchandanîvaraṇaṃ avijjânîvaraṇena nîvaraṇañ ceva nîvaraṇasampayuttañ ca, avijjânîvaraṇaṃ kâmacchandanîvaraṇena nîvaraṇañ ceva nîvaraṇasampayuttañ ca, vyâpâdanîvaraṇaṃ avijjânîvaraṇena nîvaraṇañ ceva nîvaraṇasampayuttañ ca, avijjânîvaraṇaṃ vyâpâdanîvaraṇena nîvaraṇañ ceva nîvaraṇasampayuttañ ca, thînamiddhanîvaraṇaṃ avijjânîvaraṇena nîvaraṇañ ceva nîvaraṇasampayuttañ ca, avijjânîvaraṇaṃ thînamiddhanîvaraṇena nîvaraṇañ ceva nîvaraṇasampayuttañ ca, uddhaccanîvaraṇaṃ avijjânîvaraṇena nîvaraṇañ

ceva nîvaraṇasampayuttañ ca, avijjânîvaraṇaṃ uddhaccanî-
varaṇena nîvaraṇañ ceva nîvaraṇasampayuttañ ca, kukkucca-
nîvaraṇaṃ avijjânîvaraṇena nîvaraṇañ ceva nîvaraṇasampa-
yuttañ ca, avijjânîvaraṇaṃ kukkuccanîvaraṇena nîvaraṇañ
ceva nîvaraṇasampayuttañ ca, vicikicchânîvaraṇaṃ avijjânî-
varaṇena nîvaraṇañ ceva nîvaraṇasampayuttañ ca, avijjânîva-
raṇaṃ vicikicchânîvaraṇena nîvaraṇañ ceva nîvaraṇasampa-
yuttañ ca, kâmacchandanîvaraṇaṃ uddhaccanîvaraṇena nîva-
raṇañ ceva nîvaraṇasampayuttañ ca, uddhaccanîvaraṇaṃ kâ-
macchandanîvaraṇena nîvaraṇañ ceva nîvaraṇasampayuttañ ca,
vyâpâdânîvaraṇaṃ uddhaccanîvaraṇena nîvaraṇañ ceva nîva-
raṇasampayuttañ ca, uddhaccanîvaraṇaṃ vyâpâdanîvaraṇena
nîvaraṇañ ceva nîvaraṇasampayuttañ ca, thînamiddhanîvara-
ṇaṃ uddhaccanîvaraṇena nîvaraṇañ ceva nîvaraṇasampa-
yuttañ ca, uddhaccanîvaraṇaṃ thînamiddhanîvaraṇena nîva-
raṇañ ceva nîvaraṇasampayuttañ ca, kukkuccanîvaraṇaṃ
uddhaccanîvaraṇena nîvaraṇañ ceva nîvaraṇasampayuttañ ca,
uddhaccanîvaraṇaṃ kukkuccanîvaraṇena nîvaraṇañ ceva
nîvaraṇasampayuttañ ca, vicikicchânîvaraṇaṃ uddhaccanîva-
raṇena nîvarañ ceva nîvaraṇasampayuttañ ca, uddhaccanî-
varaṇaṃ vicikicchânîvaraṇena nîvaraṇañ ceva nîvaraṇa-
sampayuttañ ca, avijjânîvaraṇaṃ uddhaccanîvaraṇena nîva-
raṇañ ceva nîvaraṇasampayuttañ ca, uddhaccanîvaraṇaṃ
avijjânîvaraṇena nîvaraṇañ ceva nîvaraṇasampayuttañ ca—
Ime dhammâ nîvaraṇâ ceva nîvaraṇasampayuttâ ca.

1171. Katame dhammâ nîvaraṇasampayuttâ ceva no ca
nîvaraṇâ?

Tehi dhammehi ye dhammâ sampayuttâ—te dhammo
ṭhapetvâ vedanâkkhandho ... pe ... viññâṇakkhandho—
ime dhammâ nîvaraṇasampayuttâ ceva no ca nîvaraṇâ.

1172. Katame dhammâ nîvaraṇavippayuttâ nîvaraṇiyâ?

Tehi dhammehi ye dhammâ vippayuttâ sâsavâ kusalâ-
kusalâvyâkatâ dhammâ kâmâvacarâ rûpâvao arûpâvacarâ
rûpakkhandho ... pe ... viññâṇakkhandho—ime dhammâ
nîvaraṇavippayuttâ nîvaraṇiyâ.

1173. Katame dhammâ nîvaraṇavippayuttâ anîvaraṇiyâ?

Apariyâpannâ maggâ ca maggaphalâni ca asaṅkhatâ ca
dhâtu—ime dhammâ nîvaraṇavippayuttâ anîvaraṇiyâ.

1174. Katame dhammâ parâmâsâ ?
Diṭṭhiparâmâso.

1175. Tattha katamo diṭṭhiparâmâso ?

Sassato loko ti vâ asassato loko ti vâ antavâ loko ti vâ anantavâ loko ti vâ taṃ jîvan taṃ sarîran ti vâ aññaṃ jîvaṃ aññaṃ sarîran ti vâ, hoti tathâgato param maraṇâ ti vâ na hoti tathâgato param maraṇâ ti vâ, hoti ca na ca hoti tathâgato param maraṇâ ti vâ, neva hoti na na hoti tathâgato param maraṇâ ti vâ, yâ evarûpâ diṭṭhi diṭṭhigataṃ diṭṭhigahanaṃ diṭṭhikantâro diṭṭhivisûkâyikaṃ diṭṭhivipphanditaṃ diṭṭhisaññojnaṃ gâho paṭiggâho abhiniveso parâmâso kummaggo micchâpatho micchattaṃ titthâyatanam vipariyesagâho — ayaṃ vuccati diṭṭhiparâmâso — sabbâ pi micchâdiṭṭhi diṭṭhiparâmâso—ime dhammâ parâmâsâ.

1176. Katame dhammâ no parâmâsâ ?

Ta dhamme ṭhapetvâ avasesâ kusalâkusalâvyâkatâ dhammâ kâmâvacarâ rûpâvacarâ arûpâvacarâ apariyâpannâ—vedanâkkhandho . . . pe . . . viññâṇakkhandho—sabbañ ca rûpaṃ asaṅkhatâ ca dhâtu—ime dhammâ no parâmâsâ.

1177. Katame dhammâ parâmaṭṭhâ ?

Sâsavâ kusalâkusalâvyâkatâ dhammâ kâmâvacarâ rûpâvacarâ arûpâvacarâ—rûpakkhandho . . . pe . . . viññâṇakkhandho—ime dhammâ parâmaṭṭhâ.

1178. Katame dhammâ aparâmaṭṭhâ ?

Apariyâpannâ maggâ ca maggaphalâni ca asaṅkhatâ ca dhâtu—ime dhammâ aparâmaṭṭhâ.

1179. Katame dhammâ parâmâsasampayuttâ ?

Tehi dhammehi ye dhammâ sampayuttâ—vedanâkkhandho . . . pe . . . viññâṇakkhandho — ime dhammâ parâmâsasampayuttâ.

1180. Katame dhammâ parâmâsavippayuttâ ?

Tehi dhammehi ye dhammâ vippayuttâ — vedanâkkhandho . . . pe . . . viññâṇakkhandho—sabbañ ca rûpaṃ asaṅkhatâ ca dhâtu—ime dhammâ parâmâsavippayuttâ.

1181. Katame dhammâ parâmâsâ ceva parâmaṭṭhâ ca ?

Sveva parâmâso parâmâso ceva parâmaṭṭho ca.

1182. Katame dhammâ parâmaṭṭhâ ceva no ca parâmâsâ ?

Tehi dhammehi ye dhammâ parâmaṭṭhâ te dhamme

ṭhapetvā avasesā sāsavā kusalākusalāvyākatā dhammā kāmā-
vacarā rūpāvacarā arūpāvacarā—rūpakkhandho . . . po . . .
viññāṇakkhandho—ime dhammā parāmaṭṭhā ceva no ca
parāmāsā.

1183. Katame dhammā parāmāsavippayuttā parā-
maṭṭhā?

Tehi dhammehi ye dhammā vippayuttā sāsavā kusalā-
kusalāvyākatā dhammā kāmāvacarā rūpāvacarā arūpāvacarā
—rūpakkhandho . . . pe . . . viññāṇakkhandho — ime
dhammā parāmāsavippayuttā parāmaṭṭhā.

1184. Katame dhammā parāmāsavippayuttā aparā-
maṭṭhā?

Apariyāpannā maggā ca maggaphalāni ca asaṅkhatā ca
dhātu—ime dhammā parāmāsavippayuttā aparāmaṭṭhā.

1185. Katame dhammā sārammaṇā?

Vedanākkhandho saññākkhandho saṅkhārakkhandho
viññāṇakkhandho—ime dhammā sārammaṇā.

1186. Katame dhammā anārammaṇā?

Sabbañ ca rūpaṃ asaṅkhatā ca dhātu—ime dhammā anā-
rammaṇā.

1187. Katame dhammā cittā?

Cakkhuviññāṇaṃ sotaviññāṇaṃ ghānaviññāṇaṃ jivhā-
viññāṇaṃ kāyaviññāṇaṃ manodhātu manoviññāṇadhātu—
ime dhammā cittā.

1188. Katame dhammā no cittā?

Vedanākkhandho saññākkhandho saṅkhārakkhandho—
sabbañ ca rūpaṃ asaṅkhatā ca dhātu—ime dhammā no
cittā.

1189. Katame dhammā cetasikā?

Vedanākkhandho saññākkhandho saṅkhārakkhandho—
ime dhammā cetasikā.

1190. Katame dhammā acetasikā?

Cittañ ca sabbañ ca rūpaṃ asaṅkhatā ca dhātu—ime
dhammā acetasikā.

1191. Katame dhammā cittasampayuttā?

Vedanākkhandho saññākkhandho saṅkhārakkhandho—ime
dhammā cittasampayuttā.

1192. Katame dhammā cittavippayuttā?

Sahbañ ca rûpaṃ asaṅkhatâ ca dhâtu—ime dhammâ citta-vippayuttâ.

Cittaṃ na vattabbaṃ cittena sampayuttan ti pi cittena vippayuttan ti pi.

1193. Katame dhammâ cittasaṃsaṭṭhâ?

Vedanâkkhandho saññâkkhandho saṅkhârakkhandho—imo dhammâ cittasaṃsaṭṭhâ.

1194. Katame dhammâ cittavisaṃsaṭṭhâ?

Sabbañ ca rûpaṃ asaṅkhatâ ca dhâtu—ime dhammâ citta-visaṃsaṭṭhâ.

Cittaṃ na vattabbaṃ cittena samsaṭṭhan ti pi cittena visaṃsaṭṭhan ti pi.

1195. Katame dhammâ cittasamuṭṭhânâ?

Vedanâkkhandho saññâkkhandho saṅkhârakkhandho kâya-viññatti vacîviññatti—taṃ vâ panaññam pi atthi rûpaṃ cittajaṃ cittahetukaṃ cittasamuṭṭhânaṃ rûpâyatanaṃ saddâ-yatanaṃ gandhâyatanaṃ phoṭṭhahbâyatanaṃ âkâsadhâtu âpodhâtu rûpassa lahutâ rûpassa mudutâ rûpassa kam-maññatâ rûpassa upacayo rûpassa santati kabaliṅkâro âbâro —ime dhammâ cittasamuṭṭhânâ.

1196. Katame dhammâ no cittasamuṭṭhânâ?

Cittañ ca avasesañ ca rûpaṃ asaṅkhatâ ca dhâtu—ime dhammâ no cittasamuṭṭhânâ.

1197. Katame dhammâ cittasahabhuno?

Vedanâkkhandho saññâkkhandho saṅkhârakkhandho kâya-viññatti vacîviññatti—ime dhammâ cittasahabhuno.

1198. Katamo dhammâ no cittasahabhuno?

Cittañ ca avasesañ ca rûpaṃ asaṅkhatâ ca dhâtu—ime dhammâ no cittasahabhuno.

1199. Katamo dhammâ cittânuparivattino?

Vedanâkkhandho saññâkkhandho saṅkhârakkhandho kâya-viññatti vacîviññatti—ime dhammâ cittânuparivattino.

1200. Katamo dhammâ no cittânuparivattino?

Cittañ ca avasesañ ca rûpaṃ asaṅkhatâ ca dhâtu—imo dhammâ no cittânuparivattino.

1201. Katamo dhammâ cittasaṃsaṭṭhasamuṭṭhânâ?

Vedanâkkhandho saññâkkhandho saṅkhârakkhandho—ime dhammâ cittasaṃsaṭṭhasamuṭṭhânâ.

1202. Katame dhammâ no cittasaṃsaṭṭhasamuṭṭhânâ?

Cittañ ca sabbañ ca rûpaṃ asaṅkhatâ ca dhâtu—ime dhammâ no cittasaṃsaṭṭhasamuṭṭhânâ.

1203. Katame dhammâ cittasaṃsaṭṭhasamuṭṭhânasababbuno?

Vedanâkkhandho saññâkkhandho saṅkhârakkhandho — ime dhammâ cittasaṃsaṭṭhasamuṭṭhânasababbuno.

1204. Katamo dhammâ no cittasaṃsaṭṭhasamuṭṭhânasababbuno.

Cittañ ca sabbañ ca rûpaṃ asaṅkhatâ ca dhâtu—imo dhammâ no cittasaṃsaṭṭhasamuṭṭhânasahabbuno.

1205. Katame dhammâ cittasaṃsaṭṭhasamuṭṭhânânuparivattino?

Vedanâkkhandho saññâkkhandho saṅkhârakkhandho — imo dhammâ cittasaṃsaṭṭhasamuṭṭhânânuparivattino.

1206. Katamo dhammâ no cittasaṃsaṭṭhasamuṭṭhânânuparivattino.

Cittañ ca sabbañ ca rûpaṃ asaṅkhatâ ca dhâtu—imc dhammâ no cittasaṃsaṭṭhasamuṭṭhânânuparivattino.

1207. Katamo dhammâ ajjhattikâ?

Cakkhâyatanaṃ ... pe ... manâyatanaṃ—ime dhammâ ajjhattikâ.

1208. Katamc dhammâ bâhirâ?

Rûpâyatanaṃ ... pe ... dhammâyatanaṃ—ime dhammâ bâhirâ.

1209. Katamc dhammâ upâdâ?

Cakkhâyatanaṃ ... pe ... kabaḷiṅkâro âhâro — ime dhammâ upâdâ.

1210. Katamo dhammâ no upâdâ?

Vedanâkkhandho, saññâkkhandho, saṅkhârakkhandho, viññâṇakkhandho, cattâro mahâbhûtâ, asaṅkhatâ ca dhâtu—ime dhammâ no upâdâ.

1211. Katame dhammâ upâdiṇṇâ?

Sâsavâ kusalâkusalânaṃ dhammânaṃ vipâkâ kâmâvacarâ rûpâvacarâ arûpâvacarâ vedanâkkhandho ... pe ... viññâṇakkhandho—yañ ca rûpaṃ kammassa katattâ—ime dhammâ upâdiṇṇâ.

1212. Katame dhammâ anupâdiṇṇâ?

Sâsavâ kusalâkusalâ dhammâ kâmâvacarâ rûpâvacarâ arû-
pâvacarâ vedanâkkhandho . . . pe . . . viññâṇakkhandho,
ye ca dhammâ kiriyâ neva kusalâ nâkusalâ na ca kammavi-
pâkâ, yañ ca rûpaṃ na kammassa katattâ, apariyâpanoâ
maggâ ca maggaphalâoi ca asaṅkhatâ ca dhâtu—ime dhammâ
anupâdiṇṇâ.

1213. Katame dhammâ upâdânâ ?

Cattâri upâdânâni—kâmupâdânaṃ diṭṭhupâdânaṃ sîlabha-
tupâdânaṃ attavâdupâdânaṃ.

1214. Tattha katamaṃ kâmupâdânaṃ ?

Yo kâmesu kâmacchando kâmarâgo kâmanandî kâmataṇhâ
kâmasineho kâmapariḷâho kâmamucchâ kâmajjhosânaṃ—
idaṃ vuccati kâmopâdânaṃ.

1215. Tattha katamaṃ diṭṭhupâdânaṃ ?

Natthi diṇṇaṃ, natthi yiṭṭhaṃ, natthi hutaṃ, natthi sukaṭa-
dukkaṭâoaṃ kammânaṃ phalaṃ vipâko, natthi ayaṃ loko,
natthi paraloko, natthi mâtâ, natthi pitâ, natthi sattâ opapâ-
tikâ, natthi loke samaṇabrahmaṇâ sammaggatâ sammâpaṭi-
pannâ, ye imañ ca lokaṃ parañ ca lokaṃ sayaṃ abhiññâ
sacchikatvâ pavedentîti—yâ evarûpâ diṭṭhi diṭṭhigataṃ diṭṭhi-
gahanaṃ diṭṭhikantâro diṭṭhivisûkâyikaṃ diṭṭhivipphanditaṃ
diṭṭhisaññojanaṃ gâho patiggâho abhiniveso parâmâso kum-
maggo micchâpatho micchattaṃ titthâyatanaṃ vipariyesa-
gâho—idaṃ vuccati diṭṭhupâdânaṃ, ṭhapetvâ sîlabhatupâ-
dânaṃ ca attavâdupâdâoañ ca, sabbâpi micchâdiṭṭhi diṭṭhu-
pâdânaṃ.

1216. Tattha katamaṃ sîlabbatupâdânaṃ ?

Ito bahiddhâ samaṇabrahmaṇânaṃ sîlena suddhivatena
suddhisîlabbatena suddhîtiyâ evarûpâ diṭṭhi diṭṭhigataṃ
diṭṭhigahaoaṃ diṭṭhikaotâro diṭṭhivisûkâyikaṃ diṭṭhivip-
phanditaṃ diṭṭhisaññojanaṃ gâho patiggâho abhiniveso parâ-
mâso kummaggo micchâpatho micchattaṃ titthâyatanaṃ
vipariyesagâho—idaṃ vuccati sîlabbatupâdânaṃ.

1217. Tattha katamaṃ attavâdupâdâoaṃ ?

Idha assutavâ puthujjano, ariyânaṃ adassâvî ariya-
dhammassa akovido ariyadhammo avinîto sappurisâuaṃ
adassâvî sappurisadhammassa akovido sappurisadhamme
avinîto rûpaṃ attato samanupassati, rûpavantaṃ vâ attâoaṃ

attani vâ rûpaṃ, rûpasmiṃ vâ attânaṃ vcdanaṃ . . . pe . . .
sauñaṃ . . . po . . . saṅkhâre . . . po . . . viññâṇaṃ
attato samanupassati, viññâṇavantaṃ vâ attânaṃ, attani vâ
viññaṇaṃ, viññâṇasmiṃ vâ attânaṃ, yâ evarûpâ diṭṭhi
diṭṭhigataṃ diṭṭhigahaṇaṃ diṭṭhikantâro diṭṭhivisûkâyikaṃ
diṭṭhivipphanditaṃ diṭṭhisauñojanaṃ gâho patiggâho abhini-
veso parâmâso kummaggo micchâpatho micchattaṃ titthâ-
yatanaṃ vipariyesaggâho, idaṃ vuccati attavâdupâdânaṃ—
ime dhammâ upâdânâ.

1218. Katame dhammâ no upâdânâ ?

To dhamme ṭhapetvâ avasesâ kusalâkusalâvyâkatâ dhammâ
kâmâvacarâ rûpâvacarâ arûpâvacarâ apariyâpannâ vedanâ-
kkhandho . . . pe . . . viññâṇakkhandho sabhaû ca rûpaṃ
asaṅkhatâ ca dhâtu—imo dhammâ no upâdânâ.

1219. Katame dhammâ upâdâniyâ ?

Sâsavâ kusalâkusalâvyâkatâ dhammâ kâmâvacarâ rûpâ-
vacarâ arûpâvacarâ, rûpakkhandho . . . po . . . viññâṇa-
kkhandho—ime dhammâ upâdâniyâ.

1220. Katame dhammâ anupâdâniyâ ?

Apariyâpannâ maggâ ca maggaphalâni ca asaûkhatâ ca
dhâtu—ime dhammâ anupâdâniyâ ?

1221. Katame dhammâ upâdânasampayuttâ ?

Tehi dhammehi ye dhammâ sampayuttâ vedanâkkhandho
. . . pe . . . viññâṇakkhandho—ime dhammâ upâdâna-
sampayuttâ.

1222. Katame dhammâ upâdânavippayuttâ ?

Tehi dhammehi ye dhammâ vippayuttâ, vedanâkkhandho
. . . pe . . . viññâṇakkhandho, sabhaû ca rûpaṃ asaûkhatâ
ca dhâtu—ime dhammâ upâdânavippayuttâ.

1223. Katame dhammâ upâdânâ ceva upâdâniyâ ca?

Tâneva upâdânâni upâdânâ ceva upâdâniyâ ca.

1224. Katame dhammâ upâdâniyâ ceva no ca upâdânâ ?

Tehi dhammehi ye dhammâ upâdâniyâ—te dhamme ṭha-
petvâ avasesâ sâsavâ kusalâkusalâvyâkatâ dhammâ kâmâva-
carâ rûpâvacarâ arûpâvacarâ rûpakkhandho . . . pe . . . viññâ-
ṇakkhandho—imo dhammâ upâdâniyâ ceva no ca upâdânâ.

1225. Katame dhammâ upâdânâ ceva upâdânasampa-
yuttâ ca ?

Diṭṭhupâdânaṃ kâmupâdânena upâdânañ ceva upâdânasampayuttañ ca—kâmupâdânaṃ diṭṭhupâdânena upâdânañ ceva upâdânasampayuttañ ca—sîlabbatupâdânaṃ kâmupâdânena upâdânañ ceva upâdânasampayuttañ ca—kamupâdânaṃ sîlabhatupâdânena upâdânañ ceva upâdânasampayuttañ ca—attavâdupâdânaṃ kâmupâdânena upâdânañ ceva upâdânasampayuttañ ca kâmupâdânaṃ attavâdupâdânena upâdânañ ceva upâdânasampayuttañ ca—ime dhammâ upâdânâ ceva upâdânasampayuttâ ca.

1226. Katame dhammâ upâdânasampayuttâ ceva no ca upâdânâ ?

Tehi dhammehi ye dhammâ sampayuttâ—te dhamme ṭhapetvâ vedanâkkhandho . . . pe . . . viññâṇakkhandho—ime dhammâ upâdânasampayuttâ ceva no ca upâdânâ.

1227. Katame dhammâ upâdânavippayuttâ upâdâniyâ ca ?

Tehi dhammehi ye dhammâ vippayuttâ sâsavâ kusalâkusalâvyâkatâ dhammâ kâmâvacarâ rûpâvacarâ arûpâvacarâ—rûpakkhandho . . . pe . . . viññâṇakkhandho—ime dhammâ upâdânavippayuttâ upâdâniyâ ca.

1228. Katame dhammâ upâdânavippayuttâ anupâdâniyâ ?

Apariyâpannâ maggâ ca maggaphalâni ca asańkhatâ ca dhâtu—ime dhammâ upâdânavippayuttâ anupâdâniyâ ?

1229. Katame dhammâ kilesâ ?

Dasa kilesavatthûni — Lobho doso moho mâno, diṭṭhi, vicikicchâ, thînaṃ, uddhaccaṃ, ahirikaṃ, auottappaṃ.

1230. Tattha katamo lobho ?

Yo râgo sârâgo anunayo anurodho nandî nandîrâgo cittassa sârâgo—icchâ mucchâ ajjhosânaṃ gedho paligedho sańgo pańko ejâ mâyâ janikâ sañjananî sibbinî jâlinî saritâ visattikâ suttaṃ visaṭâ âyûhanî dutiyâ paṇidhi bhavanetti vanaṃ vanatho santhavo sincho apekkhâ paṭibandhu âsâ âsiṃsanâ âsiṃsitattaṃ rûpâsâ saddâsâ gandhâsâ rasâsâ phoṭṭhabbâsâ lâbhâsâ dhanâsâ puttâsâ jîvitâsâ jappâ pajappâ abhijappâ jappanâ jappitattaṃ loluppaṃ loluppâyanâ loluppâyitattaṃ—puñcikatâ sâdukamyatâ adhammarâgo visamalobho nikantî nikâmanâ patthanâ pihanâ sampatthanâ kâmataṇhâ bhavataṇhâ vibhavataṇhâ rûpataṇhâ, arûpataṇhâ nirodhataṇhâ saddataṇhâ gandhataṇhâ rasataṇhâ phoṭṭhabba

taṇhâ dhammataṇhâ ogho yogo gantho upâdânaṃ âvaraṇaṃ
nîvaraṇaṃ chandanaṃ handhanaṃ upakkileso anusayo pari-
yuṭṭhânaṃ latâ vevicchaṃ dukkhamûlaṃ dukkhanidânaṃ
dukkhappahhavo mârapâso mârahaḷisaṃ mâravisayo taṇhâ
nandîtaṇhâ jâlaṃtaṇhâ gaddulaṃtaṇhâ samuddo abhijjhâ-
lohho akusalamûlaṃ—ayaṃ vuccati lohho.

1231. Tattha katamo doso ?

Anatthaṃ me acarîti âghâto jâyati, anatthaṃ me caratîti
âghâto jâyati, anatthaṃ me carissatîti âghâto jâyati, piyassa
mo manâpassa anatthaṃ acari ... pe ... anatthaṃ carati
... pe ... anatthaṃ carissatîti âghâto jâyati, appiyassa
me amanâpassa atthaṃ acari ... pe ... atthaṃ carati
... pe ... atthaṃ carissatîti âghâto jâyati, aṭṭhâne vâ
pana âghâto jâyati, yo evarûpo cittassa âghâto paṭighâto
paṭighaṃ paṭivirodho kopo pakopo sampakopo doso padoso
sampadoso cittassa vyâpatti manopadoso kodho kujjhanâ
kujjhitattaṃ doso dussanâ dussitattaṃ vyâpatti vyâpajjanâ
vyâpajjitattaṃ virodho paṭivirodho caṇḍikkaṃ asuropo
anukkamanatâ cittassa—ayaṃ vuccati doso.

1232. Tattha katamo moho ?

Dukkho aññâṇaṃ ... pe ... pubbanto aññâṇaṃ apa-
rante aññâṇaṃ puhhantâparante aññâṇaṃ idappaccayatâ
paṭiccasamuppannesu dhammesu aññâṇam—yaṃ evarûpaṃ
aññâṇaṃ adassanaṃ anabhisamayo ananubodho asambodho
appaṭivedho asaṅgâhanâ apariyogâhanâ asamapekkhanâ
apaccavekkhanâ apaccakkhakammaṃ dummejjhaṃ balyaṃ
asampajaññaṃ moho pamoho sammoho avijjâ avijjogho
avijjâyogo avijjânusayo avijjâpariyuṭṭhânaṃ avijjâlaṅgî
moho akusalamûlaṃ—ayaṃ vuccati moho.

1233. Tattha katamo mâno ?

Seyyo 'hamasmîti mâno, sadiso 'hamasmîti mâno, hîno
'hamasmîti mâno, yo evarûpo mâno maññanâ maññitattaṃ
unnati unnamo dhajo sampaggâho kotukamyatâ cittassa—
ayaṃ vuccati mâno.

1234. Tattha katamâ diṭṭhi?

Sassato loko ti vâ asassato loko ti vâ antavâ loko ti vâ
anantavâ loko ti vâ taṃ jîvan taṃ sarîran ti vâ aññaṃ jîvaṃ
aññaṃ sarîran ti vâ, hoti tathâgato param maraṇâ ti vâ na

hoti tathâgato param maranâ ti vâ, hoti ca na ca hoti tathâgato param maranâ ti vâ, neva hoti na na hoti tathâgato param maranâ ti vâ, yâ evarûpâ ditthi ditthigatam ditthigahanam ditthikantâro ditthivisûkâyikam ditthivipphaaditam ditthisaññojaaam gâho patiggâho abhiniveso parâmâso knmmaggo micchâpatho micchattam titthâyatanam vipariyesagâho — ayam vuccati ditthi—sahbâ pi micchâditthi ditthi.

1235. Tattha katamâ vicikicchâ?

Satthari kankhati vicikicchati, dhamme kankhati vicikicchati, sanghe kankhati vicikicchati, sikkhâya kankhati vicikicchati, pahhante kankhati vicikicchati, aparante kankhati vicikicchati, puhhantâparante kankhati vicikicchati, idappaccayatâ paticcasamuppannesu dhammesu kankhati vicikicchati, yâ evarûpâ kankhâ kankhâyanâ kankhâyitattam vimati vicikicchâ dvelhakam dvedhâpatho samsayo, anekamsagâho âsappanâ parisappanâ apariyogâhanâ thamhhitattam cittassa manovilckho—ayam vuccati vicikicchâ.

1236. Tattha katamam thînam?

Yâ cittassa akalyatâ akammaññatâ olîyanâ sallîyanâ lînam lîyanâ lîyitattam thînam thîyanâ thîyitattam cittassa—idam vuccati thîaam.

1237. Tattha katamam uddhaccam?

Yam cittassa uddhaccam rûpasamo cetaso vikkhepo bhantattam cittassa—idam vuccati uddhaccam.

1238. Tattha katamam ahirikam?

Yam na hiriyati hiriyitahbena—na hiriyati pâpakânam akusalânamdhammâaam samâpattiyâ—idam vuccati ahirikam.

1239. Tattha katamam anottappam?

Yam na ottappati ottappitabhena—na ottappati pâpakânam akusalânam dhammânam samâpattiyâ—idam vuccati anottappam.

Ime dhammâ kilesâ.

1240. Katame dhammâ no kilesâ?

To dhamme thapetvâ avasesâ kusalâkusalâvyâkatâ dhammâ kâmâvacarâ rûpâvacarâ arûpâvacarâ apariyâpannâ—vedanâkkhandho . . . pe . . . viññāṇakkhandho—sabbañ ca rûpaṃ asaṅkhatâ ca dhâtu—ime dhammâ no kilesâ.

1241. Katamo dhammâ saṅkilesikâ?

Sâsavâ kusalâkusalâvyâkatâ dhammâ kâmâvacarâ rûpâvacarâ arûpâvacarâ apariyâpaaâ, rûpakkhandho . . . pe . . . viññâṇakkhandho—ime dhammâ saṅkilesikâ.

1242. Katamo dhammâ asaṅkilesikâ?

Apariyâpannâ maggâ ca maggaphalâni ca—asaṅkhatâ ca dhâtu—ime dhammâ asaṅkilesikâ.

1243. Katame dhammâ saṅkiliṭṭhâ?

Tîni akusalamûlâai, lobho doso moho, tadekaṭṭhâ ca kilesâ taṃ sampayutto vedanâkkhandho . . . pe . . . viññâṇakkhandho taṃ samuṭṭhâaaṃ kâyakammaṃ vacîkammaṃ manokammaṃ—ime dhammâ saṅkiliṭṭhâ.

1244. Katame dhammâ kilesasampayuttâ?

Tehi dhammehi ye dhammâ sampayuttâ vedanâkkhandho . . . pe . . . viññâṇakkhandho—ime dhammâ kilesasampayuttâ.

1245. Katame dhammâ kilesavippayuttâ?

Tehi dhammehi yo dhammâ vippayuttâ, vedanâkkhandho . . . pe . . . viññâṇakkhandho, sabbañ ca rûpaṃ asaṅkhatâ ca dhâtu—ime dhammâ kilesavippayuttâ.

1246. Katame dhammâ kilesâ ceva saṅkilesikâ ca?

Teva kilesâ kilesâ ceva saṅkilesikâ ca.

1247. Katame dhammâ saṅkilesikâ ceva no ca kilesâ?

Tehi dhammehi yo dhammâ saṅkilesikâ, te dhamme ṭhapetvâ avasesâ sâsavâ kusalâkusalâvyâkatâ dhammâ kâmâvacarâ rûpâvacarâ arûpâvacarâ, rûpakkhaadho . . . pe . . . viññâṇakkhandho—ime dhammâ saṅkilesikâ ceva no ca kilesâ.

1248. Katame dhammâ kilesâ ceva saṅkiliṭṭhâ ca?

Teva kilesâ kilesâ ceva saṅkiliṭṭhâ ca.

1249. Katame dhammâ saṅkiliṭṭhâ ceva no ca kilesâ?

Tehi dhammehi ye dhammâ saṅkiliṭṭhâ te dhamme ṭhapetvâ vedanâkkhaadho . . . pe . . . viññâṇakkhandho—ime dhammâ saṅkiliṭṭhâ ceva no ca kilesâ.

1250. Katame dhammâ kilesâ ceva kilesasampayuttâ ca?

Lobho mohena kileso ceva kilesasampayutto ca, moho

lobhena kileso cevn kilesasampayutto ca, doso mohena kiloso
ceva kilesasampayutto ca, moho dosena kileso ceva kilesa-
sampayutto ca, mâno mohena kileso ceva kilesasampayutto
ca, moho mânena kileso ceva kilesasampayutto ca, ditthi
mohena kileso cevn kilesasampayuttâ ca, moho ditthiyâ
kileso ceva kilesasampayutto ca, vicikicchâ mohena kileso
ceva kilesasampayuttâ ca, moho vicikicchâya kileso ceva
kilesasampayutto ca, thînam mohena kileso ceva kilese-
sampayuttañ ca, moho thînena kileso ceva kilesasampayutto
ca, uddhaccam mohena kileso ceva kilesasampayuttañ ca.
Moho uddhaccena kileso ceva kilesasampayutto ca, ahirikam
mohena kileso ceva kilesasampayutto ca, moho ahirikena
kileso ceva kilesasampayutto ca, anottappam mohena kileso
ceva kilesasampayuttañ ca, moho anottappena kileso ceva
kilesasampayutto ca.

Lobho uddhaccena kileso cevn kilesasampayutto ca,
uddhaccam lobhena kileso ceva kilesasampayuttañ ca, doso
uddhaccena kileso cevn kilesasampayutto ca, uddhaccam
dosena kileso cevn kilesasampayuttañ ca, moho uddhaccena
kileso ceva kilesasampayutto ca, uddhaccam mohena kileso
ceva kilesasampayuttañ ca, mâno uddhaccena kileso ceva
kilesasampayutto ca, uddhaccam mânena kileso ceva kilesa-
sampayuttañ ca, ditthi uddhaccena kileso ceva kilesasampa-
yuttâ ca, uddhaccam ditthiyâ kileso ceva kilesasampayuttañ
ca, vicikicchâ uddhaccena kileso ceva kilesasampayuttâ ca,
uddhaccam vicikicchâya kileso cevn kilesasampayuttañ ca,
thînam uddhaccena kileso ceva kilesasampayuttañ ca, uddha-
ccam thînena kileso ceva kilesasampayuttañ ca, ahirikam
uddhaccena kileso ceva kilesasampayuttañ ca, uddhaccam
ahirikena kileso ceva kilesasampayuttañ ca, anottappam
uddhaccena kileso cevn kilesasampayuttañ ca, uddhaccam
anottappena kileso ceva kilesasampayuttañ ca, lobho ahirikena
kileso ceva kilesasampayutto ca.

Ahirikam lobhena kileso ceva kilesasampayuttañ ca, doso
ahirikena kileso ceva kilesasampayutto ca, ahirikam dosena
kileso ceva kilesasampayuttañ ca, moho ahirikena kileso ceva
kilesasampayutto ca, ahirikam mohena kileso ceva kilesa-
sampayuttañ ca, mâno ahirikena kileso ceva kilesasampayutto

ca, ahirikaṃ mānena kileso ceva kilcsasampayuttañ ca, diṭṭhi
ahirikena kileso ceva kilesasampayuttā ca, ahirikaṃ diṭṭhiyā
kileso ceva kilesasampayuttañ ca, vicikicchā ahirikena kileso
ceva kilesasampayuttā ca, ahirikaṃ vicikicchāya kileso ceva
kilesasampayuttañ ca, thînaṃ ahirikena kileso ceva kilesa-
sampayuttañ ca, ahirikaṃ thînena kileso ceva kilesasampa-
yuttañ ca, uddhaccaṃ ahirikena kileso ceva kilesasampa-
yuttañ ca, ahirikaṃ uddhaccena kileso ceva kilesasampa-
yuttañ ca, anottappaṃ ahirikena kileso ceva kilesasampa-
yuttañ ca, ahirikaṃ anottappena kileso ceva kilesasampa-
yuttañ ca, lohho anottappena kileso ceva kilesasampayutto ca,
anottappaṃ lohhena kileso ceva kilesasampayuttañ ca, doso
anottappena kileso ceva kilesasampayutto ca, anottappaṃ
dosena kileso ceva kilesasampayuttañ ca, moho anottappena
kileso ceva kilesasampayutto ca, anottappaṃ mohena kileso
ceva kilesasampayuttañ ca, māno anottappena kileso ceva
kilesasampayutto ca, anottappaṃ mānena kileso ceva kilesa-
sampayuttañ ca, diṭṭhi anottappena kileso ceva kilesasampa-
yuttā ca, anottappaṃ diṭṭhiyā kileso ceva kilesasampayuttañ
ca, vicikicchā anottappena kileso ceva kilesasampayuttā ca,
anottappaṃ vicikicchāya kileso ceva kilesasampayuttañ ca,
thînaṃ anottappena kileso ceva kilesasampayuttañ ca, anotta-
ppaṃ thînena kileso ceva kilesasampayuttañ ca, uddhaccaṃ
anottappena kileso ceva kilesasampayuttañ ca, anottappaṃ
uddhaccena kileso ceva kilesasampayuttañ ca, ahirikaṃ
anottappena kileso ceva kilesasampayuttañ ca, anottappaṃ
ahirikena kileso ceva kilesasampayuttañ ca.

Ime dhammā kilesā ceva kilesasampayuttā ca.

1251. Katame dhammā kilesasampayuttā ceva no ca
kilesā ?

Tehi dhammehi yo dhammā sampayuttā—te dhamme
thapetvā vedanākkhandho . . . pe . . . viññāṇakkhandho—
ime dhammā kilesasampayuttā ceva no ca kilesā.

1252. Katame dhammā kilesavippayuttā saṅkilesikā ?

Tehi dhammehi vippayuttā sāsavā kusalākusalāvyākatā
dhammā kāmāvacarā rūpāvacarā arūpāvacarā rūpakkhandho

. . . pe . . . viññâṇakkbandbo—ime dhammâ kilesavippa-
yuttâ sankilesikâ.

1253. Katame dhammâ kilesavippayuttâ asankilesikâ?

Apariyâpannâ maggâ ca maggaphalâni asankhatâ ca dhâtu
—ime dhammâ kilesavippayuttâ asankilesikâ.

1254. Katame dhammâ dassanena pabâtabbâ?

Tîṇi saññojanâni—sakkâyadiṭṭbi vicikicchâ sîlabbataparâ-
mâso.

1255. Tattba katamâ sakkâyadiṭṭhi?

Idha assutavâ puthujjano ariyânaṃ adassâvî ariyadham-
massa akovido ariyadbamme avinîto sappurisânaṃ adassâvî
sappurisadhammassa akovido sappurisadbamme avinîto rûpaṃ
attato samanupassati, rûpavantaṃ vâ attânaṃ, attani vâ rûpaṃ
rûpasmiṃ vâ attânaṃ, vedanaṃ . . . pe . . . saññaṃ . . .
pe . . . sankhâre . . . pe . . . viññâṇaṃ attato samanu-
passati viññâṇavantaṃ vâ attânaṃ attani vâ viññâṇaṃ,
viññâṇasmiṃ vâ attânaṃ, yâ evarûpâ diṭṭbi diṭṭhigataṃ
. . . pe . . . vipariyesagâho—ayaṃ vuccati sakkâyadiṭṭhi.

1256. Tattha katamâ vicikicchâ?

Sattbari kankbati vicikicchati . . . pe . . . thambhi-
tattaṃ cittassa manovilekho—ayaṃ vuccati vicikicchâ.

1257. Tattha katamo sîlabbataparâmâso?

Ito babiddhâ samaṇabrahmaṇânaṃ sîlena suddhivatena
suddbisîlabbatena suddhîtiyâ evarûpâ diṭṭhi diṭṭhigataṃ . . .
pe . . . vipariyesagâho—ayaṃ vuccati sîlabbataparâmâso.

Imâni tîṇi saññojanâni tad ekaṭṭhâ ca kilesâ—taṃ sampa-
yutto vedanâkkhandho . . . pe . . . viññâṇakkhandho—
taṃ samuṭṭbânaṃ kâyakammaṃ vacîkammaṃ manokammaṃ
—ima dhammâ dassanena pahâtabbâ.

1258. Katame dhammâ na dassanena pabâtabbâ?

Te dhamme ṭhapetvâ avasesâ kusalâkusalâvyâkatâ dhammâ
kâmâvacarâ rûpâvacarâ arûpâvacarâ apariyâpannâ—vedanâ-
kkhandho . . . pe . . . viññâṇakkhandho—sabbañ ca rûpaṃ
asankhatâ ca dhâtu—ime dhammâ na dassanena pahâtabbâ.

1259. Katame dhammâ bhâvanâya pahâtabbâ?

Avaseso lobho doso moho, tad ekaṭṭhâ ca kilesâ, taṃ sampa-
yutto vedanâkkhandho . . . pe . . . viññâṇakkhandho, taṃ
samuṭṭhânaṃ kâyakammaṃ vacîkammaṃ manokammaṃ—
ime dhammâ bhâvanâya pabâtabbâ.

1260. Katame dhammâ na bhâvanâya pahâtabbâ ?

Te dhamme ṭhapetvâ avasesâ kusalâkusalâvyâkatâ dhammâ, kâmâvacarâ rûpâvacarâ arûpâvacarâ apariyâpannâ, vedanâkkhandho . . . pe . . . viññâṇakkhandho, sabbañ ca rûpaṃ asaṅkhatâ ca dhâtu—ime dhammâ na bhâvanâya pahâtabbâ.

1261. Katame dhammâ dassanena pahâtabbahetukâ ?

Tîni saññojanâni—sakkâyadiṭṭhi vicikicchâ sîlabbataparâmâso.

1262. Tattha katamâ sakkâyadiṭṭhi ?

Idha assutavâ puthujjano ariyânaṃ adassâvî ariya-dhammassa akovido ariyadhammo avinîto sappurisânaṃ adassâvî sappurisadhammassa akovido sappurisadhammo avinîto rûpaṃ attato samanupassati rûpavantaṃ vâ attânaṃ attani vâ rûpaṃ rûpasmiṃ vâ attânaṃ, vedanaṃ . . . pe . . . saññaṃ . . . pe . . . saṅkhâre . . . pe . . . viññâṇaṃ attato samanupassati, viññâṇavantaṃ vâ attânaṃ, attani vâ viññâ-ṇaṃ viññâṇasmiṃ vâ attânaṃ, yâ evarûpâ diṭṭhi diṭṭhigataṃ . . . pe . . . vipariyesagâho—ayaṃ vuccati sakkâyadiṭṭhi.

1263. Tattha katamâ vicikicchâ ?

Satthari kaṅkhati vicikicchati . . . pe . . . thambhittaṃ cittassa manovilekho—ayaṃ vuccati vicikicchâ.

1264. Tattha katamo sîlabbataparâmâso ?

Ito bahiddhâ samaṇabrahmaṇânaṃ sîlena suddhivatena suddhisîlabbatena suddhîtiyâ evarûpâ diṭṭhi diṭṭhigataṃ . . . pe . . . vipariyesagâho, ayaṃ vuccati sîlabbataparâmâso, imâni tîṇi saṃyojanâni, tad ekaṭṭhû ca kilesâ, taṃ sampayutto vedanâkkhandho . . . pe . . . viññâṇakkhandho, taṃ samu-ṭṭhânaṃ kâyakammaṃ vacîkammaṃ manokammaṃ, ime dhammâ dassanena pahâtabbahetukâ, tîni saññojanâni sakkâ-yadiṭṭhi vicikicchâ sîlabbataparâmâso, imo dhammâ dassanena pahâtabbahetukâ, tad ekaṭṭho ca lobho doso moho, imo dhammâ dassanena pahâtabbahetukâ, tad ekaṭṭhû ca kilesâ, taṃ sampayutto vedanâkkhandho . . . pe . . . viññâṇa-kkhando, taṃ samuṭṭhânaṃ kâyakammaṃ vacîkammaṃ manokammaṃ—ime dhammâ dassanena pahâtabbahetukâ.

1265. Katame dhammâ na dassanena pahâtabbahetukâ ?

Te dhamme ṭhapetvâ avasesâ kusalâkusalâvyâkatâ dhammâ

kâmâvacarâ rûpâvacarâ arûpâvacarâ apariyâpannâ—vedanâ-
kkhandho . . . pe . . . viññâṇakkhandho—sabbañ ca rûpaṃ
asaṅkhatâ ca dhâtu—imc dhammâ na dassancna pahâtabha-
hetukâ.

1266. Katamc dhammâ bhâvanâya pahâtabbahetukâ ?

Avaseso lobho doso moho—ima dhammâ hbâvanâya
pahâtahbahetukâ—tad ekaṭṭhâ ca kilcsâ—taṃ sampayutto
vedanâkkhandho . . . pe . . . viññâṇakkhandho — taṃ
samuṭṭhânaṃ kâyakammaṃ vacîkammaṃ manokammaṃ—
ima dhammâ bhâvanâya pahâtabbahetukâ.

1267. Katame dhammâ na bhâvanâya pahâtabbahetukâ ?

To dhamme ṭhapetvâ avasesâ kusalâkusalâvyâkatâ dhammâ
kâmâvacarâ rûpâvacarâ arûpâvacarâ apariyâpannâ—vedanâ-
kkhandho . . . pe . . . viññâṇakkhandho—sahbañ ca rûpaṃ
asaṅkhatâ ca dhâtu—imc dhammâ na bhâvanâya pahâtabha-
hetukâ.

1268. Katame dhammâ savitakkâ ?

Savitakkabhummiyaṃ kâmâvacaro rûpâvacaro arûpâvacare
pariyâpannc vitakkaṃ ṭhapetvâ · taṃ sampayutto vedanâ-
kkhandho . . . pc . . . viññâṇakkhandho — ime dhammâ
savitakkâ.

1269. Katamc dhammâ avitakkâ ?

Avitakkabhummiyaṃ kâmâvacare rûpâvacara arûpâvacara
apariyâpanne vedanâkkhandho . . . pa . . . viññâṇakkhandho
—vitakko ca sabbañ ca rûpaṃ asaṅkhatâ ca dhâtu—ime
dhammâ avitakkâ.

1270. Katama dhammâ savicârâ ?

Savicârabhummiyaṃ—kâmâvacara rûpâvacare arûpâvacare
apariyâpanne vicâraṃ ṭhapotvâ taṃ sampayutto vedanâ-
kkhandho saññâkkhandho, saṅkhârakkhandho, viññâṇa-
kkhandho—imc dhammâ savicârâ.

1271. Katamc dhammâ avicârâ ?

Avicârabhummiyaṃ kâmâvacaro rûpâvacaro arûpâvacare
apariyâpanna vedanâkkhandho . . . pe . . . viññâṇakkhandho
—vicâro sabbañ ca rûpaṃ asaṅkhatâ ca dhâtu—ime dhammâ
avicârâ.

1272. Katame dhammâ sappîtikâ ?

Sappîtikabhummiyaṃ kâmâvacare rûpâvacare arûpâvacare

apariyâpanne pîtiṃ ṭhapetvâ taṃ sampayutto vedanâkkhandho
. . . pe . . . viññâṇekkhandho—ime dhammâ sappîtikâ.

1273. Ketame dhammâ appîtikâ?

Appîtikabhummiyaṃ kâmâvacaro rûpâvacare arûpâvacaro
epariyâpanne vedanâkkhandho . . . pe . . . viññâṇakkhandho
—pîti ca sabbañ ca rûpaṃ asaṅkhatâ ca dhâtu—ime dhammâ
appîtikâ.

1274. Katame dhammâ pîtisahagatâ?

Pîtibhummiyaṃ kâmâvecarc rûpâvacaro arûpâvacare apariy-
âpannc pîtiṃ ṭhapetvâ taṃ sampayutto vedanâkkhandho
. . . pe . . . viññâṇakkhandho—ime dhammâ pîtisahegatâ.

1275. Katame dhammâ na pîtisahagatâ?

Na pîtibhummiyaṃ kâmâvacare rûpâvacare arûpâvacare
apariyâpanne vedanâkkhandho . . . pe . . . viññâṇakkhandho
pîti ca sabbañ ca rûpaṃ asaṅkhatâ ca dhâtu—ime dhammâ
na pîtisahagatâ.

1276. Katamo dhammâ sukhasahagatâ?

Sukhabhummiyaṃ kâmâvacare rûpâvacarc arûpâvacare
apariyâpanno sukhaṃ ṭhapetvâ taṃ sampayutto saññâ-
kkhandho saṅkhârakkhandho viññâṇakkhandho — ime
dhammâ sukhasahagatâ.

1277. Katamo dhammâ na sukhasahagatâ?

Na sukhabhummiyaṃ kâmâvecare rûpâvacaro arûpâvacaro
apariyâpanne vedanâkkhandho . . . pe . . . viññâṇakkhandho
—sukhañ ca sabbañ ca rûpaṃ asaṅkhatâ ca dhâtu—ime
dhammâ na sukhasahagatâ.

1278. Katame dhammâ upekkhâsahagatâ?

Upekkhâbhummiyaṃ kâmâvacare rûpâvacare arûpâvacare
apariyâpanne upekkhaṃ ṭhapetvâ taṃ sampayutto saññâ-
kkhandho saṅkhârakkhandho viññâṇakkhandho — imo
dhammâ upekkhâsahagatâ.

1279. Ketame dhammâ na upekkhâsahagatâ?

Na upekkhâbhummiyaṃ kâmâvacare rûpâvacarc arûpâ-
vacare apariyâpannc vedanâkkhandho . . . pe . . . viññâṇa-
kkhandho—upekkhâ sabbañ ca rûpaṃ asaṅkhatâ ca dhâtu—
ime dhammâ na upekkhâsahagatâ.

1280. Katame dhammâ kâmâvacarâ?

Heṭṭhato avîcinirayaṃ pariyantaṃ karitvâ uparito parinimmitavasavattideve anto karitvâ yaṃ etasmiṃ antare etthâvacarâ etthapariyâpannâ khandhadhâtu âyatanâ rûpâ vedanâ saññâ sankhârâ viññâṇaṃ—ime dhammâ kâmâvacarâ.

1281. Katame dhammâ na kâmâvacarâ ?

Rûpâvacarâ arûpâvacarâ apariyâpannâ—ime dhammâ na kâmâvacarâ.

1282. Katame dhammâ rûpâvacarâ ?

Heṭṭhato brahmalokaṃ pariyantaṃ karitvâ uparito akaniṭṭhadeve anto karitvâ yaṃ etasmiṃ antare etthâvacarâ etthapariyâpannâ samâpannassa vâ uppannassa vâ diṭṭhadhammasukhavihârissa vâ cittacetasikâ dhammâ — ime dhammâ rûpâvacarâ.

1283. Katame dhammâ na rûpâvacarâ ?

Kâmâvacarâ arûpâvacarâ apariyâpannâ—ime dhammâ na rûpâvacarâ.

1284. Katame dhammâ arûpâvacarâ ?

Heṭṭhato âkâsânañcâyatanupage deve pariyantaṃ karitvâ uparito nevasaññânâsaññâyatanupage deve anto karitvâ yaṃ etasmiṃ antare etthâvacarâ etthapariyâpannâ samâpannassa vâ uppannassa vâ diṭṭhadhammasukhavihârissa vâ cittacetasikâ dhammâ—ime dhammâ arûpâvacarâ.

1285. Katame dhammâ na arûpâvacarâ ?

Rûpâvacarâ apariyâpannâ—ime dhammâ na arûpâvacarâ.

1286. Katame dhammâ pariyâpannâ ?

Sâsavâ kusalâkusalâvyâkatâ dhammâ kâmâvacarâ rûpâvacarâ arûpâvacarâ rûpakkhandho . . . pe . . . viññâṇakkhandho—ime dhammâ pariyâpannâ.

1287. Katame dhammâ apariyâpannâ ?

Maggâ ca maggaphalâni ca asankhatâ ca dhâtu—ime dhammâ apariyâpannâ.

1288. Katame dhammâ niyyânikâ ?

Cattâro maggâ apariyâpannâ—ime dhammâ niyyânikâ.

1289. Katame dhammâ aniyyânikâ ?

Te dhamme ṭhapetvâ avasesâ kusalâkusalâvyâkatâ dhammâ kâmâvacarâ rûpâvacarâ arûpâvacarâ apariyâpannâ—vedanâkkhandho . . . pe . . . viññâṇakkhandho—sabbañ ca rûpaṃ asankhatâ ca dhâtu—ime dhammâ aniyyânikâ.

1290. Katame dhammâ niyatâ ?

Pañca kammâni ânantarikâni yâ ca micchâditthi niyatâ cattâro maggâ apariyâpannâ—ime dhammâ niyatâ.

1291. Katame dhammâ aniyatâ ?

Te dhamme thapetvâ avasesâ kusalâkusalâvyâkatâ dhammâ kâmâvacarâ rûpâvacarâ arûpâvacarâ apariyâpannâ—vedanâkhandho . . . po . . . viññânakkhaadho—sabbañ ca rûpam asankhatâ ca dhâtu—ime dhammâ aniyatâ.

1292. Katame dhammâ sauttarâ ?

Sâsavâ kusalâkusalâvyâkatâ dhammâ kâmâvacarâ rûpâvacarâ arûpâvacarâ rûpakkhandho . . . pe . . . viññânakkhandho—ime dhammâ sauttarâ.

1293. Katame dhammâ anuttarâ ?

Apariyâpannâ maggâ ca maggaphalâni ca asankhatâ ca dhâtu—ime dhammâ anuttarâ.

1294. Katame dhammâ saranâ ?

Tîni akusalamûlâni lobho doso moho—tad ekatthâ ca kilesâ —tam sampayutto vedanâkkhaadho . . . po . . . viññânakkhandho tam samutthânam kâyakammam vacikammam manokammam—ime dhammâ saranâ.

1295. Katame dhammâ asaranâ ?

Kusalâkusalâvyâkatâ dhammâ kâmâvacarâ rûpâvacarâ arûpâvacarâ apariyâpannâ—vedanâkkhandho . . . po . . . viññânakkhandho sabbañ ca rûpam asankhatâ ca dhâtu—ime dhammâ asaranâ.

1296. Katame dhammâ vijjâbhâgino ?

Vijjâya sampayuttakâ dhammâ—ime dhammâ vijjâbhâgino.

1297. Katame dhammâ avijjâbhâgino ?

Avijjâya sampayuttakâ dhammâ—ime dhammâ avijjâbhâgino.

1298. Katame dhammâ vijjûpamâ ?

Hetthimesu tîsu ariyamaggesu paññâ—ime dhammâ vijjûpamâ.

1299. Katame dhammâ vajirûpamâ ?

Uparitthimo arahattamagge paññā—ime dhammā vaji-rūpamā.

1300. Katame dhammā bālā ?

Ahirikañ ca anottappañ ca—ime dhammā bālā—sabbe pi akusalā bālā.

1301. Katame dhammā panditā ?

Hiri ca ottappañ ca—ime dhammā panditā—sabbe pi kusalā dhammā panditā.

1302. Katame dhammā kanhā ?

Ahirikañ ca anottappañ ca—ime dhammā kanhā—sabbe pi akusalā dhammā kanhā.

1303. Katame dhammā sukkā ?

Hiri ca ottappañ ca—ime dhammā sukkā—sabbe pi kusalā dhammā sukkā.

1304. Katame dhammā tapaniyā ?

Kāyaduccaritam vacīduccaritam manoduccaritam—ime dhammā tapaniyā—sabbe pi akusalā dhammā tapaniyā.

1305. Katame dhammā atapaniyā ?

Kāyasucaritam vacīsucaritam manosucaritam—ime dhammā atapaniyā—sabbe pi kusalā dhammā atapaniyā.

1306. Katame dhammā adhivacanā ?

Yā tesam tesam dhammānam sankhā samaññā paññatti vohāro nāmam nāmakammam nāmadheyyam nirutti vyañjanam abhilāpo—ime dhammā adhivacanā.

Sabbeva dhammā adhivacanapathā.

1307. Katame dhammā nirutti ?

Yā tesam tesam dhammānam sankhā samaññā paññatti vohāro nāmam nāmakammam nāmadheyyam nirutti vyañjanam abhilāpo—ime dhammā nirutti.

Sabbeva dhammā niruttipathā.

1308. Katame dhammā paññatti ?

Yā tesam tesam dhammānam sankhā samaññā paññatti vohāro nāmam nāmakammam nāmadheyyam nirutti vyañjanam abhilāpo—ime dhammā paññatti.

Sabbeva dhammā paññattipathā.

1309. Tattha katamam nāmam ?

Vedanākkhandho saññākkhandho sankhārakkhandho viññānakkhandho—asankhatā ca dhātu—idam vuccati nāmam.

1310. Tattha katamaṃ rûpaṃ?

Cattâro mahâbhûtâ catunnañ ca mahâbhûtânaṃ upâdâya rûpaṃ—idaṃ vuccati rûpaṃ.

1311. Tattha katamâ avijjâ?

Yaṃ aūûâṇaṃ adassanaṃ . . . pe . . . avijjâlaṅgî moho akusalamûlaṃ—ayaṃ vuccati avijjâ.

1312. Tattha katamâ bhavataṇhâ?

Yo bhavesu bhavacchando . . . pe . . . bhavajjhosânaṃ—ayaṃ vuccati bhavataṇhâ.

1313. Tattha katamâ bhavadiṭṭhi?

Bhavissati attâ ca loko câti yâ evarûpâ diṭṭhi diṭṭhigataṃ . . . pe . . . vipariyesagâho—ayaṃ vuccati bhavadiṭṭhi?

1314. Tattha katamâ vibhavadiṭṭhi?

Na bhavissati attâ ca loko câti yâ evarûpâ diṭṭhi diṭṭhigataṃ—vipariyesagâho—ayaṃ vuccati vibhavadiṭṭhi.

1315. Tattha katamâ sassatadiṭṭhi?

Sassato attâ ca loko câti yâ evarûpâ diṭṭhi diṭṭhigataṃ . . . pe . . . vipariyesagâho—ayaṃ vuccati sassatadiṭṭhi.

1316. Tattha katamâ ucchedadiṭṭhi?

Ucchijjissati attâ ca loko câti yâ evarûpâ diṭṭhi diṭṭhigataṃ . . . pe . . . vipariyesagâho—ayaṃ vuccati ucchedadiṭṭhi.

1317. Tattha katamâ antavâ diṭṭhi?

Antavâ attâ ca loko câti yâ evarûpâ diṭṭhi diṭṭhigataṃ . . . pe . . . vipariyesagâho—ayaṃ vuccati antavâ diṭṭhi.

1318. Tattha katamâ anantavâ diṭṭhi?

Anantavâ attâ ca loko câti yâ evarûpâ diṭṭhi diṭṭhigataṃ . . . pe . . . vipariyesagâho—ayaṃ vuccati anantavâ diṭṭhi.

1319. Tattha katamâ pubbantânudiṭṭhi?

Pubbantaṃ ârabbha yâ uppajjati diṭṭhi diṭṭhigataṃ . . . pe . . . vipariyesagâho—ayaṃ vuccati pubbantânudiṭṭhi.

1320. Tattha katamâ aparantânudiṭṭhi?

Aparantaṃ ârabbha yâ uppajjati diṭṭhi diṭṭhigataṃ . . . pe . . . vipariyesagâho—ayaṃ vuccati aparantânudiṭṭhi.

1321. Tattha katamaṃ ahirikaṃ?

Yaṃ na hiriyati hiriyitabbena—na hiriyati pâpakânaṃ akusalânaṃ dhammânaṃ samâpattiyâ — idaṃ vuccati ahirikaṃ.

1322. Tattha katamaṃ anottappaṃ?

Yam na ottappati ottappitabbena—na ottappati pâpakânam akusalânam dhammânam samâpattiyâ—idam vuccati anottappam.

1323. Tattha katamâ hiri?

Yam hiriyati hiriyitabbena—hiriyati pâpakânam akusalânam dhammânam samâpattiyâ—ayam vuccati hiri.

1324. Tattha katamam ottappam?

Yam ottappati ottappitabbena—ottappati pâpakânam akusalânam dhammânam samâpattiyâ—idam vuccati ottappam.

1325. Tattha katamâ dovacassatâ?

Sahadhammike vuccamâne dovacassatâyam dovacassiyam dovacassatâ vippatikûlagâhitâ vipaccanîkasâtatâ anâdariyam anâdaratâ agâravatâ appatissavatâ — ayam vuccati dovacassatâ.

1326. Tattha katamâ pâpamittatâ?

Ye te puggalâ assaddhâ dussîlâ appassutâ macchârino duppaññâ—yâ tesam sevanâ nisevanâ samsevanâ bhajanâ sambhajanâ bhatti sambhatti sampavankatâ—ayam vuccati pâpamittatâ.

1327. Tattha katamâ sovacassatâ?

Sahadhammike vuccamâne sovacassatâyam sovacassiyam sovacassatâ appatikûlagâhitâ avipaccanîkasâtatâ sagâravatâ sappatissavatâ—ayam vuccati sovacassatâ.

1328. Tattha katamâ kalyânamittatâ?

Ye te puggalâ saddhâ sîlavanto bahussutâ câgavanto paññâvaato—yâ tesam sevanâ nisevanâ samsevanâ bbajanâ sambhajanâ bhatti sambhatti sampavankatâ—ayam vuccati kalyânamittatâ.

1329. Tattha katamâ âpattikusalatâ?

Pañca pi âpattikkhandhâ âpattiyo, satta pi âpattikkhandhâ âpattiyo, yâ tâsam âpattînam âpattikusalatâ paññâ pajânaâ . . . pe . . . amoho dhammavicayo sammâditthi — ayam vuccati âpattikusalatâ.

1330. Tattha katamâ âpattivutthânakusalatâ?

Yâ tâhi âpattîhi vutthânakusalatâ, paññâ pajânanâ, . . . pe . . . amoho dhammavicayo sammâditthi—ayam vuccati âpattivutthânakusalatâ.

1331. Tattha katamâ samâpattikusalatâ?

Atthi savitakkasavicârâ samâpatti, atthi avitakkavicâramattâ samâpatti, atthi avitakka-avicârâ samâpatti, yâ tâsam samâpattînam samâpattikusalatâ paññâ pajânanâ . . . pe . . . amoho dhammavicayo sammâditthi—ayam vuccati samâpattikusalatâ.

1332. Tattha katamâ samâpattivutthânakusalatâ ?

Yâ tâhi samâpattîhi vutthânakusalatâ paññâ pajânanâ . . . pe . . . amoho dhammavicayo sammâditthi—ayam vuccati samâpattivutthânakusalatâ.

1333. Tattha katamâ dhâtukusalatâ ?

Atthârasa dhâtuyo—cakkhudhâtu rûpadhâtu cakkhaviññânadhâtu sotadhâtu saddadhâtu sotaviññânadhâtu ghânadhâtu gandhadhâtu ghânaviññânadhâtu jivhâdhâtu rasadhâtu jivhâviññânadhâtu kâyadhâtu photthabbadhâtu kâyaviññânadhâtu manodhâtu dhammadhâtu manoviññânadhâtu yâ tâsam dhâtûnam dhâtukusalatâ paññâ pajânanâ . . . pe . . . amoho dhammavicayo sammâditthi—ayam vuccati dhâtukusalatâ.

1334. Tattha katamâ manasikârakusalatâ ?

Yâ tâsam dhâtûnam manasikârakusalatâ paññâ pajânanâ . . . pe . . . amoho dhammavicayo sammâditthi—ayam vuccati manasikârakusalatâ.

1335. Tattha katamâ âyatanakusalatâ ?

Dvâdasâyatanâni — cakkhâyatanam, rûpâyatanam, sotâyatanam, saddâyatanam, ghânâyatanam, gandhâyatanam, jivhâyatanam, rasâyatanam, kâyâyatanam, photthabbâyatanam, manâyatanam, dhammâyatanam,—yâ tesam âyatanânam âyatanakusalatâ paññâ pajânanâ . . . pe . . . amoho dhammavicayo sammâditthi—ayam vuccati âyatanakusalatâ.

1336. Tattha katamâ paticcasamuppâdakusalatâ ?

Avijjâpaccayâ sankhârâ, sankhârapaccayâ viññânam, viññânapaccayâ nâmarûpam, nâmarûpapaccayâ salâyatanam, salâyatanapaccayâ phasso, phassapaccayâ vedanâ, vedanâpaccayâ tanhâ, tanhâpaccayâ upâdânam, upâdânapaccayâ bhavo, bhavapaccayâ jâti jâtipaccayâ jarâmaranam sokaparidevadukkhadomanassupâyâsâ sambhavanti, evam etassa kevalassa dukkhakkhandhassa samudayo hotîti, yâ tattha paññâ pajânanâ . . . pe . . . amoho dhammavicayo sammâditthi—ayam vuccati paticcasamuppâdakusalatâ.

1337. Tattha katamâ ṭhânakusalatâ ?

Yo ye dhammâ yesaṃ yesaṃ dhammânaṃ hetu paccayâ uppâdâya taṃ taṃ ṭhânan ti yâ tattha paññâ pajânanâ . . . pe . . . amoho dhammavicayo sammâdiṭṭhi—ayaṃ vuccati ṭhânakusalatâ.

1338. Tattha katamâ aṭṭhânakusalatâ ?

Ye ye dhammâ yesaṃ yesaṃ dhammânaṃ na hetu appaccayâ uppâdâya taṃ taṃ aṭṭhânan ti yâ tattha paññâ pajânanâ . . . po . . . amoho dhammavicayo sammâdiṭṭhi — ayaṃ vuccati aṭṭhânakusalatâ.

1339. Tattha katamo ajjavo ?

Ajjavatâ ajimhatâ avaṅkatâ akuṭilatâ — ayaṃ vuccati ajjavo.

1340. Tattha katamo maddavo ?

Yâ mudutâ maddavatâ akakkhaḷatâ—akaṭhinatâ nîcacittatâ —ayaṃ vuccati maddavo.

1341. Tattha katamâ khantî ?

Yâ khantî khamanatâ adhivâsanatâ acaṇḍikkaṃ anasuropo attamanatâ cittassa—ayaṃ vuccati khantî.

1342. Tattha katamaṃ soraccaṃ ?

Yo kâyiko avîtikkamo vâcasiko avîtikkamo kâyikavâcasiko avîtikkamo—idaṃ vuccati soraccaṃ.

Sabho pi sîlasaṃvaro soraccaṃ.

1343. Tattha katamaṃ sâkhalyaṃ ?

Yâ sâ vâcâ aṇḍakâ asâtâ kakkasâ parakaṭukâ parâbhisajjanikodhasâmantâ asamâdhisaṃvattanikâ — tathârûpiṃ vâcaṃ pahâya yâ sâ vâcâ neḷâ kaṇṇasukhâ pemaniyâ hadayaṃgamâ porî bahujanakantâ bahujanamanâpâ — tathârûpiṃ vâcaṃ bhâsitâ hoti—yâ tattha saṇhavâcatâ sakhilavâcatâ upharusavâcatâ—idaṃ vuccati sâkhalyaṃ.

1344. Tattha katamo paṭisanthâro ?

Dve paṭisanthârâ—âmisapaṭisanthâro ca dhammapaṭisanthâro ca—idhekacco paṭisanthârako hoti—âmisapaṭisanthârena vâ dhammapaṭisanthârena vâ—ayaṃ vuccati paṭisanthâro.

1345. Tattha katamâ indriyesu aguttadvâratâ ?

Idhekacco puggalo cakkhunâ rûpaṃ disvâ nimittaggâhî hoti anuvyañjanaggâhî, yatvâdhikaraṇam enaṃ cakkhundriyaṃ asaṃvutaṃ viharantaṃ nbhijjhâdomanassâ pâpakâ akusalâ dhammâ anvâssaveyyuṃ, tassa saṃvarâya na paṭipajjati na rakkhati cakkhundriyaṃ, cakkhundriyo na saṃvaraṃ âpajjati, sotena saddaṃ sutvâ . . . pe . . . ghânena gandhaṃ ghâyitvâ . . . pe . . . jivhâya rasaṃ sâyitvâ . . . pe . . . kâyena phoṭṭhabbaṃ phusitvâ . . . pe . . . manasâ dhammaṃ viñûâya nimittaggâhî hoti anuvyañjanaggâhî, yatvâdhikaraṅam cnaṃ manindriyaṃ asaṃvutaṃ viharantaṃ abhijjhâdomanassâ pâpakâ akusalâ dhammâ anvâssaveyyuṃ, tassa saṃvarâya na paṭipajjati, na rakkhati manindriyaṃ, manindriye nn saṃvaraṃ âpajjati. Yâ imesaṃ channaṃ indriyânaṃ agutti agopanâ anârakkho asaṃvaro—ayaṃ vuccati indriycsu aguttadvâratâ.

1346. Tattha katamû bhojane amattaññutâ ?

Idhekacco appaṭisaṅkhâ ayoniso âhâraṃ âhâroti, davâya madûya maṇḍanâya vibhûsanâya, yâ tattha asantuṭṭhitâ amattaûñutâ appaṭisaṅkhâ bhojane—ayaṃ vuccati bhojane amattaûûutâ.

1347. Tattha katamâ indriycsu guttadvâratâ ?

Idhekacco cakkhunâ . rûpaṃ disvâ na nimittaggâhî hoti na anuvyañjanaggâhi, yatvâdhikaraṇam cnaṃ cakkhundriyaṃ asaṃvutaṃ viharantaṃ abhijjhâdomanassâ pâpakâ akusalâ dhammâ anvâssavoyyuṃ, tassa saṃvarâya paṭipajjati, rakkhati cakkhundriyaṃ, cakkhuudriye saṃvaraṃ âpajjati, sotena saddaṃ sutvâ . . . pe . . . ghânena gandhaṃ ghâyitvâ . . . pe . . . jivhâya rasaṃ sâyitvâ . . . pe . . . kâyeau phoṭṭhabbaṃ phusitvâ .. . . pe . . . manasâ dhammaṃ viññâya na nimittaggâhi hoti nânuvyañjanaggâhi, yatvâdhikaraṇam cnaṃ manindriyaṃ asaṃvutaṃ viharantaṃ abhijjhâdomanassâ pâpakâ akusalâ dhammâ anvâssaveyyuṃ, tassa saṃvarâyn paṭipajjati, rakkhati manindriyaṃ manindriye saṃvaraṃ âpajjati ; yâ imesaṃ channaṃ indriyânaṃ gutti gopanâ ârakkho saṃvaro—ayaṃ vuccati indriyesu guttadvâratâ.

1348. Tattha katamâ bhojane mattaûûutâ ?

Idhekacco paṭisaṅkhâ yoniso âhâraṃ âhâreti, neva davâya na madâya na maṇḍanâya na vibhûsanâya yâvad eva imassn kâyassa ṭhitiyâ yâpanâya vihiṃsûparntiyâ brahmacariyánuggaháya iti puráṇañ ca vedanaṃ paṭihaṅkhâmi, navañ ca vedanaṃ na uppâdessâmi, yâtrâ ca me bhavissati anavajjatâ ca phâsuvihâro câti ; yâ tattha santuṭṭhitâ mattaññutâ paṭisaṅkhâ bhojane—ayaṃ vuccati bhojano mattaññutâ.

1349. Tattha katamaṃ muṭṭhasaccaṃ ?

Yâ anussati ananussati appaṭissati, asaraṇata adhâraṇatâ apilâpanatâ asammussanatâ—idaṃ vuccati muṭṭhasaccaṃ.

1350. Tattha katamaṃ asampajaññaṃ ?

Yam aññâṇaṃ, adassanam . . . pe . . . avijjâlaṅgî moho akusalamûlaṃ—idaṃ vuccati asampajaññaṃ.

1351. Tattha katamâ sati ?

Yâ sati anussati paṭissati saraṇatâ dhâraṇatâ apilâpanatâ asammussanatâ sati satindriyaṃ satibalaṃ sammâsati—ayaṃ vuccati sati.

1352. Tattha katamaṃ sampajaññaṃ ?

Yâ paññâ pajânanâ . . . pe . . . amoho dhammavicayo sammâdiṭṭhi—idaṃ vuccati sampajaññaṃ.

1353. Tattha katamaṃ paṭisaṅkhânabalaṃ ?

Yâ paññâ pajânanâ . . . pe . . . amoho dhammavicayo sammâdiṭṭhi idaṃ vuccati paṭisaṅkhânabalaṃ.

1354. Tattha katamaṃ bhâvanâbalaṃ ?

Yâ kusalânaṃ dhammânaṃ âsovanâ bhâvanâ bahulî-kammaṃ—idaṃ vuccati bhâvanâbalaṃ—satta pi bojjhaṅgâ bhâvanâbalaṃ.

1355. Tattha katamo samatho ?

Yâ cittassa ṭhiti . . . pe . . . sammâsamâdhi—ayaṃ vuccati samatho.

1356. Tattha katamâ vipassanâ ?

Yâ paññâ pajânanâ . . . pe . . . amoho dhammavicayo sammâdiṭṭhi—ayaṃ vuccati vipassanâ.

1357. Tattha katamaṃ samathanimittaṃ ?

Yâ cittassa ṭhiti . . . pe . . . sammâsamâdhi—idaṃ vuccati samathanimittaṃ.

1358. Tattha katamaṃ paggâhanimittaṃ ?

Yo cetasiko viriyârambho . . . po . . . sammâvâyâmo idaṃ vuccati paggâhanimittaṃ.

1359. Tattha katamo paggâho ?

Yo cetasiko viriyârambbo . . . pe . . . sammâvâyâmo—
ayaṃ vuccati paggâho.

1360. Tattha katamo avikkhepo?

Yâ cittassa ṭhiti . . . pe . . . sammâsamâdhi—ayaṃ
vuccati avikkhepo.

1361. Tattha katamâ sîlavipatti?

Yo kâyiko vîtikkamo vâcasiko vîtikkamo kâyikavâcasiko
vîtikkamo—ayaṃ vuccati sîlavipatti—sabbam pi dussîlyaṃ
sîlavipatti.

1362. Tattha katamâ diṭṭhivipatti?

Natthi dinnaṃ, natthi yiṭṭhaṃ, natthi hutaṃ, natthi
sukaṭadukkaṭânaṃ kammânaṃ phalaṃ vipâko, natthi ayaṃ
loko, natthi paraloko, natthi mâtâ, natthi pitâ, natthi sattâ
opapâtikâ, natthi loke samaṇabrahmanâ sammaggatâ sammâ-
paṭipannâ, ye imaū ca lokaṃ paraū ca lokaṃ sayaṃ abhiññâ
sacchîkatvâ pavedentîti, yâ evarûpâ diṭṭhi diṭṭhigatam . . .
pe . . . vipariyesagâho, ayaṃ vuccati diṭṭhivipatti—sabbâpi
micchâdiṭṭhi diṭṭhivipatti.

1363. Tattha katamâ sîlasampadâ?

Kâyiko avîtikkamo vâcasiko avîtikkamo kâyikavâcasiko
avîtikkamo—ayaṃ vuccati sîlasampadâ—sahbo pi sîlasaṃvaro
sîlasampadâ.

1364. Tattha katamâ diṭṭhisampadâ?

Atthi dinnaṃ, atthi yiṭṭhaṃ, atthi hutaṃ, attbi sukaṭa-
dukkaṭânaṃ kammânaṃ phalaṃ vipâko, atthi ayaṃ loko,
atthi paraloko, attbi mâtâ, atthi pitâ atthi sattâ opapâtikâ,
atthi loke samaṇabrahmanâ sammaggatâ sammâpaṭipannâ,
ye imaū ca lokaṃ paraū ca lokaṃ sayaṃ abhiññâ sacchîkatvâ
pavedentîti yâ evarûpâ paññâ pajânanâ . . . pe . . . amoho
dhammavicayo sammâdiṭṭhi, ayaṃ vuccati diṭṭhisampadâ—
sahhâ pi sammâdiṭṭhi diṭṭhisampadâ.

1365. Tattha katamâ sîlavisuddhi?

Kâyiko avîtikkamo vâcasiko avîtikkamo kâyikavâcasiko
avîtikkamo—ayaṃ vuccati sîlavisuddhi—sabbo pi sîlasaṃvaro
sîlavisuddhi.

1366. Tattha katamâ diṭṭhivisuddhi?

Kammassa kataṃ ñâṇasaccânulomikaṃ ñâṇaṃ maggasa
maṅgissa ñâṇaṃ phalasamaṅgissa ñâṇaṃ.

Diṭṭhivisuddhi kho paaâti yâ paññâ pajânanâ . . pe . . . amoho dhammavicayo sammâdiṭṭhi.

Yathâ diṭṭhissa ca padhânan ti yo cetasiko viriyârambho . . . pe . . . sammâvâyâmo.

Saṃvego ti jâtibhayaṃ jarâbhayaṃ vyâdhibhayaṃ maraṇahhayaṃ saṃvejaniyaṃ ṭhânan ti jâti jarâ vyâdhi maraṇaṃ.

Saṃviggassa ca yoniso padhânan ti idha hhikkhu anuppannâaaṃ pâpakânaṃ akusalânaṃ dhammânaṃ anuppâdâya chandaṃ janeti vâyamati viriyaṃ ârahhati cittaṃ paggaṇhâti padahati—uppannânaṃ pâpakânaṃ akusalânaṃ dhammânaṃ pahânâya chandaṃ janeti vâyamati viriyaṃ ârabhati cittaṃ paggaṇhâti padahati—anuppannânaṃ kusalânaṃ dhammânaṃ uppâdâya chandaṃ janeti vâyamati viriyaṃ ârahhati cittaṃ paggaṇhâti padahati—uppannânaṃ kusalânaṃ dhammânaṃ ṭhitiyâ asammosâya bhiyyobhâvâya vepullâya hhâvanâya pâripûriyâ chandaṃ janeti vâyamati viriyaṃ ârabhati cittaṃ paggaṇhâti padahati.

1367. Asantuṭṭhitâ ca kusalesu dhammesu ti yâ kusalânaṃ dhammânaṃ bhâvanâya asantuṭṭhassa bhiyyokamyatâ.

Appaṭivânitâ ca padhânasmin ti yâ kusalânaṃ dhammânaṃ hhâvanâya sakkaccakiriyatâ sâtaccakiriyatâ aṭṭhitakiriyatâ anolinavuttitâ anikkhittachandatâ anikkhittadhuratâ âsevanâ bhâvanâ hahulîkammaṃ.

Vijjâ ti tisso vijjâ—pubbenivâsânussativiññâṇaṃ vijjâ ; sattânaṃ cutupapâte ñâṇaṃ vijjâ âsavânaṃ khayo ñâṇaṃ vijjâ.

Vimuttîti dve vimuttiyo—cittassa ca adhimutti nibbânaṃ ca.

Khaye ñâṇan ti—maggasamaṅgissa ñâṇaṃ.
Anuppâde ñâṇan ti—phalasamaṅgissa ñâṇaṃ.

Nikkhepakhaṇḍo niṭṭhito.

1368. Katame dhammâ kusalâ ?
Catûsu bhummîsu kusalaṃ—imo dhammâ kusnlâ.
1369. Katamo dhammâ akusalâ ?
Dvâdasa akusalacittuppâdâ—ime dhammâ akusalâ.
1370. Katame dhammâ avyâkatâ ?
Catûsu bhummîsu vipâko—tîsu bhummîsu kiriyâvyâkataṃ rûpañ ca nibbânañ ca—ime dhammâ avyâkatâ.

1371. Katame dhammâ sukhâya vedanâya sampayuttâ?

Kâmâvacarakusalato cattâro somanassasahagatacittuppâdâ, akusalato cattâro kâmâvacarassa kusalassa vipâkato cha kiriyato pañca rûpâvacaratikacatukkajjhânâ kusalato ca vipâkato ca kiriyato ca lokuttaratikacatukkajjhânâ kusalato ca vipâkato ca, etth' uppanaam sukham vedanam thapetvâ— ime dhammâ sukhâya vedanâya sampayuttâ.

1372. Katame dhammâ dukkhâya vedanâya sampayuttâ?

Dvo domanassasahagatâ cittuppâdâ dukkhasahagatam kâyaviññûânam, etth' uppanaam dukkham vedanam thapetvâ—ime dhammâ dukkhâya vedanâya sampayuttâ.

1373. Katame dhammâ adukkhamasukhâya vedanâya sampayuttâ?

Kâmâvacarakusalato cattâro upekkhâsahagatâ cittuppâdâ akusalato cha, kâmâvacarassa akusalassa vipâkato dasa, akusalassa vipâkato cha, kiriyato cha, rûpâvacaracatuttham jhânam kusalato ca vipâkato ca kiriyato ca, cattâro arûpâvacarûkusalato ca vipâkato ca kiriyato ca, lokuttaram catuttham jhânam kusalato ca vipâkato ca, etth' uppanuam adukkhamasukham vedanam thapetvâ, ime dhammâ adukkhamasukhâya vedanâya sampayuttâ, tisso ca vedanâ rûpañ ca nibhânañ ca, ime dhammâ na vattabhâ sukhâya vedanâya sampayuttâ ti pi, dukkhâya vedanâya sampayuttâ ti pi— adukkhamasukhâya vedanâya sampayuttâ ti pi.

1374. Katamo dhammâ vipâkâ?

Catûsu bhummîsu vipâko—ime dhammâ vipâkâ.

1375. Katamo dhammâ vipâkadhammadhammâ?

Catûsu bhummîsu kusalam akusalam—ime dhammâ vipâkadhammadhammâ.

1376. Katame dhammâ nevavipâkanavipâkadhammadhammâ?

Tîsu bhummîsu kiriyâvyâkatam rûpañ ca nibhânaû ca— ime dhammâ nevavipâkanavipâkadhammadhammâ.

1377. Katamo dhammâ upâdinnupâdâniyâ?

Tîsu bhummisu vipâko—yañ ca rûpam kammassa katattâ— ime dhammâ upâdinnupâdâniyâ.

1378. Katame dhammâ anupâdinnupâdâniyâ?

Tîsu bhummîsu kusalam akusalam, tîsu bhummîsu kiriyâvyâkataṃ, yañ ca rûpaṃ na kammassa katattâ—ime dhammâ anupâdiṇṇupâdâniyâ.

1379. Katame dhammâ annpâdiṇṇâ anupâdâniyâ?

Cattâro maggâ apariyâpannâ cattâri ca sâmaññaphalâni nibhânañ ca—ime dhammâ anupâdiṇṇâ anupâdâniyâ.

1380. Katame dhammâ saṅkiliṭṭhasaṅkilesikâ ?

Dvâdasâkusalucittuppâdâ—ime dhammâ saṅkiliṭṭhasaṅkilesikâ ?

1381. Katame dhammâ asaṅkiliṭṭhasaṅkilesikâ ?

Tîsu bhummîsu kusalaṃ, tîsu bhummîsu vipâko, tîsu bhummîsu kiriyâvyâkataṃ, sabbañ ca rûpaṃ—ime dhammâ asaṅkiliṭṭhasaṅkilesikâ.

1382. Katame dhammâ asaṅkiliṭṭhâsaṅkilesikâ ?

Cattâro maggâ apariyâpannâ, cattâri ca sâmaññaphalâni nibhânañ ca—ime dhammâ asaṅkiliṭṭhâsaṅkilesika.

1383. Katamo dhammâ savitakkasavicârâ?

Kâmâvacaraṃ kusalaṃ akusalaṃ—kâmâvacarakusalassa vipâkato ekâdasa cittuppâdâ, akusalassa vipâkato dve, kiriyato ekâdasa, rûpâvacarapaṭhamaṃ jhânaṃ kusalato ca vipâkato ca kiriyato ca, lokuttaraṃ paṭhamaṃ jhânaṃ kusalato ca vipâkato ca etth' uppanne vitakkavicâre ṭhapetvâ—imo dhammâ savitakkasavicârâ.

.1384. Katame dhammâ avitakkavicâramattâ ?

Rûpâvacarapañcakanaye dutiyaṃ jhânaṃ kusalato ca vipâkato ca kiriyato ca, lokuttarapañcakanaye dutiyaṃ jhânaṃ kusalato ca vipâkato ca, ettb' uppannam vicâraṃ ṭhapetvâ vitakko ca—imo dhammâ avitakkavicâramattâ.

1385. Katame dhammâ avitakka-avicârâ ?

Dve pañca viññâṇâni rûpâvacaratikatikajjhânâ kusalato ca vipâkato ca kiriyato ca, cattâro âruppâ kusalato ca vipâkato ca kiriyato ca, lokuttaratikatikajjhânâ kusalato ca vipâkato ca, pañcakanaye dutiye jhâne uppanno ca vicâro, rûpañ ca nibhânañ ca—ime dhammâ avitakka-avicârâ.

1386. Vitakkasahajâto vicâro na vattabbo savitakkasavicâro ti pi.

Avitakkavicâramatto ti pi. Avitakka-avicâro ti pi.

1387. Katame dhamme pîtisahagatâ ?

Kâmâvacarakusalato cattâro somanassasahagatâ cittuppâdâ, akusalato cattâro, kâmâvacarakusalassa vipâkato pañca, kiriyato pañca, rûpâvacaradukatikajjhânâ kusalato ca vipâkato ca kiriyato ca, lokuttaradukatikajjhânâ kusalato ca vipâkato ca, etth' uppannaṃ pîtiṃ ṭhapetva—ime dhammâ pîtisahagatâ.

1388. Katame dhammâ sukhasahagatâ?

Kâmâvacarakusalato cattâro somanassasahagatacittuppâdâ, akusalato cattâro, kâmâvacarakusalassa vipâkato cha, kiriyato pañca, rûpâvacaratikacatukkajjhânâ kusalato ca vipâkato ca, kiriyato ca, lokuttaratikacatukkajjhânâ kusalato ca vipâkato ca, etth' uppannaṃ sukhaṃ ṭhapetvâ — ime dhammâ sukhasahagatâ.

1389. Katame dhammâ upekkhâsahagatâ?

Kâmâvacarakusalato cattâro upekkhâsahagatacittuppâdâ, akusalato cha, kâmâvacarakusalassa vipâkato dasa, akusala-vipâkato cha, kiriyato cha, rûpâvacaracatuttham jhânaṃ kusalato ca vipâkato ca kiriyato ca, cattâro âruppâ kusalato ca vipâkato ca kiriyato ca, lokuttaraṃ catuttham jhânaṃ kusalato ca vipâkato ca, etth' uppannaṃ upekkhaṃ ṭhapetvâ —ime dhammâ upekkhâsahagatâ.

Pîti na pîtisahagatâ sukhasahagatâ na upekkhâsahagatâ, sukhaṃ na sukhasahagataṃ siyâ pîtisahagataṃ na upekkhâ-sahagataṃ, siyâ na vattabbam pîtisahagatan ti pi.

Dvo domanassasahagatacittuppâdâ, dukkhasahagataṃ kâya-viññâṇaṃ, yâ ca vedanâ upekkhâ rûpañ ca nibbânañ ca; —ime dhammâ na vattabbâ pîtisahagatâ ti pi sukhasahagatâ ti pi upekkhâsahagatâ ti pi.

1390. Katame dhammâ dassanena pahâtabbâ?

Cattâro diṭṭhigatasampayuttacittuppâdâ — vicikicchâsaha-gato cittuppâdo—ime dhammâ dassanena pahâtabbâ.

1391. Katame dhammâ bhâvanâya pahâtabbâ?

Uddhaccasahagato cittuppâdo—ime dhammâ bhâvanâya pahâtabbâ.

1392. Cattâro diṭṭhigatavippayuttâ lobhasahagatacittuppâdâ.

Dve domanassasahagatacittuppâdâ — ime dhammâ siyâ dassanena pahâtabbâ siyâ bhâvanâya pahâtabbâ.

1393. Katame dhammâ neva dassanena na bhâvanâya pahâtabbâ?

Catûsu bhummîsu kusalaṃ, catûsu bbummîsu vipâko, tîsu bhummîsu kiriyâvyâkataṃ, rûpañ ca nibbânañ ca—ime dhammâ neva dassanena na hhâvanâya pahâtahhâ.

1394. Katame dhammâ dassanena pabâtabbahetukâ?

Cattâro diṭṭhigatasampayuttacittuppâdâ, vicikiccbâsahagato cittuppâdo, etth' uppannaṃ mobaṃ ṭhapetvâ—ime dhammâ dassanena pahâtabbahetukâ.

1395. Katame dhammâ bhâvanâya pahâtabbnbctukâ?

Uddhaccasahagato cittuppâdo, etth' uppannaṃ mohaṃ ṭhapetvâ, ime dbammâ hhâvanâya pahâtabbabotukâ, cattâro diṭṭhigatavippayuttâ lobhasahagatacittuppâdâ dve domanassasahagatacittuppâdâ, ime dhammâ siyâ dassancna pabâtabbahotukâ, siyâ bhâvanâya pahâtabbabctukâ.

1396. Katame dbammâ nevn dassanena na bbâvanâya pahâtabbahetukâ?

Vicikiccbâsahagato mobo, uddhaccasahagato moho, catûsu bhummîsu kusalaṃ, catûsu bbummîsu vipâko, tîsu bhummîsu kiriyâyvâkataṃ, rûpañ ca nibbânañ ca—ime dhammâ nevn dassanena na bbâvanâya pabâtabbahetukâ.

1397. Katame dhammâ âcayagâmino?

Tîsu bhummîsu kusalaṃ akusalaṃ—ime dhammâ âcayagâmino.

1398. Katamo dhammâ apacayagâmino?

Cattâro maggâ apariyâpannâ—ime dbammâ apacayagâmino.

1399. Katame dhammâ nevâcayagâmino nâpacayagâmino?

Catûsu bhummîsu vipâko tîsu bhummîsu kiriyâvyâkataṃ rûpañ ca nibbânañ ca—ime dbammâ nevâcayagâmino nâpacayagâmino.

1400. Katame dhammâ sekkhâ?

Cattâro maggâ apariyâpannâ beṭṭhimâni ca tîṇi sâmaññaphalâni—imo dhammâ sekkhâ.

1401. Katamo dhammâ asekkhâ?

Upariṭṭbimaṃ arahattaphalaṃ—ime dbammâ asekkhâ.

1402. Katame dhammâ neva sekkhâ nâsekkhâ?

Tîsu bbummîsu kusalaṃ akusalaṃ—tîsu bhummîsu vipâko tîsu bhummîsu kiriyâvyâkataṃ rûpañ ca nibbânañ ca ime dhammâ neva sekkbâ nâsekkhâ.

1403. Katame dbammâ parittâ?

Kâmâvacarakusalaṃ akusalaṃ sabbo kâmâvacarassa vipâko kâmâvacarakiriyâvyâkataṃ, sabbañ ca rûpaṃ—ime dhammâ parittâ.

1404. Katame dhammâ mahaggatâ?

Rûpâvacarâ arûpâvacarâ kusalâvyâkatâ—ime dhammâ mahaggatâ.

1405. Katame dhammâ appamânâ?

Cattâro maggâ apariyâpannâ cattâri ca sâmaññaphalâni nibbânañ ca—ime dhammâ appamânâ.

1406. Katame dhammâ parittârammaṇâ?

Sabbo kâmâvacarassa vipâko kiriyâ manodhâtu, kiriyâhetukamanoviññâṇadhâtu somanassasahagatâ—imo dhammâ parittârammaṇâ.

1407. Katamo dhammâ mahaggatârammaṇâ?

Viññâṇañcâyatanaṃ nevasaññânâsaññâyatanaṃ — imo dhammâ mahaggatârammaṇâ.

1408. Katame dhammâ appamânârammaṇâ?

Cattâro maggâ apariyâpannâ cattâri ca sâmaññaphalâni—ime dhammâ appamânârammaṇâ.

Kâmâvacarakusalato cattâro ñâṇavippayuttacittuppâdâ, kiriyato cattâro ñâṇavippayuttacittuppâdâ, sabbaṃ akusalaṃ, ime dhammâ siyâ parittârammaṇâ, siyâ mahaggatârammaṇâ, na appamânârammaṇâ, siyâ na vattabbâ parittârammaṇâ ti pi mahaggatârammaṇâ ti pi, kâmâvacarakusalato cattâro ñâṇasampayuttâ cittuppâdâ, kiriyato cattâro ñâṇasampayuttâ cittuppâdâ, rûpâvacaracatuttham jhânaṃ kusalato ca kiriyato ca, kiriyâhetukamanoviññâṇadhâtu upekkhâsahagatâ—ime dhammâ siyâ parittârammaṇâ, siyâ mahaggatârammaṇâ, siyâ appamânârammaṇâ siyâ na vattabbâ parittârammaṇâ ti pi, mahaggatârammaṇâ ti pi, appamânâ ti pi, rûpâvacaratikacatukkajjhânâ kusalato ca vipâkato ca kiriyato ca catutthassa jhânassa vipâko âkâsânañcâyatanaṃ âkiñcaññâyatanaṃ, ime dhammâ na vattabbâ parittârammaṇâ ti pi mahaggatârammaṇâ ti pi appamânârammaṇâ ti pi—rûpañ ca nibbânañ ca anârammaṇâ.

1409. Katame dhammâ hînâ?

Dvâdasa akusalacittuppâdâ—ime dhammâ hînâ.

1410. Katame dhammâ majjhimâ?

Tîsu bhummîsu kusalam, tîsu bhummîsu vipâko, tîsu bhummîsu kiriyâvyâkatam, sahhaû ca rûpam—imc dhammâ majjhimâ.

1411. Katame dhammâ panîtâ?

Cattâro maggâ apariyâpanaâ cattâri ca sâmaññaphalâni nihbânaû ca—ime dhammâ panîtâ.

1412. Katame dhammâ micchattaniyatâ?

Cattâro ditthigatasampayuttacittuppâdâ, dve domanassasahagatacittuppâdâ—ime dhammâ siyâ micchattaniyatâ siyâ aniyatâ.

1413. Katame dhammâ sampattaniyatâ?

Cattâro maggâ apariyâpanaâ—ime dhammâ sampattaniyatâ.

1414. Katame dhammâ aniyatâ?

Cattâro ditthigatavippayuttalohhasahagatacittuppâdâ, vicikicchâsahagato cittuppâdo uddhaccasahagato cittuppâdo, tîsu bhummîsu kusalam, catûsu bhummîsu vipâko, tîsu bhummîsu kiriyâvyâkatam rûpañ ca nibbânaû ca—ime dhammâ aniyatâ.

1415. Katame dhammâ maggârammanâ?

Kâmâvacarakusalato cattâro ñânasampayuttacittuppâdâ kiriyato cattâro ñânasampayuttacittuppâdâ, ime dhammâ siyâ maggârammanâ, na maggahetukâ, siyâ maggâdhipatino, siyâ na vattahbâ maggârammanâ ti pi maggâdhipatino ti pi, cattâro ariyamaggâ na maggârammanâ, maggahetukâ, siyâ maggâdhipatino siyâ na vattabbâ maggâdhipatiao ti rûpâvacaracatuttham jhânam kusalato ca kiriyato ca kiriyâhetukamanoviññânadhâtu upekkhâsahagatâ, ime dhammâ siyâ maggârammanâ, na maggahetukâ, na maggâdhipatino siyâ na vattabbâ maggârammanâ ti, kâmâvacarakusalato cattâro ñânavippayuttacittuppâdâ sahbam akusalam, sahbo kâmâvacarassa vipâko, kiriyato cha cittuppâdâ rûpâvacaratikacatukkajjhânâ kusalato ca vipâkato ca kiriyato ca catutthajhânassa vipâko, cattâro âruppâ kusalato ca vipâkato ca kiriyato ca cattâri ca sâmaññaphalâni—ime dhammâ na vattahhâ maggârammanâ ti pi maggahetukâ ti pi maggâdhipatiao ti pi, rûpañ ca aihbânañ ca anârammanû.

1416. Katame dhammâ uppanaâ?

Catûsu bhummîsu vipâko, yañ ca rûpam kammussa katattâ

ime dhammâ siyâ uppannâ, siyâ uppâdino, na vattabbâ
anuppannâ ti, catûsu bhummîsu kusalaṃ, akusalaṃ, tîsu
bhummîsu kiriyâvyâkataṃ, yañ ca rûpaṃ na kammassa
katattâ, ime dhammâ siyâ uppannâ, siyâ anuppannâ, na
vattabbâ uppâdino ti, nibbânaṃ na vattabbaṃ uppannan ti pi
auuppannan ti pi [uppâdîti pi].

Nibbânaṃ ṭhapetvâ sabbe dhammâ siyâ atîtâ, siyâ anâgatâ,
siyâ paccuppannâ, nibbânaṃ na vattabbaṃ atîtan ti pi auâ-
gatan ti pi paccuppannan ti pi.

1417. Katamo dhammâ atîtârammaṇâ ?

Viññâṇañcâyatanaṃ neva saññânâsaññâyatanaṃ — ime
dhammâ atîtârammaṇâ.

Niyogâ anâgatârammaṇâ natthi.

1418. Katame dhammâ paccuppannârammaṇâ ?

Dve pañca viññâṇâni tisso ca manodhâtuyo ime dhammâ
paccuppannârammaṇâ.

Kâmâvacarakusalassa vipâkato dasa cittuppâdâ akusa-
lassa vipâkato manoviññâṇadhâtu upekkhâsahagatâ kiri-
yahetukâ manoviññâṇadhâtu somanassasahagatâ, ime
dhammâ siyâ atîtârammaṇâ, siyâ anâgatârammaṇâ, siyâ
paccuppannârammaṇâ, kâmâvacarakusalaṃ akusalaṃ kiriyato
na cittuppâdâ, rûpâvacaracatutthaṃ jhânaṃ kusalato ca
kiriyato ca, ime dhammâ siyâ atîtârammaṇâ, siyâ anâgatâ-
rammaṇâ, siyâ paccuppannârammaṇâ, siyâ na vattabbâ atîtâ-
rammaṇâ ti pi anâgatârammaṇâ ti pi paccuppannârammaṇâ ti
pi, rûpâvacaratikacatukkajjhânâ kusalato ca, vipâkato ca
kiriyato ca catutthassa jhânassa vipâko, âkâsânañcâyatanaṃ
âkiñcaññâyatanaṃ cattâro maggâ apariyâpannâ cattâri ca
sâmaññaphalâni, ime dhammâ na vattabbâ atîtârammaṇâ ti
pi anâgatârammaṇâ ti pi paccuppannârammaṇâ ti pi—rûpañ
ca nibbânañ ca anârammaṇâ. Manindriyaṃ baddharûpañ
ca nibbânañ ca ṭhapetvâ sabbe dhammâ siyâ ajjhattâ siyâ
bahiddhâ, siyâ ajjhattabahiddhâ — manindriyam baddha-
rûpañ ca nibbânañ ca bahiddhâ.

1419. Katame dhammâ ajjhattârammaṇâ ?

Viññâṇañcâyatanaṃ neva saññânâsaññâyatanaṃ — ime
dhammâ ajjhattârammaṇâ.

1420. Katamo dhammâ bahiddhârammaṇâ ?

Rûpâvacaratikacatukkajjhânâ kusalato ca vipâkato ca kiriyato ca, catutthassa jhânassa vipâko, âkâsânañcâyatanaṃ,
cattâro maggâ apariyâpannâ cattâri ca sâmaññaphalâni—imo
dhammâ bahiddhârammaṇâ. Rûpaṃ ṭhapetvâ sabbeva kâmâvacarâ kusalâkusalâvyâkatâ dhammâ, rûpâvacaracatutthajjhânaṃ kusalato ca kiriyato ca, imo dhammâ siyâ ajjhattârammaṇâ, siyâ bahiddhârammaṇâ, siyâ ajjhattabahiddhârammaṇâ,
âkiñcaññâyatanaṃ na vattabhaṃ ajjhattârammaṇan ti pi
bahiddhârammaṇan ti pi ajjhattabahiddhârammaṇan ti pi—
rûpañ ca nibhânañ ca anârammaṇâ.

1421. Katame dhammâ sanidassanasappaṭighâ ?

Rûpâyatanaṃ—ima dhammâ sanidassanasappaṭighâ.

1422. Katame dhammâ anidassanasappaṭighâ ?

Cakkhâyatanaṃ . . . pe . . . phoṭṭhabbâyatanaṃ—ime
dhammâ anidassanasappaṭighâ.

1423. Katame dhammâ anidassana-appaṭighâ ?

Catûsu bhummîsu kusalaṃ akusalaṃ catûsu bhummîsu
vipâko, tîsu bhummîsu kiriyâvyâkataṃ, yañ ca rûpaṃ
anidassanaṃ appaṭighaṃ dhammâyatanapariyâpannaṃ, nibhânañ ca—imo dhammâ anidassana-appaṭighâ.

Tikaṃ.

1424. Katamo dhammâ hetû ?

Tayo kusalahetû, tayo akusalahetû, tayo avyâkatahetû,
alobho kusalahetu, adoso kusalahetu, amoho kusalahetu,
catûsu bhummîsu kusalesu uppajjanti, amoho kusalahetu
kâmâvacarakusalato cattâro ñâṇavippayuttacittuppâde ṭhapetvâ catûsu bhummîsu kusalesu uppajjati, lobho aṭṭhasu
lobhasahagatesu cittuppâdesu uppajjati, doso dvîsu domanassasahagatesu cittuppâdesu uppajjati, moho sabbâkusalesu
uppajjati, alobho vipâkahetu, adoso vipâkahetu, kâmâvacarassa vipâkato ahetuke cittuppâde ṭhapetvâ catûsu bhummîsu
vipâkesu uppajjanti amoho vipâkahetu kâmâvacarassa vipâkato ahetuko cittuppâda ṭhapetvâ cattâro ñâṇavippayuttacittuppâde ṭhapetvâ catûsu bhummîsu vipâkesu uppajjati,
alobho kiriyahetu adoso kiriyahetu kâmâvacarassa kiriyato
ahetuke cittuppâde ṭhapetvâ tîsu bhummîsu kiriyesu

uppajjanti, amoho kiriyahetu kâmâvacarakiriyato ahetuke cittuppâdo ṭhapetvâ cattâro ñâṇavippayuttacittuppâdo ṭhapetvâ tîsu bhummîsu kiriyesu uppajjati—ime dhammâ hetû.

1425. Katame dhammâ na hetû ?

Ṭhapetvâ hetû catûsu bbummîsu kusalaṃ akusalaṃ—catûsu bbummîsu vipâko—tîsu bbummîsu kiriyâvyâkataṃ—rûpañ ca nibbânañ ca—imo dhammâ na hetû.

1426. Katame dhammâ sahetukâ ?

Vicikicchâsahagataṃ uddhaccasahagataṃ mohaṃ ṭhapetvâ avasesaṃ akusalaṃ, catûsu bbummîsu kusalaṃ, kâmâvacarassa vipâkato ahetuke cittuppâde ṭhapetvâ catûsu bbummîsu vipâko kâmâvacarakiriyato ahetuke cittuppâde ṭhapetvâ tîsu bbummîsu kiriyâvyâkataṃ—ime dhammâ sahetukâ.

1427. Katame dhammâ ahetukâ ?

Vicikicchâsahagato moho uddhaccasahagato moho dve pañca viññâṇâni—tisso ca manodhâtuyo—pañca ca nhetukamanoviññâṇadhâtuyo rûpañ ca nibbânañ ca—ime dhammâ ahetukâ.

1428. Katame dhammâ hetusampayuttâ ?

Vicikicchâsahagataṃ uddhaccasahagataṃ mohaṃ ṭhapetvâ, avasesaṃ akusalaṃ, catûsu bhummîsu kusalaṃ kâmâvacarassa vipâkato ahetuko cittuppâde ṭhapetvâ catûsu bhummîsu vipâko, kâmâvacarakiriyato ahetukacittuppâde ṭhapetvâ tîsu bbummîsu kiriyâvyâkataṃ—ime dhammâ hetusampayuttâ.

1429. Katamo dhammâ hetuvippayuttâ ?

Vicikicchâsahagato moho uddhaccasahagato moho dvo pañca viññâṇâni—tisso ca manodhâtuyo—pañca ca ahetukamanoviññâṇadhâtuyo rûpañ ca nibbânañ ca—ime dhammâ hetuvippayuttâ.

1430. Katamo dhammâ hetû ceva sahetukâ ca ?

Yattha dve tayo hetû ekato uppajjanti—ime dhammâ hetû ceva sahetukâ ca.

1431. Katamo dhammâ sahetukâ ceva na ca hetû ?

Catûsu bhummîsu kusalaṃ, akusalaṃ kâmâvacarassa vipâkato ahetuke cittuppâde ṭhapetvâ catûsu bbummîsu vipâko, kâmâvacarakiriyato ahetuke cittuppâde ṭhapetvâ tîsu bhummîsu kiriyâvyâkataṃ, etth' uppanne hetû ṭhapetvâ, ime dhammâ sahetukâ ceva na ca hetû. Ahetukâ dhammâ na vattabbâ hetû ceva sahetukâ ti pi sahetukâ ceva na ca hetû ti pi.

1432. Katame dhammâ hetû ceva hetusampayuttâ ca?

Yattha dve tayo hetû ekato uppajjanti—ime dhammâ hetû ceva hetusampayuttâ ca.

1433. Katame dhammâ hetusampayuttâ ceva na ca hetû?

· Catûsu hhummîsu, kusalam akusalaṃ, kâmâvacarassa vipâkato ahetukacittuppâde ṭhapetvâ catûsu bhummîsu vipâko, kâmâvacarakiriyato ahetuke cittuppâdo ṭhapetvâ tîsu hhummîsu kiriyâvyâkataṃ, etth' uppanne hetû ṭhapetvâ, ime dhammâ hetusampayuttâ ceva na ca hetû. Hetuvippayuttâ dhammâ na vattabbâ hetû ceva hetusampayuttâ ti pi hetusampayuttâ ceva na ca hetû ti pi.

1434. Katame dhammâ na hetû sahetukâ?

Catûsu bhummîsu kusalaṃ akusalaṃ, kâmâvacarassa vipâkato ahetuke cittuppâde ṭhapetvâ catûsu bhummîsu vipâko, kâmâvacarakiriyato ahetuke cittuppâde ṭhapetvâ tîsu hhummîsu kiriyâvyâkataṃ, etth' uppaane hetû ṭhapetvâ—ime dhammâ na hetû sahetukâ.

1435. Katame dhammâ na hetû ahetukâ?

Dve pañca viññâṇâni, tisso ca manodhâtuyo, pañca ahetukamanoviññâṇadhâtuyo, rûpañ ca nihbânaü ca—ime dhammâ na hetû ahetukâ.

Hetû dhammâ na vattahbâ na hetû sahetukâ ti pi na hetû ahetukâ ti pi.

1436. Katame dhammâ sappaccayâ?

Catûsu hhummîsu kusalaṃ akusalaṃ, catûsu bhummîsu vipâko, tîsu hhummîsu kiriyâvyâkataṃ sabbañ ca rûpaṃ—ime dhammâ sappaccayâ.

1437. Katame dhammâ appaccayâ?

Nibbânaṃ—ime dhammâ appaccayâ.

1438. Katame dhammâ saṅkhatâ?

Catûsu hhummîsu kusalaṃ akusalaṃ catûsu bhummîsu vipâko, tîsu bhummîsu kiriyâvyâkataṃ sabbañ ca rûpaṃ —ime dhammâ saṅkhatâ.

1439. Katame dhammâ asaṅkhatâ?

Nibbânaṃ—ime dhammâ asaṅkhatâ.

1440. Katame dhammâ sanidassanâ?

Rûpâyatanaṃ—ime dhammâ sanidassanâ.

1441. Katame dhammâ anidassanâ?

Cakkhâyatanaṃ . . . po . . . phoṭṭhabbâyatanaṃ, catûsu bhummîsu kusalaṃ akusalaṃ, catûsu bhummîsu vipâko, tîsu bhummîsu kiriyâvyâkataṃ, yañ ca rûpaṃ anidassanaṃ appaṭighaṃ dhammâyatanapariyâpannaṃ nibbânañ ca—ime dhammâ anidassanâ.

1442. Katame dhammâ sappaṭighâ?

Cakkhâyatanaṃ . . . pe . . . phoṭṭhabbâyatanaṃ—ime dhammâ sappaṭighâ.

1443. Katamo dhammâ appaṭighâ?

Catûsu bhummîsu kusalaṃ akusalaṃ catûsu bhummîsu vipâko, tîsu bhummîsu kiriyâvyâkataṃ, yañ ca rûpaṃ ani- dassanaṃ appaṭighaṃ dhammâyatanapariyâpannaṃ nibbâ- nañ ca—ime dhammâ appaṭighâ.

1444. Katamo dhammâ rûpino?

Cattâro ca mahâbhûtâ catunnañ ca mahâbhûtânaṃ upâdâya rûpam—ime dhammâ rûpino.

1445. Katamo dhammâ arûpino?

Catûsu bhummîsu kusalaṃ akusalaṃ, catûsu bhummîsu vipâko, tîsu bhummîsu kiriyâvyâkataṃ, nibbânañ ca—imo dhammâ arûpino.

1446. Katame dhammâ lokiyâ.

Tîsu bhummîsu kusalaṃ akusalaṃ, tîsu bhummîsu vipâko, tîsu bhummîsu kiriyâvyâkataṃ sabbañ ca rûpaṃ—imo dhammâ lokiyâ.

1447. Katame dhammâ lokuttarâ?

Cattâro maggâ apariyâpannâ, cattâri ca sâmaññaphalâni nibbânañ ca—ime dhammâ lokuttarâ.

Sabbe dhammâ kenaci viññeyyâ kenaci na viññeyyâ.

1448. Katame dhammâ âsavâ?

Cattâro âsavâ, kâmâsavo bhavâsavo diṭṭhâsavo avijjâ- savo.

Kâmâsavo aṭṭhasu lobhasahagatesu cittuppâdesu uppajjati, bhavâsavo catûsu diṭṭhigatavippayuttalobhasahagatesu cittup- pâdesu uppajjati, diṭṭhâsavo catûsu diṭṭhigatasampayuttesu cittuppâdesu uppajjati, avijjâsavo sabbâkusalesu uppajjati— ime dhammâ âsavâ.

1449. Katamo dhammâ no âsavâ?

Ṭhapetvâ âsave, avasesaṃ akusalaṃ catûsu bhummîsu

kusalaṃ, catûsu hbummîsu vipâko, tîsu bhummîsu kiriyâ-vyâkataṃ, rûpañ ca nibbânañ ca—ime dhammâ no âsavâ.

1450. Katame dhammâ sâsavâ?

Tîsu bhummîsu kusalaṃ akusalaṃ, tîsu bhummîsu vipâko, tîsu bhummîsu kiriyâvyâkataṃ, sabbañ ca rûpaṃ—ime dhammâ sâsavâ.

1451. Katame dhammâ anâsavâ?

Cattâro maggâ apariyâpannâ cattâri ca sâmaññapbalâni nibbânañ ca—ime dhammâ anâsavâ.

1452. Katame dhammâ âsavasampayuttâ?

Dve domanassasahagatacittuppâdâ, etth' uppannaṃ mohaṃ ṭhapetvâ, vicikicchâsahagataṃ uddhaccasahagataṃ mohaṃ ṭhapetvâ avasesaṃ akusalaṃ—imo dhammâ âsavasampayuttâ.

1453. Katame dhammâ âsavavippayuttâ?

Dvîsu domanassasahagatesu cittuppâdesu uppanno moho, vicikicchâsahagato moho uddhaccasahagato moho, catûsu bhummîsu kusalaṃ, catûsu bhummîsu vipâko tîsu bhummîsu kiriyâvyâkataṃ, rûpaṃ ca nibbânañ ca—ime dhammâ âsava-vippayuttâ.

1454. Katame dhammâ âsavâ ceva sâsavâ ca?

Teva âsavâ âsavâ ceva sâsavâ ca.

1455. Katame dhammâ sâsavâ ceva no ca âsavâ?

Ṭhapetvâ âsave avasesaṃ akusalaṃ, tîsu hbummîsu kusalaṃ, tîsu bhummîsu vipâko, tîsu bhummîsu kiriyâvyâkataṃ, sabbañ ca rûpaṃ, ime dhammâ sâsavâ ceva no ca âsavâ. Anâsavâ dhammâ na vattabbâ âsavâ ceva sâsavâ ti pi sâsavâ ceva no ca âsavâ ti pi.

1456. Katame dhammâ âsavâ ceva âsavasampayuttâ ca?

Yattha dve tayo âsavâ ekato uppajjanti—ime dhammâ âsavâ ceva âsavasampayuttâ ca.

1457. Katame dhammâ âsavasampayuttâ ceva no ca âsavâ?

Ṭhapetvâ âsave avasesaṃ akusalaṃ, ime dhammâ âsavasampayuttâ no ca âsavâ. Âsavavippayuttâ dhammâ na vattabhâ âsavâ ceva âsavasampayuttâ ti pi—âsavasampayuttâ ceva no ca âsavâ ti pi.

1458. Katame dhammâ âsavavippayuttâ sâsavâ?

Dvîsu domanassasahagatesu cittuppâdesu uppanno moho vicikicchâsahagato moho uddhaccasahagato moho sutî

bhummîsu kusalaṃ tîsu bhummîsu vipâko tîsn bhummîsu
kiriyâvyâkataṃ, sabbañ ca rûpaṃ—ime dhammâ âsava-
vippayuttâ sâsavâ.

1459. Katamo dhammâ âsavavippayuttâ anâsavâ?

Cattâro maggâ apariyâpannâ cattâri ca sâmaññaphalâni
nibbânañ ca—ime dhammâ âsavavippayuttâ anâsavâ—âsava-
sampayuttâ dhammâ na vattabbâ âsavavippayuttâ sâsavâ ti
pi âsavavippayuttâ anâsavâ ti pi.

1460. Katame dhammâ saññojanâ?

Dasa saññojanâni, kâmarâgasaññojanaṃ, paṭighasañño-
janaṃ, mânasaññojanaṃ, diṭṭhisaññojanaṃ, vicikicchâsañño-
janaṃ, sîlabbataparâmâsasaññojanaṃ, bhavarâgasaññojanaṃ,
issâsaññojanaṃ, macchariyasaññojanaṃ, avijjâsaññojanaṃ.

Kâmarâgasaññojanaṃ aṭṭhasu lobhasahagatesu cittuppâ-
desu uppajjati, paṭighasaññojanaṃ dvîsu domanassasaha-
gatesu cittuppâdesu uppajjati, mânasaññojanaṃ catûsu
diṭṭhigatavippayuttalobhasahagatesu cittuppâdesu uppajjati,
diṭṭhisaññojanaṃ catûsu diṭṭhigatasampayuttesu cittuppâ-
desu uppajjati, vicikicchâsaññojanaṃ vicikicchâsahagata-
cittuppâde uppajjati, sîlabbataparâmâsasaññojanaṃ catûsu
diṭṭhigatasampayuttesu cittuppâdesu uppajjati, bhavarâ-
gasaññojanaṃ catûsu diṭṭhigatavippayuttalobhasahagatesu
cittuppâdesu uppajjati, issâsaññojanañ ca macchariyasañño-
janañ ca dvîsu domanassasahagatesu cittuppâdesu uppajjanti,
avijjâsaññojanaṃ sabbâkusalesu uppajjati—ime dhammâ
saññojanâ.

1461. Katame dhammâ no saññojanâ?

Ṭhapetvâ saññojane avasesaṃ akusalaṃ catûsu bhummîsu
kusalaṃ catûsu bhummîsu vipâko tîsu bhummîsu kiriyâ-
vyâkataṃ rûpañ ca nibbânañ ca—ime dhammâ no saññojanâ.

1462. Katame dhammâ saññojaniyâ?

Tîsu bhummîsu kusalaṃ akusalaṃ—tîsu bhummîsu vipâko
tîsu bhummîsu kiriyâvyâkataṃ sabbañ ca rûpaṃ—ime
dhammâ saññojaniyâ.

1463. Katame dhammâ asaññojaniyâ?

Cattâro maggâ apariyâpannâ cattâri ca sâmaññaphalâni
nibbânañ ca—ime dhammâ asaññojaniyâ.

1464. Katame dhammâ saññojanasampayuttâ?

Uddhaccasahagataṃ mohaṃ ṭhapetvâ avasesaṃ akusalaṃ —imo dhammâ saññojanasampayuttâ.

1465. Katame dhammâ saññojanavippayuttâ ?

Uddhaccasahagato moho catûsu bhummîsu kusalaṃ catûsu bhummîsu vipâko tîsu bhummîsu kiriyâvyâkataṃ rûpañ ca nibbânañ ca—ime dhammâ saññojanavippayuttâ.

1466. Katame dhammâ saññojanâ ceva saññojaniyâ ca ?

Tâneva saññojanâni saññojanâ ceva saññojaniyâ ca.

1467. Katame dhammâ saññojaniyâ ceva no ca saññojanâ ?

Ṭhapetvâ saññojane avasesaṃ akusalaṃ, tîsu bhummîsu kusalaṃ tîsu bhummîsu vipâko, tîsu bhummîsu kiriyâvyâkataṃ sabbañ ca rûpaṃ—ime dhammâ saññojaniyâ ceva no ca saññojanâ. Assaññojaniyâ dhammâ na vattabbâ saññojanâ ceva saññojaniyâ ti pi asaññojaniyâ ceva no ca saññojanâ ti pi.

1468. Katame dhammâ saññojanâ ceva saññojanasampayuttâ ca ?

Yattha dve tîṇi saññojanâni ekato uppajjanti—ime dhammâ saññojanâ ceva saññojanasampayuttâ ca.

1469. Katame dhammâ saññojanasampayuttâ ceva no ca saññojanâ ?

Ṭhapetvâ saññojane avasesaṃ akusalaṃ—ime dhammâ saññojanasampayuttâ ceva no ca saññojanâ.

Saññojanavippayuttâ dhammâ na vattabbâ saññojanâ ceva saññojanasampayuttâ ti pi—saññojanasampayuttâ ceva no ca saññojanâ ti pi.

1470. Katame dhammâ saññojanavippayuttâ saññojaniyâ ?

Uddhaccasahagato moho tîsu bhummîsu kusalaṃ tîsu bhummîsu vipâko tîsu bhummîsu kiriyâvyâkataṃ sabbañ ca rûpaṃ—ime dhammâ saññojanavippayuttâ saññojaniyâ.

1471. Katame dhammâ saññojanavippayuttâ asaññojaniyâ ?

Cattâro maggâ apariyâpannâ cattâri ca sâmaññaphalâni nibbânañ ca—imé dhammâ saññojanavippayuttâ asaññojaniyâ.

Saññojanasampayuttâ dhammâ na vattabhâ saññojanavippayuttâ saññojaniyâ ti pi saññojanavippayuttâ asaññojaniyâ ti pi.

1472. Katame dhammâ ganthâ ?

Cattâro ganthâ, abbijjhâkâyagantbo, vyâpâdo kâyagantho sîlabbataparâmâso kâyagantho, idaṃ saccâbbiniveso kâya-gantbo.

Abhijjhâkâyagantho aṭṭhasu lobhasabagatesu cittuppâdesu uppajjati, vyâpâdo kâyagantho dvîsu domanassasabagatesu cittuppâdesu uppajjati, sîlabbataparâmâso kâyagantho ca idaṃ saccâbbiniveso kâyagantbo ca catûsu diṭṭhigatasampa-yuttesu cittuppâdesu uppajjanti—ime dbammâ ganthâ.

1473. Katame dhammâ no ganthâ?

Ṭhapctvâ ganthe avasesaṃ akusalaṃ catûsu bbummîsu kusalaṃ catûsu bhummîsu vipâko tîsu bbummîsu kiriyâ-vyâkataṃ sabbañ ca rûpaṃ nibbânañ ca—ime dbammâ no gantbâ.

1474. Katame dhammâ ganthaniyâ?

Tîsu bhummîsu kusalaṃ akusalaṃ tîsu bbummîsu vipâko tîsu bhummîsu kiriyâvyâkataṃ sabbañ ca rûpaṃ—ime dbammâ ganthaniyâ.

1475. Katame dhammâ agantbaniyâ?

Cattâro maggâ apariyâpannâ, cattâri ca sâmaññapbalâni nibbânañ ca—ime dhammâ aganthaniyâ.

1476. Katame dhammâ ganthasampayuttâ?

Cattâro diṭṭhigatasampayuttacittuppâdâ, cattâro diṭṭhigata-vippayuttâ lobhasahagatacittuppâdâ, etth' uppannaṃ lobhaṃ ṭbapetvâ dvo domanassasahagatacittuppâdâ, etth' uppannaṃ paṭighaṃ ṭhapetvâ—ime dhammâ ganthasampayuttâ.

1477. Katame dhammâ ganthavippayuttâ?

Catûsu diṭṭhigatavippayuttalobbasahagatesu cittuppâdesu uppanno lobho, dvîsu domanassasahagatesu cittuppâdesu uppannaṃ paṭigbaṃ, vicikicchâsahagato cittuppâdo uddhac-casahagato cittuppâdo catûsu bhummîsu kusalaṃ catûsu bhummîsu vipâko tîsu bhummîsu kiriyâvyâkataṃ rûpañ ca nibbânañ ca—ime dhammâ gantbavippayuttâ.

1478. Katame dhammâ gantbâ ceva ganthaniyâ ca?

Teva gautbâ ganthâ ceva gauthaniyâ ca.

1479. Katamo dbammâ ganthaniyâ ceva no ca ganthâ?

Ṭhapetvâ ganthe avasesaṃ akusalaṃ tîsu bbummîsu kusa-laṃ tîsu bhummîsu vipâko tîsu bbummîsu kiriyâvyâkataṃ sabbañ ca rûpaṃ, ime dhammâ ganthaniyâ ceva no ca ganthâ, aganthaniyâ dhammâ na vattabbâ ganthâ ceva ganthaniyâ ti pi ganthaniyâ ceva no ca ganthâ ti pi.

1480. Katame dhammâ ganthâ ceva ganthasampayuttâ ca?

Yattha ditthi ca lobho ca ekato uppajjanti—ime dhammâ ganthâ ceva ganthasampayuttâ ca.

1481. Katame dhammâ ganthasampayuttâ ceva no ca ganthâ?

Attha lobhasahagatacittuppâdâ, dvo domanassasahagatacittuppâdâ, etth' uppanno gantho thapetvâ, imo dhammâ ganthasampayuttâ ceva no ca ganthâ. Ganthavippayuttâ dhammâ na vattabbâ ganthâ ceva ganthasampayuttâ ti pi—ganthasampayuttâ ceva no ca ganthâ ti pi.

1482. Katame dhammâ ganthavippayuttâ ganthaniyâ?

Catûsu ditthigatavippayuttalobhasahagatesu cittuppâdesu uppanno lobho dvîsu domanassasahagatesu cittuppâdesu uppannaṃ patighaṃ vicikicchâsahagato cittuppâdo uddhaccasahagato cittuppâdo tîsu bhummîsu kusalaṃ tîsu bhummîsu vipâko tîsu bhummîsu kiriyâvyâkataṃ sabbañ ca rûpaṃ—imo dhammâ ganthavippayuttâ ganthaniyâ.

1483. Katame dhammâ ganthavippayuttâ aganthaniyâ?

Cattâro maggâ apariyâpannâ cattâri ca sâmaññaphalâni nibbânañ ca, ime dhammâ ganthavippayuttâ aganthaniyâ. Ganthasampayuttâ dhammâ na vattabbâ ganthavippayuttâ ganthaniyâ ti pi ganthavippayuttâ aganthaniyâ ti pi.

1484. Katame dhammâ oghâ . . . pe . . .

1485. Katame dhammâ yogâ . . . po . . .

1486. Katame dhammâ nîvaranâ?

Cha nîvaranâni, kâmacchandanîvaranaṃ, vyâpâdanîvaranaṃ, thînamiddhanîvaranaṃ, uddhaccakukkuccanîvaranaṃ, vicikicchânîvaranaṃ avijjânîvaranaṃ.

Kâmacchandanîvaranaṃ atthasu lobhasahagatesu cittuppâdesu uppajjati, vyâpâdanîvaranaṃ dvîsu domanassasahagatesu cittuppâdesu uppajjati, thînamiddhanîvaranaṃ sasankhârike akusalo uppajjati, uddhaccanîvaranaṃ uddhaccasahagate cittuppâde uppajjati, kukkuccanîvaranaṃ dvîsu domanassasahagatesu cittuppâdesu uppajjati, vicikicchânîvaranaṃ vicikicchâsahagate cittuppâde uppajjati, avijjânîvaraṇaṃ sabbâkusalesu uppajjati—ime dhammâ nîvaraṇâ.

1487. Katame dhammâ no nîvaraṇâ?

Ṭhapetvâ nîvaraṇo avasesaṃ akusalaṃ catûsu bhummîsu akusalaṃ catûsu bhummîsu vipâko tîsu bhummîsu kiriyâvyâkataṃ rûpañ ca nibbânañ ca—ime dhammâ no nîvaraṇâ.

1488. Katame dhammâ nîvaraṇiyâ?

Tîsu bhummîsu kusalaṃ akusalaṃ tîsu bhummîsu vipâko tîsu bhummîsu kiriyâvyâkataṃ sabbañ ca rûpaṃ—ime dhammâ nîvaraṇiyâ.

1489. Katame dhammâ anîvaraṇiyâ?

Cattâro maggâ apariyâpannâ cattâri ca sâmaññapbalâni nibbânañ ca—ime dhammâ anîvaraṇiyâ.

1490. Katame dhammâ nîvaraṇasampayuttâ?

Dvâdasa akusalacittuppâdâ—ime dhammâ nîvaraṇasampayuttâ.

1491. Katame dhammâ nîvaraṇavippayuttâ?

Catûsu bhummîsu kusalaṃ catûsu bhummîsu vipâko tîsu bhummîsu kiriyâvyâkataṃ rûpañ ca nibbânañ ca—ime dhammâ nîvaraṇavippayuttâ.

1492. Katame dhammâ nîvaraṇâ ceva nîvaraṇiyâ ca?

Tâncva nîvaraṇâni nîvaraṇâ ceva nîvaraṇiyâ ca.

1493. Katame dhammâ nîvaraṇiyâ ceva no ca nîvaraṇâ?

Ṭhapetvâ nîvaraṇe avasesaṃ akusalaṃ tîsu bhummîsu kusalaṃ tîsu bhummîsu vipâko tîsu bhummîsu kiriyâvyâkataṃ sabbañ ca rûpaṃ—ime dhammâ nîvaraṇiyâ ceva no ca nîvaraṇâ.

Anîvaraṇiyâ dhammâ na vattabbâ nîvaraṇâ ceva nîvaraṇiyâ ti pi nîvaraṇiyâ ceva no ca nîvaraṇâ ti pi.

1494. Katame dhammâ nîvaraṇâ ceva nîvaraṇasampayuttâ ca.

Yattha dve tîṇi nîvaraṇâni ekato uppajjanti—ime dhammâ nîvaraṇâ ceva nîvaraṇasampayuttâ ca.

1495. Katame dhammâ nîvaraṇasampayuttâ ceva no ca nîvaraṇâ.

Ṭhapetvâ nîvaraṇe avasesaṃ akusalaṃ, ime dhammâ nîvaraṇasampayuttâ ceva no ca nîvaraṇâ, nîvaraṇavippayuttâ dhammâ na vattabbâ nîvaraṇâ ceva nîvaraṇasam-

payuttâ ti pi — nîvaraņasampayuttâ ceva no ca nîvaraņâ
ti pi.

1496. Katame dhammâ nîvaraņavippayuttâ nîvaraņiyâ?

Tîsu bhummîsu kusalaṃ tîsu bhummîsu vipâko tîsu
bhummîsu kiriyâvyâkataṃ sabbañ ca rûpaṃ — ime dhammâ
nîvaraņavippayuttâ nîvaraņiyâ.

1497. Katame dhammâ nîvaraņavippayuttâ anîvaraņiyâ?

Cattâro maggâ apariyâpannâ cattâri ca sâmaññaphalâni
nibbânañ ca — ime dhammâ nîvaraņavippayuttâ anîvaraņiyâ.

Nîvaraņasampayuttâ dhammâ na vattabbâ nîvaraņa-
vippayuttâ nîvaraņiyâ ti pi nîvaraņavippayuttâ anîvaraņiyâ
ti pi.

1498. Katame dhammâ parâmâsâ?

Diṭṭhiparâmâso catûsu diṭṭhigatasampayuttesu cittuppâ-
desu uppajjati — ime dhammâ parâmâsâ.

1499. Katame dhammâ no parâmâsâ?

Ṭhapetvâ parâmâsaṃ avasesaṃ akusalaṃ catûsu bhummîsu
kusalaṃ catûsu bhummîsu vipâko tîsu bhummîsu kiriyâ-
vyâkataṃ rûpañ ca nibbânañ ca — ime dhammâ no parâmâsâ.

1500. Katame dhammâ parâmaṭṭhâ?

Tîsu bhummîsu kusalaṃ akusalaṃ tîsu bhummîsu vipâko
tîsu bhummîsu kiriyâvyâkataṃ sabbañ ca rûpaṃ — ime
dhammâ parâmaṭṭhâ.

1501. Katame dhammâ aparâmaṭṭhâ?

Cattâro maggâ apariyâpannâ cattâri ca sâmaññaphalâni
nibbânañ ca — ime dhammâ aparâmaṭṭhâ.

1502. Katame dhammâ parâmâsasampayuttâ?

Cattâro diṭṭhigatasampayuttacittuppâdâ, etth' uppannaṃ
parâmâsaṃ ṭhapetvâ — ime dhammâ parâmâsasampayuttâ.

1503. Katame dhammâ parâmâsavippayuttâ?

Cattâro diṭṭhigatavippayuttalobhasahagatacittuppâdâ, dve
domanassasahagatacittuppâdâ vicikicchâsahagato cittuppâdo
uddhaccasahagato cittuppâdo catûsu bhummîsu kusalaṃ
catûsu bhummîsu vipâko tîsu bhummîsu kiriyâvyâkataṃ
rûpañ ca nibbânañ ca, ime dhammâ parâmâsavippayuttâ.
Parâmâso na vattabbo parâmâsasampayutto ti pi parâmâsa-
vippayutto ti pi.

1504. Katame dhammâ parâmâsâ ceva parâmaṭṭhâ ca?

So eva parâmâso parâmâso ceva parâmaṭṭho ca.

1505. Katame dhammâ parâmaṭṭhâ ceva no ca parâmâsâ?

Ṭhapetvâ parâmâsaṃ avasesaṃ akusalaṃ tîsu bhummîsu kusalaṃ tîsu bbummîsu vipâko tîsu bbummîsu kiriyâvyâkataṃ sabbañ ca rûpaṃ, ime dhammâ parâmaṭṭhâ ceva no ca parâmâsâ. Aparâmaṭṭhâ dhammâ na vattabbâ parâmâsâ ceva parâmaṭṭbâ ti pi—parâmaṭṭhâ ceva no ca parâmâsâ ti pi.

1506. Katamo dhammâ parâmâsavippayuttâ parâmaṭṭhâ?

Cattâro diṭṭhigatavippayuttâ lohhasahagatacittuppâdâ dve domanassasahagatacittuppâdâ vicikicchâsahagato cittuppâdo uddhaccasahagato cittuppâdo tîsu bhummîsu kusalaṃ tîsu bhummîsu vipâko tîsu bhummîsu kiriyâvyâkataṃ sabhañ ca rûpaṃ—ime dhammâ parâmâsavippayuttâ parâmaṭṭhâ.

1507. Katame dhammâ parâmâsavippayuttâ aparâmaṭṭhâ?

Cattâro maggâ apariyâpannâ cattâri ca sâmaññaphalâni nibbâuañ ca, ime dhammâ parâmâsavippayuttâ aparâmaṭṭhâ. Parâmâsâ ceva parâmâsasampayuttâ ca dhammâ na vattabbâ parâmâsavippayuttâ parâmaṭṭhâ ti pi—parâmâsavippayuttâ aparâmaṭṭhâ ti pi.

1508. Katamo dhammâ sârammaṇâ?

Catûsu bhummîsu kusalaṃ akusalaṃ catûsu bhummîsu vipâko tîsu bhummîsu kiriyâvyâkataṃ—ime dhammâ sârammaṇâ.

1509. Katame dhammâ anârammaṇâ?

Rûpañ ca nibbânañ ca—ime dhammâ anârammaṇâ.

1510. Katame dhammâ cittâ?

Cakkhuviññânaṃ, sotaviññânaṃ, ghânaviññânaṃ, jivhâviññânaṃ, kâyaviññânaṃ, manodhâtu manoviññânadhâtu—ime dhammâ cittâ.

1511. Katamo dhammâ no cittâ?

Vedanâkkhando, saññâkkhando, saṅkhârakkhandho, rûpañ ca nibbânañ ca—ime dhammâ no cittâ.

1512. Katame dhammâ cetasikâ?

Vedanâkkhandho, saññâkkhandho, saṅkhârakkhandho—ime dhammâ cetasikâ.

1513. Katame dhammâ acetasikâ?

Cittañ ca rûpañ ca nibbânañ ca—ime dhammâ acetasikâ.

1514. Katame dhammā cittasampayuttā ?

Vedanākkhandho, saññākkhandho, saṅkhārakkhandho—ime dhammā cittasampayuttā.

1515. Katamo dhammā cittavippayuttā ?

Rūpañ ca nibbānañ ca, imo dhammā cittavippayuttā. Cittaṃ na vattabbaṃ cittena sampayuttan ti pi cittena vippayuttan ti pi.

1516. Katamo dhammā cittasaṃsaṭṭhā ?

Vedanākkhandho, saññākkhandho, saṅkhārakkhandho—ime dhammā cittasaṃsaṭṭhā.

1517. Katamo dhammā cittavisaṃsaṭṭhā ?

Rūpañ ca nibbānañ ca—ime dhammā cittavisaṃsaṭṭhā. Cittaṃ na vattabbaṃ cittena saṃsaṭṭhan ti pi cittena visaṃsaṭṭhan ti pi.

1518. Katame dhammā cittasamuṭṭhānā ?

Vedanākkhandho saññākkhandho saṅkhārakkhandho, kāyaviññatti vacīviññatti, yaṃ vā panaññaṃ pi atthi rūpaṃ cittajaṃ cittahetukaṃ cittasamuṭṭhānaṃ rūpāyntanaṃ saddāyatanaṃ gandhāyatanaṃ rasāyatanaṃ, phoṭṭhabbāyatanaṃ, ākāsadhātu, āpodhātu, rūpassa lahutā, rūpassa mudutā, rūpassa kammaññatā, rūpassa upacayo, rūpassa santati, kabaḷiṅkāro āhāro—ime dhammā cittasamuṭṭhānā.

1519. Katamo dhammā no cittasamuṭṭhānā ?

Cittañ ca avasesañ ca rūpañ cn nibbānañ ca—ime dhammā no cittasamuṭṭhānā.

1520. Katamo dhammā cittasahabhuno ?

Vedanākkhandho saññākkhandho saṅkhārakkhandho kāyaviññatti vacīviññatti—ime dhammā cittasahabhuno.

1521. Katame dhammā no cittasahabhuno ?

Cittañ ca avasesañ ca rūpaṃ nibbānañ ca—ime dhammā no cittasahabhuno.

1522. Katame dhammā cittānuparivattino ?

Vedanākkhandho, saññākkhandho, saṅkhārakkhandho, kāyaviññatti, vacīviññatti—imo dhammā cittānuparivattino.

1523. Katame dhammā no cittānuparivattino ?

Cittañ ca avasesañ ca rūpañ ca nibbānañ ca—ime dhammā no cittānuparivattino.

1524. Katamo dhammā cittasaṃsaṭṭhasamuṭṭhānā ?

Vedanâkkhandho, saññâkkhandho, saṅkhârakkhandho—
ime dhammâ cittasaṃsaṭṭhasamuṭṭhânâ.

1525. Katame dhammâ no cittasaṃsaṭṭhasamuṭṭhânâ?

Cittañ ca rûpañ ca nibbânañ ca—ime dhammâ no cittasaṃ-
saṭṭhasamuṭṭhânâ.

1526. Katame dhammâ cittasaṃsaṭṭhasamuṭṭhânasaha-
hhuno?

Vedanâkkhandho saññâkkhandho saṅkhârakkhandho—ime
dhammâ cittasaṃsaṭṭhasamuṭṭhânasahahhuno.

1527. Katame dhammâ no cittasaṃsaṭṭhasamuṭṭhânasaha-
bhuno?

Cittañ ca rûpañ ca nibbânañ ca—ime dhammâ no cittasaṃ-
saṭṭhasamuṭṭhânasahahhuno.

1528. Katame dhammâ cittasaṃsaṭṭhasamuṭṭhânânupari-
vattino?

Vedanâkkhandho, saññâkkhandho, saṅkhârakkhandho—
ime dhammâ cittasaṃsaṭṭhasamuṭṭhânânuparivattino.

1529. Katame dhammâ no cittasaṃsaṭṭhasamuṭṭhânâ-
nuparivattino?

Cittañ ca rûpañ ca nibbânañ ca—ime dhammâ no citta-
saṃsaṭṭhasamuṭṭhânânuparivattino.

1530. Katame dhammâ ajjhattikâ?

Cakkhâyatanaṃ . . . pe . . . manâyatanaṃ—ime dhammâ
ajjhattikâ.

1531. Katame dhammâ hâhirâ?

Rûpâyatanaṃ . . . pe . . . dhammâyatanaṃ—ime dhammâ
hâhirâ.

1532. Katame dhammâ upâdâ?

Cakkhâyatanaṃ . . . pe . . . kabaḷiṅkâro âhâro—ime
dhammâ upâdâ.

1533. Katame dhammâ no upâdâ?

Catûsu hhummîsu kusalaṃ akusalaṃ catûsu hhummîsu
vipâko, tîsu hhummîsu kiriyâvyâkataṃ cattâro ca mahâ-
bhûtâ nibbânañ ca—ime dhammâ no upâdâ.

1534. Katame dhammâ upâdiṇṇâ?

Tîsu bhummîsu vipâko yañ ca rûpaṃ kammassa katattâ—
ime dhammâ upâdiṇṇâ.

1535. Katame dhammâ anupâdiṇṇâ?

Tîsu bhummîsu kusalaṃ akusalaṃ tîsu bhummîsu kiriyâvyâkataṃ, yaū ca rûpaṃ na kammassa katattâ, cattâro maggâ apariyâpaonâ cattâri ca sâmaūūaphalâni nibbânañ ca—ime dhammâ anupâdiṇṇâ.

1536. Katame dhammâ opâdânâ ?

Cattâri upâdâoâni, kâmupâdânaṃ diṭṭhupâdânaṃ sîlabbatupâdânaṃ attavâdupâdânaṃ—kâmupâdânaṃ aṭṭhasu lobhasahagatesu cittuppâdesu uppajjati, diṭṭhupâdânañ ca sîlabbatupâdânañ ca attavâdupâdânañ ca catûsu diṭṭhigatasampayuttesu cittuppâdesu uppajjanti—ime dhammâ upâdânâ.

1537. Katame dhammâ no upâdânâ ?

Ṭhapetvâ upâdâoe avasesaṃ akusalaṃ catûsu bhummîsu kusalaṃ catûsu bhummîsu vipâko tîsu hbummîsu kiriyâvyâkataṃ rûpañ ca nibbânañ ca—imo dhammâ no upâdâoâ.

1538. Katamc dhammâ upâdâniyâ ?

Tîsu bhummîsu kusalaṃ akusalaṃ tîsu bhummîsu vipâko tîsu hbummîso kiriyâvyâkataṃ sabbañ ca rûpaṃ—imo dhammâ upâdâniyâ.

1539. Katame dhammâ anopâdâniyâ ?

Cattâro maggâ apariyâpanoâ cattâri ca sâmaūūaphalâoi nibbâoañ ca—imc dhammâ anupâdâoiyâ.

1540. Katame dhammâ opâdânasampayuttâ ?

Cattâro diṭṭhigatasampayuttâ lobbasahagatacittuppâdâ, cattâro diṭṭhigatavippayuttâ lobhasahagatacittupâdâ, ctth'uppannaṃ lobbaṃ ṭhapetvâ—ime dhammâ upâdânasampayuttâ.

1541. Katamo dhammâ upâdâoavippayuttâ ?

Catûsu diṭṭhigatavippayuttalobhasahabagatesu cittuppâdesu uppanno lobho dve domanassasahagatacittuppâdâ vicikicchâsahagato cittuppâdo uddhaccasahagato cittuppâdo catûsu bhummîsu kusalaṃ catûsu bhummîsu vipâko tîsn bhummîsu kiriyâvyâkataṃ rûpañ ca nibhâoañ ca—ime dhammâ upâdânavippayuttâ.

1542. Katamo dbammâ upâdâoâ cova upâdâniyâ ca ?

Tânova upâdânâni upâdânâ ccva upâdâniyâ ca.

1543. Katame dhammâ upâdâoiyâ ceva no ca upâdânâ ?

Ṭhapetvâ upâdâoe avasesaṃ akusalaṃ tîsu bhummîsu kusalaṃ tîsu bhummîsu vipâko tîsu bhummîsu kiriyâvyâkataṃ sabbañ ca rûpaṃ—ime dhammâ upâdâoiyâ ceva no ca upâdânâ. Anupâdâniyâ dhammâ na vattahbâ upâdânâ ceva upâdâniyâ ti pi—upâdâniyâ ceva no ca upâdânâ ti pi.

1544. Katame dhammâ upâdânâ ceva upâdânasampayuttâ ca?

Yattha diṭṭhi ca lobho ca ekato uppajjaati—ime dhammâ · upâdânâ ceva upâdânasampayuttâ ca.

1545. Katame dhammâ upâdânasampayuttâ ceva no ca upâdânâ?

Aṭṭha lobhasahagatacittuppâdâ—etth' uppaane upâdâne ṭhapetvâ—ime dhammâ upâdânasampayuttâ ceva no ca upâdânâ.

Upâdânavippayuttâ dhammâ na vattahbâ upâdânâ ceva upâdânasampayuttâ ti pi—upâdânasampayuttâ ceva no ca upâdânâ ti pi.

1546. Katame dhammâ upâdânavippayuttâ upâdâniyâ?

Catûsu diṭṭhigatavippayuttalobhasahagatesu cittuppâdesu uppanao lobho dvo domanassasahagatâ cittuppâdâ vicikicchâsahagato cittuppâdo uddhaccasahagato cittuppâdo tîsu bhummîsu kusalaṃ tîsu bhummîsu vipâko tîsu bhummisu kiriyâvyâkataṃ sabbañ ca rûpaṃ—ime dhammâ upâdâuavippayuttâ upâdâniyâ.

1547. Katamo dhammâ upâdânavippayuttâ anupâdâniyâ?

Cattâro maggâ apariyâpannâ cattâri sâmaññaphalâni nibhânañ ca—ime dhammâ upâdâuavippayuttâ anupâdâniyâ. Upâdânasampayuttâ dhammâ na vattahbâ upâdâuavippayuttâ upâdâuiyâ ti pi—upâdâuavippayuttâ anupâdâniyâ ti pi.

1548. Katame dhammâ kilesâ?

Dasu kilesavatthûai, lobho, doso, moho, mâno, diṭṭhi, vicikicchâ, thînaṃ, uddhaccaṃ, ahirikaṃ, aaottappaṃ. Lobho aṭṭhasu lobhasahagatesu cittuppâdesu uppajjati, doso dvîsu domaaassasahagatesu cittuppâdesu uppajjati, moho sahhâkusalesa uppajjati, mâno·catûsu diṭṭhigatavippayuttalobhasahagatesu cittuppâdesu uppajjati, diṭṭhi catûsu diṭṭhigatasampayuttesu cittuppâdesu uppajjati, vicikicchâ vicikicchâsahagatesu cittuppâdesu uppajjati, thînaṃ sasaṅkhârike akusalo uppajjati, uddhaccañ ca ahirikañ ca anottappañ ca sahhâkusalesu uppajjanti—ime dhammâ kilesâ.

1549. Katame dhammâ no kilesâ?

Thapetvâ kilese avasesaṃ akusalaṃ catûsu bbummîsu kusalaṃ catûsu bhummîsu vipâko tîsu bbummîsu kiriyâvyâ-. kataṃ rûpañ ca nibbânañ ca—imo dbammâ no kilcsâ.

1550. Katame dhammâ saṅkilesikâ?

Tîṣu bhummîsu kusalaṃ akusalaṃ tîsu bbummîsu vipâko tîsu bhummîsu kiriyâvyâkataṃ sabhaũ ca rûpaṃ—ime dhammâ saṅkilesikâ.

1551. Katame dbammâ asaṅkilesikâ?

Cattâro maggâ apariyâpannâ cattâri ca sâmaññaphalâni nibbânañ ca—ime dbammâ asaṅkilesikâ.

1552. Katame dhammâ saṅkiliṭṭbâ? .

Dvâdasa aknsalacittuppâdâ—ime dhammâ saṅkiliṭṭhâ.

1553. Katame dbammâ asaṅkiliṭṭbâ?

Catûsu bhummîsu kusalaṃ catûsu bhummîsu vipâko tîsu bbummîsu kiriyâvyâkataṃ rûpañ ca nibbânaũ ca—ime dhammâ asaṅkiliṭṭhâ.

1554. Katame dbammâ kilesasampayuttâ?

Dvâdasa akusalacittuppâdâ—ime dhammâ kilesasampa-yuttâ.

1555. Katamo dbammâ kilesavippayuttâ?

Catûsn bbummîsu kusalaṃ catûsu bhummîsu vipâko tîsu bbnmmîsu kiriyâvyâkataṃ rûpaũ ca nibbânañ ca — ime dhammâ kilesavippayuttâ.

1556. Katame dbammâ kilesâ ccva saṅkilesikâ ca? .

Teva kilcsâ kilesâ ceva saṅkilcsikâ ca.

1557. Katamo dhammâ saṅkilesikâ cevа no ca kilesâ?

Thapetvâ kilese avasosaṃ akusalaṃ tîsu bbummîsu kusalaṃ tîsu bbummîsu vipâko tîsu hhummîsu kiriyâvyâkataṃ sabhañ ca rûpaṃ—ime dhammâ saṅkilcsikâ ceva no ca kilesâ. Asaṅkilesikâ dbammâ na vattabbâ—kilesâ ceva saṅkilesikâ ti pi—saṅkilcsikâ ceva no ca kilesâ ti pi.

1558. Katame dbammâ kilesâ ccva saṅkiliṭṭbâ ca?

Teva kilesâ kilcsâ ceva saṅkiliṭṭbâ ca.

1559. Katame dhammâ saṅkiliṭṭhâ ccva no ca kilesâ?

Thapetvâ kilese avasesaṃ akusalaṃ—imo dhammâ saṅki-liṭṭhâ ceva no ca kilesâ. Asaṅkiliṭṭhâ dhammâ na vattabbâ kilesâ ceva saṅkiliṭṭhâ ti pi, saṅkiliṭṭhâ ceva no ca kilcsâ ti pi.

1560. Katame dhammâ kilesâ ceva kilesasampayuttâ ca?

Yattha dve tayo kilesâ ekato uppajjanti—ime dhammâ kilesâ ceva kilesasampayuttâ ca.

1561. Katame dhammâ kilesasampayuttâ ceva no ca kilesâ?

Thapetvâ kilese avasesaṃ akusalaṃ—ime dhammâ kilcsasampayuttâ ceva no ca kilcsâ. Kilesavippayuttâ dhammâ na vattabbâ kilesâ ceva kilesasampayuttâ ti pi—kilesasampayuttâ ceva ṇo ca kilcsâ ti pi.

1562. Katame dhammâ kilesavippayuttâ saṅkilesikâ?

Tîsu bhummîsu kusalaṃ tîsu bhummîsu vipâko tîsu bhummîsu kiriyâvyâkataṃ sabbaū ca rûpaṃ—ime dhammâ kilesavippayuttâ saṅkilesikâ.

1563. Katame dhammâ kilesavippayuttâ asaṅkilesikâ?

Cattâro maggâ apariyâpannâ cattâri ca sâmaññaphalâni nibbânaū ca—imo dhammâ kilesavippayuttâ asaṅkilcsikâ.

Kilcsasampayuttâ dhammâ na vattabbâ kilesavippayuttâ saṅkilesikâ ti pi, kilesavippayuttâ asaṅkilcsikâ ti pi.

1564. Katame dhammâ dassanena pahâtabbâ?

Cattâro diṭṭhigatasampayuttâ vicikicchâsahagatâ cittuppâdâ, ime dhammâ dassanena pahâtabbâ, cattâro diṭṭhigatavippayuttâ lobhasahagatâ cittuppâdâ, dve domanassasahagatâ cittuppâdâ—ime dhammâ siyâ dassanena pahâtabbâ, siyâ na dassanena pahâtabbâ.

1565. Katame dhammâ na dassanena pahâtabbâ?

Uddhaccasahagato cittuppâdo catûsu bhummîsu kusalaṃ catûsu bhummîsu vipâko tîsu bhummîsu kiriyâvyâkataṃ rûpañ ca nibbâuañ ca—ime dhammâ na dassaneua pahâtabbâ.

1566. Katamo dhammâ bhâvanâya pahâtabbâ?

Uddhaccasahagato cittuppâdo—ime dhammâ bhâvanâya pahâtabbâ.

Cattâro diṭṭhigatavippayuttâ lobhasahagatâ cittuppâdâ, dve domanassasahagatâ cittuppâdâ—ime dhammâ siyâ bhâvanâya pahâtabbâ, siyâ na bhâvanâya pahâtabbâ.

1567. Katame dhammâ na bhâvanâya pahâtabbâ?

Cattâro diṭṭhigatasampayuttâ cittuppâdâ, vicikicchâsahagato cittuppâdo catûsu bhummîsu kusalaṃ catûsu bhummîsu vipâko tîsu bhummîsu kiriyâvyâkataṃ rûpañ ca nibbânañ ca—ime dhammâ na bhâvanâya pahâtabbâ.

1568. Katamo dhammâ dassanena pahâtabbahetukâ ?

Cattâro diṭṭhigatasampayuttâ cittuppâdâ vicikicchâsahagato cittuppâdo, etth' uppannaṃ mohaṃ ṭhapetvâ—ime dhammâ dassanena pahâtabbahetukâ.

Cattâro diṭṭhigatavippayuttâ lobhasahagatâ cittuppâdâ dve domanassasahagatacittuppâdâ—ime dhammâ siyâ dassanena pahâtabbahetukâ, siyâ na dassanena pahâtabbahetukâ.

1569. Katame dhammâ na dassanena pahâtabbahetukâ ?

Vicikicchâsahagato moho uddhaccasahagato cittuppâdo catûsu bhummîsu kusalaṃ catûsu bhummîsu vipâko tîsu bhummîsu kiriyâvyâkataṃ rûpañ ca nibbânañ ca—ime dhammâ na dassanena pahâtabbahetukâ.

1570. Katame dhammâ bhâvanâya pahâtabbahetukâ?

Uddhaccasahagato cittuppâdo etth' uppannaṃ mohaṃ ṭhapetvâ—ime dhammâ bhâvanâya pahâtabbahetukâ. Cattâro diṭṭhigatavippayuttâ lobhasahagatacittuppâdâ dve domanassasahagatâ cittuppâdâ—ime dhammâ siyâ bhâvanâya pahâtabbahetukâ, siyâ na bhâvanâya pahâtabbahetukâ.

1571. Katamo dhammâ na bhâvanâya pahâtabbahetukâ ?

Cattâro diṭṭhigatasampayuttâ cittuppâdâ vicikicchâsahagato cittuppâdo uddhaccasahagato moho catûsu bhummîsu kusalaṃ catûsu bhummîsu vipâko tîsu bhummîsu kiriyâvyâkataṃ rûpañ ca nibbânañ ca—ime dhammâ na bhâvanâya pahâtabbahetukâ.

1572. Katame dhammâ savitakkâ ?

Kâmâvacarakusalaṃ akusalaṃ kâmâvacarassa kusalassa vipâkato ekâdasa cittuppâdâ akusalassa vipâkato dve, kiriyato ekâdasa, rûpâvacarapaṭhamaṃ jhânaṃ kusalato ca vipâkato ca kiriyato ca, lokuttarapaṭhamaṃ jhânaṃ kusalato ca vipâkato ca, etth' uppannaṃ vitakkaṃ ṭhapetvâ—ime dhammâ savitakkâ.

1573. Katame dhammâ avitakkâ?

Dve pañca viññâṇâni rûpâvacaratikacatukkajjhânâ kusalato ca vipâkato ca kiriyato ca, cattâro âruppâ kusalato ca vipâkato ca kiriyato ca lokuttaratikacatukkajjhânâ kusalato ca vipâkato ca vitakko ca rûpañ ca nibbânañ ca—ime dhammâ avitakkâ.

1574. Katame dhammâ savicârâ ?

Kâmâvacarakusalaṃ akusalaṃ kâmâvacarakusalassa vipâ-
kato ekâdasa cittuppâdâ akusalassa vipâkato dva, kiriyato
ekâdasa, rûpâvacaraekakadukajjhânâ kusalato ca vipâkato ca,
kiriyato ca, lokuttaraekakadukajhânâ kusalato ca vipâkato
ca, etth' uppannaṃ vicâraṃ ṭhapetvâ—ima dhammâ savi-
cârâ.

1575. Katama dhammâ avicârâ ?

Dve pañca viññâṇâni rûpâvacaratikatikajhânâ kusalato ca
vipâkato ca kiriyato ca, cattâro âruppâ kusalato ca vipâkato
ca kiriyato ca, lokuttaratikatikajhânâ kusalato ca vipâkato ca
vicâro ca rûpañ ca nibbânañ ca—ime dhammâ avicârâ.

1576. Katama dhammâ sappîtikâ ?

Kâmâvacarakusalato cattâro somanassasahagatâ cittuppâdâ
akusalato cattâro, kâmâvacarakusalassa vipâkato pañca,
kiriyato pañca, rûpâvacaradukatikajhânâ kusalato ca vipâ-
kato ca kiriyato ca, lokuttaradukatikajhânâ kusalato ca
vipâkato ca, etth' uppannaṃ pîtiṃ ṭhapetvâ—imo dhammâ
sappîtikâ.

1577. Katame dhammâ appîtikâ ?

Kâmâvacarakusalato cattâro upekkhâsahagatâ cittuppâdâ,
akusalâ aṭṭha, kâmâvacarakusalassa vipâkato ekâdasa, akusa-
lassa vipâkato satta, kiriyato cha, rûpâvacaradukadukajhânâ
kusalato ca vipâkato ca kiriyato ca, cattâro âruppâ kusalato
ca vipâkato ca kiriyato ca lokuttaradukadukajhânâ kusalato
ca vipâkato ca, pîti ca rûpañ ca nibbânaŭ ca—ima dhammâ
appîtikâ.

1578. Katama dhammâ pîtisahagatâ ?

Kâmâvacarakusalato cattâro somanassasahagatâ cittup-
pâdâ, akusalato cattâro, kâmâvacarakusalassa vipâkato pañca,
kiriyato pañca, rûpâvacaradukatikajhânâ kusalato ca vipâkato
ca kiriyato ca, lokuttaradukatikajhânâ kusalato ca vipâkato ca,
etth' uppannam pîtiṃ ṭhapetvâ—ime dhammâ pîtisaha-
gatâ.

1579. Katama dhammâ na pîtisahagatâ ?

Kâmâvacarakusalato cattâro upekkhâsahagatacittuppâdâ
akusalato aṭṭha kâmâvacrakusalassa vipâkato ekâdasa, aku-
salassa vipâkato satta, kiriyato cha, rûpâvacaradukadukajhânâ
kusalato ca vipâkato ca kiriyato ca, cattâro âruppâ kusalato

ca vipâkato ca kiriyato ca, lokuttaradukadukajhânâ kusalato ca vipâkato ca, pîti ca rûpañ ca nibbânañ ca—ime dhammâ na pîtisahagatâ.

1580. Katame dhammâ sukhasahagatâ?

Kâmâvacarakusalato cattâro somanassasahagatacittuppâdâ, akusalato cattâro, kâmâvacarakusalassa vipâkato cha, kiriyato pañca, rûpâvacaratikacatukkajhânâ kusalato ca vipâkato ca kiriyato ca, lokuttaratikacatukkajhânâ kusalato ca vipâkato ca, etth' uppannam sukham thapetvâ—ime dhammâ sukhasahagatâ.

1581. Katamo dhammâ na sukhasahagatâ?

Kâmâvacarakusalato cattâro upekkhâsahagatâ cittuppâdâ, akusalato aṭṭha, kâmâvacarakusalassa vipâkato dasa, akusalassa vipâkato satta, kiriyato cha, rûpâvacaracatuttham jhânam kusalato ca vipâkato ca kiriyato ca, cattâro âruppâ kusalato ca vipâkato ca kiriyato ca, lokuttaracatuttham jhânam kusalato ca vipâkato ca, sukhañ ca rûpañ ca nibbânañ ca—ime dhammâ na sukhasahagatâ.

1582. Katame dhammâ upekkhâsahagatâ?

Kâmâvacarakusalato cattâro, upekkhâsahagatacittuppâdâ, akusalato cha, kâmâvacarakusalassa vipâkato dasa, akusalassa vipâkato cha, kiriyato cha, rûpâvacaracatuttham jhânam kusalato ca vipâksto ca kiriyato ca, cattâro âruppâ kusalato ca vipâkato ca kiriyato ca, lokuttaracatuttham jhânam kusalato ca vipâkato ca, etth' uppannam upekkham thapetvâ—ime dhammâ upekkhâsahagatâ.

1583. Katame dhammâ na upekkhâsahagatâ?

Kâmâvacarakusalato cattâro somanassasahagatacittuppâdâ, akusalato cha, kâmâvacarakusalassa vipâkato cha, akusalassa vipâkato eko, kiriyato pañca, rûpâvacaratikacatukkajhânâ kusalato ca vipâkato ca kiriyato ca, lokuttaratikacatukkajhânâ kusalato ca vipâkato ca upekkhâ ca rûpañ ca nibbânañ ca—ime dhammâ na upekkhâsahagatâ.

1584. Katame dhammâ kâmâvacarâ?

Kusalam akusalam sabbo kâmâvacarassa vipâko kâmâvacarakiriyâvyâkatam—sabbañ ca rûpam—imo dhammâ kâmâvacarâ.

1585. Katame dhammâ na kâmâvacarâ?

Rûpâvacarâ arûpâvacarâ apariyâpannâ—ime dhammâ na kâmâvacarâ.

1586. Katame dhammâ rûpâvacarâ?

Rûpâvacaracatukkapañcakajhânâ kusalato ca vipâkato ca kiriyato ca—ime dhammâ rûpâvacaıâ.

1587. Katame dhammâ na rûpâvacarâ?

Kâmâvacarâ arûpâvacarâ apariyâpannâ—ime dhammâ na rûpâvacarâ.

1588. Katame dhammâ arûpâvacarâ?

Cattâro âruppâ kusalato ca vipâkato ca kiriyato ca—ime dhammâ arûpâvacarâ.

1589. Katame dhammâ na arûpâvacarâ?

Kâmâvacarâ rûpâvacarâ apariyâpannâ—ime dhammâ na arûpâvacarâ.

1590. Katamo dhammâ pariyâpannâ?

Tîsu bhummîsu kusalam akusalam tîsu bhummîsu vipâkato tîsu bhummîsu kiriyâvyâkatam sabbañ ca rûpam—ime dhammâ pariyâpannâ.

1591. Katame dhammâ apariyâpannâ?

Cattâro maggâ apariyâpannâ cattâri ca sâmaññaphalâui nibbânañ ca—ime dhammâ apariyâpannâ.

1592. Katame dhammâ niyyânikû?

Cattâro maggâ apariyâpannâ—ime dhammâ niyyânikâ.

1593. Katame dhammâ aniyyânikâ?

Tîsu bhummîsu kusalam akusalam catûsu bhummîsu vipâko tîsu bhummîsu kiriyâvyâkatam rûpañ ca nibbânañ ca—ime dhammâ aniyyânikâ.

1594. Katamo dhammâ niyatâ?

Cattâro diṭṭhigatasampayuttacittuppâdâ dve domanassasahagatacittuppâdâ—ime dhammâ siyâ niyatâ, siyâ aniyatâ, cattâro maggâ apariyâpannâ—ime dhammâ niyatâ.

1595. Katamo dhammâ aniyatâ?

Cattâro diṭṭhigatavippayuttalobhasahagatacittuppâdâ vicikicchâsahagato cittuppâdo uddhaccasahagato cittuppâdo tîsu bhummîsu kusalam catûsu bhummîsu vipâko tîsu bhummîsu kiriyâvyâkatam rûpañ ca nibbânañ ca—ime dhammâ aniyatâ.

1596. Katamo dhammâ sa-uttarâ?

Tîsu bhummîsu kusalam akusalam tîsu bhummîsu vipâko

tisu bhummîsu kiriyâvyâkataṃ sabbañ ca rûpaṃ—ime dhammâ sa-uttarâ.

1597. Katame dhammâ anuttarâ ?

Cattâro maggâ apariyâpannâ—cattâri ca jhânabalâni ca nibbânañ ca—ime dhammâ anuttarâ.

1598. Katame dhammâ saraṇâ ?

Dvâdasa akusalacittuppâdâ—ime dhammâ saraṇâ.

1599. Katame dhammâ asaraṇâ ?

Catûsu bhummîsu kusalaṃ catûsu bhummîsu vipâko tisu bhummîsu kiriyâvyâkataṃ rûpañ ca nibbânañ ca—ime dhammâ asaraṇâ.

Dhammasanganippakaraṇî samattâ.

INDEX TO THE DHAMMA-SAṄGAṆI.

[The numbers refer to the paragraphs.]

Akakkhaḷatâ, 44, 45, 324, 640, 728, 859.
Akaṭhinatâ, 44, 45, 324, 640, 728, 859, 1341.
Akaniṭṭhadeva, 1282.
Akappiya, 160.
Akammaññatâ, 1156, 1236.
Akaraṇa, 299.
Akalyatâ, 1156, 1236.
Akiriyâ, 299.
Akuṭilatâ, 51, 1340.
Akusala, 30, 101, 160, 365, 566, 982, etc.
Akovida, 1003.
Agantbaniya, 1142, 1479.
Agâravatâ, 1326.
Aguttadvâratâ, 1346.
Agutti, 1346.
Agopanâ, 1346.
Aggahitattaṃ, 1122.
Agha, 638, 722.
Aghagata, 638, 722.
Aṅkuravaṇṇa, 617.
Acaṇḍikka, 1342.
Acetasika, 584, 1190, 1513.
Ajâta, 1036.

Ajimhatâ, 50, 51, 1340.
Ajjava, 1340.
Ajjavatâ, 1340.
Ajjhatta, 161, 204, 1044.
Ajjhattabahiddhârammaṇa, 1049.
Ajjhattârammaṇa, 1047.
Ajjhattika, 673, 751, 1530.
Ajjhosâna, 1059, 1136.
Aññâtâvindriya, 553.
Aññâtâvî, 555.
Aññâna, 390, 1061.
Aññindriya, 362, 505.
Aṭṭhaṃsa, 617.
Aṭṭhavidha, 219.
Aṭṭhâna, 1060, 1231.
Aṭṭhânakusalatâ, 1339.
Aṭṭhikasaññâsahagata, 264.
Aṭṭhitakiriyatâ, 137.
Aṭṭhindriyâni, 58, 161.
Aṇu, 230, 617.
Aṇḍaka, 1344.
Atapaniya, 1306.
Atîta, 1038, 1416.
Atîtârammaṇa, 1041, 1417.
Attabhâvapariyâpanna, 597.

Attamanatâ, 9, 86, 285, 373, 1342.
Attavâdupâdâna, 1217, 1536.
Atthangata, 1038.
Atthangamâ, 165, 265, 501, 579.
Adandhanatâ, 42, 322, 639, 726.
Adassana, 390, 1061.
Adassâvî, 1003, 1217.
Adukkhamasukha, 152, 165, 986.
Adussanâ, 33, 313, 576.
Adussitatta, 33, 313, 576.
Adosa, 33, 313, 576.
Adhammarâga, 1059, 1136.
Adhâranatâ, 1356.
Adhivacana, 1307.
Adhivacanapatha, 1307.
Adhivâsanatâ, 1342.
Anajjhâpatti, 299.
Anaññâtañassâmi, 296.
Anatikkama, 299.
Anattamanatâ, 418, 1060.
Anattha, 1060, 1231.
Ananubodha, 390, 1061, 1162.
Ananussati, 14, 23, 1350.
Anantaraka, 1028.
Anantavâ, 1099, 1117.
Anabhijjhâ, 32, 35, 277.
Anabhinippatta, 1036.
Anabhisamaya, 390, 1061, 1162.
Anavajjatâ, 1349.
Anavasesappahâna, 363, 553.
Anasuropa, 1342.
Anâgata, 1039, 1416.
Anâgatârammana, 1417.

Anâdaratâ, 1326.
Anâdariya, 1326.
Anârakkha, 1346.
Anârammana, 584, 1186, 1235, 1509.
Anâsava, 1101, 1451.
Anikkhittachandatâ, 13, 22, 289, 571.
Anikkhittadhuratâ, 13, 22, 289, 571.
Aniccatâ, 585, 645, 738, 871.
Anidassana, 585, 597, 648, 1087.
Anippatta, 1036.
Animitta, 505, 535.
Aniyata, 584, 1030, 1414, 1595.
Aniyyânika, 584, 1595.
Auîvaraniya, 1165, 1489.
Anukampâ, 1056.
Anuttara, 1294.
Anuddâ, 1056.
Anuddâyanâ, 1056.
Anuddâyitatta, 1056.
Anunaya, 1059.
Anupâdâniya, 1220, 1539.
Anupâdinna, 585, 991, 1212, 1535.
Anupekkhanatâ, 8, 85, 284, 372.
Anuppanna, 1036.
Anuppâda, 1367.
Anurodha, 1059, 1136.
Anuvicâra, 8, 85.
Anusandhanatâ, 8, 85, 284, 372.
Anussati, 14, 23, 1350.
Anottappabala, 365.

Anolînavuttitâ, 1367.

Anta, 1157.

Antarâdbâna, 645, 738, 871.

Antavâ loka, 1099, 1117, 1175.

Andbakâra, 43, 617.

Apacayagâmi, 277, 339, 505, 584, 1014, 1398.

Apaccakkhakamma, 390, 1061, 1162.

Apaccavekkhanâ, 390, 1061, 1162.

Aparantânuditthi, 1321.

Aparâmattha, 1178, 1501.

Apariyâpanna, 984, 1014, 1591.

Apariyogâhanâ, 390, 1004, 1061, 1118, 1162, 1235.

Apâtubhûta, 1036.

Apilâpanatâ, 14, 23, 290, 1350.

Apekkhâ, 1059, 1136.

Appaccaya, 1084, 1437.

Appatikûlagâhitâ, 1328.

Appatigha, 660, 1090, 1443.

Appativâuitâ, 1367.

Appativedha, 390, 1061, 1162.

Appatisankbâ, 1347.

Appatissati, 1350.

Appatissavatâ, 1326.

Appanihita, 351, 508, 556.

Appanâ, 7, 21, 298.

Appamâna, 183, 1021, 1405.

Appamânârammana, 182, 1024.

Appassuta, 1327.

Apharusavâcatâ, 1344.

Abbha, 617.

Abbhattbangata, 1038.

Abbijappa, 1059, 1136.

Abbijjhâkâyagantha, 1136.

Abbiuippatta, 1035.

Abhiniropanâ, 7, 21, 298.

Abhinivesa, 381, 1003, 1099.

Abbippasâda, 12, 25, 96, 288.

Abhibhâyatana, 247.

Abbilâpa, 1307.

Amataññutâ, 1347.

Amanasikâra, 265, 501, 579.

Amanâpiya, 970.

Amanussasadda, 617.

Amoha, 16, 34, 314, 555, 576, etc.

Ambila, 629.

Arahattaphala, 1017, 1401.

Ariya, 163, 1217.

Ariyadhamma, 1003.

Ariyamaggasamangî, 1032.

Arûpasaññî, 204.

Arûpâvacara, 501, 1588.

Arûpajjhâna, 268.

Arûpî, 19, 147, 1092, 1445.

Arûpûpapatti, 501.

Alubbhanâ, 32, 312.

Alubbhitatta, 32, 312.

Alobha, 32, 312, 576.

Avankatâ, 50, 51, etc.

Avajja, 1160.

Avajjasaññitâ, 1160.

Avatthiti, 570.

Avikkbepa, 11, 15, 570.

Avicâra, 161, 1269.

Avijjâ, 390, 1061, 1162.

Avijjânîvarana, 1162, 1486.

Avijjânusaya, 390.

Avijjâpariyutthâna,390,1061, 1162.
Avijjâbhâgî, 1298.
Avijjâyoga, 39, 1061, 1162.
Avijjâsaññojana, 1131, 1460.
Avijjâsava, 1100, 1109.
Avijjogha, 390, 1061, 1162.
Avitakka, 161, 504, etc.
Avitthanatâ, 42, 43, 322, 639, 726.
Avinîta, 1003, 1217.
Avisâhatamânasatâ, 15, 24, 287, 570.
Avisâhâra, 11, 15, 287, 570.
Avîciniraya, 1281.
Avûpasama, 429, 429, 1159.
Avyâkata, passim.
Avyâkatamûla, 576.
Avyâpajja, 277, 313.
Avyâpâda, 33, 36, 277, 313, 1056.
Asankiliṭṭha, 1553.
Asankiliṭṭhasankilesika, 384.
Asankilesika, 1242, 1551.
Asankhata, 992, 1086, 1314, 1439.
Asangâbanâ,390, 1061,1162,
Asaññojaniya, 1125, 1463.
Asantuṭṭhitâ, 1347.
Asamapekkhanâ, 390, 1061, 1162.
Asamâdhisamvattanika,1344.
Asamuppanna, 1036.
Asampajañña,390,1061,1162. 1351.
Asampbuṭṭha, 638, 722.
Asambodha, 390, 1061, 1162.

Âsammussanatâ, 14, 23, 290, 1350.
Asammosa, 1367.
Asamvara, 1347.
Asamvuta, 1346.
Asarana, 1296, 1599.
Asaranatâ, 1350.
Asassata, 1099, 1117.
Asâta, 152, 1344.
Asâdu, 629.
Asârajjanâ, 32, 312, 315.
Asârajjitatta, 32, 312, 315.
Asârâga, 32, 312, 315.
Asithilaparakkamatâ, 13, 22, 289, 571.
Asuropa, 418, 1060, 1115.
Asekkha, 584, 1017, 1401.
Assaddha, 1327.
Assutavâ, 1003, 1217.
Ahirikabala, 365.
Ahetuka, 584, 1424.

Âkappa, 237.
Âkâsadhâtu, 638.
Âkâsânûcâyatana, 205, 501, 579, 1418.
Âghâta, 1060, 1231.
Âcaya, 642, 865.
Âcayagâmî, 584, 1013, 1397.
Âtapa, 617.
Âdâsamandala, 617.
Ânautarika, 1291.
Âpattikusalatâ, 1330.
Âpattikkhandha, 1330.
Âpattivuṭṭhânakusalatà,1331.
Âpo, 652, 724.
Âpokasina, 203.
Âpodhâtu, 585.

Âmagandha, 625.
Âmisapaṭisanthâra, 1345.
Âmodanâ, 86, 285.
Âyatanakusalatâ, 1336.
Âyu, 19, 82, 295, 380, 441, 644, 716, 736.
Âyûhanî, 1059, 1136, 1230.
Ârati, 299.
Ârammaṇa, 185, 585.
Âruppa, 1385, 1415, 1573.
Âloka, 617.
Âvaraṇa, 1059, 1136.
Âvâsamacchariya, 1122.
Âsappanâ, 1004, 1118, 1235.
Âsava, 1448.
Âsavasampayutta, 1105, 1452.
Âsavavippayutta, 1106, 1453.
Âsâ, 1059.
Âsiṃsanû, 1059, 1136.
Âsiṃsitatta, 1059, 1136.
Âsevanâ, 1367.
Âhâra, 58, 121, 358, 528, 552.

Icchâ, 1059, 1136.
Itthatta, 633.
Itthâkappa, 633, 713, 836.
Itthinimitta, 633, 713, 836.
Itthindriya, 585, 633, 653, 713, 836, 972.
Itthiliṅga, 633, 713, 836.
Idappaccayatâ, 1004, 1061.
Iddhipâda, 358, 528, 552.
Indriya, 58, 121, 358, 528, 552, 644, 736.
Iriyanâ, 19, 82, 295, 380, 441, 716.
Issâ, 1121.
Issâyanâ, 1121.

Issâyitatta, 1121.
Issâsaññojana, 1121, 1131, 1460.

Ucchedadiṭṭhi, 1317.
Ujukatâ, 50, 51.
Ujutâ, 50, 51.
Uṭṭhita, 1035.
Uṇṇati, 1116, 1233.
Uṇṇama, 1116, 1233.
Udakasadda, 621.
Udîrana, 637, 720.
Uddhacca, 427, 429, 1159, 1229.
Uddhaccakukkuccanîvaraṇa, 1486.
Uddhaccasahagata, 1426, 1482.
Uddhumâtakasaññâsahagata, 263.
Upakkilesa, 1059, 1136.
Upacaya, 585, 642, 864.
Upacitattâ, 431.
Upaparikkhâ, 16, 20, 292, 555.
Upariṭṭhima, 1017, 1300, 1401.
Upalakkhaṇâ, 16, 20, 292, 555.
Upavicâra, 8, 85, 284.
Upâdâ, 585, 877, 1209, 1532.
Upâdâna, 1059, 1136, 1213, 1536.
Upâdânavippayutta, 1541.
Upâdânasampayutta, 1540.
Upâdâniya, 584, 1219, 1538.
Upâdiṇṇa, 585, 877, 1211, 1534.

Upekkhâ, 153, 165.
Upekkhâsahagata, 156, 262, 556, 1001, 1582.
Uppanna, 1035, 1416.
Uppannaṃsa, 1035.
Uppâdî, 1037, 1416.
Uyyâma, 13, 22, 289, 571.
Usuyâ, 1121.
Usuyanâ, 1121.
Usuyitatta, 1121.
Usmâ, 964.
Usmâgata, 964.
Ussâha, 13, 22, 289, 571.
Ussoḷhi, 13, 22, 289, 571.

Ekaṭṭha, 982.
Ekodibhâva, 161.
Ejâ, 1059, 1136, 1230.

Okappanâ, 12, 25, 96, 288.
Ogha, 1059, 1151, 1484.
Oghaniya, 584.
Ojâ, 646, 740, 875.
Ottappa, 147, 277.
Ottappabala, 31, 102.
Odagya, 9, 86, 285, 373.
Odana, 646, 740, 875.
Odâta, 617.
Odâtakasiṇa, 203.
Odâtanidassana, 247.
Odâtanibhâsa, 247.
Odâtavaṇṇa, 247.
Orima, 597.
Oḷârika, 585, 675, 775, 889.
Oliyanâ, 1156, 1236.

Kakkasa, 1344.
Kakkhaḷa, 648, 962.

Kańkhâ, 425, 1004, 1118.
Kańkhâyanâ, 425, 1004, 1118.
Kańkhâyitatta, 425, 1004, 1118.
Kaṭakañcukata, 1122.
Kaṭuka, 629.
Kaṇṇasukha, 1344.
Kaṇha, 1303.
Katattâ, 431, 654.
Kadariya, 1122.
Kappiya, 1160.
Kabaliṅkâra âhâra, 585, 646, 816, etc.
Kammaññatâ, 56, 326, 585, 641, 730.
Kammaññatta, 46, 326, 585, 641, 730.
Kammaññabhâva, 46, 326, 641, 730.
Kamyatâ, 1116, 1233.
Karuṇâsahagata, 1258.
Kalyânamittatâ, 1329.
Kasâva, 629.
Kâma, 160.
Kâmacchanda, 1114.
Kâmacchandanîvaraṇa, 1153, 1170, 1486.
Kâmajjhosâna, 1114, 1153.
Kâmataṇhâ, 1059, 1114, 1136.
Kâmanandî, 1114, 1153.
Kâmapariḷâha, 1114, 1153.
Kâmamucchâ, 1114, 1153.
Kâmarâgasaññojana, 1114, 1131, 1460.
Kâmarâgavyâpâda, 362.
Kâmâvacara, 431, 570.
Kâmâsava, 1097, 1448.
Kâyakamma, 981, 1006.

Kâyakammaññattâ, 46, 277, 326.
Kâyagantha, 1135.
Kâyaduccarita, 300, 1305.
Kâyadhâtu, 613.
Kâyapâguññatâ, 46, 277, 326.
Kâyappassaddhi, 40, 277, 320.
Kâyamudutâ, 44, 277, 324.
Kâyalahutâ, 42, 277.
Kâyaviññatti, 585, 636, 654, 844.
Kâyaviññâna, 556, 585, 651, 685, 790.
Kâyaviññâuadhâtu, 154.
Kâyaviññeyya, 589, 967, 1095.
Kâyasamphassa, 585, 616, 651, 684.
Kâyasamphassaja, 445, 558.
Kâyasucarita, 1306.
Kâyâyatana, 585, 613, 653, 783.
Kâyindriya, 585, 613, 972.
Kâyujjukata, 53, 277, 330.
Kâlaka, 617.
Kiriyahetu, 1424, etc.
Kiriyâ, 566, 989, etc.
Kilesa, 982, 1006, 1548.
Kilesavatthu, 1229, 1548.
Kilesavippayutta, 1555.
Kilesasampayutta, 1554.
Kukkucca, 1160.
Kukkuccâyanâ, 1160.
Kukkuccâyitatta, 1160.
Kucchivitthambhana, 646, 740, 875.
Kujjhanâ, 1060.
Kujjhitatta, 1060,

Kummagga, 381, 1003.
Kummâsa, 646, 740, 875.
Kusala, passim.
Kusalamacchariya, 1122.
Kusalamûla, 32, 313, 981.
Kusalavipâka, 454.
Ketu, 1116, 1233.
Kodha, 1060.
Kopa, 1060.
Kosalla, 16, 20, 292, 555.
Khandicca, 644, 736, 869.
Khanti, 1342.
Khandha, 68, 121, 358, 528, 552, etc.
Khandharasa, 629.
Khamanatâ, 1342.
Khaya, 645, 738, 872, 1367.
Kharagata, 962.
Khârika, 629.
Khippâbhiñña, 176.
Khîra, 646, 740, 875.
Khetta, 597.

Gaddulantaṇhâ, 1059, 1136.
Gantha, 1059, 1472.
Ganthaniya, 584, 1141, 1478.
Ganthavippayutta, 1482.
Ganthasampayutta, 1480.
Gandha, 605.
Gandhadhâtu, 585, 625, 707.
Gandhâyatana, 585, 625, 655.
Gandhârammaṇa, 147, 157, 365, 410, 556, 608.
Gandhâsâ, 1059.
Garuka, 648.
Garukârammaṇa, 1121.
Galajjhoharaniya, 646, 740, 875.

Gâma, 597, 697.
Gâha, 381, 1003.
Girâ, 637, 720.
Gîtasadda, 621.
Guttadvâratâ, 1348.
Gutti, 1348.
Gedha, 1059, 1136.
Gopanâ, 1348.
Ghânadhâtu, 585, 605, 608.
Ghânaviññâna, 443, 608, 628.
Ghânaviññeyya, 589, 967, 1095.
Ghânasamphassa, 585, 605, 608.
Ghânâyatana, 585, 605, 608.
Ghânindriya, 585, 605, 608, 972.
Ghosa, 637, 720.
Ghosakamma, 637, 720.

Cakkhâyatana, 585, 653.
Cakkhudhâtu, 597, 704, 817.
Cakkhundriya, 585, 597, 661, 830, 971.
Cakkhuviññâna, 556, 585, 589, 620.
Cakkhuviññânadhâtu, 433.
Cakkhuviññeyya, 589, 967, 1095.
Candikka, 418, 1060, 1115, 1231.
Caturamsa, 617.
Caturangika, 147, 157, 397.
Caudamandala, 617.
Câra, 8, 85, 284.
Citta, 6, 8, 17, 58, 111.
Cittakammaññatâ, 277, 327.
Cittacetasika, 1022, 1283.

Cittaja, 667.
Cittapâguññatâ, 277, 329.
Cittappassaddhi, 41, 277.
Cittamudutâ, 277, 325.
Cittalahutâ, 323, 1283.
Cittavippayutta, 584, 1192, 1515.
Cittavisamsattha, 1194, 1517.
Cittasamsattha, 1193.
Cittasamsatthasamutthâna, 1525.
Cittasamutthâna, 585, 667, 767, 1518.
Cittasamsatthasamutthânasahabhu, 1526.
Cittasampayutta, 1191, 1514.
Cittasahabhu, 585, 670, 769, 1520.
Cittass' ekaggata, 11, 62, eto.
Cittahetuka, 667, 767.
Cittâdhipateyya, 269, 359.
Cittânuparivatti, 585, 671, 772, 1522.
Cittujjukata, 51, 277, 331.
Cittuppâda, 1418.
Cintâ, 16, 20, 292, 555.
Cetanâ, 5, 58, 72, 110.
Cetasika, 3, 18, 152, 1189, 1512.
Ceto, 7.
Cetosamphassaja, 3, 10, 18.
Chandana, 1059, 1136.
Chandâdhipateyya, 269, 359, 529.
Chambhitatta, 965.
Chalamsa, 617.
Châyâ, 617.

Janapada, 646.
Janikâ, 1059, 1136.
Jappâ, 1059.
Jaratâ, 585, 644, 736, 868.
Jarâ, 614, 740, 869.
Jâtarûparajata, 617.
Jâlantaṇbâ, 1059, 1136.
Jâlinî, 1059, 1136.
Jivhâdhâtu, 585, 609.
Jivhâyatana, 585, 609, 653.
Jivhâviññâna, 556, 612, 632.
Jivhâviññeyya, 589, 967, 1095.
Jivhâsamphassa, 585, 612, 632, 787.
Jivhindriya, 585, 609, 972.
Jîraṇatâ, 644, 736, 869.
Jîva, 1099.
Jîvita, 19, 295.
Jîvitindriya, 19, 82, 295, 365, 556, 653, 716.
Jhâna, 121, 128, 157.

Ñâṇavippayutta, 147, 157, 270, 576.
Ñâṇasampayutta, 146, 156, 269, 576.
Ñâṇindriya, 157.

Ṭhânakusalatâ, 1338.
Ṭhiti, 11, 19, 82, 295, 441, 570, 716.

Tukka, 7, 21, 298.
Tacagandha, 625.
Tacarasa, 629.
Tajja, 3, 4, 6.
Tatiya, 163.

Tathâgata, 1099, 1117, 1234
Tapaniya, 1305.
Târakarûpa, 617.
Tittaka, 629.
Titthâyatana, 381, 1003, 1099.
Tivaṅgika, 161.
Tîra, 597.
Tejokasiṇa, 203.
Tejodhâtu, 588, 648, 964.
Tela, 646, 740, 815.
Thambhanâ, 636, 718.
Thambhitatta, 965, 1118.
Thâmo, 13, 22.
Thîna, 1156, 1229.
Thînamiddhanîvaraṇa, 1154, 1486.
Thîyanâ, 1156, 1236.
Thîyitatta, 1156, 1236.
Thûla, 617.

Dadhi, 646, 740, 875.
Dantavikhâdana, 646, 740, 875, 1564.
Dandhâbhiñña, 176, etc.
Davâya, 1347.
Dassana, 584, 1002, 1254.
Diṭṭha, 961.
Diṭṭhadhammasukhavihârî, 577, 1283.
Diṭṭhâsava, 1099, 1448.
Diṭṭhi, 392, 1003.
Diṭṭhikantâra, 381, 1003, 1099.
Diṭṭhigata, 277, 339, 381, 392, 505.
Diṭṭhigahana, 381, 1003, 1099.
Diṭṭhiparâmâsa, 1498

Diṭṭhivipphandita, 381, 1003, 1099.
Diṭṭhivisûkâyika, 381, 1003, 1099.
Diṭṭhisaññojana, 381, 1117, 1131, 1460.
Diṭṭhupâdâna, 1215, 1536.
Dîgha, 617.
Dukkhanidâna, 1059, 1136.
Dukkhanirodha, 1057.
Dukkhabhummi, 985.
Dukkhamûla, 1059, 1136.
Dukkhasamudaya, 1057.
Dukkhasamphassa, 648.
Dukkhâpaṭipada, 176.
Dukkhindriya, 556, 560.
Duggandha, 625.
Duppaññâ, 1327.
Dummejjha, 390, 1061, 1100, 1162.
Duvaṅgika, 163.
Duasanâ, 418, 1060.
Dassitatta, 418, 1060.
Dussîla, 1327.
Domanassasabugata, 413, 421, 1389.
Dovacassatâ, 1326.
Dosa, 418, 982, 1060.
Dvârâ, 597.
Dvedhâpatha, 1004, 1118.
Dvelhaka, 1004, 1118.

Dhaja, 1116, 1233.
Dhanâsâ, 1059.
Dhammadhâtu, 58, 67, 147, 397, 560.
Dhammapaṭisanthâra, 1345.
Dhammamacchariya, 1122.

Dhammavicaya, 16, 20, 90, 292, 555.
Dhammavicayasambojjhanga, 309, 333, 364, 555.
Dhammasammâdiṭṭhi, 364.
Dhammâyatana, 58, 66, 147, 397, 572, 594.
Dhammârammaṇa, 146, 147, 157, 365.
Dhâtu, 58, 67, 121, 1528.
Dhâtukusalatâ, 1334.
Dhâtuviññeyya, 590.
Dhâranatâ, 14, 23, 290.
Dhiti, 13, 22, 289, 571.
Dhurasampaggâha, 13, 22, 289, 571.
Dhûma, 1617.

Nandî, 1059.
Nandîrâga, 1059, 1136.
Nayana, 597.
Navanîta, 646, 740, 875.
Nâmakamma, 1307.
Nâmadheyya, 1307.
Nikanti, 1059, 1136.
Nikâmanâ, 1059, 1136.
Nikkama, 13, 22, 219, 571.
Nigghosasadda, 621.
Ninnathala, 617.
Nippatta, 1035.
Nibbâna, 1385, etc.
Nimittagâhî, 1346.
Niyata, 1028, 1594.
Niyoga, 1417.
Niyyânika, 277, 339, 505, 1592.
Nirutti, 1307.
Niruddhaṅgata, 1038.

Nîcacitattâ, 1341.
Nîla, 617.
Nîlakasiṇa, 203.
Nîlanidassana, 246.
Nîlanibhâsa, 246.
Nîlavaṇṇa, 246.
Nîvaraṇa, 1059, 1136, 1152, 1480.
Nîvaraṇavippayutta, 1495.
Nîvaraṇasampayatta, 1494.
Nîvaraṇiya, 584, 1164, 1488.
Netta, 597.
Nepuñña, 16, 20, 292, 555.
Nevavipâkanavipâkadhamma-
dhamma, 1376.
Nevasaññânâsaññâyatanasa-
hagata, 268, 582, 1417.
Neḷa, 1344.

Pakopa, 1060.
Pagaṇatâ, 48, 49.
Pagaṇatta, 48, 49.
Pagunabhâva, 48, 49.
Paggâha, 277, 336.
Paggâhanimitta, 1359.
Paṅka, 1059, 1136.
Paccatta, 1045.
Paccupalakkhaṇâ, 16, 292, 555.
Paccuppaana, 1040.
Paccuppannârammaṇa, 1043.
Pajappâ, 1059, 1136.
Pajânanâ, 16, 20, 555.
Pañcakanaya, 1385.
Pañcaṅgika, 58, 83, 147, 397.
Paññatti, 1309.
Paññattipatha, 1309.
Paññâ, 16, 20, 555.

Paññâ-âloka, 16, 20, 292, 555.
Paññâ-obhâsa, 16, 20, 292, 555.
Paññâpajjota, 16, 20, 292, 555.
Paññâpâsâda, 16, 22, 292, 555.
Paññâbala, 16, 20, 555.
Paññâratana, 16, 20, 555.
Paññâsattha, 16, 20, 555.
Paññindriya, 16, 20, 507, 555.
Paṭiggâha, 381, 1003, 1099.
Paṭigha, 1060, 1482.
Paṭigharatana, 1060.
Paṭighasaññâna, 265, 501, 579.
Paṭighasaññojana, 1115, 1131, 1460.
Paṭighasampayatta, 513, 421.
Paṭighâta, 1060.
Paṭipadâ, 1057.
Paṭipuggalika, 1044.
Paṭippassaddhi, 40, 41, 320.
Paṭippassambhanâ, 40, 41, 320.
Paṭippassambhitatta, 40, 41, 320.
Paṭibandha, 1059, 1136, 1230.
Paṭivirati, 299.
Paṭivirodha, 418, 1060.
Paṭisaṅkhâ, 1349.
Paṭisaṅkhânabala, 1354.
Paṭisanthâra, 1345.
Paṭissati, 23.
Paṭhamamaggavipâka, 196.
Paṭhavîkasiṇa, 160, 163, 272, 499.
Paṭhavîdhâta, 588, 648, 962.

Panavasadda, 621.
Panidhi, 1059, 1126.
Panita, 269, 1027, 1411.
Pandara, 6, 17, 293, 597.
Pandicca, 16, 20, 292, 555.
Pandita, 1302.
Patanubhâva, 362, 553.
Patisaṃvedeti, 163.
Patoda, 16, 20, 292.
Pattagandha, 625.
Pattarasa, 629.
Patthanâ, 1059.
Padosa, 1060.
Pamodanâ, 9, 86, 285.
Pamoha, 390, 1061.
Parakaṭuka, 1344.
Parakkama, 13, 22, 289, 571.
Parâbhisajjanika, 1344.
Parâmaṭṭha, 584, 1177, 1500.
Parâmâsa, 381, 1003, 1099.
Parâmâsavippayutta, 1503.
Parâmâsasampayutta, 1502.
Paritta, 181, 584, 1019, 1403.
Parittârammaṇa, 181, 1022, 1174, 1498.
Pariuâyika, 16, 20, 292, 555.
Parinimmitavasavattideva, 1281.
Paripâka, 644, 736, 869.
Paribheda, 738, 872.
Parimaṇḍala, 617.
Pariyûpanna, 584, 1590.
Pariyuṭṭhâna, 1059, 1136.
Pariyonâba, 1157.
Parisappanâ, 1004, 1118.
Paligedha, 1059, 1136.
Pavicaya, 16, 292.
Pasâda, 597, 697.

Passaddhi, 40, 41, 320.
Passambhanâ, 40, 41, 320.
Pahâtabba, 584, 1254.
Pahâtabbahetuka, 584, 1011, 1568.
Pahâaa, 165, 174, 339.
Pahâsa, 9, 86, 285, 373.
Pâṇisadda, 621.
Pâtubhûta, 1035.
Pâpaka, 30, 101.
Pâpamittatâ, 13, 27.
Pâmojja, 9, 86.
Pâripûri, 1367.
Pârisuddhi, 165.
Pâlanâ, 19, 84, 295.
Pâlicca, 644, 736, 869.
Pita, 247.
Pitaka, 617.
Pitakasiṇa, 203.
Pitanidassana, 247.
Pitanibhâsa, 247.
Pitavaṇṇa, 247.
Pîti, 9, 62, 86, 172, 584, 999.
Pîtisahagata, 1578.
Pîtisukha, 160.
Puñcikatâ, 1059, 1136, 1230.
Puttâsâ, 1059.
Puthujjana, 1003.
Pupphagandha, 625.
Puppharasa, 629.
Pubbanta, 1004.
Pubbantânudiṭṭhi, 1320.
Pubbenivâsânussati, 1367.
Purisakutta, 634, 715, 839.
Purisatta, 634, 715, 839.
Purisanimitta, 634, 715, 839.
Purisabhâva, 634, 415, 839.
Purisaliṅga, 634, 715, 839.

Purisâkappo, 634, 715, 839.
Purisindriya, 634, 715, 839, 972.
Pulavakasaññûâsahagata, 264.
Pûjanâ, 1121.
Porî, 1344.
Pharusa, 648.
Phalagandha, 625.
Phalarasa, 629.
Phalasamangî, 1367.
Phassa, 2, 58, 107.
Phânita, 646, 740, 875.
Phâsuvihâra, 1349.
Phusanâ, 2, 71, 277.
Photthabba, 648.
Photthabbadhâtu, 585, 701, 707.
Photthabbâyatana, 585, 648, 653.
Photthabbârammana, 147, 157, 365, 556.
Photthabbâsâ, 1059.

Baddharûpa, 1418.
Bandhana, 1059, 1136.
Bandhanatta, 652, 724, 963.
Balu, 58, 121, 358.
Balya, 290, 1061, 1100, 1162.
Bahiddhâ, 204, 1045.
Bahiddhârammana, 1048.
Bahulîkamma, 1355.
Bahussuta, 1329.
Bâla, 1301.
Bâhira, 674, 1531.
Bojjhanga, 358, 528, 1355.
Brahmacariyânuggaha, 1349.
Brahmaloka, 1283.
Brahmavihârajjhâna, 262.

Bhatti, 1329.
Bhantatta, 429, 1159.
Bhava, 1120.
Bhavacchanda, 1120.
Bhavajjhosâna, 1120.
Bhavatanhâ, 1120, 1313.
Bhavaditthi, 1314.
Bhavanandî, 1120.
Bhavanetti, 1059, 1136, 1230.
Bhavaparilâha, 1120.
Bhavamucchâ, 1120.
Bhavarâga, 1120.
Bhavarâgasaññojana, 1120, 1131, 1460.
Bhavâsava, 1098, 1448.
Bhâvanâ, 584, 1007, 1259, 1566.
Bhâvanâbala, 1355.
Bhiyyokamyatâ, 1367.
Bhiyyobhâva, 1367.
Bhummiyâpatti, 277, 339.
Bhûta, 1035.
Bhûrî, 16, 20, 292, 555.
Bheda, 645, 738, 872.
Bherîsadda, 621.

Mamsa, 646, 740, 875.
Magga, 121, 129, 147, 992, 1101.
Magganga, 283, 555.
Maggapariyâpanna, 283, 555.
Maggaphala, 992, 1101, 1415,
Maggasamangî, 1367.
Maggahctuka, 1032, 1415.
Maggâdhipati, 1034, 1415.
Maggârammana, 1031, 1415.
Maccha, 646, 740, 875.
Macchara, 1122.

Maccharáyaná, 1122.
Maccharáyitatta, 1122.
Macchariyasaññojana, 1122, 1131, 1460.
Macchárin, 1327.
Majjhima, 269, 1026, 1410.
Mañjeṭṭha, 617.
Maññaná, 1116, 1233.
Maññitatta, 1116, 1233.
Maṇisaṅkhamuttaveluriya, 617.
Maṇḍana, 1347.
Mattaññutá, 1349.
Maddavatá, 44, 324, 640.
Madhu, 646, 740, 875.
Madhura, 629.
Manasikárakusalatá, 1335.
Manápiya, 970.
Manáyatana, 6, 17, 58, 65, 116.
Manindriya, 6, 17, 58, 117, 556, 568, 1418.
Manussasadda, 617.
Mano, 6, 17.
Manokamma, 982, 1006.
Manodhátu, 455, 1418.
Manoviññáṇadhátu, 3, 17, 67, 564, 969.
Manoviññeyya, 589, 967.
Manosañcetanáhára, 70, 126.
Manosucarita, 1306.
Maraṇa, 1099, 1117.
Mahaggata, 1020, 1404.
Mahaggatárammaṇa, 1023.
Mahábhúta, 584, 697, 722, 941.
Mahiká, 617.
Mána, 1116, 1229.

Mánaná, 1121.
Mánasa, 6, 17.
Mánasaññojaua, 1116, 1131, 1460.
Máyá, 1059, 1136, 1230.
Márapása, 1059, 1136.
Márabalisa, 1059, 1136.
Micchatta, 381, 1003, 1099, 1234.
Micchattaniyata, 1028, 1412.
Micchájíva, 301.
Micchádiṭṭhi, 365, 381, 1028, 1215.
Micchápatha, 381, 1003, 1099, 1234.
Micchávúyáma, 365, 383.
Micchásaṅkappa, 365, 382, 410.
Micchásamádhi, 365, 384, 413.
Middha, 1157.
Mukhásiya, 646, 740, 875.
Mucchá, 1059, 1136.
Muṭṭhasacca, 1350.
Muta, 961.
Mutiṅgasadda, 621.
Muditásahagata, 260.
Muduka, 648.
Múlagandha, 625.
Múlarasa, 629.
Mettásahagata, 251.
Medhá, 16, 20, 292, 555.
Mogha, 1139.
Moha, 982, 1061.

Yatvádhikaraṇa, 1346.
Yapaná, 19, 82, 295, 380, 441, 716.

Yâtrâ, 1349.
Yâpanâ, 19, 82, 295, 380, 441, 716.
Yoga, 1059, 1151, 1485.
Yoganiya, 584.

Rajo, 617.
Rasa, 609.
Rasadhâtu, 585.
Rasâyatana, 629, 653.
Rasârammana, 12, 147, 157, 556.
Rasâsâ, 1059, 1136.
Rassa, 617.
Rûpadhâtu, 585, 699, 705.
Rûparâgamânauddhaccaa-vijjâ, 364, 553.
Rûpavâ, 1003.
Rûpasangaha, 584.
Rûpasaññâna, 265, 579.
Rûpâyatana, 617, 653, 878.
Rûpârammana, 146, 147, 305, 556.
Rûpâvacara, 499, 577.
Rûpâsâ, 1059, 1136.
Rûpiya, 584.
Rûpî, 635, 1091, 1444.
Rûpûpapatti, 160, 163.

Latâ, 1059, 1136.
Lapila, 629.
Lahuka, 648.
Lahutâ, 42, 322, 585, 654.
Lahuparipâmatâ, 42, 322, 639, 726.
Lâbhamacchariya, 1122.
Lâbhâsâ, 1059.
Lîna, 1156, 1236.

Lîyanâ, 1156, 1236.
Liyitatta, 1153, 1236.
Loka, 597, 1117.
Lokiya, 584, 1093, 1446.
Lokuttara, 505, 1094, 1447.
Lonika, 629.
Lobha, 982.
Loluppa, 1059, 1136.
Loluppâyanâ, 1059, 1136.
Loluppâyitatta, 1059, 1136.
Lohitaka, 617.
Lohitakasina, 203.
Lohitakanidassaua, 247.
Lohitakanibhâsa, 247.
Lohitakavanna, 247.
Lohitasaññâsahagata, 264.

Vacîkamma, 981, 1006.
Vacîduccarita, 299, 1305.
Vacîbheda, 637, 720.
Vacîviññatti, 585, 637, 684, 720, 882.
Vacîsucarita, 1306.
Vajirûpama, 1300.
Vajja, 1160.
Vajjasaññitâ, 1160.
Vatta, 617.
Vannanibhâsa, 617, 699, 812.
Vannamacchariya, 1122.
Vattanâ, 19, 82, 295, 380, 441, 716.
Vattabba, 1416.
Vatthu, 585, 597.
Vana, 1059, 1136.
Vauatha, 1059, 1136.
Vandanâ, 1121.
Vayo, 645, 738, 872.
Valittacatâ, 644, 736, 869.

Vâcâ, 637, 720.
Vâtasadda, 621.
Vâditasadda, 621.
Vâyâma, 13, 22, 571.
Vâyo, 965.
Vâyokasiṇa, 203.
Vâyogata, 965.
Vâyodhâtu, 588, 648, 965.
Vikkhâyitakasaññâsahagata, 264.
Vikkhittakasaññâsahagata, 264.
Vikkhepa, 429, 1159.
Vigata, 1038.
Vicaya, 16, 292.
Vicâra, 8, 85, 1574.
Vicikicchâ, 422, 1002, 1009.
Vicikicchânîvaraṇa, 1161, 1486.
Vicikicchâsaññojana, 1118, 1460.
Vicikicchâsahagata, 1426.
Vicchiddakasaññâsahagatu, 264.
Vijjâbhâgî, 1297.
Vijjûpama, 1299.
Viññatti, 585, 636, 718, 763.
Viññâṇa, 6, 17, 293.
Viññânakkhandha, 6, 17, 41, 58, 114.
Viññânañcâyatana, 266, 502, 580, 1417.
Viññânadhâtu, 564.
Viññânavâ, 1003.
Viññâuâhâra, 70, 126.
Viññâpanâ, 636, 718.
Viññâpitatta, 636, 718.
Vitakka, 7, 21, 84, 298, 1572.

Vitakkavicâra, 161, 170, 508.
Vitti, 9, 86, 285.
Vinîlakasaññâsahagata, 264.
Vipaccanîkasâtatâ, 1326.
Viparinata, 1038.
Vipariyesagâha, 381, 1003, 1099.
Vipassanâ, 16, 20, 277, 292, 335, 555.
Vipâka, 431, 455, 983.
Vipâkadhammadhamma, 584, 988.
Vipâkahetu, 1424.
Vipubbakasaññâsahagata, 264.
Vippaṭikâlagâhitâ, 1326.
Vippaṭisâra, 1160.
Vibhavadiṭṭhi, 1315.
Vibhûsanâ, 1347.
Vimaṃsâdhipateyya, 269, 359, 553, 1034.
Vimati, 425, 1004.
Vimokkha, 230.
Virati, 299.
Virâga, 163, 172, 253.
Viriya, 13, 22.
Viriyabala, 13, 22, 26, 306, 365.
Viriyasambojjhanga, 289, 302, 336.
Viriyâdhipateyya, 269, 359.
Viriyârambha, 13, 22, 26, 289, 571.
Viriyindriya, 13, 22, 62, 568.
Virodha, 418.
Vilekha, 1004, 1118, 1235.
Vivara, 638, 722.
Vivicca, 160, 167.

Visata, 1059, 1136, 1230.
Visattikâ, 1059, 1136, 1230.
Visamalobha, 1059, 1136.
Vissagandha, 625.
Vihimsûparati, 1349.
Vutthânakusalatâ, 1331.
Vûpasamâ, 161, 170.
Vedanavâ, 1003.
Vedanâ, 3, 10, 18, 58, 107.
Vedanâkkhandha, 40, 58, 112, 981.
Vedayita, 3, 10, 18.
Vepulla, 1367.
Vebhavyâ, 16, 20, 292, 555.
Veramani, 299.
Velâ, 299.
Veviccha, 1059, 1122, 1136.
Vyañjana, 1307.
Vyappatha, 637, 720.
Vyappanâ, 7, 21, 298.
Vyâdhi, 1367.
Vyâpajjanâ, 418.
Vyâpatti, 418.
Vyâpâda, 419, 1137.
Vyâpâdanîvarana, 1154, 1486.

Sauttara, 1293.
Sakkaccakiriyatâ, 1367.
Sakkâyaditthi, 1002, 1009, 1255.
Sakkâra, 1121.
Sakhilavâcatâ, 1344.
Sankappa, 7, 21.
Sankilittha, 993, 1243, 1380, 1552.
Sankilesika, 584, 993, 1241, 1550.
Sankhata, 584, 1085, 1438.

Sankhasadda, 621.
Sankhâ, 1307.
Sankhâra, 1337.
Sankhâravâ, 1003.
Sankhârakkhandha, 40, 58, 62, 114, 338.
Sanga, 1059, 1136.
Sangha, 1004, 1118.
Sacca, 358, 528, 552.
Saccânulomika, 1367.
Saccâbhinivesa, 1135, 1139.
Sacchîkiriyâ, 296, 364.
Saücetanâ, 5, 72.
Saücetayitatta, 5, 72.
Sañjananî, 1059, 1136, 1230.
Sañjâta, 1035.
Saüjânanâ, 4.
Saüjânitatta, 4.
Saüüâ, 4, 58, 109.
Saüüâkkhandha, 40, 58, 61, 113.
Saüüâvâ, 1003.
Saüüojana, 1002, 1009, 1113, 1460.
Saüüojanavippayutta, 1128, 1465.
Saüüojanasampayutta, 1127, 1464.
Saüüojaniya, 584, 1125, 1462.
Santhiti, 11, 24, 570.
Sanha, 648.
Sanhavâcatâ, 1344.
Sata, 163.
Sati, 14, 23, 332.
Satibala, 14, 23, 62.
Satindriya, 14, 23, 62.
Satipatthâna, 358, 528, 552.
Satimâ, 163.

Satisambojjhanga, 303.
Satta, 621, 740, 875.
Sattu, 646, 740.
Satthâ, 1004.
Sadisa, 1116.
Saddadhâtu, 585, 707.
Saddahanâ, 12, 25, 96, 288.
Saddâyatana, 585, 621, 708.
Saddârammana, 147, 157, 365, 556, 604.
Saddâsâ, 1059.
Saddhâ, 12, 96, 1329.
Saddhâbala, 12, 25, 96, 305.
Saddhindriya, 12, 62, 75.
Sanidassana, 585, 1087.
Sanidassanasappatigha, 1050, 1421.
Santati, 585, 643, 734.
Santiko, 585, 678, 778.
Santhambhanâ, 636, 718.
Santhambhitatta, 636, 718.
Santhava, 1059, 1136.
Sanaighâtasadda, 621.
Sauhâni, 644, 736, 869.
Sappaccaya, 584.
Sappatigha, 585, 597, 648, 1089, 1442.
Sappi, 646, 740, 875.
Sappurisa, 1003.
Samaññâ, 1307.
Samatha, 11, 15, 277, 528.
Samathanimitta, 1358, 1436.
Samâdhija, 161, 168.
Samâdhindriya, 11, 62, 572.
Samâdhibala, 11, 15, 365, 568.
Samâpatti, 30, 101.
Samâpattikusalatâ, 1332.

Samutthâna, 981.
Samutthita, 1035.
Samudda, 597, 1059, 1083, 1136.
Samuppanna, 1035.
Samorodha, 1157.
Sampakopa, 1060.
Sampaggâha, 1116, 1233.
Sampajaññâ, 16, 20, 292.
Sampajâna, 163.
Sampattaniyata, 1029.
Sampatthanâ, 1059, 1136.
Sampadosa, 1060.
Sampavankatâ, 1329.
Sampasâdana, 161.
Samphassaja, 3, 152.
Samphusanâ, 71.
Samphusitatta, 71.
Sambhajanâ, 1329.
Sambhatti, 1329.
Sammappadhâna, 358, 528, 552, 1033.
Sammasadda, 621.
Sammâkammanta, 300.
Sammâditthi, 16, 20, 62, 89, 317, 555.
Sammâvâcâ, 299.
Sâmmâvâyâma, 13, 22, 62, 89, 302.
Sammâsankappa, 7, 21, 62, 89, 298.
Sammâsati, 14, 23, 62, 89, 303.
Sammâsamâdhi, 11, 15, 24, 62, 89, 304.
Sammoha, 390, 1061.
Samveya, 1367.
Samsaya, 1004, 1118, 1235.

Samsevanâ, 1329.
Sarana, 1295, 1598.
Saranatâ, 14, 23.
Saritâ, 1059, 1136, 1230.
Sarîra, 1099, 1234.
Sallakkhanâ, 292, 555.
Sallîyanâ, 1156, 1236.
Savicâra, 160, 584, 996, 1268, 1332, 1574.
Savitakka, 160, 584, 996, 1264, 1332, 1574.
Sasankhâra, 146, 156, 159, 270.
Sassata, 1099, 1117, 1175.
Sassataditthi, 1316.
Sahadhammika, 1326.
Sahetuka, 1073, 1426.
Saļâyatana, 1337.
Sâkhalya, 1344.
Sâta, 3, 10, 18.
Sâtaccakiriyatâ, 1367.
Sâdu, 629.
Sâdukamyatâ, 1059, 1136.
Sâmaññaphala, 1016.
Sâragandha, 625.
Sârammana, 1185, 1508.
Sârâga, 1059, 1230.
Sâsava, 584, 990, 1103, 1450.
Sikkhâ, 1004, 1118, 1235.
Sineha, 652, 724.
Sinehagata, 652, 724.
Sibbinî, 1059, 1136, 1230.
Sila, 1005, 1119.
Sîlabbataparâmâsa, 1002, 1009, 1119, 1131, 1460.
Sîlabbatupâdâna, 1216, 1536.
Sîlavâ, 1328.
Sîlasamvara, 1343.

Sukka, 1304.
Sukha, 3, 10, 18.
Sukhabhummi, 984.
Sukhavihârî, 163.
Sukhasamphassa, 648.
Sukhasahagata, 1580.
Sukhâpatipada, 178..
Sukhindriya, 452.
Sukhuma, 585, 676, 777, 890.
Sugandha, 625.
Saññâ, 597, 697.
Suññatâ, 505, 534.
Suta, 161.
Sutta, 1059, 1136.
Suddhi, 1005.
Suddhivata, 1005, 1119.
Suddhisîlabbata, 1005, 1119.
Subha, 250.
Suriyamandala, 617.
Suvannadubbanna, 223.
Sekkha, 584, 1016, 1400.
Setughâta, 299.
Seyya, 1116.
Sevanâ, 1329.
Sokaparidova, 1337.
Sota, 601.
Sotadhâtu, 585, 601, 604.
Sotaviññâna, 443, 556, 604, 624.
Sotaviññeyya, 589, 967, 1065.
Sotâyatana, 585, 601.
Sotindriya, 601, 604, 972.
Soppa, 1157.
Somanassadomanassa, 165.
Somanassasahagata, 146, 568, 1387.
Somanassindriya, 18, 365, 568, 585.

Soracca, 1343.
Sovacassatâ, 1328.

Hatavikkhittakasaññâsaha-
   gata, 264.
Hadaya, 6, 17.
Hadayaṅgama, 1344.
Harivaṇṇa, 617.
Hâsa, 9, 86, 285, 373.
Hitesitâ, 1056.
Hiri, 147, 277.
Hiribala, 30, 101.

Hiriyitabba, 30, 101.
Hîna, 269, 1025, 1116, 1233,
   1409.
Huta, 1215.
Heṭṭhato, 1281, 1283.
Heṭṭhima, 1016.
Hetu, 58, 103, 121, 584, 1053.
   1072, 1424.
Hetuvippayutta, 584, 1076,
   1429
Hetusampayutta, 1075, 1428.